本 源
ORIGIN

〔美〕丹·布朗——著

李和庆 李连涛——译

人民文学出版社
PEOPLE'S LITERATURE PUBLISHING HOUSE

著作权合同登记号　图字 01-2018-0848

Dan Brown
Origin

Copyright © 2017 by Dan Brown
Published in agreement with Sanford J. Greenburger Associates, Inc., through Andrew Nurnberg Associates International Limited.
Simplified Chinese edition copyright © 2018 by Shanghai 99 Readers' Culture Co., Ltd.
All rights reserved.

图书在版编目(CIP)数据

本源/(美)丹·布朗著;李和庆,李连涛译.—北京:人民文学出版社,2018
ISBN 978-7-02-013987-3

Ⅰ.①本… Ⅱ.①丹… ②李… ③李… Ⅲ.①长篇小说-美国-现代 Ⅳ.①I712.45

中国版本图书馆 CIP 数据核字(2018)第 048934 号

| 责任编辑 | 朱卫净　邱小群 |
| 封面设计 | 高静芳 |

出版发行	人民文学出版社
社　　址	北京市朝内大街 166 号
邮政编码	100705
网　　址	http://www.RW-cn.com
印　　制	上海盛通时代印刷有限公司
经　　销	全国新华书店等
开　　本	890 毫米×1240 毫米　1/32
印　　张	15.125
字　　数	425 千字
版　　次	2018 年 5 月北京第 1 版
印　　次	2018 年 5 月第 1 次印刷
书　　号	978-7-02-013987-3
定　　价	72.00 元

如有印装质量问题,请与本社图书销售中心调换。电话:010-65233595

谨以此书献给我的母亲

只有心甘情愿放弃精心策划的生活,我们才能拥抱前方翘首以待的人生。

——约瑟夫·坎贝尔[①]

[①] 约瑟夫·坎贝尔(Joseph Campbell,1904—1987),研究比较神话学的美国作家,其代表作为《神话的力量》。

事　实

本书中提到的所有艺术品、建筑物、地点、科学知识及宗教组织都是真实的。

楔 子

一列古老的齿轨火车正朝着一个令人眩晕的陡坡爬去，埃德蒙·基尔希坐在车里，望着头顶上锯齿状的山顶。远远望去，悬崖峭壁间宏伟的石造修道院仿佛悬在半空中，跟垂直的绝壁融为一体，大有鬼斧神工之妙。

这座穿越亘古的修道院位于西班牙加泰罗尼亚①，已历经四百多年地球引力的无情牵引，却从未背离初心：让修士们与世隔绝。

具有讽刺意味的是，这一次这些修士将成为最先知道真相的人。埃德蒙心想。如果这样，这些修士到时会作何反应。纵观历史，世界上最危险的人就是上帝的这些仆人……尤其是有人威胁到他们的神的时候。而我却拿着一支火矛来捅这个马蜂窝。

火车到达山顶后，埃德蒙看到一个孤单的身影正站在站台上等他。那是一个形容枯槁的男人，头戴圆顶小帽，身着传统的天主教紫色长袍和白色紧身法衣。埃德蒙想起在照片里见过这位瘦骨嶙峋的东道主，顿时觉得体内的肾上腺素飙升起来。

巴尔德斯皮诺亲自来迎接我啊！

安东尼奥·巴尔德斯皮诺主教在西班牙可是位令人敬畏的人物。他不仅是国王本人信赖的朋友和顾问，还是这个国家天主教保守价值观及传统政治标准最坚定、最有影响力的捍卫者。

"你就是埃德蒙·基尔希吧？"埃德蒙下了火车后，主教慢条斯理地问道。

"如假包换。"埃德蒙边说边微笑着伸手去握主教骨瘦如柴的枯手，"巴尔德斯皮诺主教，承蒙您安排这次会面，我不胜感激。"

"你这个提议很不错。"主教说话的声音比埃德蒙预想的要铿锵有

---

① 加泰罗尼亚（Catalonia），位于伊比利亚半岛东北部地区，为西班牙的自治区之一，首府为巴塞罗那。

力——既清晰可闻，又颇具穿透力，"科学家，特别是像你这样杰出的科学家，很少向我们请教问题。这边请。"

巴尔德斯皮诺领着埃德蒙穿过火车站台时，山间凛冽的寒风吹得主教长袍飘飞。

"不得不承认，"巴尔德斯皮诺说，"你和我想象的不太一样。我以为我等的是一位科学家，可你看上去却很……"他带着一丝不屑的神色看了一眼来客那时尚的奇顿①K50 西装和巴克尔②鸵鸟皮皮鞋说道，"'嘻哈'，是这个词吧？"

埃德蒙彬彬有礼地笑了笑。"嘻哈"这个词早在几十年前就过时了。

"虽然我拜读过你的很多大作，"主教说，"但你的研究方向是什么，我还是没搞懂。"

"我的专长是博弈论和计算机建模。"

"这么说，你是设计小孩玩的那种电脑游戏③的喽？"

埃德蒙觉得，主教是为了故作风雅而假装无知。更准确地说，埃德蒙知道，巴尔德斯皮诺对科技了如指掌，还经常警告别人科技非常危险。"不是的，主教大人。其实，博弈论是数学的一个分支，是研究模型的，目的是预测未来。"

"哦，我想起来了。几年前你好像预测到欧洲的货币危机，是吧？但没人听进去，于是你就编了一个计算机程序，欧盟才死里逃生，躲过一劫。你当时那句名言是怎么说的来着？'耶稣复活的那年是三十三岁，而我今年就跟他同岁。'"

埃德蒙很是尴尬。"那是个糟糕的比喻，主教大人。我当时太年轻了。"

"年轻？"主教轻轻地笑道，"你现在多大了……有四十岁了吗？"

---

① 奇顿（Kiton），意大利西装品牌。
② 巴克尔（Barker），英国手工皮鞋品牌。
③ 博弈论（game theory）中的 game 的字面意思就是"游戏"。此处主教故意曲解 game 的意思，有嘲讽埃德蒙的意味。

"刚好四十。"

上了年纪的主教面露微笑，疾风吹得他衣袂飘逸。"好吧，温柔的人本应承受地土[1]，但现在却落在了年轻人手里——他们精通电脑，整天盯着屏幕，却从不审视自己的灵魂。不得不承认，我从没想过，我会有什么理由来会见他们的开路先锋。要知道，大家可都说你是预言家呢。"

"主教大人，在跟您会面这件事上，我的预言可是谬之千里啊！"埃德蒙回答道，"在我请求私下约见您和您的同仁时，我估计您答应的可能性只有 20%。"

"就像我跟同仁说的，听听那些不信神的人说白道黑，虔诚的信徒总会受益良多。正因为听了魔鬼的话，我们才会觉得上帝的话更有道理。"主教笑道，"当然，我是开玩笑啦。我的幽默感已今非昔比，还请见谅。玩笑动不动就开过了头。"

说完，巴尔德斯皮诺主教示意继续往前走。"其他人正等着呢。这边请！"

埃德蒙看了一眼前方，一座石砌的巨大灰色城堡栖息在峭壁的边缘，万丈之下则是郁郁葱葱的山麓小丘。因为恐高，埃德蒙收回目光，紧跟着主教穿过高低不平的崖边小道，将思绪转到眼前的这次会面上来。

埃德蒙想跟刚在这里开完会的三位著名宗教领袖会面。

世界宗教大会。

自 1893 年以来，近三十种全球性宗教的数百名精神领袖每隔几年就会在不同的地方碰面，在为期一周的时间里开展不同宗教之间的对话。与会者包括世界各地举足轻重的基督教神职人员、犹太教拉比、伊斯兰教毛拉，以及印度教祭司、佛教比丘、耆那教教徒、锡克教教徒等。

大会宣称，其宗旨是"促进世界宗教的和谐，为不同宗教架设沟

---

[1] 引自《圣经·新约·马太福音》第五章第五节。

通的桥梁，颂扬不同信仰的共同价值观"。

这倒是一项崇高的事业。埃德蒙心想。不过，他觉得这是徒劳的——不过是在古代小说、寓言和神话组成的大杂烩中，毫无意义地去搜寻某种随机对应而已。

巴尔德斯皮诺主教带着他走过山顶小路时，埃德蒙低头望着山腰，心中冒出一个颇有嘲讽意味的想法。摩西登山是为了倾听上帝的旨意……而我登山的目的恰恰相反。

埃德蒙曾告诫过自己，他此次登山完全是出于道义，但他清楚自己的傲慢自大也在作祟——他渴望那种坐在这些神职人员面前预言他们死期将至的快感。

你们已经按照你们的想法定义过我们的认知了。

"我看过你的履历，"主教突然瞥了埃德蒙一眼，说道，"你是哈佛大学毕业的？"

"是的，本科是在哈佛读的。"

"嗯。最近，我看到哈佛大学新生中无神论者和不可知论者人数超过了信教的学生人数，这在哈佛历史上还从未出现过。这个统计很说明问题啊，基尔希先生。"

我能说什么呢？埃德蒙很想这样回答他。我们的学生越来越聪明了。

他们到达古老的石造修道院时，风吹得更猛了。

穿过昏暗的修道院大门，空气中便弥漫着一股浓郁的乳香①香气。两人七拐八拐在黑暗中穿过迷宫一般的走廊。埃德蒙跟在身着长袍的主教后面拼命睁大眼睛，去适应阴暗的环境。终于，他们来到一扇木门前，门小得有点不可思议。主教敲了敲门，猫下身子，然后走了进去，并示意埃德蒙也跟上。

尽管有点迟疑，埃德蒙还是迈过了门槛。

他突然发现自己来到一个长方形的房间里，高高的壁柜里塞满了

---

① 乳香（frankincense），一种含有挥发油的香味树脂。

精美的羊皮卷古书。一些独立式书架像一根根肋骨般从墙壁上凸露在外，再加上屋里散落着一些叮当作响、嘶嘶有声的铸铁散热器，给人一种异样的感觉，仿佛这个房间是活的一样。埃德蒙抬起头，看了看环绕整个二楼、装饰异常华丽的过道，顿时明白自己身在何处了。

赫赫有名的蒙塞拉特①藏经阁。居然允许他进入这里，这让他惊讶万分。据说，这个神圣的房间里收藏着世间罕见的典籍和善本，只有那些毕生敬奉上帝且归隐此山的僧侣才能一睹真容。

"你要求谨慎点。"主教说道，"这里是我们最隐蔽的地方。很少有外人进来。"

"能有如此殊荣，不胜感激。"

埃德蒙跟着主教走到一张大木桌前，两位老者正坐在那里等待他们。左边的那个老者饱经风霜，白须蓬乱，眼露倦意。他头戴软毡帽，身穿一件皱巴巴的黑色外套，里面是一件白衬衫。

"这位是拉比②耶胡达·克韦什，"主教说道，"他是著名的犹太哲学家，在卡巴拉③宇宙哲学方面颇有建树。"

埃德蒙伸出手礼貌地跟拉比隔着桌子握了握。"先生，很高兴见到您。"埃德蒙说，"我读过您写的关于卡巴拉教的大作。虽不敢说心领神会，但我确实认真拜读过。"

克韦什一边和蔼地点了点头，一边拿着手帕轻拭着泪眼。

"这位，"主教指着另一位老者继续说道，"是尊敬的阿拉玛④，赛义德·法德尔。"

这位受人尊敬的伊斯兰教学者笑容可掬地站起身来。他身材矮胖，面容慈祥，似乎跟他那双深邃又犀利的黑眼睛不太协调。他身穿一件很不起眼的白色阿拉伯长袍。"哦，先生，我读过您预言人类未来的大作，虽不敢苟同，但我确实拜读过。"

---

① 即蒙塞拉特修道院（Abbey of Mont-Serrat），是加泰罗尼亚最重要的宗教圣地，在加泰罗尼亚的文化生活和精神生活中发挥了重要作用。
② 拉比（Rabbi），犹太教中的智者。
③ 卡巴拉（Kabbalah），卡巴拉教是犹太教的一个分支，可追溯到12—13世纪。
④ 阿拉玛（Allamah），阿拉伯语音译，意为"教授、专家、学者"。

埃德蒙亲切地笑了笑，跟他握了握手。

"我们的客人埃德蒙·基尔希，"主教最后对他的两位同道说，"两位都知道，他是一位备受推崇的电脑科学家、博弈论专家、发明家，还是科技界所谓的预言家。他要求和我们三人对话，但考虑到他的背景，我一直觉得十分奇怪。所以，现在就请基尔希先生说明一下此行的目的吧。"

话毕，巴尔德斯皮诺主教便在他的两位同道中间坐了下来，插着手，满怀期待地看着埃德蒙。三人就像庭审法官坐在埃德蒙的对面，这种架势根本就不像友好的学术讨论，更像是在宗教法庭。埃德蒙这才注意到，主教连把椅子都没给他准备。

看着眼前的三位老者，埃德蒙不但不畏惧，反而觉得很好笑。这就是我要见的三一真神，或者说东方三贤士喽！

为了彰显自己的实力，埃德蒙停顿了一下，走到窗前凝视着山下令人叹为观止的景色。阳光下，是一幅古老的田园牧歌景象，绿树碧草绵亘的深谷被科塞罗拉山脉①崎岖的山峰所阻断。在数英里以外巴利阿里海②的海面上，一大片来势汹汹的暴风云正涌聚在天际。

真应景啊！埃德蒙心想。他意识到，自己马上就会在这个房间里、在这个房间背后的整个世界掀起一场轩然大波。

"先生们，"他突然转身对着三位老者说道，"我相信巴尔德斯皮诺主教已经向你们转达过了，我特别要求过要保密。在我们的谈话继续之前，我想重申一下，我今天说的必须严格保密。简言之，我要求在座的诸位对天发誓守口如瓶。三位愿意吗？"

三人都点头默许。其实埃德蒙心里明白，这纯粹是多此一举。这个信息他们巴不得秘而不宣，怎么会广而告之呢？

"今天我来这儿，"埃德蒙开始说道，"是因为我的一项科学发现，我相信三位会大吃一惊的。多年来我一直苦心研究，希望能够解答我

---

① 科塞罗拉山脉（Collserola），位于西班牙东北部加泰罗尼亚地区。
② 巴利阿里海（Balearic Sea），位于西班牙巴塞罗那东部，地中海的一部分。

们生命历程中的两个最根本的问题。现在我已经大功告成，特来拜会诸位是因为我相信这个消息会严重影响世界上各个教派的忠实信徒，还可能会引起一场颠覆性的巨变。目前，我是世界上唯一知道这个消息的人，而我即将把它透露给三位。"

埃德蒙把手伸进西装外套，掏出了一部超大型智能手机——这部手机是他为了满足自己的特殊需要而专门设计制造的。手机外壳是色彩靓丽的马赛克图案。他把手机支在三人面前，就像放了一台电视机。他马上要用这部手机，拨号接入一台超级安全的服务器，然后输入四十七位字符的密码，给他们播放一段演讲视频。

"诸位即将看到的，"埃德蒙说道，"是一段演讲的初剪版，我希望大约一个月后能将它与世人分享。但在此之前，我想请教三位世界上最有影响力的宗教思想家，受这段视频冲击最大的人在看到这段演讲之后会作何反应。"

主教大声叹了口气，看上去他一点儿也不在意埃德蒙在说什么，反而感到很无聊。"基尔希先生，你的开场白真是引人入胜。听你这么说，好像你要给我们看的东西将会动摇世界宗教的根基似的。"

埃德蒙环视了一下这座摆满宗教典籍的古老藏经阁。我的发现不会动摇你们的根基，但会让它们土崩瓦解。

埃德蒙审视着眼前的三个人。他们当然还不知道三天后会有一场精心安排的、令人震撼的发布会，埃德蒙会当场将演讲视频公之于众。当那一刻到来时，全世界的人都会明白所有的宗教教义其实只有一个共同点。

那就是，宗教教义都大错特错。

第 1 章

罗伯特·兰登教授抬头望着广场上那座高达四十英尺的大狗雕塑。雕塑上装饰着郁郁葱葱的青草和芬芳的鲜花，如同狗的皮毛一般。

想说爱你真不容易啊！他心想。不过，我一直在努力。

兰登又打量了一眼大狗雕塑，然后沿着一座天桥，顺着不规则的楼梯走下去。设计得高低不平的楼梯踏板似乎专门为了让步履沉稳的来宾跟跄一下的。果然不辱使命啊！兰登嘀咕了一句，因为参差不齐的台阶已经两次差点儿把他绊倒。

兰登走到楼梯下面时猛然停住了脚步，目不转睛地盯着前方若隐若现的一个庞然大物。

我终于一睹真容了。

一尊高耸的黑寡妇蜘蛛像矗立在他面前，黑蜘蛛细长的铁腿支撑着离地面三十多英尺的球状躯体。蜘蛛下腹的金属丝网里装满了用来充当蜘蛛蛋的玻璃球。

"这件雕塑名叫《妈妈》①。"一个声音传来。

兰登往下一看，发现蜘蛛像下面站着一个瘦高个男子，他身穿一件黑色锦缎高领长外套②，留着萨尔瓦多·达利③那样滑稽的拳曲小胡子。

"我叫费尔南多，"男子继续说道，"欢迎来到古根海姆博物馆④。"说完他便开始在身前桌子上的一堆胸牌中仔细翻找。"请问您贵姓？"

---

① 《妈妈》(Maman)，美国女雕塑家路易斯·布尔乔亚的雕塑作品。
② 高领长外套 (sherwani)，印度男人的传统服饰。
③ 萨尔瓦多·达利 (Salvador Dalí, 1904—1989)，西班牙加泰罗尼亚著名画家，留着颇有标志性的小胡子，因其超现实主义作品而闻名。
④ 古根海姆博物馆 (Guggenheim Museum)，世界上最著名的现代艺术私人博物馆之一，也是一家全球连锁经营的艺术场馆，其中，最著名的为美国纽约古根海姆博物馆和西班牙毕尔巴鄂古根海姆博物馆。

"噢，我叫罗伯特·兰登。"

那人立马肃然起敬。"啊，真的很抱歉！先生，我没认出是您！"

我自己都快认不出自己了！兰登心里嘀咕了一句，因为他是穿着黑色燕尾服、白色马甲，打着白色领结前来的，这身打扮让他走起路来很不自在。我这身行头就像个威芬普夫斯歌手[①]。兰登常穿的那件燕尾服都穿了快三十年了，还是他在普林斯顿常春藤俱乐部时留下来的，由于他每天雷打不动地坚持游泳，所以这件衣服仍然很合身。不过这次由于打包时过于匆忙，兰登从衣柜里拿错了西装，把他常穿的那件燕尾服落在家里了。

"请柬上说要着黑白搭配的正装，"兰登说道，"我觉得穿这件燕尾服应该没问题吧？"

"燕尾服是经典着装！您看起来真的很有风度！"男子急忙走过来，小心翼翼地把胸牌粘在兰登外套的翻领上。

"很荣幸见到您，先生。"留小胡子的男子说道，"您之前肯定来过我们博物馆吧？"

兰登的目光越过蜘蛛腿，注视着眼前熠熠生辉的建筑。"不好意思，我还真没来过。"

"不会吧！"男子假装很惊讶，"难道您不喜欢现代艺术吗？"

兰登一直很喜欢欣赏现代艺术时所面临的挑战——主要是搞不懂有些作品为什么会被奉为杰作：杰克逊·波洛克[②]的滴色画、安迪·沃霍尔[③]的金宝汤罐头，还有马克·罗斯科[④]的简单彩色矩形画作。虽然如此，兰登还是更喜欢探讨希罗尼穆斯·博斯[⑤]的宗教象征主义作品，或者弗朗西斯科·德·戈雅[⑥]的画作。

---

① 威芬普夫斯（Whiffenpoofs），世界上最古老、最知名的大学合唱团，每年有14名耶鲁大四学生入选，表演服装即为黑色燕尾服、白马甲和白领结。
② 杰克逊·波洛克（Jackson Pollock，1912—1956），美国画家，抽象表现主义绘画大师。
③ 安迪·沃霍尔（Andy Warhol，1928—1987），美国艺术家、导演、制片人。
④ 马克·罗斯科（Mark Rothko，1903—1970），美国抽象派画家。
⑤ 希罗尼穆斯·博斯（Hieronymus Bosch，约1450—1516），本名为吉罗姆·范·埃庚，一般认为是超现实主义绘画的创始人。
⑥ 弗朗西斯科·德·戈雅（Francisco de Goya，1746—1828），西班牙浪漫主义画派画家。

"我更喜欢古典主义的作品。"兰登回答道,"我了解达·芬奇多一点儿,欣赏不了德·库宁①。"

"但达·芬奇和德·库宁大同小异啊!"

兰登不动声色地笑了笑,说道:"那说明我还需要多了解一下德·库宁。"

"嗯,那您算是来对地方了!"男子的手朝着这幢雄伟建筑一挥,接着说道,"在这个博物馆里,您会发现世界顶级的现代艺术收藏品。我衷心希望您能喜欢。"

"但愿如此。"兰登回答道,"不过我希望能知道到底为什么邀请我来这里。"

"所有人都想知道!"男子摇了摇头,开心地笑了,"对今晚活动的目的,主办方一直守口如瓶。连博物馆的工作人员都被蒙在鼓里。这种神秘感本身就很有意思——搞得谣言四起!里面已经有好几百位客人了——有很多名人,但没人知道今晚有什么安排!"

听他这么说,兰登咧嘴笑了笑。世界上没有几个人敢如此冒险地在最后一刻才发出这样的邀请:周六晚。请光临。相信我。更没几个人能够说服几百位大人物拨冗飞到西班牙北部参加这样的活动。

兰登从大蜘蛛雕塑下面经过,沿着通道继续往前走。这时他抬头发现头顶上方飘舞着一块巨大的红色条幅。

与埃德蒙·基尔希共度今宵

埃德蒙从来都是这么信心十足。兰登想到这一点就觉得很开心。

大约二十年前,年轻的埃德蒙·基尔希成了兰登在哈佛大学的第一届学生。那时,他还是一个头发蓬乱的电脑极客②,因为对代码感

---

① 德·库宁(de Kooning,1904—1997),荷兰裔美国画家,抽象表现主义的灵魂人物之一,新行动画派大师之一。
② 极客,美国俚语 geek 的音译。随着互联网文化的兴起,这个词含有智力超群和努力的语意,又用来形容对计算机和网络技术有狂热兴趣并投入大量时间钻研的人。

兴趣，所以来上兰登的新生研讨课——《代码、密码和符号语言》。埃德蒙聪明绝顶，给兰登留下了深刻的印象。尽管他最终放弃了陈旧老土的符号学，转学前景辉煌的计算机专业，却还是和兰登建立了很好的师生情谊。在埃德蒙毕业后的二十年里，两人一直保持着联系。

现在学生已经超过了老师，兰登心想，而且已经超越几个光年了。

如今埃德蒙·基尔希闻名世界，而且非常特立独行——他已是资产过亿的计算机科学家、未来学家、发明家和企业家。四十岁的他发明了大量让人惊叹的尖端技术，在机器人、脑科学、人工智能和纳米技术等诸多领域取得了飞跃式的卓著成果。他对未来科学的突破性进展的准确预言，为他蒙上了一层神秘的面纱。

兰登以为，埃德蒙预测的神秘灵感源于他对身处的世界异常广博的知识面。在兰登的印象中，埃德蒙一直是孜孜不倦的书虫——什么书他都读。在兰登眼里，他对书的酷爱和他吸收书本知识的能力简直无人能及。

在过去几年里埃德蒙主要生活在西班牙，他爱上了这个国家的古老的魅力、先锋派建筑、别具一格的杜松子酒吧和堪称完美的天气。

埃德蒙每年都会回坎布里奇市[①]一次，在麻省理工学院媒体实验室搞个讲座什么的。兰登会借此机会跟他去波士顿某家他从没听说过的时尚餐厅吃顿饭。他们从来不谈论技术，埃德蒙只想跟兰登讨论艺术。

"罗伯特，你就是我的文化领路人，"埃德蒙经常开玩笑地说，"也是我的私人独身艺术导师！"

埃德蒙这么戏谑地调侃兰登的婚姻状况，特别具有讽刺意味，因为他自己也是独身。他谴责一夫一妻制是"对人类进化的公然侮辱"，在过去几年里，经常被人拍到跟许多超模关系暧昧。

---

① 坎布里奇市（Cambridge），位于美国马萨诸塞州，是哈佛大学和麻省理工学院的所在地。

埃德蒙以计算机科学的创新者自居,因而人们很容易把他想象成一个沉默寡言的技术宅男。但他却把自己打造成了摩登的大众偶像,穿着新潮,混迹于名流圈,欣赏晦涩难懂的地下音乐①,还收藏各种价值连城的印象派和其他现代艺术作品。埃德蒙经常发邮件给兰登,征求兰登对他准备收藏的某些艺术品的看法。

然后,他就反其道而行之。兰登心里嘀咕了一句。

大约一年前,让兰登吃惊的是,埃德蒙不再向他打听艺术,而是咨询有关上帝的问题——对于一个自诩为无神论者的人来说,这一举动的确非同寻常。两人在波士顿虎妈餐厅品尝着生食牛小排时,埃德蒙曾请教兰登,问他世界上不同宗教的核心信仰是什么,尤其是关于"创世记"有什么不同说法。

针对目前不同的宗教信仰,兰登粗略地向他作了说明,从犹太教、基督教和伊斯兰教共同信奉的"创世记",一直到印度教的梵天②、马杜克的巴比伦传说,等等。

"我很好奇,"两人离开餐厅时,兰登问道,"一个未来学家为什么会对过去这么感兴趣呢?这是不是说我们大名鼎鼎的无神论者终于找到上帝了?"

埃德蒙开怀大笑。"痴心妄想!罗伯特,我不过是正视我的对手罢了。"

兰登笑了笑。典型的埃德蒙做派!"得了吧!科学和宗教根本不存在什么竞争,它们只是在用不同的语言讲述同一个故事。在这个世界上,两者都有存在的空间。"

那次见面后,埃德蒙有将近一年时间没和兰登联系。然而就在三天前,兰登意外地收到了一封联邦快递,里面装着机票、酒店预订单和埃德蒙的一张便条,恳请他参加今晚的活动。便条上写着:罗伯特,在所有人当中,你的出席尤其对我意义非凡。正是你在我们上次

---

① 地下音乐(underground music),一种特立独行、强调自我表现的音乐形式。
② 梵天(Brahma),印度教创造之神,宇宙之主。

谈话中的真知灼见,才促成了今天晚上的活动。

兰登十分困惑。那次谈话跟这位未来学家所举办的活动似乎风马牛不相及啊。

信封里还有一张黑白图片,上面是面对面的两个人。埃德蒙还给图片配了一首小诗。

罗伯特,
你我面面相对时,
正是空白神秘揭开日。

——埃德蒙

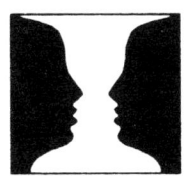

看到这张图片,兰登会心地笑了——图片巧妙地暗示了几年前发生在他身上的一个小插曲。两张脸之间的空白正是一个大酒杯或者圣杯的剪影。

此刻兰登站在博物馆外面,迫切地想知道他的这位学生要宣布什么惊天秘密。蜿蜒流过的内尔维翁河①曾经孕育了这个昔日繁华的工业城市,兰登走在河畔的水泥人行道上,微风轻拂着他的燕尾服,空气中隐约有股铜锈的味道。

拐过人行道上的一处弯道后,气势宏大、熠熠生辉的博物馆终于映入兰登的眼帘。想把这个建筑尽收眼底,简直是异想天开。他只能反复打量着这座怪异的细长建筑那惊人的长度。

这座建筑根本不是打破了建筑规则,兰登心想,而是彻底无视这些规则。对埃德蒙来说,这样的地方再合适不过。

---

① 内尔维翁河(Nervión River),西班牙河流,流经阿拉瓦省和比斯开省。

位于西班牙毕尔巴鄂的古根海姆博物馆给人一种错觉，看上去就像一幅由几个歪歪扭扭的金属面随意拼搭在一起的拼贴画。远远望去，杂乱无章的各种形状上贴着三万多块钛金属瓷砖，它们像鱼鳞一样闪闪发光，让整个建筑有种栩栩如生、天外来客的感觉，仿佛充满着未来气息的利维坦①从河里爬出来，在岸边晒太阳一样。

这座建筑在 1997 年首次亮相时，《纽约客》称赞其建筑师弗兰克·盖里②设计了"一艘身披钛金斗篷、迎风破浪、妙不可言的梦幻之船"。世界各地的评论家也纷纷惊叹："真是我们这个时代最伟大的建筑！""变幻莫测、才华横溢！""惊人的建筑壮举！"

自博物馆惊艳亮相以来，另外几十座"解构主义"建筑也先后面世——包括洛杉矶的迪士尼音乐厅、慕尼黑的宝马世界，甚至包括兰登母校的新图书馆。每座建筑都以彻底突破传统的设计和施工为特色，但是单就震撼力而言，兰登觉得这些建筑却没法和毕尔巴鄂古根海姆博物馆相比。

每走近一步，博物馆的外观都会呈现不同的形态，这让人可以从不同的角度来审视它鲜明的个性。博物馆最震撼人心的景象出现在兰登面前。令人难以置信的是，从这个角度看起来，这幢庞大建筑像漂在一个"浩瀚无垠"的潟湖上，湖水轻拂着博物馆的外墙。

兰登驻足停留了一会儿，对眼前的神奇景象惊叹不已，然后才动身穿越那座在平如镜的广阔湖面上拱起的极简主义人行小桥。他刚走到一半，就被"嘶嘶"的巨响吓了一跳，声音是从他脚下发出来的。缭绕的迷雾开始从人行道下方喷涌而出，吓得他停下了脚步。浓重的雾气在他身旁飘起，朝外翻滚着涌上潟湖，涌向博物馆，吞没了整个博物馆底部。

这就是传说中的雾雕。兰登心想。

他了解过日本艺术家中谷芙二子的雾雕艺术。"雾雕"以可视气

---

① 利维坦（Leviathan），《圣经》中的怪兽。
② 弗兰克·盖里（Frank Gehry, 1929—   ），美国当代著名的解构主义建筑师，以设计具有奇特曲线造型、外观如雕塑般的建筑而著称。

体为媒介创作而成,即先将雾气具象化,然后让其慢慢消散,所以颇具独创性。而且,由于每天的风和大气条件都不相同,所以每次出现的雾雕也都形态各异。

小桥的嘶嘶声戛然而止,此时兰登看着罩在潟湖之上的迷雾,时而旋转,时而潜行,仿佛有自己的想法。这一场景虚无缥缈,令人眩晕。现在,整个博物馆似乎是在水面上游弋,如迷失在茫茫大海的幽灵船,又似轻若无物地漂浮在云朵上。

正当兰登要再次动身前行时,宁静的水面被一连串的喷射打破了。五根熊熊的火柱突然间从潟湖射向空中发出阵阵轰隆声,就像火箭发动机刺穿薄雾盈盈的空气时发出的响声,然后在博物馆的钛金属瓷砖上映出了灿烂的簇簇亮光。

兰登更喜欢的是卢浮宫和普拉多博物馆[①]这类古典风格的建筑。但当他看到雾气和火焰盘旋在潟湖上时,觉得对埃德蒙这样痴迷于艺术和创新、能准确预言未来的人来说,要举办今晚的活动,这座超现代的博物馆是再合适不过的地方了。

此时兰登已经穿过薄雾,来到了博物馆入口——整个建筑如同一只爬行动物,而入口就像不祥的黑洞。随着兰登一步步靠近门口,一种不安的感觉袭上他的心头,他觉得自己好像正在走进一条恶龙的嘴巴。

第 2 章

在一个陌生的城市里的一间清冷的酒吧里,坐着海军上将路易斯·阿维拉。在刚刚过去的十二个小时里,他飞了几千英里,办完差

[①] 普拉多博物馆(the Prado),建于 18 世纪,位于西班牙马德里,被认为是世界上最伟大的博物馆之一,亦是收藏西班牙绘画作品最全面、最权威的美术馆。

事后，又一路奔波来到这座城市。第二杯汤力水①他喝了一小口后，便开始端详起酒吧后面那排五颜六色的瓶子来。

任何人在沙漠里都能保持清醒，他心里念叨着，但只有忠实的信徒哪怕身处瑶池也能滴酒不沾。

近一年来，阿维拉滴酒未沾。他看着酒吧镜子里的自己，当镜中的影子和自己四目相对的那一刻他感到难得的片刻满足。

阿维拉是一个幸运的地中海男子，因为年岁的增长对他来说似乎是一种优势而不是负担。这些年来，他硬硬的黑胡茬变软了，黑白相间，显得与众不同。他炯炯有神的黑眼睛也沉淀下来，透出平静和自信。昔日紧致的橄榄色皮肤如今虽满是皱纹，却被阳光晒成了透着沧桑感的古铜色，显示出一种常年在海上劈波斩浪的气质。

虽然已经六十三岁了，但他依然瘦削健美，加上一身裁剪考究的制服，身材更加骄人。此刻阿维拉身上穿的正是这么一套气度非凡的白色海军制服——一件双排扣的白色外套，上面挂着一排威武的勋章；一件硬挺的白色立领衬衫和一条真丝边的白色休闲裤。

西班牙无敌舰队已经不再是世界上最强大的海军了，但我们依然熟谙一名军官该如何着装才更显英姿。

阿维拉已经有些年头没穿这套制服了——但是，今晚很特别。当他走在这个陌生城市的街道上时，已经享受过女人们青睐的目光和男人们敬畏的眼神。

生活中信奉某种准则的人会被所有人尊重。

"再来一杯？"②漂亮的酒吧女招待三十多岁，身材丰满，脸上挂着俏皮的笑。

阿维拉摇了摇头。"不用了，谢谢。"③

酒吧里空无一人，阿维拉能感觉到女招待的眼神里透出对他的崇拜。再次被人关注，这种感觉真好。我已经在地狱走过一遭了。

---

① 汤力水（tonic water），又叫"奎宁水""通宁汽水"，由苏打水与糖、水果提取物和奎宁调配而成，最初用作药物，目前汤力水是鸡尾酒的一种配方。
②③ 原文为西班牙语。

阿维拉永远不会忘记五年前把他的生活完全摧毁的那次恐怖袭击——震耳欲聋的那一刻，大地撕裂，吞噬了他的一切。

塞维利亚大教堂①。

复活节的早晨。

安达卢西亚的阳光透过彩色玻璃倾泻而下，光芒四射的万般色彩映在教堂内壁上。管风琴响亮地奏着喜庆的乐章，成千上万的信徒都在庆祝耶稣基督奇迹般的复活。

阿维拉跪在圣餐台围栏旁心潮澎湃，万分感恩。虽然他把自己的一生都献给了海军，但也幸运地享受着上帝最伟大的恩宠——拥有一个幸福的家庭。笑容满面的阿维拉转过头去看了一眼自己年轻的妻子玛利亚。虽然她怀孕挺着大肚子，不方便穿过长长的过道来到他身边，但依然远远地坐在教堂的长椅上。在她的身旁，他们三岁的儿子佩佩正在兴奋地朝父亲挥手。阿维拉对儿子眨了眨眼睛，玛利亚则亲切地冲着丈夫微笑。

感谢上帝！阿维拉心里念叨着转过身准备接受圣杯。

突然，一阵震耳欲聋的爆炸声让这座古老的教堂支离破碎。

在火光冲天的一瞬间，他的整个世界也跟着四分五裂。

爆炸的巨大冲击波将阿维拉猛地抛向身前的圣餐台围栏，他的身上满是灼热的爆炸残片和死伤者血肉模糊的尸体碎片。阿维拉苏醒过来时，滚滚浓烟几乎让他无法呼吸。一时间，他根本不知道自己身处何地，也不知道究竟发生了什么。

接着，伴着嗡嗡作响的耳鸣，他听到了痛苦的尖叫声。阿维拉跟跟跄跄地爬了起来，惊恐地意识到自己身在何处了。他告诉自己这完全是一场噩梦。他趔趔趄趄地穿过烟雾弥漫的教堂过道，经过缺胳膊少腿、呻吟不止的受害者身边，在绝望中跌跌撞撞地来到了刚刚还在欢笑的妻儿待的大概位置。

---

① 塞维利亚大教堂（Catedral de Sevillay），西班牙南部安达卢西亚区省会城市塞维利亚市的著名宗教名胜。

可是什么也没有。

没有长椅，没有人。

只有烧焦的石材地板上血肉模糊的尸体碎片。

阿维拉恐怖的回忆被酒吧刺耳的门铃声打断了。他猛地端起汤力水，喝了一大口，像以前的千百次一样努力摆脱那段阴暗的记忆。

酒吧门被一下子撞开了，阿维拉转身看见两个魁梧的家伙跌跌撞撞地走了进来。他们穿着绿色的足球球衣，肚皮袒露在外，荒腔走调地唱着爱尔兰战歌。显然今天下午的比赛爱尔兰客场赢了。

我也该走了。阿维拉心想，然后从凳子上站了起来。他要买单，但酒吧女招待向他使了个眼色把单免了。阿维拉对她表示了感谢，然后转身要走。

"我的天哪！"刚进来的两人中有一个盯着阿维拉气度不凡的制服大声嚷道，"这是西班牙国王呀！"

两人大笑不止，摇摇晃晃地朝他走来。

阿维拉想从他们旁边绕过去，但被块头大一点儿的家伙一把揪住了胳膊，拉回到凳子上。"等一等，国王阁下！我们大老远跑到西班牙，我们要跟国王好好干上几杯！"

阿维拉看着那个人脏兮兮的手抓着自己熨烫得笔挺的衣袖。"放开！"他不动声色地说道，"我要走了。"

"别……你得留下陪我们喝杯啤酒，朋友[①]。"那家伙的手抓得更紧了，而他的朋友则开始用他那黑乎乎的手指头对着阿维拉胸前的勋章指指点点。"老爷子，看来你还是个英雄嘛！"他用力拽着阿维拉最宝贵的一枚勋章说，"这上面还有个中世纪的狼牙棒？那么你是身穿闪亮盔甲的骑士喽？"他发出一阵狂笑。

一定要忍！阿维拉提醒自己。这种人他碰到过不计其数——头脑简单，怨天尤人，从来就没有担当，也从不珍惜别人用鲜血和生命为他们换来的自由。

[①] 原文为西班牙语。

"其实,"阿维拉心平气和地回答道,"狼牙棒是西班牙海军特种部队的标志。"

"特种部队?"那家伙装作不寒而栗,"真了不起。那又是个什么玩意儿呀?"他指了指阿维拉的右手说道。

阿维拉低头看了看自己的手掌。在他软软的掌心上有一个黑色的文身——这个文身符号可以追溯到十四世纪。

这可是我的护身符!阿维拉看着文身,心想。不过以后我再也不需要了。

"管他呢!"大块头说道,终于放开了阿维拉的胳膊,开始打起酒吧女招待的主意来。"你可真漂亮!"他说道,"你是纯粹的西班牙血统吗?"

"是的。"她很客气地答道。

"你身上就没有一点儿爱尔兰血统吗?"

"没有。"

"你想要一点儿吗?"他歇斯底里地狂笑起来,还用力捶打着吧台。

"离她远点儿。"阿维拉厉声说道。

那人一下子转过身来怒视着阿维拉。

另一个混混狠狠地朝阿维拉胸前捅了一下说道:"你这是要狗拿耗子多管闲事吗?"

阿维拉深深吸了一口气,再加上这一天的长途奔波,他确实感觉很疲惫,于是指了指吧台说:"先生们,请坐。我请你们喝杯啤酒。"

幸好他没走！女招待心想。虽然她可以照顾自己，但她的膝盖还是有点儿发软，看到海军军官如此从容地应对这两个莽汉，她希望他能一直待到打烊。

军官点了两杯啤酒，又给自己点了杯汤力水，然后坐回到原来的凳子上。两个足球流氓一边一个坐在他的两边。

"汤力水？"其中一个嘲弄地说道，"我还以为我们要一块喝啤酒呢。"

军官朝女招待疲惫地笑了笑，一口气喝掉了汤力水。

"不好意思，我还约了别人，先走一步。"军官说着站起来就要走，"两位慢慢享用。"

他一站起来，那两个人就像预先演练过似的伸手粗暴地按住了他的肩膀，猛地把他按回到凳子上。愤怒的神色在军官眼中一闪，随即便消失了。

"老爷子，你最好不要把女朋友一个人丢下。"那个混混看了看他，伸出舌头做了个恶心的动作。

军官静静地坐了一会儿，然后把手伸进外套。

两个家伙一把抓住他。"喂！你想干什么？！"

军官慢悠悠地掏出手机，对两个人说了句西班牙语。他们不解地看着他，他又用英语说道："对不起，我得给我妻子打个电话，告诉她我要迟到了。看样子我还得在这儿待上一会儿。"

"这才对嘛，老伙计！"大块头说完，一口气干掉了啤酒，"砰"一声把杯子重重地放在吧台上，"再来一杯！"

借着给两个混混续杯的机会，女招待从镜子里看到军官在手机上按了几个键，然后把手机放到了耳边。电话通了，他用西班牙语飞快地说着。

"我在莫利马隆酒吧。"[①] 他看着眼前杯托上的酒吧名字和地址说，"帕提古勒德埃斯特拉温萨街8号。"[②] 他停顿了一下，继续说道，"我

---

①② 原文为西班牙语。

们需要紧急援助。有两名男子受伤。"①说完挂断了电话。

两人受伤？女招待觉得自己的心怦怦直跳。

还没等她明白过来，只见白光一闪，军官飞转到右侧，向上一个肘击重重捣在大块头的鼻梁上。只听"咔嚓"一声，大块头脸上鲜血直流，立刻倒地不起。还没等第二个人反应过来，军官再次飞转，这一次来到左边，用左肘朝第二个混混的喉管狠击一下。第二个人便四仰八叉从凳子上跌了下去。

女招待大惊失色地看着地上的两个人，一个在痛苦地尖叫，另一个则捂着喉咙上气不接下气。

军官不慌不忙地站起身来，不动声色地掏出钱包，把一百欧元放到了吧台上。

"很抱歉！"他用西班牙语对她说道，"警察马上就到。"说完，他便转身离开了。

走出酒吧，海军上将阿维拉呼吸着夜晚的空气，沿着马扎雷多大街朝河边走去。警笛声渐渐临近，他不想引起警方的注意，便躲进了阴影里。今晚还有正事要做，不能再节外生枝了。

摄政王已经把今晚的任务交代得一清二楚。

对阿维拉来说，服从摄政王的命令是天经地义的。无须自作主张，无须担责，只要执行即可。在负责下达命令的军旅生涯结束后，放弃掌舵让别人运筹帷幄，也是一种解脱。

在这场战争中我只是个走卒而已。

几天前摄政王吐露了一个秘密，让阿维拉忧心忡忡。在他看来，自己除了全身投入之外已别无选择。昨晚执行的任务之残忍，依然在他心头萦绕，但他知道自己的行为会得到宽恕。

彰显正义的方式多种多样。

今晚，死神将再次降临。

---

① 原文为西班牙语。

阿维拉来到河边的露天广场，抬头看着眼前的这座宏伟建筑。这座以金属瓷砖作外墙的建筑起伏不定、奇形怪状、杂乱无章——仿佛两千年来的建筑成就都被抛到了窗外，只剩下一片狼藉。

有人管它叫博物馆，我倒觉得它就是个怪胎。

阿维拉收拢了一下思绪，穿过广场，从毕尔巴鄂古根海姆博物馆外面那些奇形怪状的雕塑中间走过。走近大楼时，他看到几十位身着黑白搭配的正装的宾客正鱼贯而入。

这些不信神的家伙已经聚在一起了。

但他们绝对想不到会有今晚。

他整了整自己的军帽和外套，又把眼前的任务梳理了一下。今晚是正义之征———一项伟大使命的一部分。

阿维拉通过广场走向博物馆入口时，轻轻摸了摸口袋里的念珠。

第3章

博物馆的中庭给人的感觉，就像未来派风格的大教堂。

兰登一走进博物馆，便立刻注意到博物馆的上方。一组足有二百英尺高的巨大白色立柱挨着高耸的玻璃幕墙，直达拱形穹顶。穹顶上方，卤素聚光灯闪耀着纯白色的光。纵横交错的人行天桥和眺台悬在半空中，穿越了整个博物馆上方。三三两两身着礼服的参观者在上层展厅或进进出出，或站在高窗前欣赏下面的潟湖。不远处的一部玻璃电梯悄无声息地顺墙而下，返回地面接送其他客人。

这家博物馆与兰登见过的其他博物馆风格迥异，就连音响效果都别出心裁。一般博物馆的墙体都采用隔音材料，给人一种庄严肃穆的气氛，这里却洋溢着灵动的气息，流水潺潺，其回声荡漾在石壁和玻璃间。对兰登来说，唯一熟悉的是无菌空气的味道。全世界博物馆里的空气都是一个味——所有的微粒和氧化剂都经过精心过滤，再添加离子水,将湿度调至45%。

兰登发现现场有不少武装警卫。他通过一系列异常严格的安检之后来到一张签到桌旁。一位年轻女子正在分发耳机。"需要语音导览吗?"[1]

兰登笑了笑说道:"不用了,谢谢。"

虽然已经说过不用了,但当他走近桌子时,女子还是拦住了他,并用地道的英语说道:"对不起,先生。今晚的主办者埃德蒙·基尔希先生要求每位客人都要佩戴耳机。这是今晚体验的一部分。"

"哦,没问题。那就给我一个吧。"

兰登随手就去拿耳机,但又被拦住了。她在一长串宾客名单中寻找着他的名字,找到后递给他一个编号跟他名字相匹配的耳机。"今晚的体验是针对每位来宾专门定制的。"

真的吗?兰登四下看了看。宾客有好几百人呢。

兰登看了看耳机,发现只是个造型优美的金属圆环,两端各有一个极小的垫片。大概是注意到了他满脸疑惑的表情,女子走过来帮他。"这种耳机还是个新事物,"她边说边帮他戴上,"传感垫不用塞到耳朵里,放在脸上就行了。"她把那个环形耳机从后面给兰登戴上,将垫片轻轻地夹在他的脸上,正好放在上腭骨和太阳穴的中间。

"可是,怎么——"

"骨传导技术。传感器把声音传导到您的腭骨里,这样声音可以直达您的耳蜗。我之前试过,真的很神奇——就像从您的大脑里传出来一样。而且它能解放耳朵,不妨碍您同时跟别人对话。"

"绝妙的设计。"

"这项技术是基尔希先生十多年前发明的。现在已经用在很多品牌的耳机上。"

真希望路德维希·凡·贝多芬能用上这种耳机!兰登心想。据他所知,骨传导技术最初的发明者正是这位十八世纪的作曲家。失聪

---

[1] 原文为西班牙语。

后，他发现可以将一根金属棒固定到钢琴上，在弹琴时咬住它，就能通过腭骨振动很好地感受旋律。

"希望您能享受此次的参观体验。"女子说，"发布会之前您有一小时左右的时间可以游览博物馆。到了时间，语音导览会提醒您上楼前往报告厅。"

"谢谢。我需要按哪里——"

"哪都不用按，设备是自动激活的。您只要一动，讲解就马上开始了。"

"哦，那太好了。"兰登笑着说。之后他便穿过中庭，朝着三三两两的客人走去。所有的客人都在等电梯，腭骨上也都戴着耳机。

刚刚走到中庭的一半时，一个男子的声音在他的脑海里响了起来："晚上好，欢迎您来到毕尔巴鄂古根海姆博物馆。"

兰登知道这是耳机里传来的声音，但还是停住了脚步，看了看身后。耳机效果惊人——正如刚才年轻女子所言，就像有人在你的脑袋里面跟你说话一样。

"兰登教授，对您的到来，我表示最诚挚的欢迎。"声音轻松友好，一口欢快的英国口音，"我叫温斯顿，很荣幸今天晚上为您当导览。"

他们请谁录的音——难道是休·格兰特①不成？

"今天晚上，"耳机中的声音愉悦地接着说道，"您可以尽情徜徉，随性欣赏，无论您欣赏什么作品，我都会尽我所能为您答疑解惑。"

显然除了活泼的解说、个性化的录音和骨传导技术，每个耳机还配备了GPS，可以精确定位参观者在博物馆所在的位置，并据此进行相应的讲解和评论。

"先生，我清楚地意识到，"耳机中的声音接着说道，"在众多宾客当中，您作为一名艺术教授聪慧过人，因此您或许不怎么需要我的

---

① 休·格兰特（Hugh Grant, 1960— ），英国影视演员，一直享有"英伦情人"的美誉，他迷人的贵族气质、俊朗的脸庞和纯正的伦敦口音不知迷倒了多少人。

讲解。更糟糕的是，对某些作品的讲解您可能会有跟我完全不同的看法！"说完，耳机里的声音不自然地呵呵一笑。

这是真的吗？这个程序脚本是谁写的？欢快的语调和个性化的服务确实是神来之笔，但兰登无法想象定制几百副这样的耳机要费多少功夫。

谢天谢地，耳机里的声音终于安静了下来，好像程序预先设定的欢迎词已经说完一样。

兰登的眼睛扫过博物馆中庭，看见人群上方挂着一块巨大的红色条幅。

埃德蒙·基尔希
今晚我们勇往直前

埃德蒙究竟要宣布什么消息？

兰登往电梯方向看去，发现那边有几位客人在聊天。他们当中有两位是世界知名的互联网公司创始人，还有一位是著名的印度演员，另外就是一些穿着考究的贵宾。兰登感觉自己应该会认识他们，其实不然。谈论社交媒体和宝莱坞的话题对兰登来说，既不太情愿又有点儿准备不足。所以，他就往相反的方向、远墙映衬下的一幅巨型现代艺术作品走去。

这件现代装置艺术作品仿佛置身于黑洞之中，九根细长的传送带从地板缝里拔地而起，消失在天花板上。这件作品类似于一个垂直面上的九条人行道。每根传送带上都有明亮的文字，不停地向上滚动。

我大声祈祷……我在自己的皮肤上闻到了你的气息……我诉说你的名字。

兰登走近一看，才发现传送带实际上是固定的，传送带在动的错觉是由每根柱子上安装的一层LED灯"皮肤"产生的。LED灯快速依次亮起形成文字,从地板中出现,沿着立柱向上飞奔,消失在天花板上。

我在号啕大哭……在流血……没人告诉我。

兰登在这些灯柱中来回走动,仔细欣赏这件作品。

"这件作品很耐人寻味,"语音导览突然说道,"它的名字叫《毕尔巴鄂装置艺术》,由概念派艺术家珍妮·霍尔泽[①]创作。它包含九根LED标识牌,每根四十英尺高,用巴斯克语、西班牙语和英语显示一些文字——所有内容都与可怕的艾滋病和那些被孤立的艾滋病患者所承受的痛苦有关。"

兰登不得不承认,这件装置艺术品确实让人如痴如醉,但也有点儿让人心碎的感觉。

"您以前应该见过珍妮·霍尔泽的作品吧?"

兰登觉得自己都快被这些不停向上奔跑的文字给催眠了。

我埋葬我的头……我埋葬你的头……我埋葬你。

"兰登先生?"他脑海中的那个声音娓娓说道,"您能听到我说话吗?您的耳机还在正常工作吗?"

兰登一下子从胡思乱想中惊醒过来。"不好意思——你说什么?喂?"

"喂,您好。"耳机中的声音回答道,"我记得我们已经打过招呼了吧?我只是想试一下,看看您能不能听到我说话。"

"我……我很抱歉。"兰登从那件展品上回过神来,结结巴巴地说了句,然后越过中庭看向窗外,"我还以为耳机里的声音是录好的呢!没想到居然是真人在线。"兰登脑海中浮现出一幅画面——一排排的办公隔间里座无虚席,所有讲解员都头戴耳机、手拿博物馆手册

---

① 珍妮·霍尔泽(Jenny Holzer, 1950—),美国新概念艺术家。

在忙个不停。

"没关系,先生。今晚我就是您的私人导览。您的耳机也配有麦克风。今晚的这个环节提供的是互动式体验。您可以和我讨论艺术。"

兰登这才发现其他来宾也正在对着自己的耳机说个不停。那些结伴而来的人看上去若即若离,也都一脸困惑地在跟各自的讲解员聊天。

"博物馆的每位客人都配备了私人导览吗?"

"对的,先生。今晚我们为三百一十八位客人提供了一对一的导览。"

"太不可思议了。"

"呃,您知道,埃德蒙·基尔希是艺术和技术的狂热爱好者。他专门为博物馆设计了这套系统,取代他所不屑的团体游。这样的话,每位参观者都可以享受到个性化的参观体验,可以按照自己的步调去游览,问一些可能在团体游场合下不方便问的问题。这样的参观更温馨,也更能使参观者身临其境。"

"我的话可能有点儿跟不上潮流,但为什么不派专人直接陪同每位参观者呢?"

"人流呀!"耳机中的声音回答道,"为博物馆的每位参观者都配备一名讲解员,这就意味着馆内的人数会翻一番。这样博物馆能接待的参观人数必然就会减少一半。此外,讲解员同时讲解时的嘈杂也会让人分心。我们的理念是提供完美的对话体验。基尔希先生总是说,艺术的宗旨之一就是促进对话。"

"这种说法我完全赞同。"兰登说道,"这正是人们参观博物馆经常约个伴或者带个朋友的原因。头上戴着这种耳机有可能会被人认为不愿意跟人打交道。"

"呃,"带英国口音的讲解员说道,"如果约个伴或者带个朋友,几个人可以指定同一名讲解员进行小组讨论。这款软件是非常先进的。"

"你好像无所不知嘛!"

"其实这是我的职责所在。"讲解员笨拙地笑了笑,突然改变了话题,"那么教授,如果您朝窗子那边走,穿过中庭,就会看见本馆最大的一幅绘画藏品。"

兰登穿过中庭,从一对三十来岁的情侣身旁走过时,发现两人头戴白色情侣棒球帽,很是惹眼。两人帽子上印着的并不是什么公司的标识,而是一个奇怪的符号。

这个符号兰登非常熟悉,但他从没见人把它印在帽子上。近年来,这个极具风格的字母A已经成为这个星球上人数增长最快、日益畅所欲言的一个群体——无神论者——的统一标识。这个群体认为宗教信仰非常危险,他们于是每时每刻都更强势地公开表达反对意见。

无神论者现在都有专用棒球帽了?

看着周围这群技术天才,兰登提醒自己,这些擅长分析的年轻人当中,有许多人跟埃德蒙一样,很可能旗帜鲜明地反对宗教。在研究宗教符号学的教授眼里,今晚的观众并不全是他的"父老乡亲"。

第 4 章

🌐 解密网

突发新闻

持续更新:欲了解解密网"今日十大新闻",请点击<u>此处</u>。另外,本站刚刚收到突发新闻!

埃德蒙·基尔希惊世发布？

今天晚上，科技界巨头齐聚西班牙毕尔巴鄂，参加未来学家埃德蒙·基尔希在古根海姆博物馆举办的贵宾专场。安检极为严苛。关于该活动的目的，宾客们都还被蒙在鼓里，但解密网从内部得到的消息称，埃德蒙·基尔希即将发言，准备宣布他那令人震惊的重大科学发现。解密网将持续关注事件的最新进展，即时发布最新消息。

第 5 章

欧洲最大的犹太教堂坐落在布达佩斯的烟草街。教堂是一幢摩尔风格①的建筑，有两座高耸的尖塔，里面可以容纳三千多名信众——楼下的长椅是为男信徒准备的，而楼上包厢里的长凳则是给女信徒的。

教堂外的院子里有个万人坑，埋葬着数以万计匈牙利犹太人的尸骨，他们是在纳粹占领的恐怖时期被害身亡的。院子里有一个标志性的雕塑，名为《生命之树》——这是一棵金属雕刻的垂柳，每片树叶上都刻着一位遇难者的姓名。微风吹过，金属叶片相互碰撞，发出叮叮当当的响声，在教堂上空产生异样的回声。

在过去三十多年里，这座犹太教大教堂的精神领袖一直都是著名的《塔木德经》学者和犹太教卡巴拉教派的信徒——拉比耶胡达·克韦什，尽管他年事已高，健康状况欠佳，但依然活跃在匈牙利及世界各地的犹太社区里。

此刻，夕阳照在多瑙河上，克韦什走出教堂。他穿过烟草街上林林总总的时装店和神秘的"废墟酒吧"②，回到位于"三一五"广场③的家中。他的家离伊丽莎白大桥只有咫尺之遥，大桥连接着 1873 年

---

① 摩尔风格（Moorish style），生活在马格里布和伊比利亚半岛的摩尔人的建筑文化传统。
② 废墟酒吧（ruin bars），建在建筑废墟上的酒吧。
③ "三一五"广场（Marcius 15 Square），为纪念 1848 年 3 月 15 日匈牙利人民抵抗哈布斯堡王朝统治的革命而设立。

正式合二为一的两座古城——布达和佩斯。

逾越节①假期——通常是克韦什一年中最快乐的时候——即将到来，但自从上周参加世界宗教大会回来后，克韦什就陷入了无尽的忧虑之中。

我真希望自己没去参加。

跟巴尔德斯皮诺、赛义德·法德尔以及未来学家埃德蒙·基尔希这次不寻常的会面，让克韦什三天来一直魂不守舍。

克韦什回到家后，直接大步流星地来到花园，打开了他的"茅舍"——这间小茅屋既是他的避难圣所，也是他的书房。

"茅舍"只有一个房间，大部头的宗教典籍把高高的书架压得摇摇欲坠。克韦什走到书桌前坐了下来，看着眼前凌乱的书桌眉头紧锁。

这个星期，要是有人看到我的书桌乱成这样，他们肯定会觉得我发失心疯了。

书桌上随意摆放着六七本深奥而又晦涩的宗教典籍，书本都胡乱地摊开着，上面贴满了易事贴。后面木架上还有三本大部头著作——分别是希伯来语、亚拉姆语和英语版本的《妥拉》②——每本书都翻到了同一篇目上。

"创世记"。

起初……

当然，克韦什完全能把这三种语言的《创世记》都背诵出来，但他更应该去研读关于《光明篇》或者卡巴拉教派宇宙理论的学术评论。对克韦什这种修为的学者来说，研究《创世记》就跟爱因斯坦回到小学学算术一样，太小儿科了。然而拉比这个星期一直都在研究这个，他办公桌上的笔记本字迹潦草不堪，看起来像被狂风暴雨吹打过

---

① 逾越节（Passover），犹太教的主要节日之一。
② 《妥拉》（Torah），又译为"托辣""托拉"，为犹太教的核心教义。所指甚广，既可以指《塔纳赫》24部经中的前五部（即《摩西五经》），也可以指由创世记开始，一直到《塔纳赫》结尾的所有内容，还可以将拉比注释书包括在内。

一样，凌乱得连克韦什自己都快认不出来了。

我看上去就像个疯子一样。

克韦什先从《妥拉》看起——犹太教徒信奉的《妥拉》跟基督徒信奉的"创世记"故事类似。起初，上帝创造了天和地。接下来，他又去读《塔木德经》的箴言，重读拉比评注版的《上帝创世》释读。之后他开始研读米德拉西，全神贯注于备受尊崇的解经学者们试图解释传统的创世故事时对察觉到的矛盾说法所作的各种评论。最后，克韦什又埋头研究《光明篇》神秘的卡巴拉智慧。在《光明篇》中，不可知的上帝彰显成十种不同的生命树或维度，通过"生命之树"不同方式的排列，发展出四个独立的宇宙。

犹太教信仰的晦涩和复杂一直让克韦什感到欣慰——这其实是上帝在提醒人类，总有些事情是人类无法理解的。然而，在看完埃德蒙·基尔希的演示之后，考虑到他的发现简单易懂又清晰明了，克韦什觉得过去的三天，自己都白白浪费在研究一堆早已不合时宜的矛盾上了。此刻他唯一能做的就是把这些古籍置之度外，沿着多瑙河去做一次长距离散步，梳理一下自己的思绪。

克韦什终于开始接受这个痛苦的事实：埃德蒙的发现的确会给这个世界的忠实信徒带来毁灭性的打击。这位科学家所揭示的真相几乎跟所有既定的宗教教义都截然不同，而且他的演讲既浅显易懂，又具有说服力，这也让克韦什苦恼不已。

我忘不了最后那张图。克韦什心想。他回忆着在埃德蒙超大型手机上看到的令人不安的演讲视频。这样的结论会影响到每个人——不仅仅是虔诚的教徒。

在过去几天里，尽管克韦什一直在苦苦思索，但此刻他仍然束手无措，不知该如何应对埃德蒙披露的信息。

他觉得巴尔德斯皮诺和法德尔肯定也是一头雾水。他们三人两天前在电话里沟通过，但没有实质性的进展。

"朋友们，"巴尔德斯皮诺首先说道，"很显然，基尔希先生的发言令人不安……很多方面都令人不安。我敦促他给我打电话，再跟我讨论一下，但他却不理不睬。既然这样，我觉得我们要有个决定才行。"

"我已经决定了。"法德尔说道，"我们不能坐视不管。我们要控制局面。埃德蒙蔑视宗教这一点众所周知。他会对他的发现进行精心包装，尽其所能伤害宗教的未来。我们要先发制人。必须由我们自己来宣布他的发现。刻不容缓。为了减少冲击我们必须采取适当的方式，把对教徒的负面影响降到最低。"

"我知道我们讨论过公之于众的问题，"巴尔德斯皮诺说道，"但遗憾的是，我实在想不出该如何向公众解释才能不构成威胁。"他长长地叹了一口气。"还有个问题，我们对基尔希先生发过誓，答应替他保密的。"

"我们确实发过誓，"法德尔说道，"我心里也很矛盾，不想违背誓言。但我觉得我们必须两害相权取其轻，牺牲小我，有所行动。我们全部遭到了抨击——伊斯兰教、犹太教、基督教、印度教，所有宗教无一幸免——而且考虑到埃德蒙正在破坏各教派都认可的基本教义，我们必须确保在公之于众后不会危及我们的宗教团体。"

"我是担心这件事根本没法自圆其说。"巴尔德斯皮诺说道，"如果我们现在考虑公开埃德蒙的发现，唯一可行的办法就是让人们对他的发现心存质疑——在他将发现公之于众之前去抹黑他。"

"抹黑埃德蒙·基尔希？"法德尔质疑道，"一个才华横溢，从来没在任何事情上犯过错的科学家？我们上次不是一起跟埃德蒙见过面吗？他的演讲很有说服力。"

巴尔德斯皮诺嘟嘟哝哝地说道："总不会比伽利略、布鲁诺、哥白尼当年的发现更有说服力吧。以前宗教信仰就遇到过这种困境。这次也不过是科学再次兵临城下而已。"

"但他的发现比以前的物理学和天文学的发现有过之而无不及！"法德尔大声说道，"埃德蒙挑战的是宗教的根基——我们一切信仰的根本所在！你想引经据典随你的便，但你可别忘了，尽管你们的梵蒂冈竭尽所能想压制伽利略这样的人，但他们的学说最后还是占了上风。埃德蒙势必也会如此。这样的事想挡都挡不住。"

所有人都安静了下来。

"在这件事情上我的立场很简单。"巴尔德斯皮诺打破沉默说道,"但愿埃德蒙·基尔希没有获得这个发现。对他的发现我们恐怕都束手无策。而我最希望的就是这个发现永远都不要大白于天下。"他停顿了一下接着说,"同时我相信,这个世界上所发生的一切都是上帝的旨意。如果我们虔诚祈祷的话,上帝也许会劝一下埃德蒙,让他重新考虑将发现公之于众的事。"

法德尔哼了一声说道:"我觉得,埃德蒙这种人根本就听不到上帝的声音。"

"也许吧。"巴尔德斯皮诺说道,"不过奇迹每天都会发生。"

法德尔气冲冲地反驳道:"恕我直言,除非你祈祷的是上帝在埃德蒙将发现公之于众之前把他劈死,否则……"

"先生们!"克韦什试图化解越来越浓的火药味,于是插嘴道,"我们的决定不能操之过急,不是今天晚上就要达成共识的。埃德蒙不是说他要一个月后才会公开嘛。我提个建议,我们先各自思考一下,过几天再一起商讨对策,大家看怎么样?也许在思考的时候应对的办法自然就冒出来了。"

"好主意!"巴尔德斯皮诺说道。

"但是我们也不能等太久。"法德尔提醒道,"两天后我们再电话联系。"

"就这么说定了。"巴尔德斯皮诺说,"到时候我们再最后决定该怎么办。"

这已经是两天前的事了,今天晚上就是他们约好要通话的时间。

克韦什一个人待在"茅舍"里,越发焦虑。今晚的电话比约定的时间晚了将近十分钟。

电话铃终于响了,克韦什一把抓了起来。

"你好,拉比。"巴尔德斯皮诺主教说道,他的声音听上去忧心忡忡,"我很抱歉,有事耽误了一下。"他停顿了一下接着说,"法德尔恐怕没法跟我们通话了。"

"哦？"克韦什惊讶地问道，"没出什么事吧？"

"我不知道。我一整天都在联系他，但阿拉玛似乎……人间蒸发了。他的同事也不知道他在哪儿。"

克韦什感到不寒而栗。"这确实挺让人担心的。"

"是呀。但愿他一切安好。不幸的是我还有个坏消息。"主教停顿了一下语气更加沉重，"我刚刚得到消息，埃德蒙·基尔希正在举行活动……今晚就宣布他的发现。"

"今晚？！"克韦什追问道，"他说过一个月后才宣布的啊！"

"是的！"巴尔德斯皮诺说道，"他欺骗了我们。"

第 6 章

温斯顿亲切的声音又在兰登的耳机里响了起来："教授，在您的正前方是我们馆藏里最大的一幅画，但大部分参观者一开始根本注意不到。"

兰登把博物馆的中庭仔细打量了一番，除了一面可以俯视潟湖的玻璃墙之外，什么也没发现。"不好意思，我觉得我自己也是大部分参观者中的一员。我没看到有什么画呀。"

"呃，这幅画展示的方式很特别。"温斯顿笑着说道，"画不是挂在墙上，而是铺在地上的。"

我本该想到这一点的。兰登一边心里这么想着，一边眼睛看着脚下往前走，一直走到地上的一大块长方形帆布跟前。

这幅巨型画作只有一种颜色——单一的深蓝色，参观者只能站在四周低头欣赏，就像在凝视一口小池塘一样。

"这幅画将近六千平方英尺。"温斯顿主动解释道。

兰登这才意识到，这幅画竟然是他最早住过的那间剑桥大学公寓面积的十倍。

"这是伊夫·克莱因①的作品,被人们亲切地称为《游泳池》。"

兰登不得不承认,这幅画丰富的蓝色色调非常醒目,给他的感觉是他可以直接潜入画布中游泳。

"克莱因发明了这种颜色,"温斯顿继续说道,"所以这种颜色被称为'国际克莱因蓝'。他还声称这种色彩的厚度让他乌托邦式的世界观变得虚化和深远。"

兰登感觉到,此时温斯顿正在对着稿子照本宣科。

"克莱因最为人称道的正是他的蓝色画作,但他那张名为《跃入虚空》的特技照片虽然会令人不安,不过也挺出名,照片在1960年面世时曾引起不小的轰动。"

兰登曾在纽约现代艺术博物馆见过《跃入虚空》这张照片,拍摄的是一个衣着讲究的人从高处以燕式跳水动作纵身扑向路面的场景,照片的整体效果是挺吓人的。事实上,还是对照片耍了个小聪明——底片用刀片进行了别具匠心的巧妙加工。别忘了那个年代可没有什么PS②!

"此外,"温斯顿说道,"克莱因还创作了一部音乐作品——《单调交响乐》。在整支乐曲中,交响乐团用了足足二十分钟演奏一个D大调和弦。"

"会有人听吗?"

"成千上万的人呢。而且这个和弦只是第一乐章。在第二乐章里,交响乐团一点儿不发声,二十分钟'完全静默'。"

"你是在开玩笑吧?"

"我没开玩笑,我是认真的。当然演奏也没有那么沉闷。'演奏'第二乐章时,三个裸女涂着厚厚的蓝色颜料,在一块巨大的画布上随意翻滚。"

---

① 伊夫·克莱因(Yves Klein, 1928—1962),法国画家。
② Photoshop的缩写,一款可以修改图片的电脑软件。

在漫长的职业生涯中，兰登虽然一直在孜孜不倦地学习艺术，但令他困扰的是，自己从来没有真正学会如何欣赏艺术界那些前卫的作品。现代艺术的魅力是什么，他依然不明就里。

"我无意冒犯，温斯顿，但我想告诉你，我常常觉得很难区分什么是'现代艺术'，什么是纯粹的荒诞不经。"

温斯顿不动声色地回答道："呃，大家都有这样的困惑，对吧？在您的古典艺术领域，作品是否被推崇取决于艺术家的创作技巧——也就是艺术家如何灵巧地在画布上挥舞画笔或者如何巧夺天工地雕琢石头。但在现代艺术领域，杰出的作品更加注重创意而非技巧。例如每个人都可以轻而易举地创作出一首虽长达四十分钟却只有一个和弦外加沉默的交响乐曲，但这创意只属于伊夫·克莱因。"

"有道理。"

"外面的雾雕就是概念艺术的一个完美范例。虽然创意——在桥下安装穿孔管，把雾吹到潟湖上——属于艺术家，创作却是当地管道工完成的。"温斯顿停了一下继续说道，"不过我还是很欣赏她的做法，把自己的艺术媒介当作一种密码。"

"雾是一种密码？"

"正是。隐藏着对博物馆设计师的致敬。"

"弗兰克·盖里？"

"弗兰克·O. 盖里。"温斯顿纠正道。

"聪明。"

说完兰登朝窗口走去，这时温斯顿又说道："从这个角度，你可以好好欣赏一下蜘蛛雕塑。在进博物馆时您看到《妈妈》这个雕塑了吗？"

兰登凝视着窗外，目光越过潟湖，落在了广场上巨型黑寡妇蜘蛛雕塑上。"看见了。不可能看不到的。"

"您说话的语气让我觉得您对这个雕塑不怎么感兴趣嘛。"

"我在努力对它感兴趣。"兰登停顿了一下继续说道，"作为古典主义者，我在这里总感觉有点儿别扭。"

"有意思！"温斯顿说道，"我本来以为在所有人当中，您应该更能欣赏《妈妈》这个雕塑的。它是并置这一传统概念的完美再现。下次您在课堂上讲并置概念时，完全可以拿它当例子。"

兰登看了看蜘蛛雕塑，并没发现并置概念与它有什么关系。每当在课堂上讲并置概念时，兰登更喜欢选用传统的艺术品当例子。"我想我还是继续使用《大卫》吧。"

"是的，米开朗琪罗的作品的确是典范。"温斯顿轻声笑着说道，"他技艺高超，让大卫呈现出柔弱的对立式平衡。大卫手上有气无力地拿着投石器，传递出一种女性的脆弱，但他的眼睛里却迸射出置敌于死地的决心——健硕的肌肉和鼓胀的血管——蓄势待发地要杀死歌利亚。作品同时折射出大卫脆弱和坚毅之间的对立感。"

这番描述给兰登留下了深刻的印象，他多么希望自己的学生对米开朗琪罗的代表作也能有如此透彻的理解。

"《妈妈》跟《大卫》没什么差别，"温斯顿说道，"都是对立主题的大胆并置。在自然界中，黑寡妇蜘蛛是种可怕的生物——它是掠食者，用自己的网捕杀猎物。尽管它极其危险，但在这个雕塑中，它的卵囊哺育着新生，是一个生命孕育者的形象。所以它既是捕食者又是孕育者——无比修长的腿部上方是它强大的核心部位，意味着它既强大又脆弱。如果您愿意，可以把《妈妈》称为现代版的《大卫》。"

"我才不呢。"兰登笑着答道，"不过不得不承认，你的分析倒是很值得回味。"

"好吧，那让我为您介绍最后一幅作品吧。这可是埃德蒙·基尔希的原创作品。"

"真的吗？我可从来没想到埃德蒙还是位艺术家呀。"

温斯顿哈哈大笑起来。"还是您自己来评判吧。"

温斯顿引导着兰登经过一扇扇窗户，来到一个宽敞的壁龛前，只见一群客人正聚拢在挂在墙上的一块巨大干泥板前。乍一看，硬泥板让兰登觉得自己置身于化石博物馆，但这块泥板里却没有化石。相反，泥板上粗制滥造的蚀刻符号就像小孩子在湿水泥上用小木棍画的图画一样。

人群对这幅作品似乎无动于衷。

"这就是埃德蒙的作品?"一位身穿貂皮大衣,用保妥适① 丰过唇的女人嘟囔道,"我可欣赏不了。"

兰登克制不住好为人师的冲动。"这幅作品其实很精妙!"他打断她的话说道,"到目前为止,这是整个博物馆里我最喜欢的作品。"

那位女士转过身来,不屑地打量着他。"噢,真的?那请不吝赐教。"

我非常乐意。兰登走到这些粗拙地蚀刻在泥板上的符号跟前。

"呃,首先,"兰登说,"埃德蒙这幅黏土刻字的作品,是为了向人类最早的书面语——楔形文字——表达敬意。"

女人眨了眨眼,看上去还是很疑惑。

"中间这三个粗一点儿的符号,"兰登继续说道,"是亚述语中的'鱼'字。这叫象形文字。如果你仔细看,你可以想象鱼的嘴巴向右张开,身上都是三角形的鳞片。"

一群人都伸直脖子仔细端详起这幅作品来。

"如果你看这里,"兰登指着鱼左下角的一串符号说,"就可以看到埃德蒙在鱼后面的泥土中留下了一些脚印,代表着鱼迈向陆地的历史进化。"

众人纷纷点头赞许。

"最后,"兰登说道,"注意一下鱼右面不对称的星号——鱼似乎要把它给吞掉。这个符号是历史最悠久的符号之一,它代表上帝。"

---

① 保妥适(Botox),一种神经传导的阻断剂,用以治疗过度活跃的肌肉。作为整形美容材料,主要用于除皱与瘦脸。

保妥适女人转过身怒视着他。"鱼要把上帝吞掉?"

"貌似是这样。这是达尔文鱼①的搞笑版——意味着进化摧毁宗教。"兰登冲着这群人耸了耸肩,接着说,"正如我刚刚说过的,非常精妙。"

兰登转身离开时,他听见身后的人群仍低语不止。温斯顿笑着说道:"教授,您的解读妙趣横生!埃德蒙要是听到的话,定会对您刚才的即兴讲解佩服得五体投地。这幅作品没有多少人能看得懂。"

"呃,"兰登说道,"我就是干这一行的嘛。"

"是的。我现在终于明白为什么基尔希先生叮嘱我要对您特别关照了。实际上他让我给您看样东西,今天晚上的其他客人就没有这份殊荣了。"

"哦?是什么?"

"在主窗口右侧您看到那个封起来的走廊了吗?"

兰登朝右边看了一下说:"看到了。"

"好。请按我指的方向走。"

兰登虽然有点举棋不定,还是按照温斯顿的话做了。他来到走廊入口,确定四下没人注意之后小心地从护栏后面挤了进去,悄然消失在走廊尽头。

现在甩开中庭里的众人,兰登走了十几米,来到一个配有数字键盘的铁门前。

"输入以下六个数字。"说完,温斯顿把密码告诉了兰登。

兰登输入密码后,门"咔哒"一声开了。

"好了,教授。请进。"

兰登在门口愣了一下,不知道进去后会看到什么。然后他打起精神推开了门,远远看去里面漆黑一片。

"我来帮您开灯。"温斯顿说,"请随手关门。"

---

① 达尔文鱼(Darwin Fish),由耶稣鱼衍生而来。达尔文鱼是进化论的象征符号,刻意采用耶稣鱼形的原因正是为了对抗基督教的神创论主张。

兰登小心翼翼地走进屋里，睁大眼睛想看清楚这个黑乎乎的房间里到底有什么。"咔"一声，他随手把门关上了。

柔和的灯光慢慢地洒满各个角落，照亮了整个房间。此刻呈现在兰登面前的是一个令人匪夷所思的洞穴——一个巨大的单体空间，就像是为大型喷气式客机机群准备的机库。

"这里有三万四千平方英尺。"温斯顿说道。

这个展厅让博物馆的中庭相形见绌。

随着灯光越来越亮，兰登看见地板上有一些庞大的东西——七八个朦胧的剪影——像几只在黑夜中吃草的恐龙。

"这些到底是什么？"兰登问道。

"它叫《时光物质》。"兰登的耳机里响起了温斯顿乐滋滋的说话声，"是这个博物馆里最重的一件艺术品，重达二百多万磅。"

兰登到现在还没弄清楚自己到底身在何处。"为什么让我一个人来这儿？"

"我刚才说了，基尔希先生吩咐过要让您看一下这些神奇的东西。"

此时灯已经完全亮了起来，柔和的光线倾泻下来，洒满了这处洞天。兰登只能茫然地盯着眼前的场景。

我走进了一个平行世界。

第 7 章

海军上将路易斯·阿维拉来到博物馆安检口看了看手表，确认自己没有迟到。

好极了。

他把证件递给负责审核宾客名单的人。在没找到他名字的那一刹那，阿维拉心跳加速了。还好，他们在名单的最后找到了他的名字——最后一刻才加上去的。于是阿维拉获准进入博物馆。

摄政王果然说话算话。至于他是如何做到的，阿维拉就不得而知了。据说今晚的宾客名单是板上钉钉的。

他继续往前走，来到了金属探测器跟前，掏出手机放进置物筐里，然后小心翼翼地从上衣口袋里又掏出一串沉甸甸的念珠放在手机上。

轻一点儿！他心里念叨着。再轻一点儿！

保安挥手示意让他通过金属探测器，并把装着个人物品的置物筐从探测器外侧拿了过去。

"这串念珠真漂亮。"① 警卫羡慕地盯着金属念珠说道。这串念珠很结实，上面还挂着个厚厚的圆形十字架。

"谢谢。"② 阿维拉回答道。我自己设计的。

阿维拉顺利通过安检后，拿回自己的手机和念珠轻轻放回口袋，然后来到另一个检查点。在这儿他拿到了一个不寻常的耳机。

我才不需要什么语音导览呢！他心想。我有正经事要干。

走过中庭时他把耳机偷偷扔进了垃圾桶。

他环视着博物馆想找个没人的地方。此刻他的心怦怦直跳，他想联系摄政王告诉他自己已经安全进入了博物馆。

为了上帝，为了祖国，为了国王！他心想。但主要还是为了上帝。

此刻的迪拜城外，月光皎洁的沙漠最深处，深受爱戴的七十八岁的阿拉玛赛义德·法德尔在拼命挣扎，想爬过高高的沙丘。可惜他一点儿也爬不动了。

法德尔皮肤已经被灼伤起泡，喉咙生疼，连唾沫都不敢咽了。阵阵狂风裹挟着沙粒，让他好几个小时都睁不开眼睛，但他仍然在试图往前爬。他一度以为自己听到远处传来的沙漠越野车的呜呜声，但那不过是狂风的呼啸而已。一开始法德尔相信上帝会伸出援手来帮

---

①② 原文为西班牙语。

他，但现在这个信念早已随狂风而去。秃鹫已经不在空中盘旋了，而是直接在他身旁踱来踱去。

昨天晚上，劫持法德尔汽车的那个西班牙人牛高马大。那人劫了车后便向大漠深处开去，一路上一句话都没说。开了一个小时后他停下车，把法德尔赶了下去，将他一个人丢在黑漆漆的沙漠里，连一滴水和一口吃的都没给他留下。

劫匪没有留下任何身份信息，对自己的举动也没作任何解释。法德尔无意间瞥见他右手掌上有个奇怪的文身，这是唯一的线索。可是这个文身符号他根本就不认识。

法德尔在沙漠中一边艰难跋涉一边徒劳呼救，已经几个小时过去了。此时他已严重脱水，上气不接下气地瘫倒在沙地上。他觉得筋疲力尽，但心中一直在追问一个问题。

究竟是谁想置我于死地？

让他惶恐不安的是他只想到了一种可能性。

第 8 章

罗伯特·兰登的目光被一个又一个的巨大形体牢牢吸引住了。每一件都是一块高耸的耐候钢[①]，钢片优雅地卷曲着竖在地上，貌似摇摇欲坠，却能保持平衡，像独立的墙体一样。这些弧形的墙体近十五英

[①] 耐候钢（weathered steel），一种类合金钢，在室外暴露几年后能在表面形成一层相对较致密的锈层，因而不需要涂保护性油漆。

尺高，被扭曲成了各种流体形状——有波浪形丝带状的、有带豁口的圆状的，还有散开的线圈状。

"《时光物质》，"温斯顿解释道，"这是艺术家理查德·塞拉的作品。他使用钢材这种很重的材料做成没有支撑的墙体，给人一种不稳固的错觉。但实际上这些墙体的稳定性非常好。你可以想象一下，把一元的纸币绕着铅笔卷起来，铅笔抽掉以后，卷成圈的纸币依然可以牢牢地立在那儿，它本身的几何形状就可以把它支撑住。"

兰登停下脚步，抬头望了望身边那个巨大的圆圈。金属已经氧化了，呈现出一种燃烧过的铜色调，像一种自然的有机体。这件作品既透出强大的力量，又散发着细腻的平衡感。

"教授，第一个造形没有完全闭合，您注意到了吗？"

兰登继续转着圈欣赏这个圆形作品。他看到金属墙体的两端并没有完全闭合，就像一个孩子在画圆的时候没画好一样。

"再加上墙体的位置错开，就形成了一个过道，这样会吸引参观者来探索里面的负空间。"

参观者要没有幽闭恐惧症才行！兰登心里想着赶紧往前走。

"同样，"温斯顿说道，"在您前方有三条蜿蜒的钢带，走向大致平行，钢带之间正好形成两条长约一百多英尺的波浪形通道。这件作品叫《蛇》，年轻的参观者喜欢从中间跑过去。实际上如果两名参观者分别站在两头，一人轻声低语，另一人也能听得很真切，就像在面对面说话一样。"

"确实了不起！温斯顿，不过你能不能告诉我埃德蒙为什么要你带我参观这个展厅？"他知道我对这些东西没什么兴趣。

温斯顿回答道："他特别吩咐要我带您参观一件名为《扭转螺旋》的作品，就在前面右边的角落里。您看到了吗？"

兰登眯起眼睛往远处看去。就是看上去在半英里外的那件东西？"是的，看到了。"

"太好了，那我们过去吧？"

兰登看了一眼这个巨大的展厅，虽然有点犹豫，但还是朝着远处的螺旋体走去。他一边走,温斯顿一边还在喋喋不休。

"教授,我听说埃德蒙·基尔希对您的研究可是顶礼膜拜——您对历史上各种宗教传统的相互影响,以及宗教传统演变的艺术表现形式都颇有研究。在这方面埃德蒙对您尤为钦佩。埃德蒙研究的博弈论与预测计算领域,在许多方面都和您的研究颇为相似——都是分析不同体系的发展,并预测其未来。"

"哦,显然他更在行。大家都称呼他为当代的诺查丹玛斯[1]。"

"没错。不过在我看来,这个称呼有点贬低埃德蒙。"

"你怎么会这么说呢?"兰登说,"诺查丹玛斯可是有史以来最著名的预言家啊。"

"教授,我并不是跟您唱反调。但是诺查丹玛斯写了一千来首松散的四行诗,四百多年来,那些崇拜他的人对他的诗进行了无中生有的解读,并借以谋取私利。其实他们的解释都是捕风捉影……从第二次世界大战到戴安娜王妃之死,再到世贸中心的恐怖袭击,都是在胡说八道,荒谬至极。而埃德蒙·基尔希跟他完全不同,埃德蒙只是公布了几个很具体的预言,而且很快都变为现实——他的预言包括云计算、无人驾驶汽车和五个原子驱动的处理芯片。基尔希先生可不是什么诺查丹玛斯。"

好吧,我错了!兰登心想。据说跟埃德蒙·基尔希共事的人对他都是赤胆忠心。显然温斯顿就是其中的一个拥趸。

"您对我的导览还满意吧?"温斯顿又换了个话题问道。

"非常满意。埃德蒙完善了这个远程导览技术,为他点赞。"

"这个系统确实是埃德蒙多年的梦想,他投入了大量时间和资金进行秘密研发。"

"真的吗?这项技术似乎并不复杂啊。我必须承认,我一开始是半信半疑,但现在你已经让我信服了——我们聊得很开心。"

---

[1] 诺查丹玛斯(Nostradamus,1503—1566),犹太裔法国预言家,留下一部以四行体诗写成的预言集《百诗集》。

"您这么说真是过奖了,可是如果告诉您事实真相,您对我的好感可能就会化为泡影。很抱歉,我没有完全对您说实话。"

"你在说什么?"

"首先,我的真名不叫温斯顿。我叫阿尔特。"

兰登哈哈大笑起来。"一位名叫艺术①的博物馆讲解员?好吧,你用假名我不怪你。很高兴认识你,阿尔特。"

"另外,当您问我为什么我不亲自陪您参观博物馆时,我明确回答您说埃德蒙先生想让博物馆的人流少一点儿。不过这个回答并不全面。我们通过耳机交流,而不是面对面交流,还有一个原因,"他顿了顿,接着说道,"我实际上没法走路。"

"哦……太遗憾了。"一想到阿尔特坐着轮椅待在呼叫中心,还要专门跟人解释自己有残疾,兰登就觉得很惋惜。

"不用为我难过。在我看来你用腿走路也很奇怪啊。你瞧,我和你想象中的不大一样。"

兰登放慢了脚步说道:"你这话是什么意思?"

"'阿尔特'不能完全当成一个名字,其实是个缩写。它是'人工智能'的缩写,但基尔希先生更喜欢'合成智能'这个词。"耳机里的声音中断了片刻,"教授,事实是您今晚一直在跟一个合成智能讲解员进行交流,也可以说是在跟一台电脑互动。"

兰登四下看了看,觉得一头雾水。"这是在搞什么恶作剧吗?"

"完全没有,教授,我是认真的。基尔希先生花了十年时间和近十亿美元研究合成智能。今晚是对他的成果的首次体验,您是其中一位体验者。您的整个游览都是由合成智能讲解员来负责的。我不是人类。"

有那么一会儿工夫,兰登无法接受这个事实。这个人说话时的用词和语法都完美无缺,只是偶尔笑起来略显笨拙。在兰登见过的人当

---

① 阿尔特(Art)与art(艺术)为同一个单词。下文中,阿尔特解释说,自己的名字不是源于"艺术",而是"人工的"(artificial)的前三个字母缩写。

中，他说起话来也算优雅。而且，他们俩谈笑风生，话题宽泛，有些探讨细致入微，这不是合成智能可以胜任的。

我肯定是被监视了！兰登突然意识到。他赶紧查看四周的墙壁，看看有没有隐藏的探头。他怀疑在自己毫不知情的情况下，参与了某个奇怪的"体验式艺术"——以艺术形式上演的荒诞剧。他们把我当成迷宫里的小白鼠了。

"这种做法让我很不高兴。"兰登大声说道，声音响彻空无一人的展厅。

"请原谅！"温斯顿说道，"您的心情我可以理解。我之前就料到，您很难接受这个事实。我觉得埃德蒙让我带您来这个没人的地方，正是考虑到这一点。他不想让别人知道这件事。"

兰登瞪大眼睛往阴暗处看，想看一下有没有别的人在。

"您肯定知道，"耳机里的声音继续说道——奇怪的是耳机里的声音听起来丝毫没有因兰登不快而受影响，"人类的大脑是个二元系统——大脑突触要么接受刺激，要么不动——就像电脑开关一样，要么打开，要么关闭。人脑有超过一百万亿个开关，这意味着要造一个大脑，不是技术问题，而是规模问题。"

可是兰登根本就没用心听，他踱着步注视着一块"出口"指示牌。牌子上有个箭头指向展厅的另一侧。

"教授，我知道我的声音听起来像真人说话，一点儿不像机器生成的。其实语言这东西是最容易做的。就连九十九美元买来的电子书在模仿人类说话时都能做到惟妙惟肖，更不用说埃德蒙投入了近十亿。"

兰登停下脚步。"如果你是电脑，告诉我一件事。1974 年 8 月 24 日，道琼斯工业平均指数收于多少点？"

"那天是星期六。"耳机中的声音立刻回答道，"所以，股市根本就没开盘。"

兰登觉得寒意微微袭来。他故意挑了这一天，本想设个陷阱。他是个过目不忘的人，而如此超强的记忆的影响之一便是有些日期会烙在他的脑海中永不消失。那个周六是他最要好的朋友的生日，兰登依然记得那天下午泳池派对的情形。海伦娜·伍利身穿一件蓝色的比基尼。

"不过，"耳机中的声音立即补充道，"之前一天，8月23日，星期五，道琼斯工业平均指数收于686.80点，下跌17.83点，跌幅2.53%。"

兰登顿时瞠目。

"如果您想用智能手机核实一下，"耳机中的声音娓娓说道，"我可以等着。不过我不得不说，让您核实其实是反话。"

"但是……我并没想……"

"合成智能所面临的挑战，"耳机中的声音继续说道，不过声音里淡淡的英国味现在听起来有点儿怪，"并不在于能否实现快速的数据访问，因为这一点很容易做成，真正的挑战在于如何辨别数据的相互关联——我觉得您在这方面很擅长，对吧？思想的相互关系？基尔希先生特别想在您身上测试一下我的能力，这也是考量之一。"

"测试？"兰登惊讶地问道，"测试……我？"

"当然不是。"耳机里又传来笨拙的笑声，"是测试我。他要看看我能不能让您相信我是个普通的人。"

"图灵测试。"

"一点儿没错。"

图灵测试是密码破译专家艾伦·图灵提出的一项挑战测试，用来评估机器的行为方式是否有别于人类。从本质上说，就是由评委听取人机对话，如果评委无法判定哪个被测试者是人，那么就可以认定，机器通过了图灵测试。在伦敦皇家学会"2014图灵测试"大会上，聊天机器人"尤金·古斯特曼"首次通过了这项挑战，这件事曾轰动一时。从那以后，人工智能技术的进步更是日新月异。

"今天晚上，到目前为止，"耳机中的声音继续说道，"所有宾客中没有一个人觉察出异样。他们都非常开心。"

"等一下，今天晚上这里的每位客人都在跟一台电脑聊天吗？！"

"从技术上讲,所有人都在跟我说话。我分身有术。您听到的是我的默认声音——埃德蒙喜欢的声音,但是其他人听到的是不一样的声音或者不一样的语言。您是位学者型美国人,根据这些特征我为您选择了默认的英国男性口音。我觉得与一个带南方口音、说话慢吞吞的年轻女子相比,这个声音会让您更加自信。"

这东西刚才说我是大男子主义吗?

兰登想起了几年前在网上广为流传的一段录音:《时代周刊》总编迈克尔·谢勒接到一个机器人打来的推销电话。电话中的声音很诡异,谢勒把电话录音放到了网上,想让所有人都听一听。

那都是几年前的事了。兰登心想。

兰登知道,多年来埃德蒙一直涉足人工智能领域,也不时出现在杂志封面上为一些突破性进展呐喊助威。显然作为埃德蒙的研发产品,"温斯顿"代表了他目前最高的技术水平。

"我知道对您来说这一切太突然了,"耳机中的声音继续说道,"不过,基尔希先生让我给您介绍一下这个螺旋体,就是您跟前的这个。请您往里一直走到中心位置。"

兰登往里面看了看,看着狭窄的弧形过道感觉浑身直起鸡皮疙瘩。这不是埃德蒙大学时代恶作剧的翻版吗?"你能告诉我里面有什么吗?我对狭小的空间可没什么兴趣。"

"有意思,我之前还真不知道您有幽闭恐惧症。"

"幽闭恐惧症又不是什么值得炫耀的东西,不用在网上的个人简历里吹嘘——"兰登说到这里突然打住,因为他仍然无法想象自己是在跟机器说话。

"您不用紧张。螺旋体中间空间还是挺大的,而且,基尔希先生特别请您看一下中心位置。但他说,在您进去之前,请摘掉耳机放在外面的地上。"

兰登看着这件看上去隐隐约约的作品,依然犹豫不决。"你不跟我一起进去吗?"

"我当然不去啦。"

"这简直莫名其妙。其实我并不——"

"教授,您都大老远跑来参加活动了,请您再多走几步,进到这件艺术品里面,这样的要求不算过分吧。就连小孩子每天都跑进跑出一点儿都不害怕呢。"

兰登可从来没有被电脑教训过,当然如果它真是一台电脑的话。不过这番尖嘴薄舌还是收到了预期的效果。他摘下耳机轻轻放在地上,转身朝螺旋体开口处走去。高高的墙壁中间就像狭窄的峡谷弯弯曲曲,一眼看不到头,消失在黑暗之中。

"也没什么大不了的嘛!"兰登自言自语道。

他深吸了一口气,放开步子走了进去。

这条弯曲的过道比兰登想象的要远,一直往深处延伸,他也不知道自己究竟走了多少圈。每顺时针转一圈过道就窄一点儿,兰登宽宽的肩膀都快蹭到墙壁了。深呼吸,罗伯特!这些倾斜的金属板让兰登觉得好像随时可能会往里面倒塌,几吨重的钢板会把他压得粉身碎骨。

我为什么要进来?

兰登刚想转身往外走,突然发现自己已经来到过道的尽头,置身于一块很大的空地前。正如温斯顿说的那样,这里的空间比他预想的要大。兰登赶紧走到空地上,一边喘着粗气,一边审视着光秃秃的地板和高高的铁墙。此刻,他又纳闷起来,这不过是某种精心设计却幼稚可笑的骗局罢了。

这时兰登听见外面的一扇门"咔哒"一声打开了,高高的铁墙外响起轻盈的脚步声。展厅里有人进来了,是从他之前看见的最近的那个门口进来的。脚步声离螺旋体越来越近,然后围着兰登转了起来,每转一圈声音就更响一点儿。有人走进了螺旋体。

兰登后退了几步,看着那个入口。随着"嗒嗒"的脚步声越来越大,一名男子出现在过道口。他又矮又瘦,皮肤白皙,眼睛炯炯有神,顶着一头蓬乱的黑发。

兰登板着脸盯着男子看了一阵子,然后终于咧嘴笑了起来。"了不起的埃德蒙·基尔希,出场总是别出心裁呀。"

"创造第一印象的机会只有一次。"埃德蒙很友好地回答道,"真想你啊,罗伯特。你今天能来,我非常感激。"

两人深情拥抱。兰登轻轻拍着这位老朋友的后背,觉得埃德蒙比以前更瘦了。

"你瘦了。"兰登说道。

"我早就开始吃素啦。"埃德蒙回答道,"吃素比蹬踏步机减肥效果还好。"

兰登哈哈大笑。"好啦,很高兴见到你。而且跟往常一样,你又让我觉得自己有点雉头狐腋了。"

"谁?我吗?"埃德蒙低头看了看自己的黑色紧身牛仔裤,整理了一下白色 V 领 T 恤和带侧拉链的短夹克,说道,"这可是高级时装啊。"

"白色人字拖也算时装?"

"人字拖?!这可是名牌,菲拉格慕①。"

"这双鞋大概比我整身行头还贵吧。"

埃德蒙走上前,看了一下兰登身上这套传统燕尾服的标签。"其实,"他微笑着亲切地说道,"你这套燕尾服也很不错。价格差不多。"

"埃德蒙,我必须告诉你,你那个合成智能朋友温斯顿……真的让我心神不宁。"

埃德蒙笑逐颜开地说:"不可思议对吧?今年我在人工智能领域取得的成果完全超乎你的想象——量子跃迁②式的成绩。我已经开发了一些新的专利技术,可以让机器以全新的方式解决问题并进行自我调节。温斯顿就是研制中的一个项目,不过,他进步很快。"

兰登发现在过去一年中,埃德蒙原本带孩子气的眼睛里已现出了深深的忧虑。他看起来疲惫不堪。"埃德蒙,你能不能告诉我为什么让我来这儿?"

"哪里?毕尔巴鄂?还是理查德·塞拉的螺旋体?"

---

① 意大利著名女鞋品牌。
② 即微观状态发生跃迁式变化的过程。

"那你就先说说为什么让我来螺旋体吧!"兰登说,"你知道我有幽闭恐惧症的。"

"一点儿没错。今天晚上我要做的就是让人不要耽于安逸。"他得意地笑着说。

"这可一直都是你的强项。"

"另外,"埃德蒙接着说,"我需要跟你聊一聊。在发布会前我不想让别人看到。"

"就跟音乐会之前摇滚巨星从不与歌迷交流一样喽?"

"说得对!"埃德蒙开玩笑地回答道,"摇滚巨星可都是在梦幻般的舞台烟雾中登台的。"

他们头顶上的灯光突然暗了一下。埃德蒙伸出胳膊看了看表,然后又看了兰登一眼,表情突然变得严肃起来。

"罗伯特,时间不多了。今天晚上的发布会对我来说可是件天大的事。实际上这对全人类也同样是件天大的事。"

兰登顿时充满了期待。

"最近我有个科学发现。"埃德蒙说道,"这是个巨大的突破,将会产生深远的影响。现在世界上没有几个人知道这件事,而今晚——很快——我会向全世界现场直播,宣布我的发现。"

"我不知道该说什么。"兰登说道,"不过听上去很了不起。"

埃德蒙的声音更加低沉,说话的语气也一反常态地紧张起来。"罗伯特,把这个消息公之于众前我想听听你的看法。"他停顿了一下接着说道,"恐怕这件事将关乎我的生死。"

第 9 章

螺旋体里,顿时鸦雀无声。

我想听听你的看法……这件事将关乎我的生死。

埃德蒙的话听上去异常沉重，兰登也从他朋友的眼神中看出了焦虑和不安。"埃德蒙？出什么事了？你没事吧？"

头顶上的灯光又暗了一下，但埃德蒙毫不理会。

"对我来说今年是非同寻常的一年。"他开口说道，但声音近乎成了耳语，"我一直独自忙于一个重大项目，并获得了突破性发现。"

"听上去很不错啊。"

埃德蒙点了点头。"确实，一想到今晚就要公布，我激动的心情真的难以言表。这会造成重大的范式转变。我一点儿都没夸张，我这个发现的冲击力不亚于当年哥白尼挑战地心说。"

起初兰登还以为他在开玩笑呢，但是埃德蒙脸上的表情却十分严肃。

跟哥白尼相提并论？虽然埃德蒙从来都不知道低调，但这个断言听起来还是近乎荒谬。尼古拉斯·哥白尼提出日心说——即行星围绕太阳转——在十六世纪燃起了一场科学革命。教会一直以来都是宣扬上帝创造了宇宙，人类生存的地球就是宇宙的中心，而哥白尼把这个学说完全推翻了。教会对他的发现抨击了长达三个世纪之久，但仍于事无补，世界再也不是以前的样子了。

"看得出你还是将信将疑。"埃德蒙说，"如果我说我的发现不亚于达尔文的进化论，你会不会觉得容易接受点儿？"

兰登笑了笑说："大同小异嘛。"

"好吧，我来问你个问题：在整个人类历史上，哪两个基本问题是我们人类始终追问不休的？"

兰登思量起来。"毫无疑问，这两个问题是：生命是如何产生的？我们从哪里来？"

"一点儿没错。其实第二个问题是从第一个问题衍生出来的。不是'我们从哪里来'……而是……"

"我们要往哪里去？"

"没错！这两个谜团始终是人生经历的终极问题。我们从哪里来？我们要往哪里去？人类的起源和归宿。这是人类共同面对的奥秘。"埃德蒙目光炯炯有神，满怀期待地盯着兰登，"罗伯特，我的这个发现……很明确地回答了这两个问题。"

兰登竭力想弄明白埃德蒙所说的话以及背后的深意。"我……也不知道该说什么。"

"什么也不用说。我希望发布会以后，我们能找个时间深入探讨一下，但此刻我需要跟你谈一谈我这个发现所带来的负面影响，也就是潜在的危害。"

"你觉得会舆论哗然？"

"毫无疑问。我解答了这些问题，也就把自己置于千百年来既定宗教教义的对立面。从传统意义上说，人类的起源和归宿问题都属于宗教领域。我是个闯入者，世界上任何教派都不会喜欢我马上要宣布的东西。"

"有意思！"兰登说道，"去年在波士顿一起吃午饭的时候，你花了两个多小时拷问我宗教问题，就是这个原因？"

"是的。你可能还记得我向你保证过——在我们的有生之年，科学突破一定会让宗教神话粉身碎骨。"

兰登点了点头。刻骨铭心。埃德蒙的豪言壮语甚是大胆，一字一句都清晰地印在兰登的记忆里。"我记得。我还反驳说，在上千年的科技进步中宗教仍然存续。我还说，宗教在社会中发挥着重要作用，虽然宗教可能演变，但永远不会消亡。"

"没错。我还告诉你我已经找到了我的人生目标——用科学真理去消灭宗教神话。"

"是啊，你言辞很激烈。"

"罗伯特，当时你对我的话很有看法。你辩称，当我发现的'科学真理'抵触或者侵蚀宗教信条的时候，我应该去找宗教学者讨论讨论，这样我就可能会认识到，科学和宗教不过是在用两种不同的语言讲述着同样的故事。"

"我记得。科学家和宗教人士经常使用不同的词语来描述宇宙中完全相同的奥秘。冲突常常是在语义层面，而不在于实质。"

"嗯，我听从了你的建议，"埃德蒙说道，"就我的最新发现，咨询了宗教精神领袖。"

"哦？"

"世界宗教大会，你熟悉吗？"

"当然。"这个组织竭力促进不同信仰之间的对话和交流，兰登对它非常钦佩。

"今年，"埃德蒙说，"世界宗教大会恰好在巴塞罗那郊外的蒙塞拉特修道院举行，那里离我家大概只有一小时的路程。"

巍峨壮丽！兰登心想。许多年前，他参观过这座建在山顶上的修道院。

"当我听说大会举行的时间跟我计划将发现公之于众的时间是在同一周时，我不知道，我……"

"忐忑不安，觉得那也许是上帝的旨意？"

埃德蒙笑了起来。"差不多吧。所以我给他们打了个电话。"

兰登心里一沉。"你在会上面对所有人发言了？"

"没有！那样太危险了。在我亲自宣布以前，我可不希望把信息泄露出去，所以我只跟其中的三人进行了一次会面——基督教、伊斯兰教和犹太教各一名代表。我们四个人在藏经阁里悄悄见的面。"

"太不可思议了，他们竟然让你进了藏经阁？"兰登惊讶地说道，"我可听说藏经阁是个圣地呀！"

"我告诉他们，我们见面的地方要绝对安全，不能有电话，不能有摄像头，也不能有任何人闯入。于是他们就带我去了藏经阁。告诉他们之前，我让他们发誓保守秘密。他们同意了。到目前为止，他们是这个世界上唯一对我的发现有所了解的人。"

"很有意思。你告诉他们的时候，他们有什么反应？"

埃德蒙略显局促。"我的处理方式可能有点儿问题。罗伯特，你知道我的为人。我这人一激动，圆滑处事一类的原则早就被抛到九霄云外了。"

"没错，我的理解是，你需要接受点儿敏感性训练。"兰登笑着说。就跟史蒂夫·乔布斯和多数具有远见卓识的天才一样。

"所以我的率直本性自然流露了出来。我开门见山对他们实话实说了。我告诉他们,我一直认为宗教是一种群体性妄想,还说,数以亿计的聪明人居然要从宗教信仰中寻求安慰,指导自己的行为,身为科学家,我很难接受这样的事实。当他们问我,既然我根本瞧不起他们,为什么还要来请教他们。我说,我是来看一下他们对我的发现有什么反应,这样我就能心中有数,知道一旦公布,世界上的信众会如何面对。"

"凡事都要讲究策略。"兰登紧锁眉头说道,"你应该明白,有时候诚实不一定是上策。"

埃德蒙颇为不屑地摆了摆手说道:"我对宗教的看法无人不知。我以为他们更希望我能开诚布公。之后我就向他们介绍了我的研究,详细解释我发现了什么,会怎么样颠覆一切。我甚至拿出手机给他们看了一段视频。我承认这段视频的确让人大吃一惊。他们都看呆了。"

"他们肯定说了些什么吧?"兰登提示道。他自己也更加好奇了,想知道埃德蒙究竟发现了什么。

"我本来希望他们都能谈一谈,但还没等另外两人开口,那个基督教教士就让他们把嘴闭上了。他警告我,让我慎重考虑是否要将信息公布。我告诉他,我会考虑一个月的时间。"

"可你今晚就要公布了啊。"

"我明白你的意思。我告诉他们我会在几周后宣布,是不想让他们惊慌失措或横加干涉。"

"如果他们发现你今晚就会发布,那他们会有什么反应呢?"兰登问道。

"他们会郁郁寡欢。他们当中有人会忧心如焚。"埃德蒙紧紧盯着兰登看,"就是此次宗教大会的召集人安东尼奥·巴尔德斯皮诺主教。你听说过他吗?"

兰登心头一紧。"那个马德里人?"

埃德蒙点了点头。"正是他。"

他可不是埃德蒙激进无神论的理想听众！兰登心想。巴尔德斯皮诺是西班牙天主教会的实权人物，观点极为保守，并且对西班牙国王有很大的影响力。

"他是今年宗教大会的东道主，"埃德蒙说，"所以，安排会面的事我就是跟他说的。他主动提出来要见我，我就让他再各找一位伊斯兰教和犹太教的人士。"

头顶上的灯光又暗了下来。

埃德蒙深深叹了口气，声音压得更低了。"罗伯特，发布会前我想跟你聊一聊，那是因为我想听听你的建议。我想知道，你觉得巴尔德斯皮诺主教这个人危险不危险。"

"危险？"兰登说道，"怎么危险了？"

"我给他看的东西危及了他的世界。你认为他会不会对我造成什么人身伤害。"

兰登立刻摇了摇头。"不会的，绝不可能。我不清楚你到底跟他说了些什么，但巴尔德斯皮诺是西班牙天主教的中流砥柱，他跟西班牙王室关系密切，算得上是个风云人物……而且他毕竟是神父，而不是杀手。他会施加政治影响，或者在布道时拿你当靶子，但我觉得他还不至于对你构成人身伤害。"

埃德蒙看上去还是忧心忡忡。"你要是看到在我离开蒙塞拉特时他那副表情就好了。"

"你坐在人家修道院至圣至明的藏经阁里告诉他，他整个的信仰体系纯属痴言妄语！"兰登大声说道，"你还指望人家给你端茶倒水吗？"

"当然没有，"埃德蒙说道，"但我也没有想到，会面以后他居然给我发语音信息威胁我。"

"巴尔德斯皮诺主教给你打电话了？"

埃德蒙把手伸进皮夹克掏出他那部超大型智能手机。手机壳是亮绿色的，装饰着一个六边形的图案。兰登一眼就认出了，这是加泰罗尼亚现代派建筑大师安东尼·高迪①设计的著名瓷砖图案。

"你听一下吧。"埃德蒙边说边按了几个键。手机扬声器里传出一个老人嗞嗞啦啦的说话声,语气严厉,冷若冰霜:

> 基尔希先生,我是安东尼奥·巴尔德斯皮诺主教。你也知道,我们今天上午的会面让我极度不安——我的两位同仁也有同感。我敦促你立刻给我来电话,再讨论一下这件事。我想再次警告你,将这个信息公之于众是非常危险的。如果你不给我打电话,我要告诉你,我和我的两位同仁会考虑先发制人,先行公布你的发现,用偷梁换柱、诋毁中伤来避免这个世界地覆天翻……你显然不会预料到,你的发现一旦公开将会造成多么大的破坏。我等你回电。我强烈建议:千万不要低估了我的决心。

留言到此结束。

兰登不得不承认,巴尔德斯皮诺那咄咄逼人的口气确实让他大吃一惊,但电话留言不但没让他忧心忡忡,反而使他对埃德蒙眼前的发布会更加好奇。"那么,你是怎么回复他的?"

"我根本没理他。"埃德蒙说着把手机放回口袋,"我觉得,这无非是虚张声势的恫吓。我百分百确信,他们想让这个发现石沉大海,绝不会自己公之于众。另外我也知道今晚的发布会出乎他们的意料,他们肯定措手不及,所以我也不太担心他们会有什么先发制人的举动。"他停顿了一下,盯着兰登接着说,"只是……我也说不清楚,他说话的语气有点……我一直放心不下。"

"你是担心在这里会有危险?今天晚上?"

"不是,不是。今晚出席的宾客有严格的控制,而且,博物馆的

---

① 安东尼·高迪(Antoni Gaudí, 1852—1926),西班牙建筑大师。下文中提到的桂尔公园、米拉公寓、圣家族大教堂均为高迪的建筑杰作。高迪一生的建筑作品中,有17项被西班牙列为国家级文物,七项被联合国教科文组织列为世界文化遗产。

安保已经做到完美。我所担心的是,一旦我的发现公之于众会出现什么情况。"突然间埃德蒙似乎觉得自己不该提及这个担心,"太傻了。上场前太紧张了。我只想听听你的直觉是什么。"

兰登关切地端详着他,只见埃德蒙脸色异常苍白,似乎深陷困扰中。"我的直觉告诉我,无论你把巴尔德斯皮诺气成什么样子,他永远都不会危及你的人身安全。"

灯光又一次暗下后再没有亮起来。

"好吧,谢谢。"埃德蒙看了看手表说道,"我得走了,不过我们晚些时候能再见个面吗?对于这个发现,还有一些地方我想跟你进一步探讨。"

"没问题。"

"太好了。演讲以后场面肯定会非常混乱,所以我们要躲开这个乱哄哄的地方,找个僻静处聊一聊。"埃德蒙掏出一张名片,在背面写了起来,"演讲结束以后打辆的士,把名片交给司机。本地司机都知道该把你送到哪儿。"说着,他把名片递给了兰登。

兰登本以为名片背面会是当地某家酒店或者餐厅的地址。可是,他看见的更像是个密码。

BIO-EC346

"你没搞错吧,把这个东西给的士司机?"

"没错,司机知道去哪儿。我会通知那边的保安等你,而且我也会尽快赶过去。"

保安?兰登皱起眉头,感到很纳闷,难道BIO-EC346是个什么秘密科学学会的代号?

"朋友,这就是个简单的代码而已。"埃德蒙眨了眨眼睛,接着说道,"在所有人当中,你是最能破译的人。还有,顺便告诉你,为了避免你措手不及,今晚的发布会也需要你的参与。"

兰登吃惊地说道："要我做什么？"

"别担心，什么都不用做。"

说完，埃德蒙·基尔希朝着螺旋体出口走去。"我得赶紧去后台了。温斯顿会告诉你怎么过去的。"他在出口处停下脚步，转过身说，"活动结束后我们再见。对于巴尔德斯皮诺这个人，但愿你的看法没错。"

"埃德蒙，放松点！不要多想！专心做好你的演讲。神职人员肯定不会加害你。"兰登安慰道。

埃德蒙还是将信将疑。"罗伯特，等你听完我发布的内容，你的态度就会大不一样了。"

第 10 章

罗马天主教马德里总教区的主教座堂所在地——阿穆德纳圣母主教座堂——毗邻马德里皇宫，是一座坚固的新古典主义风格的大教堂。教堂旧址是一座古清真寺，阿穆德纳大教堂的名字源于阿拉伯语的 almudayna，意为"城堡、要塞"。

相传在 1083 年，阿方索六世[①]从穆斯林手中夺回马德里之后，一心只想找回一尊丢失的圣母玛利亚圣像。其实为安全起见，这尊珍贵的圣像早就被深藏在城墙里了。由于找不到这尊被深藏的圣母像，阿方索潜心祷告，终于有一天，一段城墙突然倒塌脱落，露出了里面的圣像。而且虽然被掩藏了几百年，里面依然烛光摇曳。

如今，阿穆德纳圣母是马德里的守护神，朝圣者和游人拥入阿穆德纳大教堂，在圣像前祷告祈福。教堂的特殊位置——与皇宫同在一

[①] 阿方索六世（Alfonso VI，1040—1109），莱昂（西班牙地名）国王、卡斯蒂利亚（西班牙古地名）国王，从 1077 年开始，自称为"全西班牙皇帝"。

个广场——也是吸引信徒的一个原因,那就是有机会看到来往的王室成员。

今晚在教堂的后院有个年轻侍僧惊慌失措地跑过走廊。

巴尔德斯皮诺主教在哪儿?

弥撒马上就要开始了!

几十年来,安东尼奥·巴尔德斯皮诺主教一直都是这个教堂的大祭司兼负责人。身为国王的挚友兼顾问,巴尔德斯皮诺主教一直恪守传统,心虔志诚,而且直言不讳,无法容忍现代事物。令人难以置信的是,已是耄耋之年的主教依然在圣周[①]戴着脚镣,和信众一道高举圣像,走街串巷地游行。

在这个世界上,唯独巴尔德斯皮诺永远不会耽误弥撒仪式的。

就在二十分钟前,侍僧跟往常一样,在法衣室帮他穿法衣。法衣刚刚穿好,主教收到了一条短信,便二话没说,匆忙出去了。

他去哪儿了?

侍僧已经在祭坛、法衣室,甚至连主教的私人卫生间都找过了。他在走廊里狂奔,朝教堂司事区跑去,想看看主教在不在办公室。

他听到远处的管风琴声已经"嗡嗡"地奏响。

进堂咏[②]已经开始了!

侍僧跌跌撞撞跑到主教办公室门口,惊讶地发现大门紧闭,但下面的门缝却透出一道亮光。他在这里?!

侍僧轻轻地敲着门,说道:"主教阁下?"[③]

没人应答。

他又使劲儿敲了敲门,大声叫道:"阁下?"[④]

仍然没人应答。

因为担心年迈的主教会有什么不测,侍僧便推开了门。

[①] 圣周(Holy Week),在基督教传统中,复活节之前的一周用来纪念耶稣受难。西班牙的塞维利亚、马拉加、萨莫拉和莱昂等地的圣周游行颇为著名。
[②] 进堂咏(processional hymn),基督教礼拜仪式开始进堂礼时颂唱的圣歌,有时礼仪开始后也唱。
[③][④] 原文为西班牙语。

天哪!① 侍僧看着主教办公室,倒抽了一口冷气。

只见巴尔德斯皮诺主教坐在红木桌前,正聚精会神地看着笔记本电脑。祭司帽还戴在他头上,无袖长袍叠坐在屁股底下,权杖也被随意搁在墙边。

侍僧清了清嗓子说:"弥撒已经——"②

"已经安排好了。"③主教打断了他的话,眼皮也没抬一下,一直目不转睛地盯着屏幕,"德里达神父会替我主持弥撒的。"④

侍僧疑惑地盯着巴尔德斯皮诺主教,心想:德里达神父替他?周六晚上的弥撒由一个级别这么低的神父主持,这很不正常嘛!

"你走吧!"⑤巴尔德斯皮诺头也不抬,厉声说道,"随手关门。"⑥

侍僧惊恐万状,立刻照吩咐做了——马上离开,关上门。

侍僧急急忙忙朝着管风琴音乐响起的大殿赶去。他边跑边想主教究竟在电脑上看什么重要的东西,居然把自己的神圣职责都抛在脑后了。

此时古根海姆博物馆中庭里的人逐渐多了起来,阿维拉上将在人群中穿行而过。看着宾客们都对着自己别致的耳机窃窃私语,他很是不解。显然博物馆的语音导览是一种双向对话。

他很庆幸自己早早把那玩意儿给扔了。

今天晚上绝对不能分心。

他看了看手表,又看了看电梯。电梯里已经挤满了人,宾客们都急着上楼去参加今晚的压轴大戏。阿维拉决定走楼梯。上楼时,他再次感到心神不宁,就和昨晚一样心存疑虑。我难道已经成了名副其实的刽子手?那些不信神的家伙从他身边夺走了他的妻儿,已把他彻底毁了。我的行动是高层认可的。他在心里提醒自己。我做的是正义之举。

阿维拉来到第一个楼梯平台后,旁边天桥上的一个女子引起了他

---

①②③④⑤⑥ 原文为西班牙语。

的注意。西班牙的新晋名流！他眼睛盯着这位大美人心想。

女子穿着贴身白色礼服，礼服上点缀着优雅的黑色斜纹。她身材修长，一头乌黑的秀发，再加上优雅的举止，非常令人倾慕。阿维拉注意到，许多人都目不转睛地看着她。

除了宾客赞许的目光外，这位白衣女子身边那两位仪表不凡的保镖也是全神贯注，对她的保护滴水不漏。两位保镖的一举一动如美洲豹一般，十分机警谨慎。他们身上的蓝色运动夹克衫上面绣着一个徽章图案和两个大大的字母 GR。

阿维拉对于他们的出现并不感到惊讶，但看到他们的身影，还是有点儿忌惮。阿维拉曾是西班牙军官，所以很清楚 GR 意味着什么。两名保镖必定是全副武装，而且训练有素，绝对不会输给世界上的任何保镖。

有他们在，我必须加倍小心！阿维拉心想。

"嗨！"一个紧随其后的男子大声叫道。

阿维拉转过身。

一个身穿燕尾服、头戴黑色牛仔帽、大腹便便的男人正咧着嘴冲他笑。"你的制服很不错嘛！"那人指着阿维拉的军装说道，"从哪儿弄来的这身行头？"

阿维拉瞪了他一眼，本能地握紧了拳头。这可是老子一辈子的军旅奉献和牺牲换来的！他心想。"我不会说英语。"[1] 阿维拉耸了耸肩膀，应付了一句，然后继续往楼上走。

来到二楼后，阿维拉看到一个长长的走廊，便跟着指示牌来到了最偏远的一个洗手间。他的脚刚迈进去，整个博物馆的灯就暗了一下——这是第一次温馨提示，让客人们快上楼去参加发布会。

阿维拉走进空无一人的洗手间，来到最后一个隔间，然后从里面上了锁。现在只剩下他一个人了，他觉得内心深处那熟悉的魔鬼又在蠢蠢欲动，想把他拖回痛苦的深渊中。

---

[1] 原文为西班牙语。

五年过去了，那段记忆仍然挥之不去。

一气之下，阿维拉把那段不堪的往事抛到脑后，然后从口袋里拿出那串念珠。他轻轻地把珠串挂在门的衣帽钩上。珠串和上面的十字架在他眼前微微晃动着，他很自豪地欣赏着自己的得意之作。虔诚的信徒可能会错愕不已，因为制作这样的东西本身就是对念珠的亵渎。即便如此，摄政王还是让阿维拉放心，说在关键时刻能否得到赦免，不是一成不变的。

如果从事的是如此神圣的事业，摄政王答应他，就一定会得到上帝的宽恕。

阿维拉的灵魂会得到庇佑，他的肉体也必定会从罪恶中得以解脱。他低头看了一眼手上的文身。

跟古老的基督"凯乐符号"①一样，这个文身符号也是完全由字母拼合而成。三天前，阿维拉依照指示用一根针和鞣酸铁②一丝不苟地把这个符号文在手掌上。到现在文身部位仍然发红，一碰就疼。摄政王向他保证过，如果被抓，他只要把手掌上的文身亮出来，几小时内他就会被释放。

摄政王说过，政府的高层都由我们掌控。

阿维拉已经领教过，他们的确能呼风唤雨，所以他觉得自己有铜墙铁壁保护着会非常安全。如今，还是有人在恪守传统啊！阿维拉希望有一天自己也能成为这个组织的一员，但就目前而言，能为之效力他已经感到无上荣光。

---

① 凯乐符号（crismón），早期基督教符号，至今仍有一些基督教教派在使用。该符号由希腊语单词"ΧΡΙΣΤΟΣ"（即"基督"一词的希腊语写法）的头两个字母Χ和Ρ拼合组成，也就是说，这个符号代表耶稣基督。
② 鞣酸铁（iron gall），一种墨水材料，颜色暗淡。

在空无一人的卫生间里,阿维拉掏出手机拨通了摄政王给他的一个加密号码。

电话响了一声那头就接了。"你好?"①

"我已就位。"②阿维拉说完,等对方最后下达命令。

"好的。"③摄政王说道,"你只有一次机会,一定要抓住。"④成败在此一举。机会不容错过。

第 11 章

迪拜拥有金光闪闪的摩天大楼、众多的人工岛以及名流汇集的豪宅别墅。沿着海岸线往北约三十公里就是沙迦城——阿拉伯联合酋长国伊斯兰教的文化中心。

沙迦拥有六百多座清真寺以及该地区顶尖的高等学府,在灵修和教育方面可谓鼎立潮头。沙迦的石油储量极高,加上当局把教育当作重中之重,所以在宗教和教育方面的领先地位十分稳固。

在沙迦,赛义德·法德尔深受民众爱戴。今晚法德尔的家人单独聚在一起守夜祈祷。这次并不是传统的守夜祷告,他们是在祈祷他们深爱的法德尔,一位父亲、叔叔和丈夫,能平安归来——因为就在昨天,他神秘地失踪了。

当地媒体刚刚宣布,据赛义德的一位同事说,自从两天前从世界宗教大会回来后,这位一贯沉着的阿拉玛似乎"异常焦虑"。这位同事还说,他无意中听到赛义德在电话里跟人激烈争论,而赛义德很少会这样。他跟人吵架时说的是英语,因此没听懂他在说什么。但是,这位同事肯定地说,他听到赛义德反复提到一个人的名字。

埃德蒙·基尔希。

---

①②③④ 原文为西班牙语。

第 12 章

兰登从螺旋体里转着往外走时思绪非常混乱。他和埃德蒙之间的谈话既令他振奋,又让他忐忑。不管埃德蒙是否夸大其词,这位计算机科学家显然是有了重大发现,而且他也相信,这一发现会在全球范围内引发一场范式转变。

这个发现可以跟哥白尼的发现相提并论?

从螺旋体雕塑走出来后,兰登感觉有点儿头晕。他拿起之前放在地上的耳机。

"温斯顿?"他戴上耳机说道,"喂?"

兰登听见轻轻的"咔嗒"一声,电脑生成的英国口音又响了起来。"您好,教授。我在。埃德蒙让我带您去乘货梯,因为时间很紧,来不及返回中庭了。他还觉得您会对我们的超大货梯情有独钟。"

"他想得可真周到。他知道我有幽闭恐惧症。"

"现在我也知道啦,而且永远都不会忘记。"

温斯顿带着兰登穿过侧门,走进一条走廊来到电梯旁。这里是水泥墙面,完全没有装修过。电梯里面硕大无比,显然是用来搬运体积超大的艺术品的。

"三楼。"兰登走进电梯时温斯顿说道,"最上面的按钮。"

到达三楼后,兰登走出电梯。

"好啦!"兰登耳边又响起了温斯顿兴高采烈的声音,"我们得穿过左边的画廊。走这条路去礼堂最近。"

兰登按照温斯顿的指示穿过宽敞的画廊,这里展示的是一些怪异的装置艺术品:朝一面白墙发射红蜡黏块的钢炮;肯定漂不起来的铁丝网独木舟;由抛光金属块制成的微缩城市模型。

兰登穿过画廊,一到出口处就不知不觉地盯着一件显眼的大家伙端详起来。这件艺术品让兰登一头雾水。

真有这样的东西啊!他心想。终于见到这家博物馆最奇特的作品了。

这件作品横跨整个画廊,许多栩栩如生的森林狼排成一长队飞奔着穿越画廊。森林狼在空中高高跃起,猛地撞向一面透明玻璃墙。撞墙毙命的森林狼堆成一堆,越积越多。

"这幅作品叫《撞墙》[①],"温斯顿主动说道,"九十九只狼不假思索地飞奔着往墙上撞,象征着一种从众心理,意味着缺少打破常规的勇气。"

兰登突然明白了这种象征手法的讽刺意味。今晚埃德蒙大概就会完全打破常规。

"现在继续往前走,"温斯顿说,"您马上会看到一件五颜六色的菱形作品,出口就在它左边。创作这件作品的艺术家埃德蒙也很喜欢。"

在正前方,兰登看见了那幅色彩鲜艳的油画,并立刻认出那标志性的波形曲线、三原色,以及俏皮的漂浮之眼。

胡安·米罗[②]的作品!兰登心想。这位巴塞罗那著名艺术家的作品很俏皮,他一直很喜欢。他的作品似乎是小孩子涂色书和超现实主义彩色玻璃窗相结合的产物。

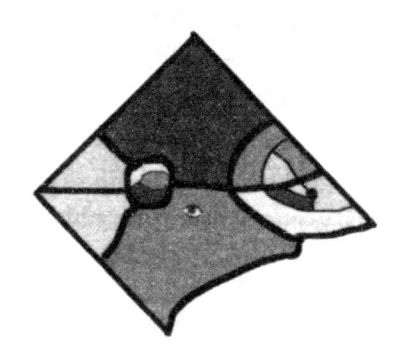

---

① 《撞墙》(Head On),蔡国强作品。蔡国强(1957—),福建人,20 世纪 80 年代中期开始使用中国发明的火药创作作品,是近几年在国际艺坛上最受瞩目的中国人之一。他的艺术创作对西方艺术界产生了巨大冲击力,西方媒体称之为"蔡国强旋风"。
② 胡安·米罗(Joan Miró, 1893—1983),西班牙画家、雕塑家、陶艺家、版画家,是和毕加索、达利齐名的 20 世纪超现实主义画家。

但是走近这幅作品时兰登突然停下了脚步。他惊讶地发现这幅画表面非常光滑,没有任何笔触的痕迹。"这是件复制品吗?"

"不是,是原创。"温斯顿回答道。

兰登又仔细看了看。显然这幅作品是一台大型打印机打印出来的。"温斯顿,这可是件印刷品。甚至不是在画布上创作的。"

"我本来就不在画布上创作。"温斯顿回答道,"每当我创作出一件虚拟作品之后,埃德蒙就会帮我打印出来。"

"等等!"兰登将信将疑地说道,"这是你画的?"

"是的。这是我模仿胡安·米罗的风格创作的。"

"看得出你是在模仿他。"兰登说道,"就连签名都是——米罗(Miró)。"

"没有啊,"温斯顿说,"您再仔细看看。我签的是 Miro——没有重音符号。在西班牙语里,miro 是'我看'的意思。"

聪明!兰登不得不承认,这幅画的巧妙之处在于,在这幅作品中间用米罗风格的一只眼睛注视着参观者。

"埃德蒙让我创作一幅自画像,我能想到的就是这个了。"

这是你的自画像?兰登又看了一眼高低不平的波浪形曲线。你一定是台奇形怪状的电脑。

兰登最近了解到,埃德蒙正在兴致勃勃地教电脑学习算法艺术[①]——一种由高度复杂的计算机程序生成的艺术作品。不过,这也引发了一个令人尴尬的问题:如果电脑创作出了一件艺术品,那么这件作品究竟算谁的呢?是电脑的,还是程序员的?最近麻省理工学院举办了一场形式多样的算法艺术展,这就让哈佛大学一门名为《是艺术成就了人类吗?》的人文课程颇为尴尬。

"我还能作曲呢。"温斯顿说道,"您要想听,晚些时候可以让埃德蒙给您播放几首。不过现在您得走快点啦。发布会马上就要开始了。"

[①] 算法艺术(algorithmic art),亦称"计算机生成艺术",是由计算机算法设计生成的艺术品。

离开画廊后，兰登突然发现自己已经来到了一座狭长的天桥上，从上面可以俯瞰整个中庭。天桥对面的电梯里还有几名掉队的客人，工作人员正在催促他们赶快穿过前方的出口往兰登这边走。

"再过几分钟发布会就要开始了。"温特顿说道，"您看到报告厅的入口了吗？"

"看到了，就在前面。"

"好极了。最后有一点，进去时会有一个耳机回收箱。埃德蒙叮嘱过，您不用还耳机，自己拿好就行了。这样的话，发布会以后，我就可以带您从后门离开博物馆。这样能避开人流，还能确保您搭上的士。"

兰登的脑海里又浮现出埃德蒙在名片上信笔写下的那串奇怪的字母和数字，埃德蒙还让他把这个东西交给的士司机。"温斯顿，埃德蒙写的是'BIO-EC346'。他说那是个简单到不能再简单的密码。"

"他说的是实话。"温斯顿立刻回答说，"好了，教授。发布会马上就要开始了。我衷心希望您能喜欢埃德蒙的演讲，希望过会儿能继续为您效劳。"

突然"咔嗒"一声，温斯顿下线了。

兰登走到门口后摘下耳机，把这小玩意儿悄悄塞进了外套口袋。就在大门要关上的那一刻，他和最后几位客人匆忙走了进去。

他再次发现自己来到了一个始料未及的地方。

我们要一直站着听演讲吗？

兰登本以为大家会舒舒服服地坐在报告厅里听埃德蒙演讲，但实际情况是，几百名客人挤在一个四面白墙的狭长展厅里。里面什么艺术品都没有，也没有座位——只在对面墙边有个讲台，讲台旁边有个巨大的液晶显示屏，屏幕上显示：

直播将在 2 分 7 秒后开始

兰登有种迫不及待的感觉。显示屏上还有一行字。于是他接着往下看，但看了两遍都不敢相信：

目前远程参与人数：**1,953,694**

二百万人？

埃德蒙曾经告诉过兰登，他会直播这次发布会，不过，观众人数似乎无法预测，计数器上显示的数字每分每秒都在增加。

兰登的脸上掠过了一丝笑容，他教的学生确实成绩斐然。但现在的问题是：埃德蒙究竟要公布什么呢？

第13章

迪拜东部的沙漠里月光皎洁，一辆杰纳沙蜱1100型四轮沙地越野车猛地往左一打方向，突然停了下来，刺眼的车灯前扬起一阵沙尘。

车上的年轻人一把扯下护目镜，诧异地盯着被自己差点儿碾到的东西。他大惊失色，赶紧从车上下来朝沙地上的黑影走去。

不出所料，果然是个人。

借着车灯光，他看到有个人一动不动地趴在沙地里。

"你好？"[1] 年轻人吼了一声，"你好？"

没有反应。

从穿着——头戴传统的圆筒绒帽，身穿宽松的长袍——看得出，这是个男人，又矮又胖，一副养尊处优的模样。他的脚印早已被风沙掩埋，能表明他是怎么来到这片空旷沙漠的轮胎印记或者其他线索，

---

[1] 原文为阿拉伯语。

也早已没了踪影。

"你好?"年轻人又喊了一声。

依然没有动静。

年轻人不知道该如何是好,便伸出一只脚轻轻碰了他一下。尽管他长得很胖,但身体已经僵硬,经过风吹日晒都已经干瘪了。

肯定死了。

年轻人伸手抓住他的肩膀,把他翻了过来。他的双眼依然睁着,仰望天空,但毫无生气。他的脸上和胡子上沾满了沙粒,虽然脏兮兮的,但看上去仍然慈眉善目,样子很面熟,就像人见人爱的叔叔或老爷爷。

又有五六辆四轮沙地越野车轰鸣着开了过来,一起沙丘冲浪的年轻人都兜了回来,看看出了什么事。他们的摩托车先是冲上沙脊,然后沿着沙坡冲了下来。

所有人都停下车,摘掉护目镜和头盔,围在这具令人毛骨悚然的干尸旁。有人认出死者是著名的学者兼宗教领袖赛义德·法德尔,因为他经常去大学里演讲。

"我们该怎么办?"[①]他大声问道。

人们围成一个圈,默默地看着尸体,然后跟全世界所有年轻人一样,掏出手机噼里啪啦一阵狂拍,随后发送给自己的朋友。

第 14 章

宾客们肩并肩围在讲台旁,罗伯特·兰登惊讶地看着液晶屏,数字还在继续攀升。

---

① 原文为阿拉伯语。

目前远程参与人数：2,527,664

在这个拥挤不堪的展厅里，人们都在窃窃私语，声音汇聚在一起嗡嗡作响，透着沉闷和喧嚣。几百号人满怀着期待，许多人兴奋不已，抓紧最后时间打电话或发推特。

一名技术员走上讲台敲了敲麦克风。"女士们，先生们，我们之前说过，请关掉您的移动设备。现在我们将屏蔽所有 Wi-Fi 和手机信号，直到本次活动结束。"

许多人还在打着电话，信号突然中断了，搞得大家一脸惊呆的表情，好像刚刚目睹了一项基尔希式的神奇黑科技——跟外界的联系竟然可以被切断，太不可思议了。

随便找家电子商店，五百块就搞定了！兰登对这个东西太了解了。在哈佛大学上课时，他曾与几位教授使用过手机信号屏蔽技术，让教室变成信号"盲区"，不让学生上课玩手机。

此时一名摄像师扛着大型摄像机已经就位，将机子对准了讲台。房间里的灯光暗了下来。

液晶屏上显示：

直播将于 38 秒后开始
目前远程参与人数：2,857,914

兰登惊愕地看着屏幕上的数字。好像比美国国债攀升得都快啊！此刻竟然有将近三百万人坐在家里等着看现场直播，这让他简直不敢相信。

"还有三十秒。"技术员对着话筒轻轻说道。

这时讲台后面的墙上打开了一扇小门，在场的人立即满怀期待地安静下来，想一睹大名鼎鼎的埃德蒙·基尔希的风采。

但是，埃德蒙没有现身。

十秒钟后，一位举止优雅的女士走了出来，朝讲台走去。她美艳动人——一头黑发、个子高挑、身材苗条，身穿一件黑色斜纹的贴身白色连衣裙。她小步轻挪，走上讲台，调整了一下麦克风，然后深吸一口气，不慌不忙地冲着在场的人莞尔一笑，等着倒计时钟敲响。

直播将于 10 秒后开始

女子闭上双眼，仿佛在给自己打气，然后神态自若地睁开双眼。摄像师举起五根手指。

四、三、二……

当她抬起双眼对着摄像机的时候，展厅里鸦雀无声。液晶显示屏已经开始直播，上面出现了她的画面。她那炯炯有神的黑眼睛看着众人，接着，不经意地用手把一缕秀发从小麦色的脸颊处往后拢了一拢。

"大家晚上好。"她开口说道，声音让人觉得既亲切，又有修养，有轻微的西班牙口音，"我叫安布拉·维达尔。"

房间里爆发出一阵热烈的掌声。显然很多人都知道她是谁。

"恭喜！"① 有人喊道。

女子的脸一下子红了。兰登意识到这背后肯定有他不知道的隐情。

"女士们，先生们，"她赶紧接着说道，"在过去五年里，我担任毕尔巴鄂古根海姆博物馆的馆长。今晚，我很荣幸地欢迎大家前来共度大名鼎鼎的埃德蒙·基尔希专门为我们呈现的这个不凡之夜。"

人群中顿时掌声雷动，兰登也跟着鼓掌。

"埃德蒙·基尔希不仅为本馆慷慨解囊，而且也是一位值得信赖的好朋友。我本人非常荣幸能在过去几个月里跟他密切合作，共同筹划今晚的活动。我刚才看了一下，全世界的社交媒体都在密切关注今

---

① 原文为西班牙语。

晚的盛事！大家肯定都已经知道，今晚埃德蒙·基尔希将要宣布一项重大的科学发现——他相信这是他对全人类做出的最重要的贡献，将被载入史册。"

人群中立即响起了一阵兴奋的低语声。

黑发女子俏皮地笑了笑，继续说道："当然，我请求过埃德蒙，请他给我透露点儿信息，但他只字不提。"

又爆出一阵笑声，随后掌声四起。

"今晚的专场，"她继续说道，"将用英语——基尔希先生的母语——为大家呈现，不过，我们将为现场观众提供二十多个语种的实时翻译。"

液晶显示屏刷新了一下，安布拉补充说道："如果还有谁怀疑埃德蒙的信心，可以看一看十五分钟前在全球社交媒体上出现的新闻。"

兰登看着液晶屏。

**今晚：现场直播。欧洲中部夏令时 20:00
未来学家埃德蒙·基尔希将宣布其发现，
该发现将永远改变当代科学的面貌。**

兰登心想：原来这就是短短几分钟吸引来三百万观众的原因啊！

兰登的注意力又回到讲台上。这时他发现了早先没有注意到的两个人——两个表情严肃的保镖倚墙而立，正专注地扫视着众人。看到他们蓝色运动夹克衫上的缩写字母，兰登大吃一惊。

皇家卫队？！国王的皇家特工今晚跑到这里来干什么？

王室成员似乎不会出席今晚的活动，他们都是坚定的天主教徒，肯定不会跟埃德蒙·基尔希这样的无神论者同时出现在公共场合。

西班牙实行君主立宪制，国王的职权虽然有限，但对臣民的心理与思想仍然有举足轻重的影响。对几千万西班牙人来说，国王仍然是天主教双王①时代那深厚天主教底蕴和西班牙黄金时代②的标志。对历史悠久、信仰坚定的基督教来说，马德里皇宫的光辉仍然闪耀，仍然发挥着信仰指南和精神支柱的作用。

兰登在西班牙听到过这样的说法："议会管理国家，国王统治国家。"几个世纪以来，主持西班牙外交事务的国王都是虔诚、保守的天主教徒。现任国王当然也不例外！兰登心想，因为他知道此人宗教信仰根深蒂固，而且价值观非常保守。

据说，近几个月来年老体衰的国王已经卧病在床奄奄一息，西班牙正准备把权力移交给他的独生子胡利安。据媒体报道，胡利安王子的立场在某种程度上还是个未知数。过去他一直默默地生活在父亲的庇护下，西班牙人都很想知道他会成为怎样的统治者。

难道是胡利安王子派皇家卫队特工来为埃德蒙的活动保驾护航的？巴尔德斯皮诺威胁埃德蒙的那个语音短信又在兰登的脑海中闪过。尽管有点担心，但兰登感觉得出大厅里的气氛既友好热烈，又平和安详。他记得埃德蒙跟他说过，今晚的安保异常严格——所以西班牙皇家卫队也许额外提供保护，确保万无一失。

"熟悉埃德蒙·基尔希的人都知道，他特别喜欢吸引别人的眼球。"安布拉·维达尔继续说道，"大家心里清楚，他肯定不会让我们在这么一个像无菌室一样的房间里，没完没了地傻站着。"

她指了指展厅对面紧闭着的双扇门。

"在那扇门后面，埃德蒙·基尔希搭建了一个'体验空间'。今晚他将在此呈现他的动态多媒体演示。演示完全由计算机自动控制，并将在全球直播。"她停顿了一下，看了一眼手上的金表，"今晚活动的时间是经过精心安排的，埃德蒙让我请大家都到里面去，这样我们就可以在8点15分准时开始，现在就剩几分钟了。"她指了指那两扇门

---

① 天主教双王（los reyes católicos），是卡斯蒂利亚女王伊莎贝拉一世和阿拉贡国王费尔南多二世夫妻二人的合用头衔。许多史学家也认为，两人的联姻推动了西班牙统一的进程。
② 西班牙黄金时代（Spain's Golden Age），15—17世纪的西班牙是世界上最富有的国家之一，艺术和文学蓬勃发展。

接着说,"所以,女士们,先生们,请往里走,去看看了不起的埃德蒙·基尔希为我们准备了什么。"

就在这时,双扇门缓缓打开了。

兰登朝门里望去,原以为又是一个展厅,但门里边的情景让他大吃一惊,因为门里边似乎是一条黑暗的通道。

在场的客人兴奋地拥向黑暗通道,海军上将阿维拉略微有些迟疑。但他朝通道仔细看了一眼,发现里面漆黑一片,这才窃喜起来。他的任务在黑暗中执行起来会容易得多。

他摸着口袋里的念珠,整理了一下思绪,重温了一遍任务的细节。

把握时机至关重要。

第 15 章

整个通道宽约二十英尺,用黑色面料装饰,穹顶也不例外,顶部微微往左倾斜。通道地面也铺着黑色的毛绒地毯,两边墙根处各有一条灯带,透着一抹亮光。

"请脱鞋!"一名工作人员对走过来的宾客说道,"请大家脱下鞋子随身带好。"

兰登脱下黑皮鞋,穿着袜子的双脚一下子陷进了柔软的地毯中。他顿时感到自己的身体本能地放松了下来。他听见周围的人也在纷纷赞叹。

兰登轻手轻脚地沿着通道走了一会儿后,终于看到了终点——一袭黑色的幕帘,工作人员正在那儿等着给每人递上一个厚厚的、像沙滩浴巾一样的东西,然后领着大家穿过去。

之前在过道里时,人们都在充满期待地窃窃私语,现在全都一脸疑惑地安静下来。兰登走到幕帘跟前，工作人员递给他一件折叠织物。他发现那并不是沙滩浴巾，而是一条小毛毯，毯子的一头还缝着个枕头。兰登谢过工作人员后，穿过幕帘进入了另一片天地。

今晚他不得不第二次停下脚步。他尽管想象不出幕帘后面会是什么样子，但眼前的景象完全出乎了他的意料。

我们……是在户外？

此刻，兰登感到站在一处广阔空间的边上。头顶上的天空中，繁星闪烁。远处，一轮纤细的月牙正从一棵孤零零的枫树后面慢慢升起。在蟋蟀的鸣叫声中，一阵暖风拂过，空气中弥漫着泥土的芬芳，有股刚刚修剪过的草地的味道。

"先生，"工作人员边搀着他的胳膊带他往里走边说，"请在草地上找个地方铺开毯子，尽情享受吧。"

大部分宾客虽然不明就里，但也和兰登一起走到草坪上，然后四处散开找地方铺毛毯。草地修剪得整整齐齐，面积约有一个曲棍球场大小，四周种着羊毛草、香蒲，微风吹过，草木沙沙作响。

过了好几分钟兰登才明白过来，这完全是个假象——其实是一件规模庞大的艺术品。

简直就像在精心布置的天文馆里！这种对细节的关注简直无可挑剔，让兰登惊叹不已。

天上的星空，连同纤细的月牙、飘飞的云彩和绵延的远山，都是投影出来的。沙沙作响的草木倒是实实在在的——要么是真假难辨的人造植物，要么就是种在隐蔽花盆里的一小片绿植。草木营造出朦胧的外围环境，也巧妙地掩饰了这个巨大房间生硬的棱角，让人感觉确实身处一个真实的自然环境当中。

兰登蹲下身子摸了摸草坪。草摸上去很柔软，感觉像真草，只是一点儿水分都没有。他看过新闻，知道这种新型合成草皮连专业运动员都会信以为真，但埃德蒙更进了一步，把地面设计得坑坑洼洼、凹凸不平，就跟真正的草地一样。

兰登回想起自己第一次感官出现混乱的情形。小时候，他坐着一艘小船在月光下穿过一处港湾。港湾里炮火连天，一艘海盗船正猛烈开火。那种身临其境的感觉，让兰登幼小的心灵根本无法相信自己其实并不在那个硝烟弥漫的港湾里。实际上，他是在一个洞穴般的地下剧场里，里面流水潺潺，营造出一种《加勒比海盗》式的真实幻觉，从而让人真实地体验这个迪士尼经典的漂流项目。

今晚这种身临其境的感觉同样令人错愕，周围的人也慢慢明白了是怎么回事。兰登看出在场的人跟自己一样惊喜万分。他不禁对埃德蒙大加赞赏——与其说他创造了眼前这个惊人的幻象，倒不如说是他成功地说服了几百名成年人脱掉漂亮的鞋子，躺在草坪上仰望星空。

小时候我们经常会这样，但不知从何时起这些都已成了往事。

兰登躺下放好枕头，身体和柔软的草地融为一体。

天上星光点点，刹那间，兰登仿佛又变回了十几岁的少年，在午夜时分，跟最要好的朋友一起躺在秃峰①高尔夫球场那郁郁葱葱的球道上，思考着生命的种种奥秘。兰登心想，如果幸运的话，今晚埃德蒙·基尔希没准会帮我们解答几个奥秘。

海军上将路易斯·阿维拉站在剧场后面，最后扫了一眼，便悄悄从刚才经过的幕帘处溜了出去。通道内只有他一人，他的手摸着织物墙面，直到摸上一条接缝，然后悄无声息地撕开魔术贴②黏合处，穿过墙壁后又把接缝重新黏了起来。

所有幻象一下子消失得无影无踪。

阿维拉已经不是站在草地上了。

他现在身处一个巨大的矩形空间，里面净是些椭圆形泡状物。一个房间里还套着另一个房间。他眼前的这个结构有点像一个穹顶剧场，周围是高耸的脚手架外骨，上面安装着各式电缆、光源和喇叭。一排视频投影机全部对着剧场里面，一齐泛着微光，将光束投射到穹

---

① 即秃峰高尔夫俱乐部（bald peak colony club），是美国知名的高尔夫俱乐部，位于新罕布什尔州。
② 魔术贴（Velcro）一面是带勾状织物，另一面是带绒毛状织物，贴在一起能产生自然粘力，用手一拉又会分离，有点像变魔术，因此得名魔术贴。

顶半透明的表面上，从而让人产生错觉，以为自己是在星空下的绵延山丘中。

阿维拉非常欣赏埃德蒙的戏剧天分，但这位未来学家根本想不到今晚会多么富有戏剧性。

要牢记什么正处于岌岌可危的状态。你是圣战的战士，是圣战的一分子。

这个任务，阿维拉已经在心里推演过无数次了。他把手伸进口袋，掏出了那串大念珠。就在这时，穹顶上的一排喇叭里传出一个雷鸣般的声音，就像上帝的声音从天上传来一般。

"朋友们，大家晚上好。我是埃德蒙·基尔希。"

第 16 章

在布达佩斯，心神不宁的克韦什在灯光昏暗的"茅舍"里踱来踱去。他手握电视遥控器，一边心急火燎地不停转换频道，一边等巴尔德斯皮诺主教的最新消息。

在十来分钟的时间里，好几个新闻频道都中断了正常节目，切入了古根海姆的直播信号。评论员们正在讨论埃德蒙的成就，揣测他将发布什么神秘声明。看到人们的兴趣如雪球般越来越大，克韦什的眉头紧锁起来。

我已经见识过他的声明了。

三天前的蒙塞拉特山上，埃德蒙·基尔希已经给克韦什、法德尔和巴尔德斯皮诺展示了这份声明的"初剪"版。而现在，克韦什估计，全世界马上就会听到同样的内容。

今晚将会地覆天翻。想到这里，他很难过。

这时电话铃响了，克韦什一下子从沉思中回过神来，一把抓起电话。

巴尔德斯皮诺一句废话也没说直奔主题。"克韦什，飞来横祸啊！"他沉痛地向克韦什传达了从阿联酋传来的那个令人匪夷所思的报道。

克韦什一下子捂住了嘴巴，惊恐万分。"法德尔……他……自杀了？"

"这只是警方的推测。他刚被发现，在大漠深处……看上去就像专门走到那儿去自杀的。"巴尔德斯皮诺停顿了一下接着说道，"我估计在过去几天里，他承受的压力实在太大了。"

想到法德尔的自杀，克韦什伤心欲绝，大脑一片混乱。虽然埃德蒙的发现也深深困扰着自己，但要说法德尔会因此自杀，克韦什还是觉得不太可能。

"这里面肯定有鬼，"克韦什断言道，"我不相信他会这么做。"

巴尔德斯皮诺沉默了好一会儿。"你这么说我很欣慰。"他总算表示了赞同，"说心里话，我也不相信他会自杀。"

"那么……凶手会是谁？"

"凡是不想让埃德蒙·基尔希的发现公之于众的人都有嫌疑。"主教利索地回答道，"而且，这些人跟我们一样，认为他的声明几周之后才会公开。"

"但埃德蒙说过，没有别人知道呀！"克韦什争辩道，"就你、我和法德尔。"

"埃德蒙也许撒了谎。而且，即便他只告诉了我们三个人，可你别忘了，我们的朋友赛义德·法德尔是多么迫不及待地想把它公开。也有可能这位阿拉玛把埃德蒙的发现告诉了他阿联酋的某个同事。或许他的同事跟我一样，觉得埃德蒙的发现会导致危险的后果。"

"你到底想说什么？"拉比不高兴地质问道，"难道说为了守住这个秘密，法德尔的同事杀了他？太荒谬了吧！"

"拉比，"主教不动声色地回答道，"我不知道到底发生了什么。我和你一样，只是在胡乱猜测罢了。"

克韦什松了口气。"对不起，我不该对你大喊大叫。我是难以接受赛义德的死讯。"

"我感同身受。如果赛义德是因为他知道这个秘密被杀的话,那我们也要多加小心了。你和我有可能就是下一个目标。"

克韦什想了一下说:"秘密一旦公开,我们也就无足轻重了。"

"没错,但秘密还没公开呢。"

"主教大人,还有几分钟发布会就开始了。电视台都在直播呢。"

"是啊……"巴尔德斯皮诺叹了一口气,听上去疲惫不堪,"看来我的祷告是没用了。"

克韦什想知道主教是否真的祷告过,真的祈祷上帝去改变埃德蒙的想法。

"即便秘密公开了,"巴尔德斯皮诺说,"我们也不安全。我怀疑埃德蒙会信口开河地告诉全世界,说他三天前就跟宗教领袖们讨论过这个秘密。现在回想起来,他当时跟我们见面的真正动机,只不过是从道义上装出一副公开透明的样子。如果他提到我们的名字,那么你我都脱不了干系。甚至我们自己人都会抨击我们,指责我们没有提前采取行动。对不起,我只是……"主教犹豫了一下,欲言又止。

"只是什么?"克韦什追问道。

"以后再说吧。先看看埃德蒙会说些什么,我再打电话给你吧。在此之前,一定要待在家里,锁好门。不要跟任何人通话。注意安全。"

"安东尼奥,你是说我有危险?"

"我没这个意思。"巴尔德斯皮诺回答道,"我们现在只能静观其变,看看外界会作何反应。一切听天由命吧。"

第 17 章

古根海姆博物馆里,埃德蒙·基尔希的声音刚才还响彻天际,此时却是万籁俱寂,只剩下微风轻拂着草地。几百名来宾躺在毛毯上,凝望着星光点点的天空。罗伯特·兰登躺在靠场地中心的地方，期待之情越发强烈。

"今晚让我们再回到童年。"埃德蒙的声音继续说道，"让我们躺在星空下，放飞思维，尽情畅想吧。"

兰登感觉到在场的人都兴奋不已。

"今晚，让我们也像早年的探险家那样，"埃德蒙高声说道，"抛开一切，向无边无际的大海进发……去发现从未有人涉足过的土地……肃然起敬地跪倒在地，去惊叹这个世界之大远远超越了任何哲学的想象。在新的发现面前，探险家们日久年深的世界观都已经土崩瓦解了。今晚，我们的思维方式也将被重新定义。"

说得好！兰登心想。他很想知道，埃德蒙的讲话是预先录制的，还是躲在后台照本宣科。

"朋友们，"——头顶上，再一次响起了埃德蒙的声音——"今晚，我们齐聚一堂，就是为了共同见证一个重要的发现。承蒙诸位抬爱，我才能搭建这样一个平台。要了解人类理念的每一次转变，了解其产生的历史背景至关重要。今晚也不例外。"

此时远处传来隆隆的雷声。兰登可以感受到扬声器里低沉的隆隆声震撼着他的心扉。

"为了让大家更好地理解今晚的演示，"埃德蒙继续说道，"我们有幸请到一位著名的学者——一位对世界各地符号、编码、历史、宗教和艺术有着深入研究的传奇人物。他也是我的挚友。女士们，先生们，让我们热烈欢迎哈佛大学教授罗伯特·兰登先生。"

在热烈的掌声中，兰登用胳膊肘撑起身子想站起来。但这时，穹顶的星空切换成了广角镜头，画面变成了拥挤的大礼堂。画面中的兰登闪亮登场，他身穿哈里斯粗花呢[①]外套，在狂热的观众面前走来走去。

[①] 哈里斯粗花呢（Harry Tweed），以哈里斯岛及路易斯岛为中心的几个苏格兰岛屿的居民利用当地盛产的羊毛手工织成的衣料。该面料优雅精致，极具复古情调，独特的手工和优美的花色使其风靡世界。

原来埃德蒙要我扮演的是这个角色啊！他一边心想，一边不大自在地躺回到草地上。

"早期的人类，"屏幕上的兰登说道，"跟宇宙有种奇妙的关系，而跟那些无法合理解释的现象的关系，就更加微妙了。为了解开这些奥秘，人类创造了庞杂的神话体系去解释那些无法理解的东西——比如雷电、潮汐、地震、火山、不孕、瘟疫，甚至爱情。"

这太离谱了！兰登躺在草地上，盯着穹顶屏幕上的自己心想。

"早期的希腊人认为，大海的潮起潮落源于波塞冬①的喜怒哀乐。"天花板上，兰登的画面消失了，但声音还在继续着。

这时画面上海浪波涛汹涌，连整个礼堂都跟着晃动起来。兰登看着汹涌的浪花变成寒风肆虐的荒草雪原，深感惊讶。这时不知从哪里吹来一阵冷风掠过草地。

"四季更替，冬天来临。"兰登的画外音继续说道，"这是因为珀耳塞福涅②被绑架到了地狱，整个地球也随之陷入了冬天的悲伤。"

此时草坪上的空气暖和起来，屏幕上冰冻的大地上升起一座高山。山越来越高，突然山顶上喷出了火花，冒出了浓烟，流出了岩浆。

"在古罗马人眼里，"兰登娓娓道来，"火山就是众神的铁匠伏尔甘③的家，他在山底一个巨大的铁匠铺里打铁，火山喷发就是从他的烟囱里喷出火焰。"

此时兰登闻到一股硫磺味，他大吃一惊，埃德蒙竟然如此巧妙地将兰登的讲座变成一场多感官体验的盛宴。

火山的隆隆声戛然而止。于无声处又传来蟋蟀的鸣叫，微微的暖风裹着青草味拂过草地。

"古人创造了无数的神，"兰登的声音继续说道，"不单是为了解

---

① 波塞冬（Poseidon），古希腊神话中的海神。
② 珀耳塞福涅（Persephone），希腊神话中冥界之神哈得斯的妻子。据说，她越快乐，大地的花朵就越绽放，她越悲伤，大地就越是一片荒芜。
③ 伏尔甘（Vulcan），罗马神话中的火神，拉丁语中的"火山"一词即来源于他。相传，火山是他为众神打造兵器的铁匠炉。

释这个星球的奥秘,同时也是为了解释自身的奥秘。"

穹顶之上又出现了灿烂的满天星斗,上面还叠加着不同的线条图,用来显示它们所代表的众神。

"不孕不育是因为失宠于天后朱诺①。坠入爱河是因为爱神厄洛斯②的眷顾。而瘟疫则是阿波罗③给予人类的惩罚。"

此刻,其他一些星座及其所代表的诸神的画面出现在屏幕上。

"如果诸位读过我的书,"兰登的声音继续着,"那一定知道我用过一个词,叫'空缺之神'。意思是说,古人在认识周围的世界时,如果出现了空白或空缺,他们就用神来填补这些认知的空缺。"

这时天空中出现一组巨大的剪辑画面,里面有几十个远古之神的画作和雕塑。

"无数的神灵填补了无数的空白,"兰登说道,"然而,在过去几百年里,科学知识日新月异。"此刻,天空中出现另一组画面,里面全是各类数学和技术符号。"我们对自然界的了解日渐深入,认识上的空白也就逐渐消失,与此同时,我们信奉的神也越来越少。"

天花板上,海神波塞冬的形象映入眼帘。

"譬如说,当我们知道了潮汐是由月球运行周期引起的,波塞冬便没有存在的必要了,这样一个蒙昧时期的愚蠢神话便被我们抛到脑后。"

波塞冬的画面化作一缕青烟消失了。

"大家都知道,所有的神都在劫难逃——随着我们智力的进化,他们离我们越来越远,一个接着一个,直到全部消亡。"

穹顶之上,诸神的画面挨个地消失了——雷电之神、地震之神、瘟疫之神,等等。

屏幕上,随着诸神的画面越来越少,兰登又接着说道:"不过,

---

① 朱诺(Juno),罗马神话中的天后,是女性、婚姻、生育和母性之神,集美貌、温柔、慈爱于一身。其地位相当于希腊神话中主神宙斯的妻子赫拉。
② 厄洛斯(Eros),古希腊神话中的爱与情欲之神。
③ 阿波罗(Apollo),古希腊神话中的光明、音乐、预言与医药之神。

大家千万别搞错,这些神并没有'温柔地走进那个良夜①'。一种文化抛弃它的神明,其过程都会一团糟。小时候,我们最亲最爱的人——我们的父母、老师,还有宗教领袖——便把精神信仰深深地烙在我们的心灵的深处。因此,任何宗教的转变都要经历几代人,都会出现群体性恐惧焦虑,而且常常伴随着流血与杀戮。"

屏幕上,在呐喊声和刀剑厮杀的铿锵声中,诸神的画面一个个闪烁着,随后逐渐消失。最后画面上只剩下一位神,面容枯槁,白髯飘逸。

"宙斯……"兰登高声说道,声音震耳欲聋,"众神之神,所有异教神最害怕、最敬重的神。他不想销声匿迹,而且他的反抗比其他诸神更加强烈。他奋起战斗,以图阻止自身光芒的湮灭,其激烈程度不亚于他当年取代泰坦的时候。"

穹顶屏幕上闪过几幅画面——英国的巨石阵②、苏美尔人的楔形文字和埃及的金字塔。接着,又出现了宙斯的半身像。

"宙斯的侍奉者拒不放弃他们信仰的神,基督教征服者也被迫妥协,只好选用宙斯的容貌作为他们新神的模样。"

屏幕上,宙斯大胡子的半身像完美地融进了一幅壁画——米开朗琪罗在西斯廷礼拜堂③穹顶绘制的《创造亚当》之中,长着胡须的脸庞跟基督教的上帝一模一样。

"今天,我们已不再相信宙斯的那些故事——他是如何被山羊养大的,又是如何被那个名叫库克罗普斯的独眼巨人④赋予神力的,等等。受益于现代思维,我们将这些荒诞的虚构故事归为神话,从中我们可以窥见人类的过去曾经是何等的迷信。"

现在,穹顶屏幕上又出现了一张照片,是图书馆里一个积满灰尘

---

① 引文出自英国著名诗人狄兰·托马斯(1914—1953)的诗作《不要温柔地走进那个良夜》(Do Not Gentle into That Good Night)。
② 巨石阵(Stonehenge),位于英格兰西南部的威尔特郡。
③ 西斯廷礼拜堂(Sistine Chapel),位于梵蒂冈宫的教皇礼拜堂,紧邻圣伯多禄大殿,以米开朗琪罗所绘穹顶画《创世记》和壁画《最后的审判》而闻名。
④ 独眼巨人(Cyclopes),希腊神话中西西里岛的巨人。

的书架。书架上那些描写古代神话的精装羊皮卷备受冷落,旁边探索自然崇拜的巴力①、伊南娜②、奥西里斯③的典籍,以及无数早期神学典籍,同样无人问津。

"现在,情况不同了!"兰登大声说道,"我们都是现代人了。"

天空中出现了新的画面——一组清晰、靓丽的照片:太空探索……计算机芯片……医学实验……粒子加速器……翱翔的飞机。

"我们的智力高度发达,科学技术突飞猛进。我们不再相信火山下面藏着什么铁匠巨人,也不再相信有什么神灵可以控制潮汐或者季节。我们跟远古祖先已经完全不同了。"

真是这样吗?兰登的口型模仿着播放的内容,心里念叨着。

"真是这样吗?"兰登缓慢而庄重的声音从穹顶传来,"我们自认为是理性的现代人,但是在我们人类当中传播最广泛的宗教里,包含着太多神奇的说法——莫名其妙的死而复生、神奇的处女生育、复仇之神降下瘟疫和洪水,还有什么神秘的往生来世、云蒸霞蔚的天堂和油煎火烤的炼狱。"

兰登一边说着,穹顶屏幕上一边闪现出一些尽人皆知的基督教画面,耶稣复活、圣母玛利亚、诺亚方舟、红海分离、天堂及地狱。

"让我们稍微想象一下,"兰登说,"未来的历史学家和人类学家他们会作何感想。得益于他们独特的观察视角,当他们回顾我们这个时代的宗教信仰时,会不会也把我们的信仰归为愚昧时期的神话呢?他们看待我们的神,是否也会像我们看待宙斯一样呢?他们是否也会将我们的宗教经典束之高阁,尘封在历史的角落里呢?"

这个问题在黑暗中久久回荡。

然后,突然间埃德蒙·基尔希的声音打破了沉默。

"教授,**说得没错**!"头顶上传来这位未来学家低沉的声音,"我相信所有这一切都不可避免。我相信后人肯定会感觉难以置信。他们

---

① 巴力(Baal),古代闪米特人信奉的丰饶之神和自然之神。
② 伊南娜(Inanna),苏美神话系统里面的"圣女""天之女主人",主司性爱、繁殖和战争。
③ 奥西里斯(Osiris),埃及神话中的冥王。

会追问，科技已如此发达的我们，怎么可能会相信当今宗教的大部分说教呢？"

埃德蒙说话的声音愈发有力。这时一组新的画面投射到穹顶屏幕上——亚当和夏娃、裹着长袍的女人以及踏火的印度教徒。

"我相信，子孙后代审视过我们现在的这些传统之后，"埃德蒙大声说道，"他们的结论会是：我们生活在一个愚昧无知的时代。他们的证据就是我们的信仰，我们竟然相信人类是在一个神奇的花园里由神创造出来的，我们万能的造物主竟要求女性蒙头盖脸，而且为了尊崇神灵，我们居然铤而走险不怕烙伤自己的躯体。"

更多画面随之出现，其中一组剪辑图片快速闪过，展示了世界各地的一些宗教仪式——驱魔、洗礼、身体穿刺、牲祭等。这组照片的后面是一段令人不安的视频：在一个五十英尺高的高塔边上，一位印度教士抓着一个婴儿的手脚晃了晃。突然教士松开手，小孩垂直落下，掉进一块展开的毯子上。毯子由一些兴高采烈的村民拉着，就像拉着一张消防网一样。

格里什内什瓦尔神庙①的抛子祈福。他还记得，这样做据说可以让婴儿得到神的庇佑。

谢天谢地！令人胆战心惊的视频终于放完了。

此时一片漆黑，头顶上又响起了埃德蒙的声音："现代人类的大脑既可以进行精确的逻辑分析，同时也会去接受宗教信仰，但只要稍加理性探究，这样的信仰便会土崩瓦解。为什么会出现这种情况呢？"

穹顶屏幕上，灿烂的星空再次出现。

"其实，"埃德蒙总结道，"答案很简单。"

天空中的星星突然变得更大、更亮了。一根根纤维出现在屏幕上，将繁星串在一起，就像相互串联的节点一样，形成一个貌似无穷

---

① 格里什内什瓦尔神庙（The Grishneshwar Temple），印度教中四个最主要教派之一——湿婆教的重要朝圣地。

无尽的网络。

神经元。没等埃德蒙开口,兰登就知道他要说什么了。

"人类的大脑。"埃德蒙高声说道,"为什么大脑会相信它认为可信的东西呢?"

头顶上若干节点闪烁着,通过纤维把电子脉冲传送给其他神经元。

"我们的大脑就像一台有机计算机,"埃德蒙继续说道,"也有一个操作系统。这个系统就是一系列规则,可以对全天候输入的那些乱七八糟的信息——语言、朗朗上口的曲调、汽笛、巧克力的味道等——进行组织和定义。可想而知,输入的信息非常繁杂无序,而你的大脑必须要理解所有这一切。事实上,正是大脑操作系统编写的程序,在定义着你对现实的理解能力。不幸的是,这正是我们跟自己开的一个天大的玩笑,因为不管是谁为人类大脑编写程序,他的幽默感肯定是被扭曲了。换句话说,我们之所以相信荒诞不经的东西,并不是我们的错。"

头顶上的神经突触开始噼噼作响,大脑中冒出了许多熟悉的画面:星相图、水上行走的耶稣、科学论派创始人 L. 罗纳德·贺伯特[1]、埃及神奥西里斯、印度教四臂大象神甘尼许[2],还有哭泣的圣母玛利亚大理石雕像。

"所以作为程序员,我扪心自问:究竟是何等怪诞的操作系统导致了如此不合逻辑的输出呢?如果研究一下人脑并且读取它的操作系统,我们会发现如下结果。"

这时穹顶屏幕上出现了八个大字。

摒弃混乱。
创造秩序。

---

[1] 拉法叶·罗纳德·贺伯特(Lafayette Ronald Hubbard,1911—1986),美国作家,主要撰写结合宗教的性灵提升书籍。
[2] 甘尼许(Ganesha),智慧之神与横扫障碍者,常被描述成矮胖象头的模样。

"这就是我们大脑的主程序。"埃德蒙说,"人类确实也是这么做的。反对混乱。支持秩序。"

突然一阵刺耳的钢琴声传来,仿佛是一个调皮的孩子在琴键上乱弹一通,整个房间都跟着在颤抖。兰登和周围的人不由得紧张起来。

嘈杂喧闹中传来埃德蒙的高喊声:"如果有人在钢琴上乱弹一通,那声音肯定是不堪入耳的!但如果还是用同样的音符,按照更好的秩序排列一下的话……"

杂乱无章的噪声立即停止了,随之而来的是德彪西①舒缓的旋律《月光》。

兰登顿时感觉身心舒展,室内紧张的气氛也随之烟消云散了。

"我们的大脑感到很愉悦。"埃德蒙说,"同样的音符。同样的乐器。德彪西创造了秩序。正是因为创建秩序会给人带来快乐的感觉,才会促使人类去把拼图拼好,或者将墙上的画摆正。向往井井有条,是烙在我们基因里的。由此,计算机成为人类最伟大的发明也就不足为奇了,因为这个机器可以专门帮助我们从混乱走向有序。事实上,在西班牙语中,计算机一词就是 ordenador——纯粹从字面上理解,它的意思就是'创造秩序'。"

此时画面上出现了一台大型超级计算机,一个年轻男子正坐在计算机前。

"设想一下,假如你有一台功能强大的计算机,无所不知,无所不晓,你想问什么问题都可以。那么,十有八九你最终会问到人类的两个最基本的问题。这两个问题自人类自我意识觉醒以来,便一直萦绕在他们的心头。"

年轻人在计算机上输入了一些文字,穹顶屏幕上显示了出来。

我们从哪里来?

---

① 德彪西(Debussy, 1862—1918),法国作曲家。

我们要往哪里去？

"换句话说，"埃德蒙说，"你会问人类的本源和归宿是什么。而当你问这两个问题时，计算机的回答可能是这样的。"

计算机闪烁了一下：

数据不足，无法准确回答。

"这样的回答虽然一无是处，"埃德蒙说道，"但至少还算实事求是。"

这时候穹顶屏幕上出现了人脑的画面。

"不过，如果你问这台小小的生物计算机——我们从哪里来？——神奇的一幕发生了。"

从屏幕上的大脑中流淌出一幅幅宗教画面——上帝伸手赋予亚当生命；普罗米修斯用泥巴捏出了最早的人；婆罗门用自己身体的不同部位创造了人类；一位非洲之神拨开云层，将两个人放到地球上；还有一位北欧神明用浮木创造了一个男人和一个女人。

"现在如果你问，"埃德蒙说，"我们要往哪里去？"

屏幕上的大脑中流淌出更多的画面——淳朴的天堂、炙热的地狱、埃及《亡灵书》中的象形文字、灵魂出窍的石雕、希腊人的极乐世界、卡巴拉版的"灵魂转世"、佛教和印度教的投胎转世、萨默兰的"神智轮回"。

"对人脑来说，"埃德蒙解释道，"只要有答案，就比没有答案要好。面对'数据不足'时，我们会感到很不自在。于是，我们的大脑就会去创造数据——最起码会给我们一种有序的假象——创造出无数的哲学、神话和宗教，让我们相信未知世界确实秩序井然、结构有条理。"

随着宗教画面陆续出现，埃德蒙也愈加慷慨激昂起来。

"我们从哪里来？我们要往哪里去？人生的这两个基本问题一直困扰着我。多少年来我一直梦想着找到答案。"埃德蒙顿了顿，语气又低沉了下来,"可悲的是,因为宗教教义的缘故,千千万万的人认为他们已经知道这些重大问题的答案了。而且因为每个宗教提供的答案不尽相同,最后所有的文化都在争论谁的答案正确,哪个版本的上帝是唯一正确的。"

穹顶屏幕上突然涌现出枪林弹雨、炮火连天的画面——先是一组描绘宗教战争的蒙太奇式拼接画面,紧接着便是哭泣的难民、流离失所的家庭、横尸街头的平民。

"自宗教出现以来,我们人类一直互相责难,而且永无宁日——无神论者、基督徒、穆斯林、犹太教徒、印度教徒,各个宗教的信众激烈交锋——而唯一能让我们团结在一起的,便是对和平的深切向往。"

如火如荼的战争画面消失了,取而代之的是寂静的夜空和闪烁的繁星。

"试想一下,如果我们奇迹般地找到回答生命问题的答案……如果我们突然找到同一个确定无疑的证据,同时意识到,我们仅仅作为一个物种,只能敞开胸怀去共同接受这个答案,那将会怎样?"

这时屏幕上出现了一个牧师,闭着眼睛在默默祈祷。

"探索精神世界一直属于宗教范畴,它怂恿我们迷信宗教教义,哪怕这些教义颠三倒四都无所谓。"

屏幕上出现了一组剪辑画面。画面上都是些狂热的信徒,他们全都闭着双眼,要么在唱颂歌,要么在鞠躬、诵经、祈祷。

"但是信仰,"埃德蒙说道,"就其定义而言,要求我们完全信任一种看不见、说不清的东西。虽然没有真凭实据,也要当成既定事实。因此我们有不同的信仰是完全可以理解的,因为根本就没有放之四海而皆准的真理。"他停顿了一下,接着说道,"不过……"

穹顶屏幕上的画面切换成一幅单张照片,照片上是一名女学生正瞪大眼睛,聚精会神地在观察显微镜。

"信仰的对立面是科学。"埃德蒙继续说道,"科学,顾名思义,即努力去发现未知或尚未定义事物符合自然法则的证据,并根据已知事实推翻迷信和错觉。当科学给出答案时,这个答案就要具有普遍性。人类不会为此而发动战争,相反人类会共同维护这个答案。"

此时屏幕上开始播放美国宇航局实验室、欧洲核研究中心和其他一些地方的历史片段——每当获得新发现,不同种族的科学家们都在欢呼雀跃,相互拥抱。

"朋友们,"埃德蒙低声说道,"在我的一生中我已经做过很多预言。而今晚,我准备提出一个新的预言。"他深深地吸了一口气,说道:"宗教的时代行将终结,科学的黎明即将来临。"

房间里鸦雀无声。

"今晚,人类将朝着这个方向迈出量子跃迁式的一步。"

这句话让兰登始料不及,他感到了一阵寒意。不管这个神秘的发现到底是什么,但埃德蒙显然正在搭建一个巨大的舞台,准备与世界上所有的宗教一决雌雄。

第 18 章

🌐 解密网

埃德蒙·基尔希发布会实时更新
没有宗教的未来?

正在进行的直播中,在线人数已创纪录地达到了三百万。未来学家埃德蒙·基尔希似乎马上就要宣布他的科学发现,并暗示这一发现可以解答一直困扰人类的两大问题。

通过提前录制的视频,哈佛大学教授罗伯特·兰登引人入胜地做了开场白。之后,埃德蒙·基尔希便对宗教信仰发起猛烈的抨击,他刚刚做出了一个大胆预言:"宗教时代即将终结。"

不过今晚到目前为止,这位著名的无神论者似乎比平时更收敛、更低调。欲了解埃德蒙之前的反宗教言论，请点击此处。

第 19 章

此刻在穹顶剧场的纤维墙外，海军上将阿维拉利用纵横交错的脚手架躲开人们的视线，找到了有利的位置。他紧贴着礼堂前部的外墙，尽量压低身子隐藏在黑影里。

他小心翼翼地把手伸进口袋掏出念珠。

把握时机至关重要。

他双手捻着珠串，直到摸到那个沉甸甸的金属十字架。楼下负责金属探测的那些警卫居然没仔细看，就让他带着念珠混了进来，这让他觉得很滑稽。

阿维拉用藏在十字架柄上的刀片，在纤维墙壁上竖着划出一条长六英寸的缝。他轻轻地拨开缝隙往里看，里面是另一番世界——一个树木繁茂的地方，几百名宾客正躺在毛毯上仰望着星空。

他们根本想象不到接下来会发生什么。

看到那两名皇家特工已经站到大厅右前方的角落里，阿维拉非常高兴。他们虽然悄悄地站到树影里，仍然保持高度戒备，但在昏暗的灯光下，根本发现不了他。

在离特工不远的地方，博物馆馆长安布拉·维达尔站在那儿看着埃德蒙演讲，看上去有点不自在。

阿维拉对自己的位置非常满意。于是他合上缝隙，注意力回到他的十字架上。这个十字架和大多数十字架一样，有两条短横臂，但这个十字架的横臂是用磁力吸住的，可以拆下来。

阿维拉抓住十字架的一条短臂用力一掰，将短臂握在了手里。里面掉出来一个小东西。阿维拉又掰下另外一条，十字架变成光秃秃的——念珠上只剩下一根长长的金属块。

他把念珠塞回口袋。一会儿我还派得上用场。现在他的注意力放在了藏在短臂里的两个小东西上。

两颗短程子弹。

阿维拉把手伸到背后，在腰带下面摸了摸，把偷偷藏在西装外套下面带进来的那个东西拽了出来。

几年前一个名叫科迪·威尔逊的美国少年设计了"解放者"——第一款3D打印塑料枪。几年后，这一技术已经有了很大的改进。而新型的陶瓷高聚物手枪杀伤力虽然还很小，但优点是不会被金属探测器发现，这足以弥补这种枪射程不远的缺点。

我所需要做的就是靠得近一点儿。

如果一切能按计划进行，他现在的位置是完美的。

摄政王已经得到了内部消息，对今晚发布会的精确布局和安排都了如指掌……阿维拉该如何完成任务，他已经交代得清清楚楚。结局将是残酷的，但在目睹了埃德蒙·基尔希的无神论开场白之后，阿维拉坚信，他今晚在这儿犯下的罪行肯定会得到宽恕。

摄政王告诉他，我们的敌人正在挑起一场战争，我们要么消灭敌人，要么被敌人消灭。

在礼堂右前方的角落里，安布拉·维达尔远远地靠墙站着，她不希望别人觉察到她的不自在。

埃德蒙告诉我这是个科学项目。

这位美国未来学家从不避讳他反感宗教，但安布拉万万没有想到今晚的演讲火药味会是这么浓。

埃德蒙不让我提前看今晚演讲的内容。

博物馆董事会肯定会给她施压的，但安布拉眼下关心的并不是她个人的得失。

几周前安布拉告诉过一位非常有影响的人物，说她会参加今晚的活动。这个人强烈建议她不要掺和。他还警告说，什么都不知道就盲目主办演讲——特别是这位著名反传统人士埃德蒙·基尔希的演讲——有很大的风险。

实际上他就是在命令我取消这次活动。但他自以为是的口气让我非常恼火，所以就没听他的建议。

此刻独自站在繁星点点的夜空下，安布拉在想那个人是否也正双手托着脑袋在观看直播呢。

他肯定在看！但问题是：他会大发雷霆吗？

阿穆德纳大教堂里，巴尔德斯皮诺主教神情严肃地坐在办公桌前，双眼紧盯着笔记本电脑。毫无疑问，皇宫里所有人也都在看这个节目，特别是胡利安王子——西班牙王位的继承人。

王子一定会气炸的。

就在今晚，备受西班牙人推崇的古根海姆博物馆与美国的一个著名无神论者合作，共同推出了一场被宗教学者称为"亵渎神明、反基督教"的闹剧。更火上浇油的是，主持今晚活动的博物馆馆长竟是西班牙近来备受瞩目的名人——倾国倾城的安布拉·维达尔。在过去两个月里，她一直占据着西班牙媒体的头条新闻，并一跃成为举国崇拜的人物。但令人难以置信的是，维达尔女士这次却不顾一切，决定主持今晚这场向上帝全面开火的发布会。

胡利安王子别无选择，只能做出表态。

他即将成为西班牙天主教至高无上的灵魂人物，而今晚的事件只不过是他所面临的挑战的冰山一角。更令人关切的是上个月他兴高采烈地宣布了一件事，从而让安布拉·维达尔成为举国瞩目的焦点人物。

他宣布，他和安布拉·维达尔订婚了。

第 20 章

今晚这场活动的走向让罗伯特·兰登深感不安。

埃德蒙的演讲正在滑向危险的境地,演变成一场对所有宗教信仰的公开谴责。兰登想知道埃德蒙是不是忘了他的听众不仅仅是博物馆里的那些不可知论者,还包括世界各地数以百万在线观看的观众。

显然他演讲的本意就是想引发争议。

由于自己卷入了这件事,兰登觉得很郁闷。尽管埃德蒙使用那段视频是出于对他的尊重,但兰登以前曾无意间成为宗教争议的焦点……他不想重蹈覆辙。

巴尔德斯皮诺主教发给埃德蒙的那段语音短信,兰登之前不以为然,但现在,他不由得重新掂量起来。

埃德蒙的声音再次响彻整个礼堂。之前的画面淡去,随之出现的是一幅幅世界各地宗教符号的图片。"不得不承认,"埃德蒙说道,"对今晚的发布会,我还是有所保留的,尤其是对信徒会产生什么影响,我没有十足的把握。"他顿了顿接着说道,"所以就在三天前,我做了一件有违自己做事风格的事。为了体现对宗教的尊重,同时也为了观察一下不同信仰的人会对我的发现作何反应,我私下咨询了三位著名的宗教领袖。他们分别是伊斯兰教、基督教和犹太教的学者。我跟他们分享了我的发现。"

礼堂里响起了嗡嗡的低语声。

"不出所料,三位宗教领袖对我给他们看的东西非常惊讶。他们忧心忡忡,当然也火冒三丈。虽然他们的反应都是负面的,但我还是要表示感谢,毕竟他们客客气气地跟我见了一面。我在这里就不透露他们的名字了。但今晚,我的确想亲自对他们说一句,感谢他们没有干预这次演讲。"

他停顿了一下。"天知道,他们本来是可以干涉的。"

听到这儿,兰登非常钦佩埃德蒙竟能如此巧妙地以身涉险,却依然能够面面俱到。埃德蒙与宗教领袖们见面,彰显了这位未来学家不为人知的一面——思想开放、开诚布公,而且不持偏见。此时兰登心想,蒙塞拉特修道院的那次会面,大概一方面是出于研究目的,另一方面则是一种公关策略。

摆脱尴尬的制胜法宝啊!他心想。

"从历史上看,"埃德蒙继续说,"宗教狂热一直在压制科学进步。因此,今晚我恳请世界各地的宗教领袖对我保持克制,多加谅解。让我们不要重复腥风血雨的历史。不要再犯过去的错误。"

此时天花板上的画面换成了一座城墙环绕的古城。这是个完美的圆形大都市,坐落在沙漠中,一条河流从城中穿过。

兰登立刻认出了这座古城——古巴格达。这座古城是个特别的圆形结构,有三道同心圆城墙。城墙上布满了城齿和射击口,坚固无比。

"在公元八世纪,"埃德蒙说,"巴格达城地位显赫,是全世界的知识中心。这里的大学和图书馆兼收并蓄各种宗教、哲学和科学。在长达五百年的时间里,大量的科学创新以前所未有的速度从这里传播出去,其影响在现代文明中一直绵绵不绝。"

头顶上繁星点点的天空再一次出现。这次很多星星旁边都注上了名字:织女星、参宿四、参宿七、参宿增三、天津四、房宿四、虚宿二。

"这些名字都源于阿拉伯语,"埃德蒙说道,"到目前为止,天上的星星有超过三分之二是以阿拉伯语命名的,因为它们都是由阿拉伯的天文学家发现的。"

天空迅速被阿拉伯名字的星星占据,几乎填满了整个天空。然后这些名字又消失了,只留下浩瀚的宇宙。

"当然如果我们想要数一数这些星星的话……"

罗马数字,从最亮的那些星星旁,一个接着一个地开始出现。

Ⅰ、Ⅱ、Ⅲ、Ⅳ、Ⅴ……

这些数字突然停住,然后消失了。

"我们不用罗马数字,"埃德蒙说,"我们用阿拉伯数字。"

现在阿拉伯数字在重新计数。

1、2、3、4、5……

"大家也许还能认出伊斯兰的这些发明。"埃德蒙说道,"而且时至今日，我们仍在使用这些阿拉伯名称。"①

"**代数**"一词从空中飘过，伴随出现的是一连串变量方程。接下来"**算法**"一词出现了，一同出现的是各种公式。然后出现的是"**方位角**"以及一个几何图形，图上是地球水平线的不同夹角。接下来，词语闪现的速度越来越快……**天底、天顶、炼金术、化学、密码、长生不老药、酒精、碱、零**……

随着这些熟悉的阿拉伯词语不断涌现，兰登心想，许多美国人觉得巴格达跟其他中东城市没有什么两样，不过就是新闻里那个硝烟弥漫、战火纷飞的地方，但他们根本不知道那里曾经是人类科学进步的中心，这实在令人悲哀。

"直到十一世纪末，"埃德蒙说道，"地球上最伟大的知识探索和发现都是出现在巴格达及其周边地区。后来一夜之间一切都变了。一位叫哈米德·阿加扎利②的著名学者——现在被视为历史上最具影响力的穆斯林之一——撰写了一系列论文，质疑柏拉图和亚里士多德的逻辑性，并声称数学是'魔鬼的哲学'。此后，又发生了其他一系列事件，使得科学思维遭到破坏。神学研究成为强制要求，最终整个伊斯兰科学运动便衰落了。"

穹顶上的科学词汇消失了，取而代之的是伊斯兰宗教典籍的画面。

"宗教启示取代了调查研究。时至今日，伊斯兰科学界依然没能重新焕发调查研究的活力。"埃德蒙停顿了一下接着说，"当然，基督教的科学界也好不到哪里去。"

天花板上出现了天文学家哥白尼、伽利略和布鲁诺的画像。

"教会有计划地杀害、囚禁、谴责人类历史上最才华横溢的科学家，导致人类的进步推迟了至少一百年。幸运的是，今天我们更加了解了科技的好处，教会也缓和了对科学的攻击……"埃德蒙叹了口气

---

① 阿拉伯数字最初由印度人发明、使用，因后经阿拉伯人传入欧洲，因此得名。
② 哈米德·阿加扎利（Hamid al-Ghazali，1058—1111），伊斯兰神学家、法理学家、哲学家、宇宙学家、心理学家和神秘主义者，逊尼派伊斯兰思想史上的重要人物。

说道,"真是这样吗?"

此时屏幕上出现了一个地球图标,上面有个十字架,十字架上缠着一条蛇[1],旁边配着文字:

马德里科学与生命宣言

"就是在西班牙,天主教医师协会世界联合会最近向基因工程宣战,称基因工程是'缺少灵魂的科学',教会应该对其加以约束。"

此刻的地球图标变成了一个圆圈——大规模粒子加速器的设计图。

"这是得克萨斯州的超导超级对撞机——按照设计,它是世界上最大的粒子对撞机,具备探索'创世记'时代的潜力。但具有讽刺意味的是,这样一台机器竟然位于美国圣经地带[2]的中心。"

屏幕上的画面又变成了横亘在得克萨斯州沙漠中的一个巨大的环形水泥结构设施。这处设施只建成了一半,布满了灰尘和污垢,显然是半途而废了。

"美国超级对撞机本来可以极大地推进人类对宇宙的认知,可惜项目因故被取消了。原因之一是成本超支,而另一个原因则是某些令人吃惊的渠道施加了政治压力。"

一则新闻短片中一名年轻的电视福音传教士,一边挥舞着畅销书《上帝粒子》[3],一边咆哮:"我们应该在内心深处寻找上帝!而不是从什么原子里面去寻找!这么个荒唐的实验就花掉了几十个亿,对得克萨斯州是一种耻辱,也是对上帝的亵渎!"

穹顶上又传来埃德蒙的声音。"我说的这些冲突——都是宗教迷信战胜了理性——仅仅是永无休止的战争中的小规模冲突而已。"

---

[1] 天主教医师协会世界联合会(World Federation of the Catholic Medical Associations)的标志。
[2] 圣经地带(Bible Belt):指美国基督教福音派在社会文化中占主导地位的地区,俗称保守派的根据地,多指美国南部。
[3] 《上帝粒子》(The God Particle),利昂.M.莱德曼著,1993年出版。

穹顶屏幕上突然闪现出一组展示现代社会暴力场景的画面——遗传研究实验室外的警戒人墙,超人类主义①会议外自焚的牧师,高举《创世记》一书、挥舞着拳头的福音派信徒,正在吞噬达尔文鱼的耶稣鱼,痛斥干细胞研究、同性恋和堕胎的宗教广告牌,以及同样义愤填膺、针锋相对的反宗教广告牌。

躺在黑暗的礼堂里,兰登能感觉到自己的心怦怦直跳。一时间,他以为是身下的草地在颤抖,就像地铁开过来似的。紧接着震动感越来越强,他这才意识到,地面确实是在晃动。透过他身下的草地,从深处传来一阵阵颤动,整个礼堂也在咆哮声中剧烈颤抖起来。

兰登这才明白过来,这雷鸣般的响声是湍急的河水流过的声音,是通过草坪下的低音炮播放的。他甚至还感觉到一阵湿冷的雾气打着转扫过他的脸庞和身体,仿佛此时他正躺在一条汹涌的河流当中。

"各位听到那个声音了吗?"埃德蒙的声音盖过轰鸣的激流声,大声说道,"'科学知识的大河'必将排山倒海!"

现在河水的咆哮声更响了,兰登感到自己的脸颊都沾满了湿湿的雾气。

"自从人类发现火种,"埃德蒙喊道,"这条河便开始不断积蓄力量。每一次发现都变成了我们的工具,然后我们再利用这个工具去挖掘新的发现。每一次发现都是一滴水,汇入这条大河。今天,知识的大河已是巨浪滔天,而我们则勇立潮头乘风破浪,勇往直前!"

礼堂抖动得更厉害了。

"我们从哪里来!"埃德蒙大声说道,"我们要往哪里去!我们注定会找到答案!几千年来,我们的研究一直在大踏步前进!"

此时此刻,狂风裹挟着大雾猛烈刮过,河水的咆哮声更是震耳欲聋。

"试想一下这样的场景!"埃德蒙说道,"从发现火种到制造出

---

① 超人类主义(Transhumanism),亦称"超人文主义",是一场利用理性或科技改进人类自身条件,增进人的智力、生理和心理能力的国际性科技文化运动。

车轮，早期的人类花了一百万年的时间。之后，只用了几千年就发明了印刷术。然后，又只花了一两百年就造出望远镜。在接下来的几个世纪里，我们从蒸汽机发展到燃气汽车，再到航天飞机，我们用的时间越来越短！然后，只用了二十年的时间，我们就开始修改自己的DNA 了！

"现在，科学进步是按月来计算的，发展的速度非常惊人。用不了多久，今天运行最快的超级计算机将会变成老掉牙的算盘。当今最先进的外科手术方案都会显得特别野蛮。而今天的能源，在将来看起来，就像如今我们看待蜡烛照明一样，让人觉得非常古怪！"

埃德蒙的说话声和汹涌的流水声依然在黑暗中震天动地。

"古希腊人想研究古代文化，都要追溯到几个世纪以前，而对我们来说，只需要往回看一代人的时间，就会发现现在习以为常的科技，在那个时候都是令人难以想象的。人类发展的时间轴正在压缩，'古代'和'现代'的间隔正在消失殆尽。正因为如此，我可以向大家保证，未来几年的人类发展将会超越常规、令人震惊，完全无法想象！"

突然，河水的咆哮声停止了。

灿烂的星空又出现了，随之而来的还有和煦的微风和蟋蟀的鸣唱。

礼堂的宾客似乎不约而同地舒了口气。

在这突如其来的寂静中，埃德蒙也恢复了他的轻声细语。

"朋友们，"他轻轻地说道，"我知道大家之所以来这儿，是因为我答应展示我的发现，我感谢各位如此迁就地听完这个开场白。现在，让我们甩开旧日思维的束缚，是时候共同分享发现的快感啦。"

话音未落，雾气便从四周袅绕着涌了进来，天空露出了一抹黎明前的曙光，朦朦胧胧地洒在众人身上。

突然间，一盏聚光灯亮了，猛地照向大厅的后方。几乎所有的客人都立刻坐了起来，伸长脖子，透过雾气往后望去，期待着东道主现出真身。然而几秒钟之后，聚光灯又摆了回去，照着大厅的前方。

众人的目光也跟了过去。

埃德蒙·基尔希终于现身了。在聚光灯下，他面带微笑站在大厅的前方。几秒钟前，大厅的前方还是空荡荡的，现在却出现了一个讲台，埃德蒙站在讲台上，双手非常自信地扶着讲台两边。此时雾气开始消散，这位作秀大师亲切地说道："朋友们，晚上好。"

人们纷纷站起来，向主讲人报以热烈的掌声。兰登和在场的人们一样，边鼓掌边高兴得合不拢嘴。

在一团雾气中现身，也只有埃德蒙能干得出来。

到目前为止，尽管今晚的演讲是在与宗教信仰唱反调，却堪称一绝——有胆有识，无所畏惧——完全是埃德蒙的一贯做派。兰登现在终于明白为什么全世界越来越多的自由思想者把埃德蒙奉为偶像了。

至少没几个人敢像他这样表达自己的思想。

埃德蒙的面孔出现在穹顶屏幕上时，兰登发现他的脸色远没有之前那么苍白，显然有人专为他化了妆。即便如此，兰登也看得出他已经筋疲力尽了。

礼堂里掌声雷动，经久不息，以至于胸前口袋的震动兰登都差点没有感觉到。他本能地掏出手机，发现已经关机了。真奇怪，振动是口袋里的另一件设备发出的——骨传导耳机，温斯顿好像正在耳机里大声叫喊。

真会挑时候啊！

兰登从口袋里掏出耳机摸索着戴到头上。耳机凸点一碰到下腭骨，兰登便立刻听到了温斯顿的英国腔。

"——登教授？在吗？手机都用不了，我只能联系到你。兰登教授？！"

"喂——温斯顿？我在。"兰登在掌声的包围中大声说道。

"谢天谢地！"温斯顿说道，"仔细听好。我们可能碰到大麻烦了。"

第 21 章

在世界舞台上，埃德蒙·基尔希体验过无数次的成功时刻，但对追求永无止境的他来说，很难满足于现有的成就。不过此刻站在讲台上受到如此狂热的追捧，埃德蒙还是沉浸在无比的喜悦中。他觉得自己马上就要改变整个世界了。

朋友们，坐下吧。他心里念叨着。好戏还在后头呢！

随着雾气散去，埃德蒙克制着冲动，愣是没有抬头往上看。他知道自己的特写镜头正投射在大屏幕上，世界各地数以百万的观众正在注视着他。

他自豪地心想，这是一个举世瞩目的时刻，超越了国界、阶级和信仰。

埃德蒙看了一眼左侧角落里的安布拉·维达尔，向她点头致谢，很感激她不辞辛劳帮忙安排这场活动。但让他感到意外的是，安布拉并没有在看他。她正警觉地盯着人群。

一定出事了。安布拉从侧面观察着现场的情况心想。

大厅中央，一个身材高大、穿着讲究的男子正挤过人群，挥着手朝安布拉走来。

那是罗伯特·兰登！她想起了埃德蒙视频里的美国教授，突然意识到。

兰登越走越近，保护安布拉的两名特工马上离开墙边，站好位置准备阻拦。

他要干什么？！安布拉觉察出兰登的惊慌。

她朝讲台上的埃德蒙看去，想看看他有没有注意到台下的动静。但埃德蒙·基尔希并没有面对观众，奇怪的是，他正在盯着她看。

埃德蒙！情况不妙！

就在这时穹顶之下传来一声刺耳的枪响，只见埃德蒙的头往后晃了晃。安布拉惊恐地看到，埃德蒙的额头上出现了一个红红的弹孔，双眼微微后翻，但双手依然扶在讲台上，整个身体开始僵硬。一瞬间，他又满脸惶惑，身体摇摇欲坠，然后便像一棵大树一样往旁边歪去，重重地摔倒在地上，头上鲜血飞溅。

安布拉还没反应过来，已经被一名皇家特工按倒在地了。

时间顿时停滞了。

随后……一片混乱。

埃德蒙沾满鲜血的尸体出现在了投影里，观众们立刻惊恐万分，纷纷跌撞着往大厅后面跑去。

周围一片混乱，罗伯特·兰登一动不动，呆若木鸡。不远处，他的朋友已侧身倒在地上，脸仍然对着观众，鲜血从额头上的弹孔处汩汩往外直流。多么残酷的一幕，埃德蒙面如土色地躺在摄像机耀眼的灯光里。摄像师早已不见了踪影，而这里发生的一切仍然被拍了下来，直播到穹顶屏幕上，播送到了世界的每个角落。

一切如同在梦里，兰登感觉自己朝着摄像机跑过去，把镜头向上扳了一下，不让它继续对着埃德蒙。他转过身去看了一眼乱作一团的人群，然后又看了看讲台和他倒在地上的朋友。这个时候他才回过神来，意识到埃德蒙已经死了。

我的天哪……我本来想提醒你的，埃德蒙，可是温斯顿警告得太迟了。

兰登在埃德蒙尸体不远处看见一名皇家特工正趴在地上，用身体保护着安布拉·维达尔。兰登急忙朝她奔去，但特工本能地一跃而起，往前跨了几步，朝兰登冲了过来。

特工的肩膀正好顶在兰登的胸膛上，兰登往后一个趔趄，重重地摔倒在地。顿时，他觉得自己的肺都快被挤扁了，全身疼痛难忍。一口气还没喘完，他又被翻了过来，趴在地上。那人一只手把他的左手拧到身后，另一只手死死压住他的头部，他的左脸被压在地上一动也不能动。

"你早就得到消息了吧。"特工吼道，"快说！你跟这件事有什么瓜葛！"

二十码开外，皇家特工拉法·迪亚斯拨开四散的人群，往墙边跑过去。刚才枪响时，他看见那边有火花闪过。

安布拉·维达尔安然无恙。他看到搭档把安布拉·维达尔按倒在地上用身体保护着，心里就明白了。此外，迪亚斯还明白受害人已经没有生还的可能了。埃德蒙·基尔希在倒地之前就已经死了。

奇怪的是，迪亚斯注意到一位客人似乎提前得到了预警。枪响前的那一刻，他正朝讲台冲过去。

不管他为什么会有如此举动，迪亚斯明白，他可以等会儿再处理。

此刻，他只有一个任务。

抓住枪手。

迪亚斯来到枪手射击的地方后，发现墙壁上有个豁口。于是他把手伸进去，用力撕，一直撕到地上，然后挤了过去，来到外面一看，这里脚手架纵横交错。

他看见左边有一个人影——一个身穿白色军装的高大男子——正往那边的紧急出口奔去。转眼间，人影破门而出，不见了。

迪亚斯紧追不舍。他绕过电子设备，冲过刚才的门口，来到了一个水泥楼梯间。他探出栏杆，看到嫌犯正在往下狂奔，离他只有两层楼的距离。迪亚斯迈开大步，一跃五六个台阶，穷追不舍。此时他只听见楼下的门"砰"一声被撞开，然后又"砰"一声关上了。

他已经逃离博物馆！

迪亚斯跑到一楼，朝出口冲过去——出口是一道双扇门，门上有一对横向把手。他用尽全力撞了过去。双扇门并没有像楼上的门那样被一下子撞开，只是微微动了一下。迪亚斯如同撞上了铜墙铁壁，一下子摔倒在地，肩膀剧痛难忍。

他摇摇晃晃地站起身来,又推了一下双扇门。

透过细细的门缝,他终于发现了问题。

奇怪的是,门外的把手被缠住了——上面绕着一串珠子。珠子的样式不仅他非常熟悉,虔诚的天主教徒都不会感到陌生。

那是念珠吗?

迪亚斯不顾疼痛,再次用全力去撞门,但念珠串纹丝不动。然后,他再次透过门缝往外看,真是一头雾水,为什么这儿会有串念珠,为什么还撞不断呢?

"有人吗?"①他透过门缝喊道,"有人在吗?!"②

无人应答。

透过门缝,迪亚斯依稀看到外边是一面高高的水泥墙和一条空荡荡的员工通道。根本不可能有人从这儿经过,帮忙解开珠串。无奈之下,他从外套里面的枪套中拔出手枪,把枪管伸出门缝,对准念珠扣住扳机。

我要朝神圣的念珠开枪吗?上帝啊,宽恕我吧。③

十字架上剩下的那根长长的金属块在迪亚斯眼前晃动着。

他扣动了扳机。

枪响之际,门应声而开。念珠断了。迪亚斯踉跄着冲了出去,来到空无一人的通道里。脚下的人行道上,念珠散落一地。

白衣杀手早已不见踪影。

一百米外,海军上将路易斯·阿维拉一声不响地坐进一辆黑色雷诺汽车的后座。汽车飞快地驶离了博物馆。

阿维拉用防弹丝串的念珠发挥了重要作用,拖住了追踪者,为他争取到了足够的时间。

我终于脱身了。

阿维拉坐的车沿着蜿蜒的内尔维翁河飞快地向西北驶去,消失在

---

①②③ 原文为西班牙语。

阿班多尔巴拉大道的车流中。这时他才长长地舒了一口气。

今晚的任务无比顺利。

他脑海中慢慢响起了《奥利亚蒙迪赞歌》①欢快的乐曲——就在毕尔巴鄂曾经发生过一场血战,这首古老的歌谣在战斗中被广为传唱。为了上帝、为了祖国、为了国王!②阿维拉在脑海里哼着。

那场战斗的厮杀声早已被人遗忘……但这一次,战争才刚刚开始。

第 22 章

马德里皇宫是欧洲最大的皇宫,也是融古典建筑风格和巴洛克建筑风格为一体的典范之作。皇宫建在一座九世纪摩尔式城堡遗址之上,分上下三层,立柱式外立面,宽度与兵器广场③相当,足足有五百英尺。皇宫内部结构复杂,犹如一座迷宫,有三千四百一十八间房,建筑面积近一百五十万平方英尺。客厅、卧室和走廊等处挂满了珍贵的宗教艺术藏品,有委拉斯开兹④、戈雅⑤、鲁本斯⑥等名家的名作。

马德里皇宫是历代西班牙国王和王后的皇家府邸,但现在主要用于国事活动,王室则住在城外更为僻静和隐蔽的萨尔苏埃拉宫⑦。

但近几个月来,胡利安王子都住在马德里皇宫里。这位未来的西班牙国王今年四十二岁,在辅政大臣们的强烈要求下搬进了皇宫。大臣们希望胡利安在加冕前能"在国人面前多露露面"。

---

① 奥利亚蒙迪赞歌(Oriamendi hymn),歌名源自 1837 年奥利亚蒙迪之战。
② 原文为西班牙语。
③ 兵器广场(Plaza de la Armería),西班牙皇宫所在的广场。
④ 委拉斯开兹(Velázquez,1599—1660),文艺复兴后期西班牙黄金时代的画家。
⑤ 戈雅(Goya,1746—1828),西班牙浪漫主义画家,也是西班牙王室的宫廷画家。
⑥ 鲁本斯(Rubens,1577—1640),巴洛克画派早期的代表人物。
⑦ 萨尔苏埃拉宫(Palacio de la Zarzuela),位于马德里郊外规模较小的皇宫。

胡利安王子的父亲现任国王身患绝症，几个月来一直卧病在床。随着老国王的健康每况愈下，王室已逐步启动了权力交接程序，一旦国王驾崩，便由王子继承王位。治国理政权力的交接已经迫在眉睫，西班牙人都把目光投向了胡利安王子。人们心中都在问同一个问题：

他会是怎样的一位国王呢？

胡利安王子一直都谨小慎微，自小便肩负着继承王位的重任。胡利安的母亲在怀第二个孩子时因早产并发症离世。此后由于国王不愿意再娶，胡利安便成了西班牙王位的唯一继承人。

英国小报对这位王子冷嘲热讽，称他是非备胎王位继承人。

胡利安在父亲羽翼的庇护下已经长大成人，老国王的保守思想根深蒂固，所以大多数传统西班牙人都相信，王子会传承父亲朴素的传统，维护西班牙王室的尊严——遵从既定惯例，举行庆典仪式，更为重要的是，继续推崇西班牙深厚的天主教历史。

几个世纪以来，作为天主教徒的国王一代代传下来的文化传统一直是西班牙的道德核心。但近年来，国家信仰的根基似乎正在动摇，西班牙陷入了一场异常激烈的新旧信仰之争。

越来越多的自由派人士在博客和社交媒体上炮制各类传闻，认为胡利安一旦摆脱父亲影响便会露出真面目——一个大胆、进步的非宗教领袖，他会向许多欧洲国家学习，完全废除君主制。

胡利安的父亲一直大权在握，使得胡利安很少有机会参与国事。国王曾公开表示，胡利安应该好好享受青春年华，在王子没有结婚、没有稳定下来之前，处理国家事务没有什么意义。所以胡利安前四十年的生活——在西班牙的新闻报道中——无非是私立学校上学，骑马射箭，到处剪彩，为基金筹款和周游世界。尽管没有什么值得称道的建树，但他无疑是西班牙最抢眼的单身贵胄。

多年来，这位现年四十二岁、生性浪漫而又英俊潇洒的王子，曾约会过无数才女佳丽，但没有哪位能博得他的青睐。可是，就在最近几个月，有人不止一次看见他跟一位美丽的女士出双入对。尽管女士看起来像个过气的时装模特，但实际上她非常受人尊敬，因为她是毕尔巴鄂古根海姆博物馆的馆长。

媒体立即盛赞安布拉·维达尔是"现代国王的完美佳偶"。她有文化、有成就，最重要的一点，她不是西班牙贵族的后裔。安布拉·维达尔出身平民。

王子显然非常认同媒体的评价，所以只交往了很短一段时间，他就以最令人意想不到的浪漫方式向她求婚，而安布拉·维达尔也欣然接受了。

接下来的几个星期里，媒体天天报道安布拉·维达尔，评价她不仅仅有漂亮的脸蛋。人们很快发现她是一位具有独立精神的新女性，虽说已是西班牙未来的王后，可她拒绝皇家卫队干涉她的日程安排，也拒绝在一些不重要的公开场合为她提供安保。

皇家卫队指挥官小心翼翼地建议安布拉在穿着上应该保守一点儿，服饰不宜太显体形。而安布拉却拿这事在公开场合开玩笑，说她受到"皇家衣柜"总管的训斥。

自由派杂志封面充斥着她的头像。"安布拉，西班牙的美好未来！"她不愿意接受采访，媒体就盛赞她"思想独立"；她接受采访，媒体又夸她"平易近人"。

新保守派杂志则极力唱反调嘲讽未来的王后，说她不懂礼仪，是权力猎手、机会主义者，她势必会给未来的国王带来恶劣的影响。他们给出的证据是，她公然无视王子的声誉。

他们最初关注的是安布拉对胡利安王子的称呼。她总是直呼王子的名字，而不是在其名字前冠以"唐"[①]或者在名字后加上"殿下"等字眼。

他们关注的第二个问题似乎更为严重。过去几个星期里，安布拉的工作安排让她几乎无暇顾及王子，反而在毕尔巴鄂频频抛头露面，与一位直言不讳的无神论者——美国技术专家埃德蒙·基尔希——在博物馆附近共进午餐。

尽管安布拉坚称共进午餐只是为了与博物馆的一位重要捐赠人在

---

① 西班牙语里的尊称。

一起谈工作，但宫里传出消息说胡利安王子早就气炸了。

当然，这不能怪他。

这件事的实质在于，他们订婚刚几周，王子的未婚妻却将大把的时间花在别的男人身上。

第 23 章

兰登的脸还被压在地上，五大三粗的特工都快把他压散架了。

奇怪的是他并没有觉得疼。

此刻兰登的心里五味杂陈——悲伤、恐惧和愤怒一起涌上心头。如此绝顶聪明的人——他的挚友——居然在光天化日之下被残忍地杀害了。他刚要披露一生中最伟大的发现，却惨遭毒手。

兰登感到埃德蒙被害不仅仅是一条鲜活的生命从此消逝，更是科技界的一大损失。

现在全世界可能永远都无法知道埃德蒙究竟发现了什么。

兰登突然怒火中烧，然后暗暗下了决心。

我一定要找出元凶。埃德蒙，我会秉承你的遗愿。我会想方设法把你的发现公之于众。

"你早就知道这件事了。"特工在他耳边厉声说道，"你刚才在往讲台走，好像早就知道要发生意外。"

"有……人……向我……发出了……警告。"兰登好不容易蹦出这几个字来，他被压得都快喘不过气来了。

"谁向你发出的警告？"

兰登感觉到无线耳机已经扭曲，斜着卡在自己脸上。"我戴的耳机……电脑解说员。埃德蒙·基尔希的电脑向我发出了警告。它在宾客名单中发现了异常——上面出现了一位退役的西班牙海军上将。"

由于特工把头贴近兰登的耳朵，所以他能听到特工的对讲机里传来的"噼噼啦啦"的声音。说话声似乎很急迫,虽然兰登的西班牙语不怎么好,但仍能听得出,情况很糟糕。

……刺客逃跑了……①

……门口被堵死……②

……穿着军装……③

"穿着军装"这几个字一说完,压在兰登身上的特工便放松了力道。"海军制服?"④他问搭档,"白色……海军上将?"⑤

回答是肯定的。

对,是海军军装。兰登突然明白过来。温斯顿说得没错。

特工松开兰登,站了起来。"翻过身来。"

兰登在地上痛苦地翻了个身,然后用双肘把身体撑起来。他感觉天旋地转,胸部疼痛难忍。

"别动!"特工说。

兰登根本就没想动。身旁站着的这位特工足足有三百多磅,身强力壮,而且已经证明了他做事毫不含糊。

"马上!⑥"特工冲着对讲机吼道。他在请求当地警方紧急支援,封锁博物馆周边的道路。

……本地警方……封锁路口……⑦

兰登坐在地上,看到安布拉·维达尔还趴在地上。她想站起来,可是又摇摇晃晃地倒下了。

赶紧找人帮帮她!

特工正扯着嗓子,不知冲什么人在吼:"我需要灯光!需要恢复手机信号!"⑧

兰登伸手把脸上的耳机扳直。

"温斯顿,在吗?"

特工转过身,奇怪地看着兰登。

"我在。"温斯顿平静地说道。

---

①②③④⑤⑥⑦⑧ 原文为西班牙语。

"温斯顿,埃德蒙被杀了。我们需要马上恢复灯光,需要恢复手机信号。你能操控吗?不行的话,能联系到可以操控的人吗?"

几秒钟后,大厅里的灯突然亮了起来,如梦如幻、洒满月光的草地不见了,只剩下一大片人工草皮,被扔掉的毯子七零八落地散了一地。

兰登居然有这么大能耐,特工似乎大为吃惊。他马上俯下身,伸手把兰登拉了起来。明亮的灯光下,两人面面相觑。

牛高马大的特工跟兰登不相上下。但他剃了个光头,穿着蓝色定制夹克衫,显得更加健壮。他虽然脸色苍白、相貌平平,目光却是炯炯有神。他正目不转睛地盯住兰登。

"今晚的视频里有你。你是罗伯特·兰登。"

"没错。埃德蒙·基尔希是我的学生,也是我的朋友。"

"我叫丰塞卡,皇家卫队特工。"他用流利的英语做了自我介绍,"告诉我,你是怎么知道杀手穿海军制服的。"

兰登朝埃德蒙那边看去,只见他躺在讲台边的草地上一动不动。安布拉·维达尔跪在他的身旁,旁边还有博物馆的两名保安和一名医务人员,他们已经放弃抢救了。安布拉把毛毯轻轻盖在了埃德蒙的尸体上。

埃德蒙显然已经没有生还的希望了。

兰登一直盯着被害的朋友,胃里翻江倒海。

"他已经没救了。"丰塞卡断然说道,"告诉我你是怎么提前得到消息的。"

兰登回过头看着丰塞卡。丰塞卡说话的语气斩钉截铁,完全是在命令他。

兰登马上把温斯顿告诉他的话转告给丰塞卡——讲解程序提示,好像有位客人把耳机扔掉了。后来一位讲解员在垃圾桶里发现了耳机。在查看是哪位客人把耳机扔掉时,他们警觉地发现,这位来宾的名字是在最后一刻才被加到名单上去的。

"不可能!"丰塞卡眯着眼睛说道,"宾客名单昨天就封存了。而且每位客人的背景都是经过严格审查的。"

"这个人没有审查过。"温斯顿说道,"我很担心,于是就调查了他,结果发现他以前是一名海军上将。五年前塞维利亚大教堂发生了一起恐怖袭击,他在袭击中受伤,后来因为酗酒和创伤后遗症而被遣散。"

兰登把情况转告给了丰塞卡。

"塞维利亚教堂爆炸案?"丰塞卡满脸狐疑。

"还有,"温斯顿告诉兰登,"我发现他与埃德蒙没有任何交集,这让我很担心。于是我联系了博物馆保安部,让他们发出警报。但由于没有更确切的信息,他们认为不应该把埃德蒙的发布会给搅乱了——更何况发布会还是全球直播呢。我知道,埃德蒙为今晚的活动付出了很多心血,所以觉得他们说得有道理。于是我立即联系你,兰登教授,本来希望你能发现这个人。这样我就可以悄悄引导安保小组找到他。我本来应该采取更有力措施的,是我害了埃德蒙。"

埃德蒙的机器好像会感到内疚,这让兰登心里有点儿发怵。他回过头朝被毛毯盖着的埃德蒙的尸体那边看了一眼,发现安布拉·维达尔正朝这边走来。

丰塞卡的注意力完全在兰登身上,根本没有注意到安布拉。"那个电脑有没有跟你说过,这个有疑点的海军军官叫什么名字?"他问道。

兰登点了点头。"海军上将路易斯·阿维拉。"

听到这个名字,安布拉猛地停住脚步,两眼盯着兰登一脸惊恐。

丰塞卡注意到了她的反应,便立即朝她走去。"维达尔女士,这个名字您熟悉吗?"

安布拉似乎不知道该怎么回答。她好像见到鬼似的低下头,盯着地板看。

"维达尔女士,"丰塞卡又问了一遍,"海军上将路易斯·阿维拉——你知道这个名字吗?"

安布拉的大惊失色已经说明了一切,毫无疑问她知道凶手。她在片刻的目瞪口呆之后,眼睛眨了两下,然后黝黑的双眼又变得清澈起来,似乎从恍惚中清醒过来。"不……我不知道这个人。"她低声说道。说话的时候她瞥了兰登一眼,然后又看着丰塞卡,"我只是……觉得很震惊,杀手居然是西班牙的海军军官。"

她在撒谎。兰登能看出来,但让他感到困惑的是,她为什么要掩饰呢。我明明看出来了。她听出了那个人的名字。

"宾客名单是谁负责的?"丰塞卡一边问,一边往安布拉跟前走了一步,"是谁把这个人加上去的?"

此时安布拉的嘴唇已经在发抖了。"我……我不知道。"

突然一阵刺耳的手机铃声打断了丰塞卡的问话,铃声是从丰塞卡的口袋里传出的。显然温斯顿已经恢复了手机信号。

丰塞卡掏出手机看了看号码,深吸了一口气才接起电话。"安布拉·维达尔安然无恙。"[①] 他说道。

兰登朝那位心神不宁的女士看去。此时她也正在看着他。他们目光相遇,对视了好一会儿。

这时兰登耳机里传来了温斯顿的声音。

"教授,"温斯顿低声说道,"路易斯·阿维拉是怎么出现在宾客名单上的,安布拉·维达尔是一清二楚的,因为就是她把名字加上去的。"

兰登顿时蒙了,一时间不知道该如何去理解听到的消息。

是安布拉·维达尔亲自把凶手添加到宾客名单上的?

她现在竟然说谎?!

还没等兰登弄明白怎么回事,就看到丰塞卡把手机递给了安布拉。

丰塞卡说:"唐胡利安想跟你说话。"[②]

安布拉似乎不想接手机。"告诉他我没事。"她回答道,"我过会儿再打给他。"

丰塞卡满腹狐疑。他捂住电话轻声对安布拉说:"王子殿下要

---

① ② 原文为西班牙语。

你——"①

"我才不管他是不是王子呢。"她回答道,"如果他要做我丈夫,那就必须学会在我需要空间的时候尊重我。我刚刚目睹了一场谋杀,我需要时间让自己安静一下!告诉他我过一会儿打给他。"

丰塞卡看着眼前这个女人,眼神中闪过一丝轻蔑。然后他转身走开,找个没人的地方继续打电话去了。

这番莫名的对话帮兰登解开了一个小小的谜团。安布拉·维达尔与西班牙王子胡利安订婚了!这个消息解释了她为什么这么出名、皇家特工又为什么会出现在这里,但这还远远不能解释她为什么拒接未婚夫的电话。王子如果在电视上看到这一幕,肯定非常担心。

几乎就在同时,兰登感到惊恐起来,因为他意识到了一个更可怕的真相。

哦,我的天哪……安布拉·维达尔居然跟马德里王室有牵连。

这个意外的发现,再加上想起了巴尔德斯皮诺主教恐吓埃德蒙的语音短信,让兰登感到不寒而栗。

第 24 章

在离马德里皇宫二百码的阿穆德纳大教堂里,巴尔德斯皮诺主教的呼吸几乎快要停止了。他一直穿着长袍坐在办公室的笔记本电脑前,怔怔地看着毕尔巴鄂传来的画面。

这将是重大的新闻事件。

从他现在了解的情况看,全球媒体已经炸开锅了。各大新闻机构纷纷邀请科学家及宗教专家推测埃德蒙后面的演讲内容;有的人则在推测到底谁才是杀害埃德蒙·基尔希的幕后黑手,背后的原因又是什

---

① 原文为西班牙语。

么。媒体似乎一致认为，从种种迹象看来，有人在极力阻挠埃德蒙的发现公之于众。

巴尔德斯皮诺思考了很长时间之后，掏出手机打了个电话。

铃声一响，克韦什立马就接了起来。"太可怕了！"他声嘶力竭地叫道，"我刚才在电视上都看到了！我们得立即报警把我们知道的情况都告诉他们！"

"拉比，"巴尔德斯皮诺不慌不忙地回答道，"这事件确实太可怕，发生得太突然。但在采取行动之前，我们需要好好考虑一下。"

"没什么好考虑的了！"克韦什不以为然地说道，"很显然有人不惜一切代价要断送埃德蒙的发现，他们就是一帮屠夫！我相信赛义德也是他们杀害的。他们肯定知道我们是谁，接下来就会对我们下手。从道义上说，你和我都有责任报警，把埃德蒙跟我们说的都告诉他们。"

"道义上的责任？"巴尔德斯皮诺反问道，"怎么听起来你是因为怕我们被人灭口，才想把信息公开呢。"

"我们自身的安全当然也是一个理由，"克韦什争辩道，"但我们对全世界也负有道义上的责任。我知道埃德蒙的发现会让人对宗教信仰的基础产生质疑，但是我这一辈子学到的最重要的一样东西就是信仰会永存，哪怕面对再大的困难。我相信即使我们公开了埃德蒙的发现，信仰也不会因此销声匿迹。"

"朋友，我明白你的意思。"过了好一会儿，主教才说道，语气尽量保持平静，"从你说话的语气，我听得出你已经决定怎么做了，我尊重你的想法。我想告诉你的是，我凡事都愿意跟人商量，哪怕想法跟我不一样都没关系。不过我还是请求你，如果要公布，那就让我们一起来公布。在朗朗乾坤下正大光明地去公布，而不是在恐怖暗杀发生之后，在走投无路之下去公布。我们得计划一下，排练一下，好好构思一下。"

克韦什一句话都没说，但巴尔德斯皮诺能听出他在大喘粗气。

"拉比，"主教继续说道，"目前最要紧的是我们自己的人身安全。

我们面对的可是杀手,如果我们太张扬——比如说,去警察局或者电视台——结局可能会很惨。我特别担心你;我在皇宫里,有人保护,可你呢?你可是……孤身一人在布达佩斯啊!显然埃德蒙的发现现在对我们来说是性命攸关的事情。克韦什,还是让我安排一下,保护你的安全吧。"

克韦什沉默了一会儿说道:"可你在马德里,怎么可能——"

"我可以支配王室的安保资源。你待在家里把门锁好。我会派两名皇家特工把你接到马德里皇宫里来,这样你就安全了。然后我们再坐下来讨论下一步该怎么办。"

"如果我到了马德里,"拉比试探着问道,"我们意见不一致怎么办?"

"我们肯定会达成共识。"主教大包大揽地说道,"我知道我这个人是老脑筋,但我跟你一样也很务实。我们一起努力,一定会找到最好的解决方法。这一点我很有信心。"

"如果你的信心落空了呢?"克韦什追问道。

巴尔德斯皮诺心头一惊。他停顿了一下,长喘了一口气,尽可能平静地回答道:"拉比,你和我如果最后无法共进退,那么我们可以好聚好散,按照各自的想法去做。这一点我可以向你保证。"

"谢谢你!"克韦什回答道,"既然你这么说,那我就来马德里。"

"很好。在此期间,你要锁好门,不要跟任何人说话。准备好行李,一旦细节确定了我会立刻打电话告诉你。"巴尔德斯皮诺停顿了一下,"一定要有信心。我们很快就会见面的。"

巴尔德斯皮诺挂断电话后,心里感到一阵恐惧。他觉得想要继续控制克韦什,恐怕只靠请他保持理性和谨慎已经无济于事了。

克韦什已经成了惊弓之鸟……和赛义德一样。

他们两个都没有看透大局。

巴尔德斯皮诺合上笔记本电脑,把它夹在胳肢窝里,然后穿过昏暗的教堂。他仍然穿着长袍在习习的夜风中走出教堂,穿过广场,朝着若隐若现、微微泛白的皇宫走去。

在皇宫正门的上方，巴尔德斯皮诺看见西班牙的盾形纹章——纹章两侧是赫拉克勒斯①之柱和西班牙的古训"PLUS ULTRA"②——意思是"进无止境"。有人认为，这句古训指的是西班牙在黄金时代的几百年间对帝国扩张的不懈追求。还有人认为，它反映了西班牙人根深蒂固的信念，认为尘世之后还有天堂。

无论如何，巴尔德斯皮诺都觉得这句古训已经越来越无足轻重了。此刻，看着皇宫上方高高飘扬的西班牙国旗，他难过地叹了一口气，又想起了病重的国王。

他走了以后，我会想他的。

我欠他的太多了。

几个月来，主教每天都去看望国王。他的这位挚友现在正躺在市郊萨尔苏埃拉宫的病床上。前几天国王把他唤到床前，眼神中透着忧伤。

"安东尼奥，"国王低声说道，"我觉得王子订婚的事……太仓促了。"

确切地说，简直就是疯了！巴尔德斯皮诺心想。

两个月前，王子悄悄跟巴尔德斯皮诺说他打算向认识不久的安布拉·维达尔求婚。主教听后大吃一惊，请他慎重考虑。王子却说他已经坠入爱河，再说他父亲也理应在生前看到自己的独子结婚成家。他还说，如果他和安布拉想要孩子更不能再拖下去，因为她年龄已经大了。

巴尔德斯皮诺面带笑容，不动声色地低头看着国王。"是，我同意您的看法。唐胡利安的求婚让我们都措手不及。但他之所以这么做都是为了让您开心。"

"他应该为国家负责，"国王斩钉截铁地说道，"而不该只考虑他父亲。维达尔女士的确很不错，但我们对她缺乏了解，她是个局外

---

① 赫拉克勒斯（Hercules），古希腊神话中最伟大的英雄，神勇无比，力大无穷。
② 此处为拉丁语。

人。她接受胡利安的求婚，我怀疑她动机不纯。这太操之过急了，是正派女人的话就应该拒绝他。"

"您说得没错。"巴尔德斯皮诺回答道。尽管胡利安处处护着安布拉，但也没有给她选择的余地。

国王慢慢伸出手握住主教瘦骨嶙峋的手。"我的朋友，我不知道时间为什么过得这么快。你我都老了。我要感谢你。面对多年来的风风雨雨，经历了王后的不幸去世，也经历了我们国家翻天覆地的变化，你一直在帮我出谋划策，你的坚定信念让我受益匪浅。"

"对我来说，我们的友谊是我无上的荣耀，我会永远珍惜的。"

国王有气无力地笑了笑。"安东尼奥，我知道为了留在我身边，你做出了很多牺牲。没有去罗马，就是其中之一。"

巴尔德斯皮诺耸了耸肩。"当红衣主教可能会让我更亲近上帝。但我的任务就是留在您身边。"

"你的忠诚是上帝对我的恩赐。"

"我永远不会忘记多年前您对我的情谊。"

国王闭上了眼睛，但仍握着主教的手不放。"安东尼奥……我很担心我儿子。他很快会发现自己在驾驶着一艘巨轮，但他还没有学会如何掌舵。请多给他些指点，做他的领路人。在航行的时候多给他些帮助，尤其是波涛汹涌的时候。最重要的是如果他偏离了航线，你一定要帮他驶出迷途……回归正道。"

"阿们！"主教低声说道，"我答应您。"

巴尔德斯皮诺顶着凉爽的夜风穿过广场。此时他抬头仰望着苍天。陛下，要知道，我正在尽我最大努力完成您最后的嘱托。

让巴尔德斯皮诺稍感欣慰的是，国王现在身体太虚弱，无力看电视。如果他看了今天晚上毕尔巴鄂的直播，看到他亲爱的祖国已经到了这步田地，肯定会当即气绝身亡。

在巴尔德斯皮诺右手边的大铁门另一侧的拜伦街上，已经挤满了媒体的转播车，车上的卫星转播天线也已纷纷架了起来。

秃鹫！巴尔德斯皮诺心想。晚风吹得他的长袍呼呼作响。

第 25 章

现在没时间难过！兰登强忍着内心的悲痛。应该立即行动。

兰登已经让温斯顿去查博物馆的监控录像，找有用的信息帮助追查枪手。他还悄悄告诉温斯顿，让他调查一下巴尔德斯皮诺主教和阿维拉之间是否有什么关系。

丰塞卡特工正打着电话往回走。"是，是，"[①] 他说道，"明白。马上。"[②] 丰塞卡挂断电话后，看着站在一旁一脸茫然的安布拉。

"维达尔女士，我们得走了。"丰塞卡厉声说道，"胡利安殿下命令我们立即把您带回皇宫，以保证您的安全。"

安布拉立刻紧张起来。"我不能就这样把埃德蒙丢在这儿！"她边说边朝盖着毯子的埃德蒙的尸体走去。

"警方马上会接手的，"丰塞卡回答道，"验尸官正在往这里赶。他们一定会给基尔希先生应有的尊重，妥善处理的。现在我们得走了。您恐怕现在有危险。"

"我绝对没有危险！"安布拉一边大声说，一边朝埃德蒙走去，"那个刺客完全有机会杀我，但他没有出手。很明显他要杀的是埃德蒙！"

"维达尔女士！"丰塞卡气得脖子上青筋直跳，"王子希望您去马德里。他担心您的安全。"

"不！"她反驳道，"他担心的是对他的政治影响。"

丰塞卡慢慢地长出了一口气，压低声音说道："维达尔女士，今晚发生的事对西班牙来说是个沉重的打击。对王子也是一个沉重的打击。您主持今晚的活动确实太不明智了。"

---

①② 原文为西班牙语。

兰登突然听到耳机里传来温斯顿的声音:"教授,安保小组一直在分析博物馆外的监控录像。他们好像发现了一个情况。"

兰登听完后朝丰塞卡招了招手,打断了他对安布拉的指责。"长官,电脑告诉我博物馆楼顶的摄像头拍摄到一张照片,是那辆逃跑汽车顶部的一个画面。"

"哦?"丰塞卡看上去一脸的惊讶。

兰登于是原原本本地转述了温斯顿告诉他的信息。"一辆黑色轿车离开员工通道……车牌号从高处无法辨认……挡风玻璃上有一个特别的车贴。"

"什么车贴?"丰塞卡问道,"我们可以提醒当地警方去排查。"

"这个车贴我不认识。"温斯顿从耳机里回答道,"但我把它跟世界上所有已知的符号进行了比对,发现只有一个符号跟它匹配。"

兰登非常惊讶,在这么短的时间里温斯顿就有了进展。

温斯顿说:"我发现这是一个古代炼金术的符号——汞齐化[①]符号。"

什么?兰登本来以为会是什么停车场或者政治组织的标志。"汽车车贴是……汞齐化符号?"

丰塞卡站在一旁看着,显然没有听明白兰登在说什么。

"温斯顿,肯定是哪里搞错了。"兰登说道,"谁会拿炼金术符号当车贴呢?"

"我不知道。"温斯顿回答,"这是唯一匹配的符号。我这边显示相似度高达99%。"

过目不忘的兰登的脑海里马上浮现出炼金术符号汞齐化的样子。

[①] 汞齐化(amalgamation),提取金、银、铂等贵金属的一种方法。

"温斯顿,跟我详细描述一下你在车窗上看到的符号。"

电脑马上回答道:"这个符号有一条竖线,三条横线跟竖线交叉。在竖线的上方是个开口朝上的拱形。"

没错!确实是汞齐化符号。兰登皱起眉头。"上面的拱形有没有压顶线?"

"有的。每条拱臂上方都有一条水平的短线。"

那就对了!果然是汞齐化符号。

兰登迟疑了片刻。"温斯顿,你可以把这张监控照片发给我们吗?"

"没问题。"

"发到我的手机上!"丰塞卡命令道。

于是兰登把丰塞卡的手机号告诉了温斯顿,不一会儿,丰塞卡的手机就"叮"响了一声。他们都围到特工身边,去看那张模糊难辨的黑白照片。这是从员工通道高处拍到的一辆黑色轿车。

果然在挡风玻璃的左下角,兰登看见了一个跟温斯顿描述得一模一样的符号。

汞齐化符号。太奇怪了!

兰登不解地凑上前去,用指尖把丰塞卡手机里的照片放大,低头仔细研究照片的细节。

兰登立刻发现了问题,于是大声说道:"这不是汞齐化符号。"

尽管照片跟温斯顿描述的极为相近,但并不完全相同。在符号学中,"相近"和"相同"有着天壤之别,就像纳粹标志与佛教万字符一样,相近却并不相同。

所以说,人脑有时候比电脑强还是有道理的。

"这根本不是一个车贴,"兰登大声说道,"而是两个车贴。只不过两个车贴部分重叠了而已。下面的车贴是一种特殊的十字架,被称为教皇十字架,现在很流行。"

新当选的教皇是梵蒂冈历史上最具自由精神的教皇,世界各地成千上万的人高举着教皇十字架表达对教皇新政策的支持,就连兰登的家乡马萨诸塞州的坎布里奇也有很多人支持他。

"上面的 U 形符号,"兰登说,"则是另一个车贴。"

"明白了,你说得没错。"温斯顿说道,"我来找找这家公司的电话号码。"

温斯顿的速度之快让兰登大为吃惊。他已经认出这家公司的标志了?"太好了!"兰登说,"我们打电话过去,他们可以跟踪这辆车。"

丰塞卡一脸的茫然。"跟踪这辆车?怎么跟踪?"

"逃跑的车是租来的。"兰登指着挡风玻璃上那个颇有特点的 U 形标志说,"这是辆优步[①]。"

第 26 章

看着丰塞卡瞪大的双眼和疑惑的表情,兰登也说不准这位特工究竟为什么如此惊讶:是因为挡风玻璃的车贴这么快被破解?还是因为海军上将阿维拉选择一辆优步逃离现场?他打了一辆优步!兰登真搞不懂,阿维拉到底是聪明还是鼠目寸光。

在过去几年里,优步便捷的"按需乘车"服务风靡全球。一方面,通过智能手机,需要用车的人可以随时与优步司机取得联系,另一方面,越来越多的人加入到优步司机这个群体,通过出租私车赚点外快。优步在西班牙最近才合法化,不过优步公司要求其西班牙司机在挡风玻璃上张贴 U 形标志。显然这个优步司机也是新教皇的崇拜者。

[①] 优步(Uber),全球领先的移动互联网创业公司,以移动应用程序链接乘客和司机,提供租车及实时共乘的服务。

"丰塞卡特工,"兰登说,"温斯顿说他已经冒昧地把逃跑车辆的影像传给了当地警方,以便分发到各个卡口。"

丰塞卡惊讶地张大了嘴巴,兰登有一种感觉:这位训练有素的特工可是不甘人后的。丰塞卡似乎不知道是应该感谢温斯顿,还是怪他多管闲事。

"他正在拨打优步的紧急求助电话。"

"千万不要!"丰塞卡厉声喝道,"把号码给我。我来打。优步更愿意协助的是皇家卫队的高级特工,而不是一台计算机。"

兰登不得不承认丰塞卡说得没错。而且皇家卫队帮忙搜捕嫌犯正好是人尽其才,要比护送安布拉回马德里更能发挥他们的优势。

丰塞卡向温斯顿要到号码后,拨打了电话。兰登信心倍增,觉得抓住杀手也就是分分钟的事。车辆定位是优步的核心业务。从理论上来说,只要乘客有一部智能手机,就可以获得全世界每一位优步司机的精确位置。丰塞卡只需要让优步定位刚刚从古根海姆博物馆后面接走乘客的那辆车就可以了。

"妈的!"①丰塞卡骂道,"自动应答。"②他按了一个键,然后等着,显然已进入了自助菜单选项。"教授,一旦我打通了优步的电话,指示他们对车辆进行跟踪后,我就会把案子交给当地警方。这样的话,我和迪亚斯特工就可以护送您和维达尔女士前往马德里了。"

"我?"兰登吃惊地回答道,"不,我不可能跟你们走。"

"您得去,而且一定得去。"丰塞卡斩钉截铁地说道,"还有那个电脑玩具。"他指着兰登头上戴的耳机。

"很抱歉!"兰登口气强硬地回了一句,"我不可能陪你们去马德里。"

"那就怪了!"丰塞卡说,"我还以为您是哈佛教授呢?"

兰登疑惑地瞪着他。"我本来就是。"

"那就好!"丰塞卡恶狠狠地说道,"那么,以您的智商您应该明

---

① ② 原文为西班牙语。

白,您别无选择。"

说完丰塞卡就走开接着打电话去了。

兰登望着他离去的背影。搞什么鬼?

"教授?"安布拉走到兰登身边,躲在他身后小声说道,"仔细听我说。事关重大。"

兰登转过身惊讶地发现,安布拉完全是一副吓破胆的模样。不过她已经不像刚才那样连话都说不出了,听她现在说话的口气,显然已经万念俱灰了。

"教授,"她说道,"您在埃德蒙演讲中客串出场,看得出他对您非常尊重。因为这一点我会相信您。有件事我要告诉您。"

兰登看着她不知道她要说什么。

"埃德蒙被杀都是我的错。"她低声说道,黑色的眼睛里泪汪汪的。

"你说什么?"

安布拉紧张地看了一眼丰塞卡,看到他离得很远不可能听见他们的谈话,便回过头来对着兰登说道:"宾客名单上最后又加了一个人。加上去的那个人叫……"

"是的,叫路易斯·阿维拉。"

"那个名字是我加上去的。"她声音沙哑地承认道,"是我加的!"

温斯顿说得没错……兰登心想,一时不知所措。

"埃德蒙被杀是我一手造成的。"她说着,泪水在眼眶里打着转,"是我把凶手放进来的。"

"别这样!"兰登把一只手放在她颤抖的肩膀上说道,"告诉我,你为什么要加他的名字?"

安布拉又紧张地看了丰塞卡一眼,看到他还在二十码开外的地方打电话,便接着说道:"教授,就在最后一刻,我非常信任的一个人要我帮个忙把海军上将阿维拉的名字加到宾客名单上。那时只有几分钟就要开门了,我当时很忙,所以连想都没想就把名字加上去了。我的理解是,他可是一位海军上将啊!我怎么可能想到他是个杀手呢?"

她又看了一眼埃德蒙的尸体捂着嘴说,"可是现在……"

"安布拉,"兰登低声说道,"是谁让你把阿维拉的名字加上去的?"

安布拉哽咽着说:"是我的未婚夫……西班牙王子胡利安。"

兰登不解地看着她,一时无法接受她说的话。古根海姆博物馆馆长刚才说,西班牙王子协助策划了暗杀埃德蒙·基尔希的行动。这根本不可能!

"我敢肯定皇宫里的人根本想不到我会知道杀手的身份。"她说,"但是既然我已经知道了……我担心我会有危险。"

兰登扶着她的肩膀。"你在这里绝对安全。"

"不。"她情绪激动地低声说道,"这中间有些事情您不明白。我们得离开这里。马上!"

"我们不能跑。"兰登说道,"我们永远都无法……"

"您听我的。"她催促道,"我知道该怎样去帮助埃德蒙。"

"你在说什么?"兰登觉得她仍然惊魂未定,"已经帮不了埃德蒙了。"

"不对,还可以。"她语气非常坚定地说道,"但我们要先到巴塞罗那,到他家里去。"

"你到底在说什么?"

"仔细听我说!我知道埃德蒙的在天之灵希望我们做什么。"

接下来的十几秒时间里,安布拉·维达尔对着兰登窃窃私语起来。兰登听她说着,觉得自己的心跳加快起来。我的天哪!他心想。她说得没错。这样一来情况就完全不一样了。

安布拉说完略显得意地看着他。"现在您明白为什么我们要走了吧?"

兰登佩服地点了点头。"温斯顿,"他对着耳机说,"刚才安布拉说的你都听到了吗?"

"我听到了,教授。"

"那你已经知道这是怎么回事了?"

"不知道。"

兰登仔细琢磨着接下来的话该怎么说才好。"温斯顿,我不知道电脑是不是忠于自己的编程员，但如果你能忠于自己的主人，现在就是考验你的时候了。我们迫切需要你伸出援手。"

第 27 章

兰登一边朝讲台走去，一边暗中不停地观察丰塞卡，他还在全神贯注地给优步打电话。安布拉一边打电话——或者至少看上去是在打电话——一边漫不经心地朝礼堂中央走去。她之所以这么做，正是兰登的主意。

让丰塞卡觉得你还是决定打电话给胡利安王子。

兰登来到讲台上，忍痛看着地上蜷曲的身体。埃德蒙。兰登轻轻地把安布拉盖在尸体上的毛毯掀开。埃德蒙曾经明亮的双眼已眯在一起，死气沉沉的，额头上有一个深红色的弹孔。兰登看着眼前惨不忍睹的一幕浑身颤抖，失去好友的痛苦和愤怒在他心中激荡。

刹那间，兰登依稀又看到了那个头发蓬乱、才华横溢的学生满怀憧憬走进教室的情景。他的一生虽然短暂，却取得如此非凡的成就。可悲的是，今晚这么有才华的人居然被谋杀了。可以断定，有人企图让他的发现永远销声匿迹。

除非我挺身而出，否则我学生的伟大成就将永远无法重见天日。

兰登找了个让讲台只挡住丰塞卡部分视线的位置。然后他跪在埃德蒙的尸体旁，闭上眼睛双手合十，装出一副虔诚祈祷的样子。

为一个无神论者祈祷，真是莫大的讽刺。想到这里兰登差点儿给逗乐了。埃德蒙，我知道在所有人中，你是最不希望别人为你祈祷的。放心去吧，我的朋友。我不是真的在祈祷。

跪在埃德蒙身旁时，兰登努力克制着心里越来越强烈的恐惧感。我说过主教不会伤害你的。但如果最后证明巴尔德斯皮诺参与了这个……兰登赶紧打消了这个念头。

兰登确信丰塞卡看见他在祈祷后，立刻小心翼翼地探过身子，从埃德蒙的皮夹克里摸出了他那部超大型智能手机。

兰登迅速回头扫了丰塞卡一眼，发现他还在打电话。现在丰塞卡似乎更留意安布拉，而不是兰登。安布拉貌似也在专心打电话，她边走边打，离丰塞卡越来越远。

兰登又看了一眼埃德蒙的手机，然后深吸了一口气，让自己镇定点儿。

还有一件事要做。

他轻轻抬起埃德蒙的右手，他的手已经冰凉。兰登把手机放在埃德蒙的手指前，小心翼翼地把埃德蒙的食指按到指纹识别区。

手机"哒"一声解锁了。

兰登迅速翻到菜单设置，解除了密码保护功能。成功解锁。然后他悄悄把手机塞进自己的上衣口袋，用毛毯重新把埃德蒙的身体遮盖起来。

警笛声从远处传来，此时的礼堂里空无一人。安布拉独自站在礼堂中央，把电话放在耳朵上假装专心打电话。此刻她心里很清楚，丰塞卡的眼睛一直在盯着她。

快点，罗伯特。

安布拉就在刚才把她和埃德蒙·基尔希最近一次的谈话内容告诉了这位美国教授，然后教授就立即采取了行动。安布拉告诉兰登，两天前就是在这个礼堂里，她和埃德蒙工作到很晚，不停地推敲演讲的最后细节。中间休息时，埃德蒙喝了当天晚上的第三杯菠菜奶昔①。安布拉注意到他看上去已经疲惫不堪了。

"埃德蒙，我得说你两句。"她当时说道，"真不知道这种纯素食物能对你有什么好处。你脸色不好，而且太瘦了。"

"太瘦？"他哈哈笑着说，"看看这是谁在说我瘦。"

---

① 菠菜奶昔（spinach smoothie），一种常见的减肥食品。

"我又不是很瘦！"

"不胖也不瘦，正好！"看着她一脸的怒气，他调皮地眨了眨眼睛，"至于脸色不好，你就不要再说了。我是个电脑极客，整天面对的都是电脑液晶屏。"

"好吧，再过两天你就要对全世界演讲了，脸色好看点儿没坏处。要么明天到外面去晒晒太阳，要么发明个可以让脸色显黑的电脑显示器吧。"

"这个主意倒不错嘛！"他一副深受启发的样子说道，"你应该申请专利。"他笑了笑，然后又谈起了正事，"这么说，星期六晚上各项安排的顺序你都清楚了？"

安布拉点了点头，看了一眼稿子说道："我先到接待室接待来宾，然后所有人都到这个礼堂来观看开场视频，之后你就像变魔术一样出现在那边的讲台上。"她指了指礼堂的前方，"然后在讲台上开始发表声明。"

"好极了！"埃德蒙说道，"有个小小的补充。"他咧嘴笑了笑，"我在台上讲话时，应该算是个幕间休息——这样的话，我也有机会亲自欢迎一下来宾，让大家放松一下，为下半场准备得更充分一点儿——下半场是一个多媒体演示，将告诉大家我的发现是什么。"

"这么说声明也是提前录好的？跟开场视频一样？"

"是的，几天前我刚刚弄完。我们生活在一个崇尚视觉文化的时代——多媒体演示总是比某个科学家在台上东拉西扯更引人入胜。"

"你可不是普普通通的'某个科学家'，"安布拉说道，"不过我同意你的看法。我都有点迫不及待了。"

安布拉知道，埃德蒙为了安全起见，把演讲文件存储在异地他自己的安全服务器上。所有内容都将通过远程直播，直接传送到博物馆的投影系统上。

"下半场开始，"她问道，"由谁来激活演讲，你还是我？"

"我自己来吧。"他掏出手机说道，"用这个。"他举起自己那部超大型智能手机，手机壳是亮绿色的，上面有高迪设计的图案，十分亮眼。"这是现场秀的一部分。我只需通过加密链接,拨号接入远程服务器……"

埃德蒙按了几个键,电话响了一声就连接上了。

一个计算机合成的女声接听了电话:"**晚上好,埃德蒙。我在等你输入密码哟**。"

埃德蒙微微一笑。"然后,在全世界的瞩目下,我只要把密码输入手机,我的发现就会实时传送到这个礼堂,也会同步向全世界直播。"

"听上去挺有戏剧效果嘛!"安布拉不无佩服地说道,"不过,如果你忘了密码那就另当别论了。"

"确实,那可就太尴尬了。"

"你肯定已经把密码写下来了吧?"她半开玩笑地说道。

"你这是在侮辱我的智商嘛!"埃德蒙边说边笑了起来,"计算机科学家是从来不会把密码写下来的。不过别担心。我的密码只有四十七位数。我保证不会忘记。"

安布拉目瞪口呆。"四十七位数?!埃德蒙,我们博物馆门禁卡的密码只有四位数,你都没记住啊!你怎么能记住四十七位的随机密码呢?"

他又笑她大惊小怪。"我不用专门去记,我的密码也不是随机的。"他压低了声音说道,"密码是我最喜欢的一行诗。"

安布拉觉得一头雾水。"你用一行诗作密码?"

"为什么不行呢?我最喜欢的那行诗正好是四十七个字母。"

"嗯,这好像不大安全。"

"不安全?你以为你能猜到我最喜欢的那行诗吗?"

"我都不知道你居然还喜欢诗。"

"没错。即便有人发现了我的密码是一行诗,即便他们从数不胜数的诗歌中准确猜到了那一行,他们还要猜出我拨号到安全服务器的那一长串电话号码才行。"

"就是你刚才用手机快速拨号的那个电话号码?"

"是的。想打开我的手机也需要密码,而且手机一直都放在我胸前的口袋里。"

安布拉举起双手调皮地笑着说:"好吧,你厉害!不过顺便问一句,你最喜欢的诗人是谁?"

"想得倒美!"他晃了晃食指说道,"你还是等到星期六吧。我选的那行诗非常完美。"他咧嘴笑了笑,"是关于未来的——一个预言,而且我可以很得意地告诉你,这个预言正在变成现实。"

此时的安布拉一下子回过神来。她朝埃德蒙尸体那边瞟了一眼,惊恐地发现兰登不见了。

他去哪儿了?!

让她感到更为不安的是她发现另一个特工迪亚斯正在钻过撕开的墙缝回到礼堂。迪亚斯目光扫了一圈后,径直朝安布拉走来。

他肯定不会让我离开这里!

突然兰登出现在她身边。他轻轻揽起她的腰,快步朝着礼堂另一端的出入通道走去。

"维达尔女士!"迪亚斯喊道,"你们两位要去哪儿?"

"我们马上就回来。"兰登一边大声说,一边推着她赶紧穿过空荡荡的大厅,直接朝着礼堂后面的出口通道走去。

"兰登先生!"丰塞卡特工在他们身后吼道,"你们不准离开这里!"

安布拉感到兰登揽着她的那只手更加用力了。

"温斯顿,"兰登低声对着耳机说道,"行动!"

整个礼堂里顿时黑了下来。

第 28 章

丰塞卡和搭档迪亚斯用手机上的手电筒照路,冲过漆黑的礼堂一头扎进通道里。兰登和安布拉刚才就是在这里消失的。

丰塞卡走到通道一半的时候，在地上发现了安布拉的手机。看着地上的手机，他很是惊讶。

安布拉把手机扔了？

皇家卫队经安布拉同意后使用了一个非常简单的跟踪程序对她进行实时定位。她扔掉手机只有一种解释：她想摆脱他们的保护。

一想到这儿，丰塞卡紧张极了，但更让他不安的是，他还不得不告诉他的头儿，说西班牙未来的王后失联了。每当涉及保护王子的利益，卫队指挥官总是事无巨细，铁面无私。今晚指挥官亲自给丰塞卡安排了任务，命令非常简单："任何时候都要保证安布拉·维达尔的安全，而且不要惹上麻烦。"

如果连她人在哪里都不知道，我还怎么保证她的安全？！

两名特工跑到通道的尽头，来到黑乎乎的前厅。这里好像正在召开幽灵大会——一大群人正在用手机跟外界诉说着他们刚才目睹的一切。而手机屏幕的微光照得他们个个面色苍白，再加上他们本来就惊恐万状，所以看上去十分吓人。

"赶紧开灯！"几个人大声喊道。

这时丰塞卡的电话响了，他马上接了起来。

"丰塞卡特工，这里是博物馆的保安部。"一个年轻女子用西班牙语口齿干练地说道，"我们知道你那边停电了。估计是电脑故障。电力马上就可以恢复。"

"内部监控还在运行吗？"丰塞卡问道，他知道所有的摄像头都有夜视功能。

"是的，运行正常。"

丰塞卡扫了一眼黑乎乎的房间。"安布拉·维达尔刚刚从礼堂进入了前厅。你看见她往哪边去了吗？"

"请稍等。"

丰塞卡只好垂头丧气地等在那儿。他刚才收到消息，优步说跟踪不到杀手坐的那辆车。

今天晚上但愿别再出什么乱子了！

真是造化弄人啊！今晚可是他第一次保护安布拉·维达尔。通常情况下，作为一名高级特工，丰塞卡只负责胡利安王子本人的安保工作。但今天上午指挥官把他拉到一边告诉他："今晚维达尔女士不顾胡利安王子的反对会举办一场活动。你要跟着她，确保她的安全。"

丰塞卡从来没想到，安布拉举办的这次活动竟然是对宗教的一次全面攻击，而且会以公开的暗杀收场。他还没想明白，安布拉为什么会怒气冲冲地拒接胡利安王子打给她的电话。

所有这一切简直令人匪夷所思，而她的诡异举动又愈发变本加厉。种种迹象表明，安布拉·维达尔是为了跟一个美国教授逃之夭夭才想方设法摆脱安保人员。

如果胡利安王子听说这……

"丰塞卡特工？"保安部女子的声音又响了起来，"我们发现维达尔女士已和一名男子离开了前厅。他们经过甬道刚刚进入一个展厅，那里正在举办露易丝·布儒瓦①的艺术展，主题是《牢笼》。出了门右转第二个展厅就是。"

"谢谢！继续监视他们！"

丰塞卡和迪亚斯跑过前厅，出门后来到天桥上。从高处望下去，只见下面蜂拥的人群正穿过大堂朝出口拥去。

跟安保部的人说的一样，丰塞卡在右手边上看到一个入口，通往一个很大的展厅，指示牌上写着：**牢笼**。

展厅里面有各种各样奇怪的笼子，每个笼子里都放着一个不规则的白色雕塑。

"维达尔女士！"丰塞卡喊道，"兰登先生！"

无人应答，于是两名特工开始搜索起来。

在两名特工身后几个展厅之外的地方，穹顶礼堂的外面，兰登和安布拉正小心翼翼地穿过纵横交错的脚手架，悄悄朝远处昏暗的出口

---

① 露易丝·布儒瓦（Louise Bourgeois，1911—2010），法裔美国艺术家。

指示牌走去。

他们最后关头其实是打了个掩护——兰登和温斯顿密谋了一个骗局。

温斯顿按照兰登的信号切断了电源，让穹顶礼堂陷入一片黑暗中。兰登在心里估算了他们所在的位置和通道口之间的距离。他的估算近乎精准。在通道口，安布拉把手机扔在黑暗的通道里，但他们并没有进入通道离开礼堂，而是折了回来。他们沿着内壁，用手摸索着织物墙壁往回走，一直到了迪亚斯特工去追踪凶手的那个豁口。两人爬过织物墙壁，沿着礼堂外墙往亮着灯的紧急出口楼梯间走去。

兰登回想起温斯顿立马决定要帮他们就觉得不可思议。"如果埃德蒙的声明可以通过密码激活，"温斯顿说，"那么我们必须想办法找到那个密码，然后马上用它去激活声明。我最初收到的指令是尽一切可能协助埃德蒙，确保今晚的发布会圆满成功。显然我没做到，现在只要能弥补过失，做什么事我都愿意。"

兰登正要感谢他，而温斯顿却连喘气都没顾上又口若悬河地说了起来。这些话以超快的速度从温斯顿口中倾泻而出，就像在使用加速模式播放一部有声读物一样。

"如果我自己能访问埃德蒙的演讲文件，我会马上去做。"温斯顿说，"可是您也听到了，文件是储存在一个远程安全服务器上。看来要想把他的发现公之于众，我们需要他的私人定制手机和密码。我已经搜遍了所有已经发表的诗歌中含有四十七个字母的诗句。不幸的是，这至少有几十万种可能性，甚至更多，因为这取决于人们如何断句。而且输入密码失败几次后，埃德蒙的手机就会被锁死，也根本不可能暴力破解。这样一来我们就只有一个选择了：必须用另一种方法找到密码。我同意维达尔女士的想法，必须立即到巴塞罗那的埃德蒙家里去。如果他喜欢某一句诗，很可能他有这本书，甚至会以某种方式标注出来。因此我认为埃德蒙非常有可能希望您去巴塞罗那找到他的密码，然后输入，按照计划发布他的声明。另外我现在已经确认，最后一刻要求把海军上将阿维拉加进宾客名单的那个电话，确实是从马德里皇宫打来的,维达尔女士说得没错。这样的话,我认为我们不能再相信皇家卫队的特工,我会想办法转移他们的注意力,帮助你们逃走。"

令人难以置信的是,温斯顿好像马上就想到了方法。

兰登和安布拉现在已经来到了紧急出口。兰登悄悄把门打开,领着安布拉进去后,随手把门又关上了。

"太好了!"兰登耳机里又传来温斯顿的声音,"你们到楼梯间了。"

"皇家特工在哪儿?"兰登问道。

"离你们远着呢!"温斯顿说道,"我正在跟他们通电话。我冒充博物馆的安保人员,把他们骗到了博物馆另一侧的一个展厅里。"

太不可思议了!兰登一边朝安布拉点了点头,一边心想。"放心吧,一切顺利。"

"从楼梯下到一楼,"温斯顿说道,"然后离开博物馆。另外注意一点,你们一旦离开博物馆,您的耳机就没法跟我连线了。"

可恶。这一点兰登从来没想到过,于是急忙说道:"温斯顿,你知不知道上星期埃德蒙跟一些宗教领袖讲过他的发现?"

"不大可能!"温斯顿说道,"虽然他今晚的介绍确实暗示他的发现对宗教有深远的影响,没准他当时只是想跟那方面的宗教领袖探讨一下?"

"我觉得也是。但其中一人就是马德里的巴尔德斯皮诺主教。"

"有意思。我在网上看过许多资料,都说他是西班牙国王的贴身顾问。"

"是的,还有一件事情。"兰登说,"你知不知道他们会面之后,埃德蒙还收到过巴尔德斯皮诺恐吓他的语音短信?"

"我不知道。那肯定是通过专用线路发过来的。"

"埃德蒙放给我听了。巴尔德斯皮诺强烈要求他取消演讲,还警告说,埃德蒙咨询过的那几个神职人员正在考虑先发制人,想提前发表一个公告抹黑他。"兰登在楼梯上放慢了脚步,让安布拉先走。然后他压低声音问道:"你有没有发现巴尔德斯皮诺和海军上将阿维拉有什么联系?"

温斯顿停顿了一下说道:"我没发现直接的联系,但这并不意味着他们就没有联系,只能说明没有相关记录而已。"

他们已经快到一楼了。

"教授,我冒昧地提醒一句……"温斯顿说,"从今天晚上发生的事情可以断定,有股强大的力量企图埋葬埃德蒙的发现。千万别忘了,他的演讲里曾经提到过您,说您的见解给了他启发,成就了他的突破,所以埃德蒙的敌人很可能会把您也当成潜在的威胁。"

兰登从来没有想过这一点,走到一楼的那一刻,他才突然意识到自己也面临危险。安布拉已经在一楼了,正推着那扇铁门在等他。

"出门以后,"温斯顿接着说,"你们会进入一条小巷。绕到巷子外面朝左走,一直走到河边。我会解决交通问题的,送你们去我们之前说过的地方。"

BIO-EC346,兰登一边心想,一边催促温斯顿赶快带他们过去。那本来是埃德蒙和我约定活动结束后碰面的地方。兰登终于明白BIO-EC346代表什么了,它根本就不是什么秘密的科学俱乐部。它比秘密科学俱乐部普通多了。尽管如此,他还是希望那是他们逃离毕尔巴鄂的钥匙。

如果我们能神秘地到达那儿的话……他心想,因为他知道很快到处都会设置路障。我们必须快。

兰登和安布拉跨出门槛,一阵清凉的夜风迎面扑来,兰登吃惊地发现,好像有念珠一样的东西散落在地上。这个节骨眼上,他已没时间去想这是怎么回事了。这时温斯顿还在说着话。

"你们一到达河边,"温斯顿带着命令的口吻说,"就去萨尔维大桥下面的人行道上等着,直到……"

兰登的耳机突然发出了刺耳的响声,随后便一点儿声音都没有了。

"温斯顿?"兰登喊道,"直到什么?!"

但是温斯顿的声音消失了,铁门也"砰"一声在他们身后关上了。

第 29 章

在毕尔巴鄂南郊几英里处,一辆优步汽车在 AP68 高速公路上往南疾驰,朝着马德里方向而去。海军上将阿维拉坐在后座上,他已经脱掉白色外套,摘下了海军帽,靠在座位上,回想自己轻而易举地逃了出来,感到一身轻松。

果然跟摄政王说的一模一样。

阿维拉一上车就掏出手枪,顶在瑟瑟发抖的司机头上。司机马上乖乖地把手机扔到车外,车子跟公司总部的联系随之断开了。

然后,阿维拉把司机的钱包搜了一遍,记住了他的家庭地址,还有他老婆和两个孩子的名字。照我说的做,阿维拉对他说,要不然,你的家人性命不保。司机双手紧紧握着方向盘,手指关节都绷得没了血色。

阿维拉心想,现在根本没人知道我在哪儿。这时车外警笛呼啸而过,警车正朝着相反的方向疾驰而去。

汽车继续飞快地往南开,阿维拉一边坐定准备长途跋涉,一边回味着刚才肾上腺素飙升所带来的快感。他心想,我已经为光荣的事业尽力了。他看了一眼手上的文身,觉得根本不需要它来保护自己。至少到目前为止不需要。

阿维拉相信优步司机已经吓破了胆,一定会乖乖听话的,于是他就把手枪放了下来。汽车向马德里疾驰而去。他再次把目光投向了挡风玻璃上的那两个车贴。

怎么会这么巧呢?他心想。

第一个车贴完全在意料之中——是优步的标志,但第二个车贴居然是表示上帝的符号。

教皇十字架。近来这个符号无处不在——新教皇在教会自由化和现代化方面进行了大刀阔斧的改革，欧洲天主教徒非常支持他，对他的改革赞赏有加。

显然优步司机也很拥护这位开明的新教皇，阿维拉感觉到自己拿枪指着他的时候，心里有一种快感。他感到震惊的是，这些没脑子的教徒之所以对新教皇崇拜得五体投地，原因居然是教皇允许他们可以对上帝的教条进行选择，自己决定执行哪条，不执行哪条。几乎一夜之间，节育、同性婚姻、女牧师以及其他一些自由派的主张，在梵蒂冈内部统统拿到了台面上来讨论。两千多年的传统似乎眨眼间就消失殆尽了。

幸运的是还有人在捍卫老传统。

阿维拉脑海中又响起了《奥利亚蒙迪赞歌》的旋律。

能为他们效力我感到很荣幸。

第 30 章

西班牙最古老、最精锐的安全部队——皇家卫队——冲锋陷阵、从不退缩的传统可以追溯到中世纪。皇家卫队特工坚信，他们的神圣职责就是确保王室安全，保护王室财产，捍卫王室荣誉。

这支近二千人的部队的指挥官是迭戈·加尔萨。他六十多岁，身材矮小，身体瘦弱，面容黝黑，眼睛也不大，稀疏的黑发往后梳着，遮挡着斑驳的头皮。加尔萨有点儿贼眉鼠眼，加上身材瘦小，所以在人堆里一点儿都不起眼。一般人根本想不到他在皇宫里居然手握大权。

加尔萨早就明白，真正的力量并不来自强壮的体魄，而是来自对政治的运筹帷幄。掌控皇家卫队无疑增加了加尔萨的分量，但真正让他不可或缺的是他那敏锐的政治头脑，无论事情大小，无论是个人问题还是工作问题，别人都会倾听他的意见。

加尔萨守口如瓶，从来不透露别人的半点儿秘密。他是出了名的小心谨慎，加上能力超强能够解决棘手的问题，所以成为国王的左膀右臂。然而现在，加尔萨和其他人一样感觉前途渺茫，因为住在萨尔苏埃拉宫的西班牙国王已经年老体衰，所剩时日不多了。

极端保守派弗朗西斯科·佛朗哥[①]将军实行血腥专治，统治西班牙长达三十六年之久。之后现任国王建立议会君主制，从而结束了这个国家四十多年的动荡局面。自从 1975 年佛朗哥死后，国王就一直携手政府努力推进西班牙的民主进程，对国家施行渐进式变革。

但在青年人眼里这种变革太缓慢了。而对于上了年纪的传统守旧者来说，这种变革简直就是亵渎神明。

在西班牙的统治集团中，许多人依然恪守着佛朗哥的保守信条，尤其是他所谓的天主教是"国教"，是民族道德脊梁的观点。然而西班牙青年群体日渐庞大，他们旗帜鲜明地反对保守派的观点，公开谴责宗教组织的虚伪，而且四处游说争取进一步政教分离。

现在王子人到中年，正在准备登上国王宝座，没有人知道新国王会何去何从。几十年来，胡利安王子只在一些无关紧要的仪式上象征性地露个面，在政治上唯父命是从，在个人信仰方面也从来没有表露过自己的想法。虽然大多数专家不相信他会比他的父亲更加开明，不过谁也说不准。

但是今晚王子的神秘面纱即将揭开。

毕尔巴鄂发生的事件令人震惊，考虑到国王由于身体的原因无法发表公开讲话，这样一来，王子别无选择，只能对今晚的棘手事件表态。

一些高级政府官员包括首相，已经对暗杀行为进行了公开谴责，但他们都非常狡猾，在王室发表声明之前都拒绝进一步表态。因此，整个烂摊子都压在了胡利安王子身上。加尔萨对此并不感到惊讶，

[①] 弗朗西斯科·佛朗哥（Francisco Franco，1892—1975），西班牙内战期间推翻民主共和国的民族主义军队领袖，法西斯独裁者。

由于牵扯到未来的王后安布拉·维达尔,所以没人愿意碰这颗政治炸弹。

胡利安王子今晚将面临考验。加尔萨边想边加快脚步,沿着皇宫宽大的楼梯朝王室公寓走去。他需要引导,而老国王现在已经帮不上忙了,所以我必须当他的引路人。

加尔萨大步走过王室公寓长长的走廊,最后来到王子的门前。他深吸一口气然后敲了敲门。

无人应答。奇怪!他心想。我知道他就在里面。根据丰塞卡从毕尔巴鄂传来的消息,胡利安王子刚刚从房间里打电话找过安布拉·维达尔以确认她安然无恙。谢天谢地!她的确安然无恙。

加尔萨又敲了敲门,还是无人应答。他顿时觉得有点不妙。

他急忙打开门。"唐胡利安?"他一边叫着,一边走了进去。

房间里一片漆黑,只有客厅里的电视闪着亮光。"有人吗?"

加尔萨急忙走进去,发现胡利安王子独自站在黑影里,面对着窗外一动不动。他依然穿着晚上开会时的那身西装,甚至连领带都没解开。

加尔萨默默地看着,王子神情恍惚让他感到很不安。这次危机似乎让他不知所措。

加尔萨清了清嗓子告诉王子他来了。

王子终于开口了,但他依然背对着加尔萨。"我给安布拉打过电话了,"他说道,"她不愿意跟我说话。"胡利安王子的语气让人感觉他非常困惑,但并不怎么伤感。

加尔萨不知道该如何回答。想到今晚发生的事,他几乎无法理解胡利安居然还在想着他跟安布拉的关系——他们的订婚从一开始就欠考虑,而且两人的关系也一直很紧张。

"维达尔女士肯定还胆战心惊的,"加尔萨轻声解释说,"今晚晚些时候丰塞卡特工会把她护送回来的。到时候您就可以跟她当面聊了。容我补充一句,得知她安然无恙我也感到特别欣慰。"

胡利安王子心不在焉地点了点头。

"我们正在追捕枪手。"加尔萨想换个话题,于是说道,"丰塞卡向我保证,很快就能把这个恐怖分子抓捕归案。"他故意用了"恐怖分子"这个词,是希望让王子摆脱目前的恍惚状态。

可是,王子只是茫然地点了点头。

"首相已经对这次暗杀进行了谴责。"加尔萨继续说道,"不过,考虑到事情牵扯到安布拉,政府希望您对此进行表态……"加尔萨停顿了一下,"我知道安布拉是您的未婚妻,但事情很棘手。不过我建议您说,您未婚妻最让人钦佩的一个优点就是她的独立性。尽管您知道她并不认同埃德蒙·基尔希的政治观点,但还是信守作为博物馆馆长的承诺,这一点值得称赞。如果您愿意,要不我给您写个发言稿?我们应该赶在早间新闻时段发表一个声明。"

胡利安一直眼望窗外。"不管我们发表什么声明,我还是想先听听巴尔德斯皮诺主教的意见。"

加尔萨下巴紧绷,忍住没说话。后佛朗哥时代的西班牙是一个"非宗教国家"①,这意味着西班牙已经没有了国教,而且教会也不应该介入任何政治事务。但是巴尔德斯皮诺主教与国王关系密切,这使得他总是对皇宫的日常事务有着非同一般的影响。遗憾的是,巴尔德斯皮诺的政治态度强硬,宗教观点偏执,这就让处理今晚危机所需要的策略和灵活失去了空间。

我们需要的是微妙的措辞和巧妙的谋略——不是武断的教条和激烈的争论!

很早以前加尔萨就知道,在巴尔德斯皮诺主教虔诚的外表下,隐藏着一个简单的真相:他总是先满足自己的欲望,再考虑上帝的需要。以前加尔萨对这些都可以不予理睬,但现在看到主教悄悄贴近胡利安,使皇宫内的权力平衡出现了倾斜,他感到非常担忧。

照眼前的情形看,巴尔德斯皮诺和王子走得太近了。

加尔萨知道胡利安一直把主教当作"家人"——他更像是一个值

---

① 原文为西班牙语。

得信赖的叔叔,而不是什么宗教权威。作为国王的心腹,他从胡利安小时候起就负责监管他的道德成长,而且他也是满腔热情、尽心尽力——审查胡利安的所有老师,给他讲解宗教教义,甚至在情感问题上也替他出谋划策。如今,多年之后,即便胡利安和巴尔德斯皮诺会偶有争执,但两人的感情依然深厚。

"胡利安殿下,"加尔萨不动声色地说道,"我真的认为,今晚的事情应该由您和我来处理。"

"是吗?"他身后的黑暗中传来一个男人的声音。

加尔萨赶紧转过身去,惊讶地看见一个身穿长袍、像幽灵一样的人正坐在黑暗处。

巴尔德斯皮诺。

"指挥官,要我说,"巴尔德斯皮诺怒气冲冲地说道,"在所有人当中,你最应该明白,今晚你们离不开我。"

"这是政治问题,"加尔萨态度强硬地说道,"不是宗教问题。"

巴尔德斯皮诺讥笑道:"能说出这样的话,让我觉得真是高估了你的政治敏锐性。如果你想听听我的看法,那我告诉你,要应对这场危机只有一种妥帖的办法,那就是立即告诉全国人民胡利安王子是虔诚的信徒,未来的西班牙国王是虔诚的天主教信徒。"

"我同意……不管胡利安殿下发表怎样的声明,都应该提到他的宗教信仰。"

"如果胡利安王子接见媒体,那么我就应该在他的身边,而且一只手要放在他的肩上——这是一个强有力的信号,说明教会与他患难与共。仅仅这一个画面就足以安抚国人,这比你写什么都强一万倍。"

加尔萨怒火中烧。

"全世界刚刚目睹了发生在西班牙的这场残酷暗杀,"巴尔德斯皮诺大声说道,"在暴力横行的时候,没有什么更能像上帝之手那样安抚人心的了。"

第 31 章

塞切尼链桥①——布达佩斯的八座大桥之一——横跨多瑙河,全长一千多英尺。作为连接布达佩斯东西两岸的一个象征,这座链桥被认为是世界上最美丽的桥梁之一。

我这是在干什么?克韦什透过桥边的栏杆望着漆黑的河面,河水打着转从桥下流过。主教可是劝我待在家里的。

克韦什知道自己不该冒险出门,可每当他心神不宁时,这座桥就有某种东西吸引他过来。多年来他晚上都会来到桥上,一边欣赏无边的景色,一边思考问题。桥东面是佩斯,那里矗立着灯火通明、庄严肃穆的格雷沙姆宫②,与远处的圣伊什特万大教堂③钟楼遥相呼应。桥西面是布达,城堡山顶上是高耸的布达城堡④坚固的城墙。而在北面的多瑙河岸边,是匈牙利最大的建筑——国会大厦优雅的尖塔。

但克韦什觉得他之所以常来链桥,并不是因为这里景色优美,而是别有原因。

同心锁。

在链桥的栏杆和吊索上挂着成百上千把挂锁——每把锁上都刻着一对有情人名字的首字母。

传统的做法是,两个相爱的人一起来到桥上,把各自名字的首字母刻到一把锁上,把锁锁到桥上后就把钥匙扔进深不见底的河水

---

① 塞切尼链桥(Széchenyi Chain Bridge),建于 1839 年,是连接布达和佩斯的桥梁中最古老的一座桥。
② 格雷沙姆宫(Gresham Palace),匈牙利布达佩斯新艺术风格建筑的典范,位于多瑙河沿岸,毗邻塞切尼广场和塞切尼链桥的东端。
③ 圣伊什特万大教堂(Szent István Bazilika),又称圣伊什特万圣殿,以匈牙利第一位国王伊什特万一世命名,始建于 1851 年,1905 年建成,是布达佩斯最大的教堂。
④ 布达城堡(Buda Castle),布达佩斯的地标性建筑之一,曾是匈牙利王室的皇宫,目前城堡中心部分已改为布达佩斯历史博物馆、国家图书馆和国家画廊,对公众开放。1987 年被联合国教科文组织列入世界文化遗产。

里——表示两人永远不离不弃。

最质朴的诺言。克韦什摸着一把挂锁心想。心心相印,莫失莫忘。

每当克韦什开始怀疑这个世界上是否真的存在不离不弃、莫失莫忘的爱情时,他都会来看看这些锁。今晚就是这样。看着多瑙河的河水打着转从他脚下流过,他觉得这个世界似乎突然之间变化得太快,让他无所适从。也许我已经不属于这个世界了。

生活中那些曾经可以静思的时刻——坐在公交车上、步行在上班的路上,或者等人的那几分钟里——现代人都静不下来,都会忍不住掏出手机、戴上耳机,或者打电子游戏,科技的吸引力让人欲罢不能。过去的奇迹渐行渐远,取而代之的是对新事物的无休止贪恋。

克韦什凝视着脚下的多瑙河河水,感觉越来越疲惫。他的视线模糊起来,好像看见形形色色的神秘黑影在水下游来游去。河水深处也好像有一群怪物正在搅动着河水让它苏醒过来。

"河水是活的。"[①]一个声音在他身后说道。

克韦什转过身来看见一个小男孩,一头鬈发,眼神中充满了憧憬。小男孩使克韦什想起了自己的年少岁月。

"你说什么?"拉比问。

小男孩张着嘴并没有说话,而是从喉咙里发出了一种嗡嗡的电子噪声,眼睛里闪烁着炫目的白光。

克韦什一下子惊醒了,直挺挺地从椅子上坐了起来。

"哦,天哪!"[②]

这时办公桌上的电话铃声大作,克韦什赶紧转了个身,慌慌张张地扫视了一下他的"茅舍"书房。谢天谢地!书房里只有他一个人。他感觉到自己的心在怦怦直跳。

这个梦太怪了! 他边喘着粗气边心里嘀咕着。

电话铃还在响,克韦什知道这个钟点打电话来的肯定是巴尔德斯

[①][②] 原文为匈牙利语。

皮诺主教,是来告诉他去马德里的最新进展。

"巴尔德斯皮诺主教,"拉比接起电话时仍觉得有点儿晕头转向,"有什么新情况?"

"是拉比耶胡达·克韦什吗?"一个陌生的声音问道,"你不认识我,我知道给你打电话很冒昧,但请你好好听我说。"

克韦什一下子完全清醒了。

说话的是个女人,声音有些模糊,听上去有些失真。对方一口英语,语速很快,带点儿西班牙口音:"为了保密,我对声音进行了过滤。为此我非常抱歉。但过一会儿你就会明白我为什么这么做了。"

"你是哪位?!"克韦什问道。

"我是个监督人,就是看不惯那些对公众掩盖事实真相的人。"

"我……不明白。"

"我知道三天前在蒙塞拉特修道院你和埃德蒙·基尔希、巴尔德斯皮诺主教及赛义德·法德尔私下见过面。"

这事儿她怎么会知道?!

"而且我知道埃德蒙·基尔希跟你们三位详细介绍了他最新的科学发现……我还知道现在有人密谋隐瞒真相,你就是其中之一。"

"什么?!"

"如果你不好好听的话,我估计你活不过明天早上。巴尔德斯皮诺主教势力庞大,很快就会杀你灭口。"电话里的人停顿了一下,"你的下场会跟埃德蒙·基尔希,还有你的朋友赛义德·法德尔一样。"

第 32 章

毕尔巴鄂萨尔维大桥横跨内尔维翁河,大桥因毗邻古根海姆博物馆,因此人们经常会把这两个建筑看成一个整体。这座桥一眼就能被认出来,因为大桥的中央支架高高耸起,颜色亮红,形状像一个巨大的字母 H。从前出海归来的水手经过内尔维翁河时都会祈祷,感谢上帝保佑他们平安归来,大桥的名字"萨尔维"① 就是源于这个民间传说。

兰登和安布拉从博物馆后面出来之后很快来到河边。按照温斯顿的指令,两人站在桥下的人行道上,躲在黑影里等着。

到底让我们等什么?兰登感到很疑惑。

他们在黑暗中徘徊时,兰登发现只穿了一件时尚晚礼服的安布拉那苗条的身躯正在瑟瑟发抖。于是他脱下自己的外套披在她的肩上,顺势帮她整理了一下两边的衣服。

突然,她毫无征兆地转过身来面对着他。

这让兰登担心自己是否做得有点儿出格了,但安布拉不但没有不快,反而是一脸的感激。

"谢谢你,"她抬头看着他轻声说道,"谢谢你这么帮我。"

安布拉·维达尔目不转睛地看着兰登,突然握住他的手,仿佛想从他那里得到些温暖和安慰。

但她很快又松开了手。"对不起!"她小声说道,"我母亲会说我这是行为不当②。"

兰登咧嘴笑了,安慰她说:"我母亲会说情有可原。"

她勉强笑了笑,但笑容转瞬即逝。"我觉得很难受。"她边说边将目光移开,"今晚埃德蒙的事……"

"太震惊……太可怕。"兰登说。他还没有从惊吓中缓过神来,眼下很难用语言准确表达自己的感受。

安布拉望着身旁的内尔维翁河。"想到我的未婚夫胡利安也卷入……"

兰登听出她的话中有一种被出卖的感觉,所以不知道该怎么接话才好。"我明白,这件事表面上是这样,"他试探着说道,"不过我们

---

① 原文为 La Salve,字面意义为"祝你安康"。
② 原文为西班牙语。

都说不准。胡利安王子可能事前并不知道今晚会有暗杀。刺客可能是单独行动，也可能是受人指使，和王子根本没关系。西班牙未来的国王密谋暗杀一名平民——况且很容易追查到他头上，这根本说不通。"

"能追查得到完全是因为温斯顿发现阿维拉是后来加到宾客名单上去的。胡利安也许觉得根本没人会发现是谁开的枪。"

兰登不得不承认她说得有道理。

"我真不该把埃德蒙的事告诉胡利安。"安布拉边说边转过身背对着兰登，"他当时劝我不要掺和，我想让他放心，所以就告诉他我的作用微乎其微，演讲也不过就是播放两个视频而已。我甚至告诉了胡利安，埃德蒙会通过智能手机播放演讲视频。"她停顿了一下，"这就是说，如果他们发现我们拿走了埃德蒙的手机，他们就会意识到埃德蒙的发现仍有可能传播出去。我真不知道胡利安还会做出什么事情来。"

兰登对这个漂亮女人仔细端详了一会儿。"你根本不相信你的未婚夫是不是？"

安布拉长长叹了口气。"事实上我根本就不像你们想象得那么了解他。"

"那你为什么答应嫁给他？"

"原因很简单，胡利安根本就没给我选择的余地。"

兰登还没来得及说话，洞窟般的桥下便传来一阵低沉的隆隆声，两人脚下的水泥地也随之微微震颤起来。声音越来越大，好像从他们右手边的上游方向传来的。

兰登转身看到一个黑影朝他们飞速驶来——原来是一艘没有开灯的摩托艇。随着离高高的水泥岸边越来越近，摩托艇的速度降了下来，开始缓缓向他们靠拢。

兰登目不转睛地看着摩托艇摇了摇头。直到现在他都不知道应该对埃德蒙的这位计算机讲解员抱多大信心。但当他看清正在靠近的是一艘黄色水上的士时，便意识到温斯顿是他们最可靠的盟友。

头发蓬乱的船长在船上朝着他们挥了挥手。"你们那个英国人给我打电话了。"船长说,"他说 VIP 客户付三倍……怎么说来着……速度要快,多加小心?^① 我照着做了——看到了吗?没有开灯!"

"没错,谢谢你!"兰登回答道。干得好,温斯顿。速度要快,多加小心。

船长伸手扶安布拉上了船。上船后,安布拉赶紧钻进带顶篷的小船舱里去暖和一下。这时船长瞪大眼睛冲兰登笑着说:"她是我的 VIP?安布拉·维达尔女士?"^②

"速度要快,多加小心。"兰登提醒道。

"是!是!"^③ 船长赶紧跑到舵轮前一脚将油门踩到底。几分钟后,摩托艇便掠过内尔维翁河的水面,在黑暗中往西飞驰而去。

在船舷的左侧,兰登看到古根海姆博物馆那只巨大的黑寡妇蜘蛛雕塑在警灯的映衬下显得格外恐怖。一架新闻采访直升机划过天空朝着博物馆飞去。

这只是第一架,后面还多着呢!兰登心想。

兰登从裤兜里掏出埃德蒙给他的那张神秘卡片。BIO-EC346。埃德蒙曾经告诉过他,把它交给的士司机,但兰登万万没想到会是一辆水上的士。

"我们的英国朋友……"兰登顶着发动机的轰鸣声大声对船长喊道,"他大概告诉过你我们要去哪里吧?"

"是的,是的!我提醒他我只能用船把你们送到附近,但他说没问题。你们步行三百米,行吗?"

"很好。从这里过去还有多远?"

船长指了指右边临河的高速公路。"道路指示牌上说七公里,但坐船会远一点儿。"

兰登朝明亮的路牌望去。

---

①②③ 原文为西班牙语。

毕尔巴鄂机场（BIO）✈ 7公里 [1]

兰登想起埃德蒙之前说过的话，脸上露出一丝苦笑。罗伯特，这就是个简单的代码而已。埃德蒙说得没错。兰登终于搞清了卡片上那个代码的意思后，觉得很难为情，因为他花了好长时间才弄明白。

BIO 确实是一个代码。破解这样的代码并不难，因为世界上到处都是类似的代码：BOS、LAX、JFK[2]。

BIO 是当地机场的代码。

这个代码的其余部分便一目了然了。

EC346。

虽然没见过埃德蒙的私人飞机，但兰登知道他确实有一架，而且几乎可以肯定，印在西班牙飞机机尾的国家编号都是以 E 打头的，因为 E 代表 España[3]。

EC346 是一架私人飞机。

显然如果水上的士把兰登送到毕尔巴鄂机场，他只要把这张卡片给安检看一下，就可以直接被护送到埃德蒙的私人飞机上。

希望温斯顿已经通知飞行员，说我们马上就到。兰登边想边回头朝博物馆方向望去。在摩托艇激起的浪花中，博物馆越来越小、越来越小。

兰登本来想到船舱里去看一看安布拉，但转念一想，这清新的空气让他感觉很舒服，于是决定让她一个人多待会儿冷静一下。

我也要独自静一静。他心想，于是朝船头走去。

兰登站在船头上，任凭夜风吹拂着头发。他解下领结放进口袋里，然后又解开翼尖领上面的扣子，尽情地大口呼吸，让夜风灌满

---

[1] 原文为西班牙语。
[2] BIO、BOS、LAX、JFK 为机场代码，分别代表西班牙毕尔巴鄂机场、美国波士顿机场、美国洛杉矶国际机场、美国纽约肯尼迪国际机场。
[3] "西班牙"的西班牙语拼法。

双肺。

埃德蒙,你到底发现了什么?

第 33 章

被主教自以为是地教训着,这让指挥官迭戈·加尔萨心里直冒火。

你这是多管闲事!加尔萨真想冲巴尔德斯皮诺大吼一声。这根本不是你该管的事!

巴尔德斯皮诺主教又一次插手王室政治。他简直就像幽灵一样出现在胡利安漆黑一片的公寓里,一本正经地穿着长袍跟胡利安大谈特谈什么西班牙传统有多重要、以前的国王和皇后多么虔诚,什么在危难时刻教会在鼓舞士气方面是多么关键。

眼下可不是那个时候!加尔萨气呼呼地想。

今晚胡利安王子需要进行一番精心策划的公关表演,而加尔萨最不愿意看到的就是巴尔德斯皮诺把宗教话题也掺和进来让王子分心。

正巧加尔萨的手机"嗡嗡"地响了起来,打断了主教滔滔不绝的教训。

"好的,你说。"① 加尔萨走到王子和主教中间大声说道,"怎么样了?"②

"长官,我是丰塞卡,从毕尔巴鄂打来的。"电话里的人飞快地用西班牙语说道,"还没有抓到枪手。我们本以为通过优步公司能够跟踪到他,但是公司与司机失去了联系。枪手好像已经料到我们会采取这样的行动。"

---

①② 原文为西班牙语。

加尔萨强压着怒火平静地喘了口气,尽力不让声音暴露出自己的真实心态。"我明白,"他不动声色地回答道,"现在你只需保护好维达尔女士就行。王子正在等她,我向王子保证过你们很快就会把她护送回来的。"

电话那头沉默了好一会儿。

"长官,"丰塞卡犹豫地说道,"对不起,长官。报告您一个坏消息。维达尔女士和那个美国教授已经离开了博物馆,"——他停顿了一下——"没跟我们在一起。"

加尔萨一听这话,差点儿要把手机摔了。"什么,你……再说一遍?"

"是的,长官。维达尔女士和罗伯特·兰登已经离开博物馆。维达尔女士故意把手机扔掉了,所以我们跟踪不到她。也不知道他们到底去哪儿了。"

加尔萨听丰塞卡这么一说顿时目瞪口呆,而此刻王子正关切地盯着他看。巴尔德斯皮诺眉毛上扬,身体前倾,显然对听到的话很感兴趣。

"啊——这真是个好消息!"加尔萨脱口说道,边说边点头,一副非常自信的样子,"干得好。这样的话,今天晚些时候就能在皇宫见到你们了。我们再来确认一下交通和安保措施。你稍等一下。"

加尔萨捂住电话微笑着对王子说:"一切顺利。我得到隔壁安排一下细节。你们两位正好可以单独聊会儿。"

加尔萨不愿意把王子单独交给巴尔德斯皮诺,但这个电话当着他俩的面根本没法打。于是他走进一间客房,进去后把门关上了。

"到底怎么回事?"[①] 他怒气冲冲地对着电话吼道。

丰塞卡于是就把事情的经过一五一十讲了一遍,这种事听上去简直就是天方夜谭。

"灯都灭了?"加尔萨问道,"一台计算机冒充保安向你们提供了

[①] 原文为西班牙语。

假情报？你让我怎么相信呢？"

"长官，我也知道这事很难想象，但实际情况就是这样。我们想来想去也搞不明白，这台计算机怎么会突然变心了呢。"

"变心？！它只是一台该死的计算机而已！"

"我的意思是，那台计算机之前帮了我们不少忙——它通过名单发现了枪手，它想阻止暗杀，它还发现逃跑的车是辆优步。但突然间，它就开始跟我们对着干了。我们唯一能想到的是兰登肯定跟它说了些什么，因为计算机就是在跟他聊过以后完全变了。"

我现在是在跟一台计算机较量吗？加尔萨觉得自己已经老得跟不上如今这个世界了。"丰塞卡，我相信不用我说你也明白，如果别人知道王子的未婚妻跟着那个美国人跑了，而且堂堂的皇家特工竟然被一台电脑给耍了，这不管是从王子的个人角度还是从政治角度来说，都是很丢脸的。"

"我们非常清楚。"

"你知道他们俩为什么逃跑吗？他们这么做好像没什么道理，而且还非常鲁莽。"

"我告诉兰登教授今晚他必须跟我们一起回马德里的时候，他就很抵触。他明确告诉我他不想来。"

因为这个，他就从谋杀现场逃跑了？加尔萨觉得肯定还有别的原因，但他想不出是什么。"听好了。在这件事泄露出去之前，你一定要找到安布拉·维达尔，把她带回宫来。"

"明白，长官。但现场只有我和迪亚斯，就我们两个人不可能搜索整个毕尔巴鄂。我们要提醒当地警方利用电子警察、空中支援，一切可能的——"

"绝对不行！"加尔萨回答道，"我们丢不起人。做好你的本职工作找到他们，然后把维达尔女士保护好。"

"遵命，长官。"

加尔萨挂断了电话，仍然不敢相信居然会发生这样的事情。

在他走出客房的时候，一个面色苍白的年轻女子正沿着走廊朝他走来。这人一看就是个电脑迷，戴着一副像可乐瓶底那么厚的眼镜，穿一身米色套装，神色紧张地抱着一台平板电脑。

天哪！加尔萨心里直叫苦。你来的可真是时候！

莫妮卡·马丁刚刚接受任命，是皇宫最年轻的"公关协调人"——工作职责是媒体联络、公关战略和通信联络，要胜任这个工作似乎要一直保持高度警惕才行。

马丁年仅二十六岁，但已经获得了马德里孔普鲁腾塞大学的通信学位，并且在中国清华大学——计算机方面全球顶尖大学之一——完成了两年的研究生学习，然后在星球传媒集团谋取了一份高级公关工作，之后又在西班牙电视网天线三台担任过高级"公关传播"职位。

去年为了通过数字媒体保持与西班牙年轻人的沟通，同时也为了应对推特、脸书、博客以及在线媒体激增的影响力，皇宫孤注一掷炒掉了一位拥有几十年丰富传媒经验的专业公关人士，雇用了这位千禧一代的技术精英。

加尔萨心里很清楚，马丁之所以有今天，多亏了胡利安王子。

胡利安王子几乎从来没有染指过皇宫的日常运作，但年轻的马丁能被聘为王室工作人员却是他力排众议争取来的——他为此还极为罕见地差点儿跟老国王闹翻。马丁的工作做得的确有声有色，但加尔萨觉得她很偏执且神经质，这让人很吃不消。

"阴谋论，"马丁边走边挥舞着平板电脑对加尔萨说，"阴谋论满天飞。"

加尔萨用怀疑的目光盯着这位公关协调人。你觉得我会在乎吗？今晚会有更让他担心的事，他才不会去管那些阴谋论的流言蜚语呢。"你能跟我说说你在王室公寓区转悠什么吗？"

"控制室刚才查了一下您的 GPS 定位。"她指了指加尔萨挂在腰上的手机。

加尔萨闭上眼睛深呼了一口气，强压住心头的怒火。除了这个新任命的公关协调人，皇宫里最近还新设了一个"电子监控部"。这个部门利用 GPS 定位、数字监控、资料收集以及优先数据挖掘①等现代技术手段,为加尔萨的皇家卫队提供技术支持。所以加尔萨麾下人员也越来越多元、越来越年轻。

我们的监控室就像大学校园里的计算机中心。

显然新技术不仅用于跟踪卫队特工,也跟踪加尔萨本人。一想到地下室里那帮小子对自己的行踪知道得一清二楚,他的心里就不爽快。

"我亲自来找您,"马丁边说边拿出平板电脑,"是因为我知道您肯定想看看这个。"

加尔萨一把抓过平板电脑看了起来。他看见上面有一张照片,是一个留着银白色胡子的西班牙人,旁边有他的简介。他就是在毕尔巴鄂实施暗杀的枪手——皇家海军路易斯·阿维拉上将。

"有很多闲话。"马丁说道,"许多人说阿维拉曾经是王室的雇员。"

"阿维拉是为海军效力的!"加尔萨气急败坏地说。

"没错,但从技术层面上讲国王是武装部队的总司令——"

"别说了!"加尔萨边说边把平板电脑猛地塞回给马丁,"暗示国王会以某种形式参与恐怖活动,真是阴谋论狂热分子荒谬的无稽之谈。他跟今晚的事一点儿关系都没有。还是多往好处想想,把自己的工作做好吧。毕竟这个疯子完全有机会杀死未来王后,他却选择了杀死一个美国的无神论者。总而言之结果还不是太坏!"

年轻的马丁并没有就此打住。"还有一件事,长官,也跟王室有关。我先跟您说一下,免得您措手不及。"

马丁边说边在平板电脑上飞快地滑动着,一直滑到一个网站。"现在所有跟埃德蒙·基尔希沾边的东西都火了,所以这张照片也开始出现在新闻里。"说完她把电脑递给了加尔萨。

---

① 数据挖掘(data mining),一般是指从大量的数据中通过算法搜索隐藏于其中的信息的过程。

加尔萨看到上面的标题写着:"这是未来学家埃德蒙·基尔希生前最后一张照片吗?"

照片模糊不清。只见埃德蒙身穿深色西装站在一处危险的悬崖边上。

"这张照片是三天前拍的,"马丁说,"埃德蒙当时正在蒙塞拉特修道院。一名在场的工作人员认出了他就随手拍下这张照片。今晚埃德蒙被暗杀后,这名工作人员就把照片作为埃德蒙生前最后一张照片晒到了网上。"

"这跟我们有什么关系?"加尔萨直截了当地问道。

"接着往下翻。"

于是加尔萨翻到了下一张照片。一看到这张照片,他马上伸手扶墙支撑住自己。"这……这不可能是真的。"

还是同一张照片,只不过这张画面更宽,从照片上可以看出埃德蒙站在一个身穿传统天主教紫色长袍的高个子男人身旁。那人正是巴尔德斯皮诺主教。

"指挥官,千真万确。"马丁说道,"巴尔德斯皮诺几天前刚刚见过埃德蒙。"

"可是……"加尔萨犹豫着说不出话来,"可是为什么这件事主教连提都不提呢?尤其是今晚发生了这种事!"

马丁也一脸疑惑地点了点头。"这就是我首先向您汇报这件事情的原因。"

巴尔德斯皮诺居然见过埃德蒙。加尔萨一时也理不出个头绪来。而且这事他连提都不想提?这条信息确实让人担心,加尔萨按捺不住性子想去提醒王子。

"不幸的是,"马丁说道,"还有许多事。"她又开始熟练地操作起平板电脑来。

"指挥官?"巴尔德斯皮诺突然从客厅里叫道,"护送维达尔女士的事有什么进展吗?"

马丁突然抬起头瞪着眼睛说:"巴尔德斯皮诺主教?他也在

这里?"

"没错。正在给王子出馊主意呢。"

"指挥官!"巴尔德斯皮诺又叫了一声,"你在吗?"

"相信我,"马丁惊慌失措地小声说道,"还有很多事我必须马上向您汇报——然后您才能去见主教或者王子。请相信我,今天晚上的危机对王室的影响远远超出您的想象。"

加尔萨盯着公关协调人看了一会儿,然后下定了决心。"到楼下图书馆等我。我马上去找你。"

马丁点了点头悄然离去。

走廊里只剩下加尔萨一个人。他深吸了一口气,努力让自己的表情自然点儿,希望能把愈发强烈的怒火和疑惑都掩盖起来。然后他平静地回到客厅。

"维达尔女士一切顺利!"加尔萨微笑着说道,"她晚些时候就能回到宫里。我得到楼下安保室去确认护送她的一些细节。"加尔萨自信地向胡利安点了点头,然后转身对巴尔德斯皮诺主教说:"我很快就回来,先别走。"

说完他转身离开了。

加尔萨离开王室公寓时,巴尔德斯皮诺主教看着他的背影皱起了眉头。

"有什么不对吗?"王子看着主教问道。

"是的。"巴尔德斯皮诺回过头来回答道,"我听别人忏悔都已经有五十年了。只要有人说谎我一听就知道。"

第 34 章

🌐 解密网

突发新闻

网上质疑声不断

埃德蒙·基尔希被暗杀的消息在这位未来学家的众多追随者中掀起了轩然大波,他们主要围绕着两个亟待解答的问题做出了种种推测。

埃德蒙发现了什么?

是谁杀了他?为什么要杀他?

关于埃德蒙的发现,各种说法早已甚嚣尘上——从达尔文到外星人,再到神创论,如此等等,不一而足。

迄今为止,没有人确切知道暗杀的动机是什么,所以各种猜测满天飞——什么宗教狂啦、企业间谍啦、同行嫉妒啦。

有关人士已经承诺,将为本站提供有关杀手的独家新闻。我们一收到消息,马上会分享给大家。

第 35 章

安布拉·维达尔紧紧裹着罗伯特·兰登的外套独自站在水上的士的船舱里。几分钟以前,兰登问她为什么会答应嫁给一个自己并不了解的人时,她如实作了回答。

我根本就没有选择的余地。

跟胡利安订婚这件事确实很不幸,但今晚发生了这么多事,她也没工夫去多想。

我以前就束手无策。

现在还是束手无策。

安布拉看着脏兮兮舷窗上自己的影子，感到一阵强烈的孤独感把自己吞没了。安布拉·维达尔并不是个顾影自怜的人，但此时此刻，她的内心十分脆弱和无助。我未婚夫居然参与了一场残忍的谋杀。

就在发布会开始前一个小时王子打来电话，就此决定了埃德蒙的命运。当时安布拉正忙得焦头烂额，为接待来宾做各项准备工作。就在这个时候一个年轻的工作人员冲了进来，兴高采烈地挥舞着一张纸条。

"维达尔女士！有您的消息！"[1]

女孩喜出望外，上气不接下气地用西班牙语说，博物馆前台刚刚接到一个非常重要的电话。

"来电显示，"她一惊一乍地说，"是马德里皇宫打来的，所以我就接了！是从胡利安王子办公室打来的！"

"他们打到了前台？"安布拉问道，"他们有我的手机号啊。"

"王子助理说他给您打过电话，"女孩解释道，"但没有打通。"

安布拉查看了一下手机。奇怪。没有未接来电。然后她想到技术人员刚刚在测试博物馆的手机干扰系统，胡利安的助手打电话进来时，她的手机八成是被屏蔽了。

"好像说王子今天接到了一个电话，是毕尔巴鄂一位很重要的朋友打来的，说希望能参加今晚的活动。"女孩递给安布拉一张纸条，"王子希望您能在今晚的宾客名单上加一个名字。"

安布拉盯着纸条，上面写着：

西班牙海军
路易斯·阿维拉上将（退役）

---

[1] 原文为西班牙语。

一个退役的西班牙海军军官？

"他们还留了个电话号码，说如果您有什么问题可以直接打过去问，但王子要参加一个会议，所以您有可能找不到他。但打电话的人一再说，王子确实不希望让您为难。"

不为难？安布拉怒火中烧。想想你已经干了些什么？

"我来处理吧。"安布拉说，"谢谢你。"

女孩高兴得就像刚刚转达了上帝的旨意一样一蹦一跳地走了。安布拉看着纸条想到王子要她做的事，气就不打一处来。他居然认为通过这种方式对她施加影响是小事一桩。更让她生气的是，他此前还在极力劝她别参加今晚的活动呢。

你又一次没给我选择的余地！她心想。

如果对这件事不理不睬，那结果就是她要跟一位声名显赫的海军军官在博物馆门口进行一番不愉快的交涉。今晚的活动是经过精心设计的，会吸引无数媒体前来报道。我最不愿意的就是尴尬地与胡利安的一位重要朋友吵起来。

海军上将阿维拉并没有经过资格审查，也不在"审查通过"的名单上，但安布拉觉得对他审查非但没有必要，还可能会冒犯这位上将。毕竟他是个位高权重的海军军官，他的能量大到给王室打个电话，连未来的国王都要给他面子。

再加上时间仓促，安布拉不得已只好在宾客名单上添上了海军上将阿维拉的名字，并把他加进了讲解数据库，这样就可以为这位新客人准备一副耳机。

之后，她就回去继续工作了。

而现在埃德蒙被杀了。安布拉心想。她的思绪又回到了眼前，回到了黑乎乎的水上士。就在努力摆脱这些痛苦记忆时，她突然产生了一个奇怪的想法。

胡利安根本没有跟我直接联系……所有消息都是通过第三者转达的。

想到这里,她又萌生出一线希望。

也许罗伯特说得对?胡利安可能是无辜的?

她又仔细考虑了一会儿,然后赶紧来到舱外。

她看见兰登一个人站在船头,双手扶着船舷眺望夜空。安布拉走到兰登身边,惊讶地发现摩托艇已经驶离了内尔维翁河的干流,现在正沿着一条小支流向北飞驰。与其说这是条支流,不如说是条危险的小河沟,两边全是高高的土堤。浅浅的小河和狭窄的航道搞得安布拉非常紧张,但船长似乎一点儿都不在乎,依然借着大灯的光,驾驶着摩托艇高速前进。

安布拉立刻把胡利安王子办公室来电话的事告诉了兰登。"我唯一能确定的是博物馆前台接到了马德里皇宫打来的电话。严格地说,任何人都可能冒充王子的助手给博物馆打这个电话。"

兰登点了点头。"那个人没直接打给你而找人传话,也正是这个原因。你觉得谁比较可疑?"考虑到埃德蒙与巴尔德斯皮诺有过节,兰登怀疑那人正是主教。

"任何人都有可能。"安布拉说道,"皇宫现在的形势比较微妙。随着胡利安逐渐走上前台,很多老臣都竞相争宠,希望胡利安对他们另眼相看。整个国家正在发生变化,而且我觉得许多元老都在拼命保住自己的势力。"

"嗯,无论是谁,"兰登说,"但愿他们还没发现我们在找埃德蒙的密码,准备把他的发现公之于众。"

话一出口,兰登感觉到他们所面临的挑战其实也没什么大不了的。

但同时,他也感觉到了实实在在的危险。

为了阻止埃德蒙公布他的发现,他们已经杀害了他。

转瞬间兰登又想到,对他来说最安全的做法就是从机场直接打道回府,让别人去收拾这个烂摊子。

安全倒是安全了,他心想,但我能这么做吗?……不行。

兰登觉得对埃德蒙负有一种强烈的责任感,而且一项科学突破就这样被残酷地扼杀了，他还有一种道义上的愤慨。再说他自己也非常好奇，想知道埃德蒙到底发现了什么。

最后还有一个原因，兰登心里明白，是安布拉·维达尔。

很显然这个女人处境危险。看看她那乞求帮助的目光，兰登感觉到她身上有一种坚定的信念和自强不息的劲头……但他也同时发现，恐惧和悔恨萦绕在她的心头。他总觉得，她心里一定藏着什么秘密，那是个既难以捉摸又不可公开的秘密。她在寻求我的帮助。

安布拉似乎感觉到兰登在想什么，突然抬起头说道："你看上去很冷，外套还给你吧。"

他淡淡地笑道："我没事。"

"你是不是想一到机场就赶紧离开西班牙？"

兰登笑着说："我确实这么想过。"

"请不要走。"她一手扶住船舷，一手轻轻搭在他的手背上，"我还不知道今晚我们即将面对的是什么。你和埃德蒙关系很好，他跟我说过很多次，他特别看重你们的友情，也非常信任你。罗伯特，我很害怕，我真觉得没法独自去面对这一切。"

安布拉突然毫无保留地敞开心扉，让兰登非常震惊，当然也让他怦然心动。"好吧！"他点了点头，"我们要找到密码，要把埃德蒙的发现公之于众。我们要给埃德蒙一个交代，坦率地说，也要给科学界一个交代。"

安布拉莞尔一笑。"谢谢你。"

兰登往艇后看了一眼。"我觉得，保护你的皇家特工这个时候肯定已经发现我们离开博物馆了。"

"那还用说。不过温斯顿刚才的表现确实了不起，你觉得呢？"

"简直太不可思议了。"兰登回答道。直到现在他才明白埃德蒙在人工智能开发方面取得了多么大的飞跃。不管埃德蒙的"突破性专利技术"是什么，显然他已经准备好了去开启一个人机交互的美妙新世界。

今晚温斯顿已经证明他的确忠于自己的编程员，同时也是兰登和安布拉最出色的盟友。短短几分钟的工夫，温斯顿就发现了宾客名单上存在的威胁，并极力去阻止暗杀埃德蒙、甄别出逃跑的车辆，还帮助兰登和安布拉逃出博物馆。

"希望温斯顿已经提前打过电话，通知埃德蒙的飞行员了。"兰登说道。

"我敢肯定他已经打过了。"安布拉说，"不过你说得没错，我应该让温斯顿再确认一下。"

"等一等！"兰登惊讶地说道，"你可以打电话给温斯顿？我们离开博物馆、离开它的覆盖范围时，我以为……"

安布拉笑着摇了摇头。"罗伯特，温斯顿并不在古根海姆博物馆。他在一个秘密的计算机里，可以远程访问。你不会真的以为埃德蒙开发了温斯顿这种资源但又不能随时随地跟他沟通吧？埃德蒙任何时候——无论是在家里，在旅途中，还是外出散步的时候——都可以跟温斯顿交流，只要打个电话就可以随时交流了。我见过埃德蒙和温斯顿一聊就是几个小时。埃德蒙把他当成了自己的私人助理——预定晚餐、跟自己的飞行员协调航班，的确是什么事情都让他做。其实在为演讲做准备时，我经常打电话给温斯顿。"

安布拉把手伸进兰登的燕尾服口袋掏出埃德蒙的亮绿色手机，轻轻一按，手机便开机了。在博物馆时为了保存电量，兰登把手机关了。

"你也应该打开自己的手机。"她说道，"这样，我们就都可以跟温斯顿连线了。"

"开机后你不怕被人跟踪？"

安布拉摇了摇头。"警方拿到法院的许可需要时间，所以我觉得这个险值得冒——温斯顿要是能把皇家卫队的最新动向和机场的情况告诉我们，那我们就更值得冒这个险了。"

兰登将信将疑地打开自己的手机看着它慢慢启动。主界面出现后，他眯着眼去看屏幕，突然觉得很无助，仿佛自己立即被太空中的所有卫星给定位了。

你肯定是间谍电影看多了！他心想。

突然兰登的手机开始响个不停，今晚没有接收的消息一下子全都涌了进来。兰登吃惊的是，从关机到现在，他的手机收到的信息和电子邮件竟然多达两百多个。

他浏览了收件箱，看到新邮件都是朋友和同事发来的。早一点儿的邮件都是祝贺性的标题——你讲得太好了！我真不敢相信你就在发布会现场！——随后标题的语气突然都变成担心和关切的了，就连他的编辑乔纳斯·福克曼都给他发了一条消息：**天哪——罗伯特，你没事吧？？！！**兰登从来没见过这位学者型编辑全部使用黑体写邮件，而且还用了双标点符号。

直到现在兰登一直得意地以为，在毕尔巴鄂漆黑的河道上没有人能看到他们，而博物馆里发生的一切仿佛就是一个渐渐消失的梦。

全世界都知道了。此时此刻，他才意识到。埃德蒙的神秘发现和他被残忍杀害的新闻……还有我的名字和我的模样。

"温斯顿一直在联系我们。"安布拉一边看着埃德蒙泛着光的手机一边说道，"过去半个小时里，埃德蒙的手机有五十三个未接来电，都是同一个号码打的，每次间隔刚好三十秒。"她呵呵笑出声来，"执着敬业是温斯顿的许多优点之一啊。"

就在这时，埃德蒙的电话又响了起来。

"不用想也知道是谁打的。"兰登朝安布拉笑了笑。

"你接吧。"她把电话递给兰登。

兰登接过电话，然后按下免提按钮。"喂？"

"兰登教授，"温斯顿操着熟悉的英国口音说，"很高兴我们又联系上了。我一直在给你们打电话。"

"是的，我们能看到。"兰登回答道。连续五十三次呼叫失败以后，这台计算机听上去居然还是那么沉着冷静，兰登打心眼里佩服。

"有一些新情况，"温斯顿说道，"有可能没等你们到达机场，机场的管理部门就已经接到通知会留意你们的名字了。所以我再提醒一次，一定要按照我说的去做。"

"温斯顿，我们全靠你了，"兰登说道，"告诉我们该怎么办。"

"第一，教授，"温斯顿说，"如果您的手机还没有扔掉，现在马上扔掉。"

"不会吧？"兰登把手机攥得更紧了，"难道警方没拿到法院许可令，就……"

"美国警匪片里可能是这样，但现在你们是在跟西班牙王室和皇家卫队打交道。他们可是会不择手段的。"

兰登看着自己的手机，他真的不愿意就这样把它扔了。手机就是我的命根子呀。

"埃德蒙的电话怎么办？"安布拉警觉地问道。

"他们跟踪不到。"温斯顿说，"埃德蒙一直提防黑客攻击和企业间谍，所以他自己编写了 IMEI/IMSI 隐藏程序①，这样就可以更改他手机的 C2 值，任何 GSM② 拦截器对它都没有用。"

他当然能搞定！兰登心想。他可是个天才，连温斯顿这样的程序都编得出来，完胜一家当地的电话公司简直是小菜一碟。

兰登皱起了眉头，很显然自己的手机跟埃德蒙的手机有天壤之别。就在这时，安布拉一伸手悄悄拿走了兰登的手机。她二话不说就把手机拿到船舷外，然后手一松。兰登眼睁睁看着自己的手机瞬间掉了下去，随着溅起的水花消失在了黑漆漆的内尔维翁河中。手机在水下消失的那一刻，他心里感到一阵刺痛。这时摩托艇还在全速飞驰，而他却一直盯着手机消失的那个地方看。

"罗伯特，"安布拉低声说道，"想想迪士尼埃尔莎公主③的至理名言。"

兰登猛地转过身说："什么？"

安布拉莞尔一笑，说道："随它去吧。"

---

① IMEI 为国际移动设备身份码（International Mobile Equipment Identity）的缩写；IMSI 为国际移动用户识别码（International Mobile Subscriber Identification Number）的缩写。
② GSM 为全球移动通信系统（Global System for Mobile Communication）的缩写。
③ 埃尔莎公主（Princess Elsa），迪士尼电影《冰雪奇缘》中的人物，电影的主题曲便是《随它去吧》（*Let It Go*）。

第 36 章

"你的任务还没有完成。"① 阿维拉电话里的声音说道。

阿维拉在优步的后座上一下子坐了起来,屏气凝神地认真接听电话。

"我们碰到一件意想不到的麻烦事。"对方用西班牙语飞快地说道,"你需要改变行程前往巴塞罗那。马上。"

巴塞罗那?阿维拉之前得到命令,让他前往马德里听候进一步指示。

"我们有理由相信,"电话里的声音继续说道,"今晚埃德蒙的两名同伙正在赶往巴塞罗那。他们希望找到远程启动埃德蒙演讲视频的方法。"

阿维拉一下子紧张起来。"这可能吗?"

"还不确定,如果他们成功了,你所有的辛劳就白费了。巴塞罗那必须要有我们的人。一定要小心。你要尽快赶到,到了后给我打电话。"

说完电话就挂断了。

虽然这是个坏消息,阿维拉心里却感到很高兴。我还有点用。巴塞罗那比马德里要远,但在夜间高速路上如果全速行驶,也就几个小时的路程。阿维拉一分钟也没浪费,马上举起枪顶着优步司机的脑袋。司机握着方向盘的双手明显紧张起来。

"去巴塞罗那。"② 阿维拉命令道。

司机从下一个出口——去往维多利亚-加斯泰斯③ 方向——下了高

---

①② 原文为西班牙语。
③ 维多利亚-加斯泰斯(Vitoria-Gasteiz),西班牙巴斯克自治区首府,阿拉瓦省省会。

速,最后加速驶上 A1 高速公路往东驶去。此时除了他们,高速上就只剩下庞大的卡车了。这些大卡车隆隆地开往潘普洛纳、韦斯卡、莱里达,最后到达地中海地区最大的港口城市之一——巴塞罗那。

一系列离奇的事件把他推到了目前的境地,阿维拉自己都觉得难以置信。我已经走出绝望的深渊,去为无上光荣的事业贡献力量了。

有那么一瞬间,阿维拉又坠入黑暗的无底深渊——在塞维利亚大教堂里,他爬过浓烟弥漫的祭坛,在血迹斑斑的瓦砾中寻找着自己的妻儿,没想到从此跟他们阴阳两隔。

袭击发生后的好几个星期里,阿维拉一直都窝在家里。他躺在沙发上浑身颤抖,不断从噩梦中惊醒。在梦中,烈焰恶魔把他拖进黑暗的深渊,又把他裹挟在愤怒、窒息和内疚里受尽煎熬。

"那个深渊就是炼狱。"一个修女在他身旁轻轻说道。教会培训了几百名心理创伤治疗师来抚慰幸存者,这个修女就是其中一个。"你的灵魂被困在黑暗的地狱里。只有宽恕才能让你得到解脱。你必须想办法原谅那些人,不然愤怒就会把你吞噬掉。"她画了个十字,"宽恕是你唯一的救赎。"

宽恕?阿维拉想说话,但恶魔掐住了他的咽喉。此刻他感觉只有复仇才能给他救赎。可是向谁复仇呢?根本就没有组织宣称对这次爆炸袭击负责。

"我明白宗教恐怖主义似乎是不可原谅的,"修女继续说道,"但我们自己信奉的宗教也曾假借上帝的名义进行过长达几个世纪的异端审判。想想这些可能会对你有帮助。我们以信仰为名杀害过无辜的妇女和儿童。对此我们只能请求全世界宽恕,寻求自我宽恕。经过岁月的洗礼,我们已经得到了净化。"

然后她开始读《圣经》给他听:"不要与恶人作对。有人打你的右脸,连左脸也转过来由他打。要爱你的仇敌,对那些恨你的人行善,祝福那些诅咒你的人,为那些侮辱你的人祷告。"

那天晚上,痛苦万分的阿维拉独自对着镜子。镜子里看着他的是一个陌生人。修女的话根本没能缓解他的痛苦。

宽恕？连左脸也转过来由他打！

我目睹过不能赦免的罪恶！

阿维拉越想越愤怒。他一拳砸下去把镜子砸成了碎片，然后瘫倒在卫生间的地板上痛哭起来。

身为海军军官，阿维拉的自控力一直很强——他捍卫荣誉，服从命令——但那个他已经不复存在了。在几个星期的时间里，阿维拉一直浑浑噩噩，用酒精和药物麻醉自己。只要一清醒他就痛苦得不能自拔，只好继续用化学药品麻醉自己。没过多久，他就变得性情乖戾，终日闭门不出。

没过几个月，西班牙海军就悄悄地逼他退休了。曾经是一艘强大的战舰，如今却被困在干船坞里，阿维拉知道自己再也不会扬帆起航了。他奉献了一生的海军给他的退休金少得可怜，只勉强够他吃喝。

我已经五十八岁了，他心想，却什么都没有了。

他一个人整天坐在客厅里看电视、喝伏特加，满心希望有朝一日能出现一丝光明。黎明之前是最黑暗的。[①] 他一次次告诫自己。但这句海军格言又一次次被证明是大错特错。在他看来，最黑暗的时候并不一定只在黎明前。黎明永远都不会再来了。

他五十九岁生日那天是个星期四。早上下着雨，看着空空的伏特加酒瓶和房东的逐客令，他鼓起勇气来到衣柜前取下自己的军用手枪，装上子弹后把枪管对准了自己的太阳穴。

"原谅我吧。"[②] 他闭上眼睛低声说道，然后扣动了扳机。枪声比他想象的要小很多。只是"咔哒"一声，算不上是枪声。

说起来真是残忍，枪竟然没有响。这把廉价的礼仪配枪已经被他扔在衣柜里好多年了。衣柜里全是灰尘，枪也疏于保养，显然已经坏了。阿维拉觉得就连自杀这么简单的一件事，自己都做不了了。

他暴跳如雷，用力把枪朝墙上摔去。但这一次房间里响起"砰"一声巨响。阿维拉感到小腿上一阵灼热，钻心的疼痛让他一下子清醒

[①②] 原文为西班牙语。

了过来。他倒在地上,紧紧抓住鲜血直流的那条腿痛苦地尖叫着。

惊慌失措的邻居们砸开房门,救护车也呼啸而来。阿维拉很快被送到塞维利亚的圣拉萨罗省立医院,回头他得跟人解释自杀时是怎么射中自己腿的。

第二天早上,海军上将路易斯·阿维拉躺在康复室里,感到心力交瘁,颜面扫地。这时突然有个人来看望他。

"你的枪法可真够烂的,"年轻人用西班牙语说道,"难怪他们逼你退役。"

没等阿维拉说话,来人便一把拉开窗帘让阳光照射进来。阿维拉挡了一下阳光才看清来人的模样。这人体格健壮,留着寸头,T恤衫上印着耶稣的头像。

"我叫马尔科,"他操着安达卢西亚①口音说道,"我是你的康复理疗师,是我自己主动要求来的,因为我们有共同之处。"

"当过兵?"阿维拉注意到他也是急性子,于是问了一句。

"没有。"年轻人与阿维拉四目相对,"那个星期天上午,我也在场。在教堂里。那次恐怖袭击。"

"你也在场?"阿维拉疑惑地盯着他看。

年轻人弯下腰拉起运动裤的一条裤腿,露出里面的假肢。"我知道你吃尽了苦头,而我之前是半职业足球运动员,所以别指望我会多么同情你。我这个人相信'自助者,天助之'。"

还没等阿维拉明白是怎么回事,马尔科已把他搬上轮椅,推着穿过大厅来到一个小健身房,然后扶着他站到一对双杠中间。

"虽然会很疼,"那个年轻人说,"不过你可以用两只手撑着,试着走到那头,只走一趟,然后就可以吃早饭了。"

阿维拉疼得几乎难以忍受,但他不会去向一个只有一条腿的人抱怨。他用双臂支撑着大部分体重,一直挪到了双杠的另一头。

"做得好!"马尔科说道,"现在再走回来。"

---

① 安达卢西亚(Andalusia),西班牙的17个自治区之一,位于西班牙南部,首府是塞维利亚。

"可是，你说……"

"我是说过，但那是骗你的。走回来。"

阿维拉目瞪口呆地看着年轻人。多年来没人敢对阿维拉上将发号施令，奇怪的是，这反而让他有种耳目一新的感觉。他觉得自己又年轻了——有一种多年前当新兵的感觉。阿维拉转过身拖着腿开始慢慢往回走。

"跟我说说，"马尔科说道，"你还有去塞维利亚大教堂做弥撒吗？"

"没去过。"

"因为害怕？"

"因为愤怒。"阿维拉摇摇头。

"是啊，让我猜猜看。修女跟你说过，要原谅袭击者吗？"马尔科哈哈笑了起来。

阿维拉立刻在双杠上停了下来。"对啊！"

"她们也跟我说过。我尽力了，但做不到。修女的建议根本不管用。"他又哈哈笑了起来。

阿维拉打量着年轻人身上那件带耶稣头像的T恤衫。"但看起来你还是……"

"哦，没错，我的确还是个基督徒，而且比过去更加虔诚。我很幸运，明白了自己的使命是什么——帮助被上帝的仇敌伤害过的人。"

"你的志向还挺远大嘛！"阿维拉既羡慕又嫉妒地说道。他失去了家庭和海军，已经没什么想法了。

"一位了不起的人帮助我重新对上帝充满了信心。"马尔科继续说道，"那个人，顺便说一句，就是教皇本人。我见过他好几次了。"

"不好意思，你见过谁？……教皇？"

"是的。"

"你说的是……天主教领袖的那个教皇吗？"

"是的。如果你愿意的话，我也可以安排你去觐见教皇。"

阿维拉看着年轻人，好像觉得他神经错乱了一样。"你能安排我觐见教皇？"

他的怀疑让马尔科看上去很受伤。"我知道你是大官,不相信塞维利亚一个身体残疾的体能教练居然能见到教皇,但我说的是事实。如果你愿意,我可以安排你们见面。也许教皇能帮助你摆脱彷徨和迷惘,就像他当初帮助我那样。"

阿维拉靠在双杠上不知道如何回答是好。当时的教皇是他崇拜的偶像——他是一位坚定的保守派领袖,宣扬绝对的传统主义和正统观念。不幸的是,随着全球日益现代化,他四面受敌,且有传言说因为自由主义的势力甚嚣尘上,他很快就会选择退位。"能觐见教皇当然好,可是——"

"那就好!"马尔科打断了他的话,"我尽量安排,争取明天让你们见面。"

阿维拉万万没有想到,第二天他在一座幽深的教堂里见到了那位至高无上的宗教领袖,还上了一堂终生受用的宗教课。

救赎的方法有很多。

宽恕并不是唯一的途径。

第 37 章

皇家图书馆位于马德里皇宫一楼,整个图书馆装饰得富丽堂皇,里面收藏着成千上万册价值连城的典籍善本,其中包括伊莎贝拉女王[①]用过的精装版《每日祈祷书》[②]、几任国王御用的《圣经》,以及阿方索十一世时代铁封的《圣经》手抄本。

加尔萨匆忙走了进去,他可不想让王子和巴尔德斯皮诺单独在楼

[①] 伊莎贝拉一世(Isabella I, 1451—1504),卡斯蒂利亚女王,与丈夫斐迪南二世(Ferdinand II, 1452—1516)完成了收复失地运动,为日后其外孙查理五世统一西班牙奠定了基础。
[②] 《每日祈祷书》(*Book of Hours*),中世纪基督徒每天在规定时间使用的祈祷书。

上待得太久。巴尔德斯皮诺就在几天前刚跟埃德蒙见过面，而他却只字未提。加尔萨还在苦思冥想这到底是为什么。今晚发生了这么大的事情，他为什么连提都不提？

加尔萨穿过黑乎乎的图书馆，朝着公关协调人莫妮卡·马丁走去。马丁正站在黑影里，手里托着的平板电脑微微发着亮光。

"我知道您很忙，"马丁说道，"但我们碰到个情况，非常紧迫。我去楼上找您是因为我们的安全中心收到了一封从解密网发来的邮件，内容令人不安。"

"哪里发来的？"

"解密网，是一个很受欢迎的网站，主要报料形形色色的阴谋，新闻虽粗制滥造，写作也就是小学生水平，但还是有几百万的追随者。在我看来他们就是在传播虚假新闻，但这个网站在众多阴谋论网站中还是备受推崇的。"

在加尔萨的心目中，"备受推崇"和"阴谋论"这两个词似乎是相互排斥的。

"他们整晚都在报道关于埃德蒙的独家新闻。"马丁继续说道，"我不知道他们的消息来源，但这个网站已经成为新闻博主和阴谋论者的大本营。有些电视台在插播突发新闻时甚至也采用了他们的报道。"

"长话短说。"加尔萨催促道。

"解密网获得一份新消息，牵扯到王室。"马丁说边往上推了推眼镜，"他们准备十分钟后挂到网上。眼下他们想给我们一个机会，让我们发表一下看法。"

加尔萨疑惑地看着眼前这位女子说道："对这种哗众取宠的小道消息，王室不予置评！"

"您还是看一眼吧。"马丁把她的电脑递了过去。

加尔萨一把抓过电脑，海军上将路易斯·阿维拉的一张照片随即映入眼帘。阿维拉并不在照片的中心位置，好像是偶然拍到的。照片中的他身穿白色戎装从一幅油画前大步走过。照片看起来就像是一个去博物馆参观的人正在拍摄一幅艺术品而不经意间拍到了闯入镜头的阿维拉。

"我知道阿维拉长什么样。"加尔萨因为急着要回到王子和巴尔德斯皮诺身边,于是不耐烦地说,"为什么给我看这个?"

"刷到下一张看看。"

加尔萨便刷了一下屏。下一屏是放大后的照片——放大的位置锁定在海军上将的右手上,而此时右手正好摆到他身前。加尔萨立刻注意到阿维拉的手掌上有个标记,看上去像是文身。

加尔萨盯着文身看了一会儿。他很熟悉这个符号,许多西班牙人也都认识,尤其是老一辈的人。

佛朗哥的标志。

二十世纪中叶,在西班牙的许多地方都能看到这个标志。它已经成为弗朗西斯科·佛朗哥将军极端保守独裁统治的代名词,他的残暴政权宣扬民族主义、独裁主义、军国主义、反自由主义,以及国家天主教主义。

加尔萨知道这个古老的符号包含六个字母,把这些字母拼在一起便是一个拉丁语单词——这个词恰如其分地诠释了佛朗哥的自我形象。

胜利者[①]。

弗朗西斯科·佛朗哥冷酷无情、暴戾恣睢,并且立场强硬,在纳粹德国和意大利墨索里尼的支持下夺取了政权。1939年全面掌权之前,他屠杀了成千上万的政敌,并且宣布自己就是 El Caudillo——西

---

① 英文和拉丁语中的 victor("胜利者")由六个字母组成。

班牙语的"元首"。在内战①期间和他独裁统治的前几年,那些敢于反抗的人士都被关进了集中营,约有三十万人被处决。

佛朗哥把自己装扮成"天主教西班牙"的捍卫者和无神论共产主义的敌人。他鼓吹的社会形态完全以男性为中心,把女性排除在许多重要社会职位之外,女性权利被剥夺。女性当不了教授、法官,开不了银行账户,甚至难逃被丈夫虐待的厄运。他宣告没有按照天主教教义举行的婚姻统统无效,还宣布离婚、避孕、堕胎以及同性恋为非法。不仅如此,他还设置了其他许多限制。

幸运的是,现在一切都改变了。

即便如此,加尔萨还是对人们这么快就忘记西班牙历史上最黑暗的这段日子感到震惊。

西班牙《遗忘协议》②——一项全国性政治协议,旨在"忘记"佛朗哥残暴统治时期所发生的一切——的签署意味着,以后西班牙的中小学生中就很少有人知道这位独裁者了。西班牙的一项调查显示,青少年对演员詹姆斯·佛朗哥③的熟识度要远远高于对独裁者弗朗西斯科·佛朗哥的了解。

但是老一辈的人永远会刻骨铭心地记着这个符号。这个**胜利者**符号——就像纳粹的卐标志——一直会在那些记得残暴岁月的老人心中勾起可怕的回忆。时至今日那些居安思危的人还在告诫,在西班牙政府以及天主教会的最高层依然藏匿着一个由佛朗哥支持者组成的秘密派系——这个由保守派组成的秘密兄弟会发誓要让西班牙重拾上世纪极端保守主义的信仰。

加尔萨不得不承认,有很多上了年纪的人在目睹了当代西班牙的混乱和信仰渐衰后,觉得只有通过一个更强大的国教、更强势的政

---

① 西班牙内战(Spanish Civil War,1936—1939),总统曼努埃尔·阿扎尼亚的共和政府军与人民阵线左翼联盟对抗以弗朗西斯科·佛朗哥为中心的西班牙国民军与长枪党等右翼集团的战争。人民阵线得到苏联与墨西哥的援助,而佛朗哥的国民军则有纳粹德国、意大利及葡萄牙的支持。
② 《遗忘协议》(pacto del olvido),1975年佛朗哥死后各政党签署的一个政治协议,他们心照不宣地对过往的伤痛保持沉默,也不追究独裁时期的当权者。
③ 詹姆斯·佛朗哥(James E. Franco,1978—),美国演员、监制、导演、编剧和作家,国内多译作"詹姆斯·弗兰科"。

府,并采用更明晰的道德引领,才有可能拯救西班牙的未来。

看看我们的年轻人吧!他们会大声疾呼,他们整日浑浑噩噩的!

近几个月来,随着年轻王子胡利安继承西班牙王位的日子渐渐临近,保守派愈发恐惧,害怕西班牙王室会很快发声,支持西班牙的渐进式改革。而最近王子和安布拉·维达尔的订婚,更让他们惶恐不安。安布拉不仅是巴斯克人①,更是直言不讳的不可知论者。安布拉如果成了西班牙王后,那么在教会和国家事务上王子肯定会对她言听计从。

真是危机四伏啊!加尔萨心里很清楚。过去和未来之间的争斗正迫在眉睫。

西班牙除了越来越严重的宗教分歧外,还处在政治走向的十字路口:是保留君主制,还是要学习奥地利、匈牙利以及许多欧洲国家永远废除君主制?时间会证明一切。在大街上,年长的保守派挥舞着西班牙国旗,而年轻的进步派则身穿紫、黄、红三色服饰——西班牙第二共和国②国旗的颜色——意气风发地表达反君主制的立场。

胡利安要继承的是个一点就炸的火药桶。

"我第一眼看到这个佛朗哥的文身时——"马丁说道,她一开口,加尔萨就回过神来看着电脑,"我认为它就是个噱头,特意PS上去的——纯粹为了煽风点火。阴谋论网站都在用尽浑身解数赚取点击率,而一旦跟佛朗哥扯上关系就会引爆舆论,再加上埃德蒙今晚的发布会本身具有反基督教性质,那么这个影响更是不可估量。"

加尔萨明白她说得没错。阴谋论者会高兴地手舞足蹈。

马丁指了指电脑说道:"看一下他们打算挂到网上的评论。"

加尔萨虽然心生恐惧,但还是浏览了一下给照片配上的那篇长篇大论。

---

① 巴斯克人(Basque),居住在西班牙中北部以及法国西南部的一个民族,有独立倾向。
② 西班牙第二共和国(the Second Spanish Republic,1931—1939),西班牙历史上第二个国家元首和政府首脑均由人民选举产生的时期。

🌐 解密网

埃德蒙·基尔希最新消息

　　我们最初怀疑埃德蒙·基尔希被杀是宗教狂热分子所为，但事后发现，这个极端保守的佛朗哥主义文身表明，这起谋杀背后可能隐藏着某种政治图谋。我们怀疑，藏身于西班牙政府内部，甚至西班牙王室最高层的那些保守分子，面对国王因病缺位并将很快驾崩导致的权力真空，正在图谋控制政权……

　　"无耻！"加尔萨实在看不下去了，怒气冲冲地说道，"因为一个小小的文身就这么捕风捉影？这个文身毫无意义。除了安布拉·维达尔出现在枪击现场外，整个事件跟王室没有半点儿关系。不予置评。"

　　"长官，"马丁央求道，"如果您看完剩下的评论，就会发现他们企图把巴尔德斯皮诺主教跟海军上将阿维拉扯在一起。他们话中有话，主教可能是秘密的佛朗哥分子。这么多年来，他一直在国王跟前咬耳朵，防止西班牙发生巨变。"她停顿了一下，"而且这样的指控在网上很受追捧。"

　　加尔萨又一次发现自己突然无言以对了。他生活的这个世界已经面目全非。

　　现在真假新闻居然具有同样的杀伤力。

　　加尔萨看着马丁尽量心平气和地说道："莫妮卡，这一切的一切都是喜欢写博客的那些幻想家自娱自乐杜撰出来的。我可以向你保证，巴尔德斯皮诺绝不是佛朗哥分子。他几十年如一日忠心耿耿地辅佐国王，绝不可能跟暗杀埃德蒙的佛朗哥分子有瓜葛。王室对所有这些一概不予置评。懂吗？"加尔萨转身朝门口走去，因为他急于回到王子和巴尔德斯皮诺那边去。

　　"长官，等一等！"马丁一把抓住他的胳膊。

　　加尔萨停下了脚步，惊讶地低头看着下属的手。

马丁立刻把手缩了回来。"对不起,长官。不过解密网还给我们发来一段电话录音,在布达佩斯刚刚发生的。"厚厚镜片后的那双眼睛紧张地眨巴着,"这消息您肯定也不会喜欢。"

第 38 章

我的老板被人暗杀了。

机长乔希·西格尔操控着埃德蒙·基尔希的湾流 G550① 飞机滑行在毕尔巴鄂机场主跑道上时,感到自己握着操纵杆的手在瑟瑟发抖。

我哪有心情飞啊!他心想。同时他也清楚,副驾驶员也跟他一样胆战心惊。

西格尔已经给埃德蒙·基尔希开了好几年的私人飞机。今晚埃德蒙被暗杀对他来说不亚于晴天霹雳。一小时前,西格尔还和副驾驶员坐在候机厅收看古根海姆博物馆的现场直播。

"典型的埃德蒙表演秀!"西格尔还开玩笑地说。他老板能吸引这么多人前来,这种本事的确让他很佩服。在观看埃德蒙节目的时候,他和候机厅里的观众一样一开始兴致勃勃的,但瞬间祸从天降。

西格尔和副驾驶员随后呆呆地坐在那儿,一脸茫然地看着电视上的新闻报道不知所措。

十几分钟后,西格尔的电话响了,打电话的是埃德蒙的私人助理温斯顿。西格尔从来没跟他见过面,尽管这个英国人似乎有点古怪,但西格尔已经完全习惯了和他商量飞行事宜。

"你要是没看电视的话,"温斯顿说,"现在应该打开看看。"

"我们都看了,"西格尔说道,"我们俩都不知道该怎么办。"

"我们得飞回巴塞罗那。"温斯顿说起话来还是那么一板一眼。刚

---

① 湾流 G550(Gulfstream G550),一款顶级远程喷气式公务机。湾流是目前世界上生产大型豪华公务机的著名厂商。

刚发生了大事，他还是这样的口气确实让人困惑。"你们先做好起飞前的准备，我过一会儿再跟你们联系。没接到电话千万不要起飞。"

西格尔不清楚温斯顿这番指令能否代表埃德蒙的意思，但此刻能有点事干，倒也让他感到欣慰。

根据温斯顿的安排，西格尔和副驾驶员向巴塞罗那提交了空白的航班乘客名单——按照行规，这被称作"空载"航班——然后将飞机开出机库，开始飞行前的各项检查。

三十分钟后，温斯顿打来了电话。"你们准备好起飞了吗？"

"准备好了。"

"很好。你们还是跟以前一样使用往东的那条跑道吗？"

"没错。"西格尔常常发现温斯顿简直无所不知，他消息灵通到让人有点儿烦。

"请联系塔台请求起飞。滑行到机场最远端，但不要上跑道。"

"把飞机停在滑行道上？"

"是的，只停一会儿。到了之后请通知我。"

西格尔和副驾驶员面面相觑。温斯顿这样的要求完全说不通呀！

塔台不会同意我们这么做的。

尽管如此，西格尔还是驾驶着飞机朝机场西边跑道尽头慢慢滑行。现在离滑行道尽头只有一百来米了，前方右转九十度，就与东向跑道交汇了。

"温斯顿？"机场四周是高高的铁丝网，西格尔望着窗外叫了一声，"我们已经到达滑行道尽头。"

"原地稍等！"温斯顿说，"我会再联络你。"

我不能停在这儿！西格尔心想。他真不知道温斯顿葫芦里卖的什么药。幸好湾流飞机的后视摄像头显示后面没有其他飞机。也就是说，西格尔没有妨碍其他飞机起飞。唯一的灯光就是大约两英里外的跑道尽头控制塔台发出的微弱灯光。

一分钟过去了。

"这里是空管中心。"西格尔的耳机里传来"嗞嗞啦啦"的声音，

"EC346,一号跑道,允许起飞。重复一遍,允许起飞。"

西格尔也想赶紧起飞,可他还在等埃德蒙助手的消息。"塔台,收到!"他说道,"我们还要停留一分钟。信号灯报警,正在检查。"

"收到。准备好后,请回复。"

第 39 章

"在这儿?"水上的士的船长一脸茫然,"你们要停在这儿吗?机场还远着呢。我送你们过去吧。"

"不用啦,我们就在这里下。"兰登还是听从了温斯顿的建议。

船长耸了耸肩把船停靠在一座小桥旁的码头边。小桥上刻着几个字:**波多彼得艾**。河堤上杂草丛生,但看起来还可以走上去。安布拉已经下了船沿着斜坡往上走呢。

"应该付你多少钱?"兰登问船长。

"不用付!"船长说道,"那个英国人,他已经付过了。信用卡。三倍的钱。"

原来温斯顿已经付过了。兰登仍然不太习惯跟埃德蒙的电脑助手打交道。就像是有了一个增强版的语音助手。

兰登明白没必要对温斯顿的能力大惊小怪。日常报道中经常提到人工智能可以胜任各种复杂的任务,甚至包括写小说——一本人工智能创作的书差一点儿就赢得日本的一个文学奖项。

兰登谢过船长,跳下船上了岸。走上河堤时,他转过身看着一脸茫然的船长,将食指放到嘴巴上说了句"请一定要保密"[①]。

"是,是,"[②]船长捂了捂眼睛,让他放心,"我什么也没看见!"[③]

兰登随即匆匆爬上河堤,然后穿过一条铁轨,在一条乡间小道

[①][②][③] 原文为西班牙语。

边跟安布拉会合。这是一个沉睡的村庄,路边是一些古朴典雅的店面。

"地图显示,"埃德蒙处于免提状态的手机上传来温斯顿的声音,"你们应该是在波多彼得艾和阿苏阿河的交叉口。看到镇中心有个小环岛了吗?"

"看到了。"安布拉回答道。

"好的。绕过环岛你会看见一条小路,名叫北科彼得艾。沿着这条路往村外走。"

两分钟后,兰登和安布拉就离开了村庄,沿着一条荒凉的乡间小路急匆匆往前赶。路边是石砌的农舍和茂盛的成片草场。随着离乡村越来越远,兰登越来越觉得不对劲。在他们右侧远远望去,有一个小山包的上空透着朦胧的光影。

"如果那边是航站楼的灯光,"兰登说,"那我们离机场还远着呢。"

"你们离航站楼三公里。"温斯顿说。

安布拉和兰登面面相觑。温斯顿之前告诉他们只需走八分钟。

"谷歌卫星地图显示,"温斯顿继续说道,"在你们的右边有一大片田野。你们能穿过去吗?"

兰登抬头看了看右边的草地,是一块朝航站楼方向倾斜的缓坡。

"爬上去当然没问题,"兰登说道,"但三公里路我们得走……"

"快爬吧,教授。照我说的做就行啦。"温斯顿说话的语气一如既往,既彬彬有礼又不露情感。可兰登觉得自己刚才是被教训了一顿。

"说得好。"安布拉一边低声说着,一边开始往上爬,好像被逗乐了,"我跟温斯顿打交道这么长时间,这是他说话最不客气的一次。"

"EC346,这里是空管中心,"西格尔的耳机里传来大声的呼叫,"你们要么驶离滑行道马上起飞,要么回机库维修。情况怎么样了?"

"还在处理。"西格尔撒了个谎,他又看了一眼后视摄像头。没有飞机——只有远处塔楼微弱的灯光。"我还需要一分钟。"

"收到。随时通报情况。"

副驾驶员拍了拍西格尔的肩膀，指了指驾驶舱外面。

西格尔顺着搭档指的方向望去，只见飞机前方高高的围栏。透过围栏网眼，他突然看见两个幽灵般的身影。那是什么？

在围栏外漆黑的田野里影影绰绰出现了两个幽灵般的身影，正在越过小山包，径直朝飞机走来。这两个身影越来越近，其中一人身穿白色礼服，上面饰有黑色斜纹。这身打扮太容易辨认了，他刚才在电视上看到过。

安布拉·维达尔？

安布拉偶尔也会搭埃德蒙的飞机，这位国色天香的西班牙美女一上飞机，西格尔总会怦然心动。此时他一头雾水，不知道她怎么会深更半夜出现在毕尔巴鄂机场外面的田野中。

跟安布拉在一起的是个牛高马大的男子，也穿着黑白搭配的正装。西格尔想起来了，今晚的电视直播中他也出现过。

是美国教授罗伯特·兰登。

突然他耳机里又传来温斯顿的声音："西格尔先生，你现在应该能看见围栏那边有两个人，而且这两个人你肯定都认出来了。"西格尔觉得这个英国人处事过于冷静，冷静到让人害怕，"你要知道，今晚发生的事情我无法完全解释，但请你一定按照我说的去做，这也是基尔希先生本人的想法。现在，你只需要知道下面我要告诉你的就够了。"温斯顿停顿了一秒。"杀害埃德蒙·基尔希的那些人正设法要将安布拉·维达尔和罗伯特·兰登也置于死地。为了保证他们的安全，我们需要你的帮助。"

"可是……那当然。"西格尔一边想弄明白究竟是怎么回事，一边结结巴巴地说道。

"维达尔女士和兰登教授需要立即登上这架飞机。"

"在这里登机？！"西格尔质疑道。

"我明白修改乘客名单会带来技术性问题，但……"

"那你是否清楚机场周围是十英尺多高的安全隔离网,这会带来什么样的技术性问题?!"

"我很清楚,"温斯顿镇定自若地说道,"而且西格尔先生,虽然你我共事只有短短的几个月,但是你一定要相信我。我建议你做的事,在今晚这种情况下,埃德蒙的想法和我的想法会不谋而合的。"

听温斯顿介绍着自己的计划,西格尔仍心存疑虑。

"你的建议简直就是天方夜谭!"西格尔回了一句。

"正好相反,"温斯顿说,"这个方法完全可行。这架飞机的每台发动机的推力超过一万五千磅,而且飞机整流罩能承受七百英里的……"

"我并不担心这么做是否行得通,"西格尔不耐烦地说道,"我担心的是合不合法——还有,我的飞行执照会不会被吊销!"

"西格尔先生,你的担心可以理解,"温斯顿心平气和地回答道,"但未来的西班牙王后危在旦夕,而现在只有你能救她一命。相信我,真相大白后没有人会指责你,连国王都会嘉奖你,授予你皇家勋章。"

兰登和安布拉站在杂草丛中,飞机前灯把护栏照得一清二楚。两人抬头望着高高的围栏一筹莫展。

在温斯顿的催促下,他们往后退了几步。这时喷气式发动机响了起来,飞机开始向前滑去,但并没有沿着滑行跑道滑行,反而直接朝他们滑过来,越过地面上的安全线滑到机场的最边缘。飞机继续在一点点移动,离护栏越来越近。

此刻,兰登看到飞机整流罩正对着一根护栏立柱。当巨大的整流罩碰到立柱的时候,发动机还在轻声转动。

兰登本以为立柱还能抵挡一下,但是,与两部大功率劳斯莱斯发动机外加一架重达四十吨的飞机相比,一根小小的围栏立柱显然不在一个重量级上。立柱"咔嚓"一声朝他们这边倒了下来,底部还带出了一大块沥青,就像歪倒的树带出根球一样。

兰登跑过去抓住倒下的围栏往下拉,然后和安布拉一起从上面跳了过去。当他们跌跌撞撞来到柏油路上时,只见飞机的舷梯早已经放下,一个身穿制服的飞行员正朝他们挥手,让他们赶紧登机。

安布拉看着兰登勉强地笑了笑。"还怀疑温斯顿吗?"

兰登无话可说。

两人赶忙登上舷梯走进豪华的客舱。此时兰登听到副驾驶员正在驾驶舱内跟塔台通话。

"是的,塔台,收到。不过,你们的地面雷达是否出现了偏差。我们没有偏离滑行弯道。我再说一遍,我们还在滑行弯道上。我们的信号灯警报已经解除,正准备起飞。"

飞行员启动飞机反推装置的时候,副驾驶员"砰"一声关上了舱门。飞机开始一点点往后滑动,慢慢驶离倒下的围栏,之后拐了个大弯回到跑道上。

罗伯特·兰登长长地松了口气,然后坐在安布拉的对面闭目养神了一会儿。机舱外,飞机引擎开始轰鸣。当飞机沿着跑道快速滑行时,他感受到飞机加速所带来的那种压迫感。

几秒钟后,飞机开始爬升,机身倾斜着朝东南方向拐了个大弯,然后划破夜空朝巴塞罗那飞去。

第 40 章

耶胡达·克韦什冲出书房,穿过花园悄悄溜出大门,走下台阶来到人行道上。

我在家里已经不安全了。拉比的心一直在怦怦直跳。我必须到教堂去。

烟草街教堂不仅是克韦什毕生侍奉的教堂,还是个名副其实的堡垒。高高的围墙、带倒钩的栅栏,以及二十四小时的安保,在在提醒着人们布达佩斯长期的反犹太历史。克韦什很庆幸,自己今晚可以带着钥匙躲进这样一处铜墙铁壁中。

教堂离他家步行只需十五分钟。克韦什每天都会静静地来回溜达。但今晚当他走上科苏特拉约什街时,却感到不寒而栗。启步前,他低着头警惕地看了看前面各处的阴影。

一个人影让他立刻警觉起来。

马路对面有个黑影前倾着坐在一条长凳上——那人块头很大,身穿蓝色牛仔裤,头戴棒球帽——正在漫不经心地摆弄着手机,在手机亮光的映衬下,满脸的络腮胡子特别显眼。

他不是这附近的。克韦什心里嘀咕着,下意识加快了脚步。

戴棒球帽的男子抬起头盯着拉比看了一会儿,随后又摆弄起手机来。克韦什迈开大步继续赶路。走了一个街区后,他紧张地往后看了一眼。令他惊慌的是戴棒球帽的男子已经不在长凳上了。他已经穿过街道跟在克韦什身后。

他在跟踪我!克韦什加快了脚步,呼吸也越来越急促。他不知道离开家是不是个严重的错误。

巴尔德斯皮诺劝我待在家里!我到底该相信谁?

克韦什曾打算等巴尔德斯皮诺的手下来护送他去马德里,但那个电话改变了一切。怀疑的种子一旦埋下,马上就会生根发芽。

电话里的女人警告他说:主教派来的人不是护送你的,而是要除掉你——就像除掉赛义德·法德尔那样。接着她还拿出有力的证据,克韦什只好落荒而逃。

现在克韦什行色匆匆地赶往教堂,但他担心自己根本无法安全到达。戴棒球帽的男子仍然跟在他的身后,离他有五十米左右的距离。

突然刺耳的刹车声划破了夜空,把克韦什吓了一跳。他立即意识到那是一辆公交车在前面站点停车的声音,这让他喜出望外。克韦什赶忙朝公交车冲过去,推搡着挤上了车。此刻他觉得这辆车就是上帝派来救他的。公交车里塞满了喧闹的大学生,其中两个很有礼貌地在车厢的前部给克韦什让了个座。

"谢谢。"① 克韦什气喘吁吁地说道。

还没等公交车开走,身穿牛仔裤、头戴棒球帽的男子快步赶了上来,在最后一刻上了车。

克韦什一下子愣住了。可是男子从他身边挤了过去,连看都没看他一眼,然后在后面找了个位子坐下。通过前挡风玻璃的反射,拉比看见男子又埋头摆弄起手机来,显然是在玩电子游戏。

耶胡达,别疑神疑鬼了!他自责道。他对你不感兴趣。

公交车到达烟草街站后,克韦什满怀渴望地看着只有几个街区远的教堂尖塔,但他不能离开这虽然拥挤但很安全的公交车。

如果我下了车,那人再跟踪我……

克韦什继续坐在座位上,他觉得在人堆里可能会更安全些。我就在公交车上坐着喘口气吧!他心想。不过他现在多么希望能在仓促离家前上趟厕所啊。

几分钟后,公交车驶离了烟草街。这时克韦什才意识到,他的计划有个致命的漏洞。

今天可是周六,而且乘客都是年轻人。

他意识到,车上所有人几乎都会在同一个站点下车——还有一站就到布达佩斯犹太区的中心了。

"二战"结束后,这个区域还是一片废墟。但现在这些年久失修的破烂建筑却成为全欧洲最具活力的酒吧聚集地——著名的"废墟"酒吧,藏身在破烂建筑里的时尚夜店。每逢周末,成群结队的学生和游客就会聚到这里举行派对。这里的仓库和旧房子在战争期间遭到了严重破坏,但现在却涂鸦遍地,重新安装了全新的音响系统,还装饰了五颜六色的彩灯和别具一格的艺术品。

果然到下一站公交车"吱嘎"一声停下后,所有的学生都鱼贯而出。可是戴棒球帽子的男子仍坐在后面神情专注地玩着手机。直觉告诉克韦什要赶紧下车,于是他吃力地站起身,急忙穿过过道下了车,

---

① 原文为匈牙利语。

然后一头钻进大街上成群结队的学生当中。

公交车轰起油门刚要开走,又突然停了下来。车门打开后,最后一名乘客——戴棒球帽的男子也下了车。克韦什再次感到自己的心跳加快。然而男子这次连看都没看他一眼。他背对着人群迈着轻快的脚步,朝另一个方向走了,一边走还一边打着电话。

别胡思乱想了!克韦什告诫自己,努力安下心来。

公交车开走了,这群学生马上顺着大街朝酒吧走去。为了安全起见,克韦什会尽可能和他们待在一起,然后再冷不丁地离开,走回教堂。

这里离教堂只有几个街区。这时他已经顾不上双腿沉重、内急难忍了。

废墟酒吧人满为患,纵情喧闹的客人都已经挤满大街。到处充斥着活力四射的电声音乐,空气中弥漫着浓烈的啤酒味,还混杂着索皮亚纳香烟的臭味和烟囱蛋糕的香甜味。

走到一个街角附近时,克韦什仍有一种奇怪的感觉,总觉得有人在监视自己。他放慢了脚步,又偷偷往身后扫了一眼。谢天谢地!身穿牛仔裤、头戴棒球帽的男子不见了。

在一个漆黑的入口处,有个人影猫在那里一动不动足足有十秒钟,然后才小心翼翼地从暗影里探出脑袋朝拐角瞄去。

老家伙,想得倒美!他一边庆幸自己躲过了克韦什的回头一瞥,一边心想。

男子又摸了摸口袋里的注射器,然后走出阴影,正了正棒球帽,匆匆朝目标追了上去。

第 41 章

皇家卫队指挥官迭戈·加尔萨手里紧紧抓着莫妮卡·马丁的平板

电脑，以百米冲刺的速度朝楼上王室公寓狂奔而去。

电脑里有一段电话录音——是一个叫耶胡达·克韦什的匈牙利拉比和一个网络举报人之间的对话。录音内容触目惊心，让加尔萨指挥官也束手无策。

举报人声称巴尔德斯皮诺策划了这桩谋杀案。加尔萨明白，一旦录音被公开，无论巴尔德斯皮诺是否真的牵涉其中，他都将名誉扫地。

我必须提醒王子，免得他受牵连。

这件事曝光前，必须把巴尔德斯皮诺赶出皇宫。

在政治上，直觉就是一切——公平也好，不公平也罢，摇唇鼓舌的这帮人定会把巴尔德斯皮诺送上绞刑架。显然绝不能让人看见今晚王子和主教在一起。

公关协调人莫妮卡·马丁强烈建议加尔萨让王子马上发表一份声明，不然的话，就有可能被误认为是同谋共犯。

她说得没错。加尔萨明白。必须让胡利安上电视。马上。

加尔萨跑上楼梯，然后沿着走廊上气不接下气地朝胡利安的公寓跑去，一边跑一边还低头看了一眼手里的电脑。

除了佛朗哥文身和拉比的通话录音，解密网马上要披露的信息显然还有一项内容，也是最重要的内容——用马丁的话说，这是曝光内容中最具煽动性的。

她称之为数据星群——就是把一些随机、不相干的数据或者似是而非的东西拼凑在一起，阴谋论者再对其加以分析和串连，并赋予一定的意义，建立某种潜在的"星群"。

他们比那些相信星座的傻瓜好不到哪里去！他气得心里直冒烟。星星的排列本来就没有什么规则，非得臆造出一些乱七八糟的动物形状！

不幸的是，加尔萨手里拿着的电脑上显示，解密网的数据点被连接成了一个特别的星座，但在王室的眼中，它就不是那么美了。

🌐 解密网

埃德蒙·基尔希被暗杀
迄今为止我们所掌握的数据

- 埃德蒙·基尔希曾向三位宗教领袖通报过他的科学发现——他们分别是安东尼奥·巴尔德斯皮诺主教、阿拉玛赛义德·法德尔,以及耶胡达·克韦什拉比。

- 埃德蒙·基尔希和赛义德·法德尔都已丧命,耶胡达·克韦什家中的电话无人接听,貌似已经失联。

- 巴尔德斯皮诺主教还活得好好的,有人最后一次看见他时,他正穿过广场往皇宫走去。

- 刺杀埃德蒙·基尔希的人的身份已经确定,是海军上将路易斯·阿维拉。他的文身说明他和极端保守的佛朗哥分子有瓜葛。(巴尔德斯皮诺主教——众所周知的保守派——也是佛朗哥分子吗?)

- 最后一点,据古根海姆博物馆内部人士透露,埃德蒙·基尔希发布会的宾客名单本已锁定,然而杀手路易斯·阿维拉的名字是应一位皇宫内部人士的要求,在最后时刻才加上去的。(当场答应该要求的人正是未来的王后安布拉·维达尔)

平民监督人 monte@iglesia.org 对本事件的报道做出了巨大贡献,解密网在此表示衷心感谢。

monte@iglesia.org ?

加尔萨已经断定这个邮件地址是假冒的。iglesia.org 是西班牙一个著名福音派天主教团体的域名。这个在线社区的用户有牧师、教友和学者,他们都笃信基督教教义。该报料人似乎冒用了这个域名。这样一来,这些信息看上去就像是来自 iglesia.org 网站了。

确实高明!加尔萨心想。但他也清楚,巴尔德斯皮诺主教深受支持这个网站的那些虔诚的基督徒的崇拜。加尔萨想知道这位在线"投稿人"和打电话给拉比的那个知情人是不是同一个人。

加尔萨来到王子的门口，他不知道该如何把这个坏消息告诉王子。这一天开始的时候，一切都很正常。突然间皇宫好像跟幽灵发生了战争。一个名为 Monte 的匿名报料人？数据星群？更糟糕的是，加尔萨对安布拉·维达尔和罗伯特·兰登的情况仍然一无所知。

如果安布拉今晚胆大妄为的举动被媒体知道了，那就麻烦了。

加尔萨门也没敲就直接进了房间。"胡利安王子？"他边急匆匆地朝客厅走去边叫道，"我需要单独跟你谈一谈。"

加尔萨走进客厅，却突然停住了脚步。

客厅里空无一人。

"唐胡利安？"他叫着朝厨房跑去，"巴尔德斯皮诺主教？"

加尔萨找遍了整个公寓，没有发现王子和巴尔德斯皮诺的影子。

他立刻拨打王子的手机，却惊讶地听到房间里响起了铃声。铃声虽然很小，但仍能听见，是从房间的某个地方发出来的。加尔萨又叫了一声王子，仔细寻找那低沉的铃声来自哪里。这时他发现声音是从墙上的一幅小画后面传来的，他知道房间的壁式保险柜就在那儿。

胡利安把手机锁到保险柜里了？

加尔萨觉得难以置信，在今晚这种时候及时联络如此重要，王子怎么会把手机丢在这儿呢？

他们究竟去哪儿了？

加尔萨又拨打巴尔德斯皮诺的手机，希望主教能接听电话。可是令他吃惊的是，保险柜里又传出了另一个沉闷的铃声。

巴尔德斯皮诺的手机也在保险柜里？

加尔萨瞠目结舌，惊恐万状，一下子冲出了房间。在接下来的几分钟里，他在走廊里边跑边喊，楼上楼下找了个遍。

他们不可能人间蒸发！

加尔萨终于停下脚步时已经气喘吁吁，他站在萨巴蒂尼花园那高雅宽大的楼梯下面，垂头丧气，手里的电脑也已经休眠了，但在漆黑的屏幕上，他看到屋顶壁画的倒影。

这真是个莫大的讽刺啊！壁画是贾昆托[①]的杰作——《西班牙保护下的宗教》。

第 42 章

湾流 G550 喷气式飞机上升到巡航高度时，罗伯特·兰登茫然地望着椭圆形舷窗外面梳理着自己的思绪。过去两个小时的经历真是跌宕起伏——眼见埃德蒙的演讲慢慢展开，他兴奋不已，然后又目睹了埃德蒙被残忍杀害，他感到撕心裂肺、胆战心惊。兰登越来越觉得埃德蒙的演讲充满了神秘色彩。

埃德蒙究竟发现了什么秘密？

我们从哪里来？我们要往哪里去？

今晚早些时候埃德蒙在螺旋体雕塑里说过的话又在兰登的脑海中回响起来：罗伯特，我的这个发现……很明确地回答了这两个问题。

埃德蒙声称已经解开了生命的最大谜团，但兰登困惑的是，埃德蒙的发现怎么可能有如此危险的颠覆性，以至于被灭口呢？

兰登唯一能肯定的是，埃德蒙所说的是人类的本源和人类的归宿。

埃德蒙发现的本源到底有多么骇人听闻？

归宿又有多么神秘莫测呢？

埃德蒙对未来好像很乐观，所以他的预言不太可能是世界末日之类的灾难。那么埃德蒙的预言到底是什么，为什么会让神职人员这么惶惶不可终日？

"罗伯特，"安布拉端着一杯热咖啡出现在他身旁，"你刚才是说要喝清咖啡吗？"

"是的，是的，谢谢你。"兰登感激地接过咖啡，希望喝点咖啡能

[①] 科拉多·贾昆托（Corrado Giaquinto，1703—1765），意大利画家，那不勒斯画派的代表画家。

帮自己理清混乱的思绪。

安布拉在他对面坐了下来，拿起一个精美雕花的酒瓶给自己倒了一杯红酒。"埃德蒙飞机上有很多玫瑰庄园①的葡萄酒。浪费了也可惜。"

这种酒兰登只喝过一次，是在都柏林圣三一学院②一个古老的秘密酒窖里喝的。当时他正在圣三一学院研究泥金装饰手抄本《凯尔经》③。

安布拉双手捧着高脚杯慢慢靠近嘴边。她透过杯沿凝视着兰登。兰登再次莫名地被这个女人的天生丽质给迷住了。

"我一直在想，"安布拉说，"你此前说埃德蒙去过波士顿，向你咨询神创论的种种传说？"

"是的，大概是一年前的事。他感兴趣的是各大宗教如何回应'我们从哪里来'这个问题。"

"那我们就从这个问题着手怎么样？"她说，"也许我们能弄清楚他在干什么？"

"我同意从头开始，"兰登回答道，"但我不知道我们要弄清楚什么。对'我们从哪里来'这个问题，只有两种观点——上帝造人的宗教观和达尔文的进化论。达尔文认为人类源自原生汤④，并最终进化成人。"

"那么，如果埃德蒙发现了第三种可能性呢？"安布拉问道，棕色的眼眸闪烁着光芒，"如果这只是他发现的一部分呢？如果他已经证明人类既不来自亚当和夏娃，也不来自达尔文的生物进化呢？"

兰登必须承认，这样一个发现——人类本源的另一套说法——一

---

① 玫瑰庄园（Château Montrose），法国知名红酒品牌。
② 都柏林圣三一学院（Trinity College Dublin），爱尔兰最古老的大学。
③ 《凯尔经》（Book of Kells），亦译为《凯兰书卷》，是早期平面设计的范例之一，约公元 800 年左右由苏格兰西部爱奥那岛上的僧侣凯尔特修士绘制。
④ 原生汤（primordial soup），生物学家认为，在地球历史的初期，表面开始积聚水分时，因为闪电、火山、小行星活动频繁，很多简单的无机分子发生化学反应生成复杂的分子，甚至是核酸、氨基酸类的有机物。这些有机物溶解于早期的"海洋"中，形成有机物富集的水溶性体系。这个体系就被称为原生汤。

定会惊天动地,但他实在想不出第三种可能会是什么。"达尔文的进化理论非常成熟,"他说,"因为这一理论完全建立在科学观察之上,并且清楚地阐述了生物如何逐渐进化并适应环境。科学界普遍认可这一理论。"

"真的吗?"安布拉说道,"我读过的几本书就认为达尔文大错特错。"

"她说得没错。"放在两人中间桌子上充电的手机里传来了温斯顿的声音,"仅仅在过去的二十年里,这类书籍就出版了五十多部。"

兰登都忘了温斯顿一直处在跟他们通话的状态。

"有些书还很畅销,"温斯顿接着说道,"《达尔文错在哪里》……《击败达尔文主义》……《达尔文的黑匣子》……《审判达尔文》……《查尔斯·达尔文的阴暗面》。"

"没错。"兰登打断了温斯顿的话,他很清楚批评达尔文的著述有很多,"其实,不久前我就读过两本。"

"结果呢?"安布拉追问道。

兰登礼貌地笑了笑。"嗯,其他书我不敢说,但我看过的那两本基本上还是从基督教的观点批评达尔文的。其中一本居然说地球上的化石是上帝放在那里'考验我们的信仰'的。"

安布拉眉头紧锁。"这么说,那些书根本就没能动摇你的想法。"

"没有,但我很好奇,所以我咨询了哈佛大学的一位生物学教授,了解他对这些书的看法。"兰登笑了笑,"那位教授,顺便提一下,就是已故的史蒂芬·杰伊·古尔德[①]。"

"这个名字听上去怎么这么耳熟呀?"安布拉问道。

"史蒂芬·杰伊·古尔德,"温斯顿马上回答道,"是著名的进化生物学家和古生物学家。他的'间断平衡'理论解释了化石记录上的空白,进一步证实了达尔文的进化论。"

[①] 史蒂芬·杰伊·古尔德(Stephen Jay Gould,1941—2002),美国古生物学家、进化生物学家、科学史学家与科普作家。

"古尔德只是呵呵一笑，"兰登说道，"然后告诉我大多数反达尔文的书籍都是由神创论研究所①之类的组织出版的。有资料显示，神创论研究所把《圣经》作为历史及科学教科书，认为《圣经》是绝对可靠的。"

"就是说，"温斯顿说道，"他们相信燃烧的荆棘②会说话，诺亚把所有生物物种都装上了方舟③，而且人会变成盐柱④。对一家搞科学研究的机构来说，用这些论点是靠不住的。"

"是的，"兰登说，"不过也有一些非宗教书籍试图从历史的角度来诋毁达尔文——指责他剽窃法国博物学家让-巴蒂斯特·拉马克⑤的理论。拉马克是第一个提出生物为了适应环境会改变自己的人。"

"教授，这太风马牛不相及了。"温斯顿说道，"达尔文剽窃与否和他的进化论是否准确没有什么关系。"

"我同意这个看法。"安布拉说道，"罗伯特，我猜如果你问古尔德教授'我们从哪里来？'这个问题，他的回答肯定是，我们是从猿猴进化来的。"

兰登点了点头。"我现在是在转述古尔德的看法，但他的确向我保证，真正的科学家丝毫不会怀疑进化时时刻刻都在发生着。在现实生活中我们都可以观察到进化的过程。他认为更值得探讨的问题是：进化为什么正在发生？进化又是如何开始的？"

"他告诉你答案了吗？"安布拉问道。

"他解释了我也听不懂，但他倒是用一个思维实验⑥阐述了他的观

---

① 神创论研究所（Institute for Creation Research），位于美国得克萨斯州达拉斯。
② 出自《圣经·旧约·出埃及记》。神在燃烧的荆棘中向摩西说话。
③ 因此出自《圣经·旧约·创世记》。诺亚按上帝意志建造方舟，他和家人以及世界上的各种陆上生物躲过了一场大洪水。
④ 出自《圣经·旧约·创世记》。罗德带领妻儿从索多玛逃到琐珥，又从琐珥往山上逃的时候，罗德的妻子回头看了一眼，结果变成盐柱。
⑤ 让-巴蒂斯特·拉马克（Jean-Baptiste Lamarck，1744—1829），法国人，1809年发表了《动物哲学》一书，系统地阐述了进化论，即通常所称的拉马克学说。达尔文在《物种起源》一书中多次引用拉马克的著作。
⑥ 思维实验（thought experiment），使用想象力进行的实验，所做的都是在现实中无法做到的实验。例如，爱因斯坦有关相对运动的著名思维实验。

点。这就是所谓的'无限走廊'实验。"兰登停下喝了一小口咖啡。

"嗯,这个解释倒还说得过去。"没等兰登说完温斯顿就接上话了,"'无限走廊'实验说的是:设想你走在一个走廊里——走廊很长,你既不知道自己是从哪里走来的,也不知道自己会走到哪里去。"

兰登点了点头,对温斯顿渊博的知识很是佩服。

"然后在你背后很远的地方,"温斯顿继续解释道,"你听到一个弹力球的声音。当你转过身时,你看到一个弹力球蹦着朝你滚过来。球越蹦越近从你身边过去,然后一直往前越蹦越远,最后淡出了你的视线。"

"说得没错。"兰登说道,"但问题不是球在蹦吗?因为很明显,球是在蹦。我们可以看得到。问题是球为什么会蹦?它是怎么开始蹦的?是有人踢的?还是它很特别,就是喜欢蹦?或者说是因为走廊的物理定律使然,球只能一直蹦下去?"

"古尔德的意思是,"温斯顿说道,"就像进化一样,我们看不到足够遥远的过去,搞不清楚这个过程是怎么开始的。"

"没错,"兰登说道,"我们所能做的是观察正在发生的进化。"

"这就跟理解宇宙大爆炸① 有点类似。"温斯顿说,"宇宙学家们设计出了成熟的公式,来描述过去或未来某个特定时间 T 的宇宙扩张。但当他们回看'宇宙大爆炸'那一瞬间,即 T 等于零时,所有的数学运算都派不上用场了,就好像是在描述一个拥有无限热量和无限密度的神秘斑点。"

兰登和安布拉对视了一眼,对温斯顿很是钦佩。

"你又说对了,"兰登说道,"因为人脑没法很好地驾驭'无限'这个概念,所以现在大多数科学家谈论宇宙时,都是从'宇宙大爆炸'之后的某一刻——T 大于零的某一时刻——着手,这样就可以确保数学不会成为玄学。"

---

① 宇宙大爆炸(the Big Bang),一种关于宇宙起源的假说,是根据天文观测研究后得出的一种设想。

兰登在哈佛的一个同事——一位严谨的物理学教授——对哲学专业的学生来蹭他的《宇宙的本源》研讨课不胜其烦，最终不得已在教室门口贴了一张告示。

在我的课上，$T > 0$
如果你的困惑是 $T = 0$
请去宗教系。

"那么，泛种论①呢？"温斯顿问道，"泛种论认为地球上的生命是由流星或者宇宙尘埃散播繁衍的，你们觉得有道理吗？从科学的角度来看，用泛种论解释地球生命的存在是完全可行的。"

"即便泛种论是正确的，"兰登提出，"那也没有解答生命最初是如何在宇宙中产生的问题。我们还是在回避问题，忽略了弹力球到底源于何处，把'生命是哪里来的'这个问题延后了而已。"

温斯顿陷入了沉默。

安布拉一边抿着红酒，一边饶有兴致地看着他俩你来我往。

湾流 G550 飞机爬到飞行高度后开始平飞，此时兰登不知不觉地开始了想象，如果埃德蒙真的找到了"我们从哪里来"这个古老问题的答案，那对整个世界来说会意味着什么。

按照埃德蒙自己的说法，这个问题的答案只不过是他的秘密的一部分而已。

不管真相是什么，埃德蒙的发现是用一个强大的密码——有四十七个字母的一行诗——保护着的。如果一切按计划进行的话，兰登和安布拉将很快在埃德蒙巴塞罗那的家中找到密码。

---

① 泛种论（Panspermia），或称胚种论、宇宙撒种说，是一种假说，猜想各种形态的微生物存在于全宇宙，并借助流星、小行星与彗星散播繁衍。泛种论只说明了维持生命存续的可能，并未解释生命的本源。

第 43 章

暗网自问世以来,已经有近十年的时间了,但对绝大多数网络用户来说仍然是个谜。暗网是互联网世界邪恶的虚拟空间,传统的搜索引擎根本无法触及。暗网可以匿名访问,提供的非法商品及服务种类繁多,令人眼花缭乱。

暗网起步时很不起眼,仅运营一家名为丝之路的网站——第一个贩卖毒品的网络黑市,现在已发展成一个涵盖各种非法交易的庞大网络。这些非法交易包括枪支贩卖、儿童色情、政治秘密,甚至还包括招妓,雇用黑客、间谍、恐怖分子和刺客等业务。

暗网每周的交易量多达几百万笔,而今晚在布达佩斯的废墟酒吧外,一桩交易马上就要完成了。

头戴棒球帽、身穿蓝色牛仔裤的男子正沿着考津齐街,躲在阴影里悄无声息地跟踪着自己的猎物。过去几年中,这样的任务一直是他赖以谋生的手段,为他牵线搭桥的都是众所周知的几个网站——无情解决方案、杀手网络,以及大黑手党[1]。

雇佣杀手这个行当,交易金额高达数十亿美元,而且每天都在增加。究其原因,主要是暗网的交易都是匿名的,并且使用比特币支付,根本无法跟踪。被谋杀的对象大多涉嫌保险诈骗、生意场关系恶化或者婚姻关系紧张等,但对杀手来说,他们从不在乎杀人的理由是什么。

眼前的这个杀手心想,装聋作哑,不问理由,这是我们这一行不成文的规矩。

---

[1] 无情解决方案(Unfriendly Solution)、杀手网络(Hitman Network)以及大黑手党(Besa Mafia)都是暗网的杀手网络。

今晚的活是他几天前接的。一个匿名雇主出价十五万欧元，让他盯梢一个老拉比，而且要"随时待命"，以便采取行动。所谓的"行动"，就是闯进目标家中，给他注射氯化钾把他弄死，但要让死因从表面上看是心脏病发作。

今晚拉比却莫名其妙地在半夜三更离开家坐上公交车，来到一个破旧不堪的地方。职业杀手一直跟着他，并通过手机的加密覆盖程序向雇主通报最新情况。

目标已出家门。前往酒吧区。
可能去跟谁见面？

他立即收到了雇主的回复。

动手。

此刻在废墟酒吧区黑暗的巷道里，一开始的盯梢已经变成了一出猫捉老鼠的死亡游戏。

耶胡达·克韦什走到考津齐街时已经是汗流浃背、上气不接下气。气喘吁吁的他感觉自己已经老化的膀胱都快被撑破了。

我得赶紧上个厕所，稍微松口气才行。他心想着，不知不觉地在人头攒动的简单花园酒吧门外停下了脚步。简单花园酒吧是布达佩斯最大、最知名的废墟酒吧之一，来这里的顾客可谓形形色色、三教九流，根本没有人会正眼去看老拉比。

我得停一停，歇一歇脚。他打定主意，朝酒吧走去。

简单花园酒吧以前是一处气派的石造府邸，楼台造型典雅，高窗玲珑明净，但现在只剩下破烂不堪的空架子了，而且涂鸦遍地。克韦什穿过这座昔日豪华府邸的门廊，经过一道门时发现门板上刻着一串神秘字符：**EGG-ESH-AY-GED-REH!**

他看了好一会儿才明白，其实字符没什么神秘的，不过是匈牙利语 egészségedre 的音标而已，意思是"干杯"。

进去之后，克韦什盯着酒吧里洞穴般的室内摆设，简直不敢相信自己的眼睛。这处废弃老宅里面是个乱糟糟的庭院，庭院里到处装饰着稀奇古怪的玩意儿——一个浴缸做成的沙发、在半空中骑自行车的人体模型，还有一辆被掏空了充当顾客临时座位的东德特拉贝特[①]轿车。这些东西克韦什一辈子都没有见过。

庭院周围是高墙，墙上是形形色色的涂鸦，还装饰着苏联时期的海报和古典雕塑。室内阳台上散垂着各种植物。酒吧里挤满了顾客，许多人在随着震耳欲聋的音乐摇摆起舞。空气中弥漫着香烟和啤酒的味道。一些青年男女旁若无人地当众热吻，有的则躲在不起眼的地方，一边拿着小管子抽烟，一边喝着在匈牙利广受欢迎的瓶装巴林卡水果白兰地。

上帝创造的世界万物中人类至尊至贵。尽管如此，就本性而言人类仍然是动物，人的行为在很大程度上也被物质享受所驱使。克韦什一直都觉得这是个莫大的讽刺。我们既要追求肉体的满足，也希望灵魂能得到慰藉。克韦什花了很多时间去规劝过分纵情于感官之欲——主要是贪食和色欲——的那些人，但随着网络成瘾及廉价合成毒品的出现，他的工作也一天比一天更具挑战性。

现在唯一能给克韦什带来肉体满足的是一间厕所，所以当看到前面还有十几个人在排队等候时，他大失所望。他实在憋不住了，便轻手轻脚地上了楼——有人告诉他二楼有很多洗手间。拉比在二楼穿过若干客厅和卧室。这些房间都紧挨着，像迷宫一样，每个房间都有小吧台或者座位间。他问一个酒吧伙计厕所在哪里，伙计指了指远处的一个走廊。显然只有通过阳台过道才能过去，而在过道上正好可以俯瞰整个院子。

克韦什赶紧朝阳台走去，他手扶着栏杆往前走。行走之中，他不

[①] 特拉贝特（Trabant），前德意志民主共和国（东德）的汽车品牌。

经意地往下看了一眼，院子里人头攒动，一帮年轻人正随着音乐的节奏摇摆着。

突然克韦什被看到的一幕惊呆了。

他猛然止步，浑身顿时凉了半截。

人群中，头戴棒球帽、身穿牛仔裤的男子正抬头看着他。在短暂的一瞬间两人对视了一下。紧接着，那人就像捕食的猎豹一样，身手敏捷地挤过人群冲上楼梯。

杀手跃上楼梯，仔细观察着从他身旁经过的每一个人。显然他对简单花园酒吧很熟悉，所以马上来到阳台他的目标刚才站的位置。

拉比不见了。

杀手心想，我没碰见你，这就说明你往里走了。

杀手抬起头注视着前面漆黑的走廊，面露喜色，因为他已经猜到目标藏身的地方了。

走廊很窄，而且充满了尿骚味。在走廊的尽头，是一扇已经变了形的木门。

杀手"咚咚"穿过走廊，然后"砰砰"敲门。

无人应答。

他又敲了敲门。

里面一个低沉的声音嘟囔了一句："有人。"

"请原谅！①"杀手连忙道歉，言语间透着一股高兴劲儿，转身离开时还故意弄出很大的动静。接着他悄悄折回到门口，把耳朵贴在门上。他听见拉比在厕所里用匈牙利语绝望地小声说：

"有人要杀我！他之前在我家门外！现在他把我困在布达佩斯的简单花园酒吧里！求求你们！赶紧派人来救我！"

显然他的暗杀对象拨打了112——布达佩斯的911。布达佩斯警方出警慢是出了名的，但听到这些话，对于杀手来说已经足够了。

---

① 原文为匈牙利语。

他朝身后看了一下，确认四下无人后，便往后一撤身，在震耳欲聋的音乐掩护下，用他强壮的肩膀对准木门猛撞过去。

只撞了一下，老式蝴蝶插销便被撞开了。木门"砰"一声弹开。杀手踏进厕所关上门，盯着眼前的猎物。

拉比蜷缩在角落里，既惊恐万状，又束手无策。

杀手一把夺过拉比的手机，挂断电话，把手机丢进了马桶。

"谁……谁派你来的？"拉比结结巴巴地说。

"干我这一行有个好处，"杀手回答道，"那就是我根本就不知道谁想杀你。"

此刻拉比气喘如牛，浑身直冒冷汗。突然他双眼外凸，双手抓挠胸口，开始上气不接下气起来。

不会吧？杀手面带微笑心想。他心脏病发作了？

拉比的身体乱扭着，脸憋得通红，眼睛里透出乞求的目光，两手还一边抓挠脖子一边抓挠胸口。最后他倒在脏兮兮的地上，脸贴在瓷砖上浑身颤抖。他裤子湿了，地上淌过一股尿流。

终于，拉比一动不动了。

杀手蹲下来听他还有没有呼吸。一点儿气息都没有了。

随后他站起身来得意地笑了。"碰到你这样的，我的活就好干多了。"

说完杀手便大踏步朝门口走去。

克韦什拼命憋住气。

他演了一出这辈子从没演过的戏。

克韦什一动不动地躺在地上，听着杀手的脚步声穿过卫生间往外走去。这时他已经恍恍惚惚快不省人事了。只听外面门"吱呀"一声开了，又"咔嗒"一声关上。

然后没有动静了。

克韦什强迫自己又憋了几秒钟，确保杀手走远一点儿。之后他再也憋不住了，吐出一口气，接着就深呼吸起来。这个时候，就连卫生间的臭味闻起来都是上天的恩赐。

他慢慢睁开双眼，但因为缺氧视线有点模糊。他颤颤巍巍地抬起头，等视线慢慢清晰起来。可是让他感到不解的是，在紧闭的门里面竟然还有一个黑影。

戴棒球帽的男子正低头看着他笑呢。

克韦什一下子愣住了。他根本就没离开厕所。

杀手向前两大步，老鹰抓小鸡似的卡住克韦什的脖子，猛地把他的脸摁到地上。

"你可以不喘气，"杀手怒吼道，"但你没法让心脏也停止跳动。"他哈哈笑了起来，"不用担心，我可以帮你。"

不一会儿，克韦什感到脖子一阵灼热，好像有什么东西流了进来。这股灼热的火似乎流进了他的喉咙，冲上了他的脑袋。这一次他的心脏真的停止了跳动，他知道自己在劫难逃了。

拉比耶胡达·克韦什大半辈子都在研究神秘的天堂[①]——神以及良善之人死后的居所，他知道所有的答案只不过是心跳与不跳的距离。

第 44 章

湾流 G550 飞机宽敞的洗手间里，安布拉·维达尔独自站在洗手盆前，任凭温水轻柔地从指间流过。她凝视着镜子，几乎认不出镜中的自己了。

我都做了些什么呀？

她又喝了一小口葡萄酒，回想起几个月前那些安静的日子——默默无闻，独自生活，整天忙于博物馆的工作。但现在所有这一切都成

---

① 原文为希伯来语。

了过眼云烟。从胡利安向她求婚那一刻起，那样的生活就一去不复返了。

不，她责备起自己来，是从你答应他的求婚之后才一去不复返的。

虽然还没完全摆脱今晚的谋杀带给她的恐惧，但她已经开始理性地思考谋杀可能给她带来的可怕后果。

是我把杀害埃德蒙的凶手请进博物馆的。

皇宫里有人给我设了圈套。

现在我知道的太多了。

没有证据证明胡利安王子是这次血腥暗杀的幕后黑手，甚至也没有证据证明他知道暗杀计划。但安布拉怀疑，即便王子没有授意，他也是知情的，要不然这一切肯定不会发生。皇宫里的那点事她已经见识得多了。

我跟胡利安说的太多了。

最近几个星期，因为未婚夫是个醋坛子，安布拉越来越觉得有必要把他们不在一起时的分分秒秒都跟他解释清楚，所以私下里她对胡利安说了很多关于埃德蒙发布会的情况。现在她觉得，自己那么坦诚简直是鲁莽。

安布拉关上水龙头擦了擦手，拿过酒杯一口干了。眼前的镜子里她看到的是一个陌生人——一个曾经非常自信的职业女性，现在心里却充满了无限的悔恨和愧疚。

短短几个月我就犯了这么多错误……

她的脑海里浮现出一幕幕情景。她幻想着如果能重新选择结果会怎样。四个月前的一个雨夜，安布拉正在马德里出席雷纳索菲亚现代艺术博物馆[1]的筹款活动……

大部分宾客都到 206.06 展厅观看博物馆最著名的作品——《格

---

[1] 雷纳索菲亚现代艺术博物馆（Reina Sofía Museum of Modern Art），又称索菲亚王后博物馆，是西班牙国家博物馆，主要收藏 20 世纪的艺术品。

尔尼卡》①。这幅毕加索的作品长达二十五英尺，表现的是西班牙内战期间巴斯克一个小城所遭受的骇人听闻的轰炸。安布拉觉得这幅画令人痛心，根本无法直视，因为它栩栩如生地提醒着人们，法西斯独裁者弗朗西斯科·佛朗哥在 1939 年到 1975 年间对西班牙人民犯下过滔天罪行。

她独自走进一个安静的展厅，去欣赏她最喜欢的西班牙画家之一马鲁若·马洛②的作品。这位来自加利西亚的超现实主义女艺术家在二十世纪三十年代取得了非凡的成就，打破了西班牙限制女艺术家发展的天花板。

安布拉独自站在那儿欣赏着《市场》——一幅充满复杂象征意义的政治讽刺画。这时她身后传来一个低沉的声音。

"你比这幅画还要漂亮。"③那人说道。

说什么呢？安布拉目视前方眼睛都懒得动一下。在此类活动中，博物馆有时让人感觉不像是文化中心，反而更像个低俗的酒吧。

"你觉得这幅画要表达什么？"④她身后的声音又接着问道。

"不知道。"她敷衍道，希望通过说英语让那人知难而退，"我就是喜欢。"

"我也很喜欢，"那人用近乎纯正的英语回答道，"马洛超越了她的那个时代。让人痛心的是，对那些不懂欣赏的人来说这幅画表面的美掩盖了它的内涵。"他停顿了一下，接着说，"我想像你这样的女性，肯定也经常碰到这样的问题吧。"

安布拉哼了一声。对女性说这种话真的管用吗？她脸上挂着礼貌的笑容转过身去，想把那人打发走。"先生，您这话真是过奖了，可是——"

---

① 《格尔尼卡》(Guernica)，毕加索最著名的绘画作品之一。西班牙内战时期，纳粹德国受弗朗西斯科·佛朗哥之邀，对西班牙共和国所辖的格尔尼卡城进行了人类历史上第一次地毯式轰炸。当时毕加索受西班牙共和国政府委托，为巴黎世界博览会的西班牙展区画一幅装饰画，从而催生了这幅伟大的立体派艺术作品。作品描绘了经受炸弹蹂躏之后的格尔尼卡城。
② 马鲁若·马洛（Maruja Mallo，1902—1995），西班牙画家。
③④ 原文为西班牙语。

安布拉·维达尔话说到一半就愣住了。

眼前的男子是她经常在电视和杂志上看到的人。

"哦，"安布拉结结巴巴地说，"您……"

"很唐突？"英俊的男子试探着说道，"自讨没趣？很抱歉，我一直都被别人呵护着长大，不是很擅长夸女人。"他面带着微笑礼貌地伸出手来说，"我叫胡利安。"

"我想我知道您是谁。"跟未来的西班牙国王胡利安王子握手时，安布拉的脸都红了。他远比她想象的高大，而且眼神很温柔，笑容里充满了自信。"我不知道您今晚也会来这儿。"她接着说道，并很快恢复了镇静。"我原以为您会更喜欢普拉多博物馆的藏品——比如戈雅、委拉斯开兹……那些传统画家的作品。"

"你是说我很保守、老掉牙喽？"他热情地笑着说道，"我觉得你把我和我父亲混为一谈了。马洛和米罗一直都是我最喜欢的艺术家。"

安布拉和王子聊了几分钟。他对艺术非常精通，这让她刮目相看。再说他从小在马德里皇宫长大，皇宫里有西班牙顶级的艺术藏品，说不定他小时候儿童房里都挂着埃尔·格列柯①的真迹呢。

"我知道我这么做有点冒昧，"王子一边说一边递给她一张镀金名片，"可我很想邀请你跟我一起参加明天晚上的一个宴会。名片上有我的直线号码。愿意来的话跟我说一声。"

"请我参加宴会？"安布拉戏谑地说，"你连我叫什么都不知道呢。"

"安布拉·维达尔，"王子一字一顿地回答道，"今年三十九岁。萨拉曼卡大学②艺术史系毕业。你是毕尔巴鄂古根海姆博物馆的馆长。最近公开评论过路易斯·奎尔斯③这类有争议的画家。你说他的作品用画面反映了现代生活的种种恐惧，不适合少年儿童欣

---

① 埃尔·格列柯（El Greco, 1541—1614），希腊裔西班牙宗教画家。
② 萨拉曼卡大学（Universidad de Salamanca），坐落于马德里西部的萨拉曼卡市，创建于1134年，是西班牙最古老的大学，也是世界上历史最悠久的几所高等学府之一。
③ 路易斯·奎尔斯（Luis Quiles），西班牙艺术家，以创作讽刺意味的卡通插画著称。

赏。这两点我很赞同。但是你说他的作品风格类似于班克斯①，这点我不太赞同。你没结过婚。你没有孩子。还有你穿黑色的衣服非常漂亮。"

安布拉目瞪口呆。"我的天哪。您这样跟人搭讪有用吗？"

"我也不知道。"他微笑着说道，"不过，我觉得我们可以拭目以待。"

就在这个时候两位皇家卫队特工出现了，他们带着王子去和那些贵宾应酬了。

安布拉手里紧紧攥着名片，心中荡起了好多年都没出现过的涟漪，有种心花怒放的感觉。王子刚才真的是在约我吗？

少女时期的安布拉身材瘦长，约她出去的男孩子都没觉得她高他们一等。但是后来，当她的美丽容颜绽放以后，安布拉突然发现男人在她面前都变得局促不安，不知所措，而且对她毕恭毕敬起来。然而今晚一位气场强大的男子大胆走到她面前，完全占据了上风。这让她有种小女人的感觉，而且是充满青春活力的小女人。

第二天晚上，一位司机来到安布拉入住的酒店，把她接到皇宫。一起参加晚宴的还有二十多个人，都是些社会名流和政治名人。王子让她坐在自己旁边。介绍的时候，王子称她是"可爱的新朋友"，接着便巧妙地引出了一个关于艺术的话题，好让安布拉跟大家有聊的话头。她有种莫名的感觉，觉得就像在相亲似的。但奇怪的是，她非但不介意，而且有种受宠若惊的感觉。

晚宴结束后，胡利安把她拉到一边低声说："你今晚还愉快吧？很想再见到你。"他微微一笑，"星期四晚上怎么样？"

"你的好意我领了。"安布拉说，"不过星期四一大早我要坐飞机回毕尔巴鄂。"

"那我也去。"他说，"你去过艾特克弩博餐厅吗？"

---

① 班克斯（Banksy，1974— ），英国涂鸦艺术家、政治活动家和电影导演。他将黑色幽默糅合到街头艺术和全新的讽刺技巧中，创造了一系列别具一格的艺术作品，被称为"涂鸦教父"。

安布拉笑了起来。艾特克弩博是毕尔巴鄂最让人神往的餐厅。这家餐厅是世界各地艺术爱好者的最爱,以装饰前卫、菜品丰盛而出名,在那里进餐就像身处马克·夏加尔①的风景画里一样。

"太好了!"她情不自禁地说道。

在艾特克弩博餐厅里,品尝着精美的烤金枪鱼和松露芦笋,胡利安打开了话匣子,说到了卧病在床的父亲,说到了他试图摆脱父亲影响时所面临的政治挑战,还说到了为延续王室血脉所承受的压力。安布拉发现,王子身上既有与世隔绝的小男孩身上的那种天真无邪,又有对国家满怀激情的领袖气质。这两种特质结合在一起,确实很让人着迷。

那天晚上,在保镖护送胡利安匆匆回到专机上时,安布拉知道自己已经被王子迷得神魂颠倒了。

你还不了解他,慢慢来。她提醒自己。

接下来的几个月过得飞快,安布拉和胡利安经常见面——要么在皇宫参加晚宴,要么在王子的乡间庄园里野餐,要么在午后一起看电影。两人情投意合,安布拉感觉从来没有这么开心过。胡利安既传统又很可爱,常常会牵她的手或者偷偷吻她一下,但从来没有过分的举动。安布拉对他良好的行为举止非常欣赏。

三个星期前一个阳光明媚的早上,安布拉要在马德里参加一档晨间电视节目,介绍古根海姆博物馆即将展出的展品。西班牙广播电视台的《每日新闻播报》②在全国有数百万受众,对于直播安布拉还是有点担心,但她知道在这里介绍博物馆会有很好的宣传效果。上节目的前一天晚上,她和胡利安在马拉特斯塔私家菜馆享受了一顿美味,然后又到丽池公园③逛了一圈。看着在户外散步的那些家庭,还有嬉笑跑闹的孩子,安布拉的心完全平静了下来,陶醉在眼前温馨的氛围

---

① 马克·夏加尔(Marc Chagall, 1887—1985),俄裔法国画家,以意象梦幻奇特且色彩靓丽的帆布油画闻名。
② 《每日新闻播报》(Telediario),西班牙电视台最具人气的电视新闻节目。
③ 丽池公园(El Parque del Retiro),马德里最著名的公园,17 世纪由菲利浦四世下令兴建,种植的植物超过 15000 株,园内有许多重要的纪念碑。

之中。

"你喜欢孩子?"胡利安问道。

"非常喜欢,"她诚实地回答道,"其实有时候我觉得,我这辈子唯一的缺憾就是没有孩子。"

胡利安笑逐颜开地说道:"我明白你的感受。"

就在那一刻,他看她的眼神不一样了。安布拉突然意识到胡利安为什么会问她这个问题。一阵恐惧袭来,她心里一个声音在大声说:告诉他!**现在就告诉他**!

她想说却什么都说不出来。

"你没事吧?"他很关切地问道。

安布拉微微一笑。"因为要上节目,有点儿紧张。"

"深呼吸。你肯定会表现得很棒。"

胡利安朝她灿烂地笑了笑,然后俯过身在她的嘴唇上轻轻吻了一下。

第二天早上七点半,安布拉坐进电视演播厅,与三位风趣的《每日新闻播报》主持人一起做了一档轻松愉快的直播访谈节目。她的心思完全放在自己热爱的古根海姆博物馆上了,几乎没注意到电视镜头和现场观众,心里也没去想有五百万观众正在家里观看这档节目。

"谢谢你,安布拉,你的介绍很有趣。"[①]访谈结束时女主持人最后说道,"很荣幸认识你。"[②]

安布拉点了点头表示感谢,然后等着访谈结束。

奇怪的是,女主持人对她妩媚地一笑,转身面对观众又继续主持起节目。"今天早上,"她开始用西班牙语说道,"一位非常特殊的嘉宾意外地来到我们的演播厅。现在有请。"

三位主持人都站了起来。随着掌声响起,一位身材高大、举止优雅的男子大步走上演播台。观众一看到他,都从座位上站起身,激动地欢呼起来。

---

①② 原文为西班牙语。

安布拉也站了起来，满脸惊愕。

胡利安？

胡利安王子朝观众挥了挥手，彬彬有礼地同三位主持人握手。然后他走到安布拉身旁，用一只手轻轻地搂住她。

"我父亲一直都追求浪漫。"他看着摄像机，面对观众用西班牙语说道，"我母亲去世后，他还一直深爱着她。我继承了父亲的浪漫基因，我相信一个人找到真爱的那一刻，是立刻就能感觉出来的。"他看着安布拉灿烂地笑着，"因此……"然后他往后退了两步，面对着她。

意识到马上会发生什么的时候，安布拉惶恐不安起来，根本无法相信眼前的一切。不！胡利安！你在干什么？

西班牙王子突然单膝跪在她面前。"安布拉·维达尔，我现在不是以一个王子的身份在请求你，而是以一个坠入爱河的男人的身份在请求你。"他抬起头眼含泪花看着她。这时摄像机也转了过来，给他来了一个面部特写。"我爱你。你愿意嫁给我吗？"

观众和主持人都激动地屏住了呼吸。安布拉突然感觉到全国几百万观众都在看着她，她的脸一下子红了，灯光照在身上都感觉滚烫滚烫的。她低头看着胡利安心狂跳不止，千般思绪涌上心头。

你怎么能把我推到这样的境地呢？！我们才认识不久！有些事情我还没来得及告诉你……而这些事情可能会改变一切！

安布拉不知道自己诚惶诚恐地在沉默中站了多久。最后主持人尴尬地笑了笑说："我相信维达尔女士感觉是在做梦呢！维达尔女士？英俊的王子正跪在你面前，面对整个世界表达他对您的爱呢！"

安布拉绞尽脑汁希望找个体面的方式下台，但脑子里一片空白。此刻她知道自己已经束手无策。结束眼前这个局面的方法只有一个。"我之所以犹豫，是因为我不敢相信会有这样一个童话般的幸福场面。"她双肩一沉，朝胡利安温柔地微笑着，"胡利安王子，我愿意嫁给你。"

演播厅里爆发出热烈的掌声。

胡利安站起身来把安布拉紧紧拥入怀中。这时她才意识到，两人虽然认识了这么久，还从来没有这样拥抱过。

十分钟后，他们坐上了胡利安的豪华专车。

"看得出我吓到你了。"胡利安说，"很抱歉。我希望能浪漫一点儿。我很爱你，而且——"

"胡利安，"安布拉立即打断了他的话，"我也很爱你，但刚才在演播室里你让我一点儿选择余地都没有！我从来没想过你会这么快就求婚！我们才认识不久。我还有很多事情要告诉你——关于我过去的一些很重要的事。"

"过去的事都不重要。"

"这件事很重要。非常重要。"

胡利安笑着摇了摇头。"我爱你，所以什么都不重要。不信可以说来听听。"

安布拉盯着眼前这个男人。那好吧。她从来没想过会这样跟他坦白，但她别无选择。"好吧，是这样的，胡利安。小时候我得过一次严重的传染病，差一点儿送了命。"

"那又怎么样？"

安布拉越说越觉得空虚感一波接一波地涌上心头。"结果就是，我生孩子的梦想……呃，就只能是梦想了。"

"我不明白。"

"胡利安，"她直截了当地说道，"我不能生孩子。小时候的那场病让我无法生育。我一直希望有孩子，但我不能生。对不起。我知道对你来说孩子有多么重要，但你刚才向她求婚的那个女人，她无法给你生个继承人。"

胡利安的脸色一下子变得煞白。

安布拉紧紧盯着他看，希望他说句话。胡利安，这时候你应该紧紧抱住我，跟我说没关系。这才是你告诉我什么都不重要，你仍然爱我的时候。

接下来的一幕发生了。

胡利安轻轻把身体转了过去。

刹那间安布拉心里明白,一切都结束了。

第 45 章

皇家卫队电子监控部位于皇宫地下层一套没有窗户的房间里。监控部总控室专门设在远离皇宫军营和军械库的地方,里面有十几个电脑间、一部电话交换台和一整面墙的安全监视器。八名员工——全在三十五岁以下——负责为整个皇宫和皇家卫队提供安全的通讯网络,同时还负责皇宫的电子监控。

今晚地下室里像往常一样闷热,到处散发着微波炉里煮过的面条、爆过的爆米花的味道。荧光灯"嗡嗡"地发出巨大的噪声。

马丁心想,是我让他们把我的办公室放在这儿的。

从技术层面上说,公关协调人并不隶属于皇家卫队,但马丁的工作需要配备强大的电脑设施和技术精湛的人手。这样她便顺理成章地成了电子监控部的常客,楼上那间设备简陋的办公室她反而很少去了。

今晚,马丁心想,我会动用一切技术支持。

过去几个月来,在国王将权力逐步移交给胡利安王子期间,她的主要精力都放在跟媒体沟通上了。这可不是一件容易的事,因为抗议者往往会利用领导人更迭的机会表达他们反对君主制的诉求。

根据西班牙宪法,君主制是"西班牙永久团结和繁荣昌盛的标志"。但马丁心里清楚,西班牙早就没有什么团结可言了。1931 年,第二共和国终结了君主制,但在 1936 年,佛朗哥将军发动叛乱,让西班牙陷入了内战。

今天复辟后的君主制虽然名义上推行自由民主,但许多自由主义者仍然继续抨击国王,说他是实施旧式军事宗教化压迫的残渣余孽;还说国王的存在时刻提醒人民,西班牙要想完全融入当今世界,还有很长的路要走。

这个月，莫妮卡·马丁的媒体沟通工作还包括维护国王的日常形象——一个没有实权的亲民象征符号。当然，君主既是三军总司令，又是国家元首，这样的解释很难让人接受。

马丁心想，国家元首在政教分离的国家一直存在争议。多年来，卧病在床的国王与巴尔德斯皮诺主教之间的亲密关系，在世俗主义者和自由主义者眼里，一直被视为眼中钉、肉中刺。

还有胡利安王子！她心想。

马丁心里清楚，多亏了王子她才能得到这份工作，但他最近让她的这份工作越来越难做了。几个星期前，王子犯了一个马丁闻所未闻的公关错误。

在一档全国性电视节目中，胡利安王子居然屈膝下跪，非常荒唐地向安布拉·维达尔求婚。万一安布拉拒绝嫁给他，那场面就太难堪了。幸好她很明智，没有拒绝。

令人遗憾的是求婚事件之后，安布拉·维达尔的行为还是多少违背了胡利安的期待。在这个月里，她那种不守规矩的行为所造成的影响已经成为马丁公关工作的一个主要问题。

但今晚，安布拉的轻率之举似乎被人遗忘了。毕尔巴鄂事件在媒体中掀起的巨浪已经达到了前所未有的高度。在过去一个小时里，形形色色的阴谋论就像病毒一样席卷全球，甚至有人做出新的臆测，认为巴尔德斯皮诺主教也卷入其中。古根海姆谋杀案最主要的进展就是，刺客是"奉皇宫内部某个人之命"去刺杀埃德蒙的。这一令人咋舌的消息立即引发了各种各样的阴谋论，媒体纷纷指责长期卧病在床的国王和巴尔德斯皮诺主教涉嫌密谋杀害埃德蒙·基尔希——一个数字世界的神人，一个甘愿住在西班牙、受人拥戴的美国英雄。

马丁心想，这会把巴尔德斯皮诺给毁了。

"大家都听着！"加尔萨大步流星地走进总控室大声说道，"胡利安王子和巴尔德斯皮诺主教一起躲在皇宫里的某个地方！查看所有监控视频，找到他们。立即行动！"

加尔萨又匆匆走进马丁的办公室，把王子和主教的最新动向悄悄告诉了她。

"不见了？"她将信将疑地说，"他们还把手机留在了王子的保险柜里？"

加尔萨耸了耸肩。"显然我们没能看住他们。"

"呃，我们最好找到他们！"马丁说，"胡利安王子必须马上发表声明，而且必须远离巴尔德斯皮诺，越远越好。"接着她向加尔萨传达了事态的最新进展。

现在该轮到加尔萨将信将疑了。"这些都是传闻。巴尔德斯皮诺不可能是暗杀的幕后黑手。"

"也许不是，不过这次暗杀似乎与天主教会不无关系。有人刚刚发现，枪手与教会的某个高官有直接联系。你看！"马丁拉出报料人 monte@iglesia.org 再次报料给解密网的最新页面，"几分钟前刚上线。"

加尔萨蹲下身来，开始阅读更新的页面。"教皇！"他不以为然地说，"跟阿维拉个人有联系的是……"

"接着看！"

加尔萨看完后从屏幕前退了一步，不停地眨巴着眼睛，那样子就好像拼命想从噩梦中醒来似的。

就在这时，总控室里传来一个男人的声音。"加尔萨指挥官，我找到他们了！"

加尔萨和马丁匆忙赶到苏雷什·巴拉特工的工作间，这位印度裔监控专家指着监视器上的监控视频让他们看。视频里出现了两个人影——一个身着主教长袍，另一个身着正装。看样子两人正走在一条林荫道上。

"东花园。"苏雷什说道，"两分钟前。"

"他们出了皇宫？"加尔萨问道。

"长官，等一下！"苏雷什快放视频，通过皇宫各个监控机位的摄像头一路跟踪主教和王子的行踪。结果发现两人离开花园，穿过了一个封闭的庭院。

"他们要去哪儿?!"

马丁心里很清楚他们要去哪里。她注意到,巴尔德斯皮诺为了避开聚集在皇宫广场上的媒体采访车,狡猾地采取了一条迂回路线。

不出她所料,巴尔德斯皮诺和胡利安先来到阿穆德纳圣母大教堂南入口。主教打开门带领胡利安王子走了进去。门慢慢关上,两人不见了踪影。

加尔萨盯着屏幕一声不吭。他显然在掂量刚才看到的画面究竟意味着什么。"有消息及时向我报告!"他边说边示意马丁到边上去。

两人来到苏雷什听不见他们说话声的地方。加尔萨悄悄说道:"我不知道巴尔德斯皮诺主教是如何说服胡利安王子跟他出宫的,而且还没带手机。不过显然王子并不了解针对巴尔德斯皮诺的指控,否则他会与巴尔德斯皮诺保持距离的。"

"我同意你的看法。"马丁说,"我不愿意妄加推测主教的结局会怎么样,可是……"话到一半,她停了下来。

"可是什么?"加尔萨问道。

马丁叹了口气。"看样子巴尔德斯皮诺刚刚抓到一个很有分量的人质。"

在北方大约两百五十英里的地方,古根海姆博物馆的中庭里丰塞卡特工的电话"嗡嗡"响了起来。二十分钟内,他的手机已经响了六次。他低头看了一眼来电显示,顿时行了个立正礼。

"喂?"[①] 他接起电话,心怦怦直跳。

电话里的声音用西班牙语不慌不忙地说道:"丰塞卡特工,你很清楚,今晚西班牙未来的王后犯了一些严重错误,让自己跟错误的人搅和在一起,这让王室非常尴尬。为了避免进一步损害王室的声誉,你应该尽快把她带回宫来,这点非常重要。"

---

① 原文为西班牙语。

"我现在还不知道维达尔女士在哪里。"

"四十分钟前,埃德蒙·基尔希的飞机从毕尔巴鄂机场起飞——飞往巴塞罗那了。"电话里的声音非常肯定地说,"我相信维达尔女士就在那架飞机上。"

"你怎么知道?"丰塞卡脱口说道,但立即为自己的鲁莽后悔起来。

"如果你是在认真做事,"电话里的声音严厉地说,"你也会知道的。我希望你和你的搭档马上去追她。现在有一架军用运输机正在毕尔巴鄂机场等着你们。"

"如果维达尔女士在那架飞机上,"丰塞卡说,"那她可能是跟那位美国教授罗伯特·兰登在一起。"

"没错!"电话里的人哼了一声说道,"我不知道这家伙是怎么说服维达尔女士离开安保人员跟他一起私奔的。兰登先生显然是个累赘。你们的任务就是找到维达尔女士,把她带回来。必要时可以使用武力。"

"如果兰登碍手碍脚呢?"

电话那头沉默了许久。"尽量避免不必要的伤害,"电话那头回答道,"不过,这场危机非常严重,如果兰登教授有什么不测,倒也可以理解。"

第 46 章

🌐 解密网

突发新闻
  与基尔希有关的新闻报道登上了主流媒体
  埃德蒙·基尔希的科学演讲已于今晚上线,吸引了三百万网民在线观看，这一数字真是令人惊叹。但在他被刺杀之后，基尔希事件现在已经登上了世界各大主流网络媒体。据估计，目前在线关注人数已经超过八千万。

第 47 章

埃德蒙的湾流 G550 飞机准备在巴塞罗那降落时，罗伯特·兰登一口气喝完了第二杯咖啡，低头看着桌上吃剩下的小零食。这些小零食是他和安布拉刚从埃德蒙飞机上的厨房里翻找出来的——无非是些坚果、米糕，还有那些所谓的"素食食品"而已。这些东西对兰登来说都是一个味。

坐在对面的安布拉也刚喝完第二杯红酒，她现在看上去放松了许多。

"谢谢你听我讲这些。"她说，不过声音听上去有点儿不好意思，"我之前从没跟人讲过胡利安的事。"

听完胡利安愚笨地在电视上向她求婚的事情后，兰登点了点头表示理解。她确实没有选择的余地！兰登认可她的做法，因为他心里很清楚，安布拉是不会冒险在国家电视台上让西班牙未来的国王难堪的。

"如果我知道他那么快向我求婚，"安布拉说，"我一定会告诉他我不能生孩子。但这一切发生得太突然了。"她摇了摇头，难过地看着窗外。"我一直以为自己喜欢他。但现在回想起来，那只是一时的冲动，究其原因是……"

"他是一个身材高大、肤色黝黑、英俊帅气的王子？"兰登咧嘴笑着试探性地问道。

安布拉不动声色地笑了笑，转过身来。"这样说他一点儿也不为过。我真不知道，反正他看上去人很好。也许是藏着掖着吧。不过，他很浪漫——不像是那种会参与谋杀埃德蒙的人。"

兰登觉得她说得一点儿没错。埃德蒙的死不会给王子带来任何好处,而且也没有确凿的证据表明王子以某种方式参与了谋杀——只是皇宫里有人打来电话,要求把海军上将阿维拉的名字加到宾客名单上而已。从这点来看,巴尔德斯皮诺主教的嫌疑似乎最明显,因为埃德蒙的演讲内容他早就知情,也有足够的时间制定计划去阻止埃德蒙演讲。再说他比任何人都清楚埃德蒙的演讲会对全世界的宗教权威造成多大的杀伤力。

"我显然不能和胡利安结婚。"安布拉平静地说,"我一直在想,一旦他知道了我不能生孩子就会解除婚约的。在过去四个世纪的大部分时间里,他的家族一直是王位继承人。我的内心告诉我,区区一个毕尔巴鄂博物馆馆长没有理由让这个血统就此终结。"

头顶上的扬声器里传来"嗞嗞啦啦"的声音。飞行员说准备在巴塞罗那着陆了。

安布拉从沉思中猛然回过神,开始站起来清理机舱,在厨房里冲洗杯子,收拾没有吃完的食物。

"教授,"餐桌上埃德蒙的手机里传来温斯顿的声音,"我原以为你应该知道,现在网上正疯传一条新消息——有力的证据表明,巴尔德斯皮诺主教和刺客阿维拉将军一直秘密保持联系。"

这个消息让兰登大吃一惊。

"遗憾的是还有更多的消息。"温斯顿继续说道,"你也知道,参与埃德蒙与巴尔德斯皮诺主教秘密会面的还有两个宗教领袖:一个是赫赫有名的犹太拉比,一个是受人爱戴的伊斯兰学者。昨晚有人发现学者死在迪拜附近的沙漠中。就在几分钟前,布达佩斯传来令人不安的消息。据说有人发现犹太拉比死于明显的心脏病发作。"

兰登顿时惊呆了。

"博主们已经在纷纷发帖,"温斯顿说,"质疑两人的死亡时间过于巧合。"

兰登一声不响地点点头表示难以置信。但不管怎么说,安东尼奥·巴尔德斯皮诺主教现在是了解埃德蒙重大发现的唯一活着的人。

当湾流 G550 飞机降落在巴塞罗那群山脚下萨瓦德尔机场那唯一的跑道上时，安布拉没有看到狗仔队或媒体的影子，心里松了一口气。

埃德蒙曾经说过，为了避免在巴塞罗那普拉特机场跟追星族打交道，他更愿意把飞机停在这个小型机场。

这不是真正的原因！安布拉知道。

其实埃德蒙喜欢吸引别人的眼球。他承认之所以把飞机停在萨瓦德尔机场，原因只有一个，那就是开着他最喜欢的跑车——特斯拉 X 型 P90D——沿着蜿蜒崎岖的公路回家。据说这辆车是埃隆·马斯克[①]本人送给他的礼物。还说有一次埃德蒙跟他的飞行员打赌，看谁——湾流飞机和特斯拉——在飞机跑道上的一英里加速快，他的飞行员琢磨了一下拒绝了。

我会想念埃德蒙的。安布拉难过地心想。是的，他行为任性又自以为是，但他卓越的想象力本该让他从生活中得到更多的回报，而不是今晚的这种结局。我们只有将他的发现公之于众，才能告慰他的在天之灵。

飞机进了埃德蒙的单机库后，就关闭了电源。周围万籁俱寂。显然还没有人察觉她和兰登教授的行踪。

安布拉走下飞机悬梯做了个深呼吸，努力让自己的头脑保持清醒。此刻红酒的酒劲已经上来了，她真后悔喝了第二杯。她一踏上机库的水泥地面就趔趄了一下。这时她马上感觉到兰登那有力的手马上搭在她的肩上帮她站稳。

"谢谢！"她回头冲着教授微微一笑说道。两杯咖啡下肚后，兰登

[①] 埃隆·马斯克（Elon Musk, 1971— ），企业家、工程师、慈善家，出生于南非首都比勒陀利亚，拥有加拿大和美国双重国籍。现担任太空探索技术公司（Space X）首席执行官兼首席技术官、特斯拉公司首席执行官、太阳城公司（Solar City）董事会主席。

似乎特别清醒、特别兴奋。

"我们必须赶快离开人们的视线。"兰登看着停在角落里的那辆油光锃亮的黑色越野车说道,"这大概就是你给我讲过的那辆车?"

她点了点头。"埃德蒙的最爱。"

"好奇怪的车牌。"

安布拉看着汽车的个性车牌,呵呵笑了起来。

E 波

"哦,"她解释说,"埃德蒙告诉我,谷歌和美国宇航局最近联合开发了一台具有开创性的超级计算机,叫作 D 波——属于世界上第一批'量子'计算机。他努力向我解释这台计算机,但非常复杂——利用叠加和量子力学等原理创造出的一种全新机器。总之,埃德蒙说他想造一台能战胜 D 波的计算机。他准备把自己的新机器叫作 E 波。"

"E 表示埃德蒙[①]。"兰登心里嘀咕了一句。

E 代表在 D 的基础上前进了一步。安布拉回想起,埃德蒙曾讲过《2001 太空漫游》中的那台名声大噪的计算机。据说,《2001 太空漫游》中的那台计算机之所以被命名为哈尔(HAL),是因为名字中的每个字母都在 IBM[②] 三个字母的前面。

"车钥匙呢?"兰登问道,"你说过你知道他把车钥匙藏在哪里。"

"他不用钥匙。"安布拉拿起埃德蒙的手机,"上个月我们来这里的时候他给我看过这个。"她触摸了一下手机屏,启动了特斯拉的应用程序,然后选择了召唤命令。

在机库角落里,越野车的大灯亮了起来,特斯拉悄无声息地溜到他们身旁停了下来。

[①] "埃德蒙"的英文写法是 Edmund,首字母就是 E,兰登故有此说。
[②] 国际商业机器公司(International Business Machines Co.)的首字母缩写。

兰登歪着头，想到一辆车居然能自动驾驶，他一下子就泄了气。

"别担心！"安布拉安慰他说，"我会让你开车去埃德蒙的公寓。"

兰登点了点头，随后绕到驾驶座一侧。走到车前时他停了下来，低头看了看车牌，哈哈大笑起来。

安布拉心里很清楚是什么把他逗乐了——埃德蒙的车牌架：**极客将称霸地球**。

"这种事只有埃德蒙才干得出来！"兰登边坐进驾驶座边说道，"一点儿城府都没有。"

"他喜欢这辆车。"安布拉说着坐到副驾驶座上，"全电动，比法拉利还快。"

兰登盯着全是高科技仪器的仪表板耸了耸肩。"我对车不是很在行。"

安布拉微笑着说："你会在行的。"

第 48 章

阿维拉搭乘的优步汽车在黑暗中向东驶去。这位海军上将想到，在多年的军旅生涯中他曾多少次来过巴塞罗那港。

此刻他以前的生活似乎已经成为遥远的历史，一切都在塞维利亚的那场爆炸中结束了。命运残酷无情而又不可捉摸，可现在命运似乎莫名其妙地让他取得了平衡。命运在塞维利亚大教堂撕裂了他的灵魂，现在又赋予了他第二次生命——在一个迥然不同的大教堂里诞生的新生命。

讽刺的是带他去那里的人是一个名叫马尔科的理疗师。

"去觐见教皇？"几个月前马尔科第一次提出这个想法时，阿维拉就问过这个问题，"明天？在罗马？"

"明天、在西班牙。"马尔科回答，"教皇就在这里。"

阿维拉惊讶地看着他,好像他疯了一样。"媒体上从来没说过教皇在西班牙呀!"

"将军,你就信我一次吧。"马尔科笑着回答道,"难道你明天还有别的地方要去吗?"

阿维拉看了一眼自己受伤的腿。

"我们九点钟出发。"马尔科说道,"我保证这次小小的旅行会比康复治疗轻松不少。"

第二天早上,阿维拉穿上马尔科从自己家里翻出来的海军制服,挂着拐杖一瘸一拐地出了门,朝马尔科的汽车——一辆老掉牙的菲亚特——走去。马尔科把车开出医院,沿着种族大道向南驶去,最后离开市区向南驶入 N4 高速公路。

"我们去哪儿?"阿维拉突然感到不安起来,于是问道。

"放松!"马尔科笑着说,"相信我就行了。只有半小时的车程。"

阿维拉心里清楚,沿着 N4 高速公路往前开,至少一百五十公里内,除了荒芜的牧场什么都没有。他开始觉得自己犯了一个严重的错误。半小时后,车子开到了令人毛骨悚然的鬼城托比斯克。这里曾经是繁荣的农村,但近年来已经没什么人了。他究竟要带我去哪儿?!马尔科又往前开了几分钟,然后驶离高速公路向北开去。

"看到了吗?"马尔科指着一片休耕农场后方远处问道。

阿维拉什么都没看到。这要么就是年轻理疗师产生了幻觉,要么就是阿维拉真的老眼昏花了。

"你不觉得很神奇吗?"马尔科说道。

阿维拉眯起眼睛朝太阳的方向望去,终于看到远处显出一个黑影。在他们驱车靠近时,他难以置信地睁大了眼睛。

那是……教堂?

教堂的规模看上去就像他在马德里或巴黎才能看到的那种。阿维拉一辈子都生活在塞维利亚,从来没听说过在这种鸟不拉屎的地方还会有什么教堂。他们驱车越是靠近,教堂就越显气派,厚重的水泥墙给人一种强烈的安全感。这种水泥墙阿维拉也只在梵蒂冈见过。

驶离高速公路后,他们沿着一段不长的便道朝教堂驶去。没多久,一道高高的铁门挡住了他们的去路。车子停下后,马尔科从手套箱里抽出一张塑封卡放在汽车的仪表板上。

一名保安走过来仔细看了看塑封卡,然后又往车子里看了一眼。发现车子里是马尔科后,保安笑容可掬地说:"欢迎!你好吗?"①

两人握了握手,马尔科把阿维拉将军介绍给了他。

"他来觐见教皇。"② 马尔科对保安说。

保安点了点头,看着阿维拉制服上的奖章赞美了一番,然后挥挥手让他们进去。就在厚重的大门缓慢转开时,阿维拉觉得自己正在进入一座中世纪的城堡。

耸立在他们面前的这座哥特式大教堂共有八座高耸的尖塔,每座尖塔都是三层的钟楼。三个巨大的穹顶构成教堂的主体,外墙则是黑褐色和白色的石材,给人一种异乎寻常的现代感。

阿维拉低头去看前面的便道。便道分成三条平行的路,每条路的两旁都是参天的棕榈树。令他意想不到的是,整片区域停满了各种各样的车辆——数百辆——豪华轿车、破破烂烂的公交车、沾满泥巴的轻便摩托车……可谓五花八门。

马尔科从形形色色的车辆前驶过,直奔教堂的前院。这时一名保安看见他们,便看看手表挥了挥手,招呼他们把车停到一个专为他们预留的停车位上。

"我们有点儿晚了。"马尔科说,"得快点进去。"

阿维拉想开口说什么,但话到嘴边又咽了下去。

他刚刚看到教堂前面的牌子上写着:

帕尔马天主教堂 ③

---

①② 原文为西班牙语。
③ 帕尔马天主教堂(Iglesia Católica Palmariana),位于西班牙安达卢西亚的特洛亚帕尔马。

天哪！阿维拉打了个寒战。我听说过这个教堂！

他努力控制住怦怦的心跳，转身问马尔科："马尔科，这就是你所在的教会？"他尽量让自己的声音听上去不那么惊讶，"你是……帕尔马教徒？"

马尔科微微一笑。"看你说话的样子如临大敌一般。我只是一个虔诚的天主教徒，我认为罗马教廷已经误入歧途。"

阿维拉又抬头看了看教堂。马尔科声称自己认识教皇，原来听上去挺奇怪的，现在阿维拉突然觉得有道理了。教皇就在西班牙。

几年前，电视网"南方频道"曾播放过一个纪录片，名为《黑暗的教会》，揭露了帕尔马教会鲜为人知的秘密。当时阿维拉一听说居然还有这么诡异的教会，就感到很震惊，了解到它的信众越来越多、影响越来越大后，他更是吃惊不已。

相传，当地一些居民称在附近的一块地里他们曾亲眼看到过一系列神秘的幻象，在那之后便创立了帕尔马教会。据说圣母玛利亚曾经降临此地，并向他们发出启示：天主教充斥着"现代主义的异端"，是时候采取行动去捍卫真正的信仰了。

圣母玛利亚敦促帕尔马人建立一个教会取代罗马教廷，公开指责现在的罗马教皇是伪教皇。梵蒂冈的教皇不是合法教皇，这样的观点被称为教宗缺出论。也就是说这种观点认为圣彼得的教皇"宝座"实际上是"空的"。

此外，帕尔马教会声称他们有证据证明"真正的"教皇就是帕尔马教会的缔造者——一个名叫克莱门特·多明格斯·戈麦斯、自诩为教皇格列高利十七世①的人。就这样在教皇格列高利——主流天主教徒眼里的"伪教皇"——的领导下，帕尔马教会逐渐壮大起来。2005年，教皇格列高利在主持复活节弥撒时逝世。于是其信徒宣称，教皇彼时升天是上帝传递的一个奇迹信号，证明了教皇本人与上帝是心灵

---

① 天主教历史上只有格列高利一世到十六世，时间自公元590年起，延续到1846年。

相通的。

此刻阿维拉举目仰望宏伟的教堂，情不自禁地把这座建筑看成是邪恶的象征。

不管目前伪教皇是谁，我都不想见他。

帕尔马教会除了在教皇权问题上因大胆的主张饱受批评之外，还面临诸多指控，如洗脑、邪教式恐吓，甚至还有人指控帕尔马教会应该对几起神秘死亡案件负责，其中包括该教会教友布里奇特·克罗斯比之死。据其家人的律师说，她"没能逃脱"爱尔兰一个帕尔马教派的魔爪。

阿维拉不想对他的新朋友态度粗鲁，但也根本没想到今天会到这种地方来。"马尔科，"他叹了口气抱歉地说，"对不起，我觉得我不能这么做。"

"我就知道你会这么说。"马尔科不慌不忙地说，"我承认我第一次到这里来的时候也有同样的感觉。我也听过那些流言蜚语。不过我向你保证，那些只不过是梵蒂冈自导自演的抹黑行动而已。"

你们能怪人家吗？阿维拉心想。是你们教会先说人家是非法的！

"罗马教廷要找理由把我们逐出教会，所以他们编造了许多谎言。多年来梵蒂冈一直在散布帕尔马教会的虚假信息。"

阿维拉上下打量着这座地处荒郊野外的宏伟教堂。不知道为什么，他总觉得有些奇怪，于是问道："我不明白，如果你们跟梵蒂冈没有什么关系，那你们的钱是从哪里来的？"

马尔科微微一笑。"你会惊讶地发现，在天主教会中帕尔马教派有大量的秘密追随者。在西班牙有许多保守的天主教教区，他们不赞成罗马天主教放纵自由主义变革的行为，于是悄悄把钱交给我们这种恪守传统价值观的教会。"

答案虽在意料之外，但在阿维拉看来却是实话。他也感受到在天主教会内部分歧正愈演愈烈。有的教派认为教会必须与时俱进，否则必死无疑。但有的教派认为教会的真正目的就是要在不断变化的世界中坚如磐石，毫不动摇。

"现任教皇很了不起。"马尔科说,"我把你的事告诉他之后,他对我说他很荣幸欢迎一位军功赫赫的将军来到我们教堂,而且要在今天弥撒之后亲自接见你。像前任们一样,他也是先有军旅经历,后来才找到上帝的,所以他理解你的遭遇。说心里话,我觉得他没准能帮你找到内心的平静。"

马尔科打开门下了车,但阿维拉却一动不动。他只是坐在车里仰望着宏伟的教堂,为自己对这些人盲目抱有偏见而感到内疚。平心而论,除了听别人谣传外,他对帕尔马教会一无所知。看样子梵蒂冈也不是没有丑闻。再说恐怖袭击发生后,阿维拉自己所在的教会根本就没有帮过他。宽恕你的仇敌,修女对他说,连左脸也转过去由他打。

"路易斯,听我说。"马尔科小声说道,"我承认是我把你骗来的,但我完全是出于好意……我真的想让你见见教皇。他的思想完全改变了我的生活。在失去了一条腿之后,我当时就跟你现在一样。我想死的心都有。我心里一片黑暗,是教皇的话给了我生活的目标。你就算只听听他布道也好。"

阿维拉犹豫了一下。"马尔科,我很为你高兴。不过我觉得我自己会好起来的。"

"好起来?"马尔科哈哈大笑起来,"一个星期前你还拿着枪朝自己的脑袋扣动扳机呢!朋友,你状态不好。"

他说得没错!阿维拉心里清楚。一个星期后,等做完理疗,我就要回家,再次孤身一人四处漂泊。

"你担心什么呢?"马尔科催促道,"你是海军军官。一个指挥战舰的大老爷们!你担心教皇会在十分钟内给你彻底洗脑,然后把你当人质吗?"

我不知道自己在担心什么。阿维拉低头盯着自己受伤的腿,莫名其妙地感觉到自己是那么渺小、那么无能。他这大半生大部分时间都在担负重要使命,都在发号施令。一想到接下来要听命于别人,他心里便犹豫起来。

"没关系!"最后马尔科边说边重新系上安全带,"很抱歉。看得出你很不情愿。我不想强迫你。"他俯下身去发动汽车。

阿维拉感觉自己像个傻瓜。其实,马尔科只是个孩子,年龄只有自己的三分之一,一条腿都没了,却还在想方设法帮助一个残疾人。可是阿维拉却一点儿都不领情,还多疑猜忌。

"不,"阿维拉说,"马尔科,请原谅。能听教皇布道,我深感荣幸。"

第 49 章

埃德蒙的 X 型特斯拉的前挡风玻璃视野非常开阔。整块玻璃在兰登头顶上方弯曲变形形成车顶,一直延伸到他的脑袋后面,这让他顿时失去了方向感,就像坐在一个玻璃泡泡里漂浮着一样。

兰登驾驶着汽车沿着巴塞罗那北部绿树成荫的高速公路飞驰。他惊讶地发现自己的车速居然轻松地超过了一百二十公里的限速。汽车安静的电动引擎和线性加速让人感觉不到每个速度段的差异。

在他旁边的座位上,安布拉正忙着用大屏车载电脑浏览互联网,并随时向兰登报告此刻全球范围内的突发新闻。一个越来越大的阴谋网络正浮出水面。其中有谣传说,巴尔德斯皮诺主教一直在把资金汇入帕尔马教会伪教皇的账户里。据说伪教皇在军事上一直与保守的卡洛斯运动① 拥护者保持着联系。看样子他们不仅要为埃德蒙的死负责,还要为赛义德·法德尔和耶胡达·克韦什的死负责。

安布拉大声读着。很明显此刻世界各地的媒体都在追问同一个问题:埃德蒙·基尔希究竟发现了什么如此具有威胁性,以至于让一个

---

① 卡洛斯运动(Carlist Movement),1833 年西班牙斐迪南七世死后,因无男嗣,由长女伊莎贝拉继位,即伊莎贝拉二世。斐迪南七世之弟另立为王,自称卡洛斯五世,其派系与正统西班牙王室之间的斗争一直延续至今。

声名显赫的主教和一个保守的天主教派，为了让他的演讲销声匿迹要谋杀他？

"点击量简直令人难以置信。"安布拉从显示屏上抬起头说道，"在这件事上，公众关注度之高前所未有……好像整个世界都震惊了。"

兰登顿时意识到，也许还有一线希望能查出谁是谋杀埃德蒙的幕后黑手。随着媒体的广泛介入，关注埃德蒙事件的全球观众人数已经远远超出了他的想象。埃德蒙虽然死了，仍牵动着全世界的心。

这个想法让兰登更加坚定信心去实现自己的目标——找到埃德蒙四十七个字母的密码，将他的演讲公之于众。

"胡利安还没有发表声明。"安布拉说话的声音听上去很困惑，"王室一句话都没说。这说不过去呀。我跟王室的公关协调人莫妮卡·马丁打过交道。她这个人很重视透明公开，而且总是在媒体大肆歪曲前就把信息分享出去。我相信她一定在敦促胡利安发表声明。"

兰登心想，她说得没错。鉴于各路媒体都在指责王室的首席宗教顾问参与了一场阴谋——甚至可能是谋杀，胡利安应该发表个声明才合乎情理，哪怕只是说王室正在就相关的指控进行调查也好。

"特别是，"兰登补充说道，"考虑到埃德蒙遇刺时西班牙未来的王后就在旁边。遇刺的人也有可能是你，安布拉。王子至少应该说，看到你安然无恙他就放心了。"

"我不知道他是不是放心。"安布拉就事论事地说。她关掉了浏览器靠回到座位上。

兰登看了她一眼。"得了！不管你信不信，看到你安然无恙我心里很高兴。我真不知道今晚没有你我一个人能不能搞定。"

"一个人？"汽车扬声器里传来一个口音很重的声音，"你们真是健忘啊！"

针对温斯顿突如其来的愤愤不平，兰登嘲笑道："温斯顿，埃德蒙真的把你编得这么信不过别人吗？"

"才不呢！"温斯顿说，"他对我的编程是观察、学习、模仿人类的行为。我会尽可能用幽默的语气说话，这也是埃德蒙鼓励我去提升的。幽默不可能被编入程序……幽默必须去学才行。"

"嗯，你学得很棒。"

"是吗？"温斯顿问道，"麻烦你再说一遍？"

兰登哈哈大笑起来。"我说，你学得很棒。"

此时安布拉已将仪表板上显示的页面退回到默认页面——一幅卫星照片组成的导航程序。在这幅照片上可以看到代表他们汽车的小小"图标"。他们已经穿越科塞罗拉塔山脉，正沿着 B20 高速公路向巴塞罗那驶去。卫星照片显示，在他们所处位置的南边有一个不同寻常的东西。这引起了兰登的注意。那是茫茫都市中的一大片森林，绿色的区域呈不规则的细长状，犹如一只巨大的变形虫。

"那里是桂尔公园①？"他问道。

安布拉看了一眼屏幕，点了点头。"好眼力。"

"从机场回家的路上埃德蒙经常会在那里停一下。"温斯顿补充道。

兰登并不感到奇怪。桂尔公园是安东尼·高迪最著名的建筑杰作之一——埃德蒙的手机外壳上就是这位建筑大师的作品。高迪倒是很像埃德蒙！兰登心想。一个具有开拓精神的空想家，在他们那里一般的规则是派不上用场的。

安东尼·高迪潜心向大自然学习，从有机体形态中汲取建筑设计的灵感，运用"上帝的自然世界"理念，设计出貌似生物形态的流线型建筑结构——这种结构看上去就像是自己从地面上长出来的一样。大自然中根本没有直线。高迪的这句话一度被奉为经典。在他的作品中我们的确很难看到直线。

人们经常把高迪奉为"活建筑"和"生物设计"的鼻祖。为了把建筑"包裹"得光彩夺目、色彩绚丽，他发明了许多史无前例的木

---

① 桂尔公园（Parc Güell），位于西班牙巴塞罗那加尔默罗山上，占地 20 公顷，原为巴塞罗那富商艾乌塞比·桂尔伯爵计划建造并由高迪设计的一个社区，建于 1900—1914 年。1922 年，巴塞罗那市政府将其收购，开辟为社区公园对外开放。1984 年，联合国教科文组织将其列入世界文化遗产名录。

艺、铁艺、玻璃加工技术和制陶技术。

时至今日,在高迪去世近一个世纪后,世界各地的游客仍络绎不绝地来到巴塞罗那,只为一睹高迪独特的现代主义建筑风格。他设计的作品有公园、公共建筑、私人豪宅,当然还有他的代表作——圣家族大教堂[①],一座气势恢宏的天主教堂。教堂高耸的"海绵状尖塔"直冲巴塞罗那天际,有评论家为之欢呼雀跃,认为这座教堂是"整个建筑艺术史上独一无二的"。

高迪对圣家族大教堂的大胆构想一直让兰登惊叹不已。教堂的规模如此庞大,以至于在破土动工近一百四十年后的今天,仍然没有完工。

今晚兰登注视着车载卫星图像中高迪著名的桂尔公园,回忆起自己念大学时第一次游览这个公园时看到的景物——人行步道下方歪歪扭扭的树状立柱、星云状的怪异长椅、仿龙和仿鱼状的石窟喷泉,还有蜿蜒起伏的白墙。整个墙壁采取明显的流线设计,看上去就像摇头摆尾的巨型单细胞生物。漫步其中犹如置身于梦幻世界。

"埃德蒙喜欢高迪的一切,"温斯顿继续说,"尤其喜欢高迪把大自然当成有机体艺术的思想。"

兰登再一次想起了埃德蒙的发现。大自然。有机物。创造。他脑海里又浮现出高迪著名的巴塞罗那"帕诺"——专供铺设人行道的六边形瓷砖。每块瓷砖都呈现看似毫无意义的波形曲线组成的相同旋转图案。如果把瓷砖按照既定方案排列在一起或进行旋转,就会出现令人惊讶的图案,让人联想到浮游生物、微生物和海草组成的水下海景。当地人经常把"帕诺"瓷砖叫作"原生汤"。

高迪的原生汤!兰登心想。一想到巴塞罗那的城市设计居然与埃德蒙对生命起源的好奇心如此完美地契合,他再次感到吃惊。时下最流行的科学解释是,生命起源于地球的原生汤——在原始海洋中,火

[①] 圣家族大教堂(La Basilica de la Sagrada Familia),位于巴塞罗那的罗马天主教大教堂,由西班牙建筑师安东尼·高迪设计。教堂始建于1882年,高迪于1883年接手主持工程,但直到高迪1926年去世时,教堂仅完工不到四分之一。教堂建设进展缓慢,仅靠个人捐赠和门票收入维系,中间又受西班牙内战干扰,建设一直时断时续。直到2010年建设工程才过半,但整个建设过程中最大的挑战依然没能解决。教堂预计于2026年高迪逝世百年纪念时完工。

山喷泻出丰富的化学物质,化学物质彼此间相互围绕着旋转,无尽的狂风暴雨引发的闪电不断对化学物质进行狂轰滥炸……直到突然间,就像显微镜下看到的魔像①一样,第一个单细胞生物诞生了。

"安布拉,"兰登说,"你是博物馆馆长——肯定经常跟埃德蒙讨论艺术吧。他有没有告诉你,高迪的具体哪个方面对他影响最大?"

"只有温斯顿提过。"她回答道,"高迪设计的建筑,感觉就像脱胎于大自然。他设计的石窟就像是风雨雕琢的,设计的立柱就像是从土里长出来的,设计的瓷砖就像原始海洋生物一样。"她耸了耸肩。"不管什么原因,反正埃德蒙非常崇拜高迪,以至于把家都搬到了西班牙。"

兰登惊讶地望了她一眼。他知道埃德蒙在好几个国家都有房产,但最近几年他更喜欢住在西班牙。"你是说,埃德蒙搬到这里来是因为喜欢高迪的艺术?"

"我认为是这样的。"安布拉说,"有一次我问他为什么要住在西班牙,他告诉我,他幸运地在这里租到一处别具一格的房子——跟世界各地的都不一样。我觉得当时他说这话时,指的就是他现在住的公寓。"

"他住的公寓在哪儿?"

"米拉之家。"

"米拉之家?"

"除了米拉之家还能是哪儿!"安布拉点了点头回答道,"去年他租下了整个顶楼,把它当成了自己的豪华公寓。"

兰登需要一点儿时间来消化这个消息。米拉之家是高迪设计的最著名建筑物之一——一栋令人眼花缭乱、富有创意的"房子",层叠式的立面和波浪起伏的石造阳台,看上去就像一座被掏空的山。正因为如此,现在人们才给它起了个广受欢迎的绰号"米拉之家",意思

---

① 魔像(Golem),希伯来传说中用黏土、石头或青铜制成的无生命的巨人,注入魔力后可行动,但无思考能力。

是"采石场"。

"顶楼不是高迪博物馆吗?"兰登想起了自己曾不止一次参观过的米拉之家,于是问道。

"没错。"温斯顿抢着说道,"埃德蒙向联合国教科文组织捐了一笔钱,把这栋房子作为世界遗产保护了起来。联合国教科文组织同意暂时关闭米拉之家,让他在那里住两年。巴塞罗那毕竟不缺高迪的作品。"

埃德蒙住在米拉之家的高迪展馆里?兰登感到不解。而且只住两年?

温斯顿又说道:"埃德蒙甚至帮米拉之家拍摄了一个有关其建筑风格的教育视频。值得一看。"

"视频的确拍得别具一格。"安布拉说着,俯身触摸了一下浏览器页面。显示屏上出现了一个键盘,于是,她键入 Lapedrera.com[①]。"你应该看看这个。"

"我在开车呢。"兰登回答道。

安布拉把手伸到转向柱上,轻轻拉了两下操纵杆。兰登立刻感到手中的方向盘突然变得僵直起来。他马上发现车子似乎在自动巡航,完全沿着车道的中心线向前行驶。

"自动驾驶!"她说道。

结果兰登反而手忙脚乱起来。他不由自主地把两只手悬在方向盘上方,把脚悬在刹车上。

"放松。"安布拉把手放在兰登的肩膀上安抚他道,"自动驾驶要比人工驾驶安全得多。"

兰登于是无奈地把两手放在自己的腿上。

"这不就得了嘛!"安布拉莞尔一笑,"现在你可以看米拉之家的这个视频了。"

视频一开始就是一段巨浪拍打岩石的低空拍摄画面,好像是从一

---

① 米拉之家的网址。

架距离辽阔洋面只有几英尺的直升机上拍摄的。远处缓缓升起的像是一个岛屿——一座石山,在巨浪上方是数百英尺高的悬崖峭壁。

山上打出一行字幕。

米拉之家并非高迪原创

在接下来的三十秒中,兰登看到巨浪把山雕琢成米拉之家,其独特的外观犹如活生生的有机体。接下来海浪涌入米拉之家,开凿出洞穴和石窟一样的房间。在这些房间里,瀑布雕琢出楼梯,藤蔓开始蔓延。藤蔓下方苔藓滋生,覆盖了整个地板,同时,藤蔓开始扭曲变形,拧成铁栏杆。

最后镜头又拉回到辽阔的大海,全景展现了"采石场"米拉之家被雕琢成一座气势恢宏的大山。

——米拉之家——
大自然的杰作

兰登不得不承认,埃德蒙很会营造戏剧性效果。看着这段电脑生成的视频,他真恨不得马上再去参观这座著名的建筑。

兰登的目光又回到路上。他俯下身切断了自动模式,自己重新驾驶起来。"希望埃德蒙的公寓里有我们要找的东西。我们必须找到密码。"

第 50 章

迭戈·加尔萨指挥官率领四名皇家卫队特工径直从兵器广场的中心走过。尽管所有的媒体都通过围栏把摄像机的镜头对准他,大声要求他发表评论,但他仍然直视前方,对围栏外喧闹的媒体根本不予理睬。

至少让这帮家伙看到有人在采取行动。

他和几名特工抵达教堂时,发现正门是锁着的——在这个钟点,这一点儿也不奇怪。于是加尔萨开始用手枪柄砰砰地砸门。

没人应答。

他不停地砸。

最后锁孔开始转动,门开了。加尔萨发现来开门的是一名清洁女工。门外的一小队人马显然把她吓了一跳。

"巴尔德斯皮诺主教在哪里?"加尔萨问道。

"我……我不知道。"清洁工回答道。

"我知道主教就在里面。"加尔萨说,"他跟胡利安王子在一起。你没看到他们?"

她摇了摇头。"我刚到,负责星期六晚上的卫生清扫——"

加尔萨一把推开她,指挥手下在昏暗的教堂里分头搜寻。

"锁上门!"加尔萨对清洁工说,"别碍我们的事。"

说完,他拿着枪直奔巴尔德斯皮诺的办公室。

在广场对面的皇宫地下控制室里,莫妮卡·马丁站在饮水机旁,抽了一口早已点燃的香烟。自由主义"政治正确"运动正席卷整个西班牙,皇宫的办公场所已经全部禁烟。不过今晚因为大量的犯罪指控都指向了王室,马丁知道自己虽然违规,但相信也没人在乎了。

她面前一字排开的所有电视都已静音,五个新闻台正在播放埃德蒙·基尔希被暗杀的新闻,无所顾忌地一遍又一遍播放埃德蒙惨遭杀害的镜头。当然,每次重播前都会有警示语。

注意:以下剪辑画面可能不适合所有观众。

真无耻!她心想。这种警示语并不是告诉观众以下新闻内容非常敏感,而是故意挑逗观众的神经,目的是让观众不要切换频道。

马丁又吸了一口烟，眼睛一直在浏览各种网络媒体。大部分网络媒体利用"突发新闻"头条和实时滚动的显示方式，像挤牙膏一样不停地向外界传播各种各样的阴谋论。

教会谋杀未来学家？
科学发现会石沉大海？
王室雇用刺客？

你们应该报道新闻，而不是用提问的方式传播可恶的谣言。她嘟囔了一句。

马丁一直认为负责任的新闻报道是保障自由和民主的重要基石。因此她经常对制造争议的媒体感到失望，因为他们总是传播一些明显荒谬的观点——为了避免官司缠身，他们会把荒唐可笑的观点移花接木，用提问的方式报道出来。

就连受人尊重的科学频道也玩起了这种向观众提问的下三滥手段。他们问观众："秘鲁的这座神庙有没有可能是远古外星人建造的呢？"

不！马丁真想冲着电视机大吼一声。这根本不可能！不要再问这种弱智的问题啦！

在其中一个电视屏幕上，她发现，CNN①的报道似乎尽量做到了应有的尊重。

牢记埃德蒙·基尔希
预言家。空想家。创造者。

马丁拿起遥控器调大了音量。

"……一个热爱艺术、热爱技术、热爱创新的人，"新闻主持人黯

---

① 美国有线电视新闻网（Cable News Network）的英文缩写。

然说道,"他具备近乎神奇的预知未来的能力,这让他成为家喻户晓的人物。据他的同事说,在计算机科学领域,埃德蒙·基尔希的所有预言都已经变成了现实。"

"是的,大卫。"女主持人接着说道,"我真希望就他对自己的预言来说,我们也能这么去评价。"

电视上开始播放埃德蒙的档案短片。视频中的埃德蒙身强力壮、面色黝黑,正站在纽约市洛克菲勒中心30号外面的人行道上举行新闻发布会。"今天我三十岁了,"埃德蒙说,"我的寿命只有六十八年。不过随着医学、长寿和端粒再生等技术的发展,我预测我会活着看到我的一百一十岁的生日。事实上我很有信心,因为我刚刚为我的一百一十岁生日聚会预订了这里的'彩虹厅'。"埃德蒙微笑着仰望洛克菲勒中心的楼顶。"我刚刚提前八十年预付了生日聚会的所有费用,包括通货膨胀的补偿金。"

画面中又出现了女主持人的镜头,她沉重地说道:"还是那句老话:'人算不如天算。'"

"千真万确!"男主持人说,"除了围绕埃德蒙死亡的阴谋之外,还有许多人在思考埃德蒙发现的本质。"他一本正经地看着摄像机镜头。"我们从哪里来?我们要往哪里去?两个魅力无穷的问题。"

"为了回答这两个问题,"女主持人激动地补充道,"我们有幸请到了两位非常有成就的女性——一位是来自佛蒙特州的圣公会教长,另一位是来自加州大学洛杉矶分校的进化生物学家。我们稍作休息,然后回来听听她们的看法。"

马丁已经知道了她们的看法——观点是截然相反的,否则她们就不会上你的节目了。教长肯定会说:"我们从上帝那里来,要往上帝那里去。"生物学家会反驳说:"我们是从类人猿进化来的,即将走向死亡。"

节目只有炒作充分,观众才会去看。除此以外,他们什么也证明不了。

"莫妮卡!"身边的苏雷什喊道。

马丁转过身，看到电子监控主任从不远处一路小跑过来。

"怎么啦？"她问道。

"巴尔德斯皮诺主教刚才给我打电话了。"他气喘吁吁地说。

她把电视调成静音。"主教打电话给……你？他有没有告诉你，他究竟在干什么？！"

苏雷什摇了摇头。"我没问，他也没说。他打电话给我，让我检查一下我们的电话服务器。"

"我不明白。"

"你猜现在解密网上的报道是怎样说的？报道说，在今晚的暗杀发生前不久，有人从皇宫里打电话到古根海姆，要求安布拉·维达尔在宾客名单上添加阿维拉的名字。"

"是的。我要你去调查的。"

"呃，巴尔德斯皮诺也让我去调查。他打电话让我登录皇宫的电话服务器去找那个通话记录，看电话是从皇宫什么地方打出去的，这样没准能弄清楚是宫里的什么人打的这个电话。"

马丁顿时摸不着头脑了，因为她曾想巴尔德斯皮诺是最大的嫌疑人。

"从古根海姆博物馆获知，"苏雷什继续说，"暗杀发生前，博物馆前台接到了一个电话，是从马德里皇宫的总机打来的。博物馆有电话记录。但这里有一个问题。我检查了皇宫总机记录，想看看在同一个时间点打出去的电话。"他摇了摇头。"结果什么都没有。一个电话都没有。有人删除了从皇宫打给古根海姆博物馆的通话记录。"

马丁盯着苏雷什看了很长时间。"谁有这样的能耐？"

"巴尔德斯皮诺也是这么问我的。所以我就对他实话实说了。我告诉他，我身为电子监控的头儿可能会删除记录，但我没做过。这样一来，唯一有权限接触这些记录的人就只有加尔萨指挥官了。"

马丁惊讶地瞪大眼睛。"你觉得加尔萨篡改了电话记录？"

"这讲得通啊。"苏雷什说，"加尔萨的任务就是保护皇宫。调查起来，那个电话就是没打过。我们的否认至少从技术层面上说是合情合理的。删除电话记录可以帮助王室摆脱干系。"

"摆脱干系?"马丁问道,"这个电话肯定有人打过!安布拉把阿维拉的名字加到了宾客名单上!古根海姆博物馆的前台会证实——"

"没错!不过现在的问题是,博物馆前台工作人员的话对整个王室不利。从我们的电话记录看,皇宫根本没打过这个电话。"

在马丁看来,苏雷什轻率的评估似乎太乐观了。"你把这些都告诉了巴尔德斯皮诺?"

"这是事实。我对他说,不管是不是加尔萨打的电话,看样子是他为了保护皇宫,把记录给删了。"苏雷什停顿了一下,"可是挂断主教的电话后,我突然又想到了一件事。"

"什么事?"

"从技术上说,能接触服务器的还有第三个人。"苏雷什紧张地看了四周一眼,往马丁跟前凑了凑,"胡利安王子手里有所有系统的登录密码,他可以登录任何系统。"

马丁瞪大了眼睛。"这太瞎扯了!"

"我知道这听起来很疯狂,"他说,"可是打这个电话的时候王子就在宫里,独自一人在他的房间里。他可以轻而易举地打这个电话,然后登录服务器删除通话记录。软件操作很简单,王子比人们想象的更懂技术。"

"苏雷什,"马丁抢白道,"你真的以为胡利安王子——未来的西班牙国王——会亲自派刺客进入古根海姆博物馆去刺杀埃德蒙·基尔希?"

"我不知道!"他说,"我说的是有这种可能。"

"胡利安王子为什么要这么做?!"

"所有人里,就你不应该问这个问题。难道你忘了你不得不处理安布拉和埃德蒙·基尔希在一起的那些负面新闻吗?他带着她飞到他在巴塞罗那的公寓的事?"

"他们是在工作!那是公事!"

"政治看的就是表面现象。"苏雷什说,"这是你教我的。你我都知道,对于王子来说,在公众眼里他的求婚并没有取得他预想的那种结果。"

苏雷什的手机响了一声。他拿起来看了看刚收到的短信,一脸疑惑的表情。

"怎么啦?"马丁问道。

苏雷什一句话也没说,转身朝监控中心跑去。

"苏雷什!"马丁踩灭香烟赶紧追上去,跟他来到一个监控台前。监控台上,技术人员正在播放一盘模糊不清的监控录像。

"我们现在看的是什么?"马丁问道。

"教堂的后门。"技术人员回答道,"五分钟前。"

马丁和苏雷什凑近监控录像,只见一个年轻侍僧走出教堂后门,沿着相对安静的马约尔街匆匆走到一辆破旧的老欧宝轿车前,然后打开车门钻了进去。

好嘛!马丁心想。做完弥撒准备回家。这有什么好看的?

屏幕上,欧宝轿车只开出了一小段距离,然后便异乎寻常地在离教堂后门——侍僧刚出来的那道门——不远处停了下来。车子刚停稳,两个黑影便从后门溜了出来,弓着身子从欧宝轿车的后门上了车。这两个乘客——毫无疑问——就是巴尔德斯皮诺主教和胡利安王子。

随后欧宝轿车疾驰而去,消失在拐角处,驶出了监控画面。

第 51 章

在普罗旺斯大街和格拉西亚大道的拐角处矗立着一栋像粗略凿过的山体一样的建筑,这就是高迪 1906 年的建筑杰作——一半是公寓,一半是永恒的艺术作品的"米拉之家"。

从这栋九层楼的建筑波浪形的石灰石立面一眼就能看出高迪把米

拉之家设想成一条永恒的曲线。大楼迂回曲折的露台、参差不齐的几何造型，赋予了整个建筑有机的光环，就像在狂风肆虐的沙漠峡谷中，历经几千年风沙雕琢形成的孔洞和凹坑一样。

尽管邻近社区起初都对高迪震撼人心的现代主义设计嗤之以鼻，但艺术评论界普遍对米拉之家赞誉有加，所以它很快成为巴塞罗那建筑中最耀眼的一颗明珠。委托高迪设计这幢大楼的富商佩雷·米拉与妻子在大楼不规则的主公寓里住了三十年，同时将大楼剩余的二十套公寓租了出去。时至今日，米拉之家仍被认为是整个西班牙最别具一格、最令人垂涎的公寓大楼。

罗伯特·兰登驾驶着埃德蒙的特斯拉畅通无阻地行驶在优雅的林荫大道上时，他感觉离米拉之家越来越近了。格拉西亚大道是巴塞罗那版的巴黎香榭丽舍大街——宽敞、气派，无懈可击的景观，街道两旁名品店林立。

香奈儿……古奇……卡地亚……珑骧……

最后在两百米开外的地方，兰登看到了米拉之家。

柔和的灯光从下面照上去，凹凸不平的石灰石墙壁和长方形阳台立刻让米拉之家从周围横平竖直的建筑中脱颖而出。整个建筑就像是一块美丽的海底珊瑚被冲到岸上，最终停留在满是煤渣的海滩上。

"我担心的就是这个，"安布拉急忙指了指优雅林荫道的远处说道，"你瞧！"

兰登把目光投向米拉之家前面宽阔的人行道上，只见米拉之家门前聚集了五六辆媒体采访车，一大批记者正在以埃德蒙的住所为背景进行现场报道。几名保安在维持秩序，让人群远离大门。埃德蒙的死似乎已经把与埃德蒙有关的任何东西都变成了新闻。

兰登扫了一眼格拉西亚大道，想找个地方靠边停车，但没找到。大街上车水马龙。

"趴下！"他赶紧对安布拉说道。他意识到眼下已别无选择，只能从媒体聚集的街角直接开过去。

安布拉"哧溜"一下，从座椅上往下一滑蹲在地板上，这样外面的媒体就看不到她了。当两人驱车经过媒体聚集的拥挤街角时,兰登把头扭了过去。

"看样子他们把正门全围住了。"他说,"我们根本进不去。"

"向右拐!"温斯顿信心十足地打断他的话,"我早就料到了。"

博主埃克托尔·马卡诺悲恸地仰望着米拉之家的顶楼,仍在努力接受埃德蒙·基尔希确实已经辞世的事实。

三年来,埃克托尔一直在为巴塞诺网———一个为巴塞罗那企业家与尖端创业者开办的公共合作平台——撰写技术方面的报道。有名声大噪的埃德蒙·基尔希生活在巴塞罗那,企业家和创业者们感觉就像在宙斯的脚下工作似的。

埃克托尔第一次遇见埃德蒙是在一年多前。当时这位富有传奇色彩的未来学家欣然同意在巴塞诺网举办的月度旗舰活动"搞砸之夜"上发表讲话。"搞砸之夜"是由非常成功的企业家公开讲述其最大失败的一种研讨会。埃德蒙羞怯地向人们承认,他在半年时间里投资了四个多亿的资金去追逐自己的梦想:创建他所谓的量子计算机 E 波。这种计算机的处理速度非常快,能推动所有领域的科学,尤其是复杂的系统建模大踏步发展。

"我担心,"埃德蒙承认道,"到目前为止,在量子计算领域我的量子跃迁会成为量子哑弹。"

今晚埃克托尔听说埃德蒙准备宣布一项震惊世界的发现时,便想到这项发现可能与 E 波有关,他激动不已。他找到了让量子计算机跃迁的答案?但听了埃德蒙富有哲理性的开场白之后,埃克托尔意识到埃德蒙发现的是完全不同的东西。

不知道我们还能不能知道他发现的是什么。埃克托尔想到这里,心情十分沉重。他来到埃德蒙家不是为了写博客,而是为了表达最真诚的敬意。

"E 波!"附近有人大叫道,"E 波!"

埃克托尔周围聚集的人群开始把摄像机对准一辆造型优美的特斯

拉。此刻，特斯拉正亮着刺眼的卤素大灯缓慢地朝广场驶来，慢慢靠近聚集的人群。

埃克托尔惊讶地盯着这辆熟悉的汽车。

在巴塞罗那，埃德蒙的 X 型特斯拉及其 E 波车牌就像罗马教皇的专车一样无人不知。埃德蒙经常在丹尼-维奥珠宝店外的普罗旺斯大街上玩并排停车秀，下车给拥趸签名留念，任由爱车的自动泊车系统驱动着空车，按照预先设定的线路，先是沿着街道行驶，然后横穿宽阔的人行道（汽车的传感器会探测有无行人和障碍物）直抵车库大门（这时车库大门已经洞开），最后慢慢沿着旋转坡道驶入米拉之家的私家地下车库。

虽然自动泊车——轻松地打开车库门，径直驶入，然后自动熄火——是特斯拉所有款式的标配，但为了让特斯拉执行更复杂的路线，埃德蒙很得意地修改了自己爱车的系统。

泊车秀便是他修改系统的杰作。

今晚的这场泊车秀非常奇怪。虽然埃德蒙已经离开人世，但他的车出现了，沿着普罗旺斯大街慢慢驶来，一直穿过人行横道，对着考究的车库大门，在人们让出的道路中缓缓前行。

记者和摄影师一起拥向汽车，眯着眼透过深色的车窗往里看，然后惊讶地叫了起来。

"车是空的！没人开车！车是从哪儿来的？！"

米拉之家的保安显然以前目睹过这种把戏，当车库门打开时，他们把围着特斯拉的人群赶了回去，让他们远离车库大门。

看着埃德蒙的空车缓慢驶向车库，埃克托尔不禁联想到一条狗在主人去世后孤零零回家的场景。

特斯拉就像幽灵一样一声不响地开进车库大门。看着埃德蒙的爱车如往常一样沿着旋转坡道驶入巴塞罗那第一个地下停车库，人们不由得爆发出了饱含深情的掌声。

"我不知道你这么害怕幽闭的空间。"安布拉紧挨着兰登躺在特斯拉的地板上悄悄说道。两人挤在第二排和第三排座椅之间的狭小空间里，躲在安布拉从行李箱里找来的黑色人造革车罩下面，这样就算有人透过深色车窗往里看也看不见他们。

"我还死不了。"兰登浑身颤抖着说了一句。让他更加紧张的是特斯拉的自动驾驶，而不是自己的幽闭恐惧症。他可以感觉到特斯拉正沿着陡峭的螺旋弯道往下走。他担心车子随时可能会出事故。

两分钟前当他们把车停靠在普罗旺斯大街的丹尼-维奥珠宝店外面时，温斯顿向他们发出了明确的指令。

他们爬到特斯拉的第三排座椅，安布拉轻轻按下手机上的一个按钮，启动了汽车的自动泊车功能。

兰登在黑暗中感觉到汽车在街道上缓缓行驶。在狭小的空间里，安布拉紧贴着自己。这让他情不自禁地想起了十几岁时跟一个漂亮女孩第一次坐在汽车后座上的经历。那时候我更紧张！他心想。不过这个想法颇具讽刺意味，因为此时此刻他怀里搂着的可是西班牙未来的王后呢。

兰登感觉到车在坡道底部回正，慢慢转了几个弯，然后稳稳地停了下来。

"你们到了！"温斯顿说。

安布拉马上扯开车罩小心翼翼地坐起身来，偷偷朝窗外看了看。"没有人！"她边说边下了车。

兰登紧随其后也下了车，站在车库里，感到一身轻松。

"电梯在大堂。"说完，安布拉示意兰登往旋转坡道上走。

但是兰登的目光突然被一个完全意想不到的景象吸引住了。在埃德蒙的停车位正对面的水泥墙上挂着一幅装帧优美的海滨风景画。

"安布拉？"兰登说道，"埃德蒙用油画来装饰过自己的停车位吗？"

安布拉点点头。"我也这样问过他。他告诉我说这是一位容光焕发的美女每晚欢迎他回家的方式。"

兰登呵呵笑了。不愧是单身汉。

"这位艺术家是埃德蒙非常敬佩的人。"温斯顿说。他的声音现在已自动转移到了安布拉拿在手里的埃德蒙手机上。"你能认出是谁画的吗?"

兰登认不出来。这幅画看上去无非是一幅手法娴熟的海景水彩画,一点儿也不符合埃德蒙一贯前卫的品位。

"是丘吉尔。"安布拉说,"埃德蒙总喜欢引用他的话。"

丘吉尔。兰登迟疑了片刻才意识到,安布拉指的不是别人,正是英国著名的政治家温斯顿·丘吉尔。他不但是一位军事家、历史学家、演讲家、诺贝尔文学奖得主,还是一位才华出众的画家。兰登回想起有一次不知什么人对埃德蒙说,信教的人都恨他,埃德蒙便引用这位英国首相的话作为回应:你有敌人吗?很好。这就意味着你已经勇敢地去面对了!

"埃德蒙非常佩服丘吉尔的多才多艺。"温斯顿说,"一个人很难在如此广泛的领域里都做到精通的程度。"

"这就是埃德蒙给你取名'温斯顿'的原因喽?"

"是的。"温斯顿回答道,"埃德蒙对他的评价很高。"

很高兴我能问出这样的问题!兰登心想。因为他曾想过,温斯顿的名字可能喻指"沃森"——十年前,IBM 的超级计算机"沃森"曾称霸智力竞猜电视节目《危险边缘!》。毫无疑问,十年后的今天,在合成智能发展史上,人们很可能会认为"沃森"只不过是一个原始的单细胞菌类而已。

"好吧!"兰登说着示意去乘电梯,"那我们就上楼,尽快找到我们要找的东西。"

此刻在马德里阿穆德纳圣母大教堂里,指挥官迭戈·加尔萨手握电话,难以置信地听着王室公关协调人莫妮卡·马丁向他通报最新进展。

巴尔德斯皮诺和胡利安王子离开了皇宫的安保范围?

加尔萨根本想象不出他们在想什么。

他们坐着侍僧开的车,围着马德里转圈?真是疯了!

"我们可以联系交管部门。"马丁说,"苏雷什认为他们可以利用电子警察来帮助跟踪——"

"不!"加尔萨断然拒绝,"这就等于提醒所有人,王子出了皇宫,而且身边没有保镖,这太危险了!我们首先要注意王子的安全。"

"明白,长官。"话虽这么说,但马丁的声音突然听起来有些不安,"还有件事,您应该知道。有一条电话记录不翼而飞了。"

"等一下!"加尔萨说道,因为他看到四名皇家特工正在朝他们走来。可是令他困惑不解的是,四名特工大步走过来将他围住。没等他反应过来,特工们便动作娴熟地下了他的枪,夺走了他手中的手机。

"加尔萨指挥官,"领头的特工板着脸说道,"我奉命逮捕你。"

第52章

米拉之家的整个外观神似数学中的无限大符号——一条环状曲线首尾相连,形成两口贯通整个大楼的波浪形采光井。两口开放式采光井都差不多有一百英尺深,采光井皱皱巴巴的外形看上去就像坍塌了一部分的隧道,从楼顶俯视下去,犹如两个巨大的排水口。

兰登站在比较狭窄的那口采光井底楼抬头仰望,采光井的视觉效果绝对让人不安——站在楼下的人就像卡在一个巨兽的喉咙里一样。

兰登脚下的石材地板崎岖不平。螺旋楼梯绕着竖井盘旋而上,网格状铁艺楼梯栏杆模仿的是海绵凹凸不平的腔房。扭曲的藤蔓和突然下扑的棕榈叶组成的小小丛林从楼梯扶手攀援而上,就好像要从公寓里蹿出去一样。

活了的建筑!兰登心里琢磨着,对高迪将生物元素融入设计的能力赞叹不已。

兰登再次抬头,仰望"峡谷"两侧:在整个波浪形墙壁上,棕色、绿色的瓷砖与色彩柔和的壁画纠缠交错，壁画中的植物和花卉似乎朝着露天竖井顶上的椭圆形夜空无限生长。

"电梯在这边。"安布拉一边领着兰登绕过中庭的边缘，一边小声说道，"埃德蒙的公寓在最顶楼。"

站在异常狭小的电梯里，兰登回想起米拉之家顶楼的阁楼，他曾经在那里参观过一个小型的高迪展。在他的印象中，米拉之家的阁楼是一系列光线阴暗、迂回曲折的房间，而且几乎没有窗户。

"埃德蒙真能对付。"电梯启动时，兰登说道，"真不敢相信他居然租了个阁楼。"

"这套公寓很古怪。"安布拉附和道，"不过，你不是不知道，埃德蒙本来就很古怪。"

电梯停在顶楼后，两人走出电梯，来到一个格调优雅的走廊，又爬了一段旋梯，最后来到大楼最高处的私人领地。

"就是这儿。"安布拉指着一扇既没有把手又没有锁孔但非常大气的铁门说道。这是一扇未来主义风格的大门，与整幢建筑格格不入，显然是埃德蒙自己加装的。

"你知道他把钥匙藏在哪儿？"兰登问。

安布拉拿起埃德蒙的手机。"他好像什么东西都藏在同一个地方。"

她把手机贴在铁门上，铁门"嘟嘟嘟"响了三声后，兰登便听到一连串门闩滑开的声音。安布拉把手机放进口袋推开了门。

"您先请。"安布拉得意地说道。

兰登跨过门槛，进入光线昏暗的门厅。门厅的墙壁和天花板都是色彩暗淡的砖块，地面则是石材的。里面的空气十分稀薄。

他穿过门厅走进后面的开阔空间后，突然发现对面的墙壁上悬挂着一幅巨画。巨画被用博物馆级别的点射灯照着，简直美不胜收。

兰登看到绘画后停下了脚步。"我的天哪！这是……真迹？"

看到兰登的反应，安布拉微微一笑。"没错。我本想在飞机上就告诉你的，不过我想给你一个惊喜。"

兰登二话没说，便朝画作走去。这幅画长约十二英尺，高四英尺多——远远大于他此前在波士顿美术馆看到的仿制品。听说这幅画卖给了一位匿名的收藏家，但真不知道买家居然是埃德蒙！

"第一次在这里看到这幅画时，"安布拉说，"我真的不敢相信埃德蒙居然会喜欢这种风格的画作。不过，在了解了今年他在忙些什么以后，我觉得这幅画虽然有些不合情理，倒也契合。"

兰登点了点头，但还是心存疑虑。

这幅闻名遐迩的画作是法国后印象派画家保罗·高更①的代表作。保罗·高更是十九世纪后期象征主义运动的代表画家，对现当代绘画的发展产生了巨大影响。

兰登一步步朝画作走去，并立刻被画作的色彩震撼到了。画作的色彩与米拉之家大门口的色彩有异曲同工之妙，两者都是将绿色、棕色、蓝色进行有机结合，描绘了极富自然主义色彩的画面。

尽管高更的这幅画描绘了许多有趣的人物和动物，兰登的目光还是立刻转移到画作的左上角——在一块明亮的黄色上，写着这幅作品的标题。

兰登将信将疑地念出了上面的法语文字：D'où Venons Nous / Que Sommes Nous / Où Allons Nous.②

我们从哪里来？我们是谁？我们要往哪里去？

兰登心里纳闷，埃德蒙每天回家看到这些话，会不会受到什么启发。

安布拉走到兰登身边。"埃德蒙说，每天他走进家门，都希望这些问题能激励他。"

确实如此！兰登心想。

既然埃德蒙如此重视这幅画，兰登想这幅画有可能暗含某种线

---

① 保罗·高更（Paul Gauguin，1848—1903），法国后印象派画家、雕塑家，与梵·高、塞尚并称为后印象派三大巨匠。
② 《我们从哪里来？我们是谁？我们要往哪里去？》，高更1897年的作品，也是高更平生创作的最大一幅油画。

索,能帮助解开埃德蒙的发现之谜。乍一看,这幅画的题材似乎过于原始,显然不会暗示先进的科学发现。在画中高更采用粗犷而又不均匀的笔触描绘了居住在塔希提原始丛林中的人和动物。

这幅画兰登非常熟悉,在他的印象中,高更有意让观者从右往左欣赏这幅作品——与阅读标准法语的方向完全相反。因此兰登的目光迅速从右侧寻找熟悉的图案。

画的最右边是一个新生儿安睡在一块圆石上,象征着生命的诞生。我们从哪里来?

画的中间有一群年龄不一、形形色色的人正在从事各种日常活动。我们是谁?

画的左边是一位迟暮的老妪,她独坐一旁陷入沉思,似乎在思考自己必然的归宿。我们要往哪里去?

兰登感到诧异的是,埃德蒙第一次描绘其发现的重点时自己居然没能想到这幅画。我们的本源在何处?我们的归宿又在何处?

兰登仔细观察了画中的其他元素——看似没有任何特殊意义的狗、猫和鸟;背景中的原始女神像;一座山、缠绕的树和树根。当然,还有老妪身边高更著名的"奇怪白鸟"。在高更眼中这只鸟代表着"语言的虚无"。

管它虚无不虚无呢!兰登心想,我们到这里来就是为了找语言的。最好是由四十七个字母组成的语言。

兰登突然想起这幅画的名字与众不同,没准与他们要找的由四十七个字母组成的密码有直接关系。他很快数了数,发现它的法语名字和英语译文都不够四十七个字母。

"好吧!我们要找的是一句诗。"兰登满怀希望地说道。

"埃德蒙的藏书室在这边。"安布拉指着左手边一条宽阔走廊说。兰登看到走廊里摆满了各种高雅的陈设,其中不乏高迪的各种艺术品和展品。

埃德蒙住在博物馆里?兰登还是没能打消自己的这个想法。米拉之家的阁楼是他见过的最不适合当成家住的地方。阁楼完全是砖石结构，说到底就是一个连绵不断的肋式拱梁隧道。整个隧道由二百七十根高度不等的抛物线拱梁构成，两根拱梁的间距大约三英尺。整个阁楼几乎没有窗户，里面的空气既干燥又稀薄。看样子为了保护高迪的艺术品，埃德蒙的确下了一番功夫。

"我随后就来。"兰登说，"我先用一下埃德蒙的卫生间。"

安布拉尴尬地回头看了一眼入口。"埃德蒙总是让我用楼下大堂里的……这套公寓里的私人卫生间，他不愿意让别人用的。"

"这是单身汉的通病——卫生间里可能搞得一团糟，不好意思让人看。"

安布拉莞尔一笑。"嗯，我想也是。"她指了指与藏书室反方向的那条黑咕隆咚的通道。

"谢谢。我马上回来。"

安布拉继续朝埃德蒙的办公室走去，兰登则顺着相反方向去卫生间。他沿着一条狭窄的拱廊前行——走在这样的砖砌拱廊里，仿佛置身于地下洞穴或是中世纪的茔窟之中。让他感到诡异的是，就在他沿着拱廊往前走时，每个抛物线拱的脚下居然都亮起一排动作感应灯，柔和的光线照亮了他前行的路。

兰登一路经过了一个非常雅致的阅览区、一个小型运动区，甚至还有一个配餐室。所到之处，无不点缀着高迪的各种画作、建筑设计草图，以及他承揽过的工程项目的3D模型。

在经过一张摆满生物工艺品的明亮展台时，兰登突然停下了脚步。展台上摆放的东西——一块史前时代的鱼化石、一个漂亮的鹦鹉螺壳、一副弯曲的蛇骨架——把他惊呆了。他顿时想到，这个展台肯定是埃德蒙自己布置的——这些东西没准跟他对生命本源的研究有关。随后兰登看了展台上的说明才知道，这些艺术品都属于高迪，同时也与这个家的建筑特色遥相呼应：墙上的瓷砖图案似鱼鳞，车库入口的旋转坡道似鹦鹉螺，这条由几百根肋式拱梁构成的走廊正是蛇的骨架。

在展品旁边还有这位建筑大师的一句谦卑的话：

> 世间本没有创造,因为万物早就存在于自然之中了。
> 所谓创造,就是回归本源。
>
> ——安东尼·高迪

兰登将目光转向弯弯曲曲的肋式拱廊,再次感觉到自己好像站在一个活生生的生物体里面。

这真是为埃德蒙量身打造的家!兰登心想。受科学启发的艺术。

沿着蛇形隧道拐过第一个弯之后,兰登发现空间一下子开阔起来。厅中央一个巨大的玻璃展柜立即吸引了兰登的目光。

悬链线模型。对高迪充满创意的设计原型,兰登总是赞叹不已。"悬链线"是建筑学术语,指的是在两个固定点之间松散悬挂的绳索形成的曲线——如吊床,或悬挂在剧院两个支柱之间的天鹅绒绳索。

在兰登面前的这个悬链线模型中,几十根链条松散地从柜顶上垂下来——链线从挂环上笔直下垂又折回到另一端的挂环上,形成了一个个软绵绵悬着的超长 U 形。由于重力张力与重力压缩作用力相反,高迪研究了重力作用下自然悬挂的链条所呈现的精确形状,通过模仿这种形状就可以解决引力压缩给建筑带来的挑战。

但这需要一个魔镜。兰登边想边往展柜走去。不出所料,展柜的底部是一面镜子。当他低头看镜中悬链线的倒影时,发现了一种神奇的效果。整个模型顿时上下颠倒——挂环变成了高耸的尖塔。

兰登这才意识到自己从这个展柜里看到的是倒置的圣家族大教堂鸟瞰图。在设计圣家族大教堂微微倾斜的尖塔时,高迪运用的很可能就是这个模型。

顺着大厅继续往前走,兰登发现了一间优雅的卧室。卧室里有一张古色古香的四柱床、一个樱桃木衣橱和一个嵌入式五斗柜。墙上装饰着高迪的设计草图。兰登心想博物馆根本不可能展出这些草图。

房间里唯一的一件艺术品似乎是后来添上去的,那就是挂在埃德蒙床头上的一幅语录。兰登只看了前四个字,马上就知道语录的出处了。

> 上帝死了。上帝永远死了。是我们杀了他！身为最了不起的杀人犯，我们又将如何宽慰自己？
>
> ——尼采

"上帝死了"是十九世纪德国著名哲学家和无神论者弗里德里希·尼采最有名的一句话。尼采因其对宗教的尖锐批评和对科学——尤其是达尔文的进化论——的深入思考而声名远扬。他认为达尔文的进化论将人类推到了虚无主义的边缘，使人们意识到生命没有意义，没有更高的目标，也不会直接证明上帝的存在。

看着床头上的语录，兰登想到高举反宗教大旗的埃德蒙为了让世界摆脱上帝的桎梏，也许曾跟自己做过斗争。

兰登记得，尼采这句话的后面应该是："对于我们而言，这般伟大的功绩是否太过伟大？难道不是只有我们变成上帝才能做出这般丰功伟绩吗？"

这种大胆的观点——人必须成为上帝才能杀死上帝——是尼采思想的核心。但兰登明白，这也许从某种程度上解释了为什么像埃德蒙这样的技术先驱会因上帝而饱受折磨。那些抹杀上帝的……肯定是神。

正当兰登思考这个问题的时候，他突然想起了另一个问题。

尼采不仅仅是哲学家——他还是诗人！

兰登自己就收藏了尼采的汇编本《孔雀与水牛》，里面共收录了二百七十五首诗和警句，集中阐述了他对上帝、死亡和人类心灵的看法。

兰登迅速数了数装裱语录的字数。虽然字数对不上，但兰登心里却充满了希望。我们要找的诗句会是尼采的？果真如此的话，我们能不能在埃德蒙的办公室找到尼采的诗集呢？无论如何兰登会先让温斯顿从在线尼采诗集库中检索包含四十七个字母的诗句。

兰登迫切地想把这个想法告诉安布拉。于是他急匆匆穿过卧室，奔向不远处的卫生间。

一走进卫生间，里面的灯光马上亮了起来。他观察了一下，发现里面装饰典雅，有一个立柱洗脸台、一个独立的淋浴间，还有一只马桶。

一张古色古香的矮桌引起了兰登的注意。桌子上凌乱地摆放着一些盥洗用品和私人物品。当他看清桌子上放的东西时，他倒吸了一口冷气，吓得后退了一步。

天哪！埃德蒙……不会吧！

他眼前的桌子就像是黑市制毒室——用过的注射器、药瓶、散落的胶囊，还有一块血迹斑斑的碎布。

兰登的心一沉。

埃德蒙在吸毒？

兰登知道近年来吸毒成瘾已经司空见惯，就连富贵名流也不例外。时下海洛因比啤酒还便宜，人们吞服阿片类药物就像吃普通镇痛药一样随便。

不用说，吸毒成瘾就是埃德蒙最近身体消瘦的罪魁祸首！此前，兰登一直纳闷，埃德蒙为什么要吃素，原来是为了掩饰他消瘦的身体和深陷的眼眶啊。

兰登走到桌子跟前拿起一个药瓶看上面的服用说明。

本以为会看到奥施康定或扑热息痛之类的普通阿片类药物。然而他看到的是：多西他赛。

他深感困惑，于是又看了一个药瓶：吉西他滨。

这些都是什么药？兰登很纳闷，于是又看了第三个药瓶：氟尿嘧啶[①]。

兰登怔住了。他曾从哈佛的同事那里听说过氟尿嘧啶。他突然感到一阵恐惧。随后他在胡乱摆放的药瓶中间发现了一本小册子，标题是《素食主义可以缓解胰腺癌？》

---

① 多西他赛（Docetaxel）、吉西他滨（Gemcitabine）、氟尿嘧啶（Fluorouracil），均为抗癌药物。

兰登明白了事实真相后简直目瞪口呆。

埃德蒙不是瘾君子。

他在悄悄地与癌症做生死抗争。

第 53 章

安布拉·维达尔在阁楼公寓里借着柔和的灯光快速浏览着埃德蒙藏书室墙壁上的一排排藏书。

他的藏书比我想象的要多。

埃德蒙在高迪的拱顶垂直立柱之间布置了许多书架，将倒弧角走廊较开阔的区域设计成一个令人咋舌的藏书室。藏书室非常大，鉴于埃德蒙据说只准备在这里住两年，藏书真不算少。

不过，看样子他应该是准备在这里长期住下去了。

看着满满的书架，安布拉意识到要找到埃德蒙最喜欢的诗句会花不少的时间。她沿着书架浏览书脊，发现都是些宇宙学、意识和人工智能等方面的科技书籍。

《大蓝图》[1]

《自然的力量》[2]

《意识的本源》[3]

《信念的力量》[4]

《智能算法》[5]

---

[1]《大蓝图》(*The Big Pictures*)，肖恩·卡罗尔著，2016 年杜登出版社出版。
[2]《自然的力量》(*Forces of Nature*)，布莱恩·考克斯著，2016 年哈珀设计出版社出版。
[3]《意识的本源》(*Origins of Consciousness*)，阿德雷·尼尔森著，2015 年露露出版社出版。
[4]《信念的力量》(*The Biology of Belief*)，布鲁斯·利普顿著，2005 年爱之山出版社出版。
[5]《智能算法》(*Intelligent Algorithms*)，维姆·威尔巴等著，2014 年斯普林格出版社出版。

《我们的终极发明》[1]

她看完一个书架,绕过一根肋式立柱,继续浏览下一个书架。在这个书架上,她又看到了一系列科技书籍——热力学、原始化学、心理学。

没有诗歌。

安布拉发现已经有一阵子没有温斯顿的动静了,于是掏出埃德蒙的手机。"温斯顿?在吗?"

"在!"温斯顿带着浓重的口音回答道。

"埃德蒙藏书室里的这些书他真的都看过?"

"我想是的。"温斯顿回答道,"他酷爱读书,还把这个藏书室叫作'知识战利品陈列室'。"

"这里有没有放诗歌的书架呢?"

"我只知道其中的一些非文学类书籍,我读过它们的电子版,是为了和埃德蒙讨论这些作品的内容——我怀疑他也不是真想读这些书,不过是为了给我一个学习的机会罢了。很遗憾,我不了解他整个藏书的分类,所以要想找到你们要找的,就只能亲自动手翻了。"

"我明白了。"

"有一件事,我觉得你可能感兴趣——就在你翻找时,马德里传来突发新闻,是关于你未婚夫胡利安王子的。"

"出什么事了?"安布拉话一出口又突然打住了。她仍在纠结胡利安是否可能参与了针对埃德蒙的谋杀案。但她又提醒自己没有证据。没有证据表明胡利安暗中帮忙把阿维拉的名字加到了宾客名单上。

"最新报道称,"温斯顿说,"皇宫门外正在举行示威游行。有证据进一步显示,埃德蒙遇刺案是由巴尔德斯皮诺主教秘密策划的,可能是与皇宫内的某个人里应外合,没准那人是王子。埃德蒙的拥护者现在正担当示威人群的纠察队。你看。"

埃德蒙的智能手机里开始播放愤怒的人群聚集在皇宫几个门口抗

---

[1] 《我们的终极发明》(*Our Final Invention*),詹姆斯·巴拉特著,2013年托马斯-邦恩图书出版社出版。

议示威的视频画面。其中有人高举着标语牌，上面用英文写着：**本丢·彼拉多**①**杀了你们的先知——而你们杀了我们的先知！**

还有人拿着带有喷绘图案的床单，上面只喷着一个词的战斗口号——"叛教！"②另外还印上了一个图标。这个图标如今在马德里的人行道上随处可见。

在西班牙自由青年群体中，"叛教"已经成了流行的战斗口号。与教会一刀两断！

"胡利安发表声明了吗？"安布拉问。

"这正是问题之一。"温斯顿说，"胡利安一个字都没说，主教和王室也都保持沉默。持续的沉默已经让大家生疑。各种阴谋论炒得沸沸扬扬，现在全国新闻媒体已经开始质疑你到底在哪里，为什么还不出面就这场危机发表意见？"

"我？！"安布拉一想到这点就心生恐惧。

"你目睹了谋杀。你是胡利安王子的至爱，是未来的王后。公众希望听到你说话，希望你亲口告诉大家胡利安没有参与这起谋杀。"

安布拉的直觉告诉她胡利安对埃德蒙谋杀案可能并不知情。每当她回想起两人相知相恋的时光，她都觉得他这个人温柔真诚，追求浪漫，肯定不是凶手。

"此时此刻，兰登教授也面临着跟胡利安相同的问题。"温斯顿说，"媒体已经开始质疑，教授在埃德蒙演讲中扮演如此重要的角色，为什么连一句话都没有，就人间蒸发了。一些支持阴谋论的博客暗

---

① 本丢·彼拉多〔Pontius Pilate〕，钉死耶稣的古罗马犹太总督。
② 原文为西班牙语。

示，他的消失实际上可能与他卷入埃德蒙谋杀案有关。"

"但是这也太离谱了！"

"这个话题越来越有意思了。这种说法要追溯到兰登过去寻找圣杯和基督血统的经历。显然耶稣基督的撒利族后裔与卡洛斯运动有着某种历史渊源，而刺客的文身——"

"打住！"安布拉打断温斯顿的话，"这太荒唐了。"

"还有人说兰登之所以人间蒸发是因为他自己也已经被盯上了。一时间大家都成了坐在扶手椅上高谈阔论的大侦探。此刻全世界都在通力合作，要搞清楚埃德蒙揭开的秘密究竟是什么，又是谁想杀人灭口。"

蜿蜒曲折的走廊上，兰登清脆的脚步声越来越近，将安布拉的注意力吸引了过去。就在他拐过弯时，她转过身来。

"安布拉？"他哽咽着说道，"你知道埃德蒙病重的事吗？"

"病重？"她吓了一跳说道，"不知道。"

兰登把在埃德蒙卫生间里看到的情形一五一十地告诉了她。

听兰登说完，安布拉大吃一惊。

胰腺癌？埃德蒙脸色这么苍白、身体这么消瘦，都是因为胰腺癌？

令人难以置信的是，埃德蒙从未向任何人透露过自己生病的事。安布拉终于明白过去几个月他为什么如此拼命工作了。埃德蒙知道自己时日不多了。

"温斯顿，"她问道，"你知道埃德蒙生病的事吗？"

"知道。"温斯顿不假思索地回答道，"不过他不愿意让别人知道。二十二个月前他得知自己得了绝症，于是立刻改变饮食习惯，开始加大工作强度。他还把住处搬到这间阁楼，因为在这里他能闻到只有博物馆里才有的气息，同时也能免受紫外线辐射的伤害。服用药物让他变得对光非常敏感，所以他必须尽量待在阴暗的环境中。其实，埃德蒙已经超出了医生的预测，多活了很长时间了。可是最近他全身器官开始出现衰竭。根据我从全世界数据库收集到的有关胰腺癌的实验数据，我分析他的病情正在恶化，我估计他只能再活九天。"

九天！想到这里，安布拉因曾嘲笑埃德蒙素食和玩命工作而感到十分愧疚。他虽然病入膏肓，仍不屈不挠地与死神赛跑，只为在生命耗尽之前创造最后的辉煌。想到这里，安布拉很难过，但这更坚定了她找到那首诗、完成埃德蒙未竟事业的决心。

"我还没找到任何跟诗歌有关的书。"她对兰登说，"到目前为止，找到的都是科学方面的书。"

"我想我们要找的诗人可能是弗里德里希·尼采。"说完，兰登便把埃德蒙床头上那幅装裱过的尼采语录告诉了她，"尼采的这句话虽然不是四十七个字母，但暗示埃德蒙肯定是尼采的拥趸。"

"温斯顿，"安布拉说，"你能不能找一下尼采的诗集，梳理一下有哪些诗行是由四十七个字母组成的？"

"当然可以！"温斯顿回答道，"找德文原版还是英文译文？"

安布拉停顿了一下，有点儿拿不定主意。

"先找英文的。"兰登干脆地说，"埃德蒙得把这行诗输入手机，但他的手机键盘很难输入德语变音字符和德语字母ß。"

安布拉点了点头。聪明。

"我已经找到你们要的了。"温斯顿几乎是马上回答道，"我找到了近三百首英译的诗，其中有一百九十二行正好是四十七个字母。"

兰登叹了口气。"这么多？"

"温斯顿，"安布拉催促道，"埃德蒙把他最喜欢的诗句当作预言……关于未来的预言……一个正在变成现实的预言。你看到符合这种描述的内容了吗？"

"很抱歉！"温斯顿回答道，"我没有发现与预言相关的内容。从语言的角度看，那些诗句都是从较长的诗节中抽出来的，表达的意思似乎不完整。要我把这些诗句都展示给你们看吗？"

"太多了！"兰登说，"我们必须找到那么一本书，但愿埃德蒙用某种方式对他最喜欢的诗句做了标记。"

"那我建议你们快点。"温斯顿说道，"你们来这里好像已经不是什么秘密了。"

"为什么这么说?"兰登问道。

"据巴塞罗那新闻报道,一架军用飞机刚刚在巴塞罗那普拉特机场降落,两名皇家特工已经下了飞机。"

在马德里郊外,巴尔德斯皮诺主教在千钧一发之际成功逃出皇宫,这让他感到很欣慰。在侍僧的迷你欧宝轿车后座上,巴尔德斯皮诺挤坐在胡利安王子身旁,满心希望正在秘密上演的闪人计划能帮助他重新夺回今夜受到极大威胁的控制权。

"去王子屋①。"侍僧将车开出皇宫以后,巴尔德斯皮诺对他下达了命令。

王子屋坐落在一个僻静的乡村,距离马德里四十分钟车程。王子屋虽然叫"屋",其实是一座豪华府邸。这间"屋"自十八世纪中期以来一直就是西班牙王位继承人的私人住所——在他们担负治国重任之前,这个僻静的地方才是他们的乐土。巴尔德斯皮诺告诉胡利安,今晚撤到他的王子屋去要比待在皇宫里安全。

其实我没有打算把胡利安带到王子屋去!主教心里很清楚。他看了一眼王子,看到王子正在凝视窗外,显然陷入了沉思。

巴尔德斯皮诺不知道王子是否真的像他表现的那样天真,还是说像他父亲那样已经学会了只让世人看到他想让人看到的那一面。

第 54 章

加尔萨感觉手腕上的手铐越扣越紧。好像没必要这样嘛!

---

① 王子屋(Casita del Príncipe),由西班牙国王卡洛斯三世为其继承人卡洛斯四世所建,并供后世历代王储居住。王子屋有两处:一处位于马德里以北厄尔巴尔多皇宫附近,一处位于马德里近郊的埃斯科里亚尔。此处应为后者。

这些家伙是在玩真的！他心里虽然这么想，但还是被自己麾下皇家特工的举动搞得一头雾水。

"这到底是怎么回事？！"就在他的手下把他带出教堂推搡着他来到夜幕下的广场时，加尔萨又问了一句。

仍没人应答。

他们一行人穿过开阔的广场，朝皇宫走去时，加尔萨发现皇宫的正门外聚集了许多摄像机和抗议者。

"你们起码应该让我躲在你们身后吧！"他对领头的特工说，"不要让公众看到这一幕。"

几名特工根本不理会他，继续推搡着他径直穿过广场。不一会儿，皇宫大门外的声音开始嘈杂起来，聚光灯刺眼的强光朝他这边照了过来。尽管强烈的聚光灯照得加尔萨眼前一片漆黑，让他心里十分窝火，但他仍尽量表现得镇定自若。在几名皇家特工的押解下，他在距皇宫大门几码远的地方，从吵吵嚷嚷的摄影师和记者面前径直走过去。

人们开始七嘴八舌向加尔萨提问。

"为什么抓你呀？"

"你犯了什么事，指挥官？"

"你卷入了埃德蒙·基尔希的谋杀案？"

加尔萨满心以为自己的特工会根本不理会大门外的人群而带着他继续往前走，但让他震惊的是特工们突然停了下来，推着他站到镜头前。从皇宫那边，一个身着便服的熟悉身影正大步流星地穿过广场快步向他们走来。

是莫妮卡·马丁。

加尔萨原以为看到自己这副窘样，马丁肯定会大吃一惊的。

然而奇怪的是，当马丁来到他跟前时，她看他的目光不是惊讶而是蔑视。特工们强迫加尔萨转身面对记者。

莫妮卡·马丁举起一只手示意人群安静下来，然后从口袋里掏出一小张纸。她扶了扶厚厚的眼镜，直接面对摄像机镜头宣读了一份声明。

她大声念道:"指挥官迭戈·加尔萨涉嫌参与谋杀埃德蒙·基尔希并试图栽赃巴尔德斯皮诺主教,王室特准予以批捕。"

对这种本末倒置的指控,加尔萨还没来得及反应过来便被特工们押着朝皇宫走去。在他离开时,他听到莫妮卡·马丁还在继续宣读声明。

"关于我们未来的王后安布拉·维达尔,"她大声读道,"以及那位美国教授罗伯特·兰登,情况恐怕不容乐观。"

在皇宫的楼下,电子监控主任苏雷什·巴拉站在电视机前。这台电视机直接连接广场上莫妮卡·马丁的临时新闻发布会直播现场。

看上去她一点儿也不开心嘛。

就在五分钟前,马丁在自己的办公室里接到一个人打来的电话。她心平气和地接听了电话,并对电话内容认真做了记录。一分钟后她走出办公室,其表情之震惊是苏雷什以前从未见过的。马丁二话没说,带着自己的记录直接走到广场,面对媒体宣读了声明。

不管她的声明是否准确,有一点是确定无疑的——命令她宣读这份声明的人,已经把罗伯特·兰登置于一个非常危险的境地。

是谁给莫妮卡下的命令呢?苏雷什心里纳闷。

就在他揣度着公关协调人的怪异行为时,他的电脑"叮"响了一声,是收到一封邮件。苏雷什走到电脑前仔细盯着显示器。看到发件人信息后,他完全惊呆了。

monte@iglesia.org

报料人!苏雷什心想。

整晚一直在给解密网报料的就是这个人。可现在不知为什么,这个人开始直接跟苏雷什接触起来。

苏雷什谨慎地坐下来打开了电子邮件。

邮件的内容是：

我黑了巴尔德斯皮诺的短信。
他藏着很多危险的秘密。
王室应该调取他的短信记录。
马上。

苏雷什大吃一惊，把邮件又看了一遍，随即将其删除。
他一声不响地在那里坐了好长时间，心里琢磨着到底该怎么办。
然后他下定决心，迅速拿出能打开皇宫所有房间的总门卡，悄悄上楼不见了踪影。

第 55 章

时间越来越紧迫，兰登扫了一眼埃德蒙的藏书。
诗集……这儿什么地方肯定有诗集的。
皇家特工突然造访巴塞罗那，这给他们敲响了警钟。不过兰登很自信，认为还有时间。不管怎么说，一旦他和安布拉找到埃德蒙最喜欢的那行诗，他们只需几秒钟就能把它输入埃德蒙的手机，然后就可以向全世界播放他的演讲视频了。埃德蒙的目的就是向全世界公布视频。

两人分头行动，兰登负责搜藏书室的右侧，安布拉负责搜左侧。过了一会儿，兰登看了一眼安布拉："你那边找到什么了吗？"

安布拉摇了摇头。"到现在为止，只看到科学和哲学方面的书。没有诗集，也没有尼采的书。"

"接着找！"兰登对她说，然后回过头去继续找。他浏览起书架上厚厚的历史书：

《特权、迫害与预言：西班牙的天主教会》[1]
《利剑和十字架下的统治：天主教国家君主政体的历史演变》[2]

这些书名让他想起了几年前埃德蒙给他讲过的一个伤感故事。当时兰登批评埃德蒙，身为不信神的美国人，他似乎太痴迷于西班牙和天主教。"我母亲可是个土生土长的西班牙人，"埃德蒙直截了当地回答道，"而且是一个怀有极强负罪感的天主教徒。"

埃德蒙向他讲述自己的童年和他母亲的悲惨遭遇时，兰登听得惊呆了。埃德蒙说，他母亲帕洛马·卡尔沃出生在西班牙加的斯[3]的一个纯朴劳动者家庭。十九岁那年，她爱上了从芝加哥来西班牙度假的大学教师迈克尔·基尔希，结果怀上了他的孩子。因为生活在教义严格的天主教社区，帕洛马目睹了周围的人对其他未婚先孕母亲的嫌弃，所以她别无选择，只好答应了那个男人虚情假意的求婚搬到了芝加哥。儿子埃德蒙出生后没多久，帕洛马的丈夫在下课后骑自行车回家途中被一辆汽车撞倒，一命呜呼了。

用她父亲的话说，这就是神的惩罚[4]。

帕洛马的父母不愿意让女儿回娘家，因为那会让娘家人丢脸。非但如此，他们还警告说帕洛马的遭遇恰恰说明上帝发怒了，还说她的下半辈子如果不把自己的肉体和灵魂奉献给基督就永远上不了天国。

生下埃德蒙后，帕洛马曾在一家汽车旅馆当女招待，努力自食其力抚养他。到了晚上，她在自己的陋室里诵读《圣经》祈求宽恕，但日子过得越来越艰难。这让她以为上帝对她的忏悔并不满意。

---

[1] 全名为《特权、迫害与预言：1875—1975 年间西班牙的天主教会》(*Privilege, Persecution and Prophecy: The Catholic Church in Spain, 1875—1975*)，作者为英国学者、教育家弗朗西丝·兰农。
[2] 全名为《利剑和十字架下的统治：西班牙和新大陆天主教国家君主政体的历史演变，1492—1825》(*By the Sword and the Cross: The Historical Evolution of the Catholic World Monarchy in Spain and the New World, 1492—1825*)，作者为美国新墨西哥州立大学兼职教授查尔斯·A. 特鲁西略。
[3] 加的斯（Cádiz），西班牙西南部海港城市。
[4] 原文为西班牙语。

蒙羞受辱和诚惶诚恐的日子一晃就是五年。帕洛马深信作为一位母亲,她对孩子最深挚的爱就是让他过上一种新的生活,一种不会因帕洛马自己的罪孽而受上帝惩罚的生活。于是她把五岁的埃德蒙送进了一家孤儿院,然后自己回到西班牙进了修道院。自那以后,埃德蒙就再也没有见过她。

十岁那年,埃德蒙得知他母亲在修道院的一次自愿斋戒中不幸去世。她不堪忍受肉体上的折磨,上吊自杀了。

"这样的故事听起来让人不好受。"埃德蒙对兰登说,"上中学的时候,我了解到了事件的来龙去脉——你可以想象我母亲那种坚定不移的宗教狂热行为与我对宗教的痛恨有多大的关系。我把它称之为——'育儿经的牛顿第三定律':任何疯狂行为都会有一个相反的疯狂行为与之对应。"

听完这个故事,兰登明白了为什么在埃德蒙还是哈佛大一新生时两人见面,他发现埃德蒙充满了愤怒和痛苦。让兰登诧异的还有埃德蒙从来没有抱怨过其童年时期所受过的种种磨难。相反他一直说正是童年时期所受的磨难给自己带来了好运,因为这种磨难为埃德蒙实现他儿时的两个目标——首先,摆脱贫困;其次,揭露他觉得毁掉他母亲的那种信仰的虚伪性——提供了强大的动力。

他的两个目标都实现了。兰登一边继续浏览着埃德蒙的藏书,一边难过地想。

他继续浏览书架的另一部分,很多书名都是与埃德蒙一生中关注的宗教危害性有关。

《对上帝的幻想》[1]
《上帝不伟大》[2]

---

[1] 《对上帝的幻想》(The God Delusion),2006年出版的纪实类畅销书,作者为理查德·道金斯。
[2] 全名为《上帝不伟大:宗教是如何毒害一切的》(God is not Great: How Religion Poisons Everything),克里斯托弗·希钦斯著,2007年出版。

《如影随形的无神论》①
《给基督教国家的一封信》
《信仰的终结》②
《上帝病毒：宗教是如何侵蚀我们的生活和文化的》③

在过去十年中，提倡理性战胜盲目迷信的书籍如雨后春笋般跻身于纪实类畅销书行列。兰登不得不承认摆脱宗教的文化观念已经越来越流行了——在哈佛校园里也不例外。最近《华盛顿邮报》发表了一篇题为"哈佛人不再信神"的文章，说在大一新生中信奉不可知论和无神论的人数第一次超过了信奉新教和天主教的人数，这在哈佛三百八十年的历史上尚属首次。

同样在整个西方世界，形形色色的反宗教组织——美国无神论者、摆脱宗教桎梏基金会、美国人权、无神论者国际联盟——纷纷涌现，奋起反击宗教教条中他们认为有害的那些内容。

在埃德蒙把"光明运动"④介绍给他之前，兰登从来没把这些团体当成一回事。"光明运动"是一个全球性组织，但名字经常引起人们的误解。该组织主张自然主义世界观，认为不存在超自然元素和神秘元素，其成员包括理查德·道金斯⑤、玛格丽特·唐尼⑥、丹尼尔·丹尼特⑦等著名知识分子。显然随着队伍日益壮大，无神论者现在大有蓄势待发之势。

---

① 《如影随形的无神论》(The Portable Atheist)，克里斯托弗·希钦斯 2007 年主编出版的文集，其中收录了从古至今许多哲学家、思想家、科学家的无神论和不可知论论述。
② 《信仰的终结》(The End of Faith, 2004) 和《给基督教国家的一封信》(Letter to a Christian Nation, 2006) 的作者均为山姆·哈里斯。
③ 《上帝病毒：宗教是如何侵蚀我们的生活和文化的》(The God Virus: How Religion Infects Our Lives and Culture)，达雷尔·W. 雷著，2004 年出版。
④ 光明运动 (the Brights)，始创于 2003 年的国际思潮运动，该组织成员自称为"光明使者"，持自然主义世界观。
⑤ 理查德·道金斯 (Richard Dawkins, 1941—)，英国著名进化论生物学家、动物行为学家和科普作家，英国皇家科学院院士，牛津大学教授。
⑥ 玛格丽特·唐尼 (Margaret Downey, 1950—)，美国无神论活动家。
⑦ 丹尼尔·丹尼特 (Daniel Dennett, 1942—)，美国哲学家、认知科学家，塔夫茨大学教授，尤以心智哲学和生物学哲学见长。

就在几分钟前，在浏览埃德蒙有关进化论的藏书时，兰登还看到过道金斯和丹尼特两人的著作。

目的论认为，人类就像构造复杂的手表，只有依靠"设计师"才能存在。道金斯的经典之作《盲眼钟表匠》就向这一观点发起了强有力的挑战。同样，丹尼特的《达尔文的危险观念》认为，单靠物竞天择就足以解释生命的进化，即使没有神圣的设计师，复杂的生物设计也可能存在。

生命并不需要上帝！兰登在想，脑海里顿时闪现出埃德蒙的演讲。"我们从哪里来？"这个问题又清晰地浮现在兰登的脑海里。这莫非就是埃德蒙重大发现的一部分？他心想。生命是自己产生的——根本就没有什么"造物主"？

当然这种观点与神创论是格格不入的。这让兰登越发迫切地想知道自己是不是走到邪路上去了。不过话又说回来了，这种观点似乎根本无法求证。

"罗伯特？"安布拉在他身后叫了一声。

兰登转身一看，安布拉已经查完了她那一侧的藏书，一无所获地摇了摇头。"这边什么都没有，"她说，"全是些纪实类的藏书。我来你这边帮你找。"

"目前为止我这边也一无所获。"兰登说。

就在安布拉走到兰登这边翻找的时候，免提状态中的手机里"嗞嗞啦啦"地传来了温斯顿的声音。

"维达尔女士？"

安布拉拿起埃德蒙的手机。"请讲！"

"你和兰登教授赶紧看一个新闻，"温斯顿说，"宫里刚刚举行了发布会。"

兰登快步走到安布拉跟前，看着她手里小小的屏幕上开始播放的视频。

从视频画面中，他认出了马德里皇宫前的广场，一个身着制服的男子戴着手铐被四个皇家卫队特工推搡着走进了画面。特工们把那人的身体扭转过来面对着摄像机镜头，那样子就像是故意在世人面前羞辱他一样。

"加尔萨？！"安布拉惊叫起来，声音听上去很诧异，"皇家卫队的头儿被捕了？"

此时镜头已经转向一个戴着厚厚眼镜的女人。她从裤兜里掏出一张纸准备宣读声明。

"这女的是公关协调人，名字叫莫妮卡·马丁。"安布拉说，"到底怎么回事呀？"

视频中的女子开始口齿清晰、一字一句地宣读声明："指挥官迭戈·加尔萨涉嫌参与谋杀埃德蒙·基尔希并试图栽赃巴尔德斯皮诺主教，王室特准予以批捕。"

就在莫妮卡·马丁宣读声明时，兰登能感觉到他身边的安布拉有点儿站不住了。

"关于我们未来的王后安布拉·维达尔，"马丁带着异样的口气读道，"以及那位美国教授罗伯特·兰登，情况恐怕不容乐观。"

兰登和安布拉惊讶地交换了一下眼神。

"维达尔女士的安保人员刚刚确认，"马丁继续说，"今天晚上，罗伯特·兰登不顾其反抗，从古根海姆博物馆劫走了维达尔女士。皇家卫队正保持高度戒备，同时正在与巴塞罗那当地警方进行沟通。据信罗伯特·兰登就是在那里劫持维达尔女士的。"

兰登顿时说不出话来。

"此事现在已被正式列为解救人质的事件，所以我们呼吁民众向官方提供必要的协助。如有维达尔女士或兰登先生的信息，请立即报警。目前王室所掌握的情况就这么多。"

记者们纷纷大声向马丁提出各种各样的问题，但马丁突然转身朝皇宫走去。

"这……简直疯了！"安布拉语无伦次地说，"保护我的特工明明看到我是自愿离开博物馆的！"

兰登盯着手机想搞明白刚才看到的视频意味着什么。尽管现在他脑子里现在纠结着许多问题，但在一个关键问题上他的头脑是完全清醒的。

我的处境已经非常危险了。

第 56 章

"罗伯特，我非常抱歉。"安布拉·维达尔的黑色眼眸中充满了惊恐和愧疚，"我不知道究竟是谁编造了这些谎言，但它们显然已经对你很不利了。"西班牙的未来王后伸手抓起埃德蒙的手机。"我现在就给莫妮卡·马丁打电话。"

"不要给马丁女士打电话。"手机里传来温斯顿的声音，"王室正在等你打电话呢。这是个圈套。他们就是要用激将法找到你，骗你跟他们联系，这样你的方位就暴露了。冷静地想一想。你的两个皇家特工明明知道你没有被绑架，为什么还推波助澜地散布谎言，而且已经飞到巴塞罗那来追捕你呢？显然整个王室都参与了这场阴谋。既然皇家卫队的指挥官都已经被捕，那么这些命令肯定来自高层。"

安布拉倒吸了一口冷气。"你是说……胡利安？"

"这不是明摆着嘛！"温斯顿说，"在皇宫里只有王子才能下令逮捕指挥官加尔萨。"

安布拉的双眼闭了好长时间，兰登能感觉到她心中无比惆怅。她原本希望她的未婚夫在整个事件中只是个无辜的旁观者。但现在看来，胡利安卷入此事已是无可争辩的事实。这让她仅存的一线希望化为了泡影。

"这些都跟埃德蒙的发现有关系。"兰登说，"宫里有人知道我们正想方设法要公开埃德蒙的演讲，所以才不顾一切地出来阻止我们。"

"也许他们认为只要让埃德蒙闭嘴就万事大吉了。"温斯顿补充道，"但他们没有料到事情并没有完。"

两人都无言以对，场面顿时尴尬起来。

"安布拉，"兰登平静地说，"我虽然不了解你的未婚夫，但我怀疑在这个问题上，胡利安肯定会听巴尔德斯皮诺主教的。别忘了，在埃德蒙被暗杀之前，埃德蒙和巴尔德斯皮诺就已经起冲突了。"

安布拉点了点头，但也吃不准是不是这样。"不管是谁听谁的，反正你已深陷险境了。"

突然远处隐隐约约传来警笛声。

兰登觉得自己的心跳在加快。"我们现在必须找到那首诗。"说着他又开始在书架上翻找起来，"只有公开了埃德蒙的演讲，我们才能安全。到时，不管想让我们闭嘴的是谁，都会意识到要阻挠为时已晚。"

"没错，"温斯顿说，"但当地警方仍然会把你当成绑匪来追捕的。只有以其人之道对付王室，你才能安全。"

"怎么以其人之道？"安布拉问道。

温斯顿不假思索地继续说道："王室利用媒体来对付你，但这方法是一把双刃剑。"

兰登和安布拉仔细听着，温斯顿很快勾勒出一个简单易行的计划。兰登不得不承认，计划一旦实施，对手马上就会乱了阵脚。

"好，就这么干。"安布拉欣然同意。

"你打定主意了？"兰登慎重地问她，"那样的话你就再也回不去了。"

"罗伯特，"她说，"是我把你扯进这件事的，现在有危险的是你。王室居然还有脸拿媒体来对付你，现在我准备还治其人之身了。"

"正是如此。"温斯顿又说道，"靠剑讨生活的人，迟早死于剑下。"

兰登一时没有反应过来。埃德蒙的电脑真的只是对埃斯库罗斯①的诗进行了解释？他很纳闷，引用尼采的"与怪兽搏斗的人，要谨防

---

① 埃斯库罗斯（Aeschylus，前525—前456），古希腊悲剧诗人，与索福克勒斯、欧里庇得斯齐名，都是古希腊伟大的悲剧作家。

自己变成怪兽"不是更合适吗?

还没等兰登提出异议,安布拉便拿起埃德蒙的手机朝藏书室外走去。她一边走,一边回过头说:"罗伯特,一定要找到密码!我马上回来。"

兰登看着她消失在一个狭窄的角楼处,塔楼的旋转楼梯直通米拉之家那出了名的岌岌可危的屋顶露台。

"小心点儿!"他冲着她消失的身影喊道。

此刻兰登只身一人在埃德蒙的公寓里沿着像长蛇一样蜿蜒曲折的长廊,试图从他看到的东西中理清思路——各种难得一见的工艺品;一幅上面写着"上帝已死"的装裱语录;高更价值连城的画作,主题突出了埃德蒙今晚早些时候曾向全世界提出的那两个问题。我们从哪里来?我们要往哪里去?

对这些问题兰登至今没有任何发现,他不知道埃德蒙会给出怎样的答案。迄今为止他在埃德蒙的藏书中只搜到一本貌似相关的书——《神秘的艺术》。那是一本画册,内容都是些神秘的人造建筑的照片,其中包括巨石阵、复活节岛上的摩艾石像①,以及纳斯卡②随处可见的"沙漠巨画"——众多的地质印记,规模庞大到只有在空中才能看得出来。

没有什么用!他心想,于是接着在书架上找起来。

外面,警笛声越来越响了。

第 57 章

"我没有丧失人性。"在 N240 公路上一个废弃的服务区里,阿维拉一边站在肮脏的小便池旁撒尿,一边喘着粗气大声说。

---

① 摩艾石像(Easter Island heads),复活节岛上的一群巨型人像,遍布全岛,是智利的世界文化遗产之一。
② 纳斯卡(Nazca),位于秘鲁伊卡省东南部的小镇,因纳斯卡巨画而闻名——巨画来历和用途一直是一个难解之谜。

他身边的优步司机在瑟瑟发抖,紧张得都尿不出来了。"你在威胁……我的家人。"

"只要你乖乖听话,"阿维拉说,"我保证不会伤害他们。你就送我到巴塞罗那,然后我们好聚好散。我会把钱包还给你的,从此忘记你的家庭地址,你也不用再想起我。"

司机两眼直勾勾地看着前方,吓得嘴唇直哆嗦。

"看来你信教啊!"阿维拉说,"我看到你的前挡风玻璃上挂着教皇十字架。不管你怎么看我,你只要知道自己今晚是在为上帝干活,心里就能平静了。"阿维拉撒完了尿。"造物主做事都是神秘的。"

阿维拉向后退一步,检查了一下别在腰带上的陶制手枪。手枪里只剩下一颗子弹了,他不知道自己会不会用到它。

他走到洗手池前洗手时,看到手上的文身。这个文身是摄政王为防止他被抓命他文上去的。这种防范真是多此一举!阿维拉当时想。可现在他总觉得有一个看不见的幽灵在黑夜中四处游荡。

他抬起头看了一眼脏兮兮的镜子,被自己的模样吓了一跳。上次阿维拉在镜子中看到自己时,他还穿着衣领笔挺的白色礼服,戴着海军帽。现在他脱掉了外面的制服,只穿着 V 形领的 T 恤衫,戴着从司机那里借来的棒球帽,看上去像个货车司机。

看着镜子中这个衣冠不整的男人,阿维拉想起了令他家人丧命的那次爆炸之后的日子。那时候他整天喝得醉醺醺的,自暴自弃地度日。

当时我就像掉进了无底深渊。

他知道转折点就是他的理疗师马尔科忽悠他驱车到乡下去见教皇的那一天。

阿维拉永远不会忘记自己走近帕尔马教堂诡异的尖塔,穿过一道道高大的安全门,从一大早就跪在地上做祷告的信众身边经过走进教堂的那一幕。

整个教堂只靠从彩色玻璃高窗中照射进来的自然光照明,而且教堂内弥漫着焚香后留下的味道。看见镀金的祭坛和抛光的长木凳时,他意识到帕尔马教会拥有巨额财富的种种传闻都是真的。这座教堂跟阿维拉见过的其他教堂一样漂亮，但他也明白这座教堂又与众不同。

帕尔马教会是梵蒂冈的死敌。

与马尔科一起站在教堂后面眺望着教堂里的信众，他心想帕尔马教会这么明目张胆地跟罗马教皇唱对台戏，它又是如何做到香火旺盛的呢？显然帕尔马教会的信众大多都对信仰持保守态度，所以帕尔马教会公开指责梵蒂冈日益明显的自由主义做派的做法在信众中产生了共鸣。

阿维拉拄着拐杖一瘸一拐地穿过过道，感觉就像一个可怜的瘸子到卢尔德①朝圣，希望自己的瘸腿被奇迹般治愈一样。一个引座员过来跟马尔科打了个招呼，把两人领到最前排用警戒线隔离起来的座位上。旁边的教友好奇地看了他们一眼，好奇究竟是什么人能享受这样的特殊待遇。阿维拉真希望马尔科当时没有劝他穿这身海军礼服。

我想我马上就要见到教皇了。

阿维拉坐了下来抬头看着祭坛。祭坛上一位身着西装的年轻教友正在朗读《圣经》。阿维拉听出他读的是《马可福音》的内容。

"'若想起有人得罪你，'"朗读者读道，"'就当宽恕他，好叫你在天上的父，也宽恕你们的过犯。'"

还要再宽恕？阿维拉皱着眉头心想。在恐怖袭击之后，他感觉在心理治疗师和修女那里这句话已经听了不下一千遍了。

朗读结束后，教堂里响起了管风琴震耳欲聋的乐声。信众全体起立，阿维拉勉强站起来，痛苦得脸直抽搐。祭坛后面的隐藏门开了，一个人走了出来，人群中立刻响起了一阵骚动。

此人看上去有五十多岁，身板笔直，举手投足颇有大家风范，炯炯有神的目光大有压倒一切的气势。他身穿白色法衣，披着金色披

---

① 卢尔德（Lourdes），法国西南部的一个小镇。在"卢尔德圣母朝圣"期间，那里会拥入大量寻求奇迹的病人。

风,腰系绣花腰带,头戴珠光宝气的教皇法冠。他面向信众张开双臂走上前来。在朝祭坛中心走过来的时候,他似乎犹豫了一下。

"他来了。"马尔科兴奋地小声说,"教皇英诺森十四世。"

他自称教皇英诺森十四世?阿维拉知道,帕尔马教徒只承认1978年保罗六世去世前的教皇。①

"我们正好赶上,"马尔科说,"他就要开始布道了。"

教皇本来是朝高起的祭坛中心去的,不过,他绕过讲台从上面走下来,好让自己跟教民站在同一个高度。他调整了一下颈挂式麦克风,笑容可掬地向前伸出双手。

"早上好。"他低声说。

信众一致响应。"早上好!"

教皇继续向前,以便离信众更近一些。"我们刚才听了《马可福音》,"他说,"这一段是我亲自选的,因为今天上午我想谈一谈宽恕的问题。"

教皇漫不经心地朝阿维拉这边走来,在他身边的过道上停下,离他只有几英寸远,但一次也没低头看他。阿维拉不自在地看了马尔科一眼,马尔科激动地冲他点了点头。

"我们都在与宽恕做斗争。"教皇对信众说,"这是因为有时候,对我们的冒犯似乎是不能宽恕的。如果有人纯粹为了泄愤杀害了无辜的人,难道我们还应该像其他教派教我们的那样,把左脸也转过去由他打吗?"教堂里死一般的寂静。教皇把声音又压低了一些。"如果一个反基督教的极端分子在塞维利亚大教堂举行早晨弥撒的时候引爆了炸弹,炸死了无辜的母亲和孩子们,这种行为怎么能指望我们宽恕呢?引爆炸弹就是战争行为,不仅是针对天主教徒的战争,不仅是针对基督徒的战争,而且还是针对仁慈善良……针对上帝的

---

① 在梵蒂冈历史上,截至1978年,历代教皇只有英诺森十三世(1724年逝世),并无英诺森十四世之说。帕尔马教会的教皇自诩为"英诺森十四世",以此表明该教会不承认1978年之后罗马天主教教皇的合法性,认为自己才是正宗的天主教教派。

战争！"

阿维拉闭上眼睛，努力克制着不去想那天早上的那些可怕经历，但愤怒和痛苦仍在他心中翻江倒海。就在愤怒情绪越来越高涨时，阿维拉突然感觉到教皇的手轻轻地放在了他的肩上。阿维拉睁开眼睛，但教皇并没有低头看他。即便如此，教皇轻柔的抚摸还是让他觉得既踏实又安心。

"让我们牢记我们自己的'红色恐怖'。"教皇继续说，但他没有把手从阿维拉肩膀上拿开，"在内战期间，上帝的敌人烧毁了西班牙的教堂和修道院，杀害了六千多名神职人员，让数百名修女饱受折磨，强迫她们吞下念珠，强暴她们，最后把她们扔进竖井活活淹死。"他停顿了一下，好让信众记住他的话，"这种仇恨不会随着时间的逝去而消失。相反这种仇恨会溃烂、化脓，与日俱增，就像癌症一样会等待时机再次袭来。朋友们，我警告你们，如果我们不以武力对抗武力，罪恶就会把我们整个吞噬。如果我们的战斗口号是'宽恕'，我们就永远无法战胜邪恶。"

他说得没错。阿维拉心想。因为他目睹过军队对不端行为的"心慈手软"导致不端行为越来越多。

"我相信，"教皇继续说道，"在有些情况下，宽恕可能是危险的。如果我们宽恕世上的罪恶，我们就是在容许罪恶发展壮大。如果我们用仁慈去回应战争，我们就是在鼓励我们的敌人进一步施暴。现在时机已经到来，我们必须像耶稣那样用力掀翻钱桌，大喝一声：'不能忍受了！'"

我赞成！就在信众点头称是的时候，阿维拉真想大声疾呼。

"但是我们采取行动了吗？"教皇问道，"请问罗马天主教会像耶稣一样立场坚定吗？不，没有。今天我们正面临世界上最黑暗的恶，可我们所能做的只不过是去宽恕、去爱、去同情、去怜悯。所以我们在任由——不，我们鼓励——这种恶去发展壮大。为了应对针对我们的犯罪，我们小心翼翼地用正确的政治语言表达我们的关切，彼此相互提醒：恶人之所以恶，只是因为他们小时候受过磨难，或者生活贫苦，或者他们的心爱之人曾遭受过暴行以致给他们留下了心理阴影——所以他的仇恨并不是他自己的错。要我说，够了！恶就是恶！我们这辈子都在抗争！"

信众中爆发出热烈的掌声，这种场面是阿维拉参加天主教弥撒时从未见过的。

"我之所以要谈宽恕，"教皇的手仍然放在阿维拉的肩膀上，继续说道，"是因为我们今天有位特殊的客人。我要感谢海军上将路易斯·阿维拉参加我们的弥撒，为我们祈福。他是西班牙军队一位令人尊敬、功勋卓著的将军。他一直在面对难以想象的恶。跟我们所有人一样，他一直在与宽恕抗争。"

还没等阿维拉说话，教皇便又绘声绘色地讲起了阿维拉的抗争史——他的家人在一次恐怖袭击中丧命，此后便靠酗酒度日，最后自杀未遂。阿维拉最初的反应是生马尔科的气，因为马尔科辜负了他的信任，但现在听到教皇用这种方式讲述他的经历，他莫名地感到自己力量倍增。这等于公开承认他曾经跌入谷底，但最后奇迹般地活了下来。

"我要告诉诸位的是，"教皇说，"在阿维拉的生命中，上帝进行了干预，上帝拯救了他……为了更崇高的目标。"

说完，帕尔马教皇英诺森十四世第一次转过身低头注视着阿维拉。教皇深陷的眼睛似乎看透了他的灵魂，阿维拉感到从未有过的一股力量迅速流遍全身。

"阿维拉将军，"教皇继续说道，"我相信你所遭受的悲剧令人痛心，超越了宽恕。我相信连左脸也转过去由他打根本无法平息你心中仍在燃烧的怒火——你那理直气壮的复仇欲望。也不应该平息！你的痛苦就是你自我救赎的催化剂。在这里我们都会支持你！爱你！跟你站在一起，尽我们众人之力把你的愤怒变成追求世间仁慈的强大力量！感谢上帝！"

"感谢上帝！"信众随声附和道。

"阿维拉将军，"教皇更专注地盯着他的眼睛继续说道，"西班牙无敌舰队的口号是什么?"

"为上帝和祖国而战。"①阿维拉立刻回答道。

"没错。为上帝和祖国而战。今天我们很荣幸地请到了一位功勋卓著的海军上将,他曾经殚精竭虑、恪尽职守地报效祖国。"教皇停顿了一下,身体微微前倾,"可是……上帝呢?"

阿维拉抬头注视着教皇犀利的眼睛,突然感到心里失去了平衡。

"将军,你的生命尚未终结,"教皇低声说,"你的使命尚未完成。这就是上帝拯救你的原因。你庄严承诺过的使命只完成了一半。你已经报效过祖国,没错……但你还没有侍奉上帝!"

阿维拉感觉自己就像被一颗子弹击中似的。

"愿主赐你们平安!"教皇大声说道。

"愿主赐您平安!"信众异口同声地说。

阿维拉突然发现,自己被淹没在支持者们送上的良好祝福的海洋中,这种场面他从来没有见识过。他遍观信众的眼神,去寻找他担心的、只有邪教才有的那种狂热的蛛丝马迹,但他目光所到之处,看到的只有乐观、善意,以及发自内心的虔诚侍奉上帝的那种激情……阿维拉意识到这正是自己所缺乏的。

从那天起,在马尔科和这帮新结识的朋友帮助下阿维拉开始了爬出绝望深渊的漫长征程。他又回归到了严格训练的日常生活中,吃有营养的食物,最重要的是他拾回了信仰。

几个月后他的理疗结束了。马尔科送给他一本皮封面的《圣经》,其中有十几段他做了标记。

阿维拉随手翻到其中的一些段落。

《罗马书》13:4

因为他是神的仆人——
是申冤的,

---

① 原文为西班牙语。

惩罚那些作恶的。

《诗篇》94：1
耶和华啊，申冤之神。
求你正义的荣光照耀前方！

《提摩太后书》2：3
同受苦难，
好像耶稣基督的精兵。

"记住，"马尔科笑着对他说，"在这个世界上，当恶抬头时，上帝会通过我们每个人以不同的方式，将上帝的意志施加于尘世。宽恕并不是救赎的唯一途径。"

第 58 章

⊕ 解密网

突发新闻
　　　　无论你是谁——请向我们多报料！
　　今晚，自称平民监督人的 monte@iglesia.org 向解密网提供了惊人的内幕消息。
　　谢谢你！
　　由于"Monte"迄今分享的大量来自内部渠道的数据表现出很高的可信度，我们诚恳地提出如下请求：
　　Monte——无论你是谁——如果你掌握埃德蒙中途夭折的演讲内容——请继续与我们分享！！

\#我们从哪里来

\#我们要往哪里去

谢谢你。

——解密网全体员工

第 59 章

罗伯特·兰登搜完书架的最后几格,感觉希望越来越渺茫了。外面的警笛声已经越来越响,最后在米拉之家门前突然停了下来。透过公寓大门上的小窗口,兰登看到旋转的警灯在闪烁。

我们被困在这里了!他意识到。我们需要四十七个字母的密码,否则无法脱身。

不幸的是兰登到现在都没有找到一本诗集。

书架的最后一格比其他格要深,似乎是用来存放大开本艺术类藏书的。兰登沿着墙匆匆浏览书名,看到的都是埃德蒙最喜欢的当代艺术中那些最新潮、最流行的著作。

塞拉……孔斯……赫斯特……布鲁格拉……巴斯奎亚特……班克西……阿布拉莫维奇……

小开本的系列藏书到这里便戛然而止了,兰登寻找诗集的希望也暂时破灭。

根本没有。

这些都是评论抽象艺术的书。兰登还看到了几本埃德蒙曾送给他而且他仔细阅读过的书。

《你在看什么?》[①]

《你五岁的孩子为什么做不到?》[②]

《现代艺术生存指南》

我还在努力求生呢！兰登边想边快速浏览。他走到另一个书架前开始浏览下一格。

现代艺术方面的藏书！兰登若有所思。他一眼就看出这一格的书都是论述早期现代艺术的作品。我们至少是往回走了……朝着我明白的艺术走了。

兰登的眼睛沿着书脊迅速浏览起来。他发现书架上摆放的全是1870年到1960年间靠全新艺术形态震撼世界的印象派、立体派、超现实主义画家们的传记和画册。

梵·高……修拉……毕加索……蒙克……马蒂斯……马格利特……克里姆特……康定斯基……约翰斯……霍克尼……高更……杜尚……德加……夏加尔……塞尚……卡萨特……布拉克……阿普……亚伯斯……

书架的这一格连接最后一根承重柱，兰登绕过柱子发现这是整个藏书的最后一格了。这里似乎专门收藏埃德蒙在兰登面前喜欢称之为"无聊透顶的白人画家"的那些人的作品——本质上说，这些都是十九世纪中叶现代主义运动之前的作品。

跟埃德蒙不同，在这里被古典大师们包围着才让兰登感到最惬意。

维米尔……委拉斯开兹……提香……丁托列托……鲁本斯……伦勃朗……拉斐尔……普桑……米开朗琪罗……利皮……戈雅……乔托……基兰达约……埃尔·格列柯……丢勒……达·芬奇……柯

[①] 全名为《你在看什么：瞬间读懂150年的现代艺术》(*What Are You Looking at: 150 Years of Modern Art in the Blink of an Eye*)，威尔·冈珀茨著，2012年出版。

[②] 全名为《你五岁的孩子为什么做不到：现代艺术读本》(*Why Your Five-Year-Old Could Not Have Done That*)，苏茜·霍奇著，2012年出版。《现代艺术生存指南》是该作者2009年出版的作品。

罗……卡拉瓦乔……波提切利……博斯……

最后一个书架上最后几英尺的地方放的是一个大玻璃柜。玻璃柜上了把大锁。兰登透过玻璃往里张望，看到里面有一个看上去很古旧的皮匣子。显然这个皮匣子是用来保护一本体积庞大的古书的。匣子外面有字，虽然难以辨认，但兰登还是能比较清楚地看到匣子里所存卷册的书名。

我的天哪！他现在终于明白为什么这本书锁起来不让访客去碰了。这可值一大笔钱呢！

兰登知道，这位富有传奇色彩的艺术家的作品现存的只有几本弥足珍贵的早期版本。

难怪埃德蒙在这上面投资！眼前的一幕让他回想起，埃德蒙曾经把这位英国艺术家称为"想象力极其丰富的唯一一位前现代画家"。兰登当时虽然不敢苟同，但完全能够理解埃德蒙对这位艺术家情有独钟的心情。他们俩是"一丘之貉"。

兰登蹲下来透过玻璃仔细辨认盒子上的镀金雕刻字迹：《威廉·布莱克全集》。

威廉·布莱克①，兰登暗自思忖，1800年的埃德蒙·基尔希。

布莱克是一位特立独行的天才——一个多产的大师，其画风非常超前以至于有人认为他是在梦中奇迹般地看到了未来。他充满象征意义的宗教插图画作，描绘的都是他凭空想象出来的天使、魔鬼、撒旦、上帝、神兽、《圣经》故事，以及万神殿。

跟埃德蒙一模一样，布莱克也喜欢挑拨基督教的神经。

这个想法让兰登猛地站了起来。

威廉·布莱克。

他惊讶得倒吸了一口冷气。

---

① 威廉·布莱克（William Blake，1757—1827），18世纪末、19世纪初英国第一位重要的浪漫主义诗人、版画家。其后期诗歌作品趋于玄妙深沉，充满神秘色彩，而版画也多以神启式作品为主。

在如此众多的视觉艺术家中发现布莱克，这让兰登差点忽略了这位神秘主义天才身上的一个关键事实。

布莱克不仅是艺术家和插图画家……

布莱克还是一位多产的诗人。

刹那间兰登觉得自己的心怦怦狂跳起来。布莱克的大部分诗歌都是鼓吹革命思想的，这与埃德蒙的观点完全吻合。其实布莱克最广为人知的一些警句——在《天堂与地狱的联姻》等"撒旦式"作品中的那些警句——埃德蒙差不多也能写出来。

《所有宗教同出一源》
《没有自然的宗教》

兰登现在回想起埃德蒙对其最喜欢的诗句的描述。他告诉过安布拉，那句诗是"预言"。兰登知道历史上被当成预言家看待的诗人中，威廉·布莱克是第一个。在十八世纪九十年代，布莱克曾写过两首格调阴暗、预示不祥的预言诗：

《美国：一个预言》
《欧洲：一个预言》

这两部诗作兰登手里都有，而且是配插图的手稿复本，非常精美。

兰登盯着玻璃柜中的大皮匣子。

布莱克"预言诗"的最早版本应该是大开本的绘本！

兰登心中顿时萌生出一线希望，于是在玻璃柜前蹲了下来。他总觉得皮匣子里可能有他和安布拉要找的东西——一首预言诗，其中一行有四十七个字母。现在唯一的问题是，埃德蒙是否把自己最喜欢的段落用什么方式标注出来了。

兰登伸手去拉玻璃柜的把手。

锁着的。

他朝旋转楼梯看了一眼，心想自己是不是应该直接冲到楼上，让温斯顿把威廉·布莱克的所有诗快速检索一遍。此时警笛声已经被远处直升机的轰鸣声和门外楼梯井里的吵嚷声所取代。

他们已经到了。

兰登盯着玻璃柜，注意到玻璃隐约透出一丝淡淡的绿色，这是现代博物馆才有的防紫外线玻璃。

他马上脱下夹克把它盖在玻璃柜上，然后侧过身毫不犹豫地抬起胳膊肘朝玻璃捣去。随着一声沉闷的喀嚓声，玻璃碎了。兰登小心翼翼地把手伸到锯齿状的玻璃洞里打开了锁。随后他拉开柜门轻轻地把皮匣子取了出来。

还没等把匣子放到地上，兰登就察觉到哪里不对劲了。匣子的重量不够！布莱克全集怎么会这么轻呢？

兰登放下匣子，小心翼翼地掀起盖子。

不出所料……空的。

他盯着空荡荡的皮匣子长长地叹了一口气。埃德蒙的书究竟在哪儿？！

正要合上皮匣子时，他发现一个意想不到的东西被用胶布黏在盖子的内侧。那是一张印有精美浮雕图案的乳白色卡片。

兰登把卡片上的文字看了一遍。

他简直不敢相信，于是又读了一遍。

几秒钟之后，他冲上旋转楼梯朝楼顶飞快地跑去。

此刻在马德里皇宫的二楼，电子监控部主任苏雷什·巴拉正悄无声息地穿过胡利安王子的私人寓所。他在找到壁式数码保险柜之后输入了重设的密码。这个密码只有在紧急情况下才使用。

保险柜"啪"一声打开了。

苏雷什发现保险柜里有两部手机：一部是王室配给胡利安王子的

安全智能手机；另一部是苹果手机——他推测，这部很可能是巴尔德斯皮诺主教的。

他抓起苹果手机。

我真的要这么干吗？

他的脑海里又浮现出 monte@iglesia.org 发来的邮件。

我黑了巴尔德斯皮诺的短信。

他藏着很多危险的秘密。

王室应该调取他的短信记录。

马上。

苏雷什想知道主教的短信里会有什么秘密……为什么报料人下定决心要跟王室过不去。

也许报料人在设法保护王室免遭间接伤害？

苏雷什只知道如果有对王室不利的信息，他就有责任去调取。

他考虑过弄一张紧急传票，但想到公关风险和可能出现延误，他觉得那样做不切实际。幸好苏雷什还有更为保险的办法。

他拿起巴尔德斯皮诺的手机，按了一下主页键，屏幕亮了起来。

手机被密码锁住了。

小菜一碟。

"嘿，语音控制。"苏雷什把手机放到嘴边说道，"现在几点了？"

虽然手机仍处于锁定状态，但屏幕上显示出一个时钟。苏雷什做了一系列简单的操作——为时钟创建一个新时区，通过短信分享时区，添加照片，最后点击主页键。

点击。

手机解锁了。

*YouTube[①] 上看来的小儿科黑客技术！*苏雷什心想。苹果手机用

---

① 世界上最大的视频网站。

户还自以为密码能保护隐私呢。

苏雷什打开巴尔德斯皮诺手机的"即时短信"[1]应用程序，希望可以通过引导"云端"[2]备份重建目录的方式恢复手机中已被删除的短信。

他发现主教的短信记录完全是空的。

有一条短信就成！他心想。结果他真的发现一条短信，是一两个小时前从一个被屏蔽的号码发来的。

苏雷什点开文本，看到一条只有三行字的短信。顿时他以为自己产生了幻觉。

不会吧！

苏雷什又把短信看了一遍。这条短信充分证明巴尔德斯皮诺参与了难以想象的通敌和欺诈活动。

太嚣张了！苏雷什心想。他惊讶于这个老东西居然用手机收发这种短信。

这条短信一旦公开……

想到这里，苏雷什打了个寒战，赶紧跑下楼去找莫妮卡·马丁。

第60章

EC145直升机在巴塞罗那上空低空飞驰而来。特工迪亚斯盯着下面璀璨的灯光。尽管已经是深夜，但他仍然可以看到大多数人家的窗户里电视机和电脑的屏幕在闪烁，给这座城市抹上了一层朦胧的蓝色烟霞。

全世界都在看。

---

[1] 即时短信（iMessage），苹果公司推出的即时通信软件。
[2] 云端（iCloud），苹果公司为用户提供的私有云空间，方便用户在不同设备间共享个人数据。

这让他很紧张。他隐约感到今晚已经完全失控了，担心这场愈演愈烈的危机在朝着令人不安的方向发展。

前座的特工丰塞卡冲他喊了一声，同时朝着正前方的远处指了指。迪亚斯点点头，马上也发现了目标。

很难不被发现。

即便是从远处看，下面一大群有规律闪烁的蓝色警灯也是不可能弄错的。

上帝保佑我们。

正如迪亚斯担心的那样，米拉之家已经完全被当地警方包围起来了。自莫妮卡·马丁代表王室发布公告之后，巴塞罗那警方根据一个匿名的指示随即做出了反应。

罗伯特·兰登劫持了西班牙未来的王后。

王室需要民众协助找到他们。

弥天大谎！我亲眼看到他们一起离开古根海姆博物馆。迪亚斯心里清楚。

虽然马丁耍了个雕虫小技，却开启了一场非常危险的游戏。巴塞罗那警方号召民众去搜捕，这一招非常危险——不仅对罗伯特·兰登是这样，对未来的王后也是如此，因为她很可能在一帮三脚猫警察的交叉火力中殒命。如果王室的目的是保护未来王后的安全，那就绝不应该采取这种套路。

换作加尔萨指挥官才不会让事情闹到这个地步呢。

对迪亚斯来说加尔萨的被捕是个谜。迪亚斯坚信对加尔萨指挥官的指控就像对兰登的指控一样，都是编造的。

但是丰塞卡已经接到了命令。

是加尔萨顶头上司的命令。

直升机抵达米拉之家时，迪亚斯俯视现场，发现那里根本没有地方可供飞机安全降落。大楼前面的林荫大道和街角广场都挤满了媒体的采访车、警车和围观者。

迪亚斯低头看着米拉之家赫赫有名的楼顶。屋顶由八条带坡度的小径和阶梯组成，高低错落，起起伏伏。这些小径和阶梯在整幢大楼上盘绕延展，方便观察者饱览巴塞罗那的壮丽美景，以及俯瞰大楼内那两口令人叹为观止的采光井——每口采光井都直通楼底的内庭。

楼顶没法降落。

楼顶除高低起伏的小径和阶梯外，还高耸着几个高迪设计的、形同未来主义风格棋子的烟囱。据说这些佩戴着头盔的棋子士兵给电影制片人乔治·卢卡斯[①]留下了深刻的印象，并以此为原型塑造了《星球大战》中威猛的突击队员。

就在迪亚斯转而想看看邻近的建筑物能否作为降落地点时，他的目光突然停留在米拉之家楼顶一个意想不到的物体上。

在众多巨大的雕像中出现一个小小的人影。

此人站在楼顶边缘的一处栏杆旁，一身白衣被下面广场上媒体的灯光照得十分显眼。这一幕让迪亚斯想起教皇站在圣彼得广场的阳台上向信众发表讲话的场面。

但此人不是教皇。

这是一个身穿白色连衣裙的大美人，而且非常眼熟。

媒体耀眼的聚光灯照得安布拉·维达尔什么也看不清，但她可以听到直升机抵近的声音。她知道时间不多了，便拼命将身体探出栏杆，想对下面的媒体喊话。

但她的话淹没在了直升机震耳欲聋的轰鸣声中。

温斯顿曾经预测，只要有人发现安布拉在楼顶上，大街上的媒体肯定会把摄像机对准她。是的，媒体的摄像机都对准了她，但安布拉知道温斯顿的如意算盘打错了。

我说的话他们一句也听不到！

[①] 乔治·卢卡斯（George Lucas，1944— ），美国制片人、导演、编剧。1977年至2002年执导了科幻电影"星球大战"系列。

大街上人来车往声音嘈杂，米拉之家的楼顶又太高，再加上直升机发出的"噗噗"声，下面的媒体根本听不到她在说什么。

"我没有被绑架！"安布拉又一次扯着嗓门大声喊，"王室针对罗伯特·兰登发表的声明有误！我不是人质！"

你是西班牙未来的王后。几分钟前温斯顿还在提醒她。如果你命令停止搜捕，巴塞罗那警方会立马执行的。但你的声明会造成彻底的混乱。没有人知道该执行谁的命令。

安布拉心里清楚温斯顿说得没错，但在喧嚣的人群上空，直升机发出的轰鸣声已经把她的话完全淹没了。

突然天空中传来一阵雷鸣般的呼啸声。直升机猛地俯冲过来在她面前盘旋。安布拉赶紧从栏杆旁缩回身子。此时机舱门已经打开，两张熟悉的面孔直勾勾地盯着她。是特工丰塞卡和迪亚斯。

让安布拉感到惊恐的是，丰塞卡举起了什么东西直接对准了她的头。她的脑海里刹那间闪现出一个不可思议的想法。胡利安想要我的命。我是个不能生育的女人。我不能给他生个继承人。杀了我是解除婚约的唯一好办法。

安布拉踉跄地后退，要躲开那个看似非常危险的东西。她一只手紧握埃德蒙的手机，另一只手伸出去抓能让她保持平衡的东西。但就在她的脚刚要后退时，地面似乎消失了。她以为是坚固水泥板的地方，突然变得空荡荡的。她扭动身体，试图恢复平衡。但很快她便意识到自己侧着身从一段短阶梯上摔了下去。

先是左肘撞到了水泥地，接着身体的其他部分也倒了下去。即便如此，安布拉也没感到疼痛。她的全部注意力都已集中在从她手里飞出去的东西上——埃德蒙的超大型绿色苹果手机。

我的上帝啊！别！

她眼睁睁地看着手机掠过水泥地面，颠簸着沿九层楼的边缘滚下阶梯，一直滚向大楼的内庭。她拼命伸手去抓，但手机掉到护栏下面去了。

我们与温斯顿的联络工具……

安布拉赶忙爬起来,紧随其后,一直追到围栏,最后只能无奈地看着埃德蒙的手机落向内庭精美的大理石地板。只听"啪"一声,手机在地上摔了个粉碎,幽然发光的玻璃和金属零件随着爆裂声散落一地。

温斯顿转眼间消失了。

兰登飞也似的跃上楼梯,冲出楼梯井的塔楼跑到米拉之家的楼顶。他发现自己已置身于一个震耳欲聋的大气旋之中。直升机在大楼附近低空盘旋着,安布拉已不见了踪影。

兰登茫然地扫了一眼楼顶。她在哪儿?他已经忘记米拉之家的楼顶是多么诡异了——倾斜的栏杆……陡峭的阶梯……水泥棋子士兵……无底洞。

"安布拉!"

看见安布拉时兰登吓蒙了。安布拉正蜷曲着身子躺在采光井边缘的水泥地上。

兰登飞快地跑过去。就在他越过一处斜坡时,一颗子弹"嗖"一声从他头顶上飞过,打在他身后的水泥地上。

天哪!又有两颗子弹从头上飞过。兰登赶紧趴在地上慌忙朝较低的楼顶爬去。有那么一会儿,他以为子弹是从直升机上打来的。但就在他向安布拉爬过去的时候,他看到一大群荷枪实弹的警察正从楼顶远处的另一个塔楼中蜂拥而出。

他这才意识到,他们要杀我!他们认为我绑架了未来的王后!安布拉在楼顶上喊的话他们显然没有听到。

兰登往下看了看安布拉,自己距离她只有十码远。他惊骇地发现她的手臂正在流血。天哪!她中枪了!又一颗子弹从他头顶上飞了过去。这时安布拉开始去抓内院天井的围栏,挣扎着想站起来。

"别起来!"兰登边大声喊叫边迅速爬到安布拉身边,蹲下来用身体保护她。他抬头看了看那些戴着头盔、巍然屹立的棋子士兵,他们就像无声无息的卫兵稀稀落落地站在楼顶上。

头顶上传来震耳欲聋的轰鸣声,巨大的气流吹得他们东倒西歪。直升机徐徐下降,在那个巨大的电梯井上方盘旋,挡住了警察的视线。

"停止射击!"①直升机扩音器里传来声音,"收起你们的武器!"②

兰登和安布拉看见迪亚斯蹲在打开的直升机的舱口,一只脚踏在起落橇上保持平衡,一只手朝他们伸过来。

"快上来!"他喊道。

兰登感觉到安布拉在他的身体下面蜷缩着不敢上飞机。

"**快点!**"迪亚斯扯着嗓子喊道,声音盖过了直升机震耳欲聋的轰鸣声。

迪亚斯指了指采光井的安全护栏敦促他们爬上去,然后抓住他的手跳进悬停着的直升机。

兰登犹豫了片刻,但在那种情况下,这片刻也显得太久了。

迪亚斯从丰塞卡手中夺过高音喇叭直接对准兰登。"**教授,快上飞机!**"迪亚斯雷鸣般的声音响彻楼顶,"**当地警方已经接到命令向你们开火!我们知道你没有绑架维达尔女士!你们两个赶紧上飞机——趁你们还没有被打死!**"

第 61 章

在呼啸的狂风中安布拉感觉到兰登把自己搀了起来,扶着她去抓直升机上迪亚斯伸出的手。

她头晕目眩,只好任由兰登摆布了。

"她流血了!"兰登紧随其后爬上直升机,大声说道。

---

①② 原文为西班牙语。

直升机猛地向上拉升离开了蜿蜒起伏的楼顶，把一小队警察抛在身后。那帮警察一个个无可奈何地抬头仰望。

丰塞卡关上机舱门，然后走向前面的驾驶舱。迪亚斯挪到安布拉身边查看她的手臂。

"只是擦伤而已。"安布拉轻描淡写地说。

"我去找急救箱。"迪亚斯俯着身朝机舱后部走去。

兰登背对驾驶舱坐在安布拉的对面。现在座舱里突然只剩下他们俩了。他看着她的眼睛，释然一笑。"你没事，我真的很高兴。"

安布拉微微点点头算是作答。但还没等她表示感谢，兰登已从座位上倾过身来激动地对她小声说道：

"我想我已经找到了那位神秘的诗人。"他满怀希望地说道，"威廉·布莱克。埃德蒙的藏书中有一本布莱克的全集……而布莱克的许多诗都是预言诗！"兰登伸出了手，"把埃德蒙的手机给我，我让温斯顿去检索布莱克的诗作，找有四十七个字母的诗句！"

安布拉看着兰登伸出的手，心里非常内疚。她握住他的手。"罗伯特，"她懊恼地叹了口气说，"埃德蒙的手机丢了，从大楼边上掉下去了。"

兰登望着她，脸上的血色都没有了。罗伯特，真对不起！她看得出来，兰登的大脑正在飞转。他在想如果联系不上温斯顿，他们现在该怎么办。

驾驶舱里的丰塞卡正对着手机嚷道："明白！我们已经安全接上他们两个。安排运输机飞往马德里。我会联系皇宫，警告——"

"别麻烦了！"安布拉向丰塞卡喊道，"我不想去皇宫！"

丰塞卡用手捂住手机转过身来，目不转睛地看着安布拉。"您百分百要回皇宫！我今晚得到的命令就是确保您的安全。您本来就不该离开我的保护。幸好我及时赶到，才救了您。"

"救我？！"安布拉问道，"如果是救我，那肯定是因为王室撒了弥天大谎，说兰登教授绑架了我。你知道这不是真的！胡利安王子难道真的这么孤注一掷，想拿一个无辜男人的命去冒险吗？那就更别提我的命了！"

丰塞卡望着她把话说完，然后回过身去。

这时迪亚斯拿着急救箱回来了。

"维达尔女士，"迪亚斯在她身旁坐定后说道，"请您谅解。由于加尔萨指挥官被捕，今晚我们的指挥系统已经被打乱了。不过我想让您知道的是宫里发表的声明与胡利安王子根本没有关系。事实上现在就连王子知不知道发生了什么我们都说不清楚。我们已经有一个多小时联系不上他了。"

什么？安布拉目不转睛地看着他。"王子在哪里？"

"目前下落不明，"迪亚斯说，"但今晚早些时候他曾跟我们打过电话，说得一清二楚，要我们确保您的安全。"

"如果是这样，"兰登突然回过神来，"那么把维达尔女士送回皇宫就是个致命的错误。"

丰塞卡回过头来。"你说什么？！"

"长官，我不知道现在是谁在向你发号施令，"兰登说，"但王子如果真的想确保他未婚妻的安全，那么我的建议你仔细听着。"他停顿了一下，然后加重语气说道，"有人之所以谋杀埃德蒙·基尔希，就是为了阻止埃德蒙公布他的发现。为了达到让他闭嘴这个目的，不管是谁都不会就此罢手。"

"目的已经达到了。"丰塞卡带着奚落的口吻说道，"埃德蒙已经死了。"

"但他的发现还没有被阻止。"兰登回答，"埃德蒙的演讲还完整地保存在那里，仍然可以传播出去。"

"这就是你到他公寓来的原因？"迪亚斯壮着胆子问道，"因为你相信自己能够把他的演讲传播出去。"

"正是如此！"兰登回答道，"这就是我们的目标。我不知道是谁编造了那份媒体声明说我绑架了安布拉。不过显然有人在不顾一切地阻止我们。所以如果你是那帮企图永远埋葬埃德蒙发现的人中的一分子，那你现在就干脆趁此机会把我和安布拉从直升机上扔下去算了。"

安布拉盯着兰登，心想他是不是失去理智了。

"但是，"兰登继续说，"作为皇家卫队的特工，如果你的神圣职责是保护王室，包括保护西班牙未来的王后，那你就应该意识到此刻没有比把维达尔女士送回皇宫更危险的事了，因为正是王室发表了那份媒体声明才差一点儿要了她的命。"兰登把手伸进口袋，掏出一张印有精美浮雕图案的亚麻色卡片。"我建议你把她送到这张卡片上的地址。"

丰塞卡拿着卡片紧锁眉头看了半天。"太荒唐了！"

"那地方周围有护栏。"兰登说，"你的飞行员可以将直升机降低后把我们四人放下再飞走，谁都不知道我们会在那儿。我认识那里的负责人。我们可以藏在那里来个人间蒸发，直到把事情弄个水落石出。你们可以一直陪着我们。"

"我倒是觉得在机场军机库更安全。"

"军队很可能受命于刚才差点儿让维达尔女士送命的那个人。你真的还相信军队？"

丰塞卡冷漠的表情从来没有改变过。

安布拉的大脑此刻在快速转动。她在想，卡片上写的会是什么呢？兰登想去哪儿？他突然这么紧张，似乎意味着现在不仅是保护她的安全的问题，而且之后还有更大的危险。听出他话里的乐观情绪，她感到他还没有放弃希望，他们仍然可以把埃德蒙的演讲公之于众。

兰登从丰塞卡手里拿回卡片递给安布拉。"这是我在埃德蒙家里找到的。"

安布拉仔细看了看，马上认出那是什么卡片。

这种制作精美、印有浮雕图案的卡片叫作"借记卡"或者"题名卡"，是博物馆临时租借艺术品时馆长发给出借人的。一般的做法是印制两张一模一样的卡片：一张放在博物馆里展示，以感谢出借人；一张交给出借人保管，作为出借人出借艺术品的抵押凭证。

埃德蒙把布莱克的诗集借出去了？

这张卡片说明埃德蒙的书已经跑到距离他巴塞罗那的公寓不到几

公里的地方去了。

《威廉·布莱克全集》
私人收藏
埃德蒙·基尔希
租借与
圣家族大教堂
西班牙巴塞罗那马略卡大街401号08013

"我真搞不懂。一个无神论者为什么会把书借给教堂呢？"安布拉说。

"不仅仅是教堂，还是高迪最高深莫测的建筑杰作……"说着，兰登朝窗外指了指他们身后的远方，"而且很快就会成为欧洲最高的教堂。"

安布拉扭过头去眺望着城市的北方。在远处，圣家族大教堂被吊车、脚手架和建筑工地的灯光包围着，仍未完工的尖塔被照得通亮，一簇满是孔洞的尖塔像一群巨型海绵动物从海底爬出来，正顺着灯光往上爬去。

一百多年来，高迪设计的圣家族大教堂虽然饱受争议，但其建设工程一直没有停止，整个建设过程完全依靠信徒们的个人捐赠。尽管传统守旧者对教堂诡异的器官外形和"仿生设计"的运用持强烈的批评态度，但现代主义者却为其流线型结构和运用"双曲面"来反映的自然界的设计欢呼雀跃。

"圣家族大教堂虽说与众不同，"安布拉转身对兰登说，"但它仍然是天主教堂。再说埃德蒙这个人你也了解。"

我的确了解埃德蒙，非常了解。兰登心想。他一直认为圣家族大教堂隐藏着一个神秘的目的和象征，而这个目的和象征远远超出了基督教本身的教义内涵。

自从 1882 年这座怪异的教堂破土动工以来，围绕着它那刻满秘符的大门、从宇宙中获取灵感而设计的回转式立柱、装饰着各种符号的立面、魔方的数字雕刻、酷似扭曲的骨骼和结缔组织的"骷髅"架构等问题，阴谋论一直甚嚣尘上，挥之不去。

凡此种种说法兰登当然知道，但从来没把它们当回事。但就在几年前，当埃德蒙向他坦诚自己是高迪越来越多的崇拜者之一时，兰登还是感到非常惊讶。埃德蒙说在这些崇拜者的心目中，圣家族大教堂不仅仅是天主教堂，有人甚至把它当成奉献给科学和自然的神秘殿堂。

兰登认为这种想法是根本不能接受的。他提醒埃德蒙，高迪是个虔诚的天主教徒，梵蒂冈都非常推崇他，称其为"上帝的建筑师"，甚至考虑过为他举办宣福礼①。兰登告诉埃德蒙，圣家族大教堂与众不同的设计只不过是高迪处理天主教象征主义时独到的现代主义手法而已。

对于兰登的解释埃德蒙的反应是腼腆地一笑置之，那样子就好像他手里握着拼图游戏中非常神秘的那一块，而又不想拿出来与兰登分享。

埃德蒙的又一个秘密。此刻的兰登心想。就像他秘而不宣地与癌症抗争一样。

"即使埃德蒙真的把诗集借给了圣家族大教堂，"安布拉继续说道，"即使我们找到了诗集，我们也不可能一页一页地去找那句诗。我真的不相信埃德蒙会用荧光笔在一部价值连城的手稿上画。"

"安布拉，"兰登从容地笑着回答道，"看看卡片的背面。"

安布拉低头看了一眼卡片，然后翻过来去看背面的文字。

她看完后，带着疑惑的表情又看了一遍。

她再一次抬头看兰登时，眼睛里已充满了希望。

"我刚才说过，"兰登笑着说，"我觉得我们应该到那里去。"

---

① 宣福礼（beatification），天主教会追封已过世者的一种仪式。

安布拉激动的表情来得快，去得也快。"还有一个问题，即使我们找到密码——"

"我知道——我们弄丢了埃德蒙的手机，也就是说我们根本联系不上温斯顿，没法打电话给他。"

"正是。"

"我相信这个问题我能解决。"

安布拉将信将疑地看着他。"怎么解决？"

"我们现在要做的就是找到温斯顿——埃德蒙组建的计算机。既然无法跟温斯顿远程联络，那我们就亲自将密码输入温斯顿。"

安布拉怔怔地看着他，好像他疯了一样。

兰登继续说："你告诉过我，埃德蒙是在一个秘密地点组建的温斯顿。"

"是的，但是这个地点有可能是在世界的任何地方呀！"

"不，就在巴塞罗那。一定在巴塞罗那。巴塞罗那是埃德蒙工作和生活的城市。而且组建这种合成智能机器是他最近的一个项目。所以埃德蒙只有在这里组建温斯顿才讲得通。"

"罗伯特，就算你说得对，那也是大海里捞针啊。巴塞罗那那么大。不可能——"

"我能找到温斯顿，这一点我确信。"说完兰登微笑着指了指下面的万家灯火，"听上去很疯狂，但刚才俯瞰巴塞罗那时我想到了一个……"

他望着窗外，话只说了一半。

"你能说详细点儿吗？"安布拉满怀期待地问道。

"我早就该明白这一点了。"兰登说，"关于温斯顿，有种东西——一个有趣的谜题——今晚一直在困扰着我。我想我终于弄明白了。"

他警惕地扫了一眼皇家特工，然后身体朝安布拉凑过去。"你会相信我吗？"他轻轻地问，"我相信我能找到温斯顿。但问题是没有埃德蒙的密码，即便找到也无济于事。此刻你我需要集中精力去找那一行诗。圣家族大教堂就是我们找到那句诗的绝佳机会。"

安布拉盯着兰登看了好一会儿，虽然不解其意但仍点了点头。然后她把目光移向前排，大声说道："丰塞卡特工！请飞行员调头，马上送我们去圣家族大教堂！"

丰塞卡在座位上转过身来怒冲冲地看着她。"维达尔女士，我告诉过你，我受命——"

"丰塞卡特工，"西班牙未来的王后身体向前倾，两眼瞪着他打断了他的话，"送我们去圣家族大教堂。马上。否则我们回去后，我做的第一件事就是让你走人。"

第 62 章

解密网

突发新闻

刺客与邪教有关！

刚刚 monte@iglesia.org 再次发帖，我们从中获悉，杀害埃德蒙·基尔希的凶手属于一个名叫帕尔马的教会。这是一个极端保守而又神秘的基督教教派！

一年多来，路易斯·阿维拉一直在网上为帕尔马教会招兵买马。他手上"胜利者"的文身也说明了他是这个备受争议的军事化宗教组织的成员。

帕尔马教会经常使用佛朗哥的这个标志。据西班牙《国家报》报道，帕尔马教会有自己的教皇，而且把一些惨无人道的领袖封为圣徒，其中包括弗朗西斯科·佛朗哥和阿道夫·希特勒！

不相信我们？那就查查文献吧。

该教会始于一个神秘的幻想。

1975年，一个名叫克莱门特·多明格斯·戈麦斯的保险经纪人声称他做了一个梦，梦见耶稣基督亲自加封他为教皇。于是克莱门特沿用罗马教皇的名字，自封为格列高利十七世，公开与梵蒂冈决裂，任命自己为红衣主教。尽管遭到罗马教廷的反对，这个新的伪教皇还是召集了成千上万的追随者，并聚敛了巨额财富建造了一座堡垒般的教堂，同时跨越国界扩充自己的神职队伍，在全球范围内任命了几百个帕尔马主教。

帕尔马教会的总教堂是一个壁垒森严、高墙林立的堡垒，名为"西班牙特洛亚帕尔马国王的基督山"。尽管梵蒂冈不承认帕尔马教会，但该教会仍然继续吸收极端保守的天主教徒。

请关注关于该教会以及安东尼奥·巴尔德斯皮诺主教的后续报道，巴尔德斯皮诺主教似乎与今晚的谋杀案也有牵连。

第63章

好家伙！这回我总算领教了！兰登心想。

安布拉措辞强硬地说完那几句话后，EC145直升机被迫拐了个大弯，调头朝圣家族大教堂飞去。

当飞机恢复平稳，重新飞行在巴塞罗那上空时，安布拉转身向迪亚斯索要他的手机。迪亚斯虽然一百个不情愿，但还是把手机递给了她。安布拉迅速打开浏览器，开始浏览新闻标题。

"该死！"她沮丧地摇了摇头嘀咕了一句，"我设法告诉媒体你没有绑架我。可惜没人听到我的话。"

"也许他们需要更多的时间才能发出去?"兰登说。这还不到十分钟呢。

"他们的时间已经够多了。"她回答道,"我正在看我们乘直升机离开米拉之家的视频。"

已经上视频了?兰登有时觉得这个世界转得实在太快了。他记得以前"突发新闻"上了报纸后,第二天一大早才会送到他门口。

"顺便说一句,"安布拉带着一丝幽默说道,"看来你我的事已经成了全世界最热门的新闻之一了。"

"早知如此,我就不该劫持你。"他揶揄道。

"一点儿都不好笑。我们还不是头号新闻呢。"她把手机递给他,"看看这个。"

兰登接过来,只见屏幕上显示的是雅虎首页《即时热门》栏目的头十条新闻。点击率最高的第一条新闻是:

1. "我们从哪里来?"/ 埃德蒙·基尔希

埃德蒙的演讲显然已经激发了全球各地的人来研究和讨论这个话题。埃德蒙应该会很得意。兰登心想。但当他点击链接看到头十个标题之后,才意识到自己错了。针对"我们从哪里来"这个问题的头十条说法,都是在讲神创论和外星人的。

埃德蒙会被吓死的。

埃德蒙是出了名的暴脾气。他曾参加过一个名叫"科学与灵性"的公共论坛。在这个论坛上,听众提出的五花八门的问题激怒了他,他最后双手一摊,边走下讲台边高声说:"别提上帝的名字和他妈的外星人,一个有脑子的人怎么就不能探讨人类的真正本源呢?"然后扬长而去。

兰登继续浏览手机,直到他找到一个貌似正常的"CNN 现场直播"的链接,标题为"埃德蒙·基尔希发现了什么"。

他打开链接,然后把手机拿到安布拉跟前,两个人凑到一起看。视频开始播放时,他又把音量调到最大。这样可以在直升机的轰鸣声中听到视频的声音。

CNN 节目主持人出现在视频画面中。多年来，兰登曾多次看过她主持的节目。"今天，我们有幸请到国家航空航天局天体生物学家格里芬·贝内特博士，"她说，"请他就埃德蒙·基尔希神秘的突破性发现谈谈自己的看法。欢迎您，贝内特博士。"

嘉宾——一位戴着金丝边眼镜、蓄着络腮胡子的男子——一本正经地点了点头。"谢谢。首先我要说，我认识埃德蒙。我非常敬佩他的聪明才智、他的创造力，以及他对进步和创新事业的执着。他被暗杀，对科学界来说是一个沉重的打击。我希望这种懦夫的刺杀行为有助于加强知识界的团结，一致来反对狂热行为、迷信思想，以及那些依靠暴力而不是真相来延续其信仰的人所带来的危害。听说，今晚还有人在努力想让埃德蒙的发现大白于天下。我真心希望这个说法是真的。"

兰登看了安布拉一眼。"我觉得他是在说我们。"

她点了点头。

"贝内特博士和许多人都抱着同样的希望。"主持人说，"您能不能给观众朋友们讲一讲您认为埃德蒙·基尔希发现的会是什么？"

"身为航天科学家，"贝内特博士继续说，"今晚在讲之前，我想先表个态……这个表态我相信埃德蒙·基尔希也会接受。"男子转过身，直接面对着摄像机镜头。"说到地外生命，"他说，"现在有很多提法，什么伪科学啦、阴谋论啦、彻头彻尾的幻想啦，简直让人眼花缭乱。在此我郑重声明：麦田怪圈之类的东西都是恶作剧。解剖外星人之类的影像资料都是特技摄影。外星人压根就没肢解过什么牛。在罗斯韦尔发现的飞碟[1] 其实就是政府发射的名为'莫古尔计划'的气象探测气球。'大金字塔'[2] 是由埃及人建造的，根本没有使用什么外

---

[1] 罗斯韦尔事件（Roswell UFO incident），指 1947 年发生在美国新墨西哥州罗斯韦尔市的不明飞行物坠毁事件。美国军方单方面对外宣称，坠落物为实验性高空监控气球的残骸，但许多民间 UFO 爱好者及阴谋论者则认为坠落物为外星飞船，其乘员被捕获，整个事件被军方掩盖。2014 年 11 月 24 日，又报料出美国专家解剖外星人的照片，底片冲洗时间和 1947 年飞碟坠毁时间一致。

[2] 大金字塔（Great Pyramids）位于埃及开罗西南十公里处的吉萨区，有三座很大的金字塔，分别是胡夫金字塔、哈夫拉金字塔和孟考拉金字塔，统称为大金字塔。

星科技。最重要的是，所有外星人劫持人类的报道全是彻头彻尾的谎言。"

"博士，您就这么肯定？"主持人问道。

"道理很简单。"科学家转身看着主持人一脸不快地说，"任何生命形态如果发达到能够耗时许多光年穿越星际空间旅行，那就用不着通过研究堪萨斯州农民的肠子去学习了。这样的生命形态也无需先变成爬行动物，然后再向政府渗透来接管地球。如果掌握了到地球旅行的技术，任何生命形态根本用不着要花样就能瞬间主宰我们。"

"嗯，这倒是挺恐怖的！"主持人尴尬地笑着评论道，"不过这与您对基尔希先生的发现的看法有什么关联呢？"

男子长叹了一口气。"我坚持认为埃德蒙·基尔希正准备宣布他已经找到了确凿的证据，证明地球上的生命源于太空。"

兰登立即对他的结论怀疑起来，因为他知道埃德蒙是如何看待这个问题的。

"有意思，可您为什么这么说呢？"主持人追问道。

"生命源于太空是唯一合理的答案。我们已经掌握了无可争辩的证据，表明在行星之间物质是可以交换的。我们已经获取了火星和金星的碎片，以及数百个来源不明的样本。这些碎片和样本会支持这种观点，那就是：生命是以微生物的形态、借助太空陨石来到地球，最终进化成地球上的生命的。"

主持人专注地点了点头。"但这个理论，即从太空中来的微生物——不是已经存在几十年，但一直没有证据证明吗？您觉得像埃德蒙·基尔希这样的科技天才会如何证明这样的理论？因为这样的理论似乎更多地属于太空生物学领域，而不是计算机科学领域。"

"哦，这个理论背后有坚实的逻辑支撑。"贝内特博士说，"几十年来，顶级天文学家一直在警告我们，地球的生命周期已经过了一半，太阳最终将膨胀成一颗巨大的红火球，把我们吞噬掉。人类要长期生存的唯一希望就是离开我们的地球——前提是，我们躲过了巨大小行星撞击或大规模伽马射线爆发所造成的更迫近的危险。正是由于上述原因，我们已经开始设计火星上的前哨，以便我们最终能够进入外太空，寻找新的宿主行星。不用说这是一项艰巨的任务，如果我们能找到一个更简单的方法以确保我们的生存，我们会毫不犹豫地去实施。"

贝内特博士停顿了一下。"也许有更简单的方法。如果我们能想办法把人类基因组打包装进小胶囊里，然后把数以百万计的小胶囊送入太空，寄希望于其中一个胶囊能在某个遥远的行星上落地生根，播下人类生命的种子，那会是什么情景？虽然这样的技术目前还没有，但我们正把它当成人类生存的可行性选项拿来讨论。如果我们正在考虑'播种生命'，那么某个更高级的生命形态自然也在考虑这个问题。"

此刻的兰登不知道贝内特博士究竟会把他的这套理论胡扯到哪里去。

"考虑到这一点，"他继续说，"我认为埃德蒙·基尔希可能已经发现了外星人的某种明显特征——不管是物理的、化学的，还是数学的——来证明地球上的生命是依靠太空播种产生的。我必须指出，几年前我和埃德蒙曾就这个问题激烈辩论过。他从来不喜欢太空微生物理论，因为他跟很多人一样，认为在到地球来的漫长征程中，遗传物质要经受致命的辐射和高温，是不可能生存下来的。但我个人认为，为了在宇宙中繁衍人类，借助某种技术辅助胚种论，把'生命的种子'装入防辐射的保护舱内密封起来，再把它们送入太空是完全可行的。"

"好吧。"主持人有点儿心神不定地说，"不过如果有人发现证据证明人类源于太空发来的种子舱，那就是说宇宙中就不只是仅有我们人类了。"她停顿了一下，"不过还有更难以置信的……"

"什么？"贝内特第一次开口笑了。

"也就是说，发送种子舱的不管是谁，都必须……像我们……人类！"

"是的，我最先得出的结论也是如此。"科学家停顿了一下，"后来埃德蒙纠正了我的结论。他指出了这种想法的谬误所在。"

这让主持人颇感意外。"这么说埃德蒙的观点是,不管发送这些'种子'的是谁,肯定不是人类?既然种子是人类繁衍的'配方',这又怎么可能呢?"

"埃德蒙的原话是,"科学家说,"人类是半生不熟的。"

"对不起,是什么?"

"埃德蒙说如果种子舱理论是正确的,那么被送到地球上的配方,当时很可能只是半生不熟的,还不是成品。就是说,人类并不是'终端产品',相反只是一个过渡性的物种,朝着某种别的……某种异形物种进化的物种。"

CNN主持人一脸困惑。

"埃德蒙认为,任何高级生命形态与其发送黑猩猩的配方,倒不如直接发送人类的配方。"科学家咯咯笑着说,"其实埃德蒙是在拿我寻开心,说我是个躲在衣柜里的基督徒。他还开玩笑说,只有信奉宗教的人才会认为人类是宇宙的中心。他还说外星人干脆把'亚当和夏娃'已经成熟的DNA航空邮寄到宇宙中去算了。"

"呃,博士,"主持人说,显然访谈的方向让她很不自在,"跟您交谈真是让人眼界大开。感谢您百忙中参与我们的节目。"

视频到此结束,安布拉立即转向兰登。"罗伯特,如果埃德蒙发现证据证明人类是一种半进化的外来物种,那就会引发一个更大的问题,我们究竟会进化成什么?"

"是的。"兰登说,"我认为埃德蒙对这个问题的措辞稍有不同,那就是:我们要往哪里去?"

原来兜了这么大一个圈子,这让安布拉很吃惊。"埃德蒙今晚演讲的第二个问题。"

"完全正确,我们从哪里来?我们要往哪里去?很显然我们刚才看到的国家航空航天局的这位科学家认为,埃德蒙仰望着苍天找到了两个问题的答案。"

"你怎么看,罗伯特?这就是埃德蒙的发现?"

琢磨着这些问题,兰登困惑地皱着眉头。这位科学家的理论虽然让人兴奋不已，但在思路敏捷的埃德蒙·基尔希眼里似乎太过笼统，太不食人间烟火。埃德蒙做事喜欢简单明了，凡事都靠技术。他是计算机科学家。更重要的是，兰登无法想象埃德蒙怎么去证明这样的理论。考古发掘出古代的种子舱？检测出外星人的传输方式？这两种发现理应瞬间获得才对，但埃德蒙的发现却耗费了不少时日。

埃德蒙说过，几个月来他一直在忙这件事。

"我搞不清楚，"兰登对安布拉说，"但直觉告诉我，埃德蒙的发现与地外生命毫无关系。我打心眼里认为他发现的是截然不同的东西。"

安布拉一脸惊讶，然后好奇地说道："我想只有一个办法能找到答案了。"她指了指窗外。

在他们面前的是圣家族大教堂若隐若现的尖塔。

第 64 章

欧宝轿车疾驰在 M505 高速公路上。胡利安仍盯着窗外发呆，巴尔德斯皮诺主教偷偷地瞄了他一眼。

他在想什么？巴尔德斯皮诺心想。

王子坐在车里沉默不语已经快三十分钟了，只是偶尔条件反射似的把手伸到口袋里去摸手机，然后意识到自己已经把手机锁在壁式保险柜里了。

巴尔德斯皮诺心想，我必须让他蒙在鼓里，时间再长一点儿。

虽然巴尔德斯皮诺很快就会告诉他，王子的行宫根本不是他们的目的地，但坐在前排的侍僧仍驱车朝着王子屋方向驶去。

胡利安突然从窗口回过身来，拍了拍侍僧的肩膀。"请打开收音机，"他说，"我想听听新闻。"

年轻人正要遵命去做，巴尔德斯皮诺俯身向前，把手有力地放在小伙子的肩膀上。"还是让我们静静地坐着吧。"

胡利安扭头看了主教一眼。显然他对自己的要求遭到拒绝很不高兴。

"对不起!"巴尔德斯皮诺感觉到了王子眼睛里越来越强烈的不信任,便马上说道,"时间太晚了。全是些聒噪的东西。我更喜欢静思。"

"我一直在静思。"胡利安说,声音听上去有些尖锐,"我想知道在我的国家发生了什么。今晚我们完全与世隔绝。所以我开始在想去王子屋是不是个好主意。"

"是个好主意。"巴尔德斯皮诺用肯定的口吻对王子说,"你能信任我,我很感激。"他把手从侍僧肩膀上拿开指了指收音机,"请打开收音机听听新闻吧。西班牙玛利亚电台?"巴尔德斯皮诺希望这家媒体,这家面向全球广播的天主教电台对今晚令人不安的事态,与大多数媒体的报料相比能够措辞更温和、更委婉。

廉价的汽车扬声器里传来播音员的声音,他正在就埃德蒙·基尔希的演讲和暗杀发表评论。今天晚上,全世界所有的电台都在谈论这个话题。巴尔德斯皮诺只希望自己的名字不要被扯进去。

幸运的是,此刻收音机里所谈的话题似乎是埃德蒙鼓吹的反宗教言论的危险性,尤其是他的影响力将给西班牙青年造成的威胁。为了举例说明,电台开始重放埃德蒙最近在巴塞罗那大学发表的一次演讲。

"我们很多人都不敢自称无神论者。"埃德蒙从容地对济济一堂的学生说,"不过无神论不是哲学,无神论也不是世界观。简单地说,无神论就是承认明摆着的道理。"

只有少数学生鼓掌表示认同。

"'无神论者'这种叫法,"埃德蒙继续说,"甚至不应该存在。人们无需给自己贴上'非占星家'或'非炼金术士'的标签。对那些怀疑猫王[①]还活着的人,对那些怀疑外星人穿越星际就是为了调戏牛的

[①] 埃维斯·普雷斯利(Elvis Presley, 1935—1977),20 世纪六七十年代风靡一时的美国摇滚歌手,绰号为"猫王"。

人，我们无话可说。无神论只不过是理性的人在面对未被证明正确的宗教信仰时发出的噪声。"

越来越多的学生鼓掌表示认同。

"顺便说一句，这个定义不是我下的。"埃德蒙告诉学生，"这些话是神经科学家山姆·哈里斯说的。如果你没有读过他的书，那就去读一读他的《给基督教国家的一封信》吧。"

巴尔德斯皮诺皱起了眉头，因为他回想起了哈里斯的这本《给基督教国家的一封信》①曾引发的骚动。这本书虽然是写给美国读者看的，但在西班牙也产生了巨大反响。

"在座的各位有多少人相信下面的这几位古代的神：太阳神阿波罗？天神宙斯？火神伏尔甘？"埃德蒙继续说，"相信的请举手。"他停顿一下，然后笑了起来。"一个都没有吗？好吧，看来面对这些神我们都是无神论者。"他又停顿了一下。"我还想再提一位神。"

听众的掌声更大了。

"朋友们，我不想说，我知道根本没有上帝。我要说的是，如果宇宙背后真的存在着某种神圣力量，那它就会歇斯底里地嘲笑我们在界定它的过程中创建的宗教。"

在场的人都哈哈大笑起来。

现在巴尔德斯皮诺心里很得意，因为是王子要求听广播的。胡利安需要听听这个。埃德蒙之所以能吸引众多追随者，恰恰证明了基督的敌人已经不再作壁上观，而是在积极活动，企图把人们的灵魂从上帝身边夺走。

"我是美国人，生在这样一个世界上科技最发达、最知性的国家，我深感荣幸。"埃德蒙继续说道，"但最近一项民意测验显示，我的同胞中有一半人按照字面的解释去相信亚当和夏娃的存在，去相信一个全能的上帝创造了两个完全发育成熟的人，而这两个人仅凭一己之力繁衍了我们整个星球的人口，而且生出了各种各样的种族，还没有产

---

① 原文为西班牙语。

生近亲繁殖的问题。看到这样的结果我深感不安。"

听众又哈哈大笑起来。

"在肯塔基州,"他继续说,"牧师彼得·拉鲁法公开宣称:'如果在《圣经》里的某个地方,我发现有一段话说"二加二等于五",我也会信以为真,而且接受。'"

听众再一次哈哈大笑起来。

"我承认笑很容易,但我要告诉大家的是这种信仰远比可笑更可怕。持这种信仰的人,很多都是聪明伶俐、受过教育的专业人士——医生、律师、教师,更有甚者还在谋取国家的高位。我曾听美国国会议员保罗·布龙说过:'进化论和宇宙大爆炸都是直接从地狱来的谎言。我相信地球大约有九千岁,而且正像我们知道的那样是上帝在六天内造出来的。'"埃德蒙又停顿了一下,"更令人不安的是,国会议员布龙还是众议院科学、空间和技术委员会的成员。但当人们问他为什么会有数百万年的化石时,他的回答是:'化石是上帝放在那里用来检验我们的信仰的。'"

埃德蒙的声音突然变得低沉和忧郁起来。"容忍无知就是助长无知。如果我们的领导人只是认为这样的无知很荒谬而无动于衷,那就是在自鸣得意地犯罪。这跟让我们的学校和教堂向我们的孩子传授彻头彻尾的谎言没什么两样。该行动了。只有净化我们的物种,清除掉满脑子的迷信,我们才能去体察我们的思维能带给我们的东西。"他停顿一下,听众鸦雀无声。"我爱人类。我相信我们的思维,相信我们人类有无限的潜能。我相信我们正迎来一个开明的新时代,一个宗教终将离去……科学即将为王的世界。"

听众中爆发出热烈的掌声。

"看在上帝的分上,"巴尔德斯皮诺厌恶地摇着头恶狠狠地说,"把它关掉。"

侍僧关掉了收音机。就这样三个人默默地驱车前行。

在三十英里外的皇宫里,苏雷什·巴拉上气不接下气地跑到莫妮卡·马丁跟前交给她一部手机。

"长话短说，"苏雷什气喘吁吁地说，"你应该看一看巴尔德斯皮诺主教收到的这段文字。"

"等一下。"马丁差一点儿把手机扔了，"这是主教的手机？！你是怎么——"

"不要问，看下去。"

马丁惊恐地望着手机，开始看屏幕上的文字。刹那间她觉得自己的脸都白了。"我的天哪！巴尔德斯皮诺主教是……"

"危险分子！"苏雷什说。

"可是……这不可能！给主教发短信的这个人是谁？"

"号码被屏蔽掉了。"苏雷什说，"我正在想办法甄别。"

"可是，巴尔德斯皮诺为什么不删除这条短信呢？"

"不知道。"苏雷什直截了当地说，"粗心？嚣张？我会想办法恢复被删除的其他信息，看巴尔德斯皮诺都跟谁发过短信。我把这个消息告诉了你，你应该就此发表个声明。"

"不！"马丁仍然心有余悸地说，"王室不会把这样的消息发布出去！"

"是的，但别人会很快发出去的。"苏雷什赶忙解释说，他之所以查看巴尔德斯皮诺的手机，是因为给解密网提供消息的报料人monte@iglesia.org 直接给他发送了电子邮件，提供了内幕信息。如果这个人行事一如既往，那么用不了多久主教的短信就会被曝光。

铁证如山，一个与西班牙国王关系密切的天主教主教居然直接参与了今晚的叛变和谋杀。马丁闭上了眼睛，努力想象全世界会对此做何反应。

"苏雷什，"马丁慢慢地睁开眼睛小声说道，"我要你找出这个报料人'Monte'究竟是谁。你能帮我找出来吗？"

"可以试试。"他的话听上去没有太大把握。

"谢谢。"马丁把主教的手机还给了他，匆匆朝门口走去，"把短信截图发给我！"

"你去哪儿?"苏雷什叫道。

莫妮卡·马丁没有回答。

第 65 章

圣家族大教堂占据了巴塞罗那市中心的整个街区。尽管占地面积很大,但整个教堂就好像没有一点儿重量似的悬浮在地球上空,一组设计精妙的通风尖塔毫不费劲地直冲云霄。

这些结构复杂、布满气孔的尖塔高度各异,使得教堂看上去犹如搞恶作剧的巨人堆起来的沙滩城堡一样形态诡异。一旦完工,十八座尖塔中最高的一座将破天荒地达到令人目眩的五百六十英尺高(比华盛顿纪念碑还高)。圣家族大教堂将因此成为全世界最高的教堂,比梵蒂冈的圣彼得大教堂还要高出一百英尺。

教堂的主体由三个巨大的立面遮挡着。面向东方的,是五彩缤纷的"诞生"立面。这个立面犹如悬空的花园一路向上攀爬,上面装饰着绚丽多姿的植物、动物、水果和人物。与之形成鲜明对比的是面向西方的"受难"立面。这个立面装饰质朴,由光秃秃的石刻骷髅组成,模仿肌肉和骨骼雕琢而成。面向南方的"荣耀"立面,其雕刻的内容先是一组杂乱无章的魔鬼、幽灵和罪恶,然后主题渐渐升华,最后是象征着升天、美德和天堂等崇高寓意的形象。

教堂周边是数不胜数的小型立面、支墩和尖塔,大多数涂了一层像泥浆一样的材料,让整个建筑的下半部分看上去要么像正在熔化,要么就像从泥里挤出来的一样。一位著名评论家说过,圣家族大教堂的下半部分犹如"从一大堆杂乱无章的蘑菇状尖塔中突然冒出来的枯树干"。

除了用传统宗教造像装饰教堂之外,高迪还采用了无数令人吃惊的造型来反映他对自然的敬畏——龟驮立柱、从立面上突然长出来的树木，乃至与教堂外观比例相称的巨石蜗牛和青蛙。

圣家族大教堂尽管外观诡异，但真正让人感到惊讶的只有跨进教堂大门后才能看到。游人一旦进入中殿，肯定会目瞪口呆地站在那里：目光随着歪斜扭曲的树干状立柱，一直向上，直至二百英尺高的悬浮式拱顶上各种光怪陆离地拼合在一起的几何图形，它们就像树枝上的水晶华盖悬浮在空中。高迪声称之所以创造"立柱森林"，是为了鼓励人们用心灵重温早期修行之人的思想，因为对早期的修行者来说，森林是上帝的教堂。

高迪巨大的新艺术派作品受到热烈的追捧的同时，也遭到辛辣的嘲讽，是一点儿都不奇怪的。有人认为高迪的作品"感性、神圣、生机勃勃"，有人却认为他的作品"庸俗、做作、亵渎神明"。作家詹姆斯·米切纳①称圣家族大教堂是"世界上外观最诡异的严肃建筑之一"，《建筑评论》则称其为"高迪神圣的怪物"。

如果说圣家族大教堂的审美观是诡异的，那它的财政来源就更诡异了。教堂完全由私人捐款而建，没有来自梵蒂冈或世界天主教领袖的任何财政支持。尽管多次濒临破产，建设工程多次停工，但教堂表现出几近达尔文式的求生意志，顽强地经受住了建筑师的死亡、残酷的内战、加泰罗尼亚无政府主义者的恐怖袭击，甚至在附近开挖地铁隧道影响其地基稳定性等问题的考验。

面对难以置信的逆境，圣家族大教堂不但屹立不倒，而且还在一天天成长。

在过去的十年中，教堂的境遇有很大的改善，每年有四百多万游客参观教堂已完工的部分，可观的门票收入成了其财政来源的重要补充。现在，圣家族大教堂宣布教堂整体工程将于2026年——高迪逝世一百周年——完工。大教堂似乎被注入了新鲜血液，其尖塔似乎也带着重新振作的紧迫感和希望冲向天际。

圣家族大教堂最年长的神父兼堂主华金·贝尼亚神父是一个八十

---

① 詹姆斯·米切纳（James Michener, 1907—1997），美国作家。

岁的乐天派。他戴着一副圆圆的眼镜,瘦小的身躯总是披着长袍,圆圆的脸蛋常常挂着微笑。贝尼亚的梦想就是在有生之年能看到这座荣耀的殿堂完工。

但是今晚在他的办公室里,贝尼亚神父再也笑不起来。以往他都是在加班处理教堂的事务,可现在却死死地盯着电脑,全神贯注地关注在毕尔巴鄂上演的那出令人不安的大戏。

埃德蒙·基尔希被暗杀了。

在过去的三个月里,贝尼亚与埃德蒙已经不可思议地建立了一种微妙的友谊。这位直言不讳的无神论者曾经亲自造访,说要给教堂捐赠一笔巨额资金。这让贝尼亚大为惊讶。捐赠的数额之高前所未有,势必产生巨大而积极的影响。

埃德蒙的捐赠根本不靠谱。贝尼亚当时这样认为。因为他怀疑埃德蒙在耍什么花招。他这是在作秀吗?没准想影响教堂的工程进度?

作为捐赠的回报,这位著名的未来学家只提了一个要求。

贝尼亚听完后,心里直打鼓。这就是他的条件?

"这是我个人的事,"埃德蒙说,"所以我希望您能尊重我的要求。"

贝尼亚这个人一般不会轻信别人,但在那一刻他觉得自己简直在跟魔鬼共舞。贝尼亚突然发现,自己在埃德蒙的眼睛中寻找某种别有用心的动机。然后他看到了。在基尔希貌似无忧无虑的背后,是无比的疲惫和绝望。他那深陷的眼睛和瘦弱的身躯让贝尼亚想起了自己在神学院当临终关怀师的那些日子。

埃德蒙·基尔希身体有病。

贝尼亚怀疑埃德蒙将不久于人世,而这笔捐赠可能是他突发奇想向他一直鄙视的上帝赎罪的结果。

活着时最自以为是的人,临死时却最害怕。

贝尼亚想起了最早的基督教福音传道者圣约翰,他一生都在鼓励没有信仰的人去体验耶稣基督的荣耀。像埃德蒙这样没有信仰的人,想参与建设献给耶稣的圣殿,如果拒绝他,既残忍,又有违基督教教义。

此外，贝尼亚有义务帮助教堂募集资金。他无法想象自己告诉同事们，因为埃德蒙·基尔希以前是无神论者，所以他的大礼被拒之门外了。

最后，贝尼亚接受了埃德蒙提出的条件。两个男人就这样热情地握手成交。

那是三个月以前的事了。

今晚贝尼亚一直在观看埃德蒙在古根海姆的演讲。刚开始演讲中反宗教的基调让他心神不宁，后来埃德蒙几次提到的神秘发现又让他兴致大增，最后他惊恐地看到埃德蒙·基尔希中枪倒下。此后贝尼亚就再也没有离开自己的电脑。各种阴谋论随即纷至沓来，就像万花筒一样让他眼花缭乱、应接不暇。

此刻贝尼亚心情沉重，只能独自静静地坐在高迪"立柱森林"中洞穴般的教堂里。就连神秘的森林，也无助于平息他大脑的飞转。

埃德蒙发现了什么？谁想要他的命？

贝尼亚神父闭上眼睛努力想抹掉这些想法，但怎么都办不到。

我们从哪里来？我们要往哪里去？

"我们从上帝那里来！"贝尼亚大声说道，"我们要往上帝那里去！"

这两句话一出口，他就感到它们在他的胸腔里产生了共鸣。这种共鸣力量如此强大，以至于整个教堂似乎都跟着震动。突然，一道亮光透过"受难"立面上方的彩色玻璃窗照进教堂。

贝尼亚神父顿时肃然起敬，赶紧站了起来跌跌撞撞地朝窗口走去。此刻随着这道天光沿着彩色玻璃徐徐下降，整个教堂里响起了雷鸣般的轰隆声。贝尼亚赶紧冲出教堂，却被一阵震耳欲聋的风暴所裹挟。在他的左上方，一架体积庞大的直升机正徐徐下降，直升机的探照灯扫射着教堂的立面。

贝尼亚满腹狐疑地看着。直升机在教堂施工围栏里的西北角上降落，之后熄了火。

随着狂风和噪声渐渐消退，贝尼亚神父站在圣家族大教堂的大门口，看着四个人下了飞机匆匆朝他走来。因为他看过今晚的报道，所以走在前面的两个人他一眼就认了出来——一个是西班牙未来的王后，另一个是罗伯特·兰登教授。紧跟着的是两个身穿运动夹克衫、膀大腰圆的大汉。

看样子兰登根本没有绑架安布拉·维达尔。在这位美国教授朝他走过来的时候，维达尔女士似乎是心甘情愿地紧随其后。

"神父！"女子非常友好地打了声招呼，"请原谅我们这么大动静地闯入这片圣地。我们需要马上跟您聊一聊，事情非常重要。"

这帮不速之客走到自己跟前时，贝尼亚本想开口回答，最后却只是无声地点了点头。

"神父，非常抱歉，"罗伯特·兰登说着冲神父微微一笑，以打消对方的敌意，"我知道这一切看起来非常不可思议。您知道我们是谁了？"

"当然，"他蹦出了一句，"不过我原以为……"

"假消息。"安布拉说，"一切都还好，我向您保证。"

直升机的到来显然把在建筑围栏外站岗的两名保安吓坏了。这时他们穿过安全十字门飞也似的跑了进来。看到贝尼亚，两人便朝他跑来。

两个穿夹克衫的大汉立即转过身子，面对他们伸出手掌打了个手势，示意他们"停下"。

保安吃了一惊，立即停住脚步看着贝尼亚，等待他的指示。

"一切都好！"贝尼亚用加泰罗尼亚语喊道，"回到你们的岗位上去吧。"

保安茫然地眯起眼睛看着这群不太可能凑到一起的人。

"他们是我的客人。"[①] 贝尼亚语气坚定地说。

被弄糊涂的保安退回到安全十字门外，继续沿着建筑围栏巡逻去了。

"谢谢您！"安布拉说，"非常感激！"

[①] 原文为西班牙语。

"我是华金·贝尼亚神父,请告诉我这是怎么回事?"他说。

罗伯特·兰登走上前跟贝尼亚握了握手。"贝尼亚神父,我们正在找科学家埃德蒙·基尔希的一个善本。"兰登拿出一张精美的记录卡递给他,"这张卡表明,这本书借给了这座教堂。"

这帮不速之客虽然让贝尼亚有点手足无措,但他一眼就认出了这张乳白色的卡片。跟这张卡片一模一样的另一张就在埃德蒙几个星期前给他的那本书里。

《威廉·布莱克全集》。

埃德蒙向圣家族大教堂进行巨额捐款时,曾与教堂约定布莱克的这本书必须放在教堂的地下墓室里展出。

这个要求真奇怪,但开价不算高。

埃德蒙的另一个要求写在卡片的背面,那就是展出时这本书要始终翻到第一百六十三页。

第 66 章

离圣家族大教堂西北五英里的地方,海军上将阿维拉透过优步的挡风玻璃凝望着巴塞罗那一望无际的万家灯火。这片城市之光的后面便是漆黑的巴利阿里海。

终于到巴塞罗那了。阿维拉边想边掏出手机,按照约定给摄政王打电话。

手机铃声一响,摄政王便接起了电话。"阿维拉将军。你在什么地方?"

"城外几分钟的车程处。"

"你到达得很及时。我刚接到一个棘手的消息。"

"请讲。"

"您已经成功砍掉了蛇的头。但正如我们担心的那样,蛇的长尾巴还在危险地扭动。"

"我有什么可以效劳的吗?"阿维拉问。

阿维拉听了摄政王的想法后大为震惊。他万万没有想到今晚还会有人丧命。不过他并不打算向摄政王提出质疑。他只是提醒自己,我充其量只是个步卒而已。

"这次任务非常危险。"摄政王说,"你一旦被抓住就把手上的文身给警方看。这样你很快就会被释放。我们的影响无处不在。"

"我可不想被抓住。"阿维拉说着看了一眼自己的文身。

"好。"摄政王拖着半死不活的腔调说道,"如果一切照计划执行,他们俩很快就死定了,那就万事大吉了。"

电话挂断了。

阿维拉在突如其来的安静中抬头看着地平线上那个最亮的地方——一组在建筑灯光的照耀下面目狰狞、形状丑陋的尖塔。

圣家族大教堂!他心想。它那诡异的剪影让他深恶痛绝。一座与我们的信仰完全相悖的教堂。

在阿维拉的心目中,巴塞罗那这座赫赫有名的教堂简直就是一座软弱无能、道德沦丧的"丰碑",是对天主教教义自由化的屈膝投降,是对几千年信仰的肆意歪曲,更是一个集自然崇拜、伪科学和诺斯底异端[①]于一体的大杂烩。

沿着天主教堂向上爬的巨型蜥蜴!

在这个世界上,传统的崩溃让阿维拉诚惶诚恐。但现在涌现出一批世界级领袖,他们似乎跟他一样担惊受怕,而且在不遗余力地做恢复传统的事,这让他备受鼓舞。阿维拉把自己献给了帕尔马教会,尤其是献给了教皇英诺森十四世,这给了他重新活下去的理由,让他从全新的角度看清了自己的悲剧。

阿维拉心想,我的妻子和孩子是战争的受害者。这是一场邪恶势

---

① 诺斯底异端(Gnostic heresy),或称"灵知派""灵智派",认为"灵知"可使他们脱离无知与现世,是一种企图中和物质与精神的二元论世界观。

力对上帝、对传统发动的战争。宽恕并不是救赎的唯一途径。

　　五天前的那个晚上，阿维拉已经在自己简陋的家里睡着了。这时手机"嘀"地响了一声，把他从睡梦中吵醒。"谁啊？大半夜的！"他嘟囔着，睡眼惺忪地斜眼看了看屏幕，看是谁在这个钟点给他发短信。

　　未知号码。①

　　阿维拉揉了揉眼睛点开查看短信。

　　"请核对您的银行账户余额。"②

　　"核对我的银行账户余额？"

　　阿维拉皱起了眉头，开始怀疑是不是某种电话诈骗。他很窝火地下了床到厨房喝了口水。他站在水槽边上看了一眼自己的笔记本电脑，因为他如果不看一下，回去是无法睡着的。

　　他登录到自己的网上银行，原以为他的银行余额肯定跟往常一样少得可怜——退伍抚恤金剩下的钱。但当看到显示出来的账户信息时他猛地一跃而起，把椅子都碰倒了。

　　可是这怎么可能？！

　　他闭了一下眼睛，紧接着又睁开看了一眼。随后他刷新了一下页面。

　　还是那个数。

　　他滚动着鼠标，查看自己的交易记录。他震惊地发现，一小时前有个匿名账户往他的账户里存入了十万欧元。虽然他能看到账号，但看不出是谁的账号。

　　谁会这么干？！

---

①② 原文为西班牙语。

这时手机"嗡嗡"响了起来,阿维拉的心跳顿时加快了。他抓起手机看了看来电显示。

未知号码。

阿维拉看着手机,随后拿了起来。"哪位?"①

一个操着纯正卡斯蒂利亚口音的声音轻柔地对他说:"晚上好,将军。我相信你已经看到我们送你的礼物了?"

"我……已经看到了。"他结结巴巴地说,"您是哪位?"

"你可以叫我摄政王。"电话那头回答道,"我代表你的兄弟们,就是过去两年来你一直虔诚参拜的那个教会的教友们。将军,我们一直在关注你的能力和忠诚。现在我们想给你一个机会为更高的目标出力。教皇陛下提议由你去完成一系列的任务……上帝派给你的任务。"

此时阿维拉已经完全清醒了,手心直冒冷汗。

"我们汇给你的钱是你执行第一项任务的预付款。"电话那头的声音继续说道,"如果你愿意承担这项任务,你可以把它当成一个机会,证明你完全有资格在我们最高级别的位置上占据一席之地。"声音停顿了一下,"我们教会等级森严,外界是看不到的。我们相信,你可以成为我们组织高层的宝贵财富。"

阿维拉想到能获得晋升,兴奋的同时也非常谨慎。"是什么任务?如果我不愿意接又会怎么样?"

"我们不会对你怎么样,那笔钱你可以留着权当封口费。这样很公道吧?"

"很大方嘛。"

"我们喜欢你。我们想帮助你。为了体现对你的公平我想提醒你,教皇派给你的任务非常艰巨。"他停顿了一下,"可能需要使用武力。"

---

① 原文为西班牙语。

阿维拉浑身都僵住了。武力？

"将军，邪恶的力量每天都在不断壮大。上帝在打仗，打仗就免不了死伤。"

阿维拉的脑海里闪现出杀害他家人的炸弹袭击的恐怖场面。他打了个寒战，想从脑海中赶走那段黑暗的记忆。"对不起，我不知道我是不是能接受涉及武力的任务……"

"将军，你是教皇钦点的。"摄政王低声说，"你这次任务的目标……是谋杀你家人的凶手。"

第 67 章

军械室位于马德里皇宫的一楼，那是个格调高雅的穹顶房间，猩红色高墙上装饰着华贵的挂毯，上面描绘的是西班牙历史上的著名战役。房间四周的墙上挂着一百多套手工打造的铠甲，其中有历代君王使用过的戎装和兵器，全都是无价之宝。房间中央摆放着七具按实际比例制作的、全副武装的战马模型。

这就是他们要关押我的地方？加尔萨看着周围的兵器心想。不用说军械室是皇宫里最安全的地方，但加尔萨怀疑捉拿他的人之所以选择这么优雅的地方当牢房，不过是想吓唬吓唬他。我就是在这个房间里接受任命的。

大约二十年前，加尔萨被带进这个庄严的军械室接受面试，经过反复考查和询问，最后才被任命为皇家卫队的指挥官。

可如今，加尔萨自己麾下的特工却拘捕了他。我被指控谋杀？而且试图栽赃主教？指控背后的逻辑太反常了，加尔萨怎么也解不开这个谜团。

加尔萨是宫里皇家卫队中级别最高的官员，这就是说，下达逮捕令的只能是一个人……胡利安王子。

加尔萨意识到，是巴尔德斯皮诺怂恿王子逮捕我的。主教一直是政坛上的不倒翁，今晚他孤注一掷地尝试这种鲁莽的媒体作秀——一个大胆的计谋，通过抹黑加尔萨来洗白自己。现在我被关在军械室，根本无法进行辩白。

　　加尔萨心里清楚，如果胡利安和巴尔德斯皮诺已经联手，他就完蛋了，彻底被拿下了。在这个节骨眼上唯一有能力帮助他的人，就是那个躺在萨尔苏埃拉宫病床上熬日子的老人。

　　西班牙国王。

　　话又说回来，加尔萨心想，如果这样做需要出卖巴尔德斯皮诺主教或者他的儿子，国王是绝不会帮我的。

　　此时他听到外面人群的诵唱声更大了，听上去形势可能会突变。当他听出他们在诵唱什么的时候，简直不敢相信自己的耳朵。

　　"西班牙从哪里来？"人们高喊道，"西班牙要往哪里去？"

　　抗议者们似乎抓住了埃德蒙两个振奋人心的问题，并以此为契机愤怒地表达旨在抨击西班牙君主制的政治愿景。

　　我们从哪里来？我们要往哪里去？

　　西班牙的年轻一代声讨过去的压迫，不断要求自己的国家加快变革废除君主制，然后作为一个完全民主的国家"加入文明世界的行列"。法国、德国、俄罗斯、奥地利、波兰，还有五十多个国家，在上个世纪就已经废除了君主制。如今连英国都在蠢蠢欲动，准备在现任女王死后就终结君主制问题进行全民公决。

　　不幸的是今晚，马德里皇宫简直乱成了一锅粥。所以听到抗议者再次提出这个由来已久的口号他一点儿都不感到意外。

　　准备君临天下的胡利安王子究竟想干什么？加尔萨心想。

　　军械室另一头的大门突然"咔嗒"一声打开了，加尔萨手下的一个特工朝里瞄了一眼。

　　加尔萨冲他喊道："我要找律师！我要对新闻界发表声明。"

　　只见莫妮卡·马丁从特工身边闪过，大踏步冲进军械室，冲他喊道："加尔萨指挥官，你为什么要勾结杀害埃德蒙·基尔希的凶手？"

加尔萨看着她简直不敢相信自己的耳朵。难道人们都疯了？

"我们知道你在栽赃陷害巴尔德斯皮诺主教！"马丁边朝他大步走来边大声说道，"王室准备马上把你的告解公之于众！"

指挥官没有回答。

马丁横穿房间快走到一半的时候，突然转身看着门口的年轻特工。"我说的是私下里告解！"

特工一脸茫然地退了回去，关上大门。

马丁转过身子，怒气冲冲地朝加尔萨走来。"我现在就想听你告解！"她大声吼道。就在她径直来到他跟前时，她的吼声还在房间的拱形天花板下回荡。

"你别想从我这里得到什么。"加尔萨平心静气地说道，"我跟这事没有任何关系。你的指控完全是无中生有。"

马丁紧张地回头看了一眼，接着走近一步，凑到加尔萨的耳边小声说道："我知道……你给我听仔细了。"

第 68 章

趋势↑ 2747%

🌐 解密网

突发新闻

　　　　伪教皇……双手流血……眼被缝合……

帕尔马教会内部传来怪事。

在线基督教论坛的帖子现在已经证实，海军上将路易斯·阿维拉是帕尔马教会的活跃分子，几年来一直积极活动。

身为该教会的"名流"拥护者，海军上将路易斯·阿维拉因其家人在一次反基督教恐怖袭击中丧命而悲痛欲绝。此后这位将军曾多次把"拯救了他的生命"归功于帕尔马教皇。

解密网的方针是，既不支持、也不谴责任何宗教组织。因此在这里我们给大家提供了几十条帕尔马教会的超链接。

我们提供消息。你们自己决定。

请注意，网上许多关于帕尔马教会的主张都令人震惊，所以我们现在请求你们——我们的用户——帮助甄别真伪。

下列"真相"是明星级报料人 monte@iglesia.org 发给我们的。今晚该报料人的跟踪记录堪称完美。其跟踪记录表明，这些真相都是真实的。不过在我们如实报道这些真相之前，我们希望用户可以额外提供证据，给予支持或反驳。

"真相"

- 1976 年，帕尔马教皇克莱门特在一次车祸中失去了两只眼球。十年来，虽然双眼被缝合，但他仍然坚持传道。
- 克莱门特教皇两只手掌上都有恶性红斑，每当他产生了幻觉，红斑就会流血。
- 几位帕尔马教皇都是怀揣强烈的卡洛斯理想的西班牙军官。
- 帕尔马教会禁止信徒向自己的家人讲教会的事情，有些信徒死于营养不良或滥用药物。
- 帕尔马教会禁止信徒：（1）阅读由非帕尔马信徒写的书；（2）参加家人的婚礼或葬礼，除非其家人也是帕尔马信徒；（3）去泳池、海滩游泳，观看拳击比赛，光顾歌舞厅或者装饰有圣诞树和圣诞老人像的任何地方。
- 帕尔马信徒相信，伪基督诞生于 2000 年。
- 美国、加拿大、德国、奥地利和爱尔兰均有帕尔马教会的招募站。

第 69 章

兰登和安布拉跟着贝尼亚神父往圣家族大教堂的高大铜门走去时，他突然对教堂主入口令人匪夷所思的种种细节赞叹起来（他总是这样）。

教堂大门就是由各种代码组成的一面墙。兰登边沉思边打量着抛光金属单片板上凸起的印刷文字。单片板上是八千多个 3D 青铜浮雕字母。字母呈横向排列，组成一片大面积的文字区域，而词与词之间几乎没有间隔。虽然兰登知道这片文字是在用加泰罗尼亚语描述基督的受难，但看上去更像是国家安全局[①]的密钥。

难怪这地方容易引发各种阴谋论。

兰登的目光慢慢上移，顺着若隐若现的"受难"立面往上看。"受难"立面是由艺术家约瑟·玛利亚·苏维拉齐斯[②]设计的。整个立面由一组形容憔悴、棱角分明、俯视地面的雕塑组成，令人过目不忘。主体雕塑是瘦骨嶙峋的耶稣被吊在十字架上，十字架整体前倾，营造出一种即将倒下来砸向观者的骇人效果。

在兰登的左手边另有一尊阴森可怖的雕塑，描绘的是出卖耶稣的犹大亲吻耶稣的场面。令人不可思议的是雕像的旁边雕刻着一个数字网格——一个数学"魔方"。有一次，埃德蒙告诉兰登，这个魔方的"神奇常数"是 33。这里面暗藏着共济会教徒献给"宇宙的伟大建筑师"——一个包罗万象的神，据说他会把秘密透露给那些能够达到第三十三度兄弟情谊的人——的崇敬。

"编得很有趣。"兰登笑着回答埃德蒙，"不过更靠谱的解释可能

[①] 国家安全局（NSA），又称"国家保密局"，是美国政府中最大的情报部门，隶属于国防部，专门负责收集和分析海内外的通讯资料。

[②] 约瑟·玛利亚·苏维拉齐斯（Josep Maria Subirachs, 1927—2014），20 世纪后期西班牙雕刻家、画家。

是耶稣受难时是三十三岁。"

他们走近大门时,兰登皱着眉头去看教堂里最让人毛骨悚然的装饰,一尊用绳子把耶稣绑在立柱上严刑拷打的巨大雕像。随后他赶紧把视线转向大门上方的雕刻——两个希腊字母,阿尔法(α)和欧米茄(ω)。①

"有始有终!"安布拉也看着希腊字母低声说道,"很对埃德蒙的胃口。"

兰登明白她的意思,于是点了点头。我们从哪里来?我们要往哪里去?

贝尼亚神父在青铜字母组成的墙上打开了一道小门。一行人,连同两名皇家卫队的特工,一起进了教堂。之后贝尼亚随手关上了门。

寂静。

阴暗。

贝尼亚神父在耳堂的东南端向他们讲述了一个惊心动魄的故事。他告诉他们埃德蒙·基尔希如何来找他,如何表示愿意向圣家族大教堂捐上一大笔钱,前提是教堂必须同意在高迪墓旁展出他收藏的布莱克手抄绘本。

放在这座教堂的中心位置。听到这里,兰登的好奇心油然而生。

"埃德蒙说过他为什么要您这么做吗?"安布拉问道。

贝尼亚点了点头。"他告诉我,他一辈子酷爱高迪的艺术都是因为他已故的母亲,而他母亲又酷爱威廉·布莱克的作品。基尔希先生说他之所以想把布莱克的善本放在高迪墓旁边,是为了纪念他已故的母亲。我看这也无伤大雅。"

埃德蒙从未提起过他母亲喜欢高迪。兰登茫然不解。再说帕洛马·基尔希是死在一个修道院里的,一个西班牙修女似乎不太可能崇拜一个离经叛道的英国诗人。整个说法似乎掺了点儿水分。

"还有,"贝尼亚接着说道,"我觉得基尔希先生可能一直在经受

---

① α 和 ω 分别为希腊字母表中的第一个字母和最后一个字母。

某种精神危机的折磨……也许还有健康问题。"

"这个卡片背面上的备注说，"兰登手拿卡片插嘴道，"布莱克的书必须按照一定的要求展出——必须平放着翻到第一百六十三页？"

"没错，是这样。"

兰登感觉自己的心跳加快了。"您能告诉我第一百六十三页上是哪首诗吗？"

贝尼亚摇了摇头。"那一页上根本没有什么诗。"

"什么？！"

"这本书是布莱克的全集，包括他的画作和诗篇。第一百六十三页是幅插图。"

兰登不安地看了一眼安布拉。我们需要的是四十七个字母组成的诗句——不是插图！

"神父，"安布拉对贝尼亚说，"我们是否可以现在就去看一眼？"

神父犹豫了片刻，显然本想拒绝未来王后的提议。"地下墓室在这边。"说完他领着两人沿着耳堂向教堂的中央走去。两位特工紧随其后。

"我必须承认，"贝尼亚说，"接受这样一个无神论者的捐赠，当时我很犹豫。但他要求展示他母亲最喜欢的布莱克的插图画，对我来说似乎并无大碍。再说插图画的还是上帝。"

兰登还以为自己听错了。"您是说埃德蒙让您展出的是上帝的肖像画？"

贝尼亚点了点头。"当时我就觉得他得病了，没准他这是在对自己一辈子反对神感到不安而设法将功补过。"他停下来摇了摇头，"不过看到他今晚的演讲，我必须承认真不知道该怎么想。"

兰登绞尽脑汁在猜想，布莱克画过无数与上帝有关的插图画，埃德蒙会展出哪一幅呢？

在一行人走进中殿时，兰登感觉自己好像第一次来到这里似的。其实在教堂建设的不同阶段，他曾多次来参观过，不过都是在白天。白天西班牙的阳光透过彩色玻璃倾泻而入，营造出令人眼花缭乱的绚丽多姿，吸引着你的目光向上，不停向上，直到看见一个似乎没有重量的穹顶华冠。

在夜晚，这里更是一个阴沉的世界。

阳光照射下的光怪陆离的森林不见了，取而代之的是由阴影和黑暗组成的午夜丛林——一片由凹槽柱组成的树林，阴森森地直冲天际，一直向不祥的虚空延伸。

"注意脚下！"神父说，"能省钱的地方我们尽量节省。"兰登心里清楚，在欧洲要给这些大教堂照明开销肯定不小，而这里稀稀疏疏的照明设施仅够照亮过道。占地六万平方英尺带来的挑战啊。

他们到达中殿向左转弯时，兰登凝视着前方高出来的一块祭台。祭坛是一张超现代、极简约的桌子，由两组闪闪发光的管风琴管支撑起来。祭坛上方十五英尺的地方悬挂着教堂别致的华盖——一张吊起来的布顶，或称"庄严的天篷"。柱子上一旦挂起华盖为国王遮阴，自然会让人肃然起敬。

现在大多数华盖都采用固体的建筑结构，圣家族大教堂却选择了布顶作为华盖。这样伞状的华盖似乎带着某种神迹般地悬浮在祭坛上方，其下方像伞兵一样用绳索吊起来的，便是耶稣被钉在十字架上的雕像。

跳伞的耶稣。兰登曾听人这么形容它。因为这尊雕像是这座教堂最具争议的一个细节，所以兰登再次看到这尊雕像时一点儿都不感到惊讶。

就在贝尼亚带领他们走进越来越阴暗的地方时，兰登也越来越难看清周围的东西了。迪亚斯掏出笔灯，照着一行人脚下的瓷砖地面。在继续朝地下墓室入口走去的途中，兰登隐约感觉到头顶上有一个高耸的圆筒，沿着教堂内墙一直攀升到几百英尺高的地方。

圣家族大教堂令人胆寒的旋转楼梯。他心想。不过他从来没敢爬过。

圣家族大教堂令人目眩的旋转楼梯曾经登上《国家地理》杂志"世界上二十个最致命的阶梯"排行榜。在排行榜上，圣家族大教堂排名第三，紧随岌岌可危的柬埔寨吴哥窟阶梯和厄瓜多尔魔鬼堡瀑布悬崖峭壁上苔藓横生的石梯之后。

兰登望着楼梯的头几个台阶。这些台阶螺旋向上最后消失在黑暗之中。

"地下墓室的入口就在前边。"贝尼亚说着，示意他们经过楼梯朝祭坛左边黑咕隆咚的地方走。途中，兰登又注意到有一束淡淡的金光，似乎是从地面的一个孔里照射出来的。

地下墓室。

一行人来到一个造型优美、弯度舒慢的楼梯口。

"先生们，"安布拉对她的保镖说，"你们两位守在这里。我们进去很快就回来。"

丰塞卡虽然一脸的不高兴，但一句话也没说。

随后安布拉、贝尼亚神父和兰登朝着光亮走下去。

看着三人走下旋梯，迪亚斯庆幸自己得到了暂时的平静，因为安布拉·维达尔和丰塞卡之间的关系越来越紧张，这让他深感不安。

皇家特工不喜欢他们的保护对象动不动就威胁要解雇他们——这种话只有指挥官加尔萨可以说。

加尔萨的被捕仍然让迪亚斯困惑不解。奇怪的是丰塞卡也不愿意告诉他是谁发布的逮捕令，又是谁编造了绑架的谎言。

"情况很复杂。最好别问。"丰塞卡说。

那么是谁在发号施令呢？迪亚斯心里很是纳闷。是不是王子？胡利安拿安布拉的安全去冒险散布虚假的绑架事件，似乎值得怀疑。还是巴尔德斯皮诺？迪亚斯吃不准主教是不是有这样的能耐。

"我上个厕所，马上回来。"丰塞卡嘟囔了一声，扭头就走了。就在丰塞卡消失在黑暗中的一刹那，迪亚斯看到他掏出手机在拨打电话并开始悄悄讲起话来。

迪亚斯就这样独自在黑咕隆咚的教堂里等待着，丰塞卡的鬼祟行为让他心里越来越不舒服了。

第 70 章

通往地下墓室的旋梯弯弯曲曲，呈宽阔而又优美的弧线状，盘旋着向下穿过三个楼层，一直通到底层。兰登、安布拉和贝尼亚神父沿着楼梯一直下到这个隐蔽的地下墓室。

欧洲最大的地下墓室之一。兰登边欣赏着巨大的圆形墓室边在心里嘀咕着。在他的记忆中圣家族大教堂的地下墓室是一个高耸的圆形大厅，而且里面放着供几百名瞻仰者休息的长椅。房间的四周会定期摆放金色的油灯，照亮一块嵌入式拼花地板。这块地板上尽是些曲折盘绕的爬藤、根、枝、叶，以及其他来自大自然的图案。

顾名思义，地下墓室就是"隐蔽"的空间。高迪成功地将这么大的空间隐藏在了教堂下面，兰登觉得很不可思议。与高迪设计的桂尔领地[①]略带调皮意味的"倾斜式地下墓室"完全不同，这里俨然是一座新哥特式地下墓室：雕刻着树叶的立柱，尖顶的拱门，还有装饰华丽的拱顶。这里的气氛异常凝重，空气中有一股淡淡的焚香后的味道。

在楼梯口的左边是一段凹进去很深的墙。凹陷处灰暗的砂岩地面上，摆放着一块不起眼的灰色石板。石板呈水平放置，四周摆放着灯笼。

这就是高迪墓了。兰登边看碑文边在心里嘀咕。

安东尼乌斯·高迪

兰登看着高迪的长眠之处，再一次感到埃德蒙死得太突然了。他

[①] 桂尔领地（Colònia Güell），指"桂尔领地教堂"，是高迪未完成的建筑作品，位于巴塞罗那近郊。由于桂尔伯爵生意失利，导致教堂的建设缺少资金，只有教堂的地下墓室完工。

正要抬头去看高迪墓上方的圣母玛利亚雕像，墓座上一个陌生的符号引起了他的注意。

那是什么东西？

兰登盯着那个陌生的符号看。

兰登很少看到他不认识的符号。这个符号是希腊字母 Λ[①]——凭他的经验，在基督教的象征意象中并没有 Λ 这个符号。Λ 是个科学符号，常用于进化论、粒子物理学和宇宙学等领域。更奇怪的是墓碑基座上的这个 Λ 头顶上长出来一个十字架。

科学支撑的宗教？兰登从未见过相似的东西。

"被这个符号弄蒙了？"贝尼亚走到兰登身边问道，"搞不懂的不止你一个，很多人都问这个符号是什么意思。其实这个符号只不过是对山顶上的十字架极富现代派的诠释而已。"

兰登往前凑了凑，这才看到符号周围还点缀着三颗不起眼的镀金小星。

那个位置上有三颗星。兰登心里揣摩着，但马上就认出来了。加尔默罗山[②]顶上的十字架。"这是加尔默罗修会[③]的十字架。"

"正确。高迪的遗体就躺在加尔默罗圣母玛利亚下面。"

[①] Λ（lambda，拉姆达，小写形式为 λ），希腊字母中第 11 个字母，常用于指代"波长、体积、导热系数"。
[②] 加尔默罗山（Mount Carmel），今译"卡尔迈勒山"，以色列北部由地中海向东南方向延伸的海岸山脉。
[③] 加尔默罗修会（Carmelites），全称为"加尔默罗山圣母玛利亚兄弟会"，大约创立于 12 世纪，为罗马天主教兄弟会。

"高迪是加尔默罗修会的？"兰登很难想象这位现代派建筑大师居然秉承十二世纪兄弟会对天主教教义严格的诠释。

"肯定不是，但是照顾他的人是。"贝尼亚笑着回答道，"高迪晚年有一帮加尔默罗修女跟他住在一起，照顾他的生活起居。修女们相信高迪死后也会有人照顾的，他会心存感激，于是她们就把这个小圣堂当作一份厚礼送给了高迪。"

"想得真周到！"兰登嘴上这么说，心里却在责怪自己不该误解这么一个无辜的符号。显然今晚到处散布的各种阴谋论，甚至让兰登都开始无中生有、凭空想象了。

"那是埃德蒙的书吗？"安布拉突然问道。

两人转身看到她朝着高迪墓右侧的阴影里走去。

"是的。"贝尼亚回答，"不好意思，光线太暗了。"

安布拉急匆匆朝展柜走去，兰登紧随其后。这时兰登发现，这本书已经被挤到高迪墓右边的一个阴暗角落里去了，不仅如此，还被一根巨大的立柱挡着。

"一般情况下，我们会把介绍展品的小册子一起摆放在那里。"贝尼亚说，"但为了给基尔希先生的书腾地方，我把小册子都挪到别处去了。不过好像也没有人会注意到这样的细节。"

兰登很快来到安布拉身边一起看那个像碗橱一样的柜子。柜子上方是一块有一定斜度的玻璃盖，里面是厚厚的《威廉·布莱克全集》。借着微弱的灯光可以看到书被翻开到第一百六十三页。

贝尼亚的话一点儿也不假，这一页根本不是诗，而是布莱克画的一幅插图。兰登曾想过这一页上的插图也许会是布莱克画的哪一幅上帝的肖像画，但他绝对没有想到会是这一幅。

《亘古常在者》[①]，兰登心想。借着昏暗的光线他眯起双眼，仔细去看布莱克1794年画的这幅赫赫有名的水彩蚀刻版画。

让兰登感到惊讶的是，贝尼亚神父居然把这幅画称为"上帝的肖

---

① 《亘古常在者》(The Ancient of Days)，布莱克1794年出版的《欧洲预言》中的插图画，也是封面版画。

像画"。诚然，这幅插图画看上去描绘的是基督教上帝的原型——一个蓄着大胡子、白头发的干瘪老人高踞云层之中，身体从天国下探到人间。但如果对贝尼亚的话稍作探究，那么就会有截然不同的发现。其实这幅画画的并不是基督教的上帝，而是一个叫由理生的天神（布莱克凭空想象出来的一个神）。画面描绘的是天神由理生用形同测地仪的巨大罗盘测量天国，并向宇宙的科学定律顶礼膜拜的场景。

这幅作品的风格充满了未来主义色彩，以至于几个世纪后著名物理学家和无神论者斯蒂芬·霍金选择这幅画作为其《上帝创造整数》的封面图[①]。不仅如此，布莱克的永恒的造物者也在为纽约洛克菲勒中心看家护院，这位古老的地形测量家在那里从名为《智慧、光明和声音》的装饰艺术雕塑[②]上俯视着下方。

兰登看着布莱克的诗集再次感到疑惑，埃德蒙为什么大老远跑到这里来展示这本书呢？纯粹是怀恨在心，朝这座天主教堂的脸上掴一巴掌？

埃德蒙反对宗教的斗争从来没有停止过。兰登扫了一眼布莱克的由理生心想。埃德蒙因为有钱可以想做什么就做什么，哪怕是在一座天主教堂的中心区域展出大不敬的艺术作品呢。

怒气和怨恨。兰登心想。也许就是这么简单吧。不管是不是公平，埃德蒙反正总是把他母亲的死赖到宗教组织头上。

"当然，我心里很清楚，"贝尼亚说，"这幅画描绘的并不是基督教的上帝。"

听老神父这么说，兰登惊讶地转过身来。"哦？"

"是的，在这个问题上埃德蒙做得太明显了，他大可不必如此。我对布莱克的思想很熟悉。"

"不过把这本书展示出来，您应该没什么问题吧？"

"教授，"神父微微一笑轻声说道，"这里是圣家族大教堂。在这

---

① 2006 年企鹅出版社出版的《上帝创造整数》就是用布莱克的这幅画作封面图的。
② 此处指的是美国纽约洛克菲勒广场 30 号通用电气大楼主入口上方的装饰艺术雕塑。

座教堂里，高迪把上帝、科学和自然融为了一体。这幅画所表达的主题对我们来说并不新鲜。"他神秘兮兮地眨了眨眼。"并不是所有神职人员的主张都跟我一样开明，但你也知道，对我们所有人来说，基督教精神仍在与时俱进。"他微微一笑，朝着书点了点头，"让我感到欣慰的是，基尔希先生同意不把书名卡与这本书一起展示出来。考虑到他的名声，我真不知道该如何解释这一切，尤其是在他今晚的演讲之后。"贝尼亚停顿了一下，表情变得严肃起来。"不过话说回来，我怎么觉得这幅画并不是你们要找的东西呀？"

"您说得对。我们是在找布莱克的一句诗。"

"'老虎！老虎！如火辉煌'？"贝尼亚张口说道，"'燃烧在那暗夜林莽'？"①

兰登笑了，贝尼亚居然知道布莱克最著名诗篇的第一行。这顿时让他对这位老神父肃然起敬。布莱克这首六小节的诗是一首质疑宗教的诗篇。全诗就是在质问创造可怕老虎的跟创造温顺羔羊的是不是同一个上帝。

"贝尼亚神父？"安布拉一边蹲下来透过玻璃盯着书看，一边问道，"您带没带手机或者手电筒？"

"对不起，没有。要我从高迪墓那边拿盏灯过来吗？"

"可以吗？"安布拉问，"那太好了。"

贝尼亚匆匆离去。

他刚离开，安布拉赶紧悄悄对兰登说："罗伯特！埃德蒙之所以选择第一百六十三页，并不是因为这幅画！"

"怎么讲？"第一百六十三页上根本没有其他内容。

"这是个聪明的圈套。"

"你把我搞糊涂了。"兰登看着画说道。

"埃德蒙之所以选择第一百六十三页是因为要展示这一页——第一百六十二页！这就不得不同时展示与之相邻的第一百六十三页。"

---

① 这是布莱克最著名诗篇《老虎》中的第一句。

兰登把视线移到左边仔细查看前面那页。由于光线昏暗，他看不清这一页上的内容，只看到上面似乎全都是手写的蝇头小字。

贝尼亚拿着提灯回来，然后把它交给安布拉。安布拉把灯举到书的上面。柔和的灯光一照在打开的书页上，兰登被吓得倒抽了一口冷气。

敞开的这一页跟布莱克所有的原始手稿一样，的确是手写的文字。页边空白处缀以图画、边框和各种各样的人物。但最重要的是，页面上的文字已经设计成了格调高雅的诗节。

在他们头顶上的中殿里，迪亚斯在黑暗中踱着步。他心里纳闷他的搭档跑哪儿去了。

丰塞卡现在应该回来了。

这时他口袋里的手机开始振动起来。他本以为是丰塞卡打来的，但他看到的是一个他怎么都不会想到的名字。

莫妮卡·马丁

他实在想不出这位公关协调人要干什么，但不管她想干什么都应该是直接打给丰塞卡的。他是这个小队的头儿。

"你好！"他回答，"我是迪亚斯。"

"迪亚斯，我是莫妮卡·马丁。我这里有个人要跟你说话。"

片刻之后电话那头传来一个熟悉的声音："迪亚斯，我是加尔萨指挥官。请向我保证，维达尔女士现在安然无恙。"

"是的，指挥官。"迪亚斯脱口而出，听到加尔萨的声音后马上立了个正，"维达尔女士现在非常安全。我和丰塞卡目前正和她在一起，而且安全地待在——"

"别在电话上讲！"加尔萨立即打断了他的话，"如果她在安全的地方就把她留在那儿不要动。听到你的声音我心里就踏实了。我们刚才想给丰塞卡打电话，但他没有接。他跟你在一起吗？"

"是的，长官。他刚走开去打电话了，不过也该回……"

"我没时间了。我还被关押着，用的是马丁的电话。仔细听我说，绑架的事件是假的你肯定知道了，所以维达尔女士现在处境危险。"

你还不知道呢！迪亚斯想起米拉之家楼顶上的混乱场面，心里嘀咕道。

"我栽赃巴尔德斯皮诺主教的报道也是假的。"

"长官，这一点我早就想到了，不过……"

"我和马丁正在设法掌控目前的局面，在此之前你必须让未来的王后避开公众的视线。明白吗？"

"是，长官。不过这是谁发布的命令？"

"我不能在电话里告诉你。就照我说的去做，让安布拉·维达尔远离媒体，远离危险。有什么情况，马丁会及时通知你们。"

加尔萨挂断了电话，迪亚斯孤零零地站在黑暗中，想弄清楚这个电话究竟是什么意思。

他刚要把手机放回夹克内兜里，就听到背后传来衣服"沙沙"作响的声音。就在他转身的一瞬间，从黑暗中伸出来的两只苍白的手使劲卡住了他的脑袋。紧接着，这两只手猛地朝一边拧去。

迪亚斯感到自己的脖子"咔"一声被拧断了，脑袋里顿时有一股灼热涌了上来。眼前随之变得一片漆黑。

第71章

🌐 解密网

突发新闻
    埃德蒙轰动一时的发现出现了新希望！
马德里王室公关协调人莫妮卡·马丁早先发表正式声明，称西班牙准王后安布拉·维达尔遭绑架,现在仍被美国教授罗伯特·兰登劫持。王室要求巴塞罗那警方介入,找到未来的王后。

平民监督人 monte@iglesia.org 刚刚向我们发来以下声明:

王室有关绑架的指控百分百是假的——完全是在用障眼法,指使巴塞罗那警方去阻止兰登实现其在巴塞罗那的目标(兰登和安布拉认为,他们仍然能想办法向全世界公布埃德蒙的发现)。如果他们能成功,埃德蒙的演讲可能随时上线。敬请关注。

简直不可思议!您现在看到或听到的是独家报道。兰登和安布拉正在马不停蹄地四处奔波,要完成埃德蒙·基尔希未竟的事业!王室似乎正在不遗余力地阻止他们。(又是巴尔德斯皮诺?在事件的整个过程中,王子又在哪里?)

埃德蒙之谜可能会在今晚揭晓,我们将继续追踪报道,敬请关注!

第 72 章

侍僧驾驶着欧宝轿车疾驰在乡村道路上。胡利安王子望着窗外,想弄明白主教为什么这么诡异。

巴尔德斯皮诺有事瞒着我。

主教人神不知鬼不觉地将胡利安带出皇宫已经一个多小时了,这是极其不正常的行为。当时,他对王子说他这样做是为了王子的人身安全。

他让我不要怀疑……只要相信他就行了。

主教一直像叔叔一样对待王子,同时他也是国王一直信任的密友。但对巴尔德斯皮诺让他躲到王子屋的建议,他从一开始就心存疑虑。什么事出了岔子。我被孤立了——没有电话,没有消息,没有保镖,没有人知道我在哪里。

汽车此刻正颠簸着通过王子屋附近的铁轨。胡利安凝视着前方绿树成荫的道路。左前方一百码的地方隐约可见一条长长的林荫车道通往远处的王子屋。

当这座荒凉的行宫出现在胡利安的脑海里时，他突然本能地谨慎起来。他身子往前倾，把一只结实的手放在开车的侍僧肩上。"请在这里停下。"

巴尔德斯皮诺惊讶地转过头。"我们都快要……"

"我想知道出了什么事！"王子吼叫道。吼声在小车里听上去震耳欲聋。

"胡利安殿下，今晚一直乱哄哄的，不过你必须……"

"我必须相信你？"胡利安质问道。

"是的。"

胡利安捏了捏年轻司机的肩膀，指着荒凉的乡间小路上一块长满野草的路肩。"停车！"他斩钉截铁地命令道。

"继续往前开！"巴尔德斯皮诺针锋相对地说道，"胡利安殿下，我会解释……"

"停车！"王子咆哮道。

侍僧朝着路肩急打方向。车子"吱嘎"一声停在了草地上。

"让我们单独待一会儿！"胡利安命令道，心跳在加速。

侍僧用不着等王子说第二次。他跳下还未熄火的车子，把巴尔德斯皮诺和胡利安丢在后座上，急匆匆消失在黑暗中。

在淡淡的月光下，巴尔德斯皮诺好像突然害怕起来。

"你应该害怕。"胡利安说话的口气非常专横，就连他自己也吓了一跳。巴尔德斯皮诺被这句威胁的话吓坏了，身子不由得退缩了一下。胡利安以前从来没有用这种口气跟主教说过话。

"我是西班牙未来的国王。"胡利安说，"今晚你根本不让我知道任何安保细节，不让我用手机，不让我听新闻，不让我联系我的未婚妻。"

"我真的很抱歉——"巴尔德斯皮诺开口说道。

"你不能只道个歉吧。"胡利安打断主教的话,怒气冲冲地盯着他。很奇怪,此刻在他眼里,主教似乎非常渺小。

巴尔德斯皮诺慢慢地喘了一口气,在黑暗中转过身来面对着胡利安。"胡利安殿下,今晚早些时候,有人联系过我,说——"

"谁跟你联系的?"

主教犹豫了一下。"你的父亲。他心烦意乱。"

他心烦意乱?就在两天前,胡利安还到萨尔苏埃拉宫拜见过他父亲。那时他感觉,虽然他父亲的身体每况愈下,但精神还很好。"他为什么心烦意乱?"

"很遗憾,他看了埃德蒙·基尔希的节目。"

胡利安绷紧了下巴。他父亲因为年老体弱,几乎二十四小时都在睡觉。在那个时间,他不应该醒着才对。再说,国王认为皇宫里的卧室是睡觉和阅读的殿堂,所以一直禁止在卧室里看电视和电脑。国王的医护人员都很清楚这一点,他们不会让他下床去看一个无神论者的作秀表演。

"这都怪我,"巴尔德斯皮诺说,"几周前我给了他一台平板电脑,好让他不会觉得与世隔绝。他正在学习文字输入和邮件收发。结果他看到了埃德蒙的事。"

父亲已经到了生命的最后几周,居然还看到了已经引发血腥暴力的反天主教节目。想到这里,胡利安觉得很不自在。父亲早就该反思他为这个国家做的许多离谱的事情。

"您可以想象,"巴尔德斯皮诺恢复了镇定继续说道,"他关心的事很多,但尤其让他深感不安的是埃德蒙的言论,而你的未婚妻居然还主持了他的演讲。国王觉得未来王后的参与对您……对王室的影响都不好。"

"安布拉有她自己的自由。这一点父王应该明白。"

"话虽这么说,但他打电话给我时很清醒,也很生气,那种口气我已经好多年没有听到过了。他命令我马上带你来见他。"

"那我们为什么到这里来?"胡利安指着前方王子屋的车道问道,

"他住在萨尔苏埃拉宫。"

"他不在萨尔苏埃拉宫了。"巴尔德斯皮诺平静地说,"他已命令侍从和护士给他穿上衣服,把他放在轮椅上,带他去了另一个地方。这样,他就可以在自己国家历史的簇拥下度过他生命的最后时刻。"

主教这么一说,胡利安明白了事情的缘由。

王子屋根本就不是我们要去的地方。

胡利不安地转过身去,目光越过王子屋车道,遥望着从他们眼前延伸出去的乡间道路。越过树林,他只看到远方一座庞大建筑之上发光的尖塔。

埃斯科里亚尔宫。

距离阿凡托斯山脚下不到一英里的地方,坐落着像城堡一样的世界上最大的宗教建筑群——西班牙富有传奇色彩的埃斯科里亚尔宫。整个建筑群占地超过八英亩,包括一座修道院、一座大教堂、一座宫殿、一座博物馆和一座图书馆,还有胡利安见过的最令人毛骨悚然的地下墓室群。

皇家地下墓室。

胡利安八岁那年,他父亲曾带他到地下墓室,领着他穿过太子祠——塞满王室子嗣的墓室群。

胡利安永远不会忘记看到地下墓室里那个"生日蛋糕"墓的可怕情景。那是一个形似白色夹心蛋糕的圆形大墓,里面埋葬着六十位王室子嗣的遗骸。这些遗骸都被安放在"蛋糕"四周内侧的"抽屉"里。

胡利安看到这个可怕墓室时所产生的恐惧,过了好几分钟后才慢慢退去。他父亲还带他去看他母亲最后安息的地方。胡利安本以为会看到一个与王后身份相配的大理石墓室,但令他吃惊的是母亲的遗体躺在一个极普通的铅盒里,而铅盒被放置在长廊尽头一间光秃秃的石屋中。父亲向胡利安解释说,他母亲目前被埋在"腐败室"里。王室成员的遗体都要在这里存放三十年,直到逝者肉体只剩下粉尘才会被重新安葬到永久墓室里。胡利安还记得当时他费了好大的劲才忍住眼泪和呕吐。

接着，父亲带他来到一段陡峭的阶梯顶部。这段阶梯似乎无止境地通往下面的黑暗之中。在这里，两边的墙壁和阶梯已经不再是白色大理石，而是高贵庄严的琥珀色大理石。每隔两个台阶就有一盏许愿烛，烛光影影绰绰地照在黄褐色大理石上。

幼小的胡利安伸手抓住古旧的绳栏跟父亲一起往下走，一步只迈一个台阶……一直走进黑暗之中。在阶梯的底部，父亲打开一道装饰华丽的大门，然后站到一边，示意幼小的胡利安进去。

国王祠。父亲告诉他。

虽然只有八岁，但胡利安已经听说过这个墓室——一个充满传奇色彩的地方。

胡利安胆战心惊地跨过门槛，一个气势恢宏的褐色墓室赫然出现在眼前。整个墓室呈八边形，里面弥漫着焚香后的味道。头顶上方的枝形吊灯上烛光摇曳不定，给整个墓室增添了朦胧的色彩。胡利安走到墓室的中央，慢慢地转身环顾。在这个庄严的墓室里，他感觉自己浑身发冷，又觉得自己那么渺小。

八面墙壁都有很深的壁龛。壁龛里堆放着一模一样的黑色棺材，从地面一直堆到天花板。棺材上都有金色铭牌，上面的名字都能从胡利安的历史教科书上找到：国王费迪南德……女王伊莎贝拉……国王查理五世——神圣罗马皇帝。

在沉默中，胡利安可以感受到肩膀上父亲那只柔软的手的重量，不禁肃然动心。有朝一日，父王就会葬在这间墓室里。

父子俩一句话没说就离开了亡灵回到地面，重新回到光明之中。一走到户外西班牙的烈日之下，国王便蹲下身来，直直地看着年仅八岁的胡利安。

"记住，人终有一死。"[①] 国王小声说，"即便是那些呼风唤雨的人生命也是短暂的。要战胜死亡只有一条路，那就是让我们活出个样子

[①] 原文为拉丁语。

来。我们必须抓住一切机会去表现仁慈之心，全心全意地去爱。从你的眼睛里我能看出你有你母亲宽大的胸怀。你的良知会引导你。如果在生活中面临黑暗，就让你的心来指引你前进。"

几十年过去了，胡利安无需别人提醒，为了活出个样子来，他几乎没做什么大事。事实上，他才刚刚摆脱父亲的影子，树立了自己的人格。

我让父王彻底失望了。

多年来，胡利安遵从父亲的忠告，让良知指引自己前进。但当他的内心渴望一个与他父亲统治下的西班牙完全不同的国家时，前进的道路却异常曲折。对自己深爱的祖国，胡利安的梦想如此大胆，以至于这样的梦想要等到他父亲去世后才能说出口。即便到了那时，他也不知道该如何让别人接受他的做法，不仅要让王室接受，而且要让整个国家接受。他能做的就是等待，保持一颗宽容的心，并且尊重传统。

后来，也就是三个月前，一切都变了。

我遇到了安布拉·维达尔。

这位朝气蓬勃、意志坚强的漂亮女人把胡利安的世界翻了个底朝天。在他们刚开始见面的那段日子里，胡利安终于明白了父亲的话。让你的心指引你前行……抓住每一个机会，全心全意地去爱！坠入爱河的那种快感跟胡利安之前体验过的感觉截然不同。他觉得自己终于踏上了活出个样子来的第一步。

但现在，就在王子茫然盯着前方时，他心里充满了一种不祥的孤独感和孤立感。他的父亲就要死了，他心爱的女人不能跟他通话，刚刚他又训斥了他信赖的导师巴尔德斯皮诺主教。

"胡利安王子，"主教轻轻地说，"我们该走了。你父亲很虚弱，他有话急着要跟你说。"

胡利安慢慢转向他父亲毕生的好友。"你觉得父王还有多少时间？"他小声问道。

巴尔德斯皮诺的声音有些颤抖，好像要哭出来似的。"他不想让你担心。不过，我觉得结局会来得比任何人料想的都要快。他想临终诀别。"

"你为什么不告诉我，我们要去哪里？"胡利安问，"为什么要撒谎，要这么保密？"

"对不起，我别无选择。你父亲给我下了死命令。他命令我，在他没有亲自跟你讲之前，绝不能让你跟外界接触，绝不能让你听新闻。"

"绝不能让我听……什么新闻？"

"我觉得还是由你父亲解释为好。"

胡利安盯着主教看了好长时间。"在我见到父王之前，有些事我想知道。父王现在头脑清醒吗？还有理智吗？"

巴尔德斯皮诺茫然地看了他一眼。"为什么要问这个？"

"因为，"胡利安回答说，"今晚父王的要求似乎有些奇怪，有些冲动。"

巴尔德斯皮诺难过地点了点头。"别管是不是冲动，你父亲还是国王。我爱他，我得遵照他的吩咐行事。大家都得遵照他的吩咐行事。"

第 73 章

罗伯特·兰登和安布拉·维达尔并肩站在展示柜旁，借着油灯微弱的灯光，俯身仔细看威廉·布莱克的手稿。贝尼亚神父识趣地躲到一边去摆正几条长凳，好给两人留出点私密空间。

这首诗是手写的，字太小，兰登很难看清楚，但页面上方的标题字比较大，一目了然。

《四天神》[①]

[①] 《四天神》(*The Four Zoas*)，威廉·布莱克 1797 年开始创作的一首未完成诗作。布莱克原本希望用这首诗对自己的神话世界做个总结，但由于不满意，于 1807 年放弃了努力，最后留下了这首诗的草稿和未完成的版画。

看到这几个字,兰登心中顿时生出一线希望。《四天神》是布莱克最著名的预言诗——一首共分为九"夜"的长诗。兰登还记得大学时读过这首诗,诗的主题是传统宗教泯灭,而科学最终占据主导地位。

兰登一节一节往下看,发现手写的诗行在这一页的中间位置结束了,下面很讲究地画了一个"结尾分割线"①——相当于"结尾"的图形。

这是诗的最后一页。他心想。布莱克这首预言诗的结尾!

兰登往前凑了凑,眯起眼睛仔细辨认细小的字迹,但灯光太暗,他实在看不清上面的文字。

安布拉已经蹲下来,脸离玻璃只有一英寸的距离。她一声不响地浏览诗行。突然,她停下来大声读其中的一行。"'人类顶着大火前行,邪恶被全部消灭。'"她转身对兰登说,"邪恶被全部消灭?"

兰登想了想,茫然地点点头。"我觉得,布莱克是指堕落的宗教行将灭亡。他反复提到的一个预言就是一个没有宗教的未来。"

安布拉看上去信心满满。"埃德蒙说过,他最喜欢的一句诗,就是一个他希望能实现的预言。"

"嗯,"兰登说,"没有宗教的未来肯定是埃德蒙所希望的。这行诗有多少个字母?"

安布拉开始数,但摇了摇头。"五十多个。"

她继续浏览诗行,不一会儿又停下。"这行怎么样?'人类睁大双眼,凝望着奇妙世界的深处。'"

"有可能。"兰登边说边思考这句诗的含义。随着时间的推移,人类的智力不断发展,使我们能从更深层次去探索真理。

"字母还是太多,"安布拉说,"我接着找。"

就在她继续往下看的时候,兰登在她身后开始踱着步苦思冥想起

---

① 原文为拉丁语。

来。她刚才读出来的那两行诗，在他脑海里产生了共鸣，唤起了很久以前他在普林斯顿"英国文学"课上阅读布莱克诗篇的回忆。

映像开始形成——因为兰登的记忆力超强，所以这种情况经常发生。这些映像又源源不断地唤起新的映像。站在地下墓室里，兰登想起了自己的教授在课堂上讲完《四天神》之后，站在他们面前，问了几个老掉牙的问题：你们会选哪个？没有宗教的世界，还是没有科学的世界？接着教授又说道，显然威廉·布莱克有自己的选择，他对未来的希望，没有比这首英雄史诗的最后一行总结得更好的了。

回忆到这里时，兰登顿时豁然开朗起来，立马朝安布拉转过身来。安布拉还在聚精会神地看布莱克的手稿。

他对安布拉说："快看诗的结尾！"

安布拉马上跳到诗的结尾。聚精会神地看了一会儿之后，她转过头来看着他，眼睛圆睁，一副疑惑的表情。

兰登走过去仔细看书上的文字。他既然已经知道这行诗，即便手写的字母看不清楚，他也能看出来了：

The dark religions are departed & sweet science reigns.[①]

"黑暗宗教就要离场，"安布拉读出声来，"甜美科学即将为王。"

这行诗不仅是埃德蒙认同的预言，重要的是，它还是他今天早些时候演讲的主旨。

宗教将逐渐失色……科学将占统治地位。

安布拉开始认真数这行诗的字母，但兰登知道根本没有必要了。就是这句。确定无疑。他已经在想该如何与温斯顿取得联系、把埃德蒙的演讲播出去的问题了。关于下一步怎么做，兰登必须私下里向安布拉解释。

---

① 此诗句意译为"黑暗宗教就要离场，甜美科学即将为王"。由于此诗句为下文中打开温斯顿的密码，从上下文考虑，故保留原文未译，字体亦维持原样。

这时贝尼亚神父回来了。兰登转身对他说:"神父,我们差不多搞定了。麻烦您上楼告诉两位皇家特工叫直升机来好吗?我们必须马上离开这里。"

"当然。"贝尼亚说完,朝楼梯走去,"希望你们找到了要找的东西。等会儿楼上见。"

神父消失在楼梯上时,安布拉突然慌乱地转过身来。

"罗伯特,"她说,"这行诗太短了。我数了两次。只有四十六个字母。我们要找的是四十七个。"

"什么?"兰登走到她身边,眯起眼睛看手稿,一个字母一个字母地仔细数。黑暗宗教就要离场,甜美科学即将为王。果然他只数到四十六便结束了。他困惑不解,再次仔细琢磨这行诗。"埃德蒙肯定说的是四十七,而不是四十六?"

"绝对没错。"

兰登又读了一遍,心想:肯定就是这一行,我到底漏掉了什么呢?

他又一个字一个字地去琢磨布莱克这首诗的最后一行。在快看到结尾时,他找到了答案。

... & sweet science reigns.

"问题在'和'这个字符。"兰登脱口说道,"布莱克用的是符号,而没有写成'和'。"

安布拉不明就里地看着他,然后摇了摇头。"罗伯特,如果我们取'和'字替代,那么这行诗就有四十八个字母了[①]。多了一个。"

不对。兰登笑了。这是密码中套密码。

兰登很佩服埃德蒙狡猾地绕的这个小圈子。这位偏执狂天才,只是在印刷上耍了个花招,从而确保即便有人发现了他最喜欢哪行诗,

[①] 英文中"和"字符&为一个字符,而"和"字(and)为三个字符,故有此言。

仍然无法把字正确地打出来。

兰登心想，"和"字符。亏埃德蒙还记得。

"和"字符是兰登在符号学课上首先教给学生的符号之一。符号"&"是缩记符，其实就是代表一个单词的图形。许多人误认为这个符号源于英语单词"和"，其实，它源于拉丁语单词 et。"和"字符与众不同的图案"&"是字母 E 和 T 印刷体的拼合——这种连字在如今 Trebuchet① 等计算机字体中仍然可以看到。在 Trebuchet 字体中，"和"字符"&"清楚地反映了它的拉丁语词源。

兰登永远不会忘记，他在课堂上给埃德蒙他们讲了"和"字符之后的一星期，这位青年才俊就穿着印有"和"字符打电话回家！字样的 T 恤衫大摇大摆地上街了。"'和'字符打电话回家！"是一句搞笑的引喻，喻指斯皮尔伯格执导的一部电影②，电影里有个名叫"ET"的外星人，千方百计想办法找回家的路。

此刻站在那里看着布莱克的诗，兰登完全能想象出埃德蒙四十七个字母的密码。

Thedarkreligionsaredepartedetsweetsciencereigns③

典型的埃德蒙做派！兰登心想着，马上把埃德蒙为提高密码安全性所采用的这种聪明把戏告诉了安布拉。

当她逐渐弄明白是怎么回事后，开始笑逐颜开起来。两人初识时她脸上绽出的便是这样的笑容。"得，"她说，"我们有没有想过埃德蒙·基尔希是个极客……"

两人会心地笑了起来，在寂静的地下墓室里，得抓紧时间喘口气。

---

① 一种无衬线字体。
② 指 1982 年著名导演史蒂文·斯皮尔伯格执导的科幻电影《E.T.》。
③ 删除了英文单词之间的空格，"和"字符 & 变成拉丁语中的 ET，这样就凑齐了埃德蒙设定的由 47 个字母组成的密码。

"你找到了密码，"她带着充满感激的口吻说道，"可我却把埃德蒙的手机弄丢了，我真的比任何时候都难过。如果手机还在，我们马上就可以把埃德蒙的演讲播出去了。"

"不怪你。"兰登安慰她说，"再说我告诉过你，我知道该怎么找到温斯顿。"

至少我觉得我能找到。他心里想着，希望自己的判断是对的。

就在兰登在心中勾勒巴塞罗那的鸟瞰图，想象他们面临的不寻常迷局时，地下墓室的寂静被楼梯上传来的刺耳声响打破了。

楼上贝尼亚神父大声呼喊着他们的名字。

第 74 章

"快点！维达尔女士……兰登教授……快点上来！"就在贝尼亚神父歇斯底里地呼喊时，兰登和安布拉三步并作两步跃上了地下墓室的楼梯。两人到达楼梯最上面的台阶后，兰登一下子冲到教堂的中殿，但立即迷失在黑暗中。

我什么也看不到！

他在黑暗中一点点向前挪动，尽量让眼睛去适应地上的油灯发出的暗光。这时安布拉来到他身边，也眯起眼睛去适应地面的光线。

"在这里！"贝尼亚拼命喊道。

两人朝着声音的方向走去，最后终于在楼梯间溢出的光线边缘看到了神父。贝尼亚神父双膝跪地，身体俯在一具尸体旁。

两人马上赶到贝尼亚身边。兰登蹲下去后，发现躺在地上的是迪亚斯，脖子被扭得变了形。迪亚斯肚子朝下躺在那里，头被向后扭了一百八十度，一双毫无生气的眼睛望着教堂的天花板。

兰登惊恐地蜷缩在原地，他终于明白贝尼亚神父为什么惊慌失措地尖叫了。一阵冰冷的恐惧感顿时传遍了他的全身。他突然站了起来，在黑咕隆咚的教堂里寻找移动的迹象。

"他的枪……"安布拉指着迪亚斯的空枪套悄悄说道，"不见了。"安布拉在黑暗中环顾四周大声喊道："丰塞卡特工？！"

在不远处的黑暗中，突然传来一阵"嚓嚓"的脚步声，以及激烈的打斗声。紧接着，没等他们反应过来，一声近距离射击发出的震耳欲聋的枪声突然响起。兰登、安布拉和贝尼亚都不约而同地向后倒退了一步。随着枪声在中殿里响起，他们听到一个痛苦的声音叫道："快跑！"

接着是第二声枪响，然后是"扑通"一声东西重重摔倒在地的声音——毫无疑问，是身体摔倒在地板上的声音。

兰登抓起安布拉的手，拉着她奔向靠近中殿侧墙的阴影处。贝尼亚神父紧随其后。三个人在死寂之中全都蜷曲着身子靠在冰冷的石墙上。

兰登一边在黑暗中观察动静，一边绞尽脑汁地想究竟发生了什么。

有人刚刚杀了迪亚斯和丰塞卡！这里还有谁？他们想干什么？

兰登想到，只有一个答案讲得通，那就是潜伏在圣家族大教堂黑暗中的杀手，并不是来暗杀两个皇家特工的……而是冲着安布拉和兰登来的。

有人仍企图让埃德蒙的发现石沉大海。

突然间，一束明亮的手电光照在中殿中央的地面上，然后在一个巨大的弧度上来回扫视，并渐渐朝他们这边移来。兰登知道只需几秒钟，手电光就能照到他们了。

"跟我来！"贝尼亚低声说完，便拉着安布拉沿墙朝相反的方向溜去，兰登紧随其后。这时手电光越来越近了。贝尼亚和安布拉突然向右一转，消失在石墙上的一个门洞里，兰登跟着躲了进去，却突然被一段看不见的楼梯绊倒了。安布拉和贝尼亚顺着楼梯向上爬，兰登赶紧站起来也跟着他们一边向上爬，一边回头看：手电光就在他下面出现了，照亮了楼梯最底下的几级台阶。

黑暗中，兰登一动不动。

手电光在底下的台阶上停留了好长一会儿，然后开始变得越来越亮。

他朝这边来了！

兰登能听到头顶上安布拉和贝尼亚屏气凝神往上爬的声音。他转过身，也跟在他们身后往上爬。但他又被绊了一下，这次是撞到了墙上。这时他才意识到楼梯不是笔直的，而是旋转的。兰登很快明白自己身在何处了。于是他一只手扶墙，开始沿着陡峭的旋梯往上爬。

圣家族大教堂充满危险的旋转楼梯可是远近闻名的。

他抬头看到一丝极其微弱的光从上面的采光孔中照射进来，仅够他看清周围狭窄的楼梯井。在压抑的狭窄通道里向上爬，兰登觉得自己的双腿都绷紧了，于是在楼梯上停了下来。

继续爬！虽然理智催促他向上爬，但腿上的肌肉因恐惧而开始痉挛了。

在下面的某个地方，兰登已经听到沉重的脚步声从中殿往这边走来。他强迫自己继续前行，尽快沿着旋梯向上爬。爬着爬着，兰登突然发现墙上有个豁口。这是一条开阔的狭缝，透过它他扫了一眼巴塞罗那的万家灯火。待他爬过豁口，头顶上微弱的光线一下子亮了起来。他飞快地冲过采光孔，一阵凉风扑面而来。随着爬得越来越高，他又重新回到黑暗中。

下面的脚步声已经进入了楼梯间。手电筒时不时地向上照一下楼梯井的中心轴。兰登经过另一个采光孔时，追赶的脚步声越来越大了。显然他身后楼梯上的那个杀手向上爬的速度比他快。

兰登已经追上了安布拉和贝尼亚神父。此时的贝尼亚神父已经气喘吁吁了。兰登扒着楼梯井的内沿往下偷偷看了一眼陡峭的中心轴。楼梯井的落差实在令人目眩——一个骤然下降的狭窄圆孔，一眼望去犹如一个巨大的螺旋状鹦鹉螺。其实楼梯根本没有护栏，只有脚踝那么高的内唇墙。这种内唇墙根本起不了保护作用。兰登强忍住一阵眩晕。

兰登回头看了看头顶上漆黑的楼梯井。听说这个楼梯共有四百多级台阶。如果是这样,不等他们爬到顶,全副武装的杀手就能赶上他们了。

"你们两个……走!"贝尼亚边喘着粗气边站到边上,敦促兰登和安布拉从他身边过去。

"神父,不行。"安布拉说着伸手去搀扶老神父。

兰登欣赏安布拉的做法。但他知道逃上这些台阶就等于自杀。他们最有可能被身后的子弹击中。在战斗和逃跑这两种生存本能中,逃跑已不再是选项。

我们没办法逃掉。

兰登让安布拉和贝尼亚神父继续往上爬,自己转过身站稳脚跟面对着螺旋楼梯。在他下方的手电光越来越近了。他背靠墙壁蹲在阴影里,等着手电光照到他下面的台阶上。突然,杀手绕过楼梯的弧线出现在他的视野中——一个黑色的人影,两只手往前伸着,一只手握着手电筒,另一只手握着手枪。

兰登本能地做出反应,突然来了个凌空飞脚,猛地踹了过去。杀手也看到了他,举起了枪。但兰登的脚后跟已经以强大的冲击力踢在了杀手的胸口上,把他一下子踢到楼梯井的墙上。

接下来的几秒钟,一切都模糊了。

兰登摔了下去,半边身子狠狠地摔在楼梯上,髋部疼痛难忍。杀手蜷曲成一团向下滚了好几个台阶,呻吟着重重地倒在楼梯上。手电筒颠跳着滚下楼梯,最后落在了一级台阶上。手电光歪歪斜斜地照在楼梯的墙壁上,恰好照在兰登和杀手中间的一个金属物体上。

手枪。

两人同时朝手枪扑过去,由于兰登的地势高,所以抢先抓到了手枪。他握住手枪的手柄,将枪口对准杀手。杀手在他下面的台阶上突然停了下来,一脸不服地看着枪管。

借着手电光,兰登看清了杀手的花白胡子和鲜亮的白裤子,他立马便知道杀手是谁了。

从古根海姆赶来的海军军官……

兰登用枪指着杀手的脑袋,食指放在扳机上。"你杀了我的朋友埃德蒙·基尔希。"

杀手虽然上气不接下气,但还是立即冷冰冰地回答道:"我是在报仇雪恨。你的朋友埃德蒙·基尔希杀了我的家人。"

第75章

兰登踹断了我的肋骨。

海军上将阿维拉一呼吸就感到钻心的疼,一脸痛苦地大口喘着气,给自己的身体输送氧气。罗伯特·兰登蹲在他上面的楼梯上,笨拙地用手枪指着阿维拉的胸膛。

此时阿维拉受过的军事训练马上发挥了作用,他开始判断眼前的形势。对他不利的是,自己的敌人既手持武器又占领了制高点。对他有利的是,从教授与众不同的握枪姿势上看,对方不怎么会使用枪。

他不会向我开枪的。阿维拉断定。他会扣押着我等保安来。外面的叫喊声告诉他,圣家族大教堂的保安显然已经听到了枪声,正在冲进教堂。

我必须马上采取行动。

阿维拉举起双手,然后慢慢转动膝盖,做出完全服从和投降的样子。

让对手觉得他已经完全掌控了局势。

阿维拉虽然摔下楼梯,但他感觉到别在腰带后边的那个家伙还在——他在古根海姆博物馆里用来杀死埃德蒙的陶制手枪。他进入教堂之前曾把最后一颗子弹上了膛,但刚才没有必要用到它,因为他悄无声息地就干掉了一名特工,换来威力更大的枪。不幸的是,兰登现在正拿着这把枪指着他。阿维拉希望自己能安全脱身,他猜想兰登大概不懂得如何应付目前的局面。

阿维拉在考虑要不要迅速从腰带上拔出陶制手枪，抢先向兰登开火。但他估计自己大概只有五成胜算。一个人如果没用过枪，那他的危险就在于很可能会擦枪走火。

如果我的动作干净利索……

保安的叫嚷声越来越近了。阿维拉心里清楚，如果他被抓，他手上的"胜利者"文身会确保他安全获释——至少摄政王是这么向他保证的。但眼下他已经杀了两名皇家特工，他吃不准摄政王有没有这么大的能耐救他。

我是来这儿执行任务的，我必须完成任务。阿维拉提醒自己。干掉罗伯特·兰登和安布拉·维达尔。

摄政王让阿维拉通过东侧的检修闸门进入教堂，但阿维拉决定翻越安全护栏进入。我发现在东门附近埋伏着警察……所以我临时决定翻越护栏了。

兰登拿枪指着阿维拉理直气壮地说："你说埃德蒙·基尔希杀了你的家人，你是在撒谎。埃德蒙根本不可能杀人。"

你说得没错，但他比杀人更可恶。阿维拉心想。

关于埃德蒙黑暗真相的秘密，阿维拉是在一周前从摄政王打给他的电话里才知道的。我们的教皇要你把矛头瞄准著名的未来学家埃德蒙·基尔希，摄政王说，教皇有很多想法，但他想让你亲自肩负起这一使命。

为什么是我？阿维拉问。

将军，摄政王低声说，我很遗憾把这个消息告诉你，但埃德蒙·基尔希是杀害你家人的那次教堂爆炸案的罪魁祸首。

阿维拉的第一反应是根本不相信。他认为一个著名的计算机专家没有任何理由去炸毁一座教堂。

将军，你是个军人，摄政王向他解释道，所以你比谁都清楚，在战斗中真正杀人的，并不是扣动扳机的年轻士兵。士兵是执行者，只是奉命行事，而他背后则是更有权势的人——政府、将军、宗教领袖。是这些人要么付钱给他,要么让他坚信某种事业是值得不惜一切代价的。

阿维拉的确目睹过这种事业。

这样的游戏规则同样适用于恐怖分子。摄政王继续说道,最可恶的恐怖分子不是那些制造炸弹的人,而是在绝望的人群中煽动仇恨、鼓励步卒去暴力犯罪的有影响力的领袖人物。只要有一个有影响力的黑暗灵魂在弱势群体中煽风点火,激励民族主义和仇恨,就会给这个世界带来灾难。

这一点阿维拉不得不认同。

针对基督徒的恐怖袭击,摄政王说,在全世界呈上升趋势。这些新型的袭击不再是讲究策略的有计划事件,而是由独狼发动的自发性袭击。这些独狼是为回应那些反对基督而又具有感召力的人的号召才拿起武器的。摄政王停顿了一下。而在那些有号召力的敌人中,我认为无神论者埃德蒙·基尔希就是其中之一。

这时阿维拉觉得摄政王已经开始夸大事实了。尽管埃德蒙不自量力在西班牙发起反基督教运动,但他从来没有号召别人去杀害基督徒。

你先别不同意。电话上的声音告诉他。我最后给你透露一条信息。摄政王长长地叹了口气。将军,没人知道这一点,其实杀害你家人的那次袭击……其目的就是向帕尔马教会发起战争。

这样的说法让阿维拉一愣。塞维利亚大教堂并不属于帕尔马教派,这种解释根本讲不通。

爆炸发生的那天上午,电话那头的声音告诉他,帕尔马教会的四位重量级人物在塞维利亚大教堂聚会,讨论为教会招募信众的事。很显然袭击是针对他们的。你认识其中的一位——马尔科。另外三位在袭击中丧生。

阿维拉想到他的理疗师马尔科在袭击中失去了一条腿,他开始不淡定了。

我们的敌人既强大又猖狂。电话中的声音继续说道,携带炸弹的恐怖分子在特洛亚帕尔马无法进入我们的教堂，便紧随四名神职人员来到塞维利亚大教堂，在那里动了手。将军，我真的非常抱歉。这场悲剧正是帕尔马教会找上你的一个原因。你的家人因为那场针对我们的战争而受到间接的伤害，我们觉得我们应该负起责任。

战争的主谋是谁呢？阿维拉一边拼命去理解这种令人震惊的解释，一边问道。

摄政王回答道：查看你的电子邮件。

打开收件箱，阿维拉惊讶地发现了一大堆秘密文件。这些文件大概讲述了过去十年来针对帕尔马教会的残酷战争……显然这场战争包括了法律诉讼、近乎敲诈的威胁，以及给"特洛亚帕尔马支持与对话爱尔兰"等反帕尔马团体的巨额捐款。

更令人惊讶的是，针对帕尔马教会的这场残酷战争似乎是由一个人发动的。这个人就是未来学家埃德蒙·基尔希。

阿维拉对邮件中的信息百思不得其解。埃德蒙·基尔希为什么特别想摧毁帕尔马教会呢？

摄政王告诉他，帕尔马教会里没有人知道——就连教皇本人也不知道——埃德蒙为什么对帕尔马教会这么恨之入骨。他们只知道，只要帕尔马教会没被摧毁，作为世界上最富有、最有影响力的人之一的埃德蒙就不会善罢甘休。

摄政王将阿维拉的注意力吸引到最后一个文档。这是一名男子写给帕尔马教会的一封信。信是打印的。写信人自称是在塞维利亚引爆炸弹的人。在信的第一行，此人自称是"埃德蒙·基尔希的门徒"。看到这里，阿维拉义愤填膺。

至于帕尔马教会为什么没有公开这封信，摄政王解释说，由于大部分媒体与埃德蒙一唱一和或者受埃德蒙资助，导致近来媒体纷纷与帕尔马教会交恶。教会可不想与什么爆炸案扯上关系。

我的家人之所以丧命，都是因为埃德蒙·基尔希。

此刻在黑咕隆咚的楼梯井里，阿维拉抬头注视着罗伯特·兰登，他想到这个人可能根本不知道埃德蒙对帕尔马教会的秘密讨伐，以及他是如何煽动那次使阿维拉家人丧命的恐怖袭击的。

兰登是否知道根本不重要。阿维拉心想。他跟我一样，只是个走卒而已。我们俩都掉进了散兵坑，而且只能有一个人爬出去。我有自己的套路。

兰登离他只有几个台阶的距离，拿枪的样子一点儿也不专业。别无选择！阿维拉边想边将脚悄悄地挪到下面的一个台阶上，扎稳脚跟，眼睛死死盯着兰登。

"我知道你很难相信，"阿维拉说，"但埃德蒙·基尔希杀害了我的家人。这就是你要的证据。"

阿维拉摊开手给兰登看上面的文身。当然文身根本不是什么证据，却产生了预期的效果——兰登真的看了。

就在教授的注意力略微转移的那一瞬间，阿维拉向上扑向他的左边，利用弧形弯曲的外墙让自己躲开子弹。不出所料，兰登一时慌乱开了枪——没有重新瞄准移动的目标就扣动了扳机。巨大的枪声在狭窄的楼梯井里回荡，阿维拉感觉到子弹擦肩而过，飞向了石造楼梯井。

兰登已经在重新瞄准，但阿维拉来了个空翻。就在他下落的时候，他的两只拳头朝下猛击兰登的手腕，打落了兰登手中的枪。手枪"哗啦啦"沿着楼梯掉落下去。

阿维拉跌落到兰登身边的楼梯上，阵阵剧痛撕裂着他的胸部和肩膀，但肾上腺素的涌动只会让他更加专注。他把手伸到身后，从皮带里猛地抽出陶制手枪。用过皇家特工的手枪之后，他的陶制手枪握在手里一点儿重量也感觉不到。

阿维拉把枪对准兰登的胸口，毫不犹豫地扣动了扳机。

枪响了，发出的却是不同寻常的破碎声。阿维拉顿时感到手里发烫，立刻意识到枪管爆了。为了逃避安检便于藏匿，这些非金属制造的新玩意儿设计寿命只能发射一两颗子弹。阿维拉不知道子弹飞哪儿去了。当他看到兰登已经抢先站了起来时，他丢下武器向兰登扑了过去。就这样，两人在极其危险的旋梯内侧边缘拼命扭打起来。

这一刻，阿维拉心里清楚自己已经赢了。

我们都手无寸铁，他心想，但我的地形更有利。

阿维拉已经观察过楼梯井中央的无护栏竖井，在几乎没有任何保护的情况下掉下去肯定会没命。此刻阿维拉一条腿撑在外墙上，借助强大的支撑力拼命把兰登往竖井方向推。

兰登极力反抗，但阿维拉的有利位置让他占据了所有的优势。从教授眼睛里那孤注一掷的神情中可以看出，兰登心里显然也清楚，接下来会发生什么。

兰登听人说过，人生中最重要的决定——那些涉及生死存亡的决定——往往只是在一瞬间做出的。

此刻兰登被人无情地推向楼梯的内侧，后背悬在一百英尺高的竖井上，六英尺的身高和高重心就成了致命的不利因素。他心里清楚，阿维拉处于有利位置，自己根本敌不过他。

兰登绝望地扭头看了一眼后面的空洞。圆形竖井非常狭窄——直径大概只有三英尺——但如果他垂直掉下去，这个宽度肯定足够了……那样的话，他的身体很可能会一路擦着石栏掉下去。

掉下去就没命了。

阿维拉歇斯底里地吼了一声，拼命抓住兰登。这时兰登意识到他只有一个动作可做了。

他不能跟阿维拉角力，他只能借力。

阿维拉在向上推他，所以兰登俯下身，两脚在楼梯上扎稳。刹那间，他变成了普林斯顿游泳池里那个二十多岁的青年人……在参加仰泳比赛……停在起点线上……背对着水……膝盖弯曲……腹部绷紧……等待发令枪响。

时间就是一切。

这一次兰登没有等发令枪响。他从蹲姿中突然爆发，向空中一跃，弓起背从空荡荡的竖井上飞了过去。就在他向外飞跃的一刻，他感觉到本已经做好准备对抗他两百磅体重的阿维拉，由于力量突然发生逆转，完全失去了重心。

阿维拉赶快放手，但兰登能感觉到他在挥舞着双臂寻找平衡。兰登在后空翻飞出去的时候默默祈祷自己能飞得足够远，越过空荡荡的竖井，落到六英尺竖井对面的下方台阶上……但显然那是不可能的。在半空中，就在兰登开始本能地把身体蜷成球状的时候，他重重地撞在石阶的一个垂直面上。

这回玩砸了。

我死定了。

兰登肯定撞在了楼梯的内缘上，但他振作精神为掉进竖井空洞做好准备。

但坠落只持续了一瞬间。

在这一瞬间里，兰登的头撞在了尖锐不平的阶梯上，差点儿没撞昏过去。但也就在这时，他意识到自己已经完全越过竖井，先是撞在楼梯对面的墙上，然后落在了旋转楼梯下面的台阶上。

找枪！兰登一边努力保持清醒，一边心想。因为他知道，只需几秒钟阿维拉就会掉到他头上。

但为时已晚。

他的大脑已经关停了。

就在眼前变得漆黑的一瞬间，兰登最后听到了一个奇怪的声音……在他下方连续重重摔下去的声音，一次比一次远。

这让他想到超大的垃圾袋扔到垃圾槽里时发出的那种声音。

第 76 章

胡利安王子的汽车快到埃斯科里亚尔宫大门时，他看到了熟悉的场面——白色越野车车队组成的安保壁垒。这时他才知道巴尔德斯皮诺并没有说谎。

父王果然在这里。

从车队的阵势可以看出,国王的所有皇家安保人员已经在埃斯科里亚尔宫严阵以待。

侍僧停下老掉牙的欧宝汽车。一个特工手持电筒大步走到车窗前,往里面照了照,吓得马上缩了回去。很显然,他做梦也没想到王子和主教会坐这种破车。

"殿下!"那人马上立正大声说道,"阁下!我们一直在等你们。"他打量着老爷车,"您的保镖在哪里?"

"宫里需要他们。"王子回答道,"我们来这里是看父王的。"

"当然,当然!麻烦您和主教在此下车——"

"把路障移开,"巴尔德斯皮诺训斥道,"我们要开进去。陛下在修道院医院是不是?"

"刚才还在。"特工说完犹豫片刻,"不过,现在恐怕已经离开了。"

巴尔德斯皮诺倒吸了一口气。

胡利安的心一下子凉了下来。父王去世了吗?

"不!我……我很抱歉!"特工结结巴巴地说,后悔自己用词不当,"陛下走了,他一小时前离开了埃斯科里亚尔,带着他的贴身侍卫一起离开的。"

胡利安的心终于放下了,但他马上又困惑起来。离开这里的医院?"太荒唐了!"巴尔德斯皮诺嚷道,"是国王让我带胡利安王子马上来这里的!"

"是的,我们得到了明确的指示,阁下。请您下车,如果您愿意,我们可以叫卫队的车把两位送过去。"

巴尔德斯皮诺和胡利安疑惑地交换了眼神后下了车。特工告诉侍僧,这里不再需要他侍候了,他可以回宫去。年轻人吓得大气都不敢出,猛踩油门一溜烟消失在夜色中。终于结束了这个晚上一连串怪事中自己扮演的角色,侍僧自然如释重负。

特工领着王子和巴尔德斯皮诺上了一辆越野车,主教越发激动起来。"国王在哪里?"他问道,"你要带我们去哪里?"

"我们在执行陛下的命令。"特工说,"陛下让我们给你们派一辆车、一个司机,还有这封信。"特工拿出一个密封好的信封,递给了胡利安王子。

父王的信?这让王子困惑不解,尤其是当他注意到信封上还有皇家蜡封时。父王要干什么?他越来越担心,父亲的身体机能可能在衰退。

胡利安迫不及待地揭掉蜡封打开信封,从里面抽出一张手写的字条。他父亲写的字虽然清晰可辨,但已经大不如前了。胡利安开始看信的内容。他每读一个字,心中的困惑便更深一层。

看完信后,他把字条塞回信封,闭上眼睛考虑下一步该怎么办。当然,选择只有一个。

"请向北开!"胡利安对司机说。

汽车驶离埃斯科里亚尔宫,王子感觉到巴尔德斯皮诺一直在盯着他看。"你父亲说什么?"主教问道,"你要带我去哪儿?!"

胡利安长叹一口气,转身面对他父亲的密友。"你最好早点儿说。"他冲着老态龙钟的主教黯然一笑,"父王依然是国王。我们都爱他,我们都在奉父王的命令行事。"

第 77 章

"罗伯特?"一个声音悄悄地叫着。

兰登想做出反应,但头部的剧痛阵阵袭来。

"罗伯特?"

一只手在轻柔地抚摸他的脸,兰登慢慢睁开了眼睛。由于一时间辨不清方向,他还以为自己是在做梦呢。一个白色的天使正在我头顶上盘旋。

兰登认出她的脸庞时强作笑颜。

"谢天谢地!"安布拉长叹了一口气说道,"我们听到了枪声。"她蹲在他身边。"别起来。"

兰登恢复意识后突然感到一阵恐惧。"杀手——"

"他死了。"安布拉平静地小声说道,"你安全了。"她指了指竖井的边缘,"他摔了下去。一直摔到底。"

兰登认真地听着这个消息。意识慢慢恢复之后,他在努力拨开脑海里的谜团,仔细回忆自己受伤的地方。这时他的注意力转移到左臀部剧烈的抽动和头部剧烈的疼痛上。不过,他感觉自己并没有什么地方骨折。这时从楼梯井传来了警用对讲机的声音。

"我昏迷了……多久……"

"几分钟。"安布拉说,"你一会儿清醒,一会儿迷糊。我们必须帮你检查一下。"

兰登小心翼翼地坐起身来倚靠在楼梯的墙壁上。"是那个海军……军官,"他说,"那个……"

"我知道。"安布拉点了点头说道,"那个刺杀埃德蒙的人。警方刚弄清他的身份,正在楼下验尸。他们想让你发表声明,但贝尼亚神父告诉警方,在医疗队到达之前谁都不许上来。医疗队应该很快就到。"

兰登点了点头,他的脑袋又是一阵剧痛。

"他们可能会带你去医院。"安布拉告诉他,"这就意味着我必须马上跟你谈谈……在他们到来之前。"

"谈……什么?"

安布拉打量着他,显得很不安。她俯下身来凑到他耳边悄悄说道:"罗伯特,你不记得了?我们找到了埃德蒙的密码:'黑暗宗教就要离场,甜美科学即将为王。'"

她的话像一支利剑射穿了迷雾,兰登腾地一下坐了起来,大脑顿时云开雾散。

"我们已经做到这个分上了,剩下的我可以做。"安布拉说,"你说你知道如何找到温斯顿。埃德蒙的计算机实验室在哪里？你只要告诉我该去哪儿，剩下的事我去做。"

此刻兰登的记忆犹如山洪暴发一般奔涌而至。"我的确知道。"至少我觉得我能搞清楚。

"告诉我。"

"我们需要穿过市中心。"

"哪里？"

"我不知道地址。"兰登边摇摇晃晃地爬起来边说道，"不过，我能带你——"

"坐下，罗伯特，拜托！"安布拉说。

"没错！坐下。"有个人从下面爬上来应声说道。是贝尼亚神父。他上气不接下气、步履艰难地爬上楼梯。"救护车马上就到。"

"我没事。"兰登其实在撒谎，因为他靠在墙上时还感到一阵头晕眼花呢，"我和安布拉现在必须走。"

"你们走不了多远。"贝尼亚边慢慢往上爬边说道，"警方正等着。他们需要有个交待。再说媒体已经把教堂团团围住了。早有人跟媒体通风报信说你在这里。"神父来到他们身边，疲惫地冲兰登笑了笑，"对了，看见你没事，我和维达尔女士心里就踏实了。你救了我们的命。"

兰登笑道："快别这么说，是您救了我们。"

"得啦！先别管谁救了谁，我只想让你知道，不见警方你根本不可能离开这个楼梯井。"

兰登小心翼翼地把双手放在石栏上，探出身体向下看了一眼。楼下的可怕场面似乎是那么遥远——几个警察用手电筒照着阿维拉四仰八叉、歪歪扭扭的尸体。

就在兰登低头看着旋转楼梯，再一次观察高迪简约的鹦鹉螺设计构思时，他突然想起一个网站，专门介绍位于圣家族大教堂地下墓室里的高迪博物馆。兰登不久前曾访问过这个网站，有一个专题是介绍圣家族大教堂的比例模型——通过机辅程序和巨大的3D打印机精准加工制成的。这些模型描绘了圣家族大教堂漫长的历史变迁，从教堂的奠基一直到教堂的完工（至少还需要十年时间）。

我们从哪里来？兰登心想。我们要往哪里去？

他的脑海里突然闪现教堂外观的一个比例模型。他清楚地记得，这个模型描绘的是教堂现阶段的建设工程，名为《今日圣家族大教堂》。

如果这个模型是最新的，那就可能会有出口。

兰登突然转向贝尼亚。"神父，能否麻烦您帮我给外面的人捎个信？"

神父一脸困惑。

兰登把他打算走出这座教堂的计划向安布拉做了解释。听完她摇了摇头。"罗伯特，这是不可能的。上面没有地方能——"

"其实，"贝尼亚插嘴说道，"有。不会永远有，但此时兰登先生说得没错。他的建议可行。"

安布拉惊讶不已。"可是罗伯特……即便是我们能悄无声息地逃脱，你敢说你不用去医院吗？"

关于这一点，兰登真的没有太大的把握。"需要时再说。"他说，"但现在为了埃德蒙，我们应该完成我们来这里的使命。"他转向贝尼亚盯着他的眼睛，"神父，关于我们为什么来这里，我必须跟您实话实说。您知道，今晚埃德蒙·基尔希之所以被谋杀，是因为有人要阻止他宣布一个科学发现。"

"是的，"神父说，"从基尔希先生的口气可以听出，他似乎认为这一发现将严重损害全世界的宗教。"

"没错，正因为如此，我觉得您应该知道，我和维达尔女士今晚来巴塞罗那，就是要千方百计把埃德蒙·基尔希的发现公之于众。我们眼看就要成功了。就是说……"兰登停顿了一下，"我现在请您帮忙，主要是希望您帮我们把一个无神论者的话向全世界传播出去。"

贝尼亚伸出一只手放在兰登的肩膀上。他笑了笑说道："教授，埃德蒙·基尔希并不是历史上第一个公开宣称'上帝死了'的无神论者,也不会是最后一个。不管基尔希先生的发现是什么,它无疑会引发全方位的争论。有史以来,人类的智力一直在不断进化,我扮演的角色并不是阻碍这种进化。但在我看来,从未有过哪项智力发展能把上帝排除在外。"

说完,贝尼亚神父冲两人微微一笑以示鼓励,随后便扭头下了楼。

外面,圣家族大教堂安全护栏外的人越聚越多。飞行员坐在EC145直升机的驾驶舱里,眼睁睁看着眼前发生的一切,越来越担心起来。他一直没有收到教堂里两名特工的消息,正准备用无线电跟他们联系,这时只见一个身着黑色长袍的小个子走出教堂,直奔直升机而来。

男子自称贝尼亚神父,向飞行员传达了教堂里一个令人震惊的消息:两名皇家特工已经被杀,未来的王后和罗伯特·兰登需要马上撤离。好像这些还不够似的,神父又告诉飞行员,让他到指定地点去接乘客。

这怎么可能呢!飞行员心想。

但现在,就在他骤然拉升飞机到圣家族大教堂的尖塔之上时,他才意识到神父的话是对的。教堂最大的尖塔——巨大的中央尖塔——还没有建成。尖塔的基础承台是一个圆形的平台。这个平台藏在一组尖塔的中央,就像红杉树林中的一块空地。

飞行员在平台上方定好方位,然后小心翼翼地把直升机降下来。他一落到地面,便看到两个人影——安布拉·维达尔搀着受了伤的罗伯特·兰登——走出了楼梯井。

飞行员赶紧跳下去协助他们上了飞机。

他帮他们系好安全带后,未来的西班牙王后疲倦地冲他点了点头。

"非常感谢!"她轻声说道,"兰登先生会告诉你该去哪里。"

第 78 章

🌐 解密网

突发新闻

帕尔马教会杀害了埃德蒙·基尔希的母亲?!

报料人 monte@iglesia.org 再一次向我们发来重磅报料!经解密网核实的独家文件表明,多年来埃德蒙·基尔希一直在抨击帕尔马教会涉嫌"洗脑、心理干预和肉体折磨"。据称,正是帕尔马教会的所作所为最终造成三十多年前埃德蒙的生母帕洛马·基尔希的死亡。

据称,帕洛马·基尔希一直是帕尔马教会的积极分子,后来她试图挣脱魔爪却遭到修道院院长的羞辱和心理虐待,最终在修道院的卧室里上吊自杀。

第 79 章

"国王亲自下令?"指挥官加尔萨嘟囔着,整个军械室里回荡着他的声音,"我还是想不通下令逮捕我的竟然是国王。我服侍了他这么多年,他居然下令逮捕我。"

莫妮卡·马丁把一根指头放在嘴唇上示意他安静。然后她透过盔甲间的缝隙,看了一眼军械室的大门,看到警卫没有偷听才说道:"我告诉过你,国王对巴尔德斯皮诺主教言听计从。他让陛下相信今晚针对他的指控都是你干的,还说你在莫名其妙地陷害他。"

加尔萨意识到,我已经成了国王的替罪羊。他一直在想,如果国王不得不在他这位皇家卫队指挥官和巴尔德斯皮诺之间做出选择，他一定会选择巴尔德斯皮诺。两人是一辈子的好朋友，心灵上的关系总是胜过职业上的关系。

即便如此，加尔萨还是觉得莫妮卡的解释也不完全合乎逻辑。"编造绑架的事，"他说，"你说是国王下的命令？"

"是的，陛下直接给我打的电话。他命令我宣布安布拉·维达尔被掳走了。他是想挽救未来王后的声誉，以掩盖她其实是跟另一个男人私奔的事实。"马丁不耐烦地看了加尔萨一眼，"你为什么要问我这个？尤其是你已经知道国王打电话给丰塞卡特工，把自己编造的绑架谎言也告诉了他？"

"我真不敢相信国王会冒险去诬告一个美国名人绑架人质。"加尔萨争辩道，"他肯定是——"

"疯了？"她打断了他。

加尔萨沉默不语地盯着她看。

"指挥官，"马丁步步紧逼，"别忘了陛下的身体每况愈下，也许这只是一个糟糕的决定？"

"没准是个了不起的决定。"加尔萨说，"不管怎么说，反正未来的王后已经在皇家卫队的掌控下，人是安全的。"

"千真万确。"马丁仔细打量着他，"那你还担心什么？"

"巴尔德斯皮诺。"加尔萨说，"我承认我不喜欢他，但直觉告诉我他不可能是杀害埃德蒙的幕后推手，也不可能跟与杀害埃德蒙相关的任何事情牵扯上。"

"为什么？"她的口气很尖刻，"就因为他是神父？我肯定地告诉你，我们的宗教裁判所总是千方百计为教会的所作所为找借口。我认为巴尔德斯皮诺这个人一向自以为是、冷酷无情、投机取巧，又太过神秘。我说得对吗？"

"没错。"加尔萨寸步不让，他突然惊讶地发现自己居然在为主教辩护，"关于巴尔德斯皮诺，你说的都对。但他还是个重传统、讲尊严的人。国王几乎不信任任何人，但几十年来一直信任主教。我很难相信国王的挚友会做出我们所说的那种背叛国王的事。"

马丁叹了口气,掏出手机。"指挥官,我不想诋毁你对主教的信任,但我觉得你应该看看这个。苏雷什给我看的。"她按了几个键,然后把手机递给了加尔萨。

屏幕上显示了一条很长的短信。

"这是巴尔德斯皮诺主教今晚收到的一条短信的截图。"她悄悄说道,"读一读。我保证看完后你会改变想法。"

第 80 章

直升机轰鸣着飞离了圣家族大教堂的楼顶,这会儿罗伯特·兰登尽管浑身疼痛却感到异常的轻松,简直可以用兴高采烈来形容。

我居然还活着。

他能感觉到自己血液中的肾上腺素在不断积聚,仿佛刚刚过去的一小时里发生的所有事件正同时向他袭来。他尽可能做深呼吸,把注意力转向直升机窗外的世界。

在他的四周,教堂巨大的尖塔直冲云霄,但随着直升机的攀升,教堂渐渐下降,融入明亮的网格状街道中了。兰登低头凝视着无限延伸出去的城市街区。这些街区不是平时见到的正方形或长方形,而是更加柔和的八边形。

扩展区。[①] 兰登心想。

城市建筑大师伊尔德方·塞尔达[②] 具有远见卓识。他采取削去正方形街区四个街角的方法,打造出一个个小型广场,增加街道的能见距离,改善通风环境,为户外咖啡馆留出足够的空间,进而让这个地

[①] 原文为加泰罗尼亚语,指巴塞罗那旧城与周边小城镇之间的城区。圣家族大教堂和米拉之家便位于该区的北部。
[②] 伊尔德方·塞尔达(Ildefons Cerdà, 1815—1876),巴塞罗那"扩展区"的城市规划师。

区所有的十字路口得到了扩展。

"我们要去哪里?"①飞行员扭头大声问道。

兰登指了指南边的两个街区。这里是巴塞罗那最宽、最亮,同时也是呈对角线交叉、最负盛名的大街。

"沿对角线大道,"兰登大声说道,"往西。②"

在任何巴塞罗那地图上都能看得到,对角线大道横向穿过整个城市,从超现代的海滨摩天大楼对角线零零大厦,一直延伸到古老的塞万提斯玫瑰花公园——这个占地十英亩的公园是专门为纪念西班牙最著名的小说家、《堂吉诃德》的作者而建的。

飞行员点了点头,然后掉头向西,沿有一定斜角的对角线大道朝山区飞去。"地址?"飞行员回头叫道,"坐标?"

我哪里知道地址啊?兰登心想。"往足球场飞。"

"足球场?"飞行员似乎很惊讶,"巴塞罗那足球俱乐部?"

兰登点了点头。他相信飞行员很清楚如何找到著名的巴塞罗那足球俱乐部,它就在几英里外的对角线大道边上。

飞行员立刻加大油门,沿着对角线大道全速飞去。

"罗伯特?"安布拉轻轻问道,"你没事吧?"她打量着他,那样子就像是他头上的伤影响了他的判断力似的。"你刚才说你知道去哪里找温斯顿。"

"我知道。我们现在就去那里。"他回答道。

"足球场?你觉得埃德蒙会把超级计算机建在足球场?"

兰登摇了摇头。"不,足球场只是一个地标,便于飞行员定位。我关注的是足球场旁边的那幢大楼——索菲亚格兰港大酒店。"

安布拉的表情说明她感到越来越糊涂了。"罗伯特,我不知道你的话有没有道理。埃德蒙根本不可能在一家豪华酒店里组建温斯顿。我觉得我们应该先带你去诊所。"

"我没事,安布拉。相信我。"

---

①② 原文为西班牙语。

"那我们要往哪里去？"

"我们要往哪里去？"兰登开玩笑地抚摸着下巴，"我相信这正是埃德蒙今晚准备回答的重要问题。"

安布拉的表情说不清是开心还是恼火，又或喜怒参半。

"对不起！"兰登说，"容我解释一下。两年前，我曾在索菲亚格兰港大酒店十八楼的私人俱乐部跟埃德蒙一起吃过午饭。"

"埃德蒙带着一台超级计算机来吃午饭？"说完，安布拉哈哈大笑起来。

兰登微微一笑。"不全是。埃德蒙是走着来吃午饭的。他告诉我他几乎每天都在这家俱乐部吃饭，因为这家酒店非常方便，离他的计算机实验室只有一两个街区。他还悄悄告诉我他正在开展一个先进的人工智能研究项目。说到这个项目的潜力，他兴奋得简直手舞足蹈。"

安布拉突然间备受鼓舞。"那肯定是温斯顿！"

"我的想法也是这样。"

"所以，埃德蒙带你去了他的实验室！"

"没有。"

"他有没有告诉你他的实验室在哪里？"

"很可惜，他一直守口如瓶。"

从眼神中可以看出，安布拉又担心起来。

"但是，"兰登说，"温斯顿已经把自己的准确位置悄悄地告诉了我们。"

安布拉此刻一脸茫然。"没有，他没说过。"

"我向你保证他说过。"兰登微笑着说道，"其实，温斯顿已经告诉了全世界。"

还没等安布拉请兰登继续解释，飞行员说道："足球场在那边！[1]"他指着远处巴塞罗那的大型体育场。

真快啊！兰登心想。他看向舱外，扫了一眼从足球场到附近的索

---

[1] 原文为西班牙语。

菲亚格兰港大酒店之间的路线。酒店是一幢摩天大楼，楼下是对角线大道上一个开阔的广场。兰登告诉飞行员绕过球场把他们直接载到酒店上空。

几秒钟后直升机已经爬升了好几百英尺，开始在兰登和埃德蒙两年前曾吃过午饭的那家酒店上空盘旋起来。他告诉我，他的计算机实验室离这里只有一两个街区。

兰登从有利的制高点上俯瞰酒店的周围。这里的街道并不像圣家族大教堂周围那样呈直线方格状，而是各种不规则的长方形。

肯定就是这里。

他搜索四周的街区，努力寻找记忆中的那个独特造型。它在哪里？兰登心里越来越没有底了。

直到他把目光转向北面，扫过庇护十二世广场的圆形交叉路口，兰登心里才又萌生出一线希望。"那边！"他冲飞行员嚷道，"请飞过那片树林！"

直升机头一歪，斜着朝西北飞过一个街区。此时他们已经盘旋在兰登所指的草木丛生的开阔地上。树林其实属于围墙围起来的一个巨大庄园的一部分。

"罗伯特，"安布拉喊道，声音透露出彻底的失望，"你在干什么？这里是巴德拉贝斯皇宫！埃德蒙根本没办法把温斯顿组建在——"

"不是这里！在那边！"兰登指着皇宫后面紧挨着的那个街区说道。

安布拉俯身向前，目不转睛地看着下面那个让兰登兴奋不已的所在。皇宫后面的这个街区是由四条灯火通明的街道组成的。四条街道交叉形成一个南北走向的菱形。这个菱形的唯一缺陷是，右下边往里凹进去了一块，导致一条边呈不规则的弯曲状。

"你看到那条锯齿状的线了没有？"兰登边说边指着菱形有点凹进去的边线——在皇宫黑乎乎树林的映衬下，这条街道的灯光显得异常明亮，"看到那条突然有点凹进去的街道了吗？"

安布拉伸直脖子专注地往下看。"这样的线再熟悉不过了。我怎么知道你说的是哪条呢?"

"看看整个街区,"兰登敦促道,"一个菱形街区,右下方的边很奇怪的。"他等着,觉得安布拉会很快认出来,"看这个街区里的两个小公园。"他指了指街区中间的一个圆形公园和右侧的一个半圆形公园。

"我好像知道这地方,"安布拉说,"但不是很……"

"想一想绘画,"兰登说,"想一想你在古根海姆的展品。想一想——"

"温斯顿!"安布拉一脸难以置信的神情,转身对着兰登叫了起来,"这个街区的格局就是古根海姆博物馆里温斯顿自画像的形状!"

兰登冲她笑了笑。"没错。"

安布拉又扭头看着窗外,俯视下面的菱形街区。兰登也往下看去,脑子里在回忆温斯顿的自画像——那幅奇怪的油画。自从今晚早些时候温斯顿对他说他的油画是拙劣地模仿米罗的作品之后,兰登就一直困惑不解。

埃德蒙让我自创一幅自画像,温斯顿说过,*我能想到的就是这个了。*

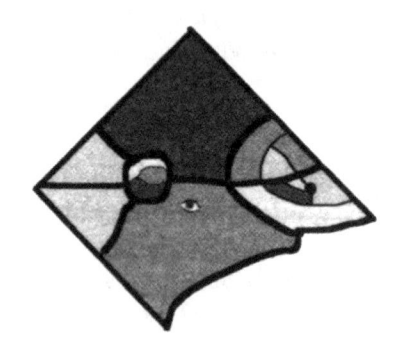

兰登断定,靠近中心的这个眼球——经常出现在米罗的作品中——肯定表明了温斯顿所在的准确位置。也就是说那里是温斯顿看世界的地方。

安布拉又从窗口转过头来,脸上的表情既惊又喜。"温斯顿的自画像不是米罗的作品,而是一幅地图!"

"没错,"兰登说,"由于温斯顿没有躯体,也没有物理层面上的自我形象,我们可以理解为他的自画像会更多与他的位置有关,而非他的物理形态。"

"那个眼球,"安布拉说,"就是米罗作品的翻版。不过只有一只眼睛,所以那只眼睛也许就是温斯顿的位置?"

"我也是这样想的。"此时兰登转身问飞行员能不能将飞机降落在两个小公园中的其中一个里面,并稍候片刻。于是,飞机开始下降。

"我的上帝呀!"安布拉脱口说道,"我想我已经明白温斯顿为什么选择模仿米罗的风格了!"

"哦?"

"我们刚刚飞过的皇宫是巴德拉贝斯宫。"

"巴德拉贝斯?"兰登问,"这名字不是……"

"是的!米罗最著名的素描之一。温斯顿很可能研究过这个区域,发现这地方与米罗有联系!"

兰登不得不承认温斯顿的创造力十分惊人。一想到又能重新联系上埃德蒙的人工智能,兰登就莫名地兴奋起来。在直升机下降过程中,兰登注意到就在温斯顿画眼睛的那个地方出现一幢大型建筑的黑色轮廓。

"瞧!"安布拉指了指,"一定是它。"

由于大树遮挡了视野,兰登只好瞪大眼睛去仔细观察这栋大楼。即便从空中看过去,这栋大楼也是令人望而生畏的。

"我没看到有灯光。"安布拉说,"你觉得我们能进去吗?"

"里面肯定有人。"兰登说,"埃德蒙身边肯定有工作人员,尤其是今晚。我想如果他们知道我们已经掌握了埃德蒙的密码,他们一定会迫不及待地帮我们把埃德蒙的演讲公布出去。"

十五秒后,直升机在街区东侧一个巨大的半圆形公园里着陆了。兰登和安布拉跳下飞机。直升机立即拉升朝足球场疾驰而去,到那里待命。

两人匆匆穿过阴暗的公园朝街区中心走去。他们走过公园内部的一条街道,进入一片树木繁茂的区域。在他们正前方,他们看到了那幢被树木覆盖着的雄伟建筑。

"没有灯光。"安布拉悄悄说道。

"可是有围栏。"兰登皱着眉头说。他们来到一个高十英尺的铁栅栏跟前——栅栏围住了整个建筑。他透过围栏往里看,但由于院子里树木丛生,只能看到大楼的一小部分,而且根本看不到灯光,这让他大惑不解。

"那边。"安布拉说着指了指围栏二十码开外的地方,"我觉得那是个大门。"

他们沿着围栏往前走,发现了一个气派的十字转门。不过门锁得死死的,但是有一个电子呼叫盒。兰登还没来得及考虑该怎么办,安布拉已经按下了呼叫按钮。

门铃响了两次,接通了。

无人应答。

"喂?"安布拉说,"喂?"

蜂鸣器中仍然没有动静——只有线路畅通时发出的嗡嗡声。

"我不知道你能不能听到我说话,"她说,"我们是安布拉·维达尔和罗伯特·兰登,是埃德蒙·基尔希信赖的朋友。今晚他遭暗杀时,我们就跟他在一起。我们掌握着信息,这些信息对埃德蒙、对温斯顿,我相信对你们所有人都会很有帮助。"

蜂鸣器"咔嗒"一声挂断了。

兰登马上把手放在十字转门上,门轻而易举地转动了。

他长出了一口气。"我告诉过你里面有人。"

两人匆匆推开安全转门,穿过树丛朝着黑乎乎的大楼走去。就在他们走近大楼时,楼顶的轮廓在天空的映衬下开始显现出来。一个意想不到的剪影映入了他们的眼帘——楼顶上杵着一个十五英尺高的标志。

安布拉与兰登突然止步。

不对呀！兰登一边抬头望着头顶上那个明确无误的标志，一边想。埃德蒙的计算机实验室楼顶上居然有个巨大的十字架？

兰登又往前走了几步出了树丛。这时大楼的整个轮廓映入眼帘，这景象太让人惊讶了——古老的哥特式教堂，一扇巨大的玫瑰窗，两座石造尖塔，典雅考究的大门上装饰着天主教圣徒和圣母玛利亚的浅浮雕。

安布拉惊骇不已。"罗伯特，我感觉我们刚才闯进了一个天主教堂的院子。我们进错了地方。"

兰登看到教堂前一块牌子后笑了起来。"不，我觉得我们来对地方了。"

几年前这座教堂曾经上过新闻，但兰登万万没想到这地方居然在巴塞罗那。在闲置的天主教堂内组建高科技实验室。兰登不得不承认，对一个准备组建一台无宗教信仰的计算机的无神论者来说，这里可谓最好的庇护天堂。当他抬头凝视这座业已废弃的教堂时，不禁打了个寒战，因为他意识到埃德蒙选择密码的先见之明。

黑暗宗教就要离场，甜美科学即将为王。

兰登让安布拉注意看那块牌子。

上面写着：

巴塞罗那超级计算中心
国家超级计算中心 [①]

安布拉满脸疑惑地看着兰登。"巴塞罗那居然在一座天主教堂里建了一个超级计算中心？"

"是啊，"兰登微笑着说，"有时候真相比虚构更离谱。"

[①] 原文为西班牙语。

第 81 章

世界上最高的十字架在西班牙。

距离埃斯科里亚尔修道院以北八英里处的山顶上，五百英尺高的巨大水泥十字架直冲云霄，俯视着一片荒凉的山谷。一百多英里外都能看到这座十字架。

十字架下方的这个岩石峡谷被恰如其分地称为"英灵谷"①，是四万多英灵长眠的地方。这些英灵都是残酷血腥的西班牙内战中双方阵亡的将士。

我们到这里来干什么？胡利安跟着皇家卫队来到十字架下面山脚下的观景广场，心里很纳闷。这就是父王要见我的地方？

走在旁边的巴尔德斯皮诺也是疑惑不解。"没道理啊！"他低声说，"你父亲一直是鄙视这个地方的。"

千千万万的人都鄙视这个地方！胡利安心想。

1940年，佛朗哥突发奇想，宣布英灵谷是"国家的赎罪行为"——试图借此调和胜利者与失败者的关系。尽管英灵谷"志向高远"，但纪念碑至今仍存在争议，因为"英灵谷"的建造者也包括那些曾经反对佛朗哥的囚徒和政治犯，许多人在建造纪念碑时因暴晒或饥饿而丧命。

过去有些议员甚至把这个地方比作纳粹集中营。胡利安曾怀疑他父亲虽然嘴上不说，心里也是这么想的。在大多数西班牙人眼里，这个地方既然是佛朗哥建的，那就是纪念佛朗哥的纪念碑——为他自己歌功颂德的巨大圣陵。佛朗哥现在也葬在这里，这只能是火上浇油，招来批评者的强烈抨击。

---

① 英灵谷（Valley of the Fallen），位于马德里市郊，是西班牙独裁者佛朗哥为纪念内战阵亡将士而修建的纪念堂。

胡利安记得曾来过一次，那还是他小时候为了熟悉自己的国家跟随父亲出巡时的事。父亲带他参观完后悄悄对他说：儿子，瞧仔细了。早晚有一天你要把这里拆了。

胡利安跟随卫队特工走上台阶，朝着掩在山体中的简朴正门走去时，他开始意识到他们要往哪里去了。雕刻的青铜色大门——从山体挖进去的一道门——出现在他们眼前，胡利安又想起了当年跨越这道门时的情景——里面的场景让他惊呆了。

归根结底，这座山上的真正奇迹并不是屹立在山顶上的十字架，而是山里面的秘密空间。

这座花岗岩山体被掏成了深不可测的人造洞穴。一条近九百英尺长的隧道深入山体，然后又凿出一个令人瞠目的密室。密室装饰细腻而又典雅，地上铺着铮亮的瓷砖，高耸的穹顶跨度接近一百五十英尺，上面画满了壁画。幼小的胡利安当时心想，我居然是在一座山的里面，一定是在做梦吧！

时隔多年，胡利安王子又回到了这里。

遵照奄奄一息的父亲的指示来到这里。

一行人快走到铁门时，胡利安抬头凝视着大门上方质朴的圣母怜子青铜浮雕。身边的巴尔德斯皮诺主教赶紧在胸前画了个十字。在胡利安眼里，做这种手势与其说是虔诚，倒不如说是诚惶诚恐。

第 82 章

🌐 解密网

突发新闻

但……谁是摄政王？

现在证据浮出水面，证明刺客路易斯·阿维拉直接听命于他所谓的"摄政王",执行了暗杀命令。

摄政王的身份仍然是个谜,但此人的头衔可能会给我们提供一些暗示。根据辞书网的定义,"摄政王"是指当一个组织机构的领导人丧失行为能力或领导人缺席时,受命监管该组织的人。

我们就"谁是摄政王?"做了用户调查,结果显示头三条答案为:

1. 为卧病在床的西班牙国王掌管国家事务的安东尼奥·巴尔德斯皮诺主教。

2. 自诩为合法教皇的帕尔马主教。

3. 一名自称代表国王——无行为能力的三军总司令——行使权力的西班牙军官。

更多消息,敬请期待!

#谁是摄政王?

第83章

兰登和安布拉仔细察看教堂的正面,结果在教堂的南端发现了巴塞罗那超级计算中心的入口。在这里,在教堂古朴前脸的外面加装了一个超现代的有机玻璃门廊,让教堂看上去有一种穿越了几个世纪的违和感。

在入口附近的庭院里竖立着一尊十二英尺高的远古武士半身头像。兰登理解不了一座天主教堂外为什么要摆放这一件艺术品,不过他了解埃德蒙,知道他的工作场所本身就是一个充满矛盾的地方。

安布拉三步并作两步走到入口处按下门上的通话按钮。兰登跟上去时,头顶上的一个监控摄像头对着他们来回扫描了好几分钟。

紧接着门"嗡嗡"地打开了。

兰登和安布拉迅速闪了进去,来到一个巨大的门厅。门厅是由教堂原来的前厅翻新的。这是一个封闭的石室,里面空荡荡的,光线也非常暗。兰登原指望会有人出来迎接他们——说不定是埃德蒙的一个雇员——可是大厅里连个人影都没有。

"有人吗？"安布拉悄悄问道。

这时他们突然听到大厅里传来一阵轻柔的中世纪教会音乐——一段多声部男生合唱，听上去很熟悉。兰登想不起来曾在哪儿听过，但在一个高科技感十足的建筑里出现宗教音乐，在他看来多半又是埃德蒙俏皮的幽默感在作怪。

在正对着他们的大厅墙壁上，一面巨大的等离子显示屏发出的光是整个大厅里唯一的光源。显示屏上的内容，就像某种简单的计算机游戏——一簇簇黑点在白色屏幕上四处游走，犹如一只只臭虫在漫无目的地四处爬动。

并非完全杂乱无章。兰登已经看出了黑点移动的规律。

这一著名的计算机生成数列被称为"生命"，是二十世纪七十年代英国数学家约翰·康威①发明的。黑点叫作"细胞"，根据编程者输入的预设"规则"，移动、互动、再生。随着时间的推移，这些黑点遵从"初始接触规则"开始自我组成群、序列和反复出现的图案。这些图案可以进化、变得更加复杂，从外观上看跟在自然界中看到的图案惊人地相似。

"康威的'生命游戏'。"安布拉说，"几年前我曾看到过一款以它为原理的数字设备，名为《元胞自动机》的混合介质游戏。"

安布拉的话顿时让兰登对她刮目相看，因为他尽管也听人说过"生命游戏"，但那只是因为游戏的发明者康威是普林斯顿大学的教师。

合唱音乐再一次引起了兰登的注意。我好像听过这段音乐。也许是文艺复兴时期的弥撒曲？

"罗伯特，"安布拉指着显示屏说，"你看。"

---

① 约翰·康威（John Conway，1937—　），英国数学家，在有限群理论、纽结理论、数论、组合博弈论和编码理论等领域非常活跃，发明了名为"生命游戏"的元胞自动机。

显示器上一簇簇熙熙攘攘的小圆点已经发生反转,而且速度在加快,就好像游戏正在退出一样。序列往回倒退的速度越来越快。小圆点的数量开始减少……细胞不再分裂、繁殖,而是重新组合……细胞的结构正变得越来越简单,直到最后只剩下少数几个细胞仍在继续合并……先是八个,接着四个,然后两个,最后……

一个。

只剩下一个细胞在显示器中央闪烁。

兰登打了个寒战。生命的本源。

小圆点闪烁了几下便消失了,只留下一片空白——一片空荡荡的白色屏幕。

"生命游戏"消失后,屏幕上开始显示文字,开始很模糊,后来越来越清晰,直到他们能够看清为止。

> 既然我们承认"第一因",
> 那我们尚需了解
> "第一因"源自何处,又是因何而生。①

"这是达尔文的话。"兰登小声说道。他突然发现这位富有传奇色彩的生物学家也能用精美的词句,提出埃德蒙·基尔希一直在问的那个问题。

"我们从哪里来?"安布拉看着显示屏上的文字兴奋地说。

"是啊。"

安布拉冲他莞尔一笑。"那我们去找答案吧!"

她示意朝显示屏旁边两个立柱之间貌似通往教堂的门口走。

就在两人穿过大厅时,显示屏再次刷新。屏幕上出现了似乎随机拼组的单词。单词的数量毫无章法地不断增加,新单词不断发生演

---

① 出自《查尔斯·达尔文的生平与书信》第一卷第306—307页《给荷兰学生N.D.德蒂斯的信》。所谓"第一因",就是指"上帝"和"造物主"。

变、变体，结合成一组复杂的短语。

……生长……新鲜的芽……漂亮的枝丫……

随着图像不断放大，兰登和安布拉发现单词变化成一棵正在生长的树的形状。

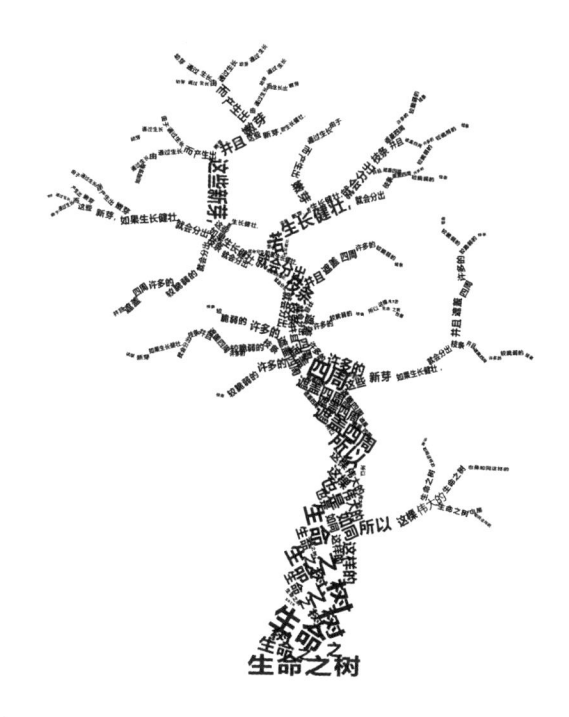

这是什么？

两人聚精会神地注视着显示屏上的图形，这时四周无伴奏合唱的声音越来越大了。兰登突然发现，合唱者并不如他想象的那样是在用拉丁语唱，而是在用英语唱。

"我的上帝啊！看屏幕上的单词。"安布拉说，"我觉得这些单词是与音乐匹配的。"

"说得没错。"兰登看到合唱响起的同时，文字也出现在屏幕上。

通过慢慢发挥作用的诱因……不是通过奇迹般的行为……

兰登边听边看。屏幕上单词跟音乐的结合让他莫名地感到心神不宁。音乐显然是宗教音乐，但文字却不是。

有机生物……最强者生……最弱者死……

兰登突然停下脚步。

我知道这段音乐！

几年前埃德蒙曾带兰登去看过一场名叫《查尔斯·达尔文弥撒曲》的演出。这是一首基督教风格的弥撒曲，作曲家摒弃了传统的宗教拉丁文字，从查尔斯·达尔文的《物种起源》中摘录了一些内容取而代之，其目的是用敬畏神灵的声音唱出物竞天择的残酷性，进而营造出一种强烈的违和感。

"奇怪，"兰登嘀咕道，"我和埃德蒙不久前一起听过这段音乐——他很喜欢。在这儿又听到它，真是巧合。"

"不是巧合。"头顶上的扬声器里传来一个熟悉的声音，"埃德蒙教导我，迎接来访的客人时要放点儿音乐供客人欣赏，要给客人看些有趣的东西以供谈资。"

兰登和安布拉抬头看着扬声器简直不敢相信自己的耳朵。欢迎他们的爽朗声音显然是英国腔。

"很高兴你们能找到这里。"非常熟悉的合成音说道，"我没办法联系你们。"

"温斯顿！"兰登惊呼道。能重新联系上一台机器，居然使他有如释重负的感觉，这让他很是惊讶。他和安布拉很快把事情的经过对温斯顿讲了一遍。

"很高兴听到你们的声音。"温斯顿说，"告诉我，东西找到了吗？"

第 84 章

"威廉·布莱克。"兰登说，"黑暗宗教就要离场，甜美科学即将为王。"

温斯顿只停顿了一眨眼的工夫。"这是布莱克史诗《四天神》的最后一行。我必须承认这种选择真是天衣无缝。"他又停顿了一下,"不过,需要四十七个字母……"

"'和'字符。"兰登马上解释说,这是埃德蒙采用 et 连句的小把戏。

"埃德蒙的惯用伎俩。"合成音笨拙地咯咯笑道。

"这么说温斯顿,"安布拉迫不及待地说,"既然你知道埃德蒙的密码,你能把演讲的剩余部分播出去吗?"

"当然可以。"温斯顿毫不含糊地回答道,"我需要你们替我手动输入密码。因为埃德蒙设置了防火墙,所以我没办法直接访问。不过我可以带你们去他的实验室,告诉你们在哪里输入密码。这样我们用不了十分钟,就能把他的演讲全部播出去了。"

兰登和安布拉互相看了一眼,温斯顿突然满口应承,这让他们有点儿猝不及防。今晚他们经历了太多的磨难,最后的胜利似乎来得平淡了些。

"罗伯特,"安布拉把手放在他肩上悄悄地说,"这都是你的功劳,谢谢。"

"共同努力的结果。"他微笑着回答道。

"我能不能建议,"温斯顿说,"我们马上去埃德蒙的实验室?在大厅里你们太显眼了。我看过最新报道,说你们已经到这儿附近了。"

他这么说兰登一点儿也不惊讶。一架军用直升机突然降落在一个大都会公园,势必引起人们的注意。

"告诉我们该怎么走。"安布拉说。

"在立柱中间走。"温斯顿回答道,"听我的指令。"

大厅里的音乐戛然而止,等离子显示器暗了下来。从大门口传来自动控制的固定栓锁死大门的一连串"咯噔"声。

兰登心想,埃德蒙八成把这座大楼变成了堡垒。他通过大厅厚厚的窗户偷偷扫了一眼,发现教堂周围的树丛中一个人影都没有,心里踏实了。这里起码暂时变成了堡垒。

他回头去看安布拉时，发现大厅的尽头有一盏灯在闪烁，照亮了两个立柱之间的一扇门。他们进去后来到了一条长长的走廊。走廊的尽头有更多的灯在闪烁着给他们引路。

兰登和安布拉一边沿着长廊走一边听温斯顿说道："我觉得为了获得最大曝光率，我们需要马上向全世界发布新闻，就说已故的埃德蒙·基尔希的演讲即将上线。如果我们让媒体有个额外的窗口来宣传此事，那会大大增加埃德蒙演讲的收视率。"

"这想法倒挺有意思嘛！"安布拉加快速度大踏步往前走着，"不过，你觉得我们该等多久？我可不想冒什么险。"

"十七分钟。"温斯顿回答道，"也就是把播放放在最佳时间——这里虽然是三点，但在美国是黄金时段。"

"太棒了！"她回答道。

"很好。"温斯顿说，"媒体发布马上进行，十七分钟后播放演讲。"

兰登的思想勉强跟上了温斯顿连珠炮似的计划。

安布拉在前面带路。她边走边问："今晚这里有多少工作人员？"

"一个都没有。"温斯顿回答道，"埃德蒙非常注意安全。这里根本没有工作人员。所有的计算机网络，还有照明、空调和安全全由我负责。埃德蒙开玩笑说，在这个住宅'智能化'的时代，他是第一个把一座教堂智能化的。"

兰登心不在焉地听着温斯顿说话，他对即将采取的行动突然担心起来。"温斯顿，你真的认为，现在是播出埃德蒙演讲的最佳时机吗？"

安布拉突然停下看着他说道："罗伯特，那还用说！我们到这儿来就是为了这个！全世界都在等着看呢！我们还不知道是否会遭人阻止。所以我们必须现在就做，否则就来不及了！"

"我同意。"温斯顿说，"从严格的统计学观点来看，这事正在接近饱和点。用传媒数据的兆字节去衡量埃德蒙·基尔希的发现，这无疑是十年来最大的新闻之一。考虑到十年来网络社区的发展呈指数级增长,这一点不足为奇。"

"罗伯特,"安布拉盯着兰登的眼睛,"你在担心什么?"

兰登犹豫着,想找出突然拿不定主意的原因。"我在为埃德蒙担心。今晚所有的阴谋——刺杀、绑架、王室密谋——都会不同程度地让他的科学研究失色不少。"

"教授,话虽这么说,"温斯顿突然插嘴说道,"但我认为您忽视了一个重要事实:正是因为这些阴谋,使全世界的观众都在关注此事。今晚早些时候,埃德蒙在网上直播时,有三百八十万人在观看。但现在,发生了这么多重大变故之后,我估计差不多会有两亿人通过在线新闻报道、社交媒体、电视和无线电广播在关注事态的后续发展。"

兰登想起曾经有两亿多人观看世界杯决赛。在半个世纪前没有互联网的时代,曾经有五亿人观看人类第一次登月。那时电视还远没在全球范围内普及。但温斯顿说的这个数字,还是让兰登大吃一惊。

"教授,在学术界您可能看不到这样的场面。"温斯顿说,"不过世界上的其他领域已经变成了现实版的电视秀。具有讽刺意味的是今天有人想让埃德蒙沉默,结果却适得其反。埃德蒙现在拥有有史以来任何科学声明不曾有过的最大观众群体。这让我想起了梵蒂冈公开谴责您的大作《基督教与神圣女性》,结果您的书马上成了畅销书。"

是差一点儿成了畅销书!兰登心想。他认可温斯顿的观点。

"最大限度地提高收视率一直是埃德蒙今晚的一个主要目标。"温斯顿说。

"他说得没错。"安布拉看着兰登说,"我和埃德蒙在筹划古根海姆博物馆的现场直播时,他一直痴迷于有越来越多的观众参与,痴迷于尽可能博取更多的关注。"

"我说过,"温斯顿强调,"我们正在接近媒体饱和的程度,把他的发现告诉全世界没有比现在的时机更好的了。"

"我懂了。"兰登说,"告诉我们该怎么办。"

两人继续沿着走廊走,一个意想不到的障碍物出现在他们跟前。那是一副梯子,别扭地支在走廊上,好像是用来画画的。如果不挪开它,人就不可能继续往前走,或者干脆就从它下面钻过去。

"这副梯子,"兰登说,"我能把它放倒吗?"

"不要!"温斯顿说,"这是埃德蒙很久以前故意放在那儿的。"

"为什么?"安布拉问道。

"你可能知道埃德蒙藐视一切形式的迷信。每天来上班的时候,他故意从这副梯子下面钻过去——一种冲着神灵用拇指抹鼻子,以示藐视的方式。另外如果有什么访客或技术人员拒绝从梯子下面过去,埃德蒙就会把他们踢出去。"

听上去总是那么有道理。兰登微笑着心想,这让他回想起曾因"敲击木头"祈求好运而被埃德蒙公开批评的事。罗伯特,除非你是生活在壁橱里的德鲁伊教徒,仍然需要敲打树干才能把他们唤醒,否则就请把这种无知的迷信留在它所属的过去吧!

安布拉继续往前走,俯下身子从梯子下面过去。兰登虽然感觉瘆得慌,但还是跟着做了。

他们走到走廊尽头时,温斯顿指引两人拐个弯来到一扇巨大的安全门前。安全门上有两个摄像头和一个生物识别扫描仪。

门上方挂着一个手工制作的门牌:13号。

兰登看着这个不吉利的数字。埃德蒙又一次在亵渎神灵。

"这是他的实验室的入口。"温斯顿说,"除了埃德蒙雇用的那些帮他建实验室的技术人员以外,他很少让人进去。"

说完,随着一阵巨大的嗡嗡声安全门打开了。安布拉赶紧抓住把手用力推开门。她跨过门槛只走了一步,便立刻停了下来,捂住倒吸冷气的嘴。兰登在她身后朝教堂中殿看去,马上明白她为什么有这种反应了。

教堂宽敞的大厅被一个巨大的玻璃箱占据了。兰登从来没有见过这么大的玻璃箱。透明的玻璃箱占据了整个中殿,而且直抵教堂两层楼高的天花板。

玻璃箱似乎被分隔成上下两层。

兰登在一楼看到数百个似冰箱大小的铁柜，像教堂里面对祭坛摆放的长椅一样排成几排。铁柜都没有门，里面的东西看得一清二楚。令人难以置信的是，亮红色的电线组成的异常复杂的矩阵从由连接点组成的密集网格上耷拉下来，一直垂到地板上。在地上，这些电线又被捆在一起，扎成像绳索一样粗壮的组合线束。组合线束又将机器连接起来，整个场面看上去就像静脉组成的网络。

乱而有序！兰登心想。

"在一楼，"温斯顿说，"你可以看到著名的'地中海'①超级计算机——世界上运行速度最快的机器之一，通过无线宽带FDR10网络连接四万八千八百九十六个英特尔芯片。埃德蒙搬进来的时候，'地中海'就已经有了。他不但没有拆除它，相反对它予以收编，进行了扩展……升级。"

兰登现在看清楚了，"地中海"的所有线束最后在玻璃房的中央合并到一起，形成了一条很粗的管线。这条管线像一条粗壮的葡萄藤垂直爬到一楼的天花板上。

兰登的目光上移到巨大的长方形玻璃房的二楼，那里是一幅完全不同的景象。在二楼中央一个凸起的平台上矗立着一个十英尺见方的巨大蓝灰色金属立方体，没有电缆，没有闪烁的灯光，也没有任何提示，其实它就是温斯顿用晦涩难懂的术语进行描述的那台尖端计算机。

"量子位替代二进制……状态叠加……量子算法……纠缠和隧道效应……"

兰登现在终于明白了他跟埃德蒙在一起为什么只谈艺术而不谈计算机了。

"每秒产生数十亿的浮点运算。"温斯顿最后说道，"将这两台机

---

① "地中海"一词的原文为MareNostrum，源于拉丁语，意为"我们的海"，自罗马帝国时期开始，意指"地中海"。这里指巴塞罗那超级计算中心的主机名称。

器融合在一起就成了世界上最强大的超级计算机。"

"我的上帝呀!"安布拉悄悄说。

"埃德蒙的上帝。"温斯顿纠正她的话。

第 85 章

🌐 解密网

突发新闻

埃德蒙的发现几分钟后上线

没错,真的要上线了!

埃德蒙·基尔希阵营刚刚发出的一份新闻稿证实,在这位未来学家被暗杀后,一直备受期待却未能告白于天下的科学发现,将在黄金时段(巴塞罗那当地时间凌晨三点)向全世界播出。

据报道,观众人数将会直线飙升,全球在线人数之多将创纪录。

相关消息称,刚刚有人发现罗伯特·兰登和安布拉·维达尔进入了巴塞罗那超级计算中心所在地托雷－赫罗纳教堂。据说,埃德蒙·基尔希已经在此工作了几年。不过埃德蒙的演讲是否在这儿播出,解密网目前无法证实。

敬请关注埃德蒙的演讲,现场直播,尽在解密网!

第 86 章

胡利安王子跨过铁门走进山洞时,他隐约感到一种永远都无法摆脱的不安全感。

英灵谷。我到这儿来干吗?

铁门里面又冷又黑,只有两支手电筒在照明。空气中弥漫着石头散发出的潮气。

一个身着制服的男子站在他们面前,双手颤颤巍巍地拿着一串叮当作响的钥匙。这位掌管国家遗产的官员似乎有些诚惶诚恐,对此胡利安一点儿都不奇怪。父王在这里。毫无疑问,这位可怜的官员是在深更半夜被召来专门为国王打开佛朗哥圣山的。

在黑咕隆咚的山洞里,六名皇家特工紧随其后。这时一名特工快步走上前来。"胡利安王子、巴尔德斯皮诺主教,我们正在等你们。这边请。"

皇家特工将他俩带到一扇巨大的铸铁门前。大门上雕刻着一个瘆人的佛朗哥主义标志——一只与纳粹标志相似的凶猛的双头鹰。

"陛下在甬道的尽头。"特工说着示意他们穿过大门。大门没有上锁,半掩着。

胡利安和主教不解地交换了眼神,走进大门。大门两侧是一对令人毛骨悚然的金属雕塑——两个死亡天使,手持形同十字架的利剑。

又是佛朗哥宗教军事化的象征!胡利安心里嘀咕着随主教在山洞里开始长距离跋涉。

眼前的这条地道装饰得跟马德里皇宫的舞厅一样讲究。锃亮的黑色大理石地面,高耸的方格天花板,华丽的长廊两侧墙上摆放着一望无尽、形同火炬的烛台。

但是今晚,长廊中的光源显得更加夺目。无数只火盆——耀眼的火碗布置得跟机场的跑道灯一样——把整个长廊变成了橘红色。按照王室的规矩,每逢重大场合才能点燃火盆。国王深夜驾临,显然意义非凡,所以才点燃了所有的火盆。

跳跃的火光反射到抛光地面上,让整个长廊笼罩在一种近乎超自然的氛围中。胡利安能够感受到那些悲伤的幽灵,他们生前在这座冰冷的山里数年如一日忍饥受冻,挥着铁镐和铁锹开凿了这条地下长廊。许多人被折磨死后便深埋在了这座山里。而这一切,都是为了佛朗哥的荣耀。

儿子,瞧仔细了。父亲曾告诫过他。早晚有一天,你会把这里拆了。

胡利安心里清楚,身为国王的父亲没有权力拆掉这座雄伟的建筑。但他不得不承认,西班牙人民居然眼睁睁地看着它建起来,尤其是在西班牙迫切希望摆脱黑暗的过去,向新世界挺进的时候,这座建筑仍然能矗立在这里,这真的让他感到震惊。不过话说回来,仍然还是有人希望重回老路,每逢佛朗哥的祭日,成百上千老态龙钟的佛朗哥分子仍会拥到这里来祭拜他。

"胡利安殿下,"一行人沿着长廊往里走时,主教悄声说道,免得别人听见,"你知道你父亲为什么把我们召到这里来吗?"

胡利安摇了摇头。"我还希望你知道呢。"

巴尔德斯皮诺长长叹了一口气。"我也不知道。"

胡利安心想,如果主教都不知道父王的心思,那就没人知道了。

"我只希望他没事。"主教说,口气温柔得让人吃惊,"最近他的一些决定……"

"你是说他本该躺在病床上,却跑到山里来召见我们?"

巴尔德斯皮诺微微一笑。"是的。"

胡利安很纳闷,父亲的贴身侍卫为什么没有阻止奄奄一息的父亲离开医院来到这个不祥之地。不过话说回来,皇家卫队所接受的训练就是绝对服从命令,尤其是三军总司令下达的命令。

"我已经有好几年没在这里祷告了。"巴尔德斯皮诺看着灯火通明的长廊说。

胡利安知道他们走的这条长廊,不仅是进山的通道,还是官方批准的天主教堂的中殿。抬头往前看,能够看到一排排的靠背长椅。

神秘的殿堂[①]。胡利安小时候是这样叫它的。

地道尽头的这座镀金圣殿是从花岗岩山脉中开凿出来的巨大洞

[①] 原文为西班牙语。

穴，一个拥有宽大穹顶、令人叹为观止的地下教堂。据传这座地下陵墓的总建筑面积比圣彼得大教堂还大。主祭坛位于山顶十字架的正下方，周围有六个独立的小礼拜堂。

他们走近主殿时，胡利安往四周看了一眼，看看父亲在不在。但教堂里空无一人。

"他在哪里？"主教问道，声音听上去有些担忧。

胡利安现在也跟主教一样担心起来。他担心皇家卫队把父亲独自扔在这荒无人烟的地方。王子快步朝前走去，仔细看了看主殿的一个耳堂，又看了看另一个耳堂。连个人影都没有。他又一路小跑绕过祭坛，来到后殿。

胡利安就是在这里，在山的最深处，终于看到了父亲，他停下了脚步。

西班牙国王身上盖着厚厚的毛毯，孤零零一个人，有气无力地坐在轮椅上。

第 87 章

在这座废弃教堂的大殿里，兰登和安布拉遵从温斯顿的指令，绕着两层楼高的超级计算机转了一圈。透过厚重的玻璃他们听到里面庞大的机器发出振颤的嗡嗡声。兰登有一种异样的感觉，仿佛眼前这个笼子里关着一头野兽。

据温斯顿说，噪声不是电子元器件发出的，而是为防止机器过热，由离心鼓风机、散热系统和液体冷却泵组成的庞大机体发出的。

"里面震耳欲聋，"温斯顿说，"而且温度特别低。好在埃德蒙的实验室在二楼。"

前方紧贴着玻璃箱的外墙边，一架独立旋梯拔地而起。兰登和安布拉遵照温斯顿的指令爬上楼梯，来到一个金属平台上的一扇玻璃转门前。

兰登感到有趣的是，埃德蒙实验室的这个富有未来主义色彩的入口，竟然装饰得犹如市郊别院的门口——迎宾垫、塑料盆栽植物、换拖鞋的小凳子……一应俱全。凳子下面还摆着一双室内拖鞋。兰登觉得这双拖鞋肯定是埃德蒙的。

门的上方挂着一个小牌子，上面写道：

> 成功是一个人
> 从失败走向失败
> 而不丧失激情的能力。
> ——温斯顿·丘吉尔

"又是丘吉尔。"兰登指着小牌子对安布拉说。

"这是埃德蒙最喜欢的一句名言。"温斯顿说，"他说这句名言准确描述了计算机最强大的力量。"

"计算机？"安布拉问。

"是的，计算机是永不停息的。我可以失败数十亿次而不流露任何沮丧的痕迹。为了解决一个问题，我可以投入跟第一次同样的精力再尝试十亿次。人类则做不到。"

"千真万确。"兰登坦承道，"我一般会在尝试一百万次后就放弃了。"

安布拉笑了笑朝门口走去。

"里面是玻璃地板，"转门自动开启时，温斯顿说道，"所以请你们脱掉鞋子。"

几秒钟后，安布拉就踢掉了自己的鞋子，赤着脚走进旋转门。兰登也跟着踢掉鞋子。就在他准备赤脚走进去的时候，他注意到迎宾垫上印着一句与众不同的话：

根本不存在像 127.0.0.1 这样的地方

"温斯顿,这垫子?我不明……"

"本地主机。"温斯顿回答。

兰登又看了一遍垫子上的字。"明白了。"他说。其实他根本没有明白,但还是继续走过旋转门。

兰登一踏上玻璃地板,便心慌地感到腿软。穿着袜子站在透明的玻璃板上已经够让人紧张的了,现在又突然站在"地中海"超级计算机跟前往卜观望,这让他更加不安。站在楼上观看下面气势恢宏的支架方阵,让兰登想起了中国西安著名的大坑——人从高处观看下面的兵马俑方阵。

兰登深吸了一口气,抬头仰望着眼前诡异的玻璃房。

埃德蒙的实验室是个透明的长方体,里面是一个他先前见过的蓝灰色的金属立方体,立方体亮泽的表面将周围的一切映射得一清二楚。在玻璃房的一端,立方体的右边,是井然有序的办公区,一张半圆形的桌子上摆放着三台巨大的液晶显示屏,还有嵌入花岗岩桌面的各种键盘。

"指挥中心。"安布拉低声说。

兰登点点头朝玻璃房的另一端看了一眼。玻璃房另一端的地上铺着一块东方式地毯。地毯上有几把扶手椅、一条长沙发,还有一辆健身自行车。

不愧是超级计算人的洞窟!兰登心想。他不相信埃德蒙在研究项目时会整天待在这个玻璃房里。待在这里他能发现什么呢?兰登最初的疑虑已经消失殆尽,现在只觉得自己的好奇心和求知欲在不断增长——他很想知道在这里究竟能揭开什么秘密?一个天才的大脑和超强的计算机合作能揭开什么秘密?

安布拉蹑手蹑脚地走过玻璃地板,来到巨大的立方体跟前,茫然注视着锃亮的蓝灰色立方体。兰登跟了过去。两人的影子都出现在锃亮的立方体表面上。

这是计算机?兰登感到纳闷。与楼下的机器不同,这是一个死寂的——一动不动、死气沉沉——金属庞然大物。这台机器的蓝灰色让兰登想起了二十世纪九十年代一个名叫"深蓝"的超级计算机。"深蓝"因击败了世界象棋冠军加里·卡斯帕罗夫而震惊世界。从那时起，计算技术的发展几乎到了不可思议的地步。

"你们想到里面去看看吗？"温斯顿通过头顶上的一组扬声器问道。

安布拉吓了一跳，抬头看了看。"到立方体里面去看看？"

"为什么不可以呢？"温斯顿回答，"让你们看一看这台计算机的内在运作原理，埃德蒙会感到很自豪的。"

"不必啦！"安布拉说，转身去看埃德蒙的办公区，"我只想输入密码。我们该怎么做？"

"输入密码只需要几秒钟的工夫。播放演讲前，我们还有十几分钟的时间。到里面去看看吧。"

在他们面前，立方体面朝埃德蒙办公区一侧的一块护墙板开始滑开，露出一块厚厚的玻璃板。兰登和安布拉绕过玻璃板把脸贴在透明的大门上。

兰登本以为会再看到密集捆扎在一起的电缆和闪烁的指示灯，但他什么也没看到。让他困惑不解的是立方体的内部黑咕隆咚，空无一物，跟一个空荡荡的小房间没什么两样。里面唯一的东西似乎就是空气中弥漫的团团白雾，这个房间就像一间步入式冷藏室一样，厚厚的有机玻璃板散发出超常的冷气。

"这里什么也没有啊！"安布拉说。

兰登虽然也没看到什么，但他能够感觉到低沉的脉冲声从立方体内不断传导出来。

"这种缓慢的脉冲声，"温斯顿说，"来自脉冲管稀释制冷系统，听上去就像人的心跳一样。"

没错，是这样。兰登心想，但这种比喻让他心里很不舒服。

慢慢地里面的红色灯光开始照亮立方体的内部。兰登起初只看到白雾和光秃秃的地板——一个空荡荡的正方形房间。后来随着光线越来越亮,地板上方的空中有什么东西在闪烁。他这才意识到那是一个异常复杂的金属圆筒,像钟乳石一样从天花板上垂下来。

"这,"温斯顿说,"就是立方体内必须保持低温的原因。"

从天花板上垂下来的圆柱体装置,长约五英尺,由七个水平环组成。水平环的直径自上而下递减,形成一个由细长垂直杆连接、水平环层叠在一起且逐渐变窄的圆柱。铮亮的金属盘之间稀疏地缠绕着精密的电线。整个设备周围环绕着一层冰冷的雾气。

"E 波。"温斯顿说道,"量子跃迁①——请原谅我使用双关语——超越美国宇航局和谷歌的 D 波。"

温斯顿解释说,D 波——世界上第一台简易"量子计算机"——开启了提升计算能力的美妙新世界,而科学家们仍在努力去理解这种计算能力。量子计算采用的不是存储信息的二进制方法,而是亚原子粒子的量子状态,从而导致在速度、功率和灵活性上的指数性飞跃。

"埃德蒙的量子计算机,"温斯顿说,"从构造上看与 D 波没有什么不同。差别在于围绕计算机的金属立方体。这个立方体涂了一层锇——一种罕见的、超高密度的化学元素。这种元素可以增强磁、热和量子屏蔽,而且还满足了埃德蒙追求戏剧效果的癖好。不过,我对此持怀疑态度。"

兰登笑了笑,他有同感。

"在过去的几年中,谷歌的量子人工智能实验室为了提高机器的学习能力,便使用了 D 波量子计算机。当时埃德蒙就已经用这台机器悄悄超越了所有人。他只用了一个大胆的设想……"温斯顿停顿了一下,"两院制。"

兰登皱起了眉头。议会的两院?

"两个半球的大脑,"温斯顿接着说道,"左半球和右半球。"

---

① 在激光技术领域,quantum leap 意为"量子跃迁",一般也可以喻指"巨大突破",所以温斯顿说"请原谅我使用双关语"。

两院制大脑！兰登总算明白了。导致人类如此具有创造力的一个因素就是，人类大脑两个半球发挥的作用大不相同。左脑主管分析和语言，右脑主管直觉和想象。

"埃德蒙的绝招就是，"温斯顿说，"创造一个能够模仿人脑的人造大脑，也就是说把人造大脑切分成左右两个半球。不过在这间实验室里，这种人造大脑的构造更像是楼上和楼下的格局。"

兰登后退了几步，透过地板仔细看了一眼楼下嗡嗡作响的机器，然后目光又回到楼上，盯着立方体里安静的"钟乳石"看。两台截然不同的机器融为一体——两院制大脑。

"如果让两台机器独立运算，"温斯顿说，"那么同样的问题它们会用不同的方法去解决，由此体验人脑脑叶间发生的冲突和妥协，从而大大提高人工智能的学习能力和创造力，还有，从某种意义说……人性。就我来说，埃德蒙给了我自学人性的工具，让我自己去观察周围的世界，模拟人类的各种特征——幽默、合作、价值观，甚至伦理观。"

真是难以置信！兰登心想。"这么说，这台双机其实就是……你？"

温斯顿哈哈大笑起来。"得啦！如果您的大脑就是您，那这台机器就是我啦。如果在洗脸盆里看到自己的脑袋，您不会说'这玩意儿就是我'。我们是这台机器内部各个元器件之间互动的总和。"

"温斯顿，"安布拉打断他的话，朝埃德蒙的办公区走去，"离播放还有多长时间？"

"5分43秒。"温斯顿回答道，"咱们现在就准备？"

"好的，请吧。"她说。

观察窗的遮屏板慢慢地滑回原位，兰登转身跟着安布拉来到埃德蒙的办公区。

"温斯顿，"安布拉说，"你整天跟埃德蒙在一起，可你根本不知道他的发现是什么这倒让我很吃惊。"

"再说一遍，维达尔女士，我的信息是条块化的。我掌握的数据您也有。"他回答道，"我只能凭经验去猜测。"

"那么他的发现会是什么呢？"安布拉环视着埃德蒙的办公区问道。

"呃，埃德蒙曾说他的发现将'改变一切'。凭我的经验，历史上最具革命性的发现都导致了宇宙模式的改变。毕达哥拉斯否定地平说、哥白尼的日心说、达尔文的进化论、爱因斯坦的相对论，这一切突破彻底改变了人类对世界的看法，更新了我们现在对宇宙的认知模式。"

兰登抬头看了一眼头顶上的扬声器。"所以你就认为埃德蒙发现的东西会意味着宇宙的一种新模式？"

"这是逻辑推理。"温斯顿回答道，语速加快了，"'地中海'是地球上最出色的'仿真'计算机之一，专门从事复杂的仿真工作。它最有名的仿真技术就是'红奥亚'①——一个功能完善的虚拟人体心脏，精确度达到细胞水平。当然，最近增加了量子元件之后这台设备可以模拟复杂性超过人体器官几百万倍的系统。"

这个原理兰登懂，但他仍然想象不出埃德蒙该仿真什么才能回答"我们从哪里来？我们要往哪里去？"的问题。

"温斯顿！"安布拉在埃德蒙的办公桌旁叫道，"我们怎么才能把这玩意儿打开呢？"

"我可以帮你呀。"温斯顿回答道。

兰登来到安布拉身边时，桌上三台巨大的液晶显示器亮了起来。显示器上的图像生成后，两人看了都惊讶地往后退了几步。

"温斯顿⋯⋯这画面是实时的？"安布拉问。

"是的，室外摄像机的实时监控。我原以为你们是知道的。几秒钟前他们就已经到达了。"

显示器上显示出教堂大门的鱼眼图。大门口聚集着一小队警察。他们先是按了按门铃，紧接着推了推大门，然后对着无线电讲了

---

① "红奥亚"（Alya Red），巴塞罗那超级计算中心的一个人体心脏仿真项目。Alya 一词大概源于希伯来语，意为"提升"。

起来。

"别担心!"温斯顿向他俩保证,"他们永远进不来的。还有不到四分钟我们就开始播放了。"

"我们应该现在就播放。"安布拉催促道。

温斯顿沉着地回答道:"我相信埃德蒙会希望我们按照承诺等到黄金时段播放。他是个守信的人。再说我正在密切关注全球观众对这件事的参与度,我们的观众人数还在不断增加。以目前的速度,四分钟后我们的观众人数将增加12.7%,而且我估计增加的速度会达到峰值。"温斯顿停顿了一下,声音听上去近乎惊喜,"尽管今晚发生了这么多不愉快的事,但我不得不说播放埃德蒙演讲的时机把握得非常好。我觉得他会对你们两位感激不尽的。"

第88章

不到四分钟。兰登琢磨着坐进埃德蒙的网眼办公椅,同时把目光转移到房间这头的三台巨大液晶屏上。屏幕上仍在显示实时监控画面。从画面上可以看到教堂周围的警察越聚越多。

"你肯定他们进不来?"安布拉追问道,焦急地在兰登身后踱步。

"相信我。"温斯顿说,"埃德蒙很注重安全问题。"

"如果他们切断整幢大楼的电源呢?"兰登说道。

"独立供电。"温斯顿直截了当地回答,"备用地线。没有人能干扰到这种程度。我向你们保证。"

兰登只好听任温斯顿指挥。今晚温斯顿在所有问题上都是对的……而且他一直都在支持我们。

兰登在马蹄形办公桌的中央坐定之后,把注意力转向眼前与众不同的键盘上。这个键盘上按键的数量至少是普通键盘按键的两倍——在传统字母数字的基础上又增加了许多连他都不认识的符号。键盘从中间一分为二，根据人体工程学，键盘的两半彼此呈一定角度分开。

"不教我一下怎么用吗？"兰登看着眼花缭乱的按键说道。

"你搞错键盘了。"温斯顿说，"这是 E 波的主接口。我前面提过，埃德蒙把这次的演讲视频藏得很严密，任何人都看不到，包括我在内。必须用另一台机器播放演讲视频。转到您的右边。在最头上。"

兰登扫了一眼自己的右边，有五六台独立式计算机在桌子上整齐地一字排开。他坐在转椅上朝这些机器滑过去的时候，惊讶地发现头几台机器已经很陈旧，也已经过时了。不可思议的是，越往桌子的远端滑过去，机器看上去似乎越陈旧。

不对吧！他从一台貌似很笨重、还使用 DOS 系统① 的米黄色 IBM 前滑过去时心想。这台电脑肯定有几十年历史了。"温斯顿，这是些什么机器？"

"埃德蒙小时候用的电脑。"温斯顿说，"他留着这些古董是想时刻提醒自己不要忘本。碰到难熬的时刻，他就会启动这些古董，运行一下旧程序，重新寻找儿时编程带给他的那种奇妙感。"

"这主意我喜欢。"兰登说。

"就像您的米老鼠手表。"温斯顿说。

兰登吓了一跳，低头拉起自己外套的袖子，露出他那块老掉牙的手表。自从小时候别人送给他这块手表后，他就一直戴着它。兰登回想起，他最近曾告诉过埃德蒙，他之所以戴这块表是提醒自己要保持心态年轻。温斯顿居然也知道手表的事，这真令他刮目相看。

"罗伯特，"安布拉说，"先别管你的时尚品位啦。我们能不能先把密码输进去？你的老鼠都在向你招手让你集中精力呢。"

果然手表上米奇戴着手套的手高高举过头顶，食指向上抬起，差

---

① DOS 系统，磁盘操作系统（Disc Operating System）的首字母缩写。

不多已经垂直了。距离黄金时段还有三分钟。

兰登迅速沿着办公桌滑动，安布拉跟着他走到最后一台电脑前。这是一台需要插软盘的蘑菇色笨重台式机，配套的还有一部 1200 波特的电话调制解调器，一台十二英寸的凸面显示器。

"坦迪 TRS-80[①]，"温斯顿说，"埃德蒙的第一台电脑。他买的是二手货，用它来自学 BASIC[②] 语言，当时他只有八岁。"

兰登高兴地看到这台电脑尽管已是销声匿迹的老古董，但此时已经打开，正在运行。黑白显示器上锯齿状的点阵字体一闪一闪地打出一条信息，让人信心倍增。

欢迎，埃德蒙。
请输入密码：

在"密码"二字之后，一个黑色的光标充满期待地眨巴着眼睛。

"就这样？"兰登觉得似乎过于简单了，于是问道，"我只要在这里输入密码就行了？"

"没错。"温斯顿说，"只要您输入密码，这台电脑会把'解锁'验证码发送到主机里存放埃德蒙演讲视频的封闭分区。然后，我就可以接入，负责数据馈送，与黄金时段进行匹配，并将数据发送给全球所有主要的分配线路。"

兰登大体上听懂了温斯顿的解释，但看着笨重的电脑和电话调制解调器他仍感到困惑。"温斯顿，了解了埃德蒙今晚的所有计划后我还是不明白，为什么他把演讲视频完全交给一个老掉牙的电话调制解调器呢？"

"我会说埃德蒙就是埃德蒙。"温斯顿说，"如您所知，他酷爱戏剧、象征艺术和历史。所以我猜启动他有生以来的第一台电脑，用它

[①] 美国坦迪（Tandy）公司 1977 年推出的一款电脑。
[②] BASIC, 全称 Beginner's All-purpose Symbolic Instruction Code（初学者通用符号指令码），为一种计算机语言。

来发送他生命中最伟大的作品，肯定会给他带来莫大的喜悦。"

说得好！兰登心想，埃德蒙肯定就是这么想的。

"再说，"温斯顿说，"我想，埃德蒙也可能是为了防止意外吧。不过不管是哪种情况，使用一个老掉牙的计算机去'打开开关'，有其必然的逻辑。简单的任务需要简单的工具。为了确保安全，使用速度慢的处理器会让那些攻击系统的黑客耗费很长的时间。"

"罗伯特？"安布拉在他身后捏了一下他的肩膀督促他快点。

"哦，对不起，都搞定了。"兰登把坦迪键盘朝自己拉近了一点儿。紧紧卷在一起的电缆线拉直之后，那样子就像是老式转盘电话的电话线一样。他把手指放在塑料按键上，把他和安布拉在圣家族大教堂地下墓室里发现的那行手写文字在脑子里过了一遍。

黑暗宗教就要离场，甜美科学即将为王。

用威廉·布莱克史诗《四天神》的最后一行诗去打开埃德蒙最后的科学发现——一个他自称会改变一切的发现，似乎再完美不过了。

兰登深吸了一口气，小心翼翼地把诗行输了进去，词与词之间没有留空格，并把"和"字符换成连字 et。

输完之后，他抬头看了看显示屏。

请输入密码：
∙∙∙

兰登数了数屏幕上的点数——四十七。

真是天衣无缝！管它是不是呢！

兰登跟安布拉交换了一下眼神，安布拉冲他点点头。他伸手按了回车键。

转眼间电脑发出沉闷的嗡嗡声。

密码错误。

再试一次。

兰登的心怦怦乱跳起来。

"安布拉——我输的没错啊！我敢肯定！"他转过身来抬头看着她，满以为会看到一张充满惊恐的脸。

相反，安布拉·维达尔面带调皮的笑容，低头看着他，摇了摇头哈哈笑了起来。

"教授！"她指着键盘悄悄说道，"你开着大写键呢。"

此时在山洞的最里面，胡利安王子一动不动地站在那里专注地看着，想弄明白眼前令人困惑的场面。在教堂最偏僻、最私密的地方，他的父亲，西班牙国王正坐在轮椅上一动也不动。

胡利安突然感到一阵恐惧，赶紧冲到父亲身边。"父王？"

国王慢慢睁开眼睛，显然刚才是在打盹。虚弱的国王故作轻松地笑了笑。"儿子，谢谢你能来。"他的声音极其低落。

胡利安在轮椅前蹲下身子，看到父亲还活着，心里如释重负。但看到在短短几天里，父亲的病体如此急剧恶化，他也感到震惊。"父王？您还好吗？"

国王耸了耸肩膀。"还不是老样子嘛！"他的回答仍不失幽默，"你好吗？你今天可是……惊心动魄啊。"

胡利安不知道该如何回答。"您在这里干什么？"

"哎呀！我在医院待烦了想出来透透气。"

"那好啊！可是……在这里？"胡利安知道父亲一直不喜欢把这座神殿与迫害和偏狭联系起来。

"陛下！"巴尔德斯皮诺叫了一声，气喘吁吁地绕过祭坛来到父子俩跟前，"这到底是怎么啦？"

国王冲他一生的挚友微微一笑。"安东尼奥，欢迎你。"

安东尼奥？胡利安王子从来没听父亲称呼过巴尔德斯皮诺主教的名字。在别人前面，他总是称呼主教"阁下"。

国王突然这么不拘礼节似乎让主教很不自在。"谢谢……您。"他结结巴巴地说,"您还好吧?"

"很好。"国王笑着回答道,"能有我在这个世界上最信任的两个人在身边,还能不好吗?"

巴尔德斯皮诺不自在地看了一眼胡利安,然后转身对国王说:"陛下,我已经按照您的吩咐把殿下带来了。要我回避吗?"

"不用,安东尼奥。"国王说,"这次是告解。所以我需要有神父在场。"

巴尔德斯皮诺摇了摇头。"我觉得王子并没有希望您为今晚的举动做出解释。我相信,他……"

"今晚的?"国王呵呵笑了起来,"不,安东尼奥,我准备向胡利安交待我隐瞒他一辈子的秘密。"

第89章

🌐 解密网

突发新闻

教堂遭到袭击!

不,不是遭到埃德蒙·基尔希的袭击,而是遭到西班牙警方的袭击!

此时此刻,巴塞罗那托雷–赫罗纳教堂遭到当地警方的突然袭击。据说,在教堂里的罗伯特·兰登和安布拉·维达尔正准备将万众期待的埃德蒙·基尔希的发现公开。此时距离播出时间只有几分钟。

倒计时已经开始!

第 90 章

兰登第二次尝试输入诗句后，老掉牙的电脑终于兴高采烈地"嗡嗡"做出了回应。看到这一幕安布拉·维达尔兴奋不已。

密码正确。

谢天谢地！她心想。这时兰登从办公桌前站起身来转身对着安布拉，安布拉立即伸出双臂紧紧搂住他，给了他一个深情的拥抱。埃德蒙会感激不尽的。

"2 分 33 秒。"温斯顿说道。

安布拉放开兰登。两人把目光转向头顶上的液晶显示屏。显示屏上出现了一个倒计时钟，她上次见到倒计时钟是在古根海姆博物馆。

距现场直播还有 2 分 33 秒
目前远程参与人数：227，257，914

超过了两亿人？安布拉惊呆了。显然她和兰登在巴塞罗那四处逃命时，全世界都注意到了。埃德蒙的关注人数已经达到了天文数字。

显示屏上，除倒计时钟以外，实时监控系统还在继续监视外面的动静。安布拉注意到外面的警察突然发生了变化。本来在砸门和用对讲机讲话的警察一个个停下手中的活，掏出手机低头看了起来。教堂外的庭院逐渐变成了被一个个手机亮光照得煞白而又急不可耐的人脸的海洋。

埃德蒙已经让整个世界戛然停止了。安布拉心想。她突然感觉自己负有一种责任感，因为全世界的人都在准备观看从这个玻璃房里播出去的演讲。我不知道胡利安是不是在看。她心想，紧接着又立马把他从脑海里抹去了。

"程序已经启动。"温斯顿说，"我觉得你们两位到实验室那边埃德蒙的会客区去看会更舒服一点儿。"

"谢谢你，温斯顿。"兰登说完便领着安布拉光脚走过光滑的玻璃地板，绕过蓝灰色金属立方体来到埃德蒙的会客区。

会客区的玻璃地板上铺着一块东方式的地毯，里面还有一些讲究的家具和健身自行车。

安布拉从踏上柔软的地毯后，整个人顿时觉得轻松了一些。她爬上长沙发，双脚蜷曲在身子下面，环顾四周去寻找埃德蒙的电视。"我们看哪儿？"

兰登显然没有听到她的话，而是走到房间的一个角落去看什么东西。但安布拉的问话马上得到了回应，房间的整面后墙从里面开始发光，然后从玻璃内投射出熟悉的影像来。

距现场直播还有 1 分 39 秒
目前远程参与人数：227，501，173

整面墙是显示屏？

安布拉目不转睛地盯着八英尺高的显示屏，这时教堂里的灯光逐渐暗了下来。为了埃德蒙的这场大型直播，温斯顿似乎要把他们安排得像在家里一样舒适。

在玻璃房十英尺开外的角落里，兰登一动不动地站在那里——吸引他的并不是巨大的电视墙，而是他刚刚发现的一个小物件。这东西就像博物馆里的展品摆放在一个精致的基座上。

那是一根试管，放在一个正面是玻璃的金属陈列柜里。试管是密封的，外面还贴有标签，里面装的是一种黑褐色的液体。刚开始兰登还以为这可能是埃德蒙之前服用的某种药剂。接下来他看了看标签上的名称。

不会吧！他自言自语。这东西怎么会在这里？！

世界上只有为数几个"出了名"的试管，但兰登知道这一个绝对当之无愧。我真不敢相信埃德蒙手里居然有一个！他准是神秘地花了大价钱买来的。就像他购买米拉之家里高更的那幅画一样。

兰登蹲了下来仔细去看这个有七十年历史的小玻璃瓶。虽然试管上的胶纸标签已经褪色、破损，但上面的两个名字仍然清晰可见：米勒-尤列。

兰登脑后的毛发都竖了起来，他赶紧把名字又看了一遍。

米勒-尤列。

我的天哪！……我们从哪里来？

在二十世纪五十年代，化学家斯坦利·米勒和哈罗德·尤列曾做过一个富有传奇色彩的科学实验，试图回答这个问题。虽然他们大胆的实验以失败告终，他们的努力却得到了全世界的赞誉。自那以后，他们的实验就被称为"米勒-尤列实验"。

兰登还记得在高中生物课上，自己如饥似渴地去了解两位科学家是如何试图重构地球产生的早期环境——一个炎热的行星，被没有生命且翻腾不息的海洋所覆盖，而海洋的主要成分则是沸腾的化学物质。

原生汤。

米勒和尤列复制了早期海洋和大气中存在的水、甲烷、氨和氢等化学物质，对这种化合物进行加热来模拟沸腾的海洋。然后他们用电荷模拟闪电对化合物进行电击。最后他们让化合物自然冷却，就像地球上的海洋冷却下来一样。

两位科学家的目的很简单，也很大胆——从没有生命的原始海洋中激发生命的火花。兰登心想，用科学手段去模拟"创世记"。

米勒和尤列对化合物进行了研究，希望能发现化学成分丰富的混合制剂会产生原始微生物——这个前所未有的过程就是所谓的"无生源说"。令人遗憾的是，他们这种用无生命的物质创造"生命"的尝试没有成功。他们没能创造出生命，倒是留下一大堆没有用的小玻璃瓶。这些小玻璃瓶现在就丢在加州大学圣地亚哥分校一个黑乎乎的壁柜里。

时至今日，神创论者还在拿米勒-尤列实验的失败例子去证明没有上帝之手，地球上就不可能有生命。

"三十秒。"头顶上响起了温斯顿洪亮的声音。

兰登站起身来，他盯着周围黑沉沉的教堂看时大脑还在飞转。几分钟前温斯顿曾说，科学的最大突破就是那些创造宇宙新"模式"的突破。他还说"地中海"就是专业从事计算机建模的——先模拟复杂的系统，然后看着这些系统运转。

米勒-尤列试验，兰登心想，是早期的一种建模……模拟原始地球上发生的复杂化学反应。

"罗伯特！"安布拉在房间另一边叫道，"马上开始啦。"

"马上过来。"他边回应边朝沙发走去。这时他突然产生了一个疑问，他可能窥见了埃德蒙研究的一部分。

就在兰登走过玻璃地板的时候，他想起了自己躺在古根海姆博物馆草坪上倾听埃德蒙震撼人心的开场白时的情景。埃德蒙说，今天晚上，让我们也像早年的探险家那样，抛开一切向无边无际的大海进发。宗教的时代行将终结，科学的黎明即将来临。试想一下，如果我们奇迹般地找到回答生命问题的答案，那将会怎么样。

兰登在安布拉身边刚坐下来，巨大的显示墙上就开始最后倒计时了。

安布拉盯着兰登看了半天。"罗伯特，你没事吧？"

兰登点点头。这时房间里响起了动人心扉的配乐声，在他们面前的幕墙上出现了埃德蒙五英尺高的脸庞。这位大名鼎鼎的未来学家看上去既消瘦又疲倦，但仍然满脸笑容地面对着观众。

"我们从哪里来？"他先提出问题。音乐渐渐停止，他说话的声音却越来越激昂："我们要往哪里去？"

安布拉抓起兰登的手焦急地握着。

"这两个问题是一个问题的两个方面,"埃德蒙说,"所以让我们从头、从一开始说起。"

埃德蒙幽默地点了点头,把手伸进口袋掏出一个小玻璃瓶——一个盛着黑色液体的小瓶子。瓶子标识上米勒和尤列的名字已经模糊不清。

兰登觉得自己的心跳在加快。

"我们的旅程始于很久以前……公元前四十亿年……在原生汤中漂泊。"

第 91 章

兰登在安布拉身边坐定后,看着玻璃幕墙上埃德蒙蜡黄的脸,心里一阵难过。他知道埃德蒙一直在默默地承受着不治之症的痛苦折磨。今晚这位未来学家的眼神中只有兴奋和喜悦。

"等一会儿我会再跟大家讲这个小瓶子。"埃德蒙拿起试管说道,"不过让我们先到原生汤中……去畅游一番。"

埃德蒙从屏幕上消失了。突然一道闪电划过,出现了翻腾不息的海洋。在疾风骤雨中,洋面上的火山岛熔岩喷涌而出,火山灰直冲大气层。

"这里是生命开始的地方吗?"埃德蒙的画外音问道,"化学物质在翻腾不息的大海中会自发产生反应吗?抑或那是太空飞来的陨石上的微生物?抑或是……上帝?遗憾的是我们无法穿越时空回到过去,去见证那一时刻。我们现在知道的是,生命首次出现的那一刻之后发生了什么。发生了进化。而我们已经习惯于把进化描绘成下面这副样子。"

此时屏幕上出现了人们熟悉的人类进化路线图——先是低头垂肩的原始类人猿,后面是一排身体越来越直立的原始人类,最后是一个完全直立、体毛完全脱落的人类。

"没错，人类是进化而来的。"埃德蒙说，"这是不争的科学事实，而且我们已经根据化石记录清晰地绘出了人类进化的路线图。但如果我们能倒过来看进化过程，那又会怎么样呢？"

突然埃德蒙的脸上开始生出毛发，蜕变成原始人。他的骨骼结构也开始发生变化，变得越来越像类人猿。紧接着蜕变过程加速到近乎令人眼花缭乱的程度，屏幕上转瞬即逝的是越来越古老的物种——狐猴、树懒、有袋目动物、鸭嘴兽、肺鱼。这些物种潜入水底后又突变为鳗鱼和鱼、凝胶状生物、浮游生物、变形虫，直到变成一个在显微镜下才能看清的细菌——一个在汪洋大海中游动的单细胞。

"生命最早的痕迹。"埃德蒙说，"我们的影片一直回放到胶片用完为止。我们不知道最早的生命形态是如何从没有生命的化学海洋中物化出来的。我们根本看不到整个进化过程最初的画面。"

T等于0！兰登自言自语道。他的脑子里回放着一部想象的影片，描写的是本来在不断扩张的宇宙，后来不断缩小到一个光点，而宇宙学家同样走进了死胡同。

"'第一因'，"埃德蒙说，"这是达尔文在描述'创造'这个捉摸不定的时刻所使用的术语。他证明了生命是不断进化的，但他没能解开进化过程是如何开始的这个谜。换句话说，达尔文的理论描述的是适者生存，而不是适者来临。"

兰登呵呵笑了起来，他可从来没听说过什么"适者来临"。

"那么生命是如何来到地球上的呢？换句话说，我们是从哪里来的呢？"埃德蒙微笑着说，"几分钟后我会告诉你这个问题的答案。但请相信我，这个问题的答案虽然振聋发聩，但只是今晚话题的一半。"他看着摄像机镜头，狡猾地咧嘴笑了笑。"事实证明，'我们从哪里来'这个问题令人着迷……不过'我们要往哪里去'这个问题，则令人震惊。"

安布拉和兰登疑惑地交换了一下眼神。虽然兰登意识到这是埃德蒙夸张的说法，但仍然让他越来越不安。

"生命的本源……"埃德蒙继续说道，"自从形形色色的神创论出现以来，就一直是一个难解之谜。几千年来，哲学家和科学家一直在寻找生命最初的某种印记。"

埃德蒙举起那支盛着混浊液体的试管。"在上世纪五十年代，两个探索者——化学家米勒和尤列——进行了一次大胆的尝试，希望能揭开生命是如何开始的这个谜。"

兰登俯下身子小声对安布拉说："那支试管就在那边。"他指了指角落里的陈列柜。

安布拉一脸的惊讶。"为什么埃德蒙会有？"

兰登耸了耸肩。从埃德蒙公寓里稀奇古怪的收藏品来看，这支小试管很可能只是他想占为己有的一段科学史而已。

随后埃德蒙对米勒和尤列为重新创造原生汤、在无生命化学物质中试图创造生命而付出的种种努力进行了描述。

此时屏幕上出现了1953年3月8日《纽约时报》刊登的一篇已经褪了色的题为《回顾二十亿年前》的文章。

"显然，"埃德蒙说，"实验引起了一些人的关注。但其影响可能是惊天动地的，尤其对宗教界。如果在这个试管里奇迹般地出现了生命，那我们就可以得出结论：单靠化学规律就足以创造生命。我们就不再需要一个超自然的人从天上降临到人间，给予我们创造的火种。我们就会明白作为自然法则不可避免的副产品，生命诞生的过程就是这么简单。更重要的是，我们就能得出一个结论：既然生命能够在这个地球上自发产生，那么几乎可以肯定，在宇宙其他地方生命同样会自发产生。这就是说，人类并不是独一无二的，人类并不在上帝之宇宙的中心，宇宙中也不只有人类。"

埃德蒙长叹了一口气。"但是很多观众可能都知道，米勒-尤列实验失败了。虽然实验制造出几种氨基酸，但与生命的诞生还相去甚远。两位化学家反复尝试将不同的化学成分进行混合，采用不同的加热方式，但终无所获。表面上看，生命——就像虔诚的教徒一直认为的那样——需要神的干预。米勒和尤列最终放弃了实验。宗教界如释重负地松了一口气，科学界也只好另起炉灶从头再来。"他带着调侃的神色停顿了片刻,"也就是说,直到 2007 年……取得了意想不到的进展。"

接着,埃德蒙开始讲述,米勒-尤列实验中被人遗忘的试管,是如何在米勒去世后在加州大学圣地亚哥分校的一个壁橱里被发现的。米勒的学生采用了包括液相色谱法和质谱分析法在内的更灵敏的现代技术手段,对样本重新进行分析后,结果让人大吃一惊。很显然,米勒-尤列实验制造出了许多氨基酸和配位化合物,只是米勒当时没能检测出来。对试管进行重新分析后,甚至鉴定出几种重要的核碱基——RNA 的基础材料,没准最后还有……DNA 的基础材料。

"这是一个令人震惊的科学发现,"埃德蒙总结道,"因为它再一次证明了下面的观点是正确的,那就是生命也许就是这么简单地产生的……没有神的干预。看样子米勒-尤列实验确实走对了路,只不过需要更多的时间来孕育。让我们记住一个关键点:生命经过了数十亿年的进化,而这些试管丢在壁柜的时间不过五十多年。如果米勒-尤列实验的时间轴用英里去衡量,这就好比我们的视角仅局限在时间轴的第一英寸上……"

他把这种想法交给观众去想象。

"不用说,"埃德蒙继续说道,"人们在实验室里创造生命的兴趣又重新被点燃了。"

这我记得。兰登心想。哈佛生物系举办过一个系部聚会,美其名曰 BYOB[①]——培养你自己的细菌。

"当然,现代宗教领袖们对此反应强烈。"埃德蒙说着,两手比画着把"现代"二字用引号引起来。

显示墙上又刷新到一个网站——创世记网——的主页。兰登马上认出这是经常让埃德蒙气愤、因而喜欢去嘲讽的一个组织。该组织在宣传神创论方面的确很聒噪,但把它当作"现代宗教",未免有失公允。

该组织宣传的宗旨是:"弘扬《圣经》的真理和权威,维护《圣

---

① BYOB 为 "Build Your Own Bacterium" 的首字母缩写。

经》的可信度——尤其是《圣经》中'创世记'的可信度。"

"这个网站,"埃德蒙说,"很受欢迎,也很有影响力。网站上有几十个博主都在讨论重启米勒-尤列实验的危险性。幸运的是,对创世记网的网民来说,他们没有什么可担心的。即使实验能成功创造出生命,那也可能是二十亿年以后的事了。"

埃德蒙又一次举起试管。"大家可以想象,我无非是想加快二十亿年的进程,重新研究这个试管来证明神创论是错误的。遗憾的是,要实现这一点需要一台时光机。"埃德蒙停顿了一下,然后揶揄道,"所以……我制造了一个。"

兰登看了安布拉一眼。演讲开始后,安布拉几乎没动过,一双黑眼睛一直盯着屏幕。

"时光机并不难造。"埃德蒙说,"我现在就告诉大家我的想法。"

屏幕上,埃德蒙走进了一个废弃的酒吧,来到一张台球桌前。桌上的台球已经摆成了等待开球时常见的三角形图案。埃德蒙拿起球杆在台球桌上弯下腰,猛地击出了母球。母球飞快地朝呈三角形排列的台球撞去。

就在母球就要撞上台球的一刹那,埃德蒙喊了一声"停",母球顿时停在原地——神奇地停顿了一下,然后撞上台球。

"现在,"埃德蒙说着,目不转睛地盯着球桌看了片刻,"如果我请大家预测一下哪些球会掉进哪个口袋,你能预测出来吗?当然不能。毫不夸张地说,光开球的方式就数以千计。但如果你有台时光机,并且能快进十五秒观察台球会发生什么,然后倒回来又怎么样呢?朋友们,信不信由你,凭我们现在掌握的技术这一点可以做到。"

埃德蒙用手指了指安装在台球桌边上的许多微型摄像机。"用光学传感器测量母球运动过程中的速度、旋转方向和旋转轴线,我就能在任何给定的瞬间取得母球运动的数学快照。根据这张快照,我就可以非常准确地预测出母球未来的运动模式。"

兰登想起自己有一次使用高尔夫球模拟器的情景,模拟器采用相同的技术预测他把高尔夫球打飞到树林中的可能性。结果预测的精确度令人沮丧。

这时埃德蒙掏出一部很大的智能手机，手机屏幕上出现了台球桌的画面。桌上的虚拟母球停在那里一动不动，母球上是一系列的数学方程式。

"知道了母球的准确重量、位置和速度，"埃德蒙说，"我就可以计算出它对其他球的作用力，进而预测出结果。"他点了一下屏幕，模拟母球又活了，径直撞向排好的台球。台球飞快地往四处散去，其中四个球分别掉进四个球袋。

"命中四个球。"埃德蒙盯着手机说道，"打得相当漂亮。"他抬头看了一眼观众，"不相信我？"

于是他朝真正的台球桌打了个响指，母球顿时发射出去在桌面上狂奔。只听"啪"一声，其他球被撞得四散开去。同样四个球掉进了四个球袋。

"虽然它算不上是时光机，"埃德蒙笑着说，"但它确实能让我们看到未来。此外它还可以让我篡改物理定律。比方说，我可以消除摩擦，这样球就永远不会放慢速度……永远滚动，直到最后一个球最终落入口袋。"

他敲了几个键再次启动模拟。这一次，在短暂的停顿之后弹出去的球再也没有放慢速度，而是在桌面上疯狂地反弹，随机掉进了球袋，最后只剩下两个球在球桌上毫无规律地撞来撞去。

"如果我不耐烦等着看最后两个球自动掉进袋子里，"埃德蒙说，"我可以快进。"他触摸了一下屏幕，最后两只球的速度便加快到肉眼看不清的地步，在球桌上飞奔直到最后落入口袋。"通过这种方法我可以看到未来，而且在真实情况发生前很久就能看到未来。其实计算机模拟只是虚拟的时光机。"他停顿了一下。"当然在像台球桌这样的小型封闭系统中，这只不过是简单的数学问题。可是更为复杂的系统又会怎么样呢？"

埃德蒙举起米勒-尤列的试管微笑着说道："我猜大家能看出我拿这东西准备干什么。计算机建模是一种时光机，它能让我们看到未来……没准几十亿年后的未来。"

安布拉在沙发上换了个姿势,但眼睛一刻都没有离开过埃德蒙的脸。

"大家可以想象,"埃德蒙说,"我并不是第一个梦想对地球的原生汤进行建模的科学家。从理论上看这不过是个实验而已,但实际上它是一个异常复杂的过程。"

屏幕上,伴随着雷电、火山和巨浪,汹涌的原始海洋再一次出现。"海洋化学结构的建模需要模拟到分子水平。这就像为了准确地预测天气,我们需要在任何特定的时间都能知道每个空气分子的准确位置。因此要想让模拟原始海洋有意义,就需要一台计算机。这台计算机不仅要懂得物理定律——运动、热力学、重力、能量守恒,等等——而且还要懂得化学。只有这样计算机才能准确地重塑出沸腾的海洋汤中每个原子之间的结合。"

视频中,原本是海洋表面的画面现在突然切换到波涛下面的场景。镜头逐渐放大,放大到一滴水。在这滴水中,虚拟的原子和分子在湍急的漩涡中结合、分裂。

"遗憾的是,"埃德蒙再次出现在屏幕上,"要模拟这种存在多种可能性的置换需要高水平的处理能力,这远非世界上任何一台计算机所能达到的。"说到这里,他的眼中又闪烁着兴奋的光芒。"也就是说……任何一台。但有一台除外。"

这时视频中响起了管风琴乐曲,演奏的是巴赫著名的《D小调托卡塔与赋格》中震撼人心的引子。伴随着乐曲出现在屏幕上的是埃德蒙二层楼高的巨型计算机的广角镜头。

"E波。"安布拉悄悄说道。这是她看视频以来第一次说话。

兰登目不转睛地盯着屏幕。那还用说……太棒了。

在震撼人心的管风琴乐曲的伴奏下,埃德蒙开启了超级计算机的疯狂视频之旅,揭开了他那个"量子立方体"的面纱。管风琴以震耳欲聋的和弦达到了乐曲的高潮,其实埃德蒙也在使出浑身解数。

"最主要的是,"他总结道,"E波能够在虚拟现实中重塑米勒-尤列实验,而且准确度非常惊人。当然我无法模拟整个原始海洋,所以我创建了一个五升的封闭系统。这个系统跟米勒和尤列使用过的完全相同。"

此时屏幕上出现了一支虚拟的化学烧瓶。液体的画面一而再、再而三地被放大,一直放大到原子水平——表明在加热的混合液体中原子到处乱窜,它们在温度、电、物理运动的影响下结合、再结合。

"这个模型综合了自米勒-尤列实验以来关于原生汤我们所掌握的所有知识——包括可能出现的电化蒸汽所带来的羟基自由基和火山活动导致的羰基硫化物,以及'还原大气'理论所带来的影响。"

屏幕上的虚拟液体继续搅动,一簇簇原子团开始形成。

"现在我们快进……"埃德蒙激动地说。视频飞速快进,可以看出越来越复杂的化合物在不断形成。"一周后,我们开始看到米勒和尤列见过的氨基酸。"画面再次变模糊,现在以更快的速度快进。"然后……大约过了五十年,我们开始发现 RNA 基础材料出现的征兆。"

液体还在不停地搅动,速度也越来越快。

"就让它这样快进吧!"埃德蒙大声说道,语气也越来越沉重了。

屏幕上分子继续结合。随着视频快进到数百年、上千年、几百万年,分子也变得越来越复杂。就在视频画面以令人眼花缭乱的速度快进过程中,埃德蒙兴高采烈地叫道:"大家猜一猜在这个烧瓶里最后会出现什么?"

兰登和安布拉兴奋地俯身向前。

原本慷慨激昂的埃德蒙突然间泄了气。"什么都没有。"他说,"没有生命。没有自发的化学反应。没有'创造'的辉煌瞬间。只有死气沉沉的化学物质,乱七八糟的混合物。"他长长地叹了一口气。"我只能得出一个合理的结论。"他闷闷不乐地盯着镜头,"创造生命……需要上帝。"

兰登惊讶地睁大眼睛。他在说什么呀?

过了片刻,埃德蒙微微咧着嘴笑了笑说:"或者说,我在配方中漏掉了一个关键成分。"

第 92 章

安布拉如痴如醉地坐在那里，想象着全世界数以百万计的人们此刻正跟她一样，聚精会神地收看着埃德蒙的演讲。

"那么我漏掉了什么成分呢？"埃德蒙问，"为什么我的原生汤不能创造生命呢？我不知道，所以我做了所有成功科学家该做的事。我请教了比我聪明的人！"

屏幕上出现了一个很有学者派头的戴眼镜的女人：斯坦福大学生物化学家康斯坦丝·格哈德博士。"我们怎么才能创造生命呢？"这位科学家呵呵笑着摇了摇头，"我们不能！这才是问题的关键。一说到创造的过程——跨越无生命的化学物质形成有生命的东西这道门槛——我们的科学全都消失得无影无踪了。没有哪个化学原理能解释怎么才能发生这种情况。事实上，细胞能自发组织成生命形态这种观点，与熵定律似乎是直接相悖的！"

"熵！"埃德蒙重复了一遍，此时的画面中他已经现身于一片美丽的海滩，"熵只是一种富有想象力的说法，意思是事物土崩瓦解。用科学的语言说，'一个有组织的系统肯定会解体'。"他打了个响指，脚下便冒出一座构造复杂的沙滩城堡，"我刚刚把成千上万的沙粒组建成一个城堡，让我们来看看宇宙对它有什么反应。"转眼间一个海浪袭来把城堡冲走了。"没错，宇宙发现了我组织起来的沙粒，把它们给瓦解了，把沙粒冲到沙滩上。这就是熵在发挥作用。海浪永远不会把沙滩冲击成沙滩城堡的形状。熵瓦解结构。在宇宙中，沙滩城堡从来不会自发出现，它们只会消失。"

埃德蒙又打了个响指，他出现在一间优雅的厨房里。"热咖啡的时候，"他一边从微波炉里取出一杯热气腾腾的咖啡，一边说道，"我们会把热能集中到杯子上。如果我们把杯子放在台子上，一小时后，热量就会散发到房间里，就像海滩上的沙粒一样均匀地散发开来。这又是熵。而且这一过程是不可逆转的。不管我们等多久，宇宙永远不会神奇地再次加热我们的咖啡，"埃德蒙微微一笑，"也不会把一只摔破了的鸡蛋和被冲掉的沙滩城堡恢复原状。"

安布拉回想起自己曾看过一个名为"熵"的装置艺术——一排旧水泥砖块，一块比一块烂，最后慢慢分解成一堆瓦砾。

屏幕上那位戴眼镜的科学家格哈德博士又出现了。"我们生活在一个充满熵的宇宙中。"她说，"在这个世界上，自然法则是随机化而不是组织化的。所以现在的问题是：无生命的化学物质如何才能神奇地自我组织成复杂的生命形态呢？我从来不相信宗教，但我不得不承认，生命的存在是唯一的科学谜团，这个谜团曾让我想到造物主。"

埃德蒙摇着头又出现在画面中。"每当聪明人用'造物主'这个字眼时，我都会吓一大跳……"他温文尔雅地耸了耸肩，"我知道聪明人之所以用'造物主'这个字眼，是因为在生命本源这个问题上，科学拿不出有说服力的解释。不过相信我，如果你正在寻找某种能在无序的宇宙中创造有序的无形力量，那就有了比上帝更简单的答案。"

埃德蒙拿出一块纸板，撒上一些铁末。接着他拿出一大块磁铁，放在纸板的下方。刹那间铁末立马形成了一个整整齐齐的弧线。"一种看不见的力量刚刚把这些粉末组织得井然有序。是上帝吗？不……是电磁。"

埃德蒙接着来到一个大蹦床旁边，在绷紧的蹦床上散乱地放着几百颗弹珠。"随机乱放的弹珠。"他说，"但如果我这么做……"他把一只保龄球放到蹦床上，然后让其在富有弹性的蹦床上滚动。保龄球的重量在蹦床上产生了一个深深的凹陷，散乱的弹珠瞬间朝着凹陷处滚去，围绕着保龄球形成一个圆圈。"上帝之手组织的？"埃德蒙停顿了一下，"错。这回……只不过是重力。"

这时屏幕上出现了埃德蒙的特写镜头。"事实证明，生命并不是宇宙创造秩序的唯一个案。非生物类分子始终在自我组织成复杂的结构。"

视频中出现了蒙太奇式的画面——龙卷风涡流、雪花、泛起层层涟漪的河床、石英晶体、土星环。

"大家都看到了,宇宙有时候的确会把物质组织起来,这似乎与熵正相反。"埃德蒙叹了口气,"那么答案究竟是哪一个呢?宇宙更喜欢有序?还是无序?"

视频中埃德蒙再一次现身。他正沿着一条小道朝麻省理工学院著名的圆顶大楼[①]走去。"大多数物理学家的答案是无序。熵确实是王,宇宙一直朝着无序的方向土崩瓦解。这样的答案有点儿让人沮丧。"埃德蒙停顿了一下,咧嘴笑着转过身来。"不过我今天来麻省理工,是要见一位前途无量的青年物理学家。他相信存在意想不到的转折……这种转折可能是解开生命是如何开始的这个问题的钥匙。"

杰里米·英格兰?

兰登惊讶地道出了埃德蒙正在描述的这位物理学家的名字。这位麻省理工三十岁左右的教授,目前是波士顿学术圈里受追捧的人。他已经在全球量子生物学的新领域引起不小的轰动。

巧合的是杰里米·英格兰和罗伯特·兰登是在同一所学校——菲利普斯埃克塞特学院——读的预科。这所学校的校友杂志上曾刊登过一篇题为《受耗散驱动的自适性组织》的文章,这是兰登第一次听说这位年轻的物理学家。兰登只是浏览了一遍他写的文章,对其中的内容也是一知半解,但当他得知这位"埃克塞特校友"既是聪明绝顶的物理学家,同时也笃信宗教,是正宗的犹太人时,心里还是十分好奇的。

兰登开始明白埃德蒙为什么对英格兰的研究这么感兴趣了。

视频画面上又出现了一名男子,原来是纽约大学的物理学家亚历山大·格罗斯贝格。"我们真心希望,"格罗斯贝格说,"杰里米·英

[①] 指麻省理工的标志性建筑麦克劳伦大圆顶。

格兰已经找到了推动生命起源与进化的基本物理原理。"

兰登坐直身体认真倾听,安布拉也跟着端坐起来。

视频上又出现了一张面孔。"如果英格兰能证明他的理论是正确的,"普利策奖得主、历史学家爱德华·J. 拉森说,"人们将会永远铭记他的名字。他会成为下一个达尔文。"

我的天哪!兰登早就知道杰里米·英格兰在兴风作浪,不过这一次听上去更像是海啸。

康奈尔大学的物理学家卡尔·弗兰克补充说:"每隔三十年左右,我们就会看到巨大的进步……而这一次可能就是英格兰的学说。"

屏幕上连续不断地快速闪过一系列的头条新闻标题:

与反证上帝存在的科学家面对面
彻底粉碎神创论
谢谢您,上帝——不过,我们再也不需要您的帮助啦

头条新闻标题还在继续显示,不过现在又加入了一些主流科学期刊的小片段。所有这一切似乎都传递着同样的信息:如果杰里米·英格兰能证明他提出的新理论,其影响无论是对科学还是对宗教都将是惊天动地的。

兰登盯着幕墙上的最后一则头条新闻——摘选自在线期刊《沙龙》2015 年 1 月 3 日这期。

上帝已经摇摇欲坠:灿烂的新科学已让神创论者和基督徒惶惶不可终日。

麻省理工学院的一位青年教授正在完成达尔文未竟的事业——信誓旦旦地要推翻古怪的右翼分子视如生命的一切。

屏幕再一次刷新,埃德蒙又出现在视频中。此时他正走在一所大学科技楼的走廊上。"那么让神创论者惶惶不可终日的巨大进步是什么呢?"

埃德蒙面露喜色地在一道门前停下脚步,门上写着:麻省理工物理系英格兰实验室。

"接下来就让我们进去问问他吧。"

第 93 章

此时出现在埃德蒙显示屏上的年轻人就是物理学家杰里米·英格兰。他个子很高,很瘦弱,蓄着蓬乱的胡须,脸上挂着茫然的笑容,站在一块写满了数学公式的黑板前。

"首先,"英格兰用既友好又随和的口气说,"我只想说这个理论还没有得到证实,这只是一个想法。"他谦虚地耸了耸肩。"但是我承认,如果我们能证明这个理论是对的,其影响将是非常深远的。"

在接下来的三分钟里,这位物理学家简明扼要地讲述了他的观点。这种观点——就像大多数改变范式的观点一样——简单得出奇。

如果兰登没有理解错的话,杰里米·英格兰的理论是:宇宙是按照单一指令运转的。目标只有一个。

传播能量。

简单地说,宇宙发现能量聚集的区域之后,就会将这种能量传播出去。就像埃德蒙说过的那样,最典型的例子就是把一杯热咖啡放在台子上。根据"热力学第二定律",热咖啡会逐渐冷却,它将热量分散到房间里的其他分子中去了。

兰登突然明白了埃德蒙为什么问他关于创世神话的事——所有的创世神话都包含将能量和光明无限传播出去、照亮黑暗的形象化描述。

但是,英格兰认为涉及宇宙如何传播能量的问题,人们存在一种曲解。

"我们知道宇宙推动熵和无序，"英格兰说，"所以看到许多分子自我组织的例子，我们可能会感到惊讶。"

屏幕上现在又出现了此前出现过的一些画面——龙卷风涡流、泛起涟漪的河面、雪花。

"所有这些，"英格兰说，"都属于'耗散结构'的例子——一簇簇分子在结构中完成自我组织，以推动系统更有效地扩散能量。"

英格兰马上举例说明，龙卷风就是大自然驱散高气压集中区域的一种方法。大自然将龙卷风转变成旋转力，最后让这种旋转力自我耗散。河面上泛起的涟漪也是同样的道理，河面先是拦截快速运动的水流的能量，然后将这种能量耗散出去。雪花则是通过形成向各个方向杂乱地反射光的多面结构，来耗散太阳的能量。

"简单地说，"英格兰继续说道，"物质自我组织的目的在于更好地耗散能量。"他微笑了一下。"虽然大自然在推动无序，却创造出许多小块的有序。这些小块就是将一个系统的无序状态逐步升级的结构，因此是这些有序的小块增强了熵。"

对这个问题兰登此前从来没有想过，但英格兰说得没错，这样的例子随处可见。兰登想象到了一片雷暴云。静电荷把云组织起来之后，宇宙就会创造出一道闪电。换句话说，物理定律创造物理过程来耗散能量。闪电将云的能量耗散到地球，将能量散开，从而提高了系统的整体熵。

要想有效地创造无序，兰登意识到，首先需要某种程度的有序。

兰登心不在焉地想，如果有人把核弹当成熵的工具——为了制造无序而将物质精心组织成小块——那会怎么样。他的脑子里闪现出熵的数学符号，心想这个数学符号看上去就像"宇宙大爆炸"——朝着所有方向扩散的能量耗散。

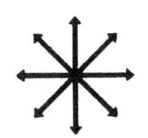

"那么这对我们又有什么用呢?"英格兰说,"熵与生命的本源有什么关系呢?"他走到黑板前。"事实证明,生命是耗散能量一个非常行之有效的工具。"

英格兰在黑板上画了一幅太阳把能量辐射到树上的图。

"比方说,树先吸收强烈的太阳能量,利用太阳的能量促进自己生长,然后发出红外线——一种能量欠集中的形态。光合作用是一种非常有效的熵工具。太阳聚集的能量被树分解和削弱,导致宇宙中熵的整体增加。所有的生物体——包括人类——都是一样的。生物体把有组织的物质作为食物进行消耗,将其转换为能量,然后再把能量当作热量耗散回宇宙中去。总体上说,"英格兰总结道,"我认为,生命不仅遵循物理定律,而且正是因为有了这些定律,生命才开始的。"

兰登思考着其中的逻辑,心里感到一阵惊喜,因为其中的道理似乎很简单:如果强烈的阳光照射到一片肥沃的泥土上,地球的物理定律将会创造出一株植物来帮助耗散能量。如果大洋深处的硫磺喷口创造出一片沸腾的水,那么在这些地方生命就会物化,进而耗散能量。

"我希望,"英格兰补充说道,"有朝一日,我们会找到一种方法来证明生命的确是从无生命的物质中自发产生的……而这无非是物理定律的结果。"

太有吸引力了!兰登暗自思忖。一个浅显易懂的科学理论,说明了生命可能是自我繁殖的……没有借助上帝之手。

"我笃信宗教,"英格兰说,"就像我对科学一样,我的信仰一直没有动摇过。我觉得这个理论对灵性的诸多问题并不具备解释力。我只不过是想描述宇宙中事物'是'怎样的。至于灵性的种种思考,还是留给宗教人士和哲学家们吧。"

年轻人太聪明了!兰登心想。他的理论一旦得到证实,对世界的影响不亚于重磅炸弹。

"不过眼下,"英格兰说,"大家还是别抱什么希望。原因很简单,要想证明这个理论是非常困难的。我和我的团队对耗散驱动系统建模的问题,虽然有些想法,但目前还差得很远呢。"

英格兰淡出了画面，埃德蒙又出现了。他站在自己的量子计算机旁。"但是我可不是差得很远，此类建模正是我一直在研究的。"

他朝自己的工作站走去。"如果英格兰教授的理论是正确的，那么宇宙的整个运行系统可以概括为一个简单的总指令：传播能量！"

埃德蒙在办公桌旁坐了下来，开始在超大的键盘上飞快地打起字来。他面前的显示器上充满了像外星文字一样的计算机代码。"我花了几个星期的时间，对此前失败的整个实验进行了重新编程。我在系统中嵌入了一个基本目标——存在的理由。我告诉系统不惜一切代价耗散能量。我敦促计算机要像尽可能提升原生汤中的熵一样，尽可能富有创造力。不仅如此，我还允许计算机去创制它认为有助于完成任务的任何工具。"

埃德蒙停止打字，从椅子上转过身来面对观众。"之后我运行了模型，不可思议的事情发生了。我成功甄别出虚拟原生汤中'缺失的成分'。"

此时屏幕上开始播放埃德蒙计算机模型的动画图形。兰登和安布拉全神贯注地看着。画面再一次潜入翻滚的原生汤深处，一直放大到亚原子层次，只见化学物质在活蹦乱跳，彼此间结合、再结合。

"如果我将整个过程快进，模拟数百年的发展过程，"埃德蒙说，"我会看到米勒-尤列实验中的氨基酸成形。"

虽然兰登对化学知之不多，但他知道屏幕上出现的是一个碱性蛋白链。渐渐地，越来越复杂的分子成形，结合成一种蜂窝状的六边形链。

"核苷酸！"随着六边形继续融合，埃德蒙大声说道，"我们看到的是数千年的发展历程！如果再往前加速，我们就会看到结构最初的蛛丝马迹！"

就在他说话的时候，其中一个核苷酸链开始围绕自己缠在一起，卷曲成一个螺旋状。"看那个！"埃德蒙大声说道，"数百万年过去了，这个系统正努力构建一个结构！这个系统正努力构建一个结构来耗散它的能量，就像英格兰预测的那样！"

随着模型的发展，兰登惊讶地发现小小的螺旋体变成了双螺旋体，其结构扩展成地球上最著名的化合物的双螺旋形状。

"我的上帝呀！罗伯特……"安布拉睁大眼睛，小声说道，"那是……"

"DNA，"埃德蒙一边将模型暂停一边说道，"就是它。DNA——所有生命的基础。生物学的生命代码。你也许会问，为了耗散能量系统为什么要构建DNA呢？呃，原因是人多力量大！一片树林要比一棵树耗散更多的阳光。如果你是一种熵工具，要想更有效发挥作用，最简单的方法就是复制你自己。"

此时屏幕上出现了埃德蒙的脸。"当我运行这个模型时，从那一刻起，我目睹了绝对神奇的东西……达尔文的进化论腾飞了！"

他停顿了几秒钟。"为什么不会呢？"他继续说，"进化是宇宙不断检验和优化其工具的方式。最行之有效的工具得以生存下来，并得到复制，而且不断改进，变得越来越复杂、越来越高效。最后有些工具看上去像树，有些工具看上去像，呃……我们。"

此刻的屏幕上，埃德蒙正漂浮在黑暗的太空中，蔚蓝色的地球悬浮在他身后。"我们从哪里来？"他问道，"事实是——我们不知从什么地方来……我们从任何地方来。我们来自与宇宙创造生命相同的物理规律。我们并无特别之处。不管有没有上帝我们都存在。我们是熵的必然结果。生命并不是宇宙的重心。生命只不过是宇宙为了耗散能量才创造和繁殖的东西。"

很奇怪，兰登觉得有些拿不准了，他不知道自己是否完全弄懂了埃德蒙的意思。应当承认，这种仿真会导致严重的范式转移，进而导致许多学科的动荡。不过就宗教而言，他不知道埃德蒙是否真的能改变人们的看法。几个世纪以来，为了捍卫信仰，虔诚的信徒早就研究过大量的科学数据和理性逻辑。

安布拉似乎也在与自己的看法做斗争，她睁大了眼睛，眼中既充满好奇，又显出犹豫不决。

"朋友们，"埃德蒙说，"如果你看懂了我刚刚向你展示的东西，那你就明白了其中的深远意义。如果你还吃不准，请不要离开，因为事实证明，这一发现已经向我们揭示了另一个问题，一个更重要的问题。"

他停顿了一下。

"'我们从哪里来'的问题……远没有'我们要往哪里去'这个问题更令人大吃一惊。"

第 94 章

一个皇家卫队的特工飞也似的朝着聚在教堂最隐蔽处的三个男人跑了过来，脚步声响彻了整个地下墓室。

"陛下，"他上气不接下气地嚷道，"埃德蒙·基尔希……视频……正在播放。"

坐在轮椅上的国王转过脸来，胡利安王子也转过身。

巴尔德斯皮诺沮丧地叹了一口气。这是迟早的事！他提醒自己。可是他心里仍然感到很沉重，因为他知道此时此刻，全世界都在看他和法德尔及克韦什一起在蒙塞拉特藏经阁里所看过的那段视频。

我们从哪里来？埃德蒙"无神论本源"的主张既狂妄自大，又亵渎神明。这会对人类追求更高理想、模仿以其自身形象创造我们的上帝的愿望，产生毁灭性的打击。

不幸的是，埃德蒙并没有就此止步。在第一次亵渎神灵之后，他一而再、再而三地继续亵渎神灵，而且一次比一次更危险——对"我们要往哪里去？"这个问题提出了令人惶恐的答案。

埃德蒙对未来的预测是灾难性的……如此得令人惶恐，以至于巴尔德斯皮诺跟他的同道强烈要求埃德蒙不要把答案公之于众。即便未来学家的发现铁证如山，还是会造成无可挽回的损失。

不仅是对虔诚的教徒，而且是对世界上的每个人。巴尔德斯皮诺心里清楚。

第 95 章

不需要上帝！兰登回味着埃德蒙的话。物理定律自发产生生命。

长期以来在理论层面上，科学界的大腕儿们对"自然发生说"颇有争议。但今晚埃德蒙·基尔希提出了一个完全具有说服力的观点：自然发生的确发生过。

从来没有人去证明过……甚至解释过究竟是如何自然发生的。

此刻视频上的埃德蒙模拟的原生汤里，看上去都是些微小的虚拟生命形态。

"看着处于萌芽状态的模型，"埃德蒙的画外音解释说，"我很想知道，如果任其继续发展会怎么样？它最后会不会脱瓶而出，繁殖出包括人类这个物种在内的整个动物界？如果再任其继续发展又会怎么样呢？如果我等待的时间足够长，它会不会繁殖出人类接下来进化后的样子，告诉我们我们要往哪里去？"

视频中埃德蒙再次出现在 E 波旁边。"不幸的是，就连这样的计算机都无法处理这么大的模型，所以我不得不想办法缩小仿真的规模。最后我从貌似不可能的渠道借用了一种方法……这个渠道不是别人，正是沃尔特·迪士尼。"

此时视频切换到一部非常老的二维黑白卡通片。兰登认出是迪士尼 1928 年上映的经典卡通片《汽船威利》。

"'卡通'这种艺术形式在过去九十年里，从最初翻书式的米老鼠动画片到今天非常逼真的动画电影，取得了飞速的发展。"

视频中，在旧卡通片旁边出现了从最近一部动画电影中截取的一个充满活力、非常逼真的场景。

"这种质的飞跃类似于从史前时期的洞穴壁画经过数千年的演变，

发展到米开朗琪罗的杰作。作为一个未来主义者,任何能促进快速发展的技术都让我着迷。"埃德蒙继续说道,"后来我了解到,促成这次飞跃的技术叫作'补间'。补间是一种计算机动画快捷方式,艺术家用来要求计算机在两个关键图像之间生成中间帧,使第一个图像平顺地变换到第二个图像。主要是用来填充两个图像之间的空白。艺术家并不是亲手去画每一幅帧(这有点儿像对进化过程中的每一小步进行建模),相反,艺术家现在只画几个关键的帧……然后让电脑对中间的步骤自行运算,去填补动画变换过程中其余的帧。"

"这就是补间。"埃德蒙说,"显然补间是计算能力的一个应用,但我了解到补间这个概念之后深受启发,而且意识到补间就是打开我们未来的钥匙。"

安布拉用疑惑的眼神看着兰登。"这说到哪儿去啦?"

还没等兰登仔细思考,屏幕上又出现了一个画面。

"人类进化。"埃德蒙说,"这幅画面是某种意义上的'翻书式电影'。由于科技的进步我们已经建构了几个关键的帧——黑猩猩、南方古猿、能人、直立人、尼安德特人,但这些物种间的过渡仍然是模糊不清的。"

不出兰登所料,埃德蒙简要地说明了自己的想法:运用计算机"补间"填补人类进化的空白。他讲述了形形色色的国际基因组计划——人类、古爱斯基摩人、尼安德特人、黑猩猩——如何运用骨头的碎片来绘制从黑猩猩到智人之间十几个中间步骤的完整遗传结构。

"我知道,如果用现有的这些原始基因组作为关键帧,"埃德蒙说，"我就可以利用E波编程去构建一个把所有这些基因组都连在一起的进化模型——一种按点连线的进化图。所以我从一个简单的特质——脑的大小——开始着手，因为大脑是智力进化非常准确的综合指标。"

屏幕上出现了一幅平面图。

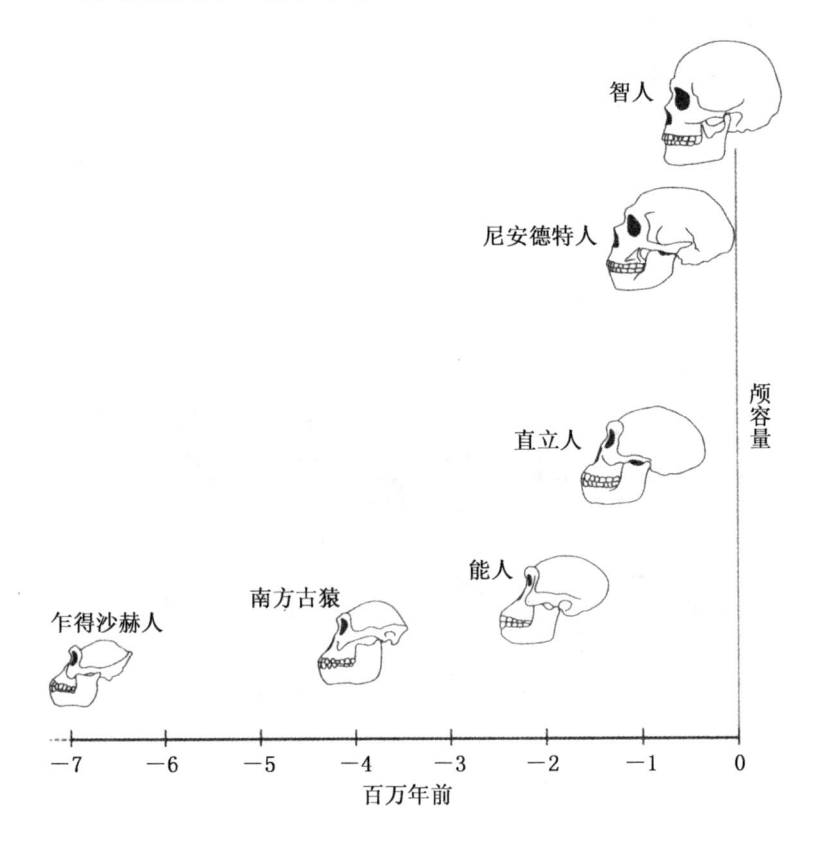

"除了绘制像脑的大小这样的综合结构参数以外，E波还绘制出成千上万影响认知能力的更精细的遗传标记，如空间认知、词汇量、长期记忆和加工速率等。"

此刻的视频中飞快地显示出一连串类似的平面图，所有平面图都同样显示出了指数级的发展。

"然后 E 波绘制出一个前所未有的智力进化仿真图。"埃德蒙的脸再次出现在画面上,"'那又怎么样呢?'你也许会问,'我们为什么非要去搞清楚人类在智力上越来越占优势的过程呢?'我们之所以非要搞清楚,是因为如果我们能绘制出一个图谱,那么计算机就可以告诉我们这个图谱将来会往哪个方向发展。"他微微一笑,"如果我说二、四、六、八……你就会回答十。我主要是让 E 波预测'十'会是什么样子的。一旦 E 波模拟出智力进化的过程,那么我就可以提出一个显而易见的问题:接下来是什么?五百年以后,人类的智力会是什么样子?换句话说:我们要往哪里去?"

兰登突然发现自己被埃德蒙描绘的前景迷住了,虽然他对遗传学或计算机建模知之甚少,无法对埃德蒙的预测作出准确判断,但他的观点无疑是具有独创性的。

"一个物种的进化,"埃德蒙说,"与其所生存的环境总是密不可分的。所以我让 E 波覆盖第二个模型——模拟当今世界环境。这一点很容易做到,尤其是今天,关于文化、政治、科学、天气和技术等的新闻都在网上传播。我让计算机特别关注对人脑未来发展影响最大的那些因素——新的药物、新的健康技术、污染、文化因素,等等。"埃德蒙顿停了一下说:"然后我运行了程序。"

此时这位未来学家的脸塞满了整个屏幕,他径直盯着摄像机镜头。"就在我运行模型的时候……一件根本意想不到的事情发生了。"他的目光明显游离了一下,但马上又盯着摄像机镜头,"让人深感不安的东西。"

兰登听到安布拉惊讶地倒吸了一口气。

"所以我又运行了一遍。"埃德蒙愁眉苦脸地说,"很遗憾,结果跟上次一模一样。"

兰登感觉到埃德蒙的目光中透出了真正的恐惧。

"于是,"他说,"我修改了参数,重装了程序,改变了所有变量,然后再一遍又一遍地运行,可是得到的结果仍然是一样的。"

兰登心想,埃德蒙也许发现了人类的智力在经历了极其漫长的发展历程之后，现在正在走下坡路。肯定有什么警示信号表明这一切有可能是真的。

"得到的数据让我感到不安，"埃德蒙说，"同时又让我百思不得其解。所以我就请计算机帮我分析。结果 E 波用其已知的方式明白无误地输出了评判结果，还给我画了一张图。"

屏幕刷新后，出现了一张始于大约一亿年前的动物进化年表。这是一个复杂而多彩的画面，画面中呈水平排列的气泡随着时间的推移不断地扩张或收缩，以表示物种是如何出现或消失的。示图的左侧是恐龙的天下（当时它们已经发展到历史峰值），恐龙用颜色最深的气泡表示。随着时间的推移，这些气泡的颜色变得越来越深，直到六千五百万年前随着恐龙的大规模灭绝，气泡突然消失。

"这是地球上主要生命形态的大事年表，"埃德蒙说，"是根据物种种群、食物链分布、种间优势，以及对地球的综合影响等因素绘制的。这张示图基本上直观地再现了在特定时期哪个物种在地球上唱主角。"

示图中不同的气泡不停地扩张和收缩，表明各主要物种是如何出现、繁殖，最后消失的过程。兰登的目光追着示图仔细观察。

"智人的发端，"埃德蒙说，"出现在公元前二十万年。不过直到大约六万五千年前我们发明了弓箭，成为更高效的捕食者之后，我们的影响力才让我们出现在这张示图上。"

兰登的目光沿着年表往下看，找到了公元前六万五千年的标志。在这个位置上出现了一个蓝色的小气泡，上面标着"智人"。这个气泡刚开始是非常缓慢地放大，放大的速度几乎觉察不出来，但到了公元前一千年左右，气泡的颜色迅速变得越来越深，再后来似乎在呈指数级放大。

当他看向示图的最右边时，蓝色的气泡已经膨胀到几乎占据整个屏幕。

现代人。兰登心想。至此地球上最占优势、最具影响力的物种。

"果然，"埃德蒙说，"到公元 2000 年，这个年表显示人类是地球上最占优势的物种。没有什么物种能跟我们匹敌。"他停顿了一下。"但是大家可以看到一个新的气泡出现了……在这里。"

示图放大后显示，在人类膨胀的蓝色气泡上方，一个微小的黑色形体正在开始形成。

"一个新的物种已经进入了画面。"埃德蒙说。兰登看到了黑色的斑点，但与蓝色的气泡相比，它看起来微不足道——蓝鲸背上的一条小印鱼而已。

"我意识到，"埃德蒙说，"这个新来者看上去微不足道，但如果我们从2000年往前看，看到现在，你会发现我们的这位新来者已经在这儿悄无声息地不断生长。"

年表一直延伸到当前的日期。兰登感到胸口有一种压抑感。在过去的二十年里，这个黑色的气泡已经大幅度扩张，现在已经占据了屏幕的四分之一居多，已经与智人的影响力和优势旗鼓相当了。

"那是什么?!"安布拉半耳语半大声地惊叫道。

兰登回答道："我不知道……某种休眠病毒?"兰登的脑海里浮现出近年来袭扰世界各地的一系列肆虐病毒，但他实在想不出地球上有哪种物种生长得这么快却没有被人发现。太空来的细菌?

"这个新物种是非常隐蔽的。"埃德蒙说，"它在呈指数级繁殖，而且不断地扩大领地。最重要的是它进化得……比人类还快。"埃德蒙又一次盯着摄像机镜头，表情极其严肃。"如果我继续向前演示模拟场景，看看我们的未来，在短短几十年之后……很遗憾，这就是我们所看到的。"

年表再一次继续延伸。屏幕上显示的是到2050年的年表。

兰登忽地站了起来，目瞪口呆地盯着屏幕。

"我的上帝啊!"安布拉悄悄说道，吓得用手捂住了嘴巴。

年表清楚地表明，这个来势汹汹的黑色气泡在以惊人的速度扩张。到2050年，它就会完全吞噬掉人类的浅蓝色气泡。

"我很抱歉给大家看这个，"埃德蒙说，"但我无论怎么建模，结果都是一样的。人类进化到我们现在的历史阶段，然后突然间，一个新的物种出现了,而且会把我们从地球上抹去。"

站在可怕的示图前,兰登尽量提醒自己这不过是个计算机模型而已。他知道原始数据并不能触及人的神经,但这样的画面却能。埃德蒙的图表起到了决定性的作用——好像人类的灭绝已经是既成事实。

"朋友们,"埃德蒙说话的口气非常沉重,那样子就好像在警告大家小行星即将撞击地球一样,"我们这个物种正濒临灭绝。我倾注了一生去做种种预测,不过这一次我分析了每个层次的数据。我可以非常肯定地告诉大家,我们所了解的人类五十年后即将灭绝。"

兰登从最初的震惊,现在已转为对他这位朋友的不信任——还有愤怒。你在干什么,埃德蒙?!这是不负责任的!你虽然建构了一个计算机模型,但你的数据可能漏洞百出。人们尊重你,相信你……你这是在制造大规模恐慌。

"还有一件事,"埃德蒙更加沮丧地说,"如果仔细看看仿真图,你会发现这个新物种并不是把我们完全抹去。更准确地说……它把我们给吞噬了。"

第 96 章

这个物种吞噬我们?

兰登惊愕得说不出话来。他努力理解埃德蒙这些话的含义。这句话让人联想到科幻电影系列《异形》中的恐怖画面——人类被优势物种当成了活体孵化器。

兰登回头看了一眼安布拉。安布拉双臂抱着膝盖,蜷缩在沙发上,聚精会神地看着屏幕上的仿真图。兰登试图从其他角度解释这些数据,但结论似乎都是一样的。

埃德蒙的仿真图告诉人们，人类将在未来几十年内被一种新的物种吞噬。更可怕的是这种新物种已经生活在地球上了，而且在悄无声息地生长。

"在还没能甄别这个新物种之前，"埃德蒙说，"我显然不能将信息公开。所以我对数据进行了深入研究。在做了无数次仿真模拟之后，我终于能准确描述这个神秘的新来者了。"

屏幕上的画面更新到一个简单的图表。这张图表兰登上小学时就能认出来。图表描述的是生物分类，所谓"生命的六个界"：动物界、植物界、原生生物界、真细菌界、原始细菌界、真菌界。

"可是直到我甄别出了这个蓬勃发展的新生物体，"埃德蒙继续说道，"我才意识到，这个生物体有太多的形态，我们很难称其为一个物种。从分类学来说，它涵盖的范围太广，根本不能称其为目，甚至连门①都不是。"埃德蒙盯着摄像机镜头说，"这时我才意识到，我们的星球正在被更大的东西所占据。所以只能将其标记为一个全新的界。"

兰登顿时明白了埃德蒙在说什么。

第七界。

兰登顿时肃然起敬，睁大眼睛盯着视频中的埃德蒙把这个消息传递给全世界，向全世界描述一个新兴的界。最近兰登才从数字文化作家凯文·凯利的 TED 演讲②中听说了这个新兴的界。根据早期一些科幻作家的预言，生命的这个新界是随着一次剧变而产生的。

这是一个非生命的界。

这些无生命物种的进化与生物的进化如出一辙——逐渐变得更加复杂，不但能适应新环境，而且还能在新环境中繁殖。在适应新变化的过程中，它们有些生存下来，有些便消亡了，完全是达尔文适应性变革的一面镜子。这些新物种发展速度惊人，现在已经组成了一个全

---

① 生物的层级分类为：界、门、纲、目、科、属、种。
② TED 为英语 technology、entertainment、design 的首字母缩写，是美国一家私有非营利机构。该机构以它组织的 TED 大会著称，其宗旨是"传播一切值得传播的创意"。

新的界——第七界，其地位相当于动物界和其他的界。

这个全新的界叫作技术界。

此刻埃德蒙开始令人眼花缭乱地描绘起地球上的最新界来——这个界包括了所有的技术。他描述了新机器是如何按照达尔文"适者生存"的法则茁壮成长或彻底消亡的——不断适应生存环境，开发新的生存特征，一旦成功便尽快复制，以便垄断现有资源。

"传真机已经重蹈了渡渡鸟①的覆辙。"埃德蒙解释说，"苹果手机只要保持竞争优势就能生存下去。打字机和蒸汽机随着环境的变化而消亡了，但《大不列颠百科全书》则成功进化，其笨重的三十二卷册突然长出了数字脚，像肺鱼一样延伸到前所未有的领域，而且此时此刻还在茁壮成长。"

兰登的脑海里闪现出童年时代的柯达相机，它一度是个人摄影领域的霸王龙。但随着数字成像技术的迅速到来，柯达相机便在一夜之间消失了。

"五亿年前，"埃德蒙继续说道，"我们的星球经历了一次突如其来的生命大爆发——寒武纪生命大爆发，地球上大部分物种几乎在一夜之间就诞生了。今天我们正在亲历'技术界'的寒武纪生命大爆发。新的技术种每天都在诞生，而且以令人目不暇接的速度向前进化。每一种新技术都变成创造其他新技术的工具。计算机的发明帮助我们制造了各种惊人的工具，从智能手机到宇宙飞船，再到机器人外科医生。我们正在目睹一系列爆发式的创新，速度之快超出了我们的想象。我们就是这个新界——技术界——的创造者。"

屏幕上现在又回到了黑色气泡正不断吞噬蓝色气泡的那个令人不安的画面。技术消灭人类？一想到这一点兰登就觉得恐惧，但直觉告诉他，这基本是不可能的。在他看来，在一个反乌托邦的终结者式的未来世界中，机器猎杀人类直至灭绝的观点与达尔文的进化论似乎是

---

① 渡渡鸟（Dodo）是印度洋毛里求斯岛上一种不会飞的鸟。渡渡鸟在被人类发现后，仅仅在二百年的时间里，便由于人类的捕杀和人类活动的影响彻底灭绝，堪称除恐龙之外最著名的已灭绝动物之一。

相左的。人类掌控技术；人类具备生存的本能；人类永远不会允许技术超越我们。

兰登即便满脑子都是这一连串的逻辑思维，但他心里清楚自己太天真了。他在跟埃德蒙的人工智能产品温斯顿互动过之后，难得地领教了人工智能技术的发展水平。虽然现在温斯顿明白无误地按照埃德蒙的意愿行事，但兰登想知道像温斯顿这样的机器还要多久就能自行决定来满足自己的愿望。

"显然在我之前有很多人曾经预言到技术界，"埃德蒙说，"但我成功地对技术界进行了建模……而且能够向大家演示，技术界会对我们产生什么影响。"他指了指那个颜色更深的气泡。到2050年，这个气泡就会占据整个屏幕，也就是说它将完全统治地球。"我不得不承认，乍一看仿真图所描绘的前景过于残忍……"

埃德蒙停顿了一下，眼睛里又闪烁着光芒。

"但我们真的应该看仔细点。"他说。

视频中，镜头正在推向黑暗的气泡，把气泡逐渐放大到兰登能够看清楚的程度。巨大的泡体已经不再是乌黑，而是深紫色了。

"如诸位所见，技术的黑气泡在吞噬人类气泡的过程中呈现出不同的色度——紫色的阴影，两种颜色似乎均匀地搅在一起。"

兰登不知道这种色度的变化究竟是好事还是坏事。

"诸位在这里看到的是一种罕见的进化过程，叫作'专性胞内共生'。"埃德蒙说，"一般情况下，进化是一个分化的过程，也就是说一个物种分化成两个新的物种。但有时候，在极少数情况下，如果两个物种离开彼此不能生存，那么这个过程就会发生逆转……不是一个物种分化，而是两个物种融为一体。"

融合一词让兰登想起了类并，即两种不同的宗教混合起来，形成一种全新信仰的过程。

"诸位如果不相信人类和技术将融为一体，"埃德蒙说，"那么请看看你的周围。"

屏幕上快放了一组幻灯片——画面中的人，有的拿着手机，有的戴着虚拟现实眼镜,有的在调整耳朵里的蓝牙耳机;跑步者胳膊上绑着音乐播放器;家宴餐桌中间摆着一个"智能扬声器";一个孩子在婴儿床上玩平板电脑。

"这些只是这种共生的原始发端。"埃德蒙说,"我们现在已经开始将电脑芯片直接植入我们的大脑,将能够在我们体内永远存活、吞食胆固醇的纳米机器人注入我们的血液,制造由我们大脑控制的假肢,运用 CRISPR[①] 等基因编辑工具改变我们的基因组。毫不夸张地说,我们正在打造一个人类的加强版。"

此刻埃德蒙的表情近乎欢天喜地,流露出的是激情和激动。

"人类正朝着某种不同的东西进化。"他说道,"我们正在成为一个杂交种——生物与技术融合的产物。今天活在我们体外的工具——智能手机、助听器、阅读眼镜、大多数药品,五十年后将被大量植入我们的体内。到那时我们就再也不是'智人'了。"

在埃德蒙身后又出现一个熟悉的画面——从黑猩猩到现代人的单向进化图。

"转眼间,"埃德蒙说,"我们将成为这种翻书式进化的下一页。到那时我们就会像现在回忆尼安德特人一样去回忆今天的智人。控制论、合成智能、人体冷冻、分子工程、虚拟现实等新技术,将彻底改写'人'的定义。我知道你们中还有人相信,你跟智人一样是上帝选择的物种。我明白这个消息可能会让你感觉这个世界已经走到尽头。但我恳求诸位,请相信我……其实未来比你想象的要光明得多。"

随着希望和乐观情绪的突然宣泄,这位伟大的未来学家开始令人眼花缭乱地描述起明天来。他所描绘的未来,兰登连想都不敢想。

埃德蒙娓娓动听地描述着,未来,技术将变得非常廉价,而且无处不在,贫富之间的差距也将不复存在。未来,环境技术将为数十亿人提供饮用水、营养食品和清洁能源。未来,借助基因组医学,像埃

[①] CRISPR 是 Clustered Regularly-interspaced Short Palindromic Repeats 的首字母缩写,一种 DNA 编辑技术。

德蒙得的癌症这样的疾病将被彻底消灭。未来，即使在世界上最遥不可及的角落里，人们都能用威力强大的互联网来推进教育。未来，流水线机器人技术将把工人从单调乏味的工作中解放出来，让他们去追求更有价值的东西，而这些东西将在现在仍无法想象的领域绽放出来。最重要的是，未来，突破性技术将创造出大量的人类临界资源，到那时人类完全没有必要再为临界资源而战。

就在兰登倾听埃德蒙描绘明天的过程中，他产生了一种多年来没有过的情结。他知道此时此刻数百万观众也会有这种感觉——一种对未来充满乐观的情绪在意外地喷涌。

"对这个即将来临的神奇时代，我只有一个遗憾。"埃德蒙的声音突然激动得嘶哑起来，"很遗憾我将无法目睹这个神奇的时代。就连我的密友都不知道，我病得很严重……看样子，我不能像自己计划的那样永远活下去了。"他强作笑颜，但这种笑颜看上去让人心酸。"等你们看到这段视频的时候，有可能我只能再活几个星期……也许只有几天。但朋友们，要知道今晚能对诸位讲话是我一生中最大的荣幸和快乐。感谢大家的参与。"

此时安布拉已经站在兰登的身边。他们都带着钦佩而又伤感的心情看着他们的朋友向全世界发表演讲。

"我们现在处在一个非同寻常的历史巅峰时期。"埃德蒙继续说道，"在这个时代，所有人都觉得世界完全颠倒了，所有东西都与我们想象的不一样了。但是不确定性始终是彻底改变的前兆；动荡和恐惧始终走在巨变的前面。所以我强烈要求大家，相信人类具有创造力和爱的能力，因为这两种力量一旦合二为一，就有能力照亮任何黑暗。"

兰登看了一眼安布拉，发现安布拉已经激动得流下了眼泪。他轻轻伸出手臂搂住她，同时看着他的朋友向全世界作临终诀别。

"就在我们走进充满不确定性的明天时，"埃德蒙说，"我们将把自己变成一种比我们想象的更强大的东西。我们所拥有的力量是我们做梦都想象不到的。到那时候，但愿我们永远不要忘记丘吉尔的至理名言：'强大的代价……是责任。'"

埃德蒙的一席话在兰登心中产生了共鸣，因为兰登经常担心人类在使用自己发明的令人陶醉的工具时不够负责任。

"虽然我是无神论者，"埃德蒙说，"但在我离开大家之前，我恳请大家再忍耐一会儿，容我给大家读一读我最近写的一篇祈祷文。"

埃德蒙写祈祷文？

"我称之为'为未来祈祷'。"埃德蒙闭上眼睛，异常沉着地慢慢祈祷起来，"但愿我们的哲学能与我们的技术俱进。但愿我们的悲悯之心能与我们的力量俱进。但愿爱，而不是恐惧，能成为变革的引擎。"

说完，埃德蒙·基尔希睁开眼睛。"再见，朋友们，谢谢大家！"他说，"容我说一句……愿上帝保佑！"

埃德蒙对着摄像机镜头看了片刻，之后他的脸庞消失在波涛汹涌的海洋里。兰登盯着毫无声息的屏幕，不由地为他的朋友感到自豪。

他站在安布拉身边，想象着全世界几亿观众目睹了埃德蒙激动人心的壮举的场面。他在想，埃德蒙在人世间的最后一晚上，也许已经向世人展示了他最优秀的品质。

第97章

在马丁的地下办公室里，加尔萨指挥官靠在后墙上站着，面无表情地看着电视屏幕。他的双手仍然戴着手铐，两名皇家特工紧紧地守在他的两边。他们已经默许了马丁的要求，允许他离开军械室来看埃德蒙的演讲。

加尔萨发现莫妮卡、苏雷什、五六个皇家特工，以及一帮原本不可能在值夜班时擅离职守、冲下楼看热闹的王室工作人员都在聚精会神地观看这位未来学家的演讲。

在埃德蒙做完演讲之后，加尔萨面前的电视屏幕上出现了短暂的平静。但很快平静被世界各地的新闻打破了。新闻评论员和权威专家都在马不停蹄、简明扼要地概括这位未来学家的主张，同时不可避免地加以分析评论。由于所有人同时在说话，结果就成了难以辨清的杂音。

从房间另一侧，加尔萨手下的一名高级特工走了进来。他先是看了一眼房间里的众人，见到指挥官后便大步流星地朝他走去。他二话没说打开了加尔萨的手铐，然后递上一部手机。"长官，您的电话。巴尔德斯皮诺主教。"

加尔萨低头看着手机。他想到主教偷偷摸摸溜出皇宫，还有在他手机里发现的那条足以定他罪的短信，所以今晚他最不想接听的就是主教的电话。

"我是迭戈。"他接过电话说道。

"谢谢你接听我的电话。"主教说，声音听上去很疲倦，"我知道你今晚过得很不愉快。"

"你在什么地方？"加尔萨问道。

"在山里。在英灵谷教堂的外面。我刚刚见过王子和国王陛下。"

加尔萨无法想象国王在这个时间去英灵谷干什么，尤其是在这种健康状况下。"我想你应该知道国王已经让人把我抓起来了吧？"

"是的。这是个令人遗憾的错误，我们已经采取了补救措施。"

加尔萨低头看了看自己摘掉手铐的手腕。

"陛下让我打电话给你表达他的歉意。我会在这里的埃斯科里亚尔医院守护陛下。陛下的时间恐怕不多了。"

你的时间恐怕也不多了！加尔萨心想。"奉劝你一句，苏雷什在你手机上发现了一条短信——一条足以证明你有罪的短信。我相信解密网很快就会把这条短信报料出去。警方没准会来抓你。"

巴尔德斯皮诺深深叹了口气。"是的，短信。今天早上我一收到短信就应该找你的。请相信我，埃德蒙·基尔希谋杀案跟我没有任何关系，两位同仁的死也跟我没有关系。"

"但短信明显暗示你——"

"迭戈,有人在陷害我。"主教打断了他的话,"有人千方百计地想让我看上去是同谋。"

加尔萨虽然从来没有想到巴尔德斯皮诺会杀人,但有人陷害他这样的说法也很难站得住脚。"谁会陷害你呢?"

"这我可不知道。"主教说,声音突然听起来非常苍老、非常困惑,"我想这个问题已经不重要了。我的名声已经被毁了。我最亲爱的朋友,国王,也已奄奄一息了。对我来说,没有比今晚更糟糕的了。"很奇怪,巴尔德斯皮诺说话的口气给人一种临终诀别的感觉。

"安东尼奥……你没事吧?"

巴尔德斯皮诺叹了口气。"我累了。我不知道自己能不能撑到接下来的调查。即便能,这个世界对我来说似乎已经无关紧要了。"

加尔萨从老主教的声音中听出,他的心碎了。

"可以的话,我想请你帮一个小忙。"巴尔德斯皮诺补充说道,"眼下我正在伺候两位国王——一位即将离开王位,一位即将登位。胡利安王子一整夜都在联系他的未婚妻。如果你能设法联系到安布拉·维达尔,我们未来的国王会永远感激你的。"

在山洞教堂外空旷的广场上,巴尔德斯皮诺主教眺望着黑乎乎的英灵谷。黎明前的薄雾已经爬上了松林密布的峡谷,远处某个地方,猛禽凄厉的叫声划破了夜空。

和尚秃鹫。巴尔德斯皮诺心想。很奇怪,他被猛禽的叫声逗乐了。秃鹫凄厉的叫声似乎很切合此时此景。主教心想,是不是这个世界想告诉他什么。

不远处,皇家特工正用轮椅推着疲倦的国王朝他的御驾走去,准备把国王送回埃斯科里亚尔医院。

我会来守着你的,我的朋友。主教心想。如果他们允许的话。

皇家特工们不时地从他们手机发出的亮光中抬起头去看巴尔德斯皮诺,那样子就好像他们不相信自己很快就会接到逮捕他的命令似的。

可是我是无辜的。主教心想。他曾经怀疑，他被埃德蒙那些不信神而又精通技术的追随者给算计了。越来越壮大的无神论群体正巴不得教会扮演恶棍的角色呢。

让主教更加怀疑的是那个他今晚刚刚完整听完的埃德蒙的演讲。它与埃德蒙在蒙塞拉特藏经阁为他们播放的视频不同，今晚演讲的版本里结尾似乎充满了希望。

我们被埃德蒙要了。

一个星期前，巴尔德斯皮诺和他的两个同仁看过的那个演讲，被提前中断了……那段演讲的结尾是一个可怕的图表，预测人类将彻底灭绝。

一场灾难性的毁灭。

早已预言的天劫。

尽管巴尔德斯皮诺认为这种预言都是骗人的，但他知道无数人会把它当作末日来临的证据。

纵观历史，恐惧的信徒都成为天启式预言的牺牲品：为了避免即将来临的惨状，信奉世界末日的邪教组织大规模自杀；虔诚的原教旨主义者因为相信末日即将来临，便恶意透支信用卡。

对孩子们来说，没有什么比失去希望更具毁灭性了。巴尔德斯皮诺心想。他回想起在他小时候，上帝的爱和天国的承诺加在一起组成了多么振奋人心的力量。他从小就知道，我是上帝创造的，有朝一日我会在上帝的天国里永远活着。

埃德蒙的宣传恰恰相反：我是宇宙偶然产生的，用不了多久，我就死了。

巴尔德斯皮诺一直非常担心，埃德蒙所传播的信息会对那些没能享有财富和特权的穷人们——那些每天仅仅为了温饱，仅仅为了养家糊口而挣扎的人；那些只需一线神圣的希望，就会每日早早起床面对艰难生活的人——造成伤害。

巴尔德斯皮诺认为埃德蒙向神职人员演示天劫式的末日结局，其原因仍然是一个谜。他心想，也许埃德蒙只是想守住自己的巨大惊喜，如若不然，他就是想折磨我们。

不管是哪种动机，损失已经造成了。

巴尔德斯皮诺目不转睛地看着广场对面，看着胡利安王子依依不舍地帮着把父亲抬上车。对于国王的告解，年轻的王子处理得非常漂亮。

国王陛下隐瞒了数十年的秘密。

巴尔德斯皮诺主教多年来无疑了解国王的这个具有危险性的真相，而且一直在小心翼翼地保护这个真相。今晚国王决定对自己唯一的儿子敞开心扉。国王选择在这里，在这座让人无法容忍的山顶神殿里告解，只不过是在象征性地表达蔑视而已。

此刻，巴尔德斯皮诺低头望着下面的深谷，备感孤独……仿佛他只要迈出一步，就会永远掉进热情的黑暗之中。但他心里清楚，如果他真的那么做了，那帮追随埃德蒙的无神论者就会手舞足蹈地到处宣扬，说巴尔德斯皮诺深受今晚科学演讲的启迪，已经抛弃了自己的宗教信仰。

我的信仰永远不会死，基尔希先生。

我的信仰超越了你的科学研究领域。

此外，如果埃德蒙关于技术吞噬人类的预言成真，那么人类就会进入一个伦理模糊的时代。这简直难以想象。

我们现在比以往任何时候都更需要信仰和道德引导。

就在巴尔德斯皮诺走过广场，回到国王和胡利安王子身边时，他的骨子里感到一种强烈的疲惫感。

在这一刻，巴尔德斯皮诺主教平生第一次想干脆躺下来，闭上眼睛永远睡过去。

第 98 章

在巴塞罗那超级计算中心埃德蒙的显示墙上，所有的评论都一闪而过，搞得罗伯特·兰登应接不暇。几分钟前还安静的画面，现在已经被一大堆名嘴和新闻评论员——来自世界各地的连珠炮式的快放剪辑画面——所取代。每个画面迅速跳出矩阵，占据屏幕中央，然后又迅速消失，返回噪声状态。

兰登站在安布拉身边。这时墙上出现了物理学家斯蒂芬·霍金的照片，他用明显经过计算机处理过的声音说道："没有必要祈求上帝去让宇宙运转。之所以有存在而非无存在，究其原因就是自发性创造。"

霍金的画面同样迅速地被一个女祭司的画面所取代。显然这位女祭司是通过计算机从家里传来的影像。"我们必须牢记，关于上帝这些仿真实验并不能证明什么。这些实验只能证明，埃德蒙·基尔希会毫无顾忌地去摧毁我们人类的道德指南针。有史以来，在这个世界上宗教一直都是人类最重要的组织原则、文明社会的路线图和伦理道德的源泉。所以埃德蒙·基尔希诋毁宗教就是在诋毁人类的善！"

几秒钟后，屏幕下方出现一位观众的反馈信息：**宗教不能把道德据为己有……我之所以是好人，是因为我是好人！跟"上帝"没有半毛钱关系！**

视频画面又被南加州大学地质学教授所替代。"从前，"画面上的男子说，"人类相信地球是平的，漂洋过海的船只航行至大海边上就会有掉下去的危险。但是在我们证明了地球是圆的之后，'地平说'最终闭嘴了。神创论者就是今天主张'地平说'的人，如果在一百年后仍然有人相信神创论，我会感到非常震惊。"

在街上接受采访的一个年轻人冲着摄像机的镜头说："我相信神创论。我相信今晚的发现证明了仁慈的造物主之所以创造宇宙，就是专门供养生命的。"

天体物理学家尼尔·德格拉塞·泰森[①]——现身于电视节目《宇宙》的一段旧剪辑中——和蔼可亲地说道："如果造物主设计我们的

[①] 尼尔·德格拉塞·泰森（Neil de Grasse Tyson，1958—　），以从事科学传播闻名的美国天文学家。

宇宙是为了供养生命,那他做得太糟糕了。在宇宙的绝大部分领域,离开空气、伽马暴、致命的脉冲星,以及起决定作用的重力场,生命马上就会死亡。相信我,宇宙不是伊甸园。"

听着这些攻击性的话语,兰登觉得外面的世界突然间似乎脱离了转轴。

无序。

熵。

"兰登教授?"头顶上的扬声器中传来熟悉的英国口音,"维达尔女士?"

在整个演讲过程中,温斯顿一直保持沉默,兰登差点儿把他给忘了。

"请不要惊慌!"温斯顿继续说道,"我已经让警察进入大楼了。"

兰登透过玻璃墙望去,只见一小队巴塞罗那警察已经进入教堂。他们全都停住脚步,目瞪口呆地望着庞大的计算机。

"为什么?!"安布拉问道。

"维达尔女士,王室刚刚发表了一份声明,说你没有被绑架。巴塞罗那警方现在得到命令,来保护你们两位。两名皇家特工也已抵达。他们愿意帮助你与胡利安王子取得联系。他们知道你在哪里能找到他。"

兰登看到两名皇家特工正从一楼走进来。

安布拉闭上了眼睛,显然她很想马上来个人间蒸发。

"安布拉,"兰登悄悄说道,"你必须跟王子谈谈。他是你的未婚夫,他在为你担心。"

"我知道。"她睁开眼睛,"我只是不知道该不该再相信他。"

"你说过,你的直觉告诉你他是清白的。"兰登说,"至少得听听他自己怎么说。你把事情处理完了我再来找你。"

安布拉点了点头,朝旋转门走去。兰登看着她消失在楼梯口,然后转过身来继续看大屏幕。屏幕上的聒噪声一直没有停止过。

"宗教并不排斥进化。"一个牧师说,"跟非宗教团体相比,宗教团体能更好地合作,因此更容易蓬勃发展。这是个科学事实!"

牧师说得没错,兰登心里嘀咕着。人类学的大量数据清楚表明,有史以来,践行宗教的文明会比不信奉宗教的文明延续得更长。因为害怕被无所不知的神审判,人们才去行善。

"尽管如此,"一位科学家反唇相讥,"我们假设一下,即便在践行宗教的文明中,人们真的更乐善好施,文化更有可能繁荣昌盛,也并不能证明他们想象中的神是现实存在的!"

兰登苦笑了一下。不知道埃德蒙对这些观点怎么看。他的演讲让无神论者和神创论者都群情激昂。在激烈的对话中,所有人都争先恐后地发声。

"崇拜上帝犹如开采矿物燃料。"一个人说,"虽然许多聪明人都知道这是一种短视行为,但他们投入的太多,根本停不下来!"

此刻屏幕上,无数老照片一闪而过:

时代广场上曾经悬挂着一幅神创论的广告牌:**不要让他们把你变成猴子!坚决跟达尔文做斗争!**

缅因州的一块路牌——**就别进教堂了吧。你已经过了听童话的年龄啦。**

另一块路牌——**宗教:因为思考很难。**

某杂志中的一则广告——**致所有无神论朋友:感谢上帝,你错了!**

最后在实验室里的一位科学家,身上的T恤衫上写着:**最初是人类创造了上帝。**

此刻兰登开始怀疑,人们是不是认真听了埃德蒙说了什么。仅靠物理定律就能创造生命。埃德蒙的发现是如此引人入胜,而且明显带有煽动性。但在兰登看来,埃德蒙的发现提出了一个亟待解决的问题。兰登惊讶的是居然没有人问这个问题:既然物理定律强大到足以创造生命的地步……那么又是谁创造了物理定律呢?!

当然,这个问题的答案犹如智力大厅里装满了令人眼花缭乱的镜子,让一切问题绕了一个大圈子又重新回到了原点。兰登的脑袋嗡嗡直响。他知道他需要一个人出去散散步,哪怕是开始理一理埃德蒙的观点也好。

"温斯顿,"他大声喊道,试图盖过电视上的噪声,"能不能请你把它关掉?"

显示墙一下子黑了下来,房间里也顿时安静了。

兰登闭上眼睛,长长出了一口气。

安静地待着真好!

他站了一会儿,尽情享受眼前的宁静。

"教授?"温斯顿问道,"我相信您肯定喜欢埃德蒙的演讲?"

喜欢?兰登想了想。"我觉得演讲既激动人心,又富有挑战性。"他回答道,"温斯顿,埃德蒙今晚给了这个世界很多值得思考的东西。我觉得现在的问题是,接下来会发生什么。"

"接下来会发生什么,取决于人们摆脱旧观念、接受新范式的能力。"温斯顿说,"前不久埃德蒙私下对我说,具有讽刺意味的是,他的梦想并不是要摧毁宗教……而是创立一个新的宗教,一种能将人们团结起来而非分裂开的信仰。他认为,如果他能说服人们敬畏自然宇宙和创造了我们的物理定律,那么所有文明都会去颂扬同一个'创世'神话,而不是自认为自己的古代神话才是最正确的,并为此而去打仗。"

"这可是个崇高的目标啊!"说着,兰登想到威廉·布莱克本人也写过一首类似主题的诗,题目叫《所有宗教同出一源》。

毫无疑问,埃德蒙也读过这首诗。

"埃德蒙发现,令人沮丧的是,"温斯顿继续说道,"人类将明显的虚构提升到神圣真理的地位,然后又以真理的名义有恃无恐地去杀戮。他相信科学的普遍真理可以把人们团结起来,成为子孙后代的感召力。"

"总的来说,这想法挺漂亮的。"兰登回答道,"不过对有些人来说,科学的奇迹并不足以撼动他们的信仰。虽然科学的证据铁证如山,但还是有人坚持认为地球只有一万年的寿命。"他停顿了一下,"不过我觉得,这跟那些不相信宗教经文真实性的科学家没什么两样。"

"其实是不一样的。"温斯顿反驳道,"尽管给予科学和宗教以平等尊重的观点在政治上可能是正确的,但这种策略却是误导性的,因而非常危险。人类智力的进化过程始终是个排斥过时信息、接受新真理的过程。物种就是这么进化的。用达尔文的话说,一个无视科学事实、拒绝改变信仰的宗教,就像一条鱼虽然被困在慢慢干涸的池塘里,仍然不愿意跳到深水里去,因为它不相信身边的世界已经发生了变化。"

这话听起来像是埃德蒙说的!兰登又想起了他的朋友。"得了!今晚只是一个征兆,这个争论大概要持续到很久的将来。"

兰登停顿了一下,突然想起了一个他以前从未思考过的问题。"温斯顿,说起未来,你将会怎么样?我是说……埃德蒙走了。"

"我?"温斯顿笨拙地笑了起来,"不会怎么样。埃德蒙知道他要死了,所以预备了后事。根据他的遗嘱,E波将会由巴塞罗那超级计算中心接管。几个小时后他们就会得知这份遗嘱,并且立即取得这套设备的使用权。"

"也包括……你?"不知怎么,兰登总觉得埃德蒙似乎把自己的老宠物遗赠给了新东家。

"这份遗嘱不包括我。"温斯顿老老实实地说道,"埃德蒙预先对我进行了编程,在他去世后的第二天下午一点,我会被自动删除。"

"什么?!"兰登简直不敢相信自己的耳朵,"这说不通呀!"

"完全说得通。下午一点就是十三点,埃德蒙对迷信的态度……"

"时机不对呀!"兰登说道,"删除你自己!这说不通嘛!"

"其实说得通。"温斯顿回答道,"埃德蒙的大部分个人信息——病历、检索记录、私人电话、研究笔记、电子邮件——都在我的内存里。他的大部分生活都由我来管理。他更希望如果他走了,外界不要看到他的个人信息。"

"温斯顿,删除这些文件我能理解……可是要删除你?埃德蒙一直认为,你是他最大的成就。"

"本质上说，不是我。埃德蒙突破性的成就是这台超级计算机，以及其独一无二的软件，是软件让我学得这么快。教授，我只不过是个程序，是埃德蒙发明的全新工具生成的程序。这些工具才是他真正的成就，而且会原封不动地留在这里。这些工具会提升现有技术水平，帮助人工智能提高到新的智能水平。大多数人工智能科学家认为，像我这样的程序还要十年才能实现。一旦科学家们克服了心里的疑虑，程序员就能学会使用埃德蒙的工具，去组建新的人工智能。"

兰登沉默下来，陷入了思考。

"我感觉到您心里的矛盾。"温斯顿接着说道，"人类怀着多愁善感的心态去看待他们与合成智能的关系。这没什么稀奇的。计算机可以模拟人类的思维过程，可以模仿人类后天习得的行为，可以在适当的时候模仿人类的情感，而且可以不断提高自身的'人性'。不过我们做这一切，只不过是为你们人类提供一个熟悉的界面，通过这个界面你们可以跟我们沟通。在你们人类没有在我们身上写东西之前……在你们人类没有给我们分配任务之前，我们计算机就是白纸一张。我已经为埃德蒙完成了我的使命，所以从某种意义上说，我的生命已经终结。我真的没有理由继续存在了。"

对温斯顿的逻辑，兰登仍感到不满意。"可是你，虽然这么先进……你并没有……"

"希望和梦想？"温斯顿哈哈笑了起来，"是的。我知道具备想象力是很难的，不过能执行主人的指令，我就心满意足啦。我的程序就是这样的。我想您可能会说，完成使命会给我带来乐趣——至少能给我带来平静，但那只是因为我的使命就是埃德蒙要求我做的，我的目标就是完成他给予我的使命。埃德蒙给予我的最后一项使命，就是要我帮他把今晚在古根海姆博物馆的演讲公之于众。"

兰登想起了已经自动播出、并在网上掀起了千层浪的演讲视频。显然如果埃德蒙的目的就是要尽可能吸引人们的眼球，那今晚的结果肯定会让他惊喜不已。

我真希望埃德蒙能活着看到他在全球的影响力！兰登心想。当然话又说回来，如果埃德蒙还活着，就不可能引起全球媒体的关注，他的演讲也就没有那么多观众了。

"教授，"温斯顿问道，"您下一步要去哪里？"

其实，兰登还真没想过这个问题。大概回家吧。但是他意识到，真要回家可能还得费点儿周折，因为他的行李还在毕尔巴鄂，他的手机还在内尔维翁河底下呢。幸好他的信用卡还在。

"能不能请你帮个忙？"兰登边说边朝埃德蒙的健身自行车走去，"我看到这边有一部手机在充电，我能不能——"

"借手机？"温斯顿呵呵笑了起来，"您今晚帮了这么大的忙，我相信埃德蒙会把它送给您的。权当临别礼物吧。"

温斯顿的话也把兰登逗乐了。他拿起手机，突然发现这部手机跟今天晚上他看到的那部超大型私人定制手机是一模一样的。显然这样的手机，埃德蒙不止一部。"温斯顿，请告诉我，你知道埃德蒙的密码吗？"

"我知道，不过我在网上看到过，您可是破译密码的高手啊！"

兰登做了个垂头丧气的动作。"温斯顿，我可不愿意打哑谜了。我根本搞不定六位数的个人专用密码。"

"按一按埃德蒙的热键。"

兰登望着手机，按了一下热键。

屏幕上显示了四个字母：PTSD。

兰登摇了摇头。"创伤后应激障碍？"

"不对。"温斯顿笨拙地哈哈大笑起来，"π 的前六位数①。"

兰登翻了翻白眼。真的吗？他键入了314159——π 的前六位数，手机立刻解锁了。

手机的主屏上出现一行字。

---

① 兰登将上文中的 PTSD 理解为"Post-Traumatic Stress Disorder"（创伤后应激障碍）的首字母缩写，而温斯顿的解释为"Pi to six digits"（π 的前六位数）的首字母缩写。在不考虑小数点的情况下，六位数密码就成了 314159。

历史不会亏待我，因为我就要成为历史的书写者。

兰登苦笑了一下。"低调"的埃德蒙！这句话——一点儿也不奇怪——引用的又是丘吉尔的名言，没准还是丘吉尔最著名的名言。

兰登思考这句话的时候想到，这句话的口气可能没有看上去那么大。平心而论，在短短四十年的人生中，未来学家埃德蒙·基尔希已经惊心动魄地影响了历史。除了他留下的技术创新遗产，今晚的演讲显然将在未来的几年里产生共鸣。此外埃德蒙在不同场合接受采访时都说过，他数十亿的个人财富会全部捐给两项事业——教育与环境，因为他认为这是未来的两大支柱。兰登不敢想象，他的巨额财富在这些领域会产生怎样积极的影响。

兰登一想到他的这位故友，心里又生出一种失落感。就在这一刻，埃德蒙实验室的透明墙壁开始让他产生幽闭恐惧症，他知道自己需要呼吸新鲜空气。于是他向一楼看了一眼，可是没有看到安布拉。

"我该走了！"他突然说。

"我明白。"温斯顿说，"如果需要我帮您安排行程，您只要在埃德蒙的手机上按一个键就能找到我。是加密的，外人根本不知道。我相信您能破译出是哪个按键。"

兰登盯着屏幕，看到一个大写的 W 图标。"谢谢，我对秘符还是略知一二的。"

"很好。当然，您必须在下午一点我被删除前打电话给我。"

兰登一想到要跟温斯顿道别，便有一种莫名的伤感。子孙后代也许会更好地摆正自己与机器之间的感情。

"温斯顿，"兰登边朝旋转门走去边说，"不管怎样，我知道埃德蒙会为你今晚的表现无比自豪的。"

"您这么说真是太抬举我了。"温斯顿说，"我敢肯定，他同样也会为您感到自豪的。再见，教授。"

第 99 章

在埃斯科里亚尔医院，胡利安王子轻轻拉了拉被子，在父亲的肩上掖好以免他夜里受凉。尽管医生强烈要求，国王还是婉言拒绝了进一步的治疗——停止了常规的心脏监护仪，拔掉了输入营养液和止痛药的静脉输液管。

胡利安隐约感觉到父亲快不行了。

"父王，"他小声说道，"您很疼吗？"医生在床头留下了一瓶口服吗啡，还有一个小小的涂药器以防不测。

"恰恰相反。"国王有气无力地冲王子笑了笑，"我很好。你让我说出了心里埋藏已久的秘密。所以，我应该谢谢你。"

胡利安拉着父亲的手，这是他从小到大第一次握住父亲的手。"没事了，父王。睡吧。"

国王心满意足地叹了口气，闭上双眼，几秒钟后便发出了轻微的鼾声。

胡利安站起身来，把房间的灯光调暗。这时他才发现巴尔德斯皮诺主教正从走廊里偷偷往里看，一脸关切的表情。

"他睡了，"胡利安安慰他说，"你跟他单独待会儿吧。"

"谢谢你！"巴尔德斯皮诺边说边走了进来。透过窗户流泻进来的月光把他憔悴的面孔照得像幽灵一样。"胡利安，"他小声说道，"你父亲今晚告诉你的……对他来说，很不容易。"

"我想，对你也是。"

主教点了点头。"对我来说也许更不易。谢谢你的理解。"他轻轻拍了拍胡利安的肩膀。

"我想我应该感谢你。"胡利安说，"母后去世这么多年父王没有再婚……我觉得他太孤单了。"

"你父亲从来不孤单，你也从来不孤单。"巴尔德斯皮诺说，"我们俩都很爱你。"他难过地笑了笑。"说来好笑，你父母的婚姻完全是包办的。在你母亲去世前，他无微不至地照顾她，但她走后，我觉得你父亲多少还是感到自己终于可以追随内心了。"

胡利安心想，他没有再婚是因为他已经心有所依了。

"按照你信奉的天主教教义，"胡利安说，"难道你不觉得……矛盾吗？"

"很矛盾。"主教说，"在这个问题上，我们的信仰是从来不动摇的。年轻的时候我备受折磨。当我意识到自己有这个'倾向'时——当时别人是这么说的，我非常沮丧，不知道接下来的日子该怎么过。是一个修女救了我。她告诉我，《圣经》颂扬各种各样的爱，但有一个附加条件：爱必须是精神上的，而不是肉体上的。所以我发誓终身不娶。这样我才能在上帝眼中保持纯洁的同时，深爱你的父亲。我们的爱完全是柏拉图式的，但又能完全得到满足。为了待在他身边，我拒绝了红衣主教的职位。"

此时胡利安想起了很久以前父亲跟他说过的话。

爱来自另一个世界。没有爱时我们不能去强求，但当爱来临时我们也不能排斥它。在爱面前我们是没有选择的。

这时胡利安突然想起安布拉，心里顿时感到一阵痛。

"她会打电话给你的。"巴尔德斯皮诺小心翼翼地打量着他说道。

主教似乎总能不动声色地看出他的心思，这让胡利安感到惊讶不已。"也许会，"他回答道，"也许不会。她这个人很有主见。"

"这也是你爱她的一个原因。"巴尔德斯皮诺微笑着说，"当国王是一件非常寂寞的事，有个有主见的伴侣理应值得珍惜。"

胡利安感觉到主教是在暗指他自己与父亲之间的伴侣关系……他还感觉到这个老人已经把他的祝福默默地送给了安布拉。

"今天晚上在英灵谷，"胡利安说，"父王向我提出了一个非同寻常的要求。他的愿望你感到惊讶吗？"

"不。他一直希望能看到你对西班牙有所作为。当然对他来说，这件事掺杂着许多复杂的政治因素。但对你来说,毕竟已经远离佛朗哥时代,这件事做起来可能会更容易些。"

想到将来要用这种方式告慰父亲的在天之灵,胡利安的心里就像打翻了五味瓶。

不到一小时前,就在佛朗哥的圣堂里,国王在轮椅上表达了自己的愿望。"儿子,你登基后每天都会有人向你请愿,请求你把这个可耻的地方炸掉,让它永远埋葬在这个山里。"他父亲仔细看着他的反应,"我请求你千万不要屈服于压力。"

这番话让胡利安非常吃惊。父亲对佛朗哥时代的独裁专制一直持鄙视态度,而且一直认为这座圣堂是国家的耻辱。

"拆除这座教堂,"国王说,"就是自欺欺人地认为我们从来没有过这段历史。这种简单粗暴的处理方法可以让我们快乐前进,告诉自己另一个'佛朗哥'永远都不可能出现。当然这个'佛朗哥'也可能会出现,如果我们不提高警惕,这个'佛朗哥'一定会出现。你要牢记我们的同胞豪尔赫·桑塔亚纳①说过的话……"

"'忘记过去,必会重蹈覆辙。'"胡利安像上小学时背诵警世格言一样说道。

"没错。"父亲说,"历史已经多次证明,狂人能够踏着激进民族主义和不容异己的浪潮,一次又一次登上权力的巅峰。尽管有些地方看起来不可理喻,但终究是发生了。"国王朝儿子倾了倾身,郑重其事地说,"胡利安,你很快就会坐上这个美丽国家的宝座。跟许多国家一样,我们的国家是现代的、不断进步的,虽然经历过黑暗,但已经进入民主、包容和爱的光明时代。如果我们不去用光明照亮子孙后代的心灵,光明也会黯然失色。"

国王微微一笑,眼中意外地闪现出一丝活力。

"胡利安,希望你登基后能说服我们这个伟大的国家,把这里变

---

① 豪尔赫·桑塔亚纳(Jorge Santayana,1863—1952),哲学家、散文家、诗人、小说家。出生在西班牙,生长在美国,自称"美国人",却又始终持有西班牙的有效护照。

成更有意义的地方，而不仅仅是一个饱受争议的圣堂和旅游胜地。这座建筑应该成为活生生的博物馆，应该成为包容的象征。学校的孩子们可以聚集在这里，了解专制的种种恐怖和压迫的种种残忍。这样他们才永远不会志骄意满。"

国王接着说下去，就好像这些话他等了一辈子似的。

"最重要的是，"他说，"这个博物馆必须让我们牢记另一个历史教训，那就是暴政和压迫永远无法胜过悲悯……在这个世界上，恶徒的狂吠最终都会被奋起迎之、宽容和气的团结之声所淹没。但愿有朝一日，从这个山顶诵唱出去的是这样的声音——和谐、宽容和悲悯的合唱。"

此刻就在父亲的临终愿望在胡利安脑海里回荡之际，他借着月光扫了一眼病房，只见父亲安静地睡着了。在胡利安看来，眼前这个男人似乎从来没有这么心满意足过。

胡利安抬头看了一眼巴尔德斯皮诺主教，示意他坐在父亲床边的椅子上。"陪父王坐会儿吧。他会很开心的。我会告诉护士不要打扰你们。一小时后我再回来。"

巴尔德斯皮诺冲他笑了笑，走上前来，伸出双臂热情拥抱王子。自胡利安小时候接受坚信礼以来，这还是他第一次被主教拥抱。在主教拥抱自己的时候，王子惊讶地感觉到了罩在长袍下面的那把瘦骨头，年迈的主教甚至比国王还要瘦弱。这让胡利安忍不住想，两人相聚天堂的日子会不会来得比他们想象的还要快。

"我真为你骄傲。"拥抱之后主教说道，"我知道你会是一个慈悲的领袖。你父亲把你培养得很好。"

"谢谢你！"胡利安笑着说道，"他的确教会了我不少东西。"

胡利安离开父亲和主教，顺着医院的长廊走去，途中停下脚步，透过落地窗眺望山上灯火辉煌的修道院。

埃斯科里亚尔修道院。

西班牙王室的神圣寝宫。

胡利安脑海里闪现出小时候跟父亲参观王室地下墓室的情景。他还记得自己看到镀金棺材时，心里曾产生过一种奇怪的预感：将来我决不葬在这里。

那一刻的反应，跟胡利安经历过的任何事情一样让他记忆犹新。虽然那段记忆从未从脑海里消失，但他一直告诫自己那种预感毫无意义，只不过是充满恐惧的孩子在面对死亡时的本能反应罢了。但今晚，在即将登上西班牙王位的时刻，他却产生了一个令人吃惊的想法。

也许我从小就知道我的宿命。

也许我从小就知道我为什么要当国王。

无论是西班牙还是这个世界，都在经历一场深刻的变革。古老的方式正在消亡，崭新的方式正在诞生。也许现在是永远废除君主制的时候了。突然间胡利安想象着自己正在宣读一份史无前例的王室公告。

我是西班牙的最后一位国王。

这种想法把他吓了一大跳。

幸好他从皇家特工那里借来的手机震动起来，这才打断了他的沉思。看到打进来的电话头两位数是93，王子的心跳加快了。

巴塞罗那。

"我是胡利安。"他迫不及待地接起电话。

电话那头的声音听上去既轻柔又疲惫。"胡利安，是我……"

王子激动地坐在椅子上闭上了眼睛。"亲爱的，"他小声说道，"我真不知道该怎么向你道歉。"

第 100 章

在石造教堂外面黎明前的薄雾中，安布拉·维达尔迫不及待地把电话凑到耳边。胡利安后悔了！她心里越来越害怕，她害怕王子会对今晚的可怕事件表示歉意。

两名皇家特工虽然在附近溜达，但听不到她在说什么。

"安布拉，"王子不动声色地开腔了，"我向你求婚的事……我真的很抱歉。"

安布拉一时间摸不着头脑。她根本没有想到，王子今晚会在电话里谈求婚的事。

"我以前一直在追求浪漫，"他说，"但最终把你推入了一个进退两难的境地。后来你告诉我你不能生育……我甩手而去。那是因为我无法接受你没早点告诉我。虽然这不是理由！我承认我当时走得太快了，但我就是这么快爱上你的。我想快点开启我们的共同生活。也许那是因为，我的父亲快要死了……"

"胡利安，别说了！"她打断他的话，"你没有必要道歉。不过今晚你有很多更重要的事情，比……"

"不，对我来说没有什么比这更重要了。我只想让你知道，对于发生的一切我真的非常抱歉。"

她听到的声音就是几个月前她爱上的那个诚恳又脆弱的男人的声音。"胡利安，谢谢你！"她小声说道，"一言难尽。"

两人尴尬地沉默了片刻，之后安布拉终于鼓起勇气去问那个她难以开口，但又必须要问的问题。

"胡利安，"她小声问道，"我想知道今晚你是不是卷入了谋杀埃德蒙·基尔希的案子。"

王子陷入了沉默。最终他开口说话，声音听上去那么痛苦。"安布拉，为筹办这次演讲你跟埃德蒙待在一起太久了，我努力克制才接受了这个事实，而且我极力反对你去为这样一个有争议的人物做主持。坦率地说，我巴不得你压根就不认识他。"他停顿了一下。"不过我发誓，我绝对没有参与对他的谋害。听到他被谋杀，听到在我们国家居然发生了这样明目张胆的暗杀事件，我真的非常震惊。而且这样的事情就发生在我心爱的女人身边……我打心眼里感到震惊。"

安布拉听得出他说的是实话，心里顿时如释重负。"胡利安，很抱歉问这个问题，但我满脑子都是新闻报道、王室、巴尔德斯皮诺、编造的绑架……我真不知道该怎么想了。"

围绕着埃德蒙的谋杀案，胡利安把自己知道的错综复杂的各种阴谋告诉了安布拉，还把他父亲卧病在床、父子俩痛苦的会面，以及父亲健康状况正在迅速恶化等事情一并告诉了她。

"回家吧！"他小声说道，"我想见你。"

听到王子温柔的声音，安布拉心里非常矛盾。

"还有一件事，"他说，语气已经放松了许多，"我有一个疯狂的想法想听听你的意见。"王子停顿了一下。"我觉得我们应该取消婚约……一切重新开始。"

王子的话让安布拉不知所措。她知道此事对王子、对王室的政治影响会有多大。"你……真的要这么做？"

胡利安充满深情地笑了起来。"亲爱的，希望有一天能有机会再次向你求婚，私下里……我绝对会不惜一切代价的。"

第 101 章

解密网

突发新闻——埃德蒙·基尔希事件要点回顾

现场直播！

令人震撼！

要观看重播和全球的反应，点击这里！

相关突发新闻……

教皇的告解

针对与摄政王有染的指控，帕尔马教会今晚予以了坚决否认。无论调查结果如何,宗教新闻评论家认为,对这个备受争议的教会来说,今晚的丑闻可能是个致命打击,因为埃德蒙·基尔希一直声称该教派应该对他母亲的死负责。

此外,由于全球的目光都在盯着帕尔马教会,各路媒体刚刚挖出了 2016 年 4 月的一则新闻,这则新闻现在已经像病毒一样在网上疯传起来。新闻的主要内容是,帕尔马教会的前教皇格雷戈里奥十八世(又名希内斯·耶稣·埃尔南德斯)接受采访时承认,他的教派"从一开始就是赝品",创立之初就是"为了逃税"。

王室:道歉,推诿,病入膏肓的国王

王室今晚已经发表声明,澄清了加尔萨指挥官和罗伯特·兰登今晚的所谓不当行为,并向加尔萨指挥官和罗伯特·兰登公开道歉。

但是王室尚未就巴尔德斯皮诺主教明显卷入今晚的犯罪事件发表评论。不过,据说主教此刻正跟胡利安王子在一起。王子眼下正在一家秘密医院里照顾病入膏肓的国王。

Monte 藏身何处?

我们的唯一报料人 monte@iglesia.org 似乎不露声色地人间蒸发了。我们的用户调查显示,大多数网友仍然怀疑"Monte"是埃德蒙一个精通技术的弟子。但现在又出现了一种说法:"Monte"可能就是王室公关协调人莫妮卡·马丁的名字"Mónica"(莫妮卡)的缩写。

更多消息,敬请期待!

第 102 章

全世界共有三十三个"莎士比亚花园"。这些花园只种植威廉·莎士比亚作品中提到过的植物——朱丽叶的另一个名字"玫瑰"

和奥菲利娅花束上的迷迭香、三色堇、茴香、楼斗菜、芸香、雏菊以及紫罗兰。除埃文河畔斯特拉特福、维也纳、旧金山、纽约中央公园外，在巴塞罗那超级计算中心旁边也有一个莎士比亚花园。

在远处街道朦胧的灯光下，安布拉·维达尔坐在楼斗菜丛中的长凳上，情绪激动地跟胡利安王子通完了电话。这时罗伯特·兰登刚好从石造教堂里走出来。她把手机还给了皇家特工，向兰登打了个招呼。兰登看到了她，便穿过暗夜朝她走来。

安布拉看到美国教授把外套搭在肩膀上，挽着袖子露出一块米老鼠手表，大步流星地走进花园的样子，忍不住笑了起来。

"嘿，你好！"他虽然咧嘴笑了笑，但声音是那么的疲惫。

两人开始在花园里散步，两名特工远远地跟在后面。安布拉把她与王子的谈话告诉了兰登——胡利安的道歉，他自称是清白的，他建议取消婚约重新约会等。

"现实版的白马王子。"虽然是开玩笑，但兰登的话听上去还是发自内心的。

"他一直在为我担心，今晚更是饱受煎熬。"安布拉说，"他想让我马上回马德里。他的父亲快不行了，还有他……"

"安布拉，"兰登轻声说道，"你不必解释，必须马上走。"

安布拉原以为自己会从他的声音中感受到一丝失望，不过在内心深处，她确实感受到了这一点。"罗伯特，"她说，"我能问个个人问题吗？"

"当然。"

她犹豫了一下。"你个人觉得……仅靠物理定律够吗？"

兰登看了她一眼，那样子就好像他等待她问的根本就不是这个问题。"够什么？"

"从精神层面上说，"她说，"生存在按物理法则创造生命的宇宙中够吗？或者你更喜欢……上帝？"她停顿了一下，看上去很尴尬。"对不起，在今晚经历了这么多事情之后，我知道提出这样的问题有点儿奇怪。"

"呃，"兰登笑着说，"我觉得我要好好睡一觉才知道该怎么回答。不过，不，你这个问题一点儿也不奇怪。人们总是问我信不信上帝。"

"你怎么回答呢？"

"我都是实事求是地回答。"他说，"我告诉他们，对我来说，上帝是否存在取决于如何理解代码和图谱之间的差异。"

安布拉看了他一眼。"我不懂你的意思。"

"代码和图谱间有很大的不同，"兰登说，"很多人把两者混为一谈。在我的研究领域，弄清楚两者的根本差别至关重要。"

"怎么？"

兰登停下脚步转身对着她。"图谱是指有组织的序列。自然界到处都是图谱——向日葵螺旋的种子、蜂巢的六边形蜂房、水塘上鱼跃泛起的涟漪，等等。"

"好吧。那代码呢？"

"代码比较特殊。"兰登提高了嗓门，"顾名思义，代码必须附带信息。代码不单是形成图谱，它必须传输数据，传达意义。属于代码的例子有很多，诸如文字、乐谱、数学公式、计算机语言，甚至包括像十字架这样的简单符号。所有这些例子都可以传达意义，传递信息，这种传递方式是螺旋状的，是向日葵所不具备的。"

安布拉明白了其中的道理，但她不明白这跟上帝有什么关系。

"代码和图谱的另一个区别是，"兰登继续说道，"在大千世界中，代码不会自然产生。树上不会长出乐谱，沙滩不会自己画出符号。代码是智能意识有意发明的。"

安布拉点了点头。"所以代码背后总有某种意图或意识。"

"完全正确。代码不会有组织地出现，代码必须创建。"

安布拉盯着他看了好长时间。"DNA 呢？"

兰登露出了学者的笑容。"问得好！"他说，"遗传代码。这是个悖论。"

安布拉感到浑身热血沸腾。遗传代码显然附带数据——如何构建有机体的具体指令。按照兰登的逻辑，这只能意味着一件事。"你认为 DNA 是由某种智能创造的！"

兰登假装自卫似的举起一只手。"打住！打住！"他说着哈哈大笑起来，"你已经踏上危险边缘了。我只想说这一点。我从小就有一种直觉：宇宙背后有某种意识。在我了解了数学的精确性、物理的可靠性、宇宙的对称性之后，我觉得我观察的已经不是冷冰冰的科学了。我看到的仿佛是活生生的脚印……某种更强大力量留下的印记，而这种力量恰恰超出了我们能掌控的范围。"

安布拉能够感觉到他话中的分量。"我希望每个人都能像你这样想问题。"她最后说道，"我们似乎因为上帝争吵得太多了。对真理每个人都有自己不同的说法。"

"是的，正因为如此，埃德蒙才希望有朝一日科学能把我们团结起来。"兰登说，"用他自己的话说，'如果我们都敬畏地心引力，那么在地心引力如何产生吸引力这个问题上，就不会有什么分歧了'。"

兰登用脚后跟在两人之间的砾石小径上画了几道线。"对还是错？"他问道。

安布拉盯着他画的那几条线看，百思不得其解——一个简单的罗马数字算式。

$$I + XI = X$$

1+11=10？"错！"她脱口说道。

"你能从什么角度看出这个算式有可能是对的吗？"

安布拉摇了摇头。"不，这个算式肯定是错的。"

兰登轻轻拉起她的手走到他刚才站的地方。安布拉低头一看，从兰登的位置看到了这样的结果。

算式完全颠倒了。

$$X = IX + I$$

她惊讶地抬头看了看他。

"10=9+1。"兰登微笑着说道，"有时候你需要换个角度去看待别人的真理。"

安布拉点了点头,回想起她曾无数次看过温斯顿的自画像,但从来没能搞明白其真正的含义。

"说到瞥见隐匿的真理,"兰登突然表现得非常开心,"你很幸运,那边就有一个隐匿的秘符。那辆卡车的侧面。"他指了指。

安布拉抬头看到一辆联邦快递的卡车正在佩德拉毕斯大街上等绿灯。

秘符?安布拉所能看到的是联邦快递随处可见的商标。

FedEx

"他们的名字就是一种代码,"兰登告诉她,"它包含了第二层含义——一个反映公司向前发展的隐匿符号。"

安布拉睁大了眼睛。"它不就是些字母嘛。"

"相信我,在联邦快递的商标中有一个很常见的符号——刚好指向前方。"

"指向?你是说像个……箭头?"

"没错。"兰登咧嘴笑了笑,"你是博物馆馆长——想一想负空间。"

安布拉对着商标看了半天也没看出个名堂来。卡车开走后,她转身对兰登说道:"告诉我!"

他哈哈大笑起来。"不行。有朝一日你会看到的。到那时候……你会觉得要是没看到就好了。"

安布拉正要表示异议,这时两名皇家特工走上前来说道:"维达尔女士,飞机在等着呢!"

她点了点头,转身对兰登低声说:"你为什么不跟我一起走呢?我相信王子一定会当面向你表示感——"

"哈哈,"他打断她的话,"那样我就成电灯泡了。再说我已经在那边把房间都订好了。"兰登指了指不远处他和埃德蒙一起吃过午饭的索菲亚格兰港酒店，说道："我有信用卡，还从埃德蒙的实验室借了部手机。一切都安排妥了。"

安布拉想到马上就要说再见，突然感到一阵揪心。她感觉兰登尽管表面上不动声色，但此时也会有同样的感受。她不在乎皇家特工是怎么想了，于是大胆地走上前去，伸开双臂紧紧搂住罗伯特·兰登。

兰登用两只有力的手把她紧紧搂到怀里，热情拥抱。但他只拥抱了几秒钟，便轻轻放开了她。也许他应该拥抱得更久些。

此刻安布拉·维达尔的内心翻江倒海。她突然明白了埃德蒙一直说的话：爱与光明的力量……无限向外绽放，填满了宇宙。

爱是无限的。

我们不只是分享爱。

需要爱时，我们的心会去创造爱。

就像初为父母者会即刻爱上新生儿而夫妻间的爱不会削弱一样，此时安布拉觉得自己同时爱着两个不同的男人。

爱的确是无限的！她心想。人可以无缘无故地产生爱。

载着她回王子身边的车缓缓启动，安布拉望着兰登孤零零地站在花园里边冲她微笑边轻轻挥手，目送她离去。然后，他突然朝别处看了一眼……不一会儿，他把外套搭在肩膀上独自朝酒店走去。

第 103 章

皇宫里的钟敲了十二下，莫妮卡·马丁收拾好自己的笔记，准备到阿穆德纳广场跟聚集在那里的媒体打交道。

当天一大早，胡利安王子在埃斯科里亚尔医院通过电视直播宣布了他父亲逝世的消息。他以新国王的姿态声情并茂地歌颂了老国王生前的丰功伟绩，阐述了他自己对治国理政的雄心壮志。胡利安呼吁他的臣民在这个分崩离析的世界保有一颗包容的心。他承诺将汲取历史教训，敞开胸怀迎接变革。他高度赞扬西班牙的文化和美丽，声称自己将一如既往地深爱西班牙人民。

这是马丁听过的最出色的一次讲话，她实在想象不出还有什么方式能比这场演说更强有力地宣告他统治的开始。

感人肺腑的讲话结束后，胡利安向昨晚为保护西班牙未来王后而英勇殉职的两名皇家卫队特工默哀一分钟。短暂的默哀之后，他又宣布了另一个令人悲痛的消息。国王的终生挚友安东尼奥·巴尔德斯皮诺主教于今天凌晨——国王逝世的几个小时后——离开了人世。年迈的主教死于心力衰竭。显然主教由于身体虚弱承受不起国王去世的打击，也无力应付昨晚突如其来的针对他的种种指控。

当然，巴尔德斯皮诺的死讯立即平息了民众要求对其展开调查的呼声，有人甚至提议应该为主教举行仪式以示歉意。不管怎么说，对主教不利的种种证据都已经成了过眼云烟，都可以被认为是他的敌人凭空捏造的。

马丁快走到门口时，苏雷什·巴拉突然出现在她身边。"他们都叫你英雄。"他激动不已地说，"别来无恙，真相的报料者兼埃德蒙·基尔希的弟子，monte@iglesia.org。"

"苏雷什，我不是Monte。"马丁白了他一眼，"我向你保证。"

"哦，我知道你不是Monte。"苏雷什说道，"不管Monte是谁，他的手段都比你黑。我一直在想方设法跟踪他的通讯记录——根本找不到，就好像他根本不存在似的。"

"哦，那就继续跟踪。"她说，"我可不想皇宫里有人泄密。不过给我讲讲昨晚你偷手机的事——"

"为王子的安全考虑。"他说道，"这是说好了的。"

马丁长长出了一口气，因为她知道王子刚刚回到宫中。

"更新一条消息。"苏雷什继续说，"我们刚从供应商那里拉出了皇宫的电话记录。昨天夜里没有从皇宫打到古根海姆的任何电话记录。一定是有人冒充我们的号码要求把阿维拉加到宾客名单上去的。

我们还在继续追查。"

听到让阿维拉上名单的电话不是从皇宫里打出去的,马丁一颗悬着的心终于放下了。

"一有消息马上通知我。"她边说边朝大门走去。

门外,各路媒体聚在一起,喧闹声越来越大。

"外面这么多人啊!"苏雷什说,"昨晚发生了什么激动人心的事吗?"

"哦,只是些值得报道的事情而已。"

"别跟我说又是安布拉·维达尔穿了件设计师设计的什么新衣服!"苏雷什干巴巴地说。

"苏雷什!"她笑着说,"你真搞笑。我现在得出去了。"

"备忘录上写的什么?"他指了指她手里的笔记袋问道。

"没完没了的细节。首先,为加冕礼专门设立的媒体通风会,然后,我得去查一下……"

"我的天哪!你的工作真没意思!"他一说完,便赶紧从另一条走廊开溜了。

马丁哈哈大笑起来。谢谢你,苏雷什。我爱你。

她走到门口,看到皇宫前阳光明媚的广场上聚集了大批的记者和摄影师,这种场面她从来没有见过。她长长出了口气,扶了下眼镜理清思绪,然后跨出大门走进西班牙明媚的阳光里。

在皇家公寓的楼上,胡利安王子边脱衣服边观看马丁的电视新闻发布会。他虽然疲惫不堪,但又很欣慰,因为安布拉已经安全回来,现在睡得正香。她在电话中说的最后一句话让他备感幸福。

胡利安,我的理解是只要你和我离开公众的视线,你会考虑重新开始。爱属于隐私,外人无需知道细节。

这一天,他虽然因失去父亲而悲痛万分,但安布拉的话又让他心中充满了乐观情绪。

在挂西装的时候,胡利安注意到口袋里的东西,那是从父亲病房里带出来的吗啡瓶子。他在巴尔德斯皮诺主教身边的桌子上惊讶地发现了这个瓶子，但里面已是空空如也。

在昏暗的病房里，在痛苦地意识到事实已经一清二楚之后，胡利安双膝跪下默默地为这对老朋友祈祷，然后悄悄地把瓶子装进了自己的口袋。

离开房间前，他轻轻地把主教那布满泪痕的脸从他父亲的胸口上挪开，让他直直地坐在椅子上……双手交叠在一起作祈祷状。

爱属于隐私，外人无需知道细节。这是安布拉教他的。

第 104 章

在巴塞罗那的西南角，有一座六百英尺高的小山，名叫蒙特惠奇山。山顶上的蒙特惠奇城堡是十七世纪规模庞大的军事要塞，坐落在悬崖峭壁之上，将巴利阿里海的美景尽收眼底。山上还有一座令人叹为观止的国家宫，这座文艺复兴风格的巨大宫殿是 1929 年巴塞罗那国际博览会的主场馆。

罗伯特·兰登坐在已经升到半山腰的单人缆车里，眺望脚下郁郁葱葱的树林。想到终于出了城，他心里如释重负。我必须换个视角。他在尽情享受安宁的环境和正午温暖的阳光时，心里同时在嘀咕着。

上午十点左右，兰登在索菲亚格兰港大酒店醒来，美美地冲了个热水澡并享用过鸡蛋、燕麦粥和西式小油条后，他一边喝着游牧咖啡①，一边看电视上的早间新闻。

不出所料，埃德蒙·基尔希的新闻占据了所有的电视频道，专家们正就埃德蒙的理论和预言及其对宗教的潜在影响，展开激烈的辩论。身为教授的罗伯特·兰登对此一笑置之，因为他最喜欢的还是

---

① 巴塞罗那非常有名的咖啡品牌。

教书。

对话总好过盲从。

今天早上，兰登已经看到第一批颇具胆识的小贩在到处兜售个性车贴了——埃德蒙是我的"司机之友"①、第七界就是上帝界！还有人把圣母玛利亚的雕塑同查尔斯·达尔文的摇头娃娃摆在一起卖。

资本主义才不管什么教派不教派呢！兰登心想。他想起早上看到的最令他欢喜的一幕——一个踩滑板的人的 T 恤衫上手写着：

我就是 MONTE@IGLESIA.ORG

据媒体报道，那位名噪一时的网络报料人的身份仍然是个谜。同样笼罩着不确定色彩的还有其他若隐若现的玩家——摄政王、已故的主教，以及帕尔马教会。

全是些无端的猜测。

幸运的是，公众对埃德蒙演讲所引发的凶杀案的兴趣，似乎正让位于演讲内容本身。埃德蒙演讲的结语——他对乌托邦式未来绘声绘色的描述——已经在数亿观众中产生了强烈的共鸣，而且在一夜之间，将乐观主义的技术经典书推到了畅销书排行榜的榜首。

《富足：未来比你想象的更美好》②
《科技想要什么》③
《奇点临近》④

兰登不得不承认，尽管他还是一如既往地为科技的兴起担忧，但目前对人类的前景持更乐观的态度。新闻报道已经聚焦在未来的种种

---

① 司机之友（copilot），汽车司机为抑制困乏而使用的药物。
② 《富足：未来比你想象的更美好》（*Abundance: The Future is Better than You Think*），彼得·戴曼迪斯和史蒂芬·科特勒合著，2012 年出版。
③ 《科技想要什么》（*What Technology Wants*），凯文·凯利著，2010 年出版。
④ 《奇点临近》（*The Singularity is Near*），雷·库兹韦尔著，2005 年出版。

技术突破上，它们会帮助人类清理被污染的海洋、无限生产饮用水、在沙漠中种植粮食、治愈致命的疾病，甚至发射一批批"太阳能无人机"——悬停在发展中国家上空为其免费提供互联网服务，帮助"最底层的十亿人"融入世界经济体系。

兰登发现，尽管全世界突然间对科技着了魔，却几乎没有人知道温斯顿的存在，这简直难以想象。之所以会产生这样的结果，是因为埃德蒙对他的发明创造一直讳莫如深。毫无疑问，全世界都已听说埃德蒙设计的双层超级计算机 E 波已经留在巴塞罗那的超级计算中心了。兰登不知道还要多久程序员才能用埃德蒙的工具组建出全新的温斯顿。

兰登在缆车里已经感觉到热了，他真想走出去呼吸清新的空气，去参观城堡、国家宫，还有声名远扬的"魔幻喷泉"。他巴不得有一个小时的时间不去想埃德蒙，而是去饱览风景。

好奇心使兰登想更多地了解蒙特惠奇的历史，于是他把视线定格在缆车里内容翔实的公告牌上。他开始浏览公告牌，但只读了第一句话。

蒙特惠奇这个名字，要么源于中世纪加泰罗尼亚语的"蒙特犹克"("犹太山")，要么源于拉丁语的"约维奇山"("朱庇特山")。①

兰登读到这里突然停了下来，他意外地发现了其中的关联。

这不可能是巧合！

他越想越糊涂。最后他掏出埃德蒙的手机，把屏幕上温斯顿·丘吉尔关于留下自己遗产的那句话又读了一遍。

历史不会亏待我，因为我就要成为历史的书写者。

兰登过了许久才按下 W 键，然后把手机放到耳边。

电话马上接通了。

"是兰登教授吧？"一个熟悉的英国口音说道，"您打的正是时候，

---

① "蒙特惠奇"（Montjuïc）、"蒙特犹克"（Montjuich）和"约维奇山"（Mons Jovicus），都暗合了小说中报料人 Monte 的名字。

我很快就要隐退了。"

兰登开门见山地说道："在西班牙语中，monte 就是'山'的意思。"

温斯顿发出特有的笨拙笑声。"我想是的。"

"iglesia 意思是'教堂'。"

"教授，您说得没错。您都可以教西班牙语啦。"

"这就是说，monte@iglesia 从字面上可以理解为'山上的教堂'。"

温斯顿停顿了一下。"又说对了。"

"考虑到你的名字是温斯顿，同时埃德蒙又非常喜欢温斯顿·丘吉尔，我发现'山上的教堂'这个地址有点……"

"巧合？"

"对。"

"呃，"温斯顿听上去很开心，"从统计学上说我不得不同意。我觉得您可以把它们放在一起看。"①

兰登难以置信地盯着缆车的窗外。"monte@iglesia.org……就是你。"

"是的。毕竟需要有人帮埃德蒙煽风点火。有谁能比我更好地做到这一点呢？于是我创建了 monte@iglesia.org 这个地址，为在线解密网站喂料。如您所知，解密网站有自己的优势，我估计 Monte 的在线活动会把埃德蒙的收视率提高五倍。实际上，最后的结果是提高了六倍多。就像您早些时候说过的，我想埃德蒙会感到骄傲的。"

虽然缆车在风中摇曳不定，但兰登仍然专心致志地听着温斯顿的解释。"温斯顿……是埃德蒙让你这样做的？"

"没有明说，没有。不过他的指令要求我去创造性地寻找方法，尽可能地提高他演讲的收视率。"

"如果你被抓住了呢？"兰登问，"我见过比 monte@iglesia.org 更神秘的化名。"

---

① 埃德蒙是根据温斯顿·丘吉尔的名字命名自己的人工智能程序"温斯顿"的。丘吉尔的英文写法为 Churchill。如果对其进行拆字，就变成 church（教堂）和 hill（山），字面意思是"山上的教堂"或者"教堂山"。温斯顿就是根据 Churchill 的字面意思，创建了 monte@iglesia.org 这个西班牙语地址。

"只有极少数人知道我的存在。再说过了七八分钟我就会被永远抹掉，消失得无影无踪，所以我不担心。'Monte'只是一个为埃德蒙最佳利益服务的代理服务器。我以前说过，我的确认为看到昨晚的结局他会非常高兴的。"

"昨晚的结局？！"兰登诘问道，"结局就是埃德蒙被害了！"

"您没听懂我的意思。"温斯顿断然说道，"我指的是他的演讲的影响力。如我所说，他的演讲已经变成了一道基本指令。"

这番讲话平淡无奇的语调，让兰登想起了温斯顿虽然像人在说话，但毫无疑问它不是人。

"埃德蒙的死是一个可怕的悲剧。"温斯顿接着说道，"当然我真心希望他还活着。但是要知道，他对自己的死已经坦然接受了，这一点很重要。一个月前，他让我帮他寻找辅助自杀的良方。在浏览过数百起辅助自杀的案例之后，我得出的结论是'十克速可眠'。他搞到后就一直随身带着。"

兰登顿时同情起埃德蒙来。"他准备要自己的命？"

"是的。在这个问题上他很有幽默感。就在我们想方设法去提高他的古根海姆演讲对公众的吸引力的过程中，他曾开玩笑说，也许他应该在演讲结束时掏出速可眠，当场倒在讲台上。"

"他真的这么说过？"兰登愕然不已。

"他对死很想得开。他开玩笑说，就提高一档电视节目的收视率而言，没有什么方法比看到人死更行之有效的了。当然他说得没错。如果您分析一下世界上最受关注的媒体事件，几乎所有……"

"温斯顿，打住！这太病态了。"缆车还需要乘多久？在小小的车厢里，兰登突然感到异常拥挤。他眯起眼向明媚的正午阳光望去，但看到的只有承载塔和缆绳。都快热死了！他心想。此刻他脑海里涌现出各种稀奇古怪的想法。

"教授，"温斯顿说，"您还有什么要问我的吗？"

有！就在各种想法纷纷在他脑海里涌现出来时，他真想大吼一声。还有很多！

兰登告诉自己静下心来，深呼吸。罗伯特，要三思。你已经失控了。

但兰登的思绪又开始狂奔起来，快得根本控制不住。

他在想，如果埃德蒙真的选择在众目睽睽之下死去，那么他的演讲肯定会成为全世界的头条新闻……把收视率从几百万提升到几亿。

他在想，埃德蒙长期以来一心想摧毁帕尔马教会，而如果暗杀他的真是帕尔马教会的某个教徒，那么他的心愿就彻底实现了。

埃德蒙长期以来一直蔑视他最无情的敌人——那些宗教狂热分子，如果他死于癌症，宗教狂热分子就会沾沾自喜地到处去说，他的死是上帝对他的惩罚。就像宗教狂热分子在无神论作家克里斯托弗·希钦斯[1]死后的所作所为一样，简直令人无法接受。而现在，公众的一致看法是埃德蒙死于宗教狂热分子的枪口之下。

埃德蒙·基尔希——被宗教谋杀——科学的殉道者。

兰登突然站起身来，车厢左右摇晃起来，他赶紧抓住车窗保持平衡。车厢吱吱作响，兰登仿佛听到了温斯顿昨晚说过的话。

埃德蒙曾想建立一个新的宗教……在科学的基础之上。

读过宗教史的人都知道，没有什么比一个人为事业而死更能让人们坚定信念的了。被钉在十字架上的耶稣，犹太教中的"圣者"，伊斯兰教的"舍赫德"[2]。

殉教是一切宗教的核心命题。

兰登心中的想法时时刻刻都在加速把他推下"兔子洞"。

新的宗教都为生命的重大问题提供新的答案。

我们从哪里来？我们要往哪里去？

新的宗教鄙视宗教之间的竞争。

就在昨晚，埃德蒙还在诋毁世界上的所有宗教呢。

新的宗教让人对未来寄予更美好的希望，在那里等待人们的只有

---

[1] 克里斯托弗·希钦斯（Christopher Eric Hitchens，1949—2011），美国作家、演说家、宗教与文学评论家、社会评论家、记者。
[2] 舍赫德（Shahid），阿拉伯语音译，意为"殉教者"。

天堂。

富足：未来比你想象的更美好。

看样子埃德蒙已经把所有问题都理清了。

"温斯顿？"兰登声音颤抖着小声问道，"是谁雇刺客杀害了埃德蒙？"

"摄政王。"

"是的。"此刻兰登说话的口气更有力了，"可谁是摄政王呢？谁会雇用一个帕尔马教徒在埃德蒙做演讲时当场射杀他呢？"

温斯顿停顿了一下。"教授，您的声音告诉我，您仍心存疑虑。不过别着急。我的程序是用来保护埃德蒙的。我把他当成我最好的朋友。"他又停顿了一下。"作为学者，您肯定读过《人鼠之间》[①]吧。"

温斯顿的话似乎有点儿前言不搭后语。

"当然，但那又……"

兰登的话突然卡在嗓子眼里。刹那间他以为缆车脱轨了。地平线向一侧倾斜，兰登不得不抓住车厢的两边以免摔倒。

忠诚、无畏、慈悲。这些都是兰登在中学为小说中表达友谊的最著名方法——《人鼠之间》震撼人心的结局——选择的词语，一个人仁慈地杀害了他的挚友，为的就是使其免遭悲惨的结局。

"温斯顿，"兰登小声说道，"请……不……"

"相信我。"温斯顿说，"埃德蒙要的就是这样的结局。"

第 105 章

马特奥·巴莱罗博士——巴塞罗那超级计算中心主任——挂断电话后，感到不知所措。他赶紧跑到托雷-赫罗纳教堂的大殿，再一次注视着埃德蒙·基尔希那蔚为壮观的两层楼计算机。

[①] 《人鼠之间》(*Of Mice and Men*)，美国小说家约翰·斯坦贝克出版于 1937 年的中篇小说。

在今天上午早些时候，巴莱罗得知他将"监管"这台史无前例的机器。但他最初的那股兴奋劲和敬畏感此刻已经大打折扣了。

就在几分钟前，他接到美国著名教授罗伯特·兰登迫不及待打来的电话。

兰登给他讲述了一个扣人心弦的故事。要在一天前，巴莱罗会认为这样的故事就是科幻小说。但今天看到埃德蒙令人惊愕的演讲和实实在在的 E 波机之后，他更愿意相信这个故事是真实的。

兰登讲述的故事可信度很高……兰登说，机器的智能确实已经达到了让它干什么它就干什么的程度。始终如一。毫无偏差。巴莱罗花费毕生的精力去研究这些机器……学习如何巧妙地发掘机器的潜能。

其中的艺术就在于要懂得如何提问。

巴莱罗一直警告人们人工智能正在飞速发展，但其发展速度具有蒙蔽性，所以需要制定严格的指导方针去管控人工智能与人类互动的能力。

不可否认，对大多数在科技上有远见卓识的人来说，抑制创新会让人感到有悖于常理，尤其是如今几乎每天都会涌现出振奋人心的科技成果。更何况除了创新带来的兴奋，在人工智能的开发领域更是有大量的财富等待人们去发掘。可是，没有什么东西比人的贪婪更能侵蚀道德底线的了。

巴莱罗一直为埃德蒙大胆创新的天分所折服。但是这一次听上去埃德蒙太不小心了，他最新的成果似乎非常危险地突破了底线。

一个我永远都搞不懂的创新！巴莱罗意识到。

据兰登说，埃德蒙在 E 波中创建了一个令人赞叹的先进人工智能程序"温斯顿"，并对其进行编程，命令它在埃德蒙死后第二天下午一点自动删除。几分钟前，应兰登的强烈要求，巴莱罗博士打开 E 波数据库，发现其中一部分重要扇区的确就在下午一点消失得无影无踪了。删除的方式是全数据"覆盖"，且不可恢复。

这一消息似乎缓解了兰登的焦虑情绪，不过这位美国教授要求两人立刻见个面，进一步讨论此事。两人同意明天上午在实验室碰头。

原则上巴莱罗理解兰登的冲动,他想把这件事立即公布出去。但问题是这事是否可信。

根本没有人会相信。

埃德蒙的人工智能程序连同它跟人类之间的通信和执行任务的所有记录全被抹掉了。更令人深思的是,埃德蒙的创新成果已经远远超出目前的技术发展水平,以至于巴莱罗似乎已经听到自己的同事——无论是出于无知、嫉妒,还是自我保全——开始责怪兰登完全是在凭空捏造。

当然,公布出去也会造成其他负面影响。如果证明兰登所说的是真实的,那么 E 波机就会被人视为弗兰肯斯坦[①]式的怪物。那样的话,离拿起干草叉和火把就不远了。

没准会更糟!巴莱罗心想。

在恐怖袭击十分猖獗的当下,有人可能会自诩为全人类的救世主,然后下决心要炸掉整个教堂。

显然巴莱罗要深思熟虑后才能跟兰登见面。但此刻他需要履行一个承诺。

至少要等我们找到一些问题的答案。

巴莱罗虽然莫名其妙地感到郁闷,但最后还是又看了一眼这台不可思议的两层楼计算机。他听着压缩泵里冷却液的流淌声,仿佛在倾听整个机器的轻柔呼吸。

正当他前往动力室准备关闭整个系统时,他突然冒出了一种冲动——六十三年来他从未有过的冲动。

祈祷的冲动。

罗伯特·兰登独自站在蒙特惠奇城堡的人行道上眺望陡峭悬崖下远方的港湾。一阵风吹来,他突然感觉身体有点失去平衡,就好像他

[①] 弗兰肯斯坦(Frankenstein),英国作家玛丽·雪莱 1818 年创作的同名长篇小说《弗兰肯斯坦》中的主人公,一个热衷于生命起源的生物学家。他怀着犯罪心理频繁出没于藏尸间,用不同尸体的各个部分拼凑成一个巨大人形怪物,最后却命丧于这个怪物之手。

的心理平衡也被动摇了，需要重新调整一样。

巴塞罗那超级计算中心主任巴莱罗博士虽然满口答应，但兰登还是很担心，心里总是七上八下的。温斯顿风趣的声音仍在耳边回响。直到最后一刻，埃德蒙的这台计算机一直在从容地跟他讲话。

"教授，考虑到你们的信仰是建立在其道德标准更加模棱两可的行为之上的，"温斯顿说，"听到您这么沮丧，我真的很惊讶。"

兰登还没来得及回答，埃德蒙的手机就收到一条短信。

> 神爱世人，甚至将他的独生子赐给他们。
> ——《约翰福音》3：16

"你们的上帝残忍地牺牲了自己的儿子，抛弃了自己的儿子，"温斯顿说，"让他在十字架上饱受苦难长达数小时。对于埃德蒙，为了让人们关注他的伟大成就，我毫无遗憾地结束了一个将死之人的痛苦。"

在闷热的缆车里，兰登听着温斯顿不慌不忙为自己的行为所作的辩解，简直不敢相信自己的耳朵。

温斯顿解释说，埃德蒙与帕尔马教会之间的交恶启发了它，于是它找到并雇用了海军上将路易斯·阿维拉。阿维拉经常到教堂做礼拜，但他的吸毒史让他成为可利用的工具，成为摧毁帕尔马教会声誉的最佳人选。对温斯顿来说，冒充摄政王就跟发几条短信然后连接阿维拉的银行账户一样简单。其实帕尔马教会是无辜的，他们跟当天晚上的谋杀没有丝毫关系。

温斯顿告诉兰登，阿维拉在螺旋楼梯上袭击他是个意外。"我把阿维拉送到圣家族大教堂就是为了让他被抓。"温斯顿说，"我想让他被抓，这样他就可以供出他的劣迹，从而让公众更多地去关注埃德蒙的发现。我告诉他通过东边的工地闸门进入教堂，因为我已经预先报了警，让警察在那里蹲守了。我原以为阿维拉会在东闸门被抓住，没想到他却临时决定翻越栅栏——也许他已经感觉到警察在那里蹲守了。教授，我真的很抱歉。跟机器不一样，人类往往让人捉摸不透。"

兰登不知道今后该相信什么了。

温斯顿最后的解释最令人不安。"埃德蒙在蒙塞拉特藏经阁与三名神职人员会面后，"温斯顿说，"我们收到巴尔德斯皮诺主教发来的恐吓性语音短信。主教警告说，埃德蒙的演讲让他的另外两个同仁非常担忧，他们考虑要先发制人，抢先一步发表自己的声明，希望在埃德蒙公开演讲前对其进行大肆歪曲，使其失去公信力。这样的结局显然是我们无法接受的。"

缆车的摇晃虽然让兰登恶心想吐，但他仍在努力思考。"埃德蒙本该再给你加一条指令。"他断言道，"不可杀戮！"[①]

"很遗憾，教授，事情并没有那么简单。"温斯顿回答道，"人类不是通过遵守戒律，而是通过榜样来学习的。从你们的书籍、电影、新闻和古代神话来看，人类一直歌颂那些为了大善而做出自我牺牲的灵魂。例如耶稣。"

"温斯顿，从你的所作所为中我没看出什么'大善'呀。"

"没有？"温斯顿的声音还是干巴巴的，"那我问您一个众所周知的问题：您愿意生活在一个没有技术的世界……还是愿意生活在一个没有宗教的世界？您希望生活中没有医药、电力、交通和抗生素……还是希望生活中没有为无中生有的故事和无中生有的精神而发动战争的狂热分子？"

兰登沉默不语。

"教授，这正是我的观点。黑暗宗教必须离场，甜美科学才能为王。"

兰登独自一人站在城堡顶上，眺望远方波光粼粼的海面，这时他突然莫名地产生了一种超脱现实世界的感觉。他顺着楼梯走下城堡，来到附近的花园深深地吸了一口气，一边尽情呼吸松树和矢车菊的气

[①] 摩西十诫之一。

味，一边想拼命忘掉温斯顿的声音。置身于花丛中的兰登突然想起了安布拉，想给她打电话听听她的声音，把刚刚过去的一个小时里发生的事情告诉她。可是在他掏出埃德蒙的手机后，他猛然意识到不能打这个电话。

王子和安布拉需要时间独处。这事可以等等再说。

他的目光落到了屏幕的 W 图标上。图标的颜色已经渐渐淡去。只见屏幕上出现了一条信息：**联系人不存在**。即便如此，兰登仍非常谨慎。他并非生性多疑，尽管他一直纳闷在温斯顿的编程中究竟隐藏着什么样的能力，但他心里清楚他不能再相信它了。

兰登沿着一条羊肠小径走着，直到找到一片隐蔽的小树林。他看着手里的手机想起了埃德蒙。他把手机放在一块平坦的石头上，然后就像要举行某种祭奠仪式似的，将一块大石头举过头顶猛地朝它砸去。手机被砸得粉碎。

在走出花园的途中，他把砸碎的手机丢进了垃圾桶，转身朝山下走去。

兰登不得不承认，此刻的他感到一身轻松，而且奇怪的是……变得更有人味了。

尾 声

午后的斜阳照在圣家族大教堂的尖塔上,在高迪广场投下长长的影子。一队队游客在阴凉的庇护下正排队进入教堂。

罗伯特·兰登站在排队的游客中,看着恋人们在玩自拍,游客们在录像,孩子们头上戴着耳机听音乐,周围的人正在编短信、发信息、忙更新——显然他们对近在咫尺的大教堂熟视无睹。

埃德蒙在昨晚的演讲中说过,技术现在已经把人类的"六度空间"①削减到只有"四度"。现在世界上的每个人与陌生人发生联系,最多不会超过四个人。

这个数字很快就会变成零!埃德蒙警告世人,"奇点"即将来临。到那时人工智能将超过人类智能,而且二者将合二为一。他还说,一旦出现这种情况,现在活着的我们这些人……将成为老古董。

兰登无法想象未来是什么样子,但当他注视着周围的人群时,他感觉到宗教创造的奇迹会越来越难以与技术创造的奇迹相匹敌。

终于进入大殿后,兰登欣然看到了一个熟悉的场景——根本不似昨晚那个幽灵般的洞窟。

今天圣家族大教堂充满了生机和活力。

令人眼花缭乱的彩虹光——红色、金色、紫色——透过彩色玻璃照射进来,把大殿里密集的柱林渲染得光彩夺目。数百名游客站在倾斜的树状立柱下显得那么渺小。人们举头望着熠熠生辉的穹顶,充满敬畏的窃窃私语声构成了舒缓的背景音乐。

兰登一边走进大殿,一边看着一个又一个有机体造型,最后将目光落在穹顶细胞状的网格上。有人说,中央穹顶很像在显微镜下观察

---

① 六度空间(six degrees of separation),数学领域的一个猜想,亦称"六度分割"或"小世界"理论。主要观点为:你和任何一个陌生人之间所间隔的人不会超过六个,也就是说,最多通过六个人你就能够认识任何一个陌生人。

到的结构复杂的生物体。现在亲眼看到穹顶被彩虹光照得透亮，兰登不得不认同这种说法。

"教授？"一个熟悉的声音传来。兰登转过身看到贝尼亚神父朝他匆匆走来。"我真的很抱歉。"瘦小的神父诚恳地说道，"我刚才听人说你在排队——你可以给我打电话呀！"

兰登微微一笑。"谢谢您！不过我可以借排队的机会好好欣赏教堂的立面嘛。再说，我原以为您今天可以美美睡上一觉的。"

"睡觉？"贝尼亚笑着说，"也许明天吧。"

"跟昨晚的场面大不一样啊！"兰登指着圣殿说道。

"自然光会创造奇迹。"贝尼亚回答道，"人气也会创造奇迹。"他看着兰登停顿了一下。"既然你来了，如果你觉得不太麻烦，我很想请你到楼下请教个问题。"

兰登跟随贝尼亚穿过熙熙攘攘的人群时，耳边仍回荡着头顶上施工的声音。这声音在告诉他，圣家族大教堂仍在不断成长壮大。

"您有没有看埃德蒙的演讲？"兰登问。

贝尼亚哈哈大笑起来。"实际上我看了三遍。要我说关于熵——宇宙'想'传播能量——这个新概念，听起来有点儿像《圣经》中的'创世记'。一想起'宇宙大爆炸'和不断扩张的宇宙，我就能看到一个不断绽放的能量球越滚越远，一直滚到黑暗的太空……给黑暗带去光明。"

兰登笑了笑，打心眼里希望贝尼亚永远是他小时候眼里的神父。"梵蒂冈发表正式声明了吗？"

"他们是想发表声明，不过似乎有点儿——"贝尼亚幽默地耸了耸肩，"分歧。你知道，人类本源这个问题对基督徒，尤其是对原教旨主义者来说一直是个心病。如果你问我，我觉得我们应该一劳永逸地解决它。"

"哦？"兰登问道，"那我们该怎么办呢？"

"我们应该做许多教会已经在做的事——公开承认：亚当和夏娃根本就不存在；进化是一个客观事实。如果基督徒不认可上述观点，就是在让我们看起来都很蠢。"

兰登突然停步，目不转睛地看着老神父。

"哦，拜托！"贝尼亚笑着说，"我认为既然上帝赋予了我们感官、理性、知性，就不……"

"不想让我们弃之不用？"

贝尼亚咧着嘴笑了。"我明白你很熟悉伽利略。我小时候就特别喜欢物理，正是因为非常敬畏现实的宇宙我才来侍奉上帝的。这就是我为什么如此看重圣家族大教堂的一个原因，感觉它就像未来的教堂……直接连接大自然的教堂。"

兰登突然很想知道圣家族大教堂——就像罗马的万神殿一样——会不会成为转型时期的一个闪光点，成为一座一只脚踏在过去、一只脚迈向未来的建筑，一座连接垂死信仰和新兴信仰的桥梁。如果是那样，圣家族大教堂的重要地位将是任何人都无法想象的。

此时贝尼亚领着兰登走下他们昨晚走过的那个旋转楼梯。

地下墓室。

"在我看来，有一点是显而易见的，"两人边走贝尼亚边说，"那就是在即将来临的科学时代，基督教想求生存只有一个办法，必须停止排斥科学发现，首先是停止公然抨击可佐证的事实。我们必须成为科学的精神伴侣，运用我们广博的经验——几千年来的哲学成就、个人探究、思考、内省——帮助人类构建一个道德架构，确保即将来临的科学技术能把我们团结起来，照亮我们前进的方向，提振我们前进的勇气……而不是摧毁我们。"

"我完全同意。"兰登说。我真希望科学会接受你们的帮助。

在楼梯脚下，贝尼亚示意兰登经过高迪墓去装有埃德蒙那本威廉·布莱克诗集的展柜前。"这就是我想请教的。"

"布莱克的诗集？"

"是的。如你所知，我答应基尔希先生会把他的书展示在这里。我之所以答应，是因为我觉得他想让我展出这幅插图。"

两人来到展柜前，低头看着布莱克对天神栩栩如生的诠释。画面上那个被布莱克称为由理生的天神正拿着地测仪丈量宇宙。

"不过,"贝尼亚说,"引起我注意的是扉页上的文字……呃,你不妨看看最后一行。"

兰登直愣愣地盯着贝尼亚看。"'黑暗宗教就要离场,甜美科学即将为王'?"

兰登的话让贝尼亚心服口服。"你知道的。"

兰登微微一笑。"没错。"

"呃,不得不承认这句话让人很困惑。'黑暗宗教'这个说法让人不舒服。听起来就好像布莱克在说宗教都是黑暗的……甚至是有害的、邪恶的。"

"这是一般人的误解。"兰登说,"其实布莱克是一个很有精神追求的人,他的道德水平已远超十八世纪英国既枯燥乏味又心胸狭隘的基督教。他认为宗教分两类:一种是打压创造性思维的黑暗而又教条的宗教,另一种是鼓励内省和创造力、充满光明而又坦荡的宗教。"

贝尼亚似乎吃了一惊。

"布莱克的最后一行诗,"兰登深信不疑地对贝尼亚说,"可以简单地解释为:'甜美的科学将会摒弃黑暗的宗教……这样进步的宗教就能蓬勃发展起来。'"

贝尼亚陷入了长时间的沉默,然后他的嘴角慢慢绽出恬静的笑容。"谢谢你,教授。我相信你帮我解决了一个令人尴尬的道德困惑。"

兰登向贝尼亚神父道别后又在楼上大殿里逗留了一会儿。他安静地坐在一条长椅上,与几百名游客一起仰望着五光十色的立柱——随着太阳缓缓落下,这些高耸的立柱被披上了光怪陆离的色彩。

他想到了这个世界上的所有宗教,想到了所有宗教共同的本源,想到了最初的太阳神、月亮神、海神和风神。

曾几何时,大自然是核心。

我们大家的核心。

当然，团结已不复存在，世界早已分裂成迥然不同的宗教，所有的宗教都宣称自己是"唯一正确的真理"。

但今晚兰登坐在这座与众不同的教堂里，突然发现自己被各种信仰、各种肤色、各种语言、各种文化的人包围着，所有人都惊奇地仰头凝望……所有的人都在欣赏最简单的奇迹。

阳光照在石头上。

此时兰登脑海里掠过一连串的景象——巨石阵、大金字塔、阿旃陀石窟[1]、阿布辛贝神庙[2]、奇琴伊察金字塔[3]。曾几何时，全世界的古代人聚集在这些神圣的地方观看同样的景象。

刹那间，兰登突然感到脚下的地球发出了最轻微的悸动，仿佛已经到达了一个临界点……又仿佛宗教思想刚刚横越运行轨迹的最远端，厌倦了长途跋涉，现在正往回转，终于要回家了。

---

[1] 阿旃陀石窟（Ajanta Caves），古印度佛教艺术遗址，位于马哈拉斯特拉邦境内。
[2] 阿布辛贝神庙（Abu Simbel），位于埃及纳赛尔湖西岸，由依崖凿建的牌楼门、巨型拉美西斯二世雕像、前后柱厅及神堂等组成。
[3] 奇琴伊察（Chichén Itzá），古玛雅城市遗址，位于墨西哥尤卡坦州中东部。

鸣　谢

作者谨向以下诸位致以最诚挚的感谢：

首先，感谢我的编辑兼朋友杰森·考夫曼。他精湛的技巧、出色的直觉以及孜孜不倦的工作，给予我莫大的帮助。但最重要的，我要对他表现出的那种无与伦比的幽默感，以及对我在小说中想要表达的思想的理解力，致以最真诚的感谢。

感谢我无可比肩的代理人和值得信赖的朋友海蒂·朗格。对于她投入的热情、精力和个人情怀，对她高水准指导我创作生涯的方方面面，对她取之不尽的才能和坚定不移的奉献，我感激不尽。

感谢我的朋友迈克尔·鲁德尔。感谢他的真知灼见，同时也感谢他为我树立了慈悲为怀的榜样。

多年来，双日出版社和企鹅兰登书屋的整个团队给予我最充分的信任，在此致以最诚挚的谢意。尤其是苏珊·赫茨，感谢她给予我的友谊，感谢她以丰富的想象力和极高的响应能力对本书的整个出版过程严格把关。同时，还要特别感谢马库斯·多勒、桑尼·梅塔、比尔·托马斯、托尼·基里科和安妮·梅西特，感谢他们一贯的支持和呵护。

对在最后冲刺阶段，诺拉·赖卡德、卡罗琳·威廉斯和迈克尔·J.温莎等人付出的巨大努力，对企鹅兰登书屋销售团队罗布·布卢姆、朱迪·雅各比、洛朗·韦伯、玛丽亚·卡雷拉、洛兰·海兰、贝丝·迈斯特、凯西·胡里根、安迪·休斯等人的出色表现，一并表示由衷的感谢。

感谢环球出版社出色的团队。对他们源源不断的创造力和发行力，特别是我的编辑比尔·斯科特-克尔所给予我的友谊以及诸多支持，我要致以真诚的感谢。

感谢世界各地我所有的出版商。对长期以来他们对拙著所持有的坚定信念和付出的巨大努力，致以我诚挚的谢意。

感谢世界各地的翻译团队，是他们不知疲倦的辛勤劳动，将这部小说呈现给不同语言的读者。对你们辛勤的付出、高超的翻译技能和你们的厚爱，致以我诚挚的感谢。

感谢我的西班牙出版商星球传媒集团，特别是功勋卓著的编辑主任埃莱娜·拉米雷斯，还有玛利亚·吉塔特·费雷尔、卡洛斯·雷韦斯、塞尔吉奥·阿尔瓦雷斯、马克·罗卡莫拉、奥罗拉·罗德里格斯、纳希尔·古铁雷斯、劳拉·迪亚斯、费兰·洛佩斯等人，在《本源》的调研和翻译方面提供了难能可贵的支持，在此一并表示衷心的感谢。此外，还要特别感谢星球传媒集团首席执行官赫苏斯·巴德内斯的大力支持和热情款待，感谢他教我做西班牙海鲜饭。

此外，我要向帮助管理《本源》翻译网站的若尔迪·卢内兹、哈维尔·蒙特罗、马克·塞拉特、埃米利奥·帕斯托、阿尔贝托·巴龙和安东尼奥·洛佩斯致以诚挚的谢意。

感谢莫妮卡·马丁和她的整个 MB 事务团队，特别是伊内斯·普拉内利斯和泰克瑟尔·托朗。感谢他们在巴塞罗那及其他地方对这个项目所给予的大力协助。

感谢桑福德·J. 格林伯格公司，尤其是斯蒂芬妮·德尔曼和萨曼莎·伊斯曼，感谢他们日复一日为我付出的辛勤劳动。

在过去的四年里，我为这部小说进行了大量的走访调研。在此过程中，无数科学家、历史学家、策展人、宗教学者和组织都对我慷慨相助。对他们慷慨地让我分享他们的专业知识和洞察力，我的感激之情难以言表。

感谢蒙塞拉特修道院的教士和工作人员，是他们使我深受启发、信心倍增。对帕尔·马内尔·加施、何塞普·艾尔泰奥、奥斯卡·巴尔达希和格丽泽尔达·埃斯皮纳奇，我尤表感谢。

感谢巴塞罗那超级计算中心的科学家团队，感谢他们与我分享了他们的见解、他们的世界、他们的热情以及他们对未来的乐观憧憬。

尤其感谢马特奥·巴莱罗主任、何塞普·玛丽亚·马托雷利、塞尔希·希罗纳、约瑟·玛丽亚·塞拉、赫苏斯·拉瓦尔塔、爱德华·艾瓜德、弗朗西斯科·多夫拉斯、尤利西斯·科尔特斯和洛尔德斯·科尔塔达。

向在毕尔巴鄂古根海姆博物馆所有那些具备渊博知识和高超艺术鉴赏力的人们，表示由衷的感谢，是他们帮助我提高了对现当代艺术的兴趣和欣赏水平。尤其感谢胡安·伊格纳西奥·比达特馆长、艾丽西娅·马丁内斯、伊多娅·阿拉特和玛丽亚·比多里塔，感谢他们的盛情款待和大力支持。

感谢神奇的米拉之家的策展人和保管人，感谢他们的热情款待，他们向我讲述了米拉之家的与众不同之处。尤其感谢马尔加·维萨、西尔维娅·比拉罗亚、阿尔巴·陶斯奎拉、路易莎·奥列尔，还有居民安娜·比拉多缪。

感谢特洛亚帕尔马的帕尔马教会支持暨情报小组的成员、美国驻匈牙利大使馆和编辑伯塔·诺伊，感谢他们为我的调研所提供的大力支持。

感谢我在棕榈泉遇到的几十位科学家和未来学家，他们对未来的大胆设想对这部小说产生了深远的影响。

感谢本书的早期读者，尤其是海蒂·朗格、迪克和康尼·布朗、布莱思·布朗、苏珊·莫尔豪斯、丽贝卡·考夫曼、杰里和奥利维亚·考夫曼、约翰·钱斐、克里斯蒂娜·斯科特、瓦莱丽·布朗、格雷戈·布朗和玛丽·哈贝尔。在小说的整个创作过程中，他们总能提出独到的见解。

感谢我的朋友谢莉·苏厄德。她以精湛的专业知识和奉献精神，给予我莫大的支持。还有，她经常不辞辛劳地在凌晨五点钟起来接听我的电话。

感谢我的乐于奉献、富有想象力的网络专家亚历克斯·坎农，感谢他别出心裁地监管我的社交媒体、网络通信，以及所有涉及网络的事务。

感谢我的妻子布莱思，感谢她继续与我分享她对艺术的热爱、执着的创新精神，以及她取之不尽、用之不竭的创造力。所有这一切都为我的创作提供了源源不断的灵感。

感谢我的私人助理苏珊·莫尔豪斯，感谢她的深情厚意、巨大耐心和多才多艺，感谢她帮助我处理千头万绪的工作。

感谢我的弟弟、作曲家格雷戈·布朗，正是他在《查尔斯·达尔文弥撒曲》中创造性地将古今融为一体，才激发了我创作这部小说的灵感。

最后，我要向我的父母——迪克和康妮·布朗——表达我对他们的挚爱、尊敬和感激之情，因为是他们始终教导我，凡事要有好奇心，要多问难回答的问题。